你不要那些犹豫，不要前因后果，
不惧层层的阻碍，
不忧这刻得到了，下一刻便失去什么。

你一遍遍地问我，坦诚地把心都要剖开，
急切地像是熊熊燃烧的火，
再不救你，再不要你，
你便烧成灰烬，随风而散，
再不复存在。

# 念念

今轲 著

天地出版社 | TIANDI PRESS

CHEN & FANG

2023 / 8 / 20

CHEN NIAN
&
FANG ZHIZHU

这就是她心里那片海。
SHE IS THE ONE IN HER HEART.

# 目录

## Contents

**楔子**

坠落

-001

**第一章**

梦境重逢

-007

**第二章**

做朋友

-032

**第三章**

一家人（上）

-059

**第四章**

一家人（下）

-081

**第五章**

转校生

-113

**第六章**

新朋友

-137

**第七章**

保护你

-160

### 第八章
永恒的梦想
-187

### 第九章
命运的捉弄
-214

### 第十章
独一无二的你
-241

### 第十一章
过青春
-262

### 第十二章
见微知著
-282

### 第十三章
光芒初绽
-314

### 番外
星星永远闪耀
-337

## 楔子
*Nian nian*
## 坠落

北市八月，天气很热。

宝山墓园外，停了几辆车，围了一些年轻女孩儿，大都打着阳伞，捧着花。

"什么时候可以进去呀？"端着小风扇的女孩子问，"你们等了多久呀？"人们开始小声交流，但没人能回答她的问题，当头一辆车的车门突然拉开，有人探出头回道："再等会儿吧，差不多了。"

女孩子们赶紧围了上去，抛出杂七杂八的问题。

"你们以前来过吗？"

"真的可以进去吗？我听我妈说这里是北市最贵的墓园，不会让人随便进的。"

"是有和公司联系吗？"

"公司早都没有关系了吧，应该是和家里人联系吧？"

"家人……陈念吗？"

这个名字一出，大家突然都闭了嘴，沉默了起来。

车里的人长叹了一口气，这才回道："是和陈念老师联系。"

"你是？"有人问。

车里的人露出了半个身子，是个看起来年龄比较大的女生："我也是知著的粉丝。我和陈老师联系了，今天可以进去。"

"那就好那就好，我第一次过来，真怕……"

"你是后来的粉丝吗？"

"嗯，我那个时候年龄小，后来才看了知著的作品。"

"是啊，都好久了。"

"十年了……我专门从海市飞过来的，不想让她没人陪。"

"不会的，知著那么好，很多人都记得她。"

今天是二〇三〇年八月二十日，方知著四十岁冥诞，十周年忌日。

方知著漂亮，从十四岁出道开始，就是不争的事实。方知著才华横溢，金曲、影后拿了个大满贯，风采更是无人能及。

美人还未迟暮，生命便戛然而止，一切影像都留在了最美丽的年华，怎能不让人心痛。

"知著要是没去世，现在肯定也很漂亮。"人群中有人说。

"美人在骨不在皮，岁月从不败美人。"大家经常这么说。

"这么久了，到底为什么自杀，现在还没搞清楚……"

这已经成了最令人扼腕的未解之谜。

"我一直觉得，跟那个谁有关，知著父母根本没和她住一块儿，和知著有牵连的，也就那谁一个人……"

不少人都这么猜。

要说起那个特殊的人，只有摄影师陈念。

陈念频繁地出现在方知著身边，出现在她作品的职员表里，最后，陈念和她一起出现在了电影节的红毯上。

当着全世界观众的面，方知著接受采访，向大家正式介绍，这位是我的搭档，最亲密的伙伴，陈念。

全世界一片哗然。

那晚方知著拿了最有分量的影后奖杯，感谢词里自然而然地多了陈念的名字。

那晚方知著和陈念并没有参加颁奖典礼后的晚宴，两人躲过所有的祝贺和纷杂，坐了最晚的一趟航班，十几个小时后，回到北市。

所有人都期待着她们再次露面，无数杂志同方知著的经纪人邀约，想要获得最新专访，挖掘影后与其搭档的故事。

但一周后，大家只等来了方知著去世的消息。

警方通报里的原因是自杀，时间是颁奖典礼后的第二天，地点是方知著的豪宅里，目击者是陈念。

震惊和猜疑蜂拥而来，方知著再一次把世界闹了个沸沸扬扬。

往后的漫长时光里，方知著再没消息，只有陈念的名字偶尔会出现在大众的视野里，大多数是她扫墓、祭奠、一个人游荡在深夜街头，或者被方知著的粉丝威胁、恐吓，甚至打伤。

墓园所处的地方安静，建筑庄严、肃穆，行至其中，心绪便情不自禁地沉了下来。

粉丝们从进园到来到方知著墓碑前，没有发出声响。

墓地干干净净，两行松柏郁郁葱葱。

墓碑上有方知著的黑白照片，明眸皓齿，美得让人心颤。

大家一一献上手中的鲜花和祭品，默默地在心底说上几句话，偷偷地抹一把眼泪。

整个过程很顺利，结束后粉丝们也没有多停留，便往外走。

没走几步，大家都看到了站在一旁的陈念。

一个摄影师，自己长什么样，本不该被世人知晓，但陈念和方知著在红毯上的照片被传得尽人皆知，但凡稍微关注点儿方知著的，都认得那张脸。

十年前的陈念很漂亮，即使与最美丽的女星站在一起，也有自己独特的光芒。而如今的陈念很瘦，瘦到脸颊和一切都仿佛深陷了下去，陷进黑沉沉的洞里。她的头发已经白了一半，完全不是她这个年龄该有的样子。最让人害怕的是那双眼睛，明明很大，形状漂亮，却像一潭死水，毫无波澜。

时间可能摧毁不了优秀的容貌和气质，但好搭档的离去绝对可以。

大家都只是匆匆看了这么一眼，便收回了目光。

一行人出了墓园各自散开，再没一句对陈念的质疑。

任谁看了陈念现在的模样，也没法觉得她从方知著的死亡里获利。

有些人活着，可能比死掉更加痛苦。

太阳逐渐下沉，灿烂的夕阳打在方知著的墓碑上，陈念把大堆的鲜花和祭品摆了又摆，因为方知著喜欢，所以放得靠近一些。粉丝们的信件陈念也没有拆，但都整整齐齐地用东西压着，因为方知著很喜欢读粉丝的来信，她说一腔赤忱的小孩子很可爱。

陈念却觉得说别人是小孩子的方知著很可爱。

她靠这些记忆活过一天又一天，也被这些记忆折磨了一年又一年。

所有人都不知道方知著为何自杀，陈念也不知道。

她在电视上看到方知著的时候才十四岁，和她相识的时候是二十四岁，而后来的六年，是她人生中最快乐的时光。

以前，她觉得方知著也是快乐的。后来，她企图把那些快乐剖开，挖出真相。但没有人可以和她对证，给她结果。

方知著在她面前跳下去之前，同她说的最后一句话是"对不起"，往后的十年，陈念愤怒过、恨过，真觉得方知著对不起自己，到如今，她看着方知著墓碑上的照片，却只有一种情绪——好想再见她一面。

太阳彻底消失之后，陈念出了墓园，驱车赶往周医生家。

周海珍是方知著生前的私人心理咨询师，毕业于斯坦福大学心理学专业，从事该行业已经很多年了。陈念是在方知著死后才知道有这样一个人。

周医生向警察提供的资料证明了方知著有严重的心理疾病，陈念不敢相信，她每分每秒都在猜测，到底是什么造成的。她追问周医生已经十年了，周医生是个好医生，严格遵守职业道德，没有跟她透露过任何方知著的就诊信息。

但她必须问个清楚。

车子在路口拐过弯，陈念看到了周医生家的庭院里亮着的灯。

灯下有人影，瘦削、高大，陈念把着方向盘的手指开始微微颤抖，她将车子堪堪停在了院门口的台阶前，开门下了车。

周海珍站直了身子，跟她说道："来了？"

陈念没有一句废话："今天为什么在门外等我？"

周海珍扯着嘴角笑了笑，笑得很难看："知道你要来，等一下你。"

陈念走到了他跟前，直视他的眼睛："我每月都来，你从来没等过我。"

周海珍收起了脸上的笑，终于正经地说道："时间到了，我也决定退休了。"

"方知著曾立下遗嘱，若你自她离世后十年还不曾忘怀，那么关于她生病的这些事，就不再隐瞒你。十年之期已到，是时候告诉你一些事情了。"

陈念攥紧了手指，整个人都开始止不住地发抖。

周海珍推门进屋，回头对她道："进来喝杯茶吧。"

方知著第一次穿过庭院，出现在周海珍家门口的时候，也是一个闷热的夜晚。

周海珍跟她说："进来喝杯茶吧。"

方知著摘下口罩，笑着问他："能不能吃根雪糕？"

方知著长得是真好看，尤其是笑的时候，会衬得背后的景色像电影。

周海珍带她进屋，给她拿了雪糕。他是业内知名医师，开在家里的咨询室一般用来接待不太方便出现在人们面前的"特殊患者"，只有知晓门路，才能慕名前来。

方知著接过雪糕，拆开了一点点儿地吃，坐在咨询室中央的椅子上，姿态很放松。

一般这样的病人，很难诊疗。

更何况还是名艺人。

周海珍做好了遇到难题的准备，方知著却一点儿都没让他为难。

她冷静地叙述了自己的病情，交代了自己之前治疗的大致状况，然后跟周海珍说道："我需要一个休息的地方。"

周海珍了然。

往后很长的时间里，方知著都来他这边休息。

方知著不喜欢说具体的事情，也不喜欢说自己的感受。大多数时候只是讲一些自己看到的画面：春天田野里开的第一朵花；粉丝送她的一张画；舞台上的灯光太耀眼，于是舞台下黑压压一片。

她来的时间不规律，但都会提前预约，只是有时候提前一个星期，有时候只提前十来分钟。

周海珍不在家的时候，她也独自坐一会儿。周海珍会让自己的妻子帮忙拿些她喜欢的零食，方知著没有一点儿明星的架子，她吃着零食，同自己的妻子聊会儿天，走的时候照样会付诊费。

情绪逐渐显露，是认识三四年后的事情了。

方知著的生活发生了一些变化，她开始向周海珍讲得更多，常常会笑，但也会突然呆住。

呆个五六分钟，目光垂下来看自己手上的珠子，珠子是衣服上的装饰品，方知著细长的手指将它们一颗颗地拨过去，再一颗颗地拨回来。

周海珍问她："刚才在想什么？"

方知著道："我觉得很高兴。"

周海珍笑笑："只是高兴吗？"

方知著偏偏脑袋，回道："幸福吧。"

周海珍问方知著："现在还会觉得困吗？"

方知著坦言："会，不然我就不来了。"

周海珍问她要不要试试催眠，方知著拒绝了，她说："我不相信催眠的。"

她说的有道理，但周海珍没在诊疗本上写"不相信催眠"，他写的是"害怕催眠"。

后来有一次，周海珍在外办事，方知著先到诊室。

大概是工作太累了，周海珍回到诊室的时候，看到她躺在沙发上睡着了。

周海珍没再进去，他隔着诊室的玻璃门，安静地看着方知著。

方知著睡的时间不长，她是自己惊醒的，窒息许久般地深吸了一口气，睁眼的时候胸口还在剧烈起伏。

周海珍推门，递给她一杯温水。

方知著说："红房子。"

周海珍问："什么样的红房子？"

方知著："砖垒的红房子，尖顶，顶上有颗小星星。"

"还有什么？"

"爬山虎。"

"爬山虎长得怎么样？"

"很大一片，夏天就爬满了，冬天就光秃秃的。"

"你在哪儿呢？"

方知著笑了，她低头喝口水，再抬眼的时候对周海珍说道："周医生，你又套我话呢。"

周海珍："这是我的工作，我拿了你的钱，总要帮你做点儿什么。"

"我在围墙里面。"方知著说道，"这是我小时候住的地方，我经常梦到。"

周海珍："最近梦得很频繁吗？"

方知著："对，最近有点儿频繁。"

后来，方知著还跟周海珍说了许多自己的梦，周海珍都一一做了记录，但他没着急采取什么激进的措施，心理治疗就是这样，很多时候医生必须得跟着病人的节奏走。

方知著的事业发展得很好，周海珍常常会看到她的广告，也会去电影院看看她的电影。

再后来，方知著许久没来诊室，周海珍接到了警察的通知，请他协助调查。

从警局出来那天，周海珍关了所有的窗户，自己待在黑暗的诊室里，想了许久。

他和陈念一样，觉得自己对于方知著的死有很大的责任。陈念是不知道，而他是知道，却什么都没做。

如今，方知著走了十年了，他也终于决定退休，再面对陈念，总觉得心里轻松了点儿。

他和陈念聊了许多，连他自己都惊讶，在这场对话中，他没有站在一个心理医师的角度，而是真的将这两个人当作朋友。

陈念的情绪很稳定，除了刚进门时颤抖了一下。

当她坐在方知著坐过的沙发上时，整个人都平静下来，偶尔笑着的样子，和周海珍脑海里的方知著莫名地相似。

除了离开，方知著带给身边人的，大多是快乐。

陈念谈起方知著，也不是痛苦的表情。

陈念在深夜回到了家里。

回家的路上便开始打雷，等她一推开家里的门，暴雨便倾盆而下。

门廊上有方知著的照片，这间屋子的装修从来都没变过，还是方知著离开时的模样。

陈念打开背包，从里面拿出一个笔记本，来到了书房。

她开始搜索方知著的梦境里透露出的信息。

那里是另一个世界，一个方知著不愿意为陈念打开的世界。

砖垒的红房子，尖顶，顶上有一颗小星星。

爬满爬山虎的围墙，四季分明的城市。

在围墙里一直望着外面的小方知著，窗棂上是斑驳的绿漆。

电脑的光映着陈念的脸，从黑暗到天明。

屋内的灯光再没什么实质作用，外面太阳当空，热浪毒辣。

陈念从书房里出来，推开阳台的门，站在阳光下。

家里有很大很大的阳台，曾经铺着鹅卵石小径，种满了花。

现在正值盛夏，上面却什么都没有，陈念赤脚走到方知著跳下去的地方，向下俯望。

城市喧嚣，车水马龙，陈念却只看见了红房子的尖顶，尖顶上有小星星。

她突然开始笑，她觉得很好笑，命运怎么就把她们俩安排成了现在这个样子。

红房子并不像梦那么遥远，它就在陈念长大的城市边缘，一所由废弃学校改建成的福利院。

但它早就拆除了，它矗立在方知著的梦里，矗立在时间回溯的尽头，陈念再也看不到里面的样子了。

陈念闭上了眼，感到一阵眩晕。

她坠入深沉的梦里，无边无际的白色迷雾将她包围，四下里寂静，毫无声响，就像最初，一切还未发生。

## 第一章
## 梦境重逢

再睁开眼的时候，身体不再闷热，有凉飕飕的风刮到脸上。

陈念努力分辨眼前的事物，确定了自己正在一堂小朋友的语文课上。又是一阵冷风刮进来，坐在窗户跟前的小男孩儿打了个喷嚏，老师在讲台上操着方言口音的普通话喊他："王小明，你把窗户关上啊！"王小明一边吸鼻涕，一边小声回道："报告老师，我热。"

老师下了讲台，去摸王小明的额头，不少学生跟着站起了身，冲着一个方向看热闹。陈念也站起了身，她看到了自己的小手和小脚，还有扫过脸颊柔软的双马尾。

陈念皱起了眉头，她抓住了自己同桌的胳膊，开口的时候听到了自己稚嫩的嗓音："我叫什么名字？"

同桌眼睛一瞪，迷茫又有些呆地回答她："陈念。"

陈念："我在哪个班？"

同桌："二年级三班。"

陈念："……"

同桌接着说："咱们的学校是安良市北寺完小……"

陈念拉开座椅，猛地往外冲。

王小明在发烧，老师还没来得及处理，就听到了教室里齐刷刷的喊叫声。

"陈念跑啦！"

"老师，陈念跑啦！"

老师回头，只看到了陈念奔出教室的身影。

"啊，陈念你跑啥啊——"

安静的校园一下子沸腾起来。

语文老师奔出教室，在楼梯上一个趔趄，差点儿摔倒。等她追出了教学楼，陈念已经和她远远隔了大半个中院，她只能指着前头刚从办公室里出来的教导主任喊："追人啊！追人！学生跑了！"

于是陈念屁股后面远远地缀了一群人，但谁都没想到，一个也就刚及人腰的小孩儿，怎么能跑得那么快。

她那两条腿，抡得跟风火轮一样，她目标明确，气势汹汹，头也不回地往外冲。

她躲过了在前头拦她的人，冲到校门前，从门缝里一缩身子就钻了出去。

她来到了过去那喧闹的世界。

这是不用特意回想就刻在脑袋里的记忆。总是扬着土的街道，低矮的文具店，停在学校门口的小吃三轮车。陈念顾不得怀念，来不及细想，她的腿没有停，就像是憋了十年的劲，终于在此时尽情发泄。

她穿过西侧的小路，来到北街，只要顺着北街一直跑，一直跑，就可以到达福利院，看见红房子。

心脏在胸腔猛烈地跳动，寒风刮在脸上，像刀子。奔跑并不是一件舒服的事，陈念却感觉到快乐。久违的，充满希望的快乐。风景尽数褪去，周遭越来越安静。

一九九七年安良的市郊有大片的农田，冬天一片萧瑟，只有寒雾。陈念没法像刚开始跑得那样快，但她还在跑，用在梦里能拿出的最快速度。

她终于看见了尖顶的红房子，看见了红房子上铁锈的星星。她停下了奔跑，绕着那颗星星，找到了方知著梦里的角度。

陈念回身，爬上砖堆，攀上了爬满枯藤的围墙。

她不敢呼吸，甚至不敢眨眼，她在所有的画面里极力搜寻。

终于，她看到了方知著。那个时候，她叫方芝。

小小的方芝，穿着皱巴巴的棉衣，披散着海藻一般的长发，在破败的灰色小楼里，在斑驳的绿色窗棂里，睁着那双漂亮的眼睛，呆呆地看着她。

福利院的院门是镂空的大铁门，大铁门上套着小铁门，小铁门上拴着粗大的链条锁。

陈念从墙上爬下来，跟跟跄跄地往大门走，这个时候她才感觉自己的脚指头和脚后跟摩擦着鞋子，很痛。

太疼了，陈念的眼泪簌簌地往下掉。

她跛着脚来到了大门外，伸长了脖子往里面看，有人拿着大笤帚在扫地，陈念拍了拍门。那人看了过来，问："哪里来的小孩儿？"陈念说道："我要进去。"

那人拿着笤帚过来："哪里过来的？走丢了吗？头发怎么乱成这个样子，年龄也不小了，哎，怎么光知道哭……"

陈念还是那句话："我要进去。"

"你为啥哭嘛？哎，你不要哭了……"那人扔了笤帚，往外看，"你家长呢？"

陈念摇了摇头，好在她现在是七岁孩童的模样，说什么话便干什么事，哪怕无理取闹也不稀奇。

"我要进去，"陈念第三次重复，这次吸了吸鼻子叫了声，"阿姨。"

女人的面色缓和了一些，隔着铁门伸手出来在她的脑袋上拍了拍："冷吗？饿吗？家里有电话吗？"

有电话，小时候家里座机的号码，哪怕过去几十年，陈念也可以熟练地背出来。但她当然不会说。这场梦里有方芝，活生生的方芝。那她就一定要在方芝的身边，陪着她，帮助她。

陈念挑了个有利于她进门的理由："冷。"

果然，女人打开了门："那你先进来暖暖吧，阿姨办公室里有炉子，烧得热热的。我们这里是个……特别的学校，有很多小朋友，你不要怕……"

陈念自然不怕，门一打开，她便缩着身子进来，径直地往中央的那栋楼走。

女人跟在她身后，还是那几个问题："没有电话的话，爸妈叫什么名字，家里地址知道的吧？待会儿你告诉阿姨，阿姨联系你家长……"

陈念不吭声，有人从楼里出来碰到女人，叫了声："苏院长。"

苏院长："哎，白菜还剩很多，你今天不要买白菜了啊。"

那人答应了，看了眼已经进了大楼的陈念："新来的小孩儿吗？"

苏院长赶忙摆手："不不，走丢的，说冷，我就让她进来先暖暖。"

那人拱手："苏院长大好人。"

"哪里哪里，谁家孩子走丢了不着急……"

苏院长寒暄过这几句，加紧脚步，去追陈念。

陈念刚刚趴在墙头与方知著对望时，已经记住了她所在的楼层和房间，这会儿进了楼一点儿没犹豫地往楼上走。

苏院长在后面喊她："办公室在二楼啊，左手第一间。"

陈念到了二楼，没停，上了三楼。方知著在三楼朝南第五扇窗户。这栋楼的户型都是小单间，每间只有一个窗户。

陈念一间间地数过，一、二、三、四、五……她停下了脚步。

第五间房子的门关着，木门也是绿色，只是时间长了，油漆成条地掉。门上开着一个小窗口，但是位置很高，陈念踮脚、伸胳膊才够得到。

她没有擅自去打开那个小窗口，抬手抹了把脸，深呼吸一口气，又整了整身上的衣服，指节这才叩在了木门上。

粗糙，扎手。

苏院长在楼下喊："哎，小朋友你去哪儿了啊？是不是走错地方了啊？"陈念又敲了一遍，"笃笃笃"。

苏院长的脚步越来越近。

陈念搓了搓手指，左手把右手握住了，没让它再敲。

苏院长上到了三楼，看到了站在楼道的她："怎么来这儿了，阿姨办公室在楼下，这里没有炉子，很冷的……"陈念低着头，不应声，也不动。

苏院长朝她走过来，脚步越来越近："你这个小姑娘也是奇怪……"

门开了。

陈念猛地抬头，直直地对上了方知著的眼睛。

七岁的方芝比七岁的陈念高一点儿，她瘦弱，苍白，但依然漂亮得惊人。

"我……"陈念张了张嘴，话还没出口，眼泪又掉了下来。

在方知著刚走的那一年，她几乎天天都哭。她没法控制自己的眼泪，它们总是会掉下来，在想到方知著的时候，或者，在强迫自己不想方知著的时候。

后来，时间长了，心里的那片海逐渐干涸，变成一个巨大的空洞，陈念的眼泪好像流完了，再想哭的时候，只觉得眼睛干涩，头疼欲裂。

现在，时间回转，她望着方芝的眼睛，知道这就是她心里那片海。

方芝的视线落在她的眼泪上。

而后陈念进了屋。

苏院长去抓陈念，陈念快速地迈步，进了屋。

屋子里有一张上下两层的架子床，有一套靠墙的桌椅，剩下的就是一个脸盆架，上面整整齐齐地叠着一块白色毛巾。方芝在床上坐下，架子床只铺了下铺，被套和床单的颜色都很旧。

苏院长说道："这里冷，你去我办公室啊……"陈念在凳子上坐下，面对着方芝："我可以和她一起去吗？"

"小芝没必要去啊，这是她的房间。"苏院长回道。

"嗯，"陈念回道，"那我也不去。"

苏院长一脸奇怪："你这个小孩儿，你认识小芝吗？"她转头又问方芝："小芝，你认识这个女娃吗？"

方芝不说话，她甚至没有转头去看苏院长一眼，她的视线始终落在陈念脸上。但陈念知道她在研究她，就像曾经现实里她们第一次见面一样，明明自己是那个要长久注视着模特的摄影师，方知著却透过镜头，认真地看她。

陈念陷进那片回忆里，不说话。两人就这么呆呆地相望，四下寂静，苏院长也愣在那儿。

一阵风从窗口刮进来，冷飕飕的。

苏院长过去把窗户关了，嘟囔了句："让你们关窗，也记不住……"

她没试图和两人对话，转身离开，出屋子的时候，把门关了。

楼梯上赵妈正在拖地，抬眼看见她，问："苏院长，方芝又怎么啦？"

苏丽的眉头皱得死紧，走了几步到赵妈跟前，才压着声音说道："方芝本来就怪，今天碰到个更怪的……"

"谁啊？"赵妈地也不拖了，跟着苏丽往楼下走。

"谁知道！突然就冒出来，一直哭……"苏丽憋了好一会儿，这会儿一股脑儿地把刚才的事都跟赵妈说了。赵妈听完，眉头也皱起来，两人猜来猜去好一会儿，也没猜出个所以然来。

"实在不行就报警吧。"赵妈回道，"看看谁家丢了小孩儿。你问不出来，让警察问去，别稀里糊涂的，院里又多一个孩子。"苏丽叹了口气："也只能报警了。"

报警电话打了之后，苏丽又上楼去看了一趟。

她打开了门上的小窗口，平日里就是这么查房的，所以动作很娴熟。这两个怪小孩儿还是面对面坐着，方芝依旧没什么表情，陈念依旧在哭。也不知道到底在哭什么，不出声，就是干流眼泪，时不时地抹一下眼泪，没有一点儿普通小孩儿哭起来的样子。

苏丽看她那源源不断的眼泪，真怕她的眼泪流干了。

陈念真的认识方知著，是在两人的二十四岁。

在那之前，她只是远远地望着一个自己喜欢的明星，但方知著的电影、电视剧都会去看，发了歌也会第一时间去买。

方知著有甜美的笑容，进入角色或者站在舞台上时，眼睛灵动得能说话。陈念有时候工作累了，心情不好了，一想到方知著的照片，觉得世界都明亮了起来。

所以在收到方知著所在的经纪公司发过来的拍摄邀约时，陈念兴奋得手指都在颤抖。

她哆哆嗦嗦地回人家的消息：

可以，刚好有档期。

刚扔掉手机，陈念转头就跟自己的助理号叫："我可以去拍方知著了啊！"

助理："什么时候？"

陈念："下月一号啊，整整二十八天哎！"

助理："一号不是要去参加 Como 盛典吗？"

陈念："不去了，那可是方知著啊！"

助理呵呵地笑，但也表达了自己的不理解："老师，你又不是没拍过明星，之前白影帝过来，也没见你这么激动。"

"那能一样吗？"陈念深吸一口气，"那是工作，这是……哈哈哈哈哈……"

她是真的高兴。

她大学学的是水利水电，摄影只是爱好，但毕业之后，专业上没找到合适的工作，反倒是拍摄接得越来越多。

从个人写真，到广告片，再到开了自己的工作室，和许多明星合作，完全是水到渠成、节节高升。如今她只算初露头角、小有名气，还没到自己去挑明星合作的程度，没想到迎来了她的人生巅峰。

她曾无数次地幻想过，方知著在自己的镜头里会是什么模样。接下去的一个月时间，除了工作，陈念把所有的私人时间都放在了研究方知著上。了解她近年来的造型特点、人设方向，打造适合她的独一无二的拍摄方案。等她把三套拍摄方案发过去的时候，方知著的经纪人惊叹地发来语音："啊，您这个也做得太棒了吧，三套方案我都想要。"

陈念清清嗓子，试探地回复她："您都喜欢的话，不如发给知著看看，让她选一套？"经纪人觉得没问题，然后发给了方知著，方知著当时正在拍戏，晚上的时候，陈念才收到了经纪人的回复。经纪人没说什么，直接推过来了方知著的微信。

陈念的手又开始抖了，空调房里，她觉得自己浑身都热气腾腾地在冒汗。陈念加了方知著，方知著很快通过。

聊天页面刚跳出来，陈念还没想好怎么打招呼比较合适，方知著就发过来了一个可爱的喵喵表情包：嘿！

陈念：嘿！

方知著：我看了方案，也太棒了吧！

陈念：你喜欢就好。

方知著：可是要选一个，好难啊……

陈念：需要我推荐吗？我个人觉得深海人鱼那套……

她的字还没打完，方知著的消息已经又跳了出来：

我都要！

陈念觉得方知著真是个小孩子。

约定这种工作上的事居然一点儿都不考虑自己宝贵的时间。

陈念：每套方案有两套造型，我们只有一下午的拍摄时间。

方知著：一下午拍三套方案太紧张了，那我约你一整天的时间好了。

方知著发来条语音："我那天有空的，我跟杨姐说说，我们从早到晚拍一整天好不好？"她的声音很甜，还拖着小小的尾音，有一点点儿的撒娇和祈求的语气。

方知著紧跟着又跳出一条语音："你是不是比较忙呀？你忙的话，那我们选一套就好了。"

陈念瞬间回了一条语音："不忙。"

拍摄就这么定了下来，为了不让方知著太累，陈念又对方案进行了一些调整，后续对接十分顺利，她跟经纪人那边谈完，方知著就会发消息给她，夸她真厉害，好细心。

陈念就没见过这么主动的明星。

有了前期的沟通，真到了拍摄这天，陈念平静了许多。

但那也仅限于她收拾东西，开车去往方知著豪宅的途中，等车驶进了方知著家的车库，穿着睡衣的方知著趿着拖鞋迎接她，睡眼惺忪地跟她说道："来了呀，这么早，辛苦啦。"

"嗯，早。"陈念低头进入工作流程，"别墅照片我看过了，我们先去搭设场景。"

"嗯。"方知著回道，"那我去化妆了，早餐我让豆子买了，你们记得吃哦。"

熟稔、亲和、甜美、可爱。

晨光初上的时候，他们开始第一套造型的拍摄，方知著是林间的天使，赤足踩在薄纱上。

午后，他们吃过午餐，进入别墅主区拍摄二十四岁方知著的日常生活，在一切都准备好了之后，方知著突然说道："我觉得不太对。"

这是拍摄了这么长时间，方知著第一次提出异议。陈念赶紧叫停了所有人，问她："感觉哪里不对呢？"

方知著当时窝在沙发上，冲陈念招了招手。陈念往前几步，走到一个绝对可以听见方知著小声说话的距离，但方知著还嫌不够，她挺起上半身，跪在沙发上，直接倾斜了过来。陈念双手虚虚地抬了抬，怕她摔下来。

方知著合拢手，凑近她的耳边和她说悄悄话："我在家不会穿成这样。"她的声音轻轻滑过，"太拘束了。"

方知著退了回去："所以感觉不对劲哪，没有那种舒服、自在的感觉。"

陈念不知道说些什么。她已经努力让自己显得敬业了，但方知著随随便便的一句话、一个动作就可以打乱她的工作节奏。

沉默良久，陈念低着头问方知著："那……您觉得怎么拍比较好？"

周围的人不明所以，看着摄影师的姿态猛然之间从快乐、积极、向上变成了如今备受摧残的模样，只以为这位当红明星终于展露出了自己的脾气。

四下寂静得仿佛能听见空调吹出来的风。

方知著终于开口："我觉得不要这么多人在比较好。"陈念这边的工作人员瞬间都往后退了一步。

方知著："光线挺好的，我觉得我们两个人就够了。"方知著这边的工作人员也都往后退了一步。

陈念捏了捏拳头，还能说什么呢。

"好。"

所有人都退了出去，只留下了陈念和方知著。

方知著本来穿的是个宽大背心和小短裤，这会儿胳膊一抬就把她自己衣服给换了。背心依旧宽大，过长的袖口透出美好的身体形状，一动，便影影绰绰的。

陈念只扫了一眼，便别开了目光。

方知著长腿搭在沙发背上，风把白色的窗帘吹起，蹭过她的脚尖。她眯了眯眼，叫陈念："老师，来拍吧。"

陈念挣扎也不过几秒，她脚步顿住，方知著问道："我在你心里是什么样子呢？我很好奇，你可以拍出来。"

陈念回头，看到方知著懒散地坐在沙发上，鼓风机将她的发丝吹起，大灯照得她肤白如玉，是少女灼热的梦想中才能拥有的画面。

陈念往前一步，想要再确定一下方知著的意思，但她实在是太慌了，压根儿忘了眼前的台阶。一个趔趄，人倒是没倒，手里的相机飞了出去，磕在了坚硬的石材地板上。

陈念看着镜头直接裂开的相机，陷入了久久的沉思。她是个傻瓜吗？她从踏进这栋别墅开始，在方知著面前，处处像个傻瓜。

陈念深深地感到沮丧，她捡起相机检查了下，不仅镜头摔坏了，居然连机身的反光元件都被摔裂了。这是她为了拍摄方知著，专门购买的限量纪念版。

二十万没了。最重要的是，她觉得自己在方知著面前，失去了一个专业摄影者的素养。

什么乱七八糟的绮思一下子都消散得一干二净，陈念抬了抬手上的相机："对不起，没法拍了。"方知著看着她，问："没有备用吗？"

陈念："有，但是没有这个好。"

方知著直接站起了身，几步走到她面前："那跟我上楼，我有很多相机。"

陈念："不仅仅是相机，我觉得我……"

"不要说话。"方知著回道。

陈念闭了嘴。

方知著突然变得强硬了起来，明明人还是那个人，明明是偏甜美的长相，但强硬起来的时候，一举一动，就连脚踩在地板上的声音，都变得不一样了。

陈念只能跟着她走，她不松不紧地箍着她的手腕，带着她走过旋转楼梯，到了二楼的卧室里。

陈念觉得自己在做梦，往后的很长时间，她都觉得自己在做梦。方知著一次次地找她，在暴雨后的黄昏，在熬过夜的清晨。

方知著给她发消息关心她。陈念不止一次地问过，为什么？方知著笑着反问她："如果我追求的是这些，每天看看我自己不就够了吗？"

真是强词夺理。

是的，强词夺理。和方知著的接触越多，就越会发现，她的甜美都只是表象。方知著做起事来雷厉风行，方知著要什么，就会拼尽全力去拿到手。

方知著说想和她做朋友，就要和她成为朋友。

方知著说想跟她合作，就要和她整天谈工作的事。

除了最终的离开，陈念实在想不出任何方知著做得不对的地方。她爱护她，关心她，支持她的工作和梦想，从不限制她的自由。

方知著一手打造了属于陈念的，最完美的童话幻想。所以陈念觉得，再来一次，她也要给方知著那么多。

不，她要给的更多。她要让这个小小的方芝，快乐、无忧地长大，要保护她远离所有的苦难和悲伤，要陪伴她所有的孤独和热闹，要让她幸福安稳地过完这一生。

陈念盯着那被子盖得只剩下个头顶的脑袋，耐心地等待方芝的回答。

方芝团在里面，一动不动。陈念有的是耐心等待方知著，倒是苏院长等不了了，她念叨着："这姑娘，就是不爱说话，大家都可喜欢跟外面的小朋友玩了，你们可以交换下名字啊……"说着她便上前，准备去拍方芝的被子，陈念赶紧站起了身，回道："不用了。"

苏院长看向了她。"我叫陈念，我记得家里的地址和电话。"陈念说道，"我这就跟你出去。"苏院长高兴地一拊掌："这就好！你走丢了，爸妈多着急啊！"陈念回道："我不是走丢的，我是自己过来的。"苏院长问："那我送你回家好不好？"陈念摇了摇头："不用，打个电话让他们来接我就行。"她顿了顿："明天我还会再来的。"

虽然这句话让苏院长露出了一脸的惊奇和疑惑，但这话并不是对她说的。

这是陈念给方芝的承诺，我明天一定会来的，后天也会来的，大后天也来，直到你接受我这个朋友。

陈念的父母是和老师一块儿到的。

孩子在上课期间跑丢了，这是谁都担不起的责任，语文老师温灿就是班主任，追陈念追得岔了气，蹲在地上好久没缓过来。

发现孩子追不上以后，她立马给陈念家里打了电话。陈念的爸爸陈军杰是一名政府工作者，每天朝九晚五，按时上下班，妈妈刘春花是位裁缝，会在家里接一些服装定制的活儿来干。

总体来说，是个条件不错的家庭，毕竟只有陈念这么一个宝贝女儿，所以电话接通后，妈妈活儿不干了，爸爸也立马请了假，两人兵分两路，一个去学校了解情况，另一个去陈念常玩的地方找孩子。

找了快两个小时，没寻见人影。刘春花都快急疯了，叫了几个人去报警，刚把事情说明白，家里就接到了来自派出所的电话。

一番折腾，她终于来到了福利院，见到了坐在院长办公室里的陈念。刘春花上上下下扫了一遍女儿，看见她除了眼睛哭过有些红肿，其他都是干净的，于是她冲上去对着陈念的肩膀就是一巴掌。

"你犯什么病！有什么事不能回家说！平时怎么教你的！"刘春花边骂着，眼泪边往下掉，"你跑这儿干吗来了！不就说了你两句，敢直接离家出走了是不是！"

一旁的警察把人拦了下来："女士，您不要激动，孩子找着了就好，别打孩子，打了更要跑。"

这番话真是火上浇油，刘春花指着陈念喊："我平时哪里打过她！你问问我打她吗！"

"行了。"陈军杰双手按在她肩膀上，说话声音小小的，"别在警察面前吵。"

刘春花呼出口气，又抹了两把眼泪，抿着唇不说话了。警察说道："孩子跑这么远，具体的情况还是要向你们父母了解一下，你们看，谁过来……"

陈军杰抬手："我来。"

"行。"警察看了刘春花一眼，"别打孩子了啊。"

刘春花没应声，屋子里的人一下子出去了一大半，只剩下了刘春花和陈念。陈念抬头看着自己的母亲，虽然七岁已经有很成熟的记忆了，但在梦中再见父母，心里还是有种酸痛感。那个时候，妈妈可真年轻啊，头发又黑又密，眼角和额头也没有那些消散不下去的纹路。

陈念知道妈妈不会再打她，刚才也就是一时气急。妈妈的确是个急脾气，情绪上头的时候什么话都能说出来，冷静了以后又自己一个人窝着后悔。

她带着方芝回家的时候，妈妈就是这样，气急了就往她脸上扇一巴掌，往后好些天不接她电话，也不准她回来。

陈念抬起胳膊蹭了蹭眼睛，觉得自己真是活回去了，还没说什么话，光是看着妈妈就想哭。刘春花到了她跟前，把她的胳膊打了下去，从包里拿出纸给她擦鼻涕和眼泪。

"衣服脏死了，眼睛乱揉，搞坏了变近视眼。"

陈念吸吸鼻子，止住了眼泪。

妈妈又说道："你委屈得不行哦，你受委屈了，回来冲我哭啊，你跑这么远干什么？"

陈念回道："我没有委屈。"

"行了。"妈妈凶她，"我以后不说你了行不行，不就让你多吃点儿青菜吗……"

原来妈妈嘴里中午的吵架是为这事，不过陈念的脾气一部分随了她妈，有时候轴劲儿上来，还真可能因为多吃了一口不喜欢的菜而离家出走。现在想来，就会觉得很好笑。

妈妈手里拿的纸还捏着她鼻子，陈念一笑，吹出个鼻涕泡。

刘春花看着那个大大的鼻涕泡，没憋住，也笑了。

房间里的气氛就这么缓和下来，等妈妈给自己把脸收拾干净了，陈念开始和她正儿八经地谈事情："我没有因为中午吃饭的事和妈妈生气，妈妈让我多吃青菜是对的，青菜补充维生素和纤维素，对身体好。"

刘春花很震惊。

陈念："我自己跑掉也确实做错了，我有什么事应该和老师打报告，我想去什么地方应该跟你和爸爸说。"

刘春花说不出话来。

陈念："妈妈，对不起，你可以原谅我吗？"

刘春花简直不敢相信。

她这个女儿吧，虽然大体上是个好孩子，但平日里哪有这么乖。爱跑、爱闹、吃饭挑食、说话都随她，压根儿就不是那种软乎乎的小姑娘。以前吵架了、和好了最多也就哼哼唧唧地认个错，说以后不会了。哪里会像现在，说话一套一套的，还挺有逻辑。

刘春花认真地盯着陈念，又把她从上到下仔仔细细看了一遍。觉得看着不具体，又上手摸了摸："你这是怎么了？"

陈念："妈妈你原谅我了吗？你原谅我了，我才敢告诉你发生什么事了。"

刘春花："你让我原谅你啊，我就不原谅，你爱说不说，小屁孩儿跟谁学的，还会威胁人了。"

陈念晃了晃搭在凳子上的腿："妈妈我认识了一个新朋友，我想带你也认识一下她。"

陈军杰、温老师、苏院长和警察一块儿回到办公室的时候，刘春花和陈念正在对峙。刘春花的表情难以言喻，陈念端端正正地坐在椅子上，圆乎乎的脸颊，双马尾，看着特别单纯、无害。

陈军杰说道："春花，这边基本处理完了，我们可以回家了。"

刘春花："完什么完，你搞清楚你女儿为什么跑这儿来了吗？"

温老师赶紧接了话："陈念妈妈，我当时正上课呢，我们班的王小明发烧了，我过去看他，真没注意到发生了什么。回去了我再问问陈念的同学……"苏院长也立马回道："我在院子里扫地呢，这位小朋友就来敲门，说要进来。"

警察："我刚才和孩子她爸……"

刘春花抬了抬手："丢孩子这事跟大家没关系，我们都没搞清，我们是搞不清的。"

她指了指陈念："让她自己说。"

所有人都看向了陈念。也不是没人问过陈念，苏院长把嘴皮子都磨烂了，也没问出个所以然来。陈念整了整衣服，从高高的椅子上跳了下来，落地的时候脚上一个趔趄，吓得所有人都伸手去接。

"我没事，没事。"陈念阻止了大家的动作，站直了，环视每个人，然后嗓音清澈、洪亮地回道，"事情是这样的。"

"那天我看书，有个故事是讲儿童福利院的。我就很好奇咱们这儿有没有福利院。"

"后来上课时我睡着了，梦见自己来到了福利院，交到了一个很好的朋友。一睁眼，我太激动了，就直接跑了过来。"

"福利院找到了，"陈念的小嘴顿了顿，"我路上有问人。"

"好朋友也找到了。"陈念的眼睛亮了起来，"她现在虽然不太想理我，但我一定会坚持和她玩的，我觉得这对她也是一件好事，她看起来很孤独，她需要朋友。"

所有人都愣住了。

陈念握了握拳头，身子挺得笔直，然后猛地鞠了个躬："今天给各位叔叔阿姨添麻烦了，对不起！以后我再来找好朋友玩，一定提前告诉我爸妈。"

苏院长、警察、温老师、陈军杰都是一脸茫然和震惊。刘春花由于已经听过一遍这神奇的理由，所以正冷笑着看看自己的丈夫：看看你养的这什么孩子。

陈念一副小大人的模样，但话里的缘由和逻辑的确是小孩子才能干出来的事。你说她奇怪吧，也不算奇怪，说她不奇怪吧，也真是奇怪。孩子干了错事，这么庄重地跟你道歉了，你还能把她怎么着呢。

大家呆了半分钟后，都松了口气，再互相客套几句，该继续出警的出警，该回学校的回学校，陈念抓着刘春花的手，待所有人都走了以后，都没松开。

"妈妈，"陈念提醒她，"看看我的好朋友。"

刘春花不说话，陈军杰抬头瞅瞅这个，低头瞅瞅那个，犹豫地说道："要么见见吧，这里的小朋友也是真的可怜……"

苏院长就在他们身后，刚才和警察做记录的时候，她听到了陈念爸爸是在政府工作的，这会儿赶紧说道："要么你们留下吃顿饭吧，到晚饭时间了，我们一块儿去食堂，方芝也在那儿吃饭。"陈念听到这名字，眼睛就亮得跟大灯泡似的。

她说道："妈妈，我饿了。"

三人来到福利院的食堂。

说是食堂，其实就是个大点儿的房间，放着些桌椅、板凳，大盆的菜和米饭端上来，摆成一排。苏院长带着陈念一家算是吃的小灶，坐在角落处一张比较新的桌子上。

这个时候能看到所有福利院的小孩儿，一个个端着碗筷排队、打菜，有高有低，有大有小，但都挺瘦的。苏院长叹了口气，说道："孩子们长得快，衣服没新的，就穿年长点儿孩子剩下来的，伙食管饱，但经费实在是有限，吃不了太好。我这里抠点儿，那里抠点儿，就想让孩子顿顿有菜有肉。"

陈军杰附和了几句，刘春花没说话，只是皱着眉头看着那些孩子。不一会儿，陈念拽了拽妈妈的手："来了，就是她，最漂亮的那个。"

一眼望过去，最漂亮的真是毫无疑问，独独一个。

方芝也瘦，但在别的孩子皮肤没有撑开，显得又黄又瘦的时候，方芝却白得耀眼。她身上的衣服虽然不好看，但她个子高，比例好，很土的版型硬是被她穿得洋气了起来，再加上那头茂密、微卷的长发,像是个落难的公主。

刘春花没忍住多看了几眼,陈念嘚瑟地摇她的手:"漂亮吧?"

苏院长望过去,跟这一家人解释方芝的状况:"这姑娘叫方芝,和陈念一样大,今年也七岁。长得是真的很漂亮,听她以前的老师说,她性格好,而且特别聪明。今年入冬不是过了场寒潮吗?下了那么大的雪,她爸爸带着妈妈去给人送货,车进了山里,路实在太滑了,刹车失灵,人就没了……"

苏院长叹了一口气:

"她家是从别的地方搬过来的,这边没有亲戚。一直联系不到人养,就送到了咱们院里来。这孩子真是可怜,刚来的时候不吃饭、不说话、不睡觉,困了,人好不容易闭上眼,突然又惊醒过来……

"咱们院里人手少,不能时时刻刻地看着,这孩子跑了两回,都跑回自己家去了。但她家那房子是租的啊,人家不可能再让她住。

"现在好一些了,吃饭、睡觉、上课都乖,就是不说话。跟老师不说,跟别的小孩儿也不说,对着窗子一发呆,就是半晌。"

觉得自己说得过了,苏院长又赶紧收了回来:"但时间长了肯定就好了,长大了慢慢就忘了。"刘春花低头吃了口饭,陈军杰叹了口气。陈念的凳子"嘎吱"一声,人突然站了起来。刘春花拉住了她:"你干吗去?"陈念的眼泪在眼眶里打转,她看着刘春花,说道:"妈妈,我难受。"刘春花鼻子一酸,陈念端着自己的饭碗:"一个人吃饭蛮不开心的。"

是的,方芝那边只有一个人。

她打好饭就坐到了没人的角落,那里窗户破了个口,风会灌进来。

刘春花没再挡着陈念,陈念端着饭碗快步地走到了方芝跟前,在她的身侧坐下来。在靠窗的那边,替她挡住了风。

冬天白日短,天已经黑了下来。窗外墨蓝的天空上挂着一轮圆月,就在窗户的上方,闪闪地发着光。方芝没有和陈念说一句话,甚至再没有看她一眼,她低头吃着自己碗里的饭,菜打得很少,脸上没什么表情,仿佛只是在重复机械的进食动作。

陈念没有打扰她,只是静静地陪着她。

方知著不喜欢一个人吃饭,但有时候她的工作实在是忙,哪怕在吃饭的时间,注意力也要放在工作上,陈念经常去探班,两人虽说不上一句话,但方知著说这样她就很开心。

只要能让方知著开心一点点儿,陈念做什么都愿意。哪怕那个和她相识了多年的方知著埋着这么多的秘密。

吃完饭方芝回自己的房间,陈念呆呆地盯着她的背影,脚步不由自主地往前挪,被刘春花拽住胳膊拉了回来。

"你不想回去了吗?"刘春花低声问她,"刚在办公室里说的话都忘了吗?"陈念咬着下唇，低着头，只能跟着父母出了福利院。如果她现在是一个独立的大人，那她今晚一定会住在方芝的隔壁，明天就办领养方芝的手续。

但她不是。

她也只是个七岁的孩子，乱跑一趟都不应该，吃的、喝的、住的都得依靠父母。

陈念缩一缩胳膊，逃脱了母亲的钳制，在刘春花瞪眼的时候，把自己的手塞进了妈妈的掌心。"我没忘。"陈念回道，"我说话算话的。"

小孩子的手又小又软，刘春花也没法再跟她生气。三个人站在福利院门口等车，位置太偏，等不到出租，苏院长又出来讲道："坐公交吧，还有一班，进了城里就好说了。"

"好，谢谢。"陈军杰点头回道。

院长一直陪着，等三人上了车，才回身进了福利院。

公交车上没什么人，一家三口坐在最后一排，陈念夹在中间。刘春花一直攥着她的手，几分钟后，她问陈军杰："你说苏院长什么意思？"陈军杰看向她，表情有些呆："什么什么意思？"

刘春花皱着眉头："她说了那么多，你没品出点儿意思？"

陈军杰："什么话都有个意思，那我也接收不了那么多意思。在单位就整天意思来意思去，出趟门跟人聊个天还能意思。"

刘春花："这大概就是你升不了职的原因。"

"啊，你这怎么又说到我头上来了……"陈军杰气得不行。

陈念也皱起了眉头，她爸看起来是有些呆，小时候她总觉得她爸爸就是传说中的老好人，没什么脾气，出事了喜欢和稀泥，干不出什么成绩，只能平平静静地维持他们家的生活。

后来长大了，她自己体会到了工作的辛苦，再和爸爸坐在一起的时候，看他喝茶、下棋，就明白了她爸爸不是不懂。

只是不想要而已。

不想应承那么多的意思，不想为了更高的职位阿谀奉承，甚至不想去做什么大事，追求所谓巅峰。因为要得到，就总得付出。这种心态说不上是好是坏，只是陈念现在心里存着许多需求，只能通过父母去实现。

于是她另一只手拽了拽爸爸的衣袖，说道："爸爸，我觉得苏院长在暗示你领养方芝。"刘春花一巴掌拍在陈念的脑壳上："乱说什么，你自己想要，别往别人头上推。"

陈念抚一抚自己痛痛的脑壳，大方地承认："是的，妈妈，我自己想要。"

刘春花："你就是看上别人漂亮。"

因为方芝太好了，什么都很好。但现在方芝其他的优点还没显现，谁不爱美人，说漂亮也总是没错的。

于是陈念继续大方地承认："是的，妈妈，我想要一个漂亮的姐姐。"

陈军杰突然笑了，问陈念："漂亮妹妹行吗？"

陈念整张脸都皱巴了起来，话到嘴边忍了又忍，换了个相对委婉的说法："爸爸你看我漂亮吗？"

陈军杰张了张嘴，陈念赶紧又补充了句："有方芝一半漂亮吗？"

陈军杰闭嘴了，他听懂了。这是在说他生不出来那么漂亮的妹妹。

刘春花哈哈大笑起来："也亏我们家念念长得像我，还能看。这要像你，孩子得受多大委屈。"

陈念："所以妈妈我们养个漂亮姐姐吧！"

刘春花收了笑容，冷酷拒绝："不行！"这又不是买个玩具，养条狗，掏钱稍微费点儿心就完事了。一个孩子，一个已经有了自己记忆、自己思维的孩子，一个有着严重创伤应激障碍的孩子，谁都不可能随随便便收养。

孩子不懂这些，当妈的最明白。

车子静静地行驶，刘春花的脸色很沉，陈军杰时不时找个话题跟她说几句话。陈念被拒绝了不哭也不闹，安静地坐着，视线落在空荡荡的车厢里，发呆发得很专注。

车子到达市里，又转乘了辆出租，才到了家。这个时候陈念一家还住在爸爸单位分的房子里，小区也不算老旧，七层的居民楼在周边的房屋映衬下，算是高的。没有电梯，家在五楼，陈念没上几个台阶，脚就疼得没法掩盖了。她开始一瘸一拐地上楼，刘春花立马发现了异常，就地蹲下把她抱着，坐在自己的腿上，抬手就把鞋子给脱了。

"哪里疼？"她皱着眉头问。

"磨破了。"陈念指了指自己的脚后跟。

袜子是深色的棉袜，看不出来，但陈念知道她的脚已经有好几个地方见血了，粘在袜子上，要这么突然脱袜子，一定很痛的。

"过来背你女儿！"刘春花冲陈军杰吼。陈军杰赶紧蹲下身，小心翼翼地把陈念背起来，稳稳地朝楼上走去。陈念的脸颊贴着爸爸的脊背，突然就觉得自己特别对不起父母，但她没办法，她只能不断地从爸妈身上汲取，汲取爱和活下去的能量。

回到家的时候，陈念的眼泪把爸爸的脊背打湿了一大片。脚还受着伤，人又哭成这样，刘春花再没舍得凶女儿一句，蹲在沙发旁边，轻轻地给陈念处理好了磨出的水泡和伤口。等她再抬起头的时候，陈念的身子已经歪在沙发上，睡着了。小孩子的体力有限，沉入睡眠里，连梦都是漆黑的。

第二天清晨，陈念被妈妈叫醒，早餐已经做好了，吃过饭就送她去学校。

十八岁之前，上学就是最重要的事，陈念没磨叽，快速地把自己洗漱干净，快速地吃完了早饭。

妈妈已经换好了鞋，陈念跛着脚转身又进了屋。"你干吗去？"刘春花在门口喊，"你昨天就没背书包，书包还在学校呢！"屋子里"哐"的一声，有东西打碎的声音。

刘春花快步地往陈念的房间走："摔倒了吗？"

没摔倒。

陈念拿着垃圾桶，正把桌上的碎片往桶里拨，怕划着手，她手里还拿着本书。处理完了碎片，开始整理桌子上的钱，最大的五十，最小的一毛，还有一堆硬币。

刘春花来到她跟前，问她："把存钱罐摔了做什么？"

陈念:"拿钱。"
刘春花:"拿钱做什么?"
陈念:"看漂亮姐姐。"
真是一点儿都不意外呢。
有了昨天的经历,刘春花已经非常平静,她看着陈念一张张地数钱,那两只小胖手还挺利索,有成为银行柜员的潜质。
陈念数完了钱,整整齐齐地将一沓纸币装进外套的兜里,剩下的硬币叮叮当当地塞进自己的裤兜里。
刘春花问:"多少钱?"
陈念拍拍兜:"一百九十八块零五毛。"
刘春花:"哇,巨款呢。"
陈念仰着脑袋,笑得十分天真烂漫:"谢谢妈妈,同学都说压岁钱给了爸妈就拿不回来了,我妈妈特别好,我的钱都给我。"
刘春花扯扯嘴角:"你要是考数学的时候有这么精就好了。"陈念数学一直不好,上了高中拼命补了两年才没拖后腿,考进了名牌大学。如今陈念一把年纪,做高数肯定是不行了,但小学二年级的数学题,那还是百分之百有把握的。
她立地起誓:"妈妈我跟你保证,我下次考试一定是双百。"
刘春花一脸怀疑。
陈念:"真的,我跟你打赌,要是没做到,这些钱我全给你。"
刘春花总觉得自己女儿的意思是,哪怕没做到,也是到时候再给你钱,反正现在这钱,肯定是要装进自己兜里的。但小孩子大概是没这么复杂的心思的……吧?
刘春花带着陈念出了门,用大围巾将她包裹得严严实实,把她抱上了自行车后座。自行车在冬天干冷的风中穿行,刘春花一直在反思自己的教育理念。她高中毕业,算是那个时候读书读得多的女孩子,但她一直挺遗憾自己没有考上大学。她生性好强,即使身边大部分人结婚后都在家做家庭主妇,她也想要自己赚钱,所以不管带孩子多累,都没放弃自己做衣服的工作。
她后来看了不少书,就是为了能把自己的女儿教得更好,所以尽管脾气差了点儿,但是她一直很尊重孩子的想法,尽量站在平等的位置去处理和孩子之间的矛盾。
所以陈念古灵精怪,脑子里有很多奇奇怪怪的想法,不循规蹈矩,她很开心。但现在古怪到出了大问题,刘春花一时之间不知道到底还该不该放纵她的古怪。
送陈念到了学校,刘春花被吹得脸有些僵。她搓了搓自己的脸,回身准备抱陈念下车,陈念已经自己跳下来了。"你脚不疼吗?"刘春花的声音一下子大了。"不疼了。"陈念摇摇头,"妈妈,我会注意的。"
她把自己脑袋上的大围巾拽了下来,对刘春花说道:"妈妈你低头。"刘春花没动。
陈念:"快点儿妈妈,念念给你戴围巾。"
刘春花撇过脸,伸手拿了围巾,自己裹上了:"你今天有什么打算,还要离校出走吗?"

"不走，我会乖乖上完课。"

刘春花："然后呢？"

"等下午放学了再过去。"陈念拍了拍自己的兜，"我有钱，会坐车。天黑前会回家的。"

刘春花呼出一口长气，在她的背上拍了一巴掌："去上课。"

厚厚的羽绒服让陈念像个小炮弹，圆滚滚地被推了出去。

她进了二年级三班的教室，没有理会四下里同学们落在她身上的奇怪目光，找到自己的座位坐下。同桌拿着课本正装模作样地早读，眼睛往她脸上瞟了无数次。陈念从兜里拿出课本翻了翻，太幼稚了，实在太幼稚了，就这内容，她用脚答题都能答满分。

同桌："陈念，你作业做完了吗？"

陈念："什么作业？"

同桌指指语文书："生字十遍。"

陈念问他："你叫什么名字？"

经过昨天那件事，同桌对这种问题已经不感到奇怪了，赶忙回答道："林天意！"

陈念："哦。"

林天意："陈念，你作业做完了吗？组长要收作业，今天语文课要默写。"

陈念从桌兜里翻出了语文作业本，模仿自己小时候丑巴巴的字迹，没几分钟就写完了。

林天意："还有数学……"

十分钟后，陈念把所有的作业本都交了上去。

林天意没有可以搭的话了，只能十分崇拜地看着陈念。

这个年代的孩子没有手机，没有电脑，平日里在学校能玩的东西也就那么一点儿，本来昨天王小明发烧就可以成为二年级三班全体同学一整天的讨论点，回家要和爸妈说三遍的那种，但是陈念突然跑了，被老师和主任，还有一堆高年级同学追都没追上，俨然成了二年级三班的神话。

竟然有人有能力对抗整座学校，她可真是太厉害、太可怕了！

林天意这一天因为坐在陈念身边，过得兴奋又忐忑，陈念却无聊得想要奔去操场打一套太极拳了。

太无聊了，小学生的课程太无聊了，老师瞪眼睛，张嘴故意提高声音讲课的样子太尴尬了，同学们……都太傻了。

终于熬到了下午放学，非常美妙的是，小学下课十分早。太阳还明晃晃地挂在天上，今天阳光充足，空气里有暖暖的味道。陈念抬腿奔出了队伍，在一众学生惊恐的眼神里，第一个奔到了校门口。

然后，被刘春花拦住了。两人面面相觑，对峙，愣在那里。身后大批的学生拥了出来，像浩浩荡荡的小太阳。小小的陈念被夹在人群中，弱小、可怜，又无助，睁着不大的单眼皮眼睛瞅着自己的妈妈。

刘春花看了眼她的脚，拍了拍自行车座："上来。"

陈念："呜……"

刘春花："看漂亮姐姐。"

陈念："嗷！"

这次准备充足，又有专车，快到福利院的时候，陈念叫停了她的专车司机："妈妈，等一下。"刘春花捏闸，陈念跳下车，往旁边的小卖部跑，刘春花在她身后喊："你脚真不疼啊！"

还是有点儿疼的。不过这点儿疼对于心理年龄极高的陈念不算什么。

她一秒都不想耽搁，快速地冲进店里挑了些小孩儿会喜欢吃的零食，把它们全都塞进了书包里。这是她今天上课想了一天的东西，她认真地回忆了一下这个年代有些什么吃的，而这些吃的里，哪些会符合小孩儿的口味。

没在学校小卖部里买是因为人太多了，人多眼杂，还都是小朋友，哪个看见了要分陈念一口，陈念都觉得心疼。她只有一百九十八块零五毛，要全部花在方芝身上。

陈念背着沉甸甸的书包，冲回了妈妈跟前。刘春花准备抱她，她自己已经跳上了车。

"你明天还来吗？"刘春花问她。

"来。"陈念一点儿都没犹豫。

"我看你这架势……"刘春花的嘴巴顿了顿，"要不明天你还是自己跑着来吧。多冷的天啊，我骑得腿疼。"

"妈妈，我有钱。"陈念拽了拽自己胸口的小学生专属公交月卡，"我还有公交卡。"

刘春花："啧，看来我今天多此一举，画蛇添足，自作多情……"

车子到了福利院门前，苏院长正带着一群孩子在院里做活动，看见门前晃过的身影，赶紧过来给开了门。

"来了啊。"苏院长跟招呼自己家亲戚似的。

陈念："苏院长下午好，我说了要来的。"

苏院长摸了摸她的脑袋："你真厉害。"

刘春花把车子停到一边，干脆利落地问道："院长，你们是不是快开饭了？刚好，我又能蹭一顿。"

"哎，你看你说的，来了都是客人，我们院很欢迎客人。"苏丽也不折腾了，冲着孩子们说道："解散吧，准备吃饭。"

一半的孩子走了，另一半的孩子还在原地磨蹭，时不时地瞅一眼刘春花。陈念见这群人里没有方芝，便熟门熟路地奔进了宿舍楼。

苏丽同刘春花聊天，叹了口气，说道："孩子们都希望有人领自己走，所以来个大人就都看着。"

"嗯。"刘春花应了一声，没接这个茬儿。

陈念背着一书包的零食上了楼，方芝的房门半掩着，陈念瞟见里面有人，挺直身板敲门，方芝连应都没应。

陈念犹犹豫豫，最后隔着门板出声说道："方芝，我是陈念。"

里面还是没动静。

陈念压低声音："我给你带了好吃的。"

方芝一点儿都没有因此被蛊惑。

陈念干脆自言自语起来："你知道我今天怎么过来的吗？我一放学就往外跑，结果一跑出门就看见了我妈。我妈那两只眼睛，瞪得跟铜铃似的。我心想，完了，八千里路挡不住我，但持刀的门神可以啊！当时我就明白了，今天这关，不能硬闯，只能智取。还没等我妈开口，我立地就表演一个娇弱无依、泫然欲泣，我妈一看，好家伙……"

门开了。

方芝站在门缝里，从头到脚地看陈念。

陈念闭住了嘴。

这次方芝的眼神里不仅有探究，还有疑惑和奇怪。陈念反思了一下自己哪里奇怪，发现自己哪里都奇怪。在众多的奇怪中，刚才那一段话显得尤为奇怪。这哪是一个二年级小孩儿能说出来的话，这得是神童啊，相声界神童。

陈念清了清嗓子，试图解释："我……喜欢看相声……我背东西挺快……"她咧开了嘴，展露一个憨厚的笑容，"你喜欢看相声吗？"

方芝抬手推了她一把，陈念的身子晃了晃。她低头盯着自己的肩膀，欣喜若狂。陈念忍不住笑起来，方芝眉头皱着，看她的眼神更奇怪了。

陈念也知道自己被人推了还乐呵呵的，很像个傻瓜，但她搓了搓脸也没能把自己的快乐表情给搓回去，只能低了头，往后退了一步，问："你要出来吗？"

福利院里响起铃声，昨天陈念听到过，是晚饭的铃声。

方芝回了屋，再出来的时候手里果然拿了自己的碗筷，顶着刚才看陈念时那个臭臭的表情往外走。

陈念赶紧跟在了她身后。

一切仿佛复制粘贴似的，妈妈和院长在另一边的桌子上吃饭，陈念陪着方芝在漏风的窗口前吃饭。不一样的是，吃完饭，陈念掏出了一包奶糖递给方芝。一样的是，方芝依然没理她，目光只在那包糖上扫过，便端着自己的饭碗离开了。

陈念攥着那包糖，来到了刘春花跟前："妈妈，回家了。"

刘春花："天不还没黑呢吗？"

"不要给她太大压力。"陈念把糖递给苏院长，"院长，你可以把糖给方芝吗？"

苏院长接了过来，笑着回道："当然可以。"

这次走得是真的顺利，陈念爬上车座之前，只偏头冲方芝的宿舍看了两眼。

苏院长吃完饭，拿着糖去了图书室。方芝喜欢看书，没课的时候，她能待在图书室里一整天。院里图书室的书基本都是捐赠的，什么书都有，有的还皱皱巴巴的。天色已经暗下来了，但方芝没开灯，她坐在窗户前，只有一个孤零零的身影。苏丽进了房间打开灯，扫了眼图书室里再没其他人，便径直地走到了方芝跟前。

"这是陈念给你的糖。"苏丽把糖放到了方芝面前，"别人送给你的东西，即使不喜欢，也要礼貌地收下。"方芝保持着一如既往的沉默，继续看书。

苏丽瞥了眼，发现是本外国小说。

"看得懂吗？"苏丽问她。

"别人和你说话的时候，即使不想理，也要礼貌地回应。

"之前没跟你说这些，是因为你刚来，你心情不好我理解，所以也没有着急安排让你去上学。

"但你总要上学的，总要和别人接触的。如果表现得好一些，你还会有新的家庭，昨天来的叔叔阿姨你都看到了吧，他们人很好，那个一直追着你跑的小妹妹也懂事，你去了不会吃亏的。"

苏丽长叹一口气，说到这里感慨万千："这是多少人求都求不来的福分啊，有了新的爸爸妈妈……"方芝一抬手，把面前的糖扔了出去。糖袋子砸在墙壁上，破了口子，四下炸开，七零八落。

巨大的声响阻止了苏丽接下去要说的话，也打断了她脑海中的美丽画面，她猛地站起身，指着方芝骂道："你这孩子怎么这个样子！乱糟蹋东西，糟蹋别人的好心，你这样是不会有人再爱你的！"

"爱"对小孩子来说，是多么严重的词啊。不用你做什么，光是说一句"爸爸爱你，妈妈爱你"，孩子都能开心地笑起来。

方芝砸完了东西还是不说话，身子挺得笔直。苏丽被气得火冒三丈，蹲下身把糖一颗颗地捡回去，嘴里止不住地唠叨。

说来说去也就是那些话，小孩子不听就是不听，劝也没用。苏丽捡完了糖，攥在手里，大步走出了图书室。回去的路上碰上一堆玩闹的小孩儿，凶巴巴地把人叫过来，然后把糖塞了过去。孩子们愣了愣，然后欢呼着，拿着糖跑了。

夜很深了，方芝还在图书室里看书。那本书被她翻了一小半，有几张页面皱巴巴的，是水珠砸上去又干了的痕迹。熄灯时间到了以后，"啪嗒"一声，整个世界都暗了下来。

方芝收了书，等视线适应了黑暗，慢吞吞地把书塞进书架，然后转身往外走。她看到了一颗糖。白色的糖纸反射了点儿窗外的月光，躺在图书室的地上，十分显眼。方芝走过去，一脚把那颗糖踢到了书架下面。

逼仄的黑暗缝隙里，再也没人能看到这礼物。

第三天，陈念依然在妈妈的陪同下准时来福利院报到。不同的是，今天她俩是坐公交来的，陈念用自己的小学生公交卡，妈妈花自己的钱。

陈念内心有点儿委屈，妈妈竟然一块钱都不给她。

两人依旧留下来吃晚饭，这次苏院长在忙，没陪她们，妈妈去打饭的时候，花的钱还是自己的。

陈念端着饭碗，上面盖着最便宜的菜，依然坐到了方芝对面。

方芝垂眸吃饭的时候，睫毛会微微地颤抖，像振翅欲飞的蝴蝶，陈念几次看到恍神，别人饭都快吃完了，她还有一大半。方芝瞟了她的饭碗一眼，陈念立马问道："你想要加什么菜吗？我去给你买。"

方芝低下头，继续扒饭。

旁边桌上有人突然冲她喊："我们吃饭不花钱！"是个年龄很小的男孩儿，右胳膊有明显的残疾。

"小傻瓜。"陈念心里嘟囔一句。

男孩儿从椅子上跳了下来，朝她走过，指了指她的碗："你都不吃肉的吗？今天的红烧肉可好吃了。"

陈念："我不爱吃肉。"

男孩儿："我奶奶也这么说，其实是她没钱买肉。我去给你打肉……"

陈念赶紧拦住了他："我不吃，我真的不吃，我这里好多好吃的呢。"

男孩儿看向她的书包。

陈念静静地和他对视，半晌，男孩儿舔了舔嘴问道："有多好吃啊？"

陈念叹口气，把包抱进怀里，摸索半晌，掏出根棒棒糖递给了男孩儿。

"谢谢！"男孩儿拿着棒棒糖快乐地跑掉了。

方芝起身，开始收拾碗筷。陈念也赶紧站起身，抱着书包跑到了方芝跟前，敞开了书包口给她看："你喜欢吃哪个啊？"

方芝转身就走。

今天时间还早，陈念瞟了一眼妈妈，她的饭也还没吃完呢，于是遥远地给她比了个口型，然后就跟着方芝走了。

方芝一直在往外走，陈念一直在问她："你要吃星球杯吗？你要吃泡泡糖吗？你要吃棒棒糖吗？你要吃小馒头吗？你要吃奶糖吗？你要吃虾条吗？……"她这么一路问过去，方芝没吱声，其他的小朋友却跟在她后面。方芝来到水槽跟前洗碗，水槽有些高，她得踮着脚。水哗啦啦地流出来，方芝洗碗的动作很快，但手指还是立马被水冻得通红。陈念赶紧把书包往后一转，甩到了背上去。

"没有热水吗？这么凉怎么洗啊，你不要碰了，我来……"

方芝屈起胳膊肘，在她身上狠狠撞了一下。到底是小孩子的身体，陈念被撞得往后踉跄几步，书包口子还大敞着，里面的东西掉了一地。跟在陈念身后的小孩儿们一阵惊呼，七嘴八舌。

"你东西掉啦！"

"吃的都掉地上了！"

"要被踩坏了！"

"我帮你捡！"

陈念回头，看到那些小孩儿已经快速地捡起了地上的零食，但谁也没有偷偷拿走，全都给陈念递了过来。尽管那些眼神一个个都明晃晃地写着：我想吃。

"掉地上的我不要了。"陈念说道，"你们拿走吧。"

还有人往她跟前塞，陈念摆摆手："我真不要了，我还有……"

"她嫌脏。"方芝突然说道。

所有人都愣住了，小一点儿的孩子倒不会觉得这话有什么问题，只是方芝说话这事，就足以让大家惊奇。

　　陈念撇了撇嘴，回头看到方芝冷冰冰的表情，一时之间不知道该笑，还是该哭。方芝甩了甩手上的水，往外走，陈念把包拉好，默默地跟在她身后。

　　两人上了宿舍楼，方芝放下了碗筷，准备去图书室。陈念堵在她门口，朝她张开手心。里面有颗巧克力。对于小孩子来说，国外进口的巧克力是特别贵的东西；对于福利院的小孩子来说，这巧克力更是他们想象不到的东西。

　　"这个最好吃。"陈念说道，"给你。"

　　方芝抿紧了唇，她盯着陈念，半响，恶狠狠地回道："别人给的脏，我不要。"

　　不受嗟来之食啊，陈念在心里默默地给方芝点了个赞。只是这么小的孩子，说了两句话都和脏字有关，陈念开始反思，方芝是不是有洁癖。毕竟现实里的她永远都是香香的、软软的，她的家里也永远有保姆打扫得干干净净。

　　陈念又在方芝后面跟了一段，明确地用行动告诉她，她不介意方芝刚才说的话，这点儿小挫折是完全赶不走她的。一直送方芝到了图书室门口，陈念往里面看了两眼，这才自顾自地跟方芝抬手拜拜，然后转身去找妈妈。出来的时候碰到了很多小朋友，有面熟的，也有没见过的，都睁着闪亮亮的眼睛瞅着她。

　　陈念抱紧了自己的小书包，缩到了妈妈身边。

　　刘春花看她一眼："成红人了啊。"

　　陈念牵住了她的手，往外走："妈妈也红。"

　　刘春花："这么多小朋友，你就喜欢漂亮姐姐一个？"

　　陈念："要么多来两个？"

　　刘春花愣了两秒，抬手在她脑门儿上戳了一下："你最近成精了。"

　　今天是周五，两人回到家以后，陈军杰正在客厅泡脚。因为明天不上班，所以就有时间慢悠悠地泡脚，看电视，品个茶，自己跟自己下个棋。往后这习惯持续了很多年，导致陈念猛地一瞅见这画面，就有种时光如梭的感觉。

　　陈念抬了抬手里的袋子："爸爸！妈妈给你买的烤鸡！""哎哟，"陈军杰笑起来，"今天吹的这是什么风，让你一毛不拔的妈妈……"刘春花打断了他的话："念念求着我买的。"陈军杰嘴上一拐弯："念念真是爸爸的小棉袄。"

　　小棉袄故作活泼，一蹦一跳地走到了爸爸跟前，把香喷喷的烤鸡放到他面前的桌子上："爸爸，这一只都是你的，念念不跟你抢。"

　　"念念最喜欢吃鸡腿。"陈军杰捏了捏她鼻尖，"两只腿都是念念的。"陈念傻呵呵地笑了笑，而后话题便猛地转了个大弯："爸爸，你希望我长成一个什么样的人？"

　　陈军杰："快乐的人。"

　　陈念："不需要善良吗？"

　　陈军杰："你本来就很善良。"

　　陈念："我有好多书，但是有些小朋友读不上书，那我可以把我的书捐给那些小朋友吗？"

"可以啊……"陈军杰顿了顿，反应过来，"是……那个小朋友吗？"

刘春花呵呵冷笑："被你女儿套路了吧？"

陈念才不管这些，她上前拥抱了爸爸一下："爸爸真好，爸爸也是善良的爸爸。"

说完她转身进了爸爸的书房，打开书柜的玻璃门，便开始给方芝挑书了。

陈军杰在外面喊："念念，你怎么跑爸爸书房去了啊，你的书在你的小书柜里啊。"

陈念回他："善良的爸爸，我会把你的爱心传递出去的。"

陈军杰泡完了脚，刘春花坐到了沙发上。

两人开始分那只烤鸡吃，两只鸡腿都撕下来留给了陈念。

陈军杰说道："越来越得劲儿了啊她。"

刘春花："可不，把自己的宝贝罐罐都砸了。"

"你也真是惯着她。"陈军杰皱着眉头，"不能让她想干什么就干什么。"

刘春花翻了个白眼："你去跟你女儿这么说啊，善良的爸爸。"

陈军杰揪了揪自己的裤子："哎……"

他顿了顿又说道："小孩子就这样，兴趣来得快，去得也快，再过两天，就不去了。"

刘春花没应声。陈军杰转了话题，开始和她说一些工作上的事。

好一会儿，刘春花突然接上了之前的话："你觉得她多久就没兴趣了？"

"啊，"陈军杰想了想，"一周？"

刘春花："要是一周还没呢？"

陈军杰："她最多两周，我女儿我还能不知道了。"

刘春花："要是两周也不行呢？"

"一个月！"陈军杰斩钉截铁，"一个月是极限了！如果一个月她还这样，我就……"

刘春花突然抓起盘子里的鸡腿塞到了陈军杰的嘴里，将他的话堵了个严严实实。

"别让念念听到了……"刘春花小声说道。

福利院远，来来回回折腾得不少。方芝的性格很奇怪，任谁有一腔热血，只要不断地被拒绝，也要变凉。

周六一大早，陈念便醒来，洗漱好，拎着整理好的一沓书，站在了客厅里。陈军杰还在睡觉，刘春花从厨房里出来，望见客厅里的陈念，明白了她的意思。她挥着手里的菜刀指了指卧室："今天让你爸带你去。"

"好的！"陈念欢快应下，奔到卧室里就挠陈军杰脚底，企图挠醒他。

她爸脾气好，可以任她作。

她爸心还软，指不定多看方芝两眼，就动了收养她的心思。

陈军杰被折腾得不行，终于为了女儿牺牲了自己周末睡懒觉的时光。两人吃过饭便出了门，不到九点就来到了福利院。周末小孩子们不用上课，大人们也能歇一歇。

福利院里静悄悄的，正提着水桶往外走的赵妈看见他们，给他们开了门。

"你今天真早。"赵妈跟陈念讲道。

"阿姨早上好。"陈念嘴可甜了。

赵妈乐呵呵地给她指了个方向："小芝也醒来了，这会儿在后面菜园子里呢。"陈念赶紧把手里的书塞到爸爸怀里，迈着两条被棉裤裹得严实的腿朝后园子跑去了。

这里是原来学校的操场，地方很大，因为没钱做修整，便干脆搞成了菜园子。安良冬天的菜园子，能长得好的，也就是趴窝的菠菜，深绿色的大叶片贴着土地长，陈念小时候不喜欢吃菠菜，长大之后就懂了只有这样的菠菜吃起来是甜的。

菜园子里没其他人，只有蹲在垅上的方芝。衬着灰蒙蒙的天，她像个团得紧紧的小鹌鹑。陈念跑过去，变成了另一只鹌鹑。她顺着方芝的目光看着田里丑巴巴的菜，开始自动语音模式：

"早上好呀，我是陈念。

"你知道我是哪个念字吗？是今和心，思念的念。

"今天不上课，所以我一大早就来啦。你不上课的时候也起得这么早吗？你可比我勤劳多啦。

"我要是不来见你，肯定在睡懒觉，冬天睡懒觉可香了。

"但是来见你比睡懒觉还要好，好很多呢。"

"你冷不冷呀？今天风刮得呼呼的……"

方芝往旁边挪了挪，两人之间隔出了两个小朋友的位置。陈念顺着她的方向挪了挪，重新变成一个小朋友的位置。方芝再挪，陈念也再挪。方芝踢了一脚冰冷的泥土，不动了。陈念也找了个小石子踢了踢，不说话了。

两人安静地待着，直到天气变得好了一些，太阳透过了云层，照在方芝的头发上。陈念真想给方芝扎扎头发。方芝站了起来，身子晃了晃。陈念赶紧起身去扶她，结果自己也晃了晃。

"啊……有些晕。"陈念感叹道。

"傻瓜。"方芝毫不留情地骂她。

"我知道是起来得太快啦……"陈念赶紧凑上去，"我不傻的。"

方芝没理她，已经大步朝前走去。陈念跟在她屁股后面，到了熟悉的食堂。食堂里这会儿挺热闹，方芝拿了份早餐，坐在老地方，慢吞吞地吃。陈念已经吃过早饭了，就没再买东西，她坐在方芝对面，静静地看她吃。方芝越吃眉头皱得越紧，越吃动作越暴躁，最后大力地敲蛋壳，"咔咔"，鸡蛋外壳裂得粉碎。

陈念："哇哦……"

方芝攥着鸡蛋的手顿了顿，突然扔下了鸡蛋，起身走了。

陈念看着那只煮鸡蛋，有些迷茫。这是因为讨厌她讨厌得都不想吃饭了吗？方芝本来打饭就不多，这缺了一个鸡蛋，能够吗？

陈念低头盯着那个鸡蛋，抬头望着方芝的背影，一时竟不知道该怎么办。

旁边小男孩儿："你还吃鸡蛋吗？"

陈念："啊……"

小男孩儿："你要是不想吃，可以给我，老师说了，不能浪费粮食。"

陈念从兜里掏出张纸，把那鸡蛋包住了："吃，这是方芝的蛋。"

但等她出了门，就找不到方芝人了。陈念拿着鸡蛋来来回回转了几遭，都没能看见方芝，她又去了趟宿舍，又去了趟图书室，人都没在。

鸡蛋在她手里已经变凉了，陈念有点儿沮丧，想再找一圈的时候，被她爸爸拦住了。陈军杰抱着书，说道："念念，苏院长回来了，我们去捐书。"

陈念："哦。"

陈军杰举了举手里的书，笑得很灿烂："做一个善良的念念，不开心吗？"陈念用哄小孩儿的语气："开心。"

两人转身往苏院长的办公室走，拐过弯，方芝就在他们身后冒了脑袋。要想让一个人在一个固定的地方找不到你，当然是一直跟在她身后啊。方芝的躲猫猫玩得很好，被动被跟变成了主动跟踪，这让她的情绪好了不少。她贴着墙壁，见陈念进了办公室，便转身进了隔壁工具间。

这间房子的隔音很差，两边的房门又都开着，只要说话的人大点儿声，她就知道他们在做什么。果然，她就听到了陈念爸爸的声音。

断断续续的一些字，夹杂着略微有些尴尬的笑声，说捐书的事，说陈念翻了很久，说好多都是新的。苏院长说了些什么，声音太低，没听清。但陈念爸爸的否定声却很明确，他说："不，不，我就是陪念念过来看看……"

方芝攥紧了衣服下摆，抿紧了唇。等隔壁谈完话，一起往外走，她又远远地缀在他们身后，看他们进了图书室。图书室在一楼，方芝很熟悉这里。她没进楼，绕过冬青树丛，来到了角落的窗户前。搬了几块砖头踩上去，扒着窗台就可以看见图书室里的场景。

苏院长和陈念爸爸边说话，边登记，陈念站在书架前，正仰头看那些皱巴巴的书。方芝看到苏院长登记完以后把那些书放到了最后排的书架，看到陈念赖在图书室里不愿意走，陈念爸爸只能陪着，苏院长待了一会儿就出了图书室。

方芝瞟一瞟最后排的书架，然后盯着陈念。陈念也不拿书，就那么一本本地扫过去，上面的书太高她看不到，还把她爸爸叫了过来，抱着她看。

方芝皱了皱鼻子，觉得她真讨厌。她害她没法静静地和她的植物朋友说话，害她早饭没有吃完。她喜欢装可怜，还喜欢装大方，她喜欢笑，但方芝总觉得那笑容很奇怪。就像第一次见面时，她对着自己哭一样奇怪。陈念是比她还奇怪的小孩儿，现在陈念还霸占了她的图书室。

方芝扒着窗台的手指被风吹得红通通的，好不容易才等到陈念扫视完了图书室里的书，和爸爸出了图书室。

方芝赶紧绕到了另一个方向，确保这两人往前院去了，这才进了图书室。她反锁了图书室的门，反正平日里，这里也没几个人会来。她去了最后排的书架，找到了陈念带过来的书。其实不用她特意去找，陈念带来的书很显眼。

那些书很新。

《格林童话》和《一千零一夜》有最新的漂亮彩色插图，《童话大王》和《科幻世界》是最新的期刊，《十万个为什么》整整四大本，还有一套国外儿童文学……

这些书，如果她现在在家里，会全部在她的书架上。
方芝的手指落在书脊上，犹豫很久，才抽出来一本。
她打开书封，刚一翻动，就哗啦啦地飘下来几张书签。
粉红粉蓝的小叶子书签，上面有人手写了字。
很整齐很漂亮的字，带着淡淡的香味——
"早晨推开窗，看到太阳升起来，就是新的一天啊！"
"冬天会变光秃秃的树，春天就会披着绿衣裳。"
"早饭、午饭、晚饭，你就长大啦！"
"有酒窝的女孩儿笑起来，全世界都会喜欢她！"
方芝捏着这些书签，突然一股脑儿地全塞回了书里去。
她决定了，明天要是再见到陈念，她一定要用最凶的语气对她说："你笑起来，全世界都讨厌你！"

## 第二章
## 做朋友

但是第二天，方芝没能等来陈念。

早上起床蹲菜园的时候没有，下午在图书室的时候也没有，晚饭的时候方芝一个人坐在漏风的窗口前吃饭，还有人过来问了句：“方芝，你朋友呢？”

方芝想回答说我没有朋友，嘴巴却抿得紧紧的，一个字都没有说。

她懒得同别人说话。

这天晚上方芝做梦梦到了图书室里的那些书，这让她第二天起床心情非常不好。

周一福利院大部分的小孩儿都去学校了，剩下的都是些年龄太小或者身心有障碍的。方芝个子本来就高，冷着脸抿着唇的样子看起来像是个大孩子，在里面越发显得格格不入。

中午午休时间，院里来了辆小汽车。

方芝扒在宿舍窗口，看那小汽车上下来了一对穿着时髦的夫妻，被苏院长满脸笑容地迎了进去。

方芝下了凳子，小跑着出了房门，远远就看见院长办公室外挤了一堆小朋友。

方芝走过去，大家的注意力都在被院长领进去的阿瞳身上，没人看见她。

方芝听到大家在小声议论：

"阿瞳今天穿得真好看。"

"老师今天给阿瞳梳的头发。"

"切，老师也给我梳过。"

"给你梳你又没爸妈来领你，阿瞳有新家了，新家还有小轿车。"

"我有！是我不想去！"

"是人家嫌你太笨了，走路都会摔倒……"

这就吵了起来，很快吵闹声就越来越大，有人开始哭，苏院长推门出来，皱着眉头道："你们干什么呢？"

有人告状："院长，郑甜甜骂我！"

郑甜甜："院长，我没有，是朱珠嫉妒阿瞳有家了！"

这一声喊得极大，苏丽愣了愣。

这一群小孩子，拎出哪一个都写不出"嫉妒"两个字，但被人这么一喊，好像每个都知道这词的意思。

一下子，哭的就不止一个两个了。苏丽平时最怕的就是这种情况，福利院里的小孩儿没有哪个是不可怜的，一哭起来一大片，根本哄不过来。

远远看到赵妈，苏丽赶紧招手让她过来，朝她使眼色："我办公室有客人，你带大家去做活动……"

朱珠抱住苏丽的腿："院长，他们说我没人要，我为什么没人要……"

苏丽扒拉了下她的手："谁今天游戏玩得好，会有小红花哦。"

孩子们"轰"的一下都朝着赵妈跑了，听话就有小红花，小红花攒得多了老师会给发糖吃。

朱珠是倒数第二个被赵妈牵着手带走的，剩下最后一个牵不走的是方芝，站得远远的，睁着那双漂亮的大眼睛看着苏丽。

方芝虽然奇怪，但她不哭也不闹，苏丽这会儿正忙着，没打算理她，转身往办公室里走。

没想到方芝居然开口了，她问："为什么不要她了？"

苏丽拧紧了眉头："什么？"

方芝："是嫌她傻吗？"

苏丽指了指楼上："你先上去，待会儿老师忙完了找你。"

方芝没动，苏丽回到办公室，关上了房门。

领养阿瞳的这家人经济条件很好，是做生意的。家里有两个儿子，想再养个女儿。

阿瞳年龄小，两岁多一点儿，正是最可爱的时候，所以领养过程很顺利。

今天是领养人第二次过来，就要接走阿瞳了。一般看好了，决定好了的家庭都会很快地接走孩子。

阿瞳还什么都不懂，谁给好吃的，谁对她笑，她就跟谁走。

苏丽送阿瞳上了车，有些舍不得，但更多的是轻松。

这里的孩子，能出去一个是一个，她都觉得轻松。

阿瞳真是运气特别好，这年头一般家庭都不缺孩子，更不缺女孩子，院里被剩下的，往往都是女孩子和身心有障碍的。

方芝问她的问题，她懂什么意思。

朱珠被退养过一次，那对夫妻来看了好几次，最后要签手续的时候突然吵起来，说不要了。

朱珠就在房间里哇哇大哭，还摔了一跤。

这事很多孩子都知道，那么多双眼睛，用各自的理解，都记在了脑海里。

方芝会问她，倒也不奇怪。

陈念一家频频过来，苏丽的心每次都被吊得高高的，见到陈念爸妈，都忍不住细细观察，这家到底想不想要这孩子。

她在意，方芝当然更在意。

其实以方芝这样漂亮的容貌，要被领养出去不难，只是方芝来院里时间不长，人还处在别扭期。领养人来了，一看过去就会觉得这孩子性格有问题。大体上，人们宁愿养一个相貌平凡的孩子，也不愿意养一个脾气差的公主。

苏丽送走了阿曈就去找方芝。

虽然上次两人谈话的过程让人非常生气,但孩子就是孩子,总是会被大人轻易原谅的。

苏丽上了楼,去了方芝的房间,结果没看到人。

她又去了图书室,也没找到人。还待再找的时候,赵妈跑过来同她说:"电话,电话一直在响。"

整个福利院只有一台电话,就在她办公室。

苏丽赶紧回去,进办公室门的时候,电话还在响,看来这人很执着。

苏丽接通电话道:"你好。"

"是苏院长吗?"电话那头的声音清脆明亮,是小孩子特有的音色。

"是呀。"苏丽放柔了声音,问道,"你是谁呀?有什么事吗?"

"我是陈念。"那边甜甜地道,"苏院长,我昨天跟着妈妈回外婆家了,外婆身体不舒服,所以我不能去福利院了。"

苏丽愣了愣,旋即笑开来:"欸,院长知道了,你在家里好好陪外婆,外婆会很快好起来的。"

"谢谢院长。"陈念顿了顿道,"那院长可不可以告诉方芝,我明天放学就去和她玩?"

苏丽:"当然可以了!"

陈念:"谢谢院长!"

苏丽问她:"小念,你妈妈呢?"

陈念:"在做饭,我会打电话。"

"好好,小念真棒……"苏丽又哄了两句,始终没等到大人过来接电话,便同陈念说了再见。

这一家都奇怪。

小孩儿不知道从哪里钻出来的,恨不得时时刻刻缠在方芝身边,爸妈一直不表态,让苏丽很难做。

苏丽挂了电话,还没出办公室门,又接了另一个电话。

是政府财政部门的,到年底了,好多文件需要调查审批。

苏丽开始焦头烂额地忙工作,急匆匆地出了门,把一个小孩子的嘱托彻底忘了。

于是这一整天,方芝既没有等来苏院长的回答,也没能等来那个突然出现在她生活里,又突然消失了的烦人精。

方芝开始觉得沮丧。

那些堆在她胸口的石头又垒起来了,一层一层,盖起一个阴暗的房子,只有她一个人在里面。

这天晚上,她又开始做噩梦。梦里有她原来漂亮的家,有爸爸妈妈,有学校里的同学老师,然后突然这些就都消失了。

鬼从各个角落里钻出来,配着唢呐吹出来的音乐,钻进福利院里,钻进图书室里。

最后,鬼钻进了苏院长的身体,苏院长挥舞着两只长长的爪子,问她:"方芝,你想不想要一个新的家啊……"

方芝看见了那个家——一个巨大的笼子，还有拿着刀的爸爸妈妈，她被关进去，又被扔了出来。

全世界都是被扔出来的小孩子，朱珠抱着她的腿，又哭又喊："有人要我，有人要我……"方芝猛地踹了下被子，睁开了眼。她头上都是汗，视线里黑黢黢的，什么都看不见。她感受不到自己的四肢，也不敢动一下，她总觉得有人在叫她的名字，可能在楼下，可能在楼道里，也可能就站在她的床边。

方芝瞪着眼睛，心跳一下一下地撞击着耳膜，觉得冷得很。冬天真冷啊，她好想太阳赶紧升起来，挂在红色房子的尖顶上。

那样，有可能是新的一天，也有可能，是旧的一天。

陈念在外婆家待了两天，终于顺利去了学校。

外婆的病不严重，但犯起来的时候头晕眼花，家里的活儿都干不了。妈妈让爸爸先把陈念带回去上学，自己留了下来。

临走的时候，妈妈和陈念反复强调，不要自己一个人去福利院，要去就等爸爸下班以后带她去。

可是陈念放学早，爸爸下班迟，等爸爸下班了赶来学校再带她去，她连福利院的晚饭都吃不上了。

陈念觉得不能这样，她和爸爸商量了一晚上，达成了两人之间的小秘密。

放学后她自己坐公交去福利院，等爸爸下班了，再来接她回家。

这个年代的环境没有后来那么复杂，正常情况下也是陈念自己坐公交车上下学的。

为了让爸爸放心，她还严格计算，确定了自己到达福利院的时间，约好了到时会用苏院长的座机给爸爸打电话。

安排得这么完美，陈军杰直呼自己有一个天才女儿。

可是到了这一天的放学时间，他依旧没坐住，借口出门送材料，骑着自行车到了北寺完小门口。

他躲在角落里，听下课铃声响起，然后看学生们浩浩荡荡地拥挤在一块儿，冲开了校门。

他推了推眼镜，弓着背，用力在人群中瞟自己的小不点儿。

好在他的小不点儿跑得很快，跳得又高，几乎冲在最前排，双马尾快要扬上天。

陈军杰跨上车子，掉了个方向。

陈念精准地冲到了公交站，刚好有车进站，她身子一缩就上了车。

陈军杰甚至觉得眼花，确定站台没女儿了，这才踩着车子追了出去。

公交车跑得不是太快，但陈军杰平日里少运动，骑起车子来还不如自己的老婆，追了一段路身上便开始冒热汗。

公交没有直达，中途陈念倒了趟车。

陈军杰喘着气，真怕小不点儿搞错方向，搭错车，自行车停下来以后，他还掏出身上的笔记本确认了一下早就查好的路线。

结果陈念可比他强多了，她背着自己的小书包，身子挺得端正，姿态闲适，动作老练，把车次记得妥妥当当。

上了对的车，去了对的方向，陈军杰继续拼命骑车，这次远远地落在了后面。

老远望见了红房子尖顶上的星星，陈念便已经离开座位，来到了下车处。

售票员阿姨喊她："小朋友抓紧了，别摔了啊！"

陈念用力点头，并不觉得这小小的身体缺乏控制力，反而觉得轻盈得很。

车子到站，陈念跳下了车。

福利院就在眼前，她直冲过去，院里的人对她见怪不怪，招呼一句就打开了门。

依然是下午活动时间，院里有不少小孩儿蹦蹦跳跳。

看到陈念奔进来，都朝她看过来，当然，一部分目标明确地看向了她的书包。

陈念一抬头，就瞅着了扒着宿舍窗台的方芝。

和第一天见到时一样，方芝散着头发，穿着那件红色的棉衣，呆呆地看着她。

陈念觉得两天半没见，她真想她。

所以尽管知道方芝不会理她，还是蹦着朝她大力地挥手。

"嗨——"她大声喊。

在人群里，就她最活泼，就她最显眼。

方芝怎么可能看不到她，方芝早早地就看到了她，只是直到现在，才真切地感受到这个烦人精又来了。

她扒着窗台的手指动了动，被凹凸不平的木框刺得有些疼。

陈念边跳边喊地跑向宿舍楼，直到身影消失了，才移开了放在方芝身上的目光。

方芝从小板凳上下来，看了看自己的房间，又拽了拽自己的衣角。

很快，噔噔噔的脚步声就冲到了楼道里，越来越近。

陈念站到了门前，呼呼地喘着气，礼貌地敲着她的门。

方芝顿了顿，迈步上前，打开了门。

陈念兜头就是一句："哇，好久没见，我好想你啊！"

方芝愣住，因为陈念的眼睛亮闪闪的，像她早上推窗看到的太阳。

"哦。"方芝应了一声。

陈念的眼睛更亮了，她转头把自己的书包拽过来，拉开拉链，从里面掏出了一盒红艳艳的草莓。

"我不是去外婆家了吗，我外婆家居然有草莓啊！我以前都不记得！味道超好的！特别甜！"

方芝垂眸，看着那漂亮的颜色，闻到了甜甜的果香。

她没控制住自己，咽了咽唾沫。

陈念打开了盒子，东西都凑到她手边了，突然又收了回去："啊，我知道你不喜欢要别人的东西，这个我就是……跟你分享一下……这个……感觉……"

说完，她捏了一颗草莓塞进嘴里，腮帮子圆鼓鼓的，大嚼开来。

方芝盯着陈念，陈念含混不清地说话："啊……尊的甜……吼甜啊……"

方芝抿紧了唇，抬手一摔门，转身进屋踢鞋上床，又把自己埋在了被子里。

门摔得挺大声，但并没有关上，反而因为力的反作用，敞得更开了。

陈念站在门外又吃了两颗草莓，才决定还是进屋看看。

自从进入梦里以后，在这具幼小的身体里，她常常要控制自己的思维，将自己的逻辑能力降低，以保证肉体和灵魂的统一，让自己看起来不那么奇怪。

一个七岁的小朋友是不会考虑什么隐私和压力的，想要交到朋友，只能靠坚持不懈、死缠烂打了。

陈念推门进了屋，看着那团裹在被子里的人。她把草莓放到了桌上，在凳子上坐下来，仔细地和她说话。主要说说这几天的见闻，那些在小孩子看来可能有趣的事。学校的生活真是乏善可陈，除了那个傻同桌偶尔会给她带来点儿笑点。

"林天意的普通话真是太好玩了，他分不清'l'和'n'，还爱说'我脑子不太好'，'我老子不太好'，哈哈哈！

"我作业做得快，林天意觉得我是超人，偷偷对着我作业本许愿他考试能拿双百，我这不是超人，我这是观音菩萨了哈哈哈哈！

"林天意……"

"咔"，方芝踢了脚床架。

陈念："我们老师说……"

"咔"，方芝又踹了一脚。

陈念闭嘴了，方芝静默几秒，突然掀开了被子，她的头发本来就多，被蹭得起了静电，夸了一脑袋，配着那臭臭的表情，像个暴怒的金毛狮王。

陈念站起了身："那个，我突然想起来，我要给我爸爸打个电话……"说完赶紧出了房间，还贴心地给方芝关上了门。

方芝生气的样子真可怕。

陈念抚了抚胸口，去苏院长办公室。耽搁了点儿时间，不过还在她和爸爸约定的时间范围内。结果刚下到二楼，抬头便撞上了苏院长，苏院长一指她说："小念，让你爸爸进来吃饭啊，快开饭了。"陈念并不知道爸爸偷偷跟来了，内心疑惑。

苏院长又说："哎，跟你爸爸说，不要觉得麻烦，来院里就跟来自己家一样啊。"

见陈念不动，苏院长又说："快去啊。"

陈念噔噔噔地跑下楼，跑出了院子，一出门就看到了在路边靠着自行车抽烟的爸爸。

陈念："爸。"

陈军杰快速灭了烟头："啊……"

陈念："你怎么来了哦？"

陈军杰："来接你嘛，今天下班早。"

这也太早了，骗骗小孩子还可以。

陈念踱步到爸爸面前，仰着脑袋看他："爸爸，你真爱我呀。"

小孩子说这话，并不会让人觉得尴尬，只会甜蜜加倍。

陈军杰蹲下身，捏了捏陈念的脸："爸爸不爱你爱谁呀？"

陈念眨眨眼："爸爸，我有个愿望，很大很大的愿望，非常想非常想的愿望。"

陈军杰："什么呀？"

陈念："我希望方芝也有这么好的爸爸妈妈，有这么好的爱。我希望我们成为一家人。"这话从前陈念也同自己的父母说过，那次由于准备不足，闹了个鸡飞狗跳。

如今在福利院门口，小小的陈念说着这样的话，单纯热烈，天真善良，便显得分外动人。

陈军杰一时鼻酸，抬手盖在陈念的脑袋上揉了揉："可是方芝现在都不跟你说话。"

陈念立马："她跟我说话了！"虽然说的不是什么好话……

陈军杰："啊……说话还是不够的，她要和你做朋友，要喜欢你，也喜欢爸爸妈妈才可以。"

陈念偏了偏脑袋："这样我们就可以成为一家人了吗？"

陈军杰见过方芝，觉得这是件不可能的事，就像他觉得陈念想要个漂亮姐姐的冲动坚持不了一个月一样，男人的自信让他无比顺利地就许下了承诺："可以。"

陈念扑过去抱住了爸爸的脖子："爸爸最好了！爸爸最厉害了！"

陈军杰抱起她，开心地笑了。

方芝坐在床上自顾自地气了会儿，苏院长推开房门叫她："小芝，吃饭了。"

方芝下床，去拿自己的碗筷，苏院长望见了桌上的草莓，笑着道："这么好的草莓啊，陈念带过来的吧。啊，忘记跟你说了，陈念之前有打电话过来，她外婆生病了，所以这两天没有来看你……"

方芝停住了动作，没说话。

苏院长搓了搓手："刚才我进来的时候看到陈念爸爸了，陈念真是个有福的孩子，不是妈妈送就是爸爸送，她爸爸妈妈也是真的爱她，要换了是我，我肯定不会让自己孩子天天这么乱跑的……"

方芝突然过去拿起了草莓盒子。苏院长连忙摆手："你不喜欢听我不说就是了！你别糟蹋东西！"方芝没有糟蹋东西，草莓那么漂亮，那么香甜，不应该被扔掉。她把盒子抱进怀里，出了房门，往食堂走去。

刚下楼就看到了陈念和她的爸爸。陈念原本被爸爸单手抱在怀里，看到她眼睛一亮，翻身就跳了下来。她冲到了方芝面前，问她："你去吃饭啊？"

"嗯。"方芝哼了一声。

陈念："我们一起啊！"

"嗯。"方芝哼了特别小的一声。但陈念听见了，陈念不仅听见，还开始过度解读，她转头就冲自己的爸爸喊："爸爸！方芝邀请我一块儿去吃饭！你也一起啊！"陈军杰看着两个可爱的小姑娘，自然满脸和蔼的笑容："好好好。"

方芝和陈念走在前面，爸爸跟在后面。陈念又开始絮絮叨叨地说话，说了大半截路，注意力才跑去了方芝怀里的草莓上。

"你……"她指着草莓盒子,"重吗?我来拿?"

方芝停下脚步,突然捏起一颗草莓塞进了自己嘴里,像陈念那样,大口地咀嚼起来。香甜的汁水在嘴巴里蔓延,连带着心情都微微上扬起来。

"不重……"方芝在咀嚼的空隙里冒出几个清晰的字,"我吃掉就不重了。"

陈念瞪着眼睛,完全呆在了原地。方芝却已经继续往前走了,边走还边在吃她的草莓,一颗又一颗,一点儿都没客气。

很快,她屁股后面的小孩儿就跟了一堆,对着方芝的盒子,垂涎欲滴。方芝一颗都没给别人,她抱着盒子,紧紧地抱着。草莓的味道那么好,嫉妒的滋味那么差,方芝只想别人嫉妒自己,不想再嫉妒别人。

陈念愣了足足有半分钟,爸爸在她面前蹲下来以后,她才恢复了行为能力。她控制不住自己眼睛里蹦出的泪花,也控制不住自己说话的声音带着喜悦的颤抖,她用力地拍着爸爸的肩膀:"爸爸你看到了吗?看到了吗!她吃我的草莓了!她吃我的草莓了!"

陈军杰有些蒙:"啊……是……吃了,吃了。"

陈念:"她喜欢我!她喜欢我!"

陈军杰长叹一口气,摸着自己女儿的脑袋,语重心长地道:"念念啊,爸爸要跟你讲讲喜欢这个词是什么意思……"

陈念哈哈大笑起来,转身就跑了,迅速地蹿回了方芝身边,她的到来让周边的小孩儿瞬间少了一堆。

两人一块儿进了食堂,陈念一直侧头看着方芝,眼见她到档口准备打饭,拿着这么多东西不方便了,赶紧伸手道:"我帮你拿草……"

方芝斜了斜身子,躲过了她的"袭击"。

小孩子这么护食的吗?

陈念试图解释:"我就帮你拿一下,都是你的,我不跟你抢……"

方芝一转身,把自己饭盒塞进了陈念手里。

陈念愣住。

"蘑菇青菜。"方芝扔下四个字,便径直朝自己一直坐的没人要的位子去了。

陈念抱着饭盒,这次只愣了几秒钟,就灿烂地笑起来。她冲方芝的背影挥了挥手:"好的!没问题!你等我啊!"

一旁围观了全程的陈军杰开始认真思考,要不要给自己的女儿进行思想教育——不要在感情中如此卑微。陈念替方芝打好了饭,比方芝平日里注意营养搭配。

但她坐到方芝的对面就发现了,方芝今天可能吃不了那么多,因为那一盒草莓已经下去了一半。陈念提醒她:"先吃饭,水果不要一次性吃太多,会拉肚子。"

方芝看了她一眼,如果陈念没理解错,方芝应该是翻了她一个小小的白眼。

啊,可爱!

陈念笑起来。她笑得实在是太灿烂,太张狂,方芝没法再无视她。

她把草莓盒子推到了一边，开始吃饭，吃饭的时候她观察着陈念的手和陈念的草莓，发现陈念的手一点儿都没往草莓那边去。

方芝其实不是个会浪费粮食的人，她的爸爸妈妈从小就教她，吃多少盛多少，能把饭吃完的孩子才是好孩子。所以尽管今天肚子有些撑，她还是吃完了陈念打的饭菜。

等饭吃完了，碗洗完了，方芝去了图书室，陈念还是跟在她身后。方芝拿了最近的一本书翻看，陈念这个时候不絮叨了，安安静静地待在她身边。方芝看书，陈念就看她。当方芝看过去的时候，陈念便会掉转视线，装作看窗外的模样。

窗外太阳慢慢下落，很快就掉下了地平线。天色黑下来，灯光亮起来，爸爸在窗外挥手，陈念站起身，同方芝告别。

"我要回家了。"她道，"明天见！"

方芝嘴巴动了动，手指把手里的书页抠得翻了卷，终于冒出三个字："明天见。"

陈念又笑起来，她把剩下的那半盒草莓往方芝跟前推了推："其实我有个问题，但你不用回答我。"

方芝抬眼看她，觉得她真是个奇怪到顶点的小孩儿。

奇怪小孩儿眼睛闪亮，嘴巴抿了又抿，难得有了点儿不好意思的表情，但最终还是一握拳，问她道："你到底是喜欢草莓，还是开始喜欢我了呀？"

由于给方芝提供了可以不回答的选项，于是方芝毫无意外地便选择了不回答。

陈念一点儿都没觉得失落，她问这问题也不是非要得到回应，她只是想告诉方芝：我好想跟你做朋友。

如果陈念没有看错，方芝当时应该是耳朵有一点点儿红，眼睛有一点点儿亮的。

——她接收到了她的情意，她今天可能比昨天快乐一点点儿。

没有比这更重要的事了。

陈念跳着出了福利院，爬上爸爸的车后座，两人迎着夜晚的冷风往回赶。爸爸不像妈妈那么仔细，陈念心情好了抱着他的腰唱歌，一通乱号，吸了冷风之后，"哐哐哐"地咳着，跟只小狗似的。爸爸都没说什么，还和她一起笑。在家门口买了"垃圾食品"，两人回家又吃又喝，把家里搞得乱糟糟。

陈念觉得自己仿佛喝了酒，头晕乎乎的，心里也晕乎乎的，她躺在地板上看着天花板，都仿佛能看到方芝的脸。

陈念一字一顿地同爸爸道："我要让方芝笑起来。"

爸爸："啊……"

陈念："她笑起来有酒窝，很好看很好看。"

爸爸："你观察得还挺仔细，你妈妈以前也有梨涡的，现在不知道怎么就不见了。"

陈念："胖了。"

爸爸哈哈大笑起来。两人乱七八糟地聊了许多，陈念真不知道她爸一个老爷们儿，和她这个七岁的小屁孩儿有什么好聊的。

或许是感受到了她内里成熟的灵魂，或许是因为男人带孩子就是这么粗糙，第二天陈念同爸爸说了不用再来接她，爸爸果然就没来了。

陈念照旧背着小书包，放学以后就冲往福利院，陪方芝吃饭，同她说说话，给她投喂小零食，然后快乐地回家。

妈妈在外婆家待了一周，回来的那晚听闻陈念现在天天都自己一个人去福利院，把爸爸拉进屋子里，聊了许久。

陈念一直蹲在门外等着，她家房间隔音还不错，重点是爸爸妈妈说话声音小，她什么都没听见。

门开的时候，腿蹲得有些麻，往后一个踉跄，坐倒在了地上。

爸爸一抬手捞起了她："哎哟，这里有只偷听的小老鼠。"

陈念叽叽喳喳道："我们老师说了，沟通很重要。老师和学生要沟通，爸爸妈妈和孩子要沟通。遇到问题的时候要沟通，没有问题的时候沟通沟通也能加深感情。"

妈妈拽了下她的小辫子，往外走："你知道'沟通'两个字怎么写吗？"

"知道啊。"陈念跳到她身边，用手指在她身上划拉，"我认识的字可多了。"

妈妈垂眼看着她，欲言又止。爸爸把她抱过来，扔进了她的小卧室里："宝贝女儿该睡觉了。"

小孩子的作息真是准得很，陈念还想和爸爸妈妈聊聊，但身体倦了就是倦了，一挨上床，就陷入了深沉的梦乡。

第二天没有什么异常，妈妈不但没有阻止她继续往福利院跑，还给她的公交月票充了钱。一切似乎都变得平稳顺利起来，陈念再没什么花销，小金库都用来给方芝买东西。

这天她在小卖部"进货"，看到老板桌上插了一束水灵灵的花，眼睛一亮，指着花道："老板老板！这个卖不卖？"

老板直摇头："不卖不卖，这我刚买的。"

陈念问她："那你哪里买的呀？"

老板给她指了个方向："后面那条街开了个花店，新店活动，但还是挺贵的，小朋友不要乱花钱。"

"嗯嗯。"陈念嘴上应着，出了小卖部就往花店跑。

哪里是乱花钱呢，哪有女孩子不喜欢花的呢。以前给方知著送花的人实在太多太多，什么名贵品种，什么一车花、一园子花，你能想到的所有浪漫招数都有。陈念认识方知著太迟，再赶也赶不上，再用心都觉得自己还是差一点儿。曾经她输给了时间，但现在，她赢在了起跑线上。

一想到此，陈念的小腿就抢得飞快。她一定要快快地把漂亮的一切送到方芝的手里，一分一秒都不耽搁。陈念冲到了花店，的确是新店开业，里面品种丰富，馥郁芬芳。

店主一看到陈念就惊奇地笑起来："呀，这是哪里来的漂亮小姑娘呀？"陈念想给她竖个大拇指，说她可真会做生意。但她不能，她只能仰着自己无辜的圆脑袋，看着店主道："阿姨，我要买花！"

店主："是爸爸要送给妈妈的吗？那要买玫瑰哦。"

陈念用力摇头："不是不是。"

店主："是爸爸妈妈要送给老师的吗？那要买百合哦，现在老师们最喜欢百合了。"

陈念还是摇头："不是不是。"

店主："那就是小朋友要送给爸爸妈妈的啦，买康乃馨吧！"

陈念终于倒过来气，插进去话："都不是，是大朋友送小朋友。"

"啊……"店主陷入沉思。

陈念转头四下里看，店里玫瑰摆得最多，红艳艳的，让陈念想起方知著用玫瑰武装房间的夜晚。

但现在不要玫瑰，玫瑰不是最重要的。陈念的视线落在角落的雏菊上，小小的白色花朵，嫩绿的枝丫，簇成柔软的一束。

"我要那个。"陈念指了指。

店主笑着道："这个也好，这是小雏菊，纯洁无瑕，适合小朋友。你要买多少呀，阿姨给你包起来，包得漂漂亮亮的。"

陈念问了价格，选了一把。她的小金库不多，好在这个时候，物价也不高。店主选了英文报纸风的包装纸，小小一束，系着淡黄色的蝴蝶结，看起来真的很漂亮。

陈念抱着花出了花店，路上碰到人，都会多看她两眼。

等进了福利院，陈念更是吸引了所有大人和孩子的目光。

在这里，没有亲人，被遗弃的孩子有吃有喝就不错了，能上学都是天大的恩赐，他们最大的愿望也就是多吃一颗糖、一块肉，哪里会想到去看花，拥有花。

光秃秃的寒冷冬天，陈念抱着一束鲜嫩的雏菊，就像即将到来的春天。

方芝扒着窗台，看到了这一切。

现在，她每天都会在这里等陈念到来，站得高看得远，她踮起脚甚至可以望见陈念过来的那条街。

今天陈念来得迟了些，但她来时很漂亮。

俯视的角度，让陈念同她的花成为这黑沉沉的院子里唯一的亮色，那花的样子，曾出现在方芝家里的餐桌上。她妈妈会用毛线钩花，她钩了漂亮的餐垫，三个，爸爸、妈妈、方芝，每人一个。

方芝眨了眨眼，眼泪簌簌地掉下来，把楼下的陈念模糊成一个斑驳的光影。

她从窗台上下来，抬手蹭了蹭眼睛，然后坐到了床边上。不一会儿陈念的脚步声就噔噔噔地过来了，每一次都跑得这么快，每一次都这么迫不及待。

她敲响了方芝的房门，问道："今天的好朋友想吃什么好吃的呀？"

方芝想，一定是陈念把"好朋友"这个词说得太多了，导致她现在真的觉得，陈念是她的好朋友。离开学校的时候，她以为自己再也没有朋友了。

方芝又揉了揉眼睛，把眼泪都擦干净了，这才起身去给陈念开了门。但是开门的那一瞬，方芝就知道自己失败了，因为陈念的视线落在了她眼睛上，足足停顿了好几秒。

方芝觉得难受，她转身进了房子去拿碗筷："吃饭了。"再转回来的时候，陈念把那束花塞到了她面前："哇，今天吃漂亮花花！"

鲜亮的花朵，还有淡淡的香味。

方芝心里漏了一个窟窿，往下滴滴答答地淋着水。

她推了陈念一把，避开那些花："我不要。"

陈念愣住，问她："怎么又不要了呢，不喜欢吗？"

方芝不说话，绕过她，独自往外走去。陈念的热情被兜头浇了一盆冷水，她仔细回想了下，并没有想到方知著什么时候不喜欢花。

她不对花粉过敏，她在自己的别墅里搞出了一个春夏秋冬都有鲜花盛开的小花园，她最喜欢的就是摘好多好多的花瓣，在屋子里撒得到处都是。

怎么会不喜欢花呢，这么漂亮的花儿。陈念低头瞅着那束雏菊，然后开始在屋子里转圈圈找花瓶。

方芝一人住一间房，据苏院长说是因为她和别的小朋友住不到一块儿。房子里东西少得可怜，好在陈念这些天天天给方知著带零食，她的桌子上放着一个圆形的饼干罐子。

很合适。

陈念拆了包装纸，将花束小心地插进去，然后去接了水。插好的花就放在窗台上，配着绿色窗框，有种老旧又新鲜的美。干完这些，陈念下楼，依旧扬起笑脸，陪方芝吃饭。只是好不容易能多和她说几句话的方芝又恢复了沉默，整个过程只有陈念滔滔不绝，说得口干舌燥。

离开的时候，陈念特意望了眼窗口。雏菊还在那儿，小心翼翼地伸出脑袋。陈念紧了紧书包，希望明天来时，它们还在。她怕方芝把花扔了，毁了，更怕方芝因为痛苦，就再也不接受美好。

第二天放学，陈念早早地跳上了去福利院的公交车。进了院子，她长长地松了一口气。雏菊还在昨天的位置，鲜嫩嫩的。陈念蹦着去陪方芝，没有提花的事，方芝也没提。

第三天，花依然在。

第四天，花开始有些打蔫。陈念给花换了水，又剪了下枝，这把雏菊又挺了两天，终于到了凋谢的时候。

陈念算着日子，这天给方芝准备的小惊喜是巧克力。之前的巧克力没能给出去，现在肯定没问题了。结果刚进院门，就有小朋友跑到她面前，拽着她的衣袖跟她说："方芝在哭。"

陈念一愣，问她："方芝在哪儿？"

"后园子里。"小朋友把她往后园子扯。

陈念抓着她的手，让她松开了自己的衣服："我知道地方，我先去了。"她冲了出去，扯开小朋友只是怕跑得太快带倒了她。

陈念一直怕方芝在福利院受欺负，这里的小孩子太多了，老师和院长没法关注到每一个孩子，方芝的性格又孤僻，被欺负的时候很可能没人帮她。

陈念一路奔到了后园子，方芝的确在。她蹲在菜园子的角落里，小小的身体团成一团，陈念四下瞟了瞟，除了远处几个正在玩耍的孩子，再没有其他人。陈念放慢了脚步，到了方芝跟前。

方芝的确在哭，她抱着自己的膝盖，把脸埋得死紧，但身子还是因为哭泣止不住地颤抖。陈念的手掌犹豫许久，最终还是放在了方芝的背上。一下又一下轻轻地拍打，安静地抚慰。

终于，方芝身子不抖了，人也动了动。陈念看到了一张哭得眼睛通红的侧脸，心脏仿佛被人狠狠揪住。她很少看到方知著哭泣，成年后的方知著总是在笑，碰到不好的事情最多就是冷着脸，而后便会极其快速有条理地应对。

方知著哭得最厉害的时候是演戏，角色需要，剧情需要，她可以哭到让观众见之落泪、肝肠寸断。陈念看这些戏的时候也哭，哭完了找方知著诉苦，方知著还会笑着安慰她。都是假的，方知著总是这样说，别怕，都是假的。

现在是真的。

现在的方芝，每一滴眼泪都是真的。

陈念手忙脚乱地从包里掏出纸巾，试探地挨上方芝的脸颊。纸巾很快洇湿，陈念的指尖碰到方芝的皮肤，又凉又软。

"太冷了。"陈念道，"这样哭很难受。"

方芝低着头，眼泪还在往下掉，掉进泥土里，她指着那片土说："死了。"

陈念看向那土，问她："什么死了？"

"花……"方知著的声音都是哑的，她哽得说不出一句完整的话，"花死……了……花都死……了……"

陈念愣住，方芝抬头看向她，那双眼睛被泪水泡得像雾蒙蒙的星球，眉头蹙着，就连嘴角都在难过地下垂。

她道："人也……会死……都会……死掉……"

陈念不知所措，陈念无法回应。

是的，植物会死掉，动物会死掉，你最爱的人，不知道什么时候，突然就消失在了这个世界上。

死亡到底是什么？死亡到底代表着什么？我们要怎么面对死亡，面对死亡后的痛苦、悲伤，和日日夜夜把灵魂都扯碎的思念。

陈念无法回答。

尽管她早已经历过生、经历过爱、实现过梦想、坠入过深渊……

但她仍然无法面对死亡，哪怕是可以看见方芝的现在。陈念陪着方芝在小菜园里蹲了许久，直到方芝的眼泪止住。

方芝偏头看她，问道："你哭什么哭？"

陈念指着地："那是我的花，我不哭谁哭。"

方芝："你送给我了。"

陈念："那我心疼一下钱。"

方芝"扑哧"一声笑了。

她站起身往外走:"你的钱也不是你的。"

陈念跟在她屁股后面:"就是我的,是我存钱罐里存的。"

方芝:"那也是你爸爸妈妈给的。"

陈念:"还有我爷爷、奶奶、叔叔、伯伯、姑姑、姨姨……"

方芝:"所以说不是你的。"

陈念背着手,假咳了两声:"行吧,那就是心疼你。"

方芝不说话了。

小杠精没了声,陈念斜着眼睛偷偷看了她一眼,方芝蹙着眉毛,不知道在想什么。

两人回到了宿舍,陈念给方芝吃巧克力,方芝从抽屉里拿出个白白胖胖的雪花霜瓶子,递到她面前。

"什么啊?"陈念愣了愣。

"抹脸的。"方芝抬着眉毛,一副大小姐的模样,"你没见过吗?"

陈念哪里没见过,陈念跟着方知著那些年,什么大牌的化妆品、护肤品没见过。陈念只是没想到,方芝会主动给她这东西。

陈念勾起唇角笑起来,人还是要矜持一下:"干吗啊?"

"哭那么久,脸会皴的。"方芝拧开盖子,"抹一下就好了。"

陈念:"那你哭得比我厉害,你也要抹。"

"切。"方芝伸手进去抹了一块儿,在手心化开了,熟练地擦了脸。

像只小猫咪。

陈念呆呆地看着,方芝自己擦完对上她的视线,极度不情愿地又化了些,然后双手贴上了陈念的脸。雪花霜凉凉的,方芝的掌心热热的,陈念坐着,方芝站着,低头看她的模样,真有了点儿漂亮姐姐的感觉。

陈念鼓起腮帮子:"谢谢。"

方芝嘴上不留情:"笨蛋,自己的事情要自己做。"

陈念乐呵呵地笑起来。

直到现在,她才觉得一个新的、小小的方知著,从浓重的雾霾里走了出来,逐渐变得清晰。原来方知著小时候是这样子的,原来方知著原本是这样子的。有些犟,有些毒舌,太过敏感,太过聪明。她的温柔被包在看起来坚硬,实际一碰就碎的壳里,会埋葬一束花,会在乎陈念肉乎乎的脸颊。

陈念唇角扬起,眼睛都变成了弯弯的月牙。

方芝看着她,问她:"你笑什么?"

陈念觉得不用解释那么多,小孩子之间没有那么丰富的语言,但那流动的情绪是感觉得到的。

于是她回答她:"开心。"

方芝道:"你是个傻瓜吧,你刚才还哭。"

陈念这回挺大胆:"那你也是个傻瓜,你也笑了。"

是的，方芝笑了。尽管她压着自己的笑容，但那笑容就是从眼角眉梢跑了出来，不一会儿就聚了满满一酒窝，再盛不住，突然溢出来。

"你才是傻瓜。"方芝咯咯地笑着。

"我们都是傻瓜。"陈念也哈哈笑起来。

两人乐了这么一通，出门去吃晚饭的时候，被在楼道碰到的小朋友用惊奇的目光目送了一路。往后的时间，方芝再没哭，陈念拿出那些老旧的段子逗她笑，方芝都笑了。

这天从福利院出来，陈念觉得脚踩在虚空处，如坠云端。

她呆愣愣地回到家，呆愣愣地放下书包、脱了外套、换了拖鞋，然后坐到了正在看电视的爸爸身边。

"爸爸你猜今天发生了什么。"陈念道。

陈军杰偏头看自己的小丫头，大手扣在她脑袋上用力揉了揉："爸爸猜不着。"

"我跟你说哦……"陈念开始絮絮叨叨地说起在福利院发生的点点滴滴。

她每天都会跟爸妈说这些事，看电视的时候说，吃晚饭的时候说，辅导作业的时候也说。

她要让方芝不仅出现在她的生活里，还要出现在爸爸妈妈的生活里，就像一部电视剧里经历坎坷的主人公，一举一动都勾动着观众的心。只有这样，她才有可能拿下胜利的一役，让他们真的变成惺惺相惜的一家人。

说到方芝葬花这段，正在厨房搞泡菜的妈妈探出了脑袋。她还拿着棵大白菜，但手上的动作已经停了。陈念说到方芝对死亡的质问，眼圈不由自主地就又红了。

"方芝不是在哭花，她一定在很多时候自己躲着偷偷地哭，她想自己的爸爸妈妈……"陈念吸吸鼻子，看一眼自己的爸爸，再看一眼自己的妈妈，"爸爸妈妈，你们能告诉我，人到底为什么会死掉，死掉以后会去哪里吗？"

陈军杰长叹一口气，开始对女儿进行人生开解："爸爸也这么想过，你奶奶去世得早，我变成了一个没妈的孩子，就天天晚上想妈妈……后来，妈妈就来梦里面了。"

他说些真的，说些假的，到底是不忍心把死亡这件事说得太过痛苦，就像无数文艺作品里那样，总想虚构出一个美好的世界，让那些已经离去的人依然存在。

刘春花靠在门框上，看那一大一小一会儿哭了，一会儿笑了。直到两人讨论完这个问题，才转身回到了厨房。

第二天是周末，但陈念一大早起来竟然没有准备去福利院，和爸爸两个人在饭桌上叽叽咕咕，刘春花听了一耳朵，道："苗圃？我也要去。"

陈军杰问她："今天不是有人要过来做衣服吗？"

"说的下午三点，照她以前那时间算，得到五点才能来。"刘春花咬一口咸菜，嘎嘣脆，"怎么，就你们爷俩能玩，我就不能休息一下了？"

"休息休息。"陈军杰赶紧道，"一家人一块儿去当然更好了。"

他给陈念使了个眼色："就是啊……念念她有个事……"

刘春花看向陈念："什么事？"

陈念说谎不用打草稿的："我们老师让我们观察植物生长的过程。"

刘春花起身："怎么还有这种作业，我去问一下温老师。"

陈念："啊啊啊那个，我记错了，我们老师没说，是我们老师上课提到了，我想自己了解一下。"

刘春花坐回来，饭也不吃了，筷子往碗上一磕，双手抱胸问："自己交代，还是要我审出来？"

陈念还小，以前又是个没什么多余心思的小屁孩儿，这话刘春花一般都是对自己丈夫说的。陈军杰听这话就觉得皮紧，他老婆聪明，家里大事小事基本瞒不住，所以多年经验让他斩钉截铁地做了明智的选择："自己交代。"

陈念："爸爸……"

陈军杰："对不起，爸爸只能出卖你了。"

刘春花皱着眉头，表情越来越严肃，陈军杰清清嗓子："事情是这样的，其实很简单。昨天念念不是说了芝芝哭花那事吗，你说这孩子多可怜啊。还有点儿林黛玉的气质，黛玉也是早早地没了家人寄人篱下，你知道我是喜欢《红楼梦》的……"

陈念打断了她爸的啰唆："既然买的鲜花迟早会蔫，我想去找好种好养的树苗，直接种在福利院的园子里，告诉方芝，万物有死有生，重要的是成长和陪伴的过程。"

陈军杰和刘春花之间眼神几度流转。

陈念反应过来了，立马扬起一脸的甜笑："啊，这都是书上写的，读书真好呀。"

陈军杰："读书好，读书好……"

刘春花目光下垂，继续吃饭："陈军杰你反思一下你自己，当年追我的时候有没有这么用心。"

吃完饭三人就出发，坐车去了市郊的苗圃。

苗圃占地面积很大，虽然是冬天，仍然有很多郁郁葱葱的树，和在大棚里开得正艳的花。

陈军杰把这趟当周末家庭郊游，带着老婆到处转悠，陈念目标明确，一进苗圃就往正在忙活的工作人员跟前凑，不停地问，哪个花最好养呀，哪个花冻不死呀，哪个花春天一定会发芽呀……

小姑娘活泼可爱，说话跟个小大人似的。经营苗圃的大爷看着好玩，一路跟她聊了不少。陈念频频点头，大爷提着修枝的大剪刀，突然问她："种哪里呀？盆里还是地里？"

陈念道："院子里，土地。"大爷突然一抬手，就把面前的树枝剪掉了一大截。陈念被挥舞的大剪刀吓了一跳，往后躲了躲。

大爷蹲下身，在剪掉的枝条里挑了挑，"咔咔咔"地又剪了几下，搞出些小枝条来。他捏着一根枝条："娃儿，你看。"陈念赶紧凑上去。大爷讲得很简单："每个根根我们留三个茬茬，最下面的茬茬用剪刀给它这样……切个角，这边哦，看好是没有茬茬的这边，然后这样插进土里……就可以了。"

扦插方法好，看着就特别省钱，陈念在心里给大爷鼓了鼓掌，记住了要领。但还是担心地问了句："这样真的可以长出新的花花吗？"

大爷笑出了成年人的自信："只要你勤浇水，可以的，我给你剪的这些条条，可是我们园里抗寒抗病最好的月季品种。"

"嗯！"陈念由衷地夸奖，"您好厉害！太谢谢您了！"

大爷本来就在做修剪，被小姑娘夸了心情好，干脆又多剪了几根，全都装进了陈念的小书包里。"这些都给你。"大爷爽快地道，"不要钱。"

陈念："嗷！太好了！"

大爷："我那里还有营养液，泡一泡更好发根，待会儿你要走的时候，我去给你拿。"

陈念："啊……"眼中期待又担忧。

"送你一瓶！"大爷想拍拍她肩膀，看了眼自己沾了土的手，又收了回来，"你跟我孙女一样大，她也快放寒假了。"

又保存了自己小金库的一点儿实力，陈念十分感动。眼见大爷已经站起身了，干脆自己凑过去，凑到人跟前猛地蹦了一下。

肩膀撞到了大爷的手，大爷一脸惊讶。

陈念乐呵呵地同他道："谢谢您，拍到了！"

大爷乐得哈哈大笑，等陈念一家三口要离开的时候，不仅给陈念拿了免费的营养液。还给陈念爸爸手里塞了一盆花。

一盆叶片健壮的兰花，陈军杰慌忙送回："不不不，不能拿……"

"不是给你的。"大爷指了指陈念，"给小朋友的。"

陈军杰："……"

陈念眨眨眼，最后鞠躬道了谢，蹦蹦跳跳往前走了。

抱着花的陈军杰："啊，我们姑娘真是越来越厉害了，走哪里都能交到好朋友。"

刘春花皱着眉头："过于聪明了。"

陈军杰："哎，你又说，那小孩子嘛，一天一个样，今天这道题还死活做不对呢，明天就会了。"

刘春花压着声音："你女儿不仅是一道题会了，还每天作业都提前完成，每道题都对，字整齐了，人也整齐了，刷牙不用我喊了，还帮着干家务，出了门去哪里都熟门熟路的，跟人说话一套一套的，这是一天一个样？你觉得你那智商配我这脾气，能生出这个样的孩子？"

陈军杰："说念念就说念念，莫要扯我，我智商可以的，我好歹读过大学……"

刘春花："反正我生不出这样的孩子。"

陈军杰："那这是哪里来的孩子？"

刘春花盯着陈念的背影："倒也是我孩子。"

陈军杰："你看你一天天的，搞什么嘛，自己都搞不清，矛盾得很。"

刘春花不说话了，她是矛盾得很。知女莫若母，陈念是她一手带大的，上学之前，所有的字都是她教的。女儿生活习惯、学习成绩、品性品行什么样，没人比她更清楚。自从那次跑丢到福利院之后，刘春花就觉得怪怪的。怪的不是她突然非要去福利院交朋友，怪的是她一夜之间,仿佛长大了许多。很多东西都不一样了,说话做事的逻辑超出了小朋友的范畴,但你要说她不对吧,也的确是没什么问题。甚至你要说她不好吧,除了为了方芝的事犟得不得了,也没什么不好。

女人的第六感异常敏感,这事想多了,刘春花甚至有天晚上梦到了佛祖降临,送给她一个娃娃,说这是我的玉女,你好好养。第二天睡醒的刘春花感到十分荒唐。她只希望自己的孩子平平安安、快快乐乐地长大,并不想要什么天神下凡、金童玉女。

刘春花以前是不相信封建迷信的,但她现在看着陈念,思维总是会朝一些奇奇怪怪的方向飘过去。她跟陈军杰说,男人嘲笑了她好一会儿,她有理有据地把陈念的作业本都拿出来了,男人也不过是愣一愣,然后问她:"那你要怎么搞?把女儿送回给菩萨?"

刘春花心想,男人,果然是靠不住的。

靠不住的男人乐滋滋地端着花和女儿跑到了一条线上,两人白得了点儿东西,就高兴得跟傻瓜似的。刘春花叹口气,只能跟上他们的脚步,决定回去跟自己的老姐妹聊聊。

路上,三人便分道扬镳。刘春花回家,陈军杰带着陈念去福利院。

两人在公交车上聊了不少养花的东西,陈念甚至比大人知道的还多,陈军杰一脸震惊,陈念挥挥手:"哎呀,刚才跟我的大朋友学的呀。"

陈军杰给她竖竖大拇指:"方芝也一定会觉得你很厉害。"

陈念眼睛亮起来:"真的吗真的吗?"

陈军杰:"真的啊,我那个时候追你妈,特意把她带去博物馆,跟她讲那些瓶瓶罐罐的历史,她就觉得我超厉害,后来……她就嫁给我了。"

陈念扯了扯嘴角:"那个……我们……还是不一样……的……"

不过到了福利院,陈念把一书包的新鲜枝条倒出来,的确震惊了方芝。

方芝愣了好久没说话,陈念一边和她念叨今天的所见所得,一边把枝条都处理了,顺着菜园子的墙根,插了一排。方芝蹲在她身边,看那些小枝条,两人和昨天哭的时候一个姿势,不过心情都愉悦了许多。

"好了。"陈念插好最后一根,拍拍手上的土,把营养液的瓶盖拧紧了,"之后浇水就可以了。"

方芝问:"光浇水吗?"

"对。"陈念道,"发根需要十来天,比较关键,需要保持土壤潮湿。"

方芝:"真的能活吗?"

"可以的。"陈念拍着胸脯,和苗圃大爷一样自信地说,"只要认真对待,一定可以活的。"

方芝笑起来。

陈念觉得自己真是进步神速、功绩卓越,这么快就让笑容回到了方芝的脸上。这天她陪了方芝许久,两人一块儿看书,一块儿吃饭,还同大家一起玩了小游戏。临走的时候方芝拉着她又去了下菜园,拿着水壶小心翼翼地浇水:"是这样吗?"

小小的方芝在月光下浇水的样子乖巧又美丽，陈念觉得自己心里的褶皱都被熨平了，十分舒坦。

她疯狂点头："是的是的。"

"不过你不用紧张，"她补充道，"我明天一早就过来了！"

"好。"方芝眼睛亮晶晶的。

但第二天陈念却并没有如愿。

刘春花突然要带着她去走亲戚，说有十分重要的事。陈念抗议无效，只能抓紧时间给福利院去了个电话。上次苏院长没有及时转告方芝的事她知道了，这次学聪明了，不跟苏院长说，直接跟方芝说。

小女孩儿甜甜的声音求人，苏院长自然不会拒绝，她让人去叫方芝，方芝接上电话，小声道："喂。"

"芝芝！"陈念喊，"我是念念！"

方芝："哦。"

陈念："我家里有点儿事要出门，我现在不能过去见你了。"

方芝声音里透着淡淡的失落："哦。"

陈念想了又想："如果今天实在赶不及，那我们就明天见。"

方芝："嗯……"

陈念："你要帮我照顾好我们的小花哦！"

方芝这次有点儿力气了，她应道："嗯！"

陈念笑起来，看来这招是有用的。哪怕畏惧死亡，哪怕巨大的坎坷无法跨越，人们还是向往希望的。希望挂在前头，哪怕只是一株花的萌芽，一个朋友的约定，也足够让你满怀期待地向前走。

向前走。

陈念跟着妈妈坐了很久的车，甚至在车上睡了一觉。在她的印象里她家没有住这么远的亲戚，但也许是记错了吧。等陈念睁开眼，车也到了，她下了车，看到村口一棵巨大的槐树，不禁"哇哦"一声。

刘春花看向她，问道："怎么了？"

"好大的树。"陈念张开双臂，"我们手拉手才能抱住吧？"

到这里，她都还以为今天只是场平常的亲子活动。但很快，妈妈打破了她的幻想，她带着陈念走进村子，弯弯绕绕地来到了一户人家，那门上当头悬着一面挂着红布的镜子，门口摆着一盆聚财风水鱼，屋檐上还有铃铛，风一吹过，叮叮当当，十分有氛围。

陈念停住了脚步，觉得震惊，也觉得心慌。她攥紧了妈妈的手，问她："妈妈，我们来这里干吗呀？"

刘春花回答得非常敷衍："见个叔叔。"陈念扯扯嘴角，松开了妈妈的手。

以前她绝不会怕这些，因为她行得端坐得正，不做亏心事，不怕鬼敲门。可现在莫名其妙地进入了这个真实的梦境，是真没底。好在她是个小孩儿，可以随意撒泼，于是她登时又抱住了妈妈的腿，仰头眼含热泪地道："妈妈，我不要来这里，好可怕。"

"没事，"刘春花抱着她的脑袋，"念念不怕，我们就是去和叔叔说说话。"

陈念内心顿时明白，又想了想自己最近干的事、说的话，真是漏洞百出，让人头大，换她也觉得自己有问题。她忽视这些问题，只不过是因为对自己爸妈有着天然的、最深层次的信任罢了。

陈念眨眨眼睛，陷入了沉思。直到此刻，她并不觉得妈妈会放任什么奇怪的人对自己做什么奇怪的事，她甚至觉得，要实在瞒不住了，她把真相说给她听也无妨。

思及此，陈念心里那些慌乱便彻底消失了。她不仅觉得坦然，甚至还有了些期待。

她松开了妈妈的腿："真的吗？"

刘春花用力安抚她："真的真的。"

"好。"陈念长吸一口气，"那就聊聊。"

她说这话的时候表情平静，眼睛带光，语气果决又风轻云淡，一点儿都没有了刚才的害怕样，像个一切尽在掌握之中的隐藏大佬，然后便自己打头阵，大步朝前走去。

过了风水缸，直面八卦镜，高高的门槛一抬腿，便迈了进去。

"大师"年龄不大，但留着长长的须发，人瘦但骨骼突出，所以帽子一戴，道袍一挂，真有些大师的味道。屋子正中央烧着三根香，拜着什么神。大师抬手请他们喝茶，笑容和蔼地说："自便，自便。"

刘春花没有经验，这会儿正思索着怎么开口合适，就见陈念已经跳下椅子，径自去果盘里拿了个苹果。

"叔叔，我可以吃这个吗？"陈念问。

大师："可以可以。"

陈念把苹果在自己身上蹭了蹭，抓起来就是一大口。苹果味道不错，汁水饱满，酸甜可口，咬起来嘎嘣脆。她边吃边道："我妈妈让我和叔叔聊聊，但我不知道聊什么，叔叔，你知道吗？"

大师："那要看你的妈妈想聊什么了。"

陈念没把这话题扔给刘春花，她在屋子里踱步："我虽然第一次来叔叔家里，但叔叔家跟别的家都不一样，有一些奇奇怪怪的东西，妈妈应该也是想跟叔叔聊些奇奇怪怪的事情吧。"

说到这里，陈念突然凑到大师面前，她站着，大师坐着，她刚好可以直勾勾地望进大师的眼睛里。这一瞬间，陈念卸下了所有的伪装，用自己成熟的内在，同大师对视，就连声音，都变得有些不一样起来。

"大师，你觉得我奇怪吗？"

大师愣在当场。

刘春花被陈念的话吓了一跳，起身一把将自己女儿捞了过来："冯大师，对不起啊，小孩子什么都不知道，乱说话……"

"冯大师"，陈念脑袋里"叮"的一声。

她想起了一些事情。

小学六年级的时候，有次市里的作文大赛，她拿了一等奖。

由于在她的上学生涯中，很少有拿一等奖的时候，所以关于这篇作文她的印象非常深刻。

那篇作文她写的是个鬼怪故事，最终的结局是有人装神弄鬼。而那篇作文的灵感来源于一篇题目为《知名神棍落入法网，科学信仰长存心中》的纪实报道。

那报道写得好啊，丝丝入扣，曲折离奇，引人深思。陈念看了之后，一下午都如痴如醉，拿着把塑料剑在家里比来比去。如果没记错，那神棍的绰号叫"冯飞"。如果没猜错，她现在正坐在冯飞家里。

真是骤然一盆凉水泼头，让陈念心里那些正儿八经的心思都偃旗息鼓。

她眼里亮闪闪的光没了，心头的慌张也没了，默默吐出一口气，变得低眉顺眼。

冯大师呆了好一会儿，这才抬手笑道："无妨无妨，童言无忌，童言无忌。"

刘春花见场面尴尬，又真怕自己的孩子再搞出什么不符合儿童言行的事情，赶紧把话题转开了："大师，我最近心里不安，主要是前些天老做一些梦……"

冯大师"解梦"是高手，立马道："您说。"

陈念坐在妈妈怀里听她说完了这神奇的梦，从她腿上跳下来，继续童言无忌："这不是很简单吗？说明我聪明厉害，将来能干成大事。"

"就你。"刘春花在陈念脑袋上轻轻拍了一下，"你不折腾我，我就阿弥陀佛了。"

冯大师看一眼陈念，陈念天真无邪地望着她，冯大师松口气，随即低头沉思，手上轻捻，又抬头皱眉，欲言又止。

刘春花看他神情，紧张起来："大师您是觉得……"

冯大师犹犹豫豫道："您家就这一个姑娘吗？"

刘春花瞪大了眼睛，看向陈念，显然，她想到了陈念整天号叫着让她领养的方芝。

陈念撇撇嘴，在心里默默鄙视了一番这问话的小把戏。

冯大师见孩子母亲面露异样，神情越发高深起来，还没等两人回答，他就摆摆手："这事，不好说，不好说啊……"

看过报道的陈念："……"

不好说，这就是坑钱的开始啊！冯大师可以欺骗她的感情，但绝不能欺骗她妈的钱！

陈念挺直了脊背，握紧了小拳头。

冯大师起身，往屋里走："我去请……"

不等他请出什么奇奇怪怪的东西，陈念忽地跑到了他跟前，攥住了他的手。场面再次因陈念突如其来的举动陷入尴尬。

刘春花赶紧道："念念！"

陈念仰着脑袋，特天真地看着冯大师："叔叔，我是我爸妈目前唯一的孩子，你要去找什么？带念念一起去呗。"

没等春花女士冲到她跟前，陈念晃了晃冯大师的手，用只有两人能听到的音量，甜蜜蜜地小声道："不然我就把你家院子里埋的东西，挖出来哦。"

冯大师一个哆嗦，彻底愣了。他连脸上高深莫测的表情都绷不住了，震惊地看着陈念，像在看个怪物。

刘春花都到了两人跟前，准备去拉陈念。陈念却没有松开手，她还在对着冯大师甜笑，但指尖已经快抠进了他的皮肤。

冯大师额头冒汗，手心也冒汗。

他结结巴巴地挡了一下："没，没事，我带……带……进去……"

刘春花当然不会撒手，都察觉出了异样，怎么可能放心。她已经开始后悔："那个……冯大师，我们没什么事了，我们不问了。"

陈念对她摆了摆手："可是念念还有问题，想和冯叔叔说。"

"冯叔叔也想和我说。"陈念转头看着冯大师，挑挑眉，"是吧？"

冯大师："是，是……"

陈念："我们就去屋子里拿下东西，妈妈你在门口等我，看得见的，念念不会跑掉的。"

陈念说服了刘春花，牵着冯大师的手进了屋。

冯大师的手指都变凉了，他哆哆嗦嗦，小声地问陈念："你……哪里……来的……"

陈念小学生回答："妈妈肚子里来的呀。"

冯大师看她一眼，感觉再不快点儿进行下去，就要给陈念跪下了。

陈念抓紧时间威胁他："按我说的做，不然小白兔也要遭殃。"

冯大师听到"小白兔"三字，顿时吓得面如土色，冷汗涔涔。

陈念瞅他那表情，在心里默默给自己比了个"耶"。

纪实报道是真纪实，里面写了这神棍为了"法力无边"，曾经把去世的婴儿尸骨埋在自己家院子里，天天拿香供着。还写了他私生活混乱，有个网名叫"甜甜小白兔"的女朋友。

陈念对这两件事印象深刻，估摸着时间也没差，就随便碰一碰运气。碰对了赚，碰错了……反正她在冯大师心里是个神道道的小孩儿，也没什么问题。

"大……大师你说。"冯大师连称呼都改了。

"啊，别这么叫我。"陈念松开了他的手，从兜里摸出纸巾擦了擦自己的掌心，"我只是个普普通通的小学生。"

冯大师："好，小学生好。"

陈念皱着眉头想了想："待会儿出去，不管我妈说什么，我说什么，你就一句回答。"

冯大师压低了身子，凑近了耳朵，聆听天机般郑重的表情："请您教诲。"

陈念："好，很好，非常好。"

两分钟后，陈念和冯大师一同出来，冯大师手上端着尊佛像，恭恭敬敬地放到了刘春花那边的桌子上。

陈念爬回自己妈妈腿上，刘春花抱着她，上上下下偷偷捏了一遍。

陈念仰着脑袋说："妈妈，我没事。"

冯大师击掌，突然一声响亮的呼喝："好！"

刘春花被吓了一跳，过了几秒，才犹犹豫豫地问："大师，那个，我的那梦……"

冯大师抬手撩须，声如洪钟地说："很好！"

刘春花顿时更加困惑。

陈念赶紧说："叔叔，其实虽然现在爸爸妈妈只有我一个孩子，但将来他们可能有新的孩子呢！"

冯大师眼睛闪亮，脊背笔直，比起之前道貌岸然高深莫测的样，显得正直善良得多了。

他极富感情地道："非！常！好！"

陈念满意了。刘春花也满意了。

就像那篇报道上写的，许多时候，人们遇到问题去求助所谓的大师，不过是想要一个心理安慰，想要一个绝望中的希望，想要一个能看到未来美好生活的念想。

大师说好，越神道，那就越好。

为了让大师说好，许多人愿意出钱出力，但今天，大师一分钱没要，便向陈家这对母女，连连说好。

这说明了什么？这说明是真的好啊！

回家路上，刘春花脸上多日的阴云一消而散。

由于冯大师的"加持"，陈念之后往福利院跑的过程非常顺利。

她依旧每天放学就去看方芝，两人待一会儿，然后再回家。

她的爸爸妈妈对她没有过多的要求，主要是她这个年龄，也没法有什么要求。

小孩儿的主要任务是长大，学生的主要任务是学习，小学二年级的学习内容，陈念用脚都能搞定。由于每天来回折腾运动量大，她饭量都见长，还变得聪明伶俐，眼里有活儿，手上勤快，嘴巴特甜。

陈军杰每天被自己女儿哄得心情愉悦，年底的工作任务都觉得不那么难搞了，真应了冯大师说的那句话，好，很好，非常好！

愉快的日子过得匆忙，眼看到了一月之期。陈念的热情不减反增，陈军杰拉着自己的老婆偷偷商量过几次，刘春花都没松口。

好在陈军杰和自己女儿的约定不是以日期为限，他们定下的"方芝喜欢这一家，愿意和他们在一起"的情感准则并不好判定，陈念虽然整日把方芝挂在嘴上，但也没有逼迫家里现在就收养方芝，所以事情就又这么缓了下来。

一场雪之后，安良迎来了一段寒潮期，天气猛然变冷。

陈念哆哆嗦嗦地考完试，出了学校门就看到了她妈妈，赶紧叫喊着奔了过去："妈妈你怎么来了呀！多冷的天呀！"刘春花穿着大袄子，戴着棉手套，这会儿把手套摘了，接住了跟个炮弹似的陈念。

"带你去买衣服。"刘春花道。

陈念愣了愣，买衣服这事之前妈妈确实提过，说今年兴起了小孩儿的羽绒服，院里别家小孩儿都穿上了，要给陈念也买一件。

自己妈妈是个裁缝，陈念小时候从来没缺过漂亮衣服穿，她妈妈在打扮她这件事上，一向上心。但陈念不太上心。陈念的心被别的东西塞满了，放不下这种杂七杂八的小事。

她抿抿嘴，小心翼翼道："可是妈妈，我约好了和方芝一块儿看书……"

刘春花看着她，静默了几秒："都考完试了，还看什么书。"

陈念："我们最近在一起读《水孩子》。"

刘春花："字都没认多少，看得懂吗？"

陈念："她不懂的地方我会教她。"

刘春花面露怀疑。

陈念："妈妈你别不信，我现在学习可好了。"

刘春花撇撇嘴："那就看看你期末考试成绩。"

陈念心道，那还不是轻而易举的事情嘛。

刘春花牵住了她的手："给苏院长打个电话，就说你今天不过去了。"

陈念听后直摇头："那不行！"平日里有别的重要的事耽搁去看方芝就算了，买衣服这种事实在不算重要。她和方芝已经二十四个小时没见了，而衣服什么时候都可以买！

"妈妈……"陈念拖着她的手，用力撒娇，"方芝每天都站在窗口等我呢，她现在不能上学，和别的小朋友也不熟，一整天就等我去和她说说话……"

刘春花："……"

陈念："我这不是放假了吗，放假就有好多时间，我们可以上午中午去逛街……"

刘春花："下午去看方芝？"

一想到放假以后就有更多的相处时间了，陈念忍不住笑起来："对！"

顿了顿，她又补充道："别的时候没什么事，我也可以过去嘛，我们就是看看书，玩玩游戏，我会带上我的寒假作业的……"

刘春花长长地舒出一口气，抬手在陈念脑袋上戳了一下："你真是被灌了迷魂汤。"

陈念立马指天发誓："我干的，不关方芝的事。"

刘春花终于一偏头："行吧，去见方芝。"

"耶！"陈念兴奋起来，"妈妈最好了！妈妈和我一起去吗？"

刘春花："一起去，人要见，衣服也要买。"

陈念："啊？"

刘春花："和方芝一起去买。"

陈念内心狂喜。

带方芝出门，陈念想过很多次了。方芝就像个被剪了翅膀的雏鸟，待在那一方灰溜溜的牢笼里，和彩色的世界隔绝开来。陈念努力把外面的颜色带进去，但能展现给她的快乐，仍然很少。

她问过苏院长好几次，能不能带方芝出门玩，都被苏院长拒绝了。方芝有从福利院逃跑的经历，不止一次。院里每次出去找孩子，都大动干戈。苏丽实在是太忙了，太累了，不想再惹一点儿麻烦。

何况陈念也是个孩子，允许这孩子天天跑到院里来，已经是开了后门、担了风险了。再让这俩孩子一块儿跑出去，但凡出了一点儿差池，苏丽都担不起这个责任。

陈念理解苏院长的做法，也不好和自己的爸爸妈妈开口。他们工作都忙，又没有松口说要领养方芝，整天被她折腾得已经够呛了，再多一些乱七八糟的要求，可能会适得其反。

谁曾想到，就在这一天，机会突然从天而降，砸到了陈念头上。妈妈主动要带方芝出去，还是逛街这种事，陈念怎么可能不兴奋？她知道自己的妈妈不是吝啬的人，也不是心硬如铁的人。这趟出门，只要不出什么大问题，不但能让方芝放放风，还能让她和自己的家庭加深一下了解，培养一下感情。

氛围好了，甚至还可以给方芝要些东西。

百利而无一害呀！

陈念原地蹦着转圈，又对着妈妈说了一通好听的话，这才迫不及待地拉着她往公交站走。

这条路她已经熟到闭眼都不会错过站了，一路上都在叽叽喳喳和妈妈说方芝最近的状况。

因为记得和爸爸的约定，所以在说起方芝对自己的态度时，总是不忘记强调，她对我很好的！她和我说话！说很多！

她晚饭都和我一起吃！我们俩一个桌！我夹她的菜吃她都不会生气！她天天都去看小花苗！天天都记得给它们浇水！别人都不能动小花苗的！就我可以！最最重要的是——她对我笑！她还对我哭！我们一起抱头痛哭过！

在陈念的叙述里，她们可真是非你不可的钢铁友情。刘春花却听得直想笑，笑自己的女儿傻乎乎的真是可爱。

两人到了福利院，陈念一马当先，进了院门就开始冲着方芝的窗口喊："芝芝！芝芝！吱吱吱！"

考试时间结束的时间比平日里放学早许多，但昨天陈念已同方芝说过了今天自己会早到，于是她这么一喊，方芝立马从窗口探出了头。

陈念高兴得不行，仿佛这样就足以证明她和方芝关系超铁，赶紧招呼自己妈妈看。

"妈妈快看！妈妈快看！芝芝！芝芝！"

刘春花望过去，对上方芝的视线，硬要说的话，方芝看他们的眼神确实比之前柔和多了。小姑娘长发大眼睛，虽然旧衣服穿得不好看，但人仍然很漂亮。

刘春花抬手，冲她招了招手。

方芝犹豫了下，回了个招手。

陈念看到她俩这动作，高兴得都快上天了。

但她内里好歹是个成熟的大人了，所以还是很冷静地考虑了一下和妈妈一起逛街这件事方芝愿不愿意接受。

诚实地说，方芝要是愿意，那绝对是皆大欢喜。方芝要是不愿意，那点儿寸劲爆发了，很有可能便前功尽弃。

风险太大，陈念决定先去征求一下方芝的意见，于是转头冲妈妈道："妈，你先和苏院长聊聊，我上去叫方芝！"

刘春花："嗯？待会儿，不急。"

陈念："啊！可是带方芝出去，总要跟院长说啊。"

"先问问方芝，"刘春花抬脚往前走，"没准儿她不想出去呢。"

陈念赶忙迈着小腿追上去，她妈妈个子高腿长，走得可真快。

"妈妈，妈妈，我觉得这个事情我和芝芝说比较好。"

刘春花："你说，没不让你说。"

陈念："那你……"

刘春花："你说，我等着呀。"

陈念："你在苏院长办公室坐着等，她办公室里暖和。"

刘春花抬脚一跨，已经上了通往三楼的台阶："啊，错过了。"

陈念："您转头就是院长办公室！"

刘春花："啊，昨天睡落枕了，这头好像转不过来。"

眼看拐个弯就是通往方知著房间的楼道了，陈念万般无奈只得一个滑跪抱住了妈妈的腿，痛呼道："妈——"

刘春花无奈地俯视着自己的小女儿。

只见陈念眼睛红红、可怜兮兮地望着她："妈妈，我们还没有准备好。"

"准备什么？"有人插进话来。

那声音清清亮亮，同样是小姑娘，音色可比陈念好听多了。

陈念偏头，对上方芝的视线，情绪瞬息万变，最后定格在了一个又担忧、又惊恐、又苦涩的表情上。

你今天怎么就这么积极呢？

平日里怎么没见你出来迎接我一步呢？

这位是我妈，我妈！不对，你见过我妈，但这次和上次那可不一样……

求求你宽宏大量，看在我这么长时间的努力上，哪怕装也装得乖巧可爱一些吧……

陈念快要给方芝跪下了。

方芝错过了她的视线，抬头看大人："阿姨，陈念做了什么坏事吗？"

一声"阿姨"让陈念感觉此时的方芝无比乖巧可爱。

刘春花却踹了踹她，对方芝说："你问问她。"

陈念："啊……我可能……做了……吧？"

方芝问："做了什么呢？"

刘春花也跟着问："做了什么呢？"

"啊？"陈念脑袋里打个转，"我没做什么！"

方芝静静地等着她，刘春花可没这耐心，又甩了甩腿："你是要自己说，还是要我帮你说？"

"啊啊啊，哦哦哦。"事到如今，陈念只得硬着头皮上，她爬起身，拍了拍自己的衣服，郑重道，"是这样的……"

"就……今天我考完试出门……"陈念的眼睛忍不住地开始乱眨，忍不住地开始给方芝递各种暗号，忍不住地变成了可怜巴巴的小狗，"我妈妈吧，她……她想带我去……逛街……"

"我吧，想来找你……玩。所以我妈妈吧，她说，说……我们可以……"

陈念咽了咽唾沫，紧张得喉咙都要抽筋了："一起……玩。"

方芝："玩什么？"

陈念手指乱比画："就……逛街，买……买衣服，就……随便看看……"

"好啊。"方芝打断了她的话，表情平静，语气轻松，好像这是一件普通得不能再普通、正常得不能再正常的事。

陈念愣住："啊……"

刘春花接话了："我们逛完街时间可能就比较晚了，芝芝你愿意去阿姨家的话，我就跟你们苏院长说一下，让你今晚在我家过夜，明天我送你回来。"

陈念听了妈妈的话，兴奋到了极点。

妈妈，进展太快了啊！

妈妈，你别得寸进尺啊！

妈妈，你要知足常乐啊！

妈妈，你怎么也叫她芝芝了啊！

这时方芝回答："愿意。"

陈念脑袋里一切的叫嚣都停止了，抚了抚脑门儿，觉得天上又掉下个仙女，砸得她晕乎乎的。

## 第三章
## 一家人（上）

陈念想过方芝会答应，但没想到她会这么爽快。

她设想的情况是，她磨磨叽叽地求爷爷告奶奶，方芝皱着眉头，勉强点头，然后在整个逛街的过程中小心翼翼、畏畏缩缩地顶着一张漂亮的脸蛋，做一个不说话的洋娃娃。

结果现在，她们三人坐在公交车上，方芝在左边，妈妈在中间，陈念在右边伸着脑袋努力看，方芝神情平静，甚至隐隐透着一股愉悦。

这让她又快乐，又担忧。

这时刘春花开口打破沉默："芝芝，听念念说你们最近在一起读书？"

方芝："对，陈念认得的字很多，有她在，我就不用查字典了。"

陈念疯狂地撞妈妈胳膊："妈，你看，是吧？我跟你说你还不信。"

说完了又伸长了身体冲方芝笑："芝芝，我愿意做你的字典，你用的时候不要客气。"

方芝的眉头跳了跳，嘴角扯了扯，半晌才说了声："嗯。"

她太乖了。

陈念握了握拳。

刘春花侧了侧脸道："芝芝，你要是有别的不好直说的，就眨眨眼。"

方芝瞪着一双大眼睛，睫毛一动不动，硬是连基本的生理反应都克制住了："没有，阿姨，陈念真的有在好好学习。"

陈念头上直冒花。

方芝接着说："她每天在学校就把作业做完了，放学后来我这里还会复习一下课本，预习一下内容。我们看课外书籍，也是为了能认识更多的字，这对我们的语文成绩很有好处。"

陈念第一次发觉，方芝原来也可以对着大人从容地撒谎。

方芝又说："我相信她期末考分数肯定很高。"

这句倒是没什么问题，陈念举手应和："妈妈，放心吧，说了双百就双百，一分都不会少。"刘春花笑起来，把陈念的脑袋按回去，对方芝温柔地道："她只要没带坏你就好。"

方芝摇了摇头："不会的。"

保持着这样愉快的氛围，三人到了商场。

童装区有整整一条街，孩子们都开始放寒假了，所以里面人不少，挤得满满当当的。

刘春花怕两个孩子走丢，便牵住了陈念的手，另一只手朝方芝伸过去的时候，犹豫了一下。方芝看到了她这个动作，目光在她手背上停留了一瞬，而后仰头笑了笑道："阿姨，我牵着陈念。"这孩子笑起来是真的漂亮，小酒窝能盛蜜一样。

刘春花捻了捻手指："好。"

她的犹豫自然不是嫌弃方芝，而是觉得小姑娘身世凄惨，人又聪明，性格必然十分敏感。陈念缠着方芝一月多了，小孩子之间玩玩闹闹的本来应该肆无忌惮，但直到如今，陈念对着方芝都小心翼翼，真是捧在手心怕摔了，含在嘴里怕化了。这更佐证了方芝的敏感，或许一句话说不好，一个动作没做对，这孩子就会情绪大变，甚至崩溃。

刘春花能够理解，也不想搞砸了今天的这场约会，让陈念失望。所以没有非得去牵方芝的手，也没有刻意去找很多话题同方芝交流。方芝绕到一边，如她所说的那样，牵住了陈念的手。陈念的眼睛亮得跟小灯泡似的，右手直挺挺地垂着，走路都要顺拐了。刘春花觉得好笑，又很是疑惑：自己怎么就生出来这么个小花痴，还是对着人家小姑娘。

三人组成一个柔软的横排，向前推进。

方芝长得实在是漂亮，有不少人会回头看她，然后再看一眼陈念和刘春花。刘春花对这种来自陌生人的注视感到一丝不悦，心中暗道："知道了，我生不出来，眼神能别那么明显吗？好像你能生出来似的。"她撇撇嘴，快速扫视着周边的店铺。

作为一个裁缝，她不仅眼光高，对性价比的要求也很高。丑的、俗的肯定不会买，好看的、贵的也不会买。就是要找到最物美价廉的那家店。照她这个速度，很快就逛完了大半条街。陈念和方芝待在一起根本不闹，对周边吃的玩的最多也就是抬手一指："芝芝，看！"

"芝芝，吃不吃那个？"

"芝芝，那个猫猫头好可爱！"

陈念想吃糖葫芦，便问方芝："芝芝，是糖葫芦，你要什么口味的？"

然而还没等方芝回答，就被刘春花提溜住衣服帽子拉了回来。

"先别买糖葫芦。"刘春花道，"前面两家店逛了再买。"

陈念："我自己买！我自己买！"

"是谁掏钱的事吗？"刘春花一瞪眼睛，觉得自家这小孩儿自从摔了存钱罐开始，就把钱分得可清了。

陈念："啊……"

方芝开口了："我不想吃。"

陈念："啊……"

刘春花叹口气："不是不让你俩吃，前面那家店是咱们今天的主要目标，待会儿进去要试衣服的，拿着糖葫芦不好搞。"

陈念只好答应："哦哦哦哦。"

她晃了晃方芝的手："那我们买完衣服吃。"

方芝勾了勾唇角，没应声。

三人一块儿进了店，店里衣服五彩缤纷，十分好看。刘春花目标明确，抬手"唰唰"地拿了几件，抬了抬下巴对陈念道："外套脱了。"

陈念瞅了瞅自己牵着方芝的手，方芝便把手抽了出来。陈念抿抿唇，抬头看向自己的妈妈，眼神要多可怜有多可怜，欲言又止，一件外套足足脱了一分半钟。

刘春花看着她表演。直到陈念终于丧眉耷眼地把外套挂到了一边的架子上，来拿她手里的新衣服。头还偏向另一边，对方芝道："你是不是喜欢草莓的啊，我觉得橘子的也很好吃……"

刘春花把衣服塞到了她怀里，转身到了方芝跟前。方芝抬起了脑袋，静静地看着她。刘春花蹲下身，和她的视线平行，然后给她展示手里拿着的衣服："你人白，穿什么颜色都好看。白色和粉色这两件一个版，黄色这个长一些更暖和，这一件有小花边，念念穿这种就特别土，你待会儿也试试，穿上了看效果，喜欢哪个我们就买哪个。"

陈念袖子刚塞进去一只，愣了。方芝也有些呆，眼神闪烁。刘春花掌心放在她背上，轻轻推了推："那边有试衣间，你去试，阿姨在外面给你看着。"

方芝终于反应过来，连连摆手："阿姨，我不要，我不买衣服，我有衣服穿。"

刘春花道："阿姨带着你和念念一块儿逛，你当然也要有。"

方芝转头看了下四周，朝刘春花走近了点儿，小声道："这里太贵了。"

的确贵，做儿童羽绒服的店少，这还是家品牌店。衣服款式漂亮，今年又时兴，一件外套的价格快卖到普通棉衣的七八倍。之前刘春花都没舍得给陈念买。

他们家经济情况只能算普通人里的中等水平，平日家里大小开销都是刘春花管，当家才知柴米贵，今天也是交了之前定制的两套婚服，拿到了笔钱，这才带陈念来买衣服。

顺便带上了方芝的确是个意外，但方芝乖乖地跟在她们身边，一句多余的话都不说，只有那双漂亮的大眼睛偶尔在好看的衣服、诱人的食物上停驻视线，刘春花怎么忍心真就只给自己女儿买。

钱可以再赚，但伤了一个小朋友的心，她可能这辈子都会记得这件难过的事了。

方芝还要再说，刘春花摸了摸她的脑袋："阿姨有的是钱。"

已经凑过来十分了解自家家底的陈念："……"

刘春花偏头瞪她："赶紧穿你的。"

她对陈念语气有点儿凶，倒是吓得方芝抖了一下。

陈念："妈妈，你不要那么大声，吓到芝芝了！"

刘春花："我那是对你大声，芝芝那么乖，我干吗对她大声。"

陈念牵住了方芝的手腕，把她往试衣间带："我们赶紧去试衣服，不然我妈要发火了，她发起火来可凶了……"

刘春花："……"

有了陈念的连哄带骗，方芝终于进了试衣间。陈念本来半个身子都进了帘子里，看到方芝呆愣愣地看着她，又赶紧缩身回去。

"你快点儿啊。"陈念道,"我给你拉着帘子。"

这试衣间的门是厚重的帘子,搭扣处使用得太多,磨断了没法固定,晃晃悠悠的,要有人拽着才牢靠。但其实小孩子试一件外套不用那么麻烦,陈念就不用麻烦,她妈让她脱她立马就脱了,现在新衣服还在她身上挂着个半截。但这事放到了方芝身上,感觉就不一样了。

妈妈让方芝进去试,陈念也想让方芝自己试。帘子一拉,里面有片小小的私人空间,方芝可以仔仔细细地试那些衣服,可以认真挑选自己喜欢的款式。不用担心自己的表情动作泄露了内心真实的想法。

陈念拽着帘子,听到了里面窸窸窣窣的声音,嘴角慢慢扬起来。

以前都是方知著带着她买东西,两人在各国的大店小店里,总是不嫌麻烦地挤一个试衣间,也不做什么奇怪的事情,就是走哪儿都想待在一块儿。吃饭要一起,买衣服要一起,哪怕下了车要各奔东西,路上也要尽量在一起。

那个时候,陈念觉得自己和方知著亲密无间。后来,方知著离开,陈念觉得她们之间划开了一道天堑鸿沟,让她偶尔回想起以前的亲密,会觉得是个笑话。她根本不了解方知著,不知道她的过往,不知道她的痛苦,不知道那些她深埋着的最终带走她的隐秘。

如今,陈念隔着一条帘子,依旧在很多时候猜不中方芝的想法。但她却并不觉得陌生,也不觉得害怕。因为这一次,她会陪着她长大。消解悲痛的过往,面对未知的未来。而且,现在情况变得越来越好了,不是吗?陈念转头朝妈妈龇出大白牙。

刘春花:"你把你那衣服穿好!"

陈念:"哦。"

刘春花:"你穿那色不行,来,换这个。"

陈念拧巴着脸:"哦。"

刘春花:"看看你那屎肚肚,这个腰太紧了,等下我再找找。"

陈念:"……"

刘春花转了一圈,没给陈念拿,过来问方芝:"芝芝,你试好了吗?出来给阿姨看看。"

方芝听话地应声:"嗯。"

陈念赶紧放开了帘子。

方芝穿的是那件橙色的长款羽绒服,配着她的自来卷长发,比店里面挂着的模特海报还好看。

刘春花一拊掌:"啊,这件真好看!"

店里不少人看了过来,刘春花赶紧冲店员道:"这件再拿一件,我这孩子能穿的码。"

她拍了拍陈念的肩膀。

店员又拿了件过来,刘春花催促陈念:"快试下。"

陈念倒是很乐意和方芝穿一样的衣服,她快速地换上了,扬着灿烂的笑脸看方芝。

方芝:"噗……"

刘春花:"脱了吧。"

围观群众也议论起来:"这个要人白呢。"

"我那闺女也黑,这个不行,衬得更黑了。"

"人家那小姑娘怎么长得那么洋气呢。"

"人爸爸妈妈肯定就好看。"

刘春花挡住了那些人,对方芝道:"芝芝,你再去试下那件粉色的,给阿姨看看。"

方芝听话地进去了,陈念问妈妈:"那我呢?"

刘春花:"第一件吧,第一件好看。"

陈念哭笑不得,转头去照镜子,瞅着镜子里小时候的自己,气得吹胡子瞪眼的。小时候的她,还真不怎么好看。小眼睛、单眼皮,头发被她妈妈梳得一根不乱,敞着光溜溜的大脑门儿。其实五官底子还是很不错的,但顶不住她黑。最近天冷了跑得还多,不仅黑,脸颊上还有两坨高原红。

"哎……"陈念低下头,长长叹了一口气。

刘春花到了她跟前,揉了揉她脑袋,安慰道:"那个颜色容易脏,不好洗。"

"妈妈,我没事。"陈念又叹了口气,顿了顿道,"那方芝怎么洗呢?"

方芝怎么洗衣服呢,陈念都没注意到这个问题。这年代,她家里也只有一台半自动洗衣机,她妈妈还经常舍不得用,说洗不干净还费水。所以很多时候,衣服都是手洗了再扔洗衣机里甩干。陈念现在是个小孩子,虽然会帮忙做家务,但在冬天洗衣服这事,她妈妈没让她搭过手,甚至都没让她看到过。

陈念一睁眼,就有干净漂亮的衣服穿,而方芝身上的衣服,陈念仔细想起来,她这么长时间见过的只有三套。三件毛衣,三条裤子,两件外套。陈念陷入了沉思,同样陷入沉思的还有她的妈妈。

陈念想起方芝在水龙头下洗碗的样子,动作娴熟,手指通红。陈念的好心情一下子就跌入了谷底。她握了握自己妈妈的手:"妈妈,您辛苦了。"面对突如其来的告白,刘春花不解道:"今天不是母亲节。"陈念吸了吸鼻子:"芝芝她也好辛苦……"

这语调,跟要哭了一样。

刘春花心口一痛,抬手抹了把陈念的脸。

方芝从试衣间出来,她穿粉色的也好看。"真漂亮!"刘春花提高了音调,指示着她转了一圈,"再去试试白的。"

方芝跳着进去,很快又出来。

店员站在刘春花身边,嘴里止不住地感叹:"小姑娘穿我们家衣服太好看了,每一件都好看,妈妈就给都带着吧。"

刘春花一愣,方芝和陈念都望了过来,刘春花忽略了这个称呼,摆了摆手道:"那不行,一样衣服只能买一件,我还要去买别的呢。"她问方芝:"你喜欢哪件啊?"

方芝认真想了想:"橙色的。"

刘春花大方点头:"好,那就橙色的。"

从羽绒服店出来,后面的流程进行得特别快。刘春花带着两小不点儿穿梭在商场里,很快便给她们配好了一身新衣。陈念的新衣服都装袋子里自己提着了，方芝的由于太过好看，刘春花直接剪了吊牌，就让她这么穿着了。这一下，回头率直逼百分之百。三人还没出商场，就被人拦下了。

是个背着单反相机的年轻男人，陈念瞅了瞅那相机，有些馋。男人热情地夸赞了方芝的漂亮，然后用逗小孩儿的语气提出了他的意图："小朋友，要不要给叔叔当模特呀？"还没等方芝反应，陈念一下子蹿到了她面前。她踮着脚，用自己的身体把方芝盖了个严严实实，然后义正词严地道："叔叔，老师教我们，不要和陌生人说话。"

男人笑起来："你看你都说了。"他低头从兜里掏出张名片，递给了刘春花："您好，我是童时经纪公司的摄影总监，我姓张，这是我的名片。"

刘春花接过名片，翻着面看了看。男人继续道："您家女儿长得真漂亮，天生是做模特的料。我们主要是给各大童装品牌拍摄服装样片，如果您有兴趣，可以带着孩子来我们基地，我们的小模特报酬很高的。"

刘春花一点儿都没犹豫，把那名片塞回了男人手里："对不起，我没兴趣。"男人没有放弃，继续说道："我们是正经公司，不信您可以去查，我们的工资都是当日现结，您可以陪孩子来，就在您面前，换几套衣服，拍几张照片。"

"这个数。"男人张开手掌，"半天。"刘春花拽住了方芝的胳膊，已经绕着他走了。男人还想再争取一下，方芝突然停住脚步，拨开了她面前的陈念。她仰头问男人："这个数，是多少？"

在父母去世之前，方芝对钱是没有什么具体概念的。父母走了之后，她被带到警察局，警察问她爸爸妈妈的名字，问她爷爷奶奶的名字，还问她有没有什么亲戚朋友。方芝只摇头，她让警察带她去看她爸妈，她没有哭也没有闹，因为她知道，爸爸妈妈不在的时候，哭闹是没有用的。她说："叔叔，我有些话想和我妈妈说。"

那个警察头发白了一半，手搭在她肩膀上几次开口都没说出话来，最后叫来了个年轻姐姐。年轻姐姐也是警察，但姐姐说自己还没变成真正的警察。

姐姐抱着她，说她爸爸妈妈出了车祸，已经去了另一个地方，方芝还没哭，她自己已经哭得不行了。后来姐姐一边哭一边和她解释，去了另一个地方就回不来了，方芝以后要跟着别的家人生活了，所以方芝现在要跟警察们说，她家里还有哪些人。

方芝仔细想，她好像是有的。

在她很小的时候，她爸爸妈妈带着她坐了很长时间的车，到了另外一个有大榕树的城市，然后参加了一场葬礼。葬礼上的人都在哭，她爸爸妈妈也哭，她被按着穿上白色的衣服，跪在地上，学着别人的样子哭。然后哭着哭着，就吵了起来。

有不认识的叔叔伯伯，对着她爸爸很凶地说话，她爸爸眼睛红得像要流血，最后一拳挥了过去。整个灵堂乱成了一锅粥，妈妈也搅和在了里面。方芝仗着自己又瘦又小钻了出去，躲在一块白布下面，听旁边有人小声说：为了钱闹成这样。

为了钱，方芝看着年轻姐姐的脸，愣了很久。

她想起爸爸这次出车前，妈妈皱着眉头说："太远了，时间也长，一个人熬不住的。"

不要去。"爸爸从包里掏出一沓钱，一张张地数给妈妈看："你看，这是定金，这个活儿接下来能跑半个月，今年过年就不愁了，可以给你和芝芝买好看的衣裳了。"

她妈妈接过那钱，也数了一遍，经过无数人手的纸币脏兮兮的，但谁看到都开心。妈妈把那钱卷了卷，塞进包里，说："那行，我跟你一块儿去。"

爸爸问："那芝芝怎么办？"

妈妈走到方芝跟前，蹲下身，温柔地抚摸她脑袋，说："芝芝长大了，一个人可以干很多事，最近你去隔壁张姨家吃饭睡觉好不好？爸爸太辛苦了，妈妈要去照顾他一下。你数个十五天，妈妈就回来了。"

方芝一直是个乖孩子，上学不用人接送，作业不用人督促，就连跟小朋友玩，别人打架了，她都能劝两句。爸爸的确辛苦，开车开得总是腰疼，回家躺下了动都动不了。妈妈一直在家里照顾她，方芝觉得是时候把妈妈分给爸爸一些了。

于是她爽快地点头答应，说："好的，芝芝可以的！"

往后的很多个日子里，她才明白了自己不可以。张姨做的饭好吃，但吃了几天她就开始想吃妈妈做的。晚上可以和姐姐一起写作业很开心，但睡觉的时候她就开始想要妈妈的抱抱。

她在最喜欢的本子上用笔画杠杠，一个杠杠就是一天，每天她都在认真数那些杠杠。终于十五天过去了，她早早地从学校里跑出来，一路跑回家，然后打开了自己家的房门，坐在门口等爸爸妈妈。但直到天黑，她都没等来爸爸妈妈。

张姨叫她去吃饭，吃完饭做作业睡觉，重复之前的生活。往后好些天，她都还在过之前的日子，她生气过，委屈得哭过，但最后她就只想要爸爸妈妈回来。直到那天警察来了她家，和张姨说话，张姨的腿一下就软得坐到了地上，然后看见她就哭。

那天晚上，张姨的老公回家，和她吵架，说："你要替别人养到什么时候！让你接这个活儿前就要钱，结果你一分都没拿！现在好了，一分要不回来了，白吃白喝这些天……"

再后来，她家的房子被凶巴巴的房东收走了。张姨帮她把他们家的东西都打成了大大的包裹，然后把一个存折塞到了她手里让她拿好。她说这是我收拾房子的时候看到的，是你爸爸妈妈留给你的钱，我不知道密码。

方芝也不知道密码。她只觉得，一切都和钱联系了起来。爸爸妈妈为了赚钱扔下了她，张姨因为没有钱不能再给她做饭吃，房东因为她拿不出钱，所以没收了她的家。

现在，还不是警察的警察姐姐问她："你有没有什么家里人？"

方芝终于反应过来，她问姐姐："他们要养我吗？"

姐姐回答："对。"

方芝："他们要花很多钱吗？"

姐姐愣住，好一会儿才道："是的，但是……"

方芝打断了她的话，摇了摇头："我没有别的家人了。"

后面任凭谁再问，方芝都没松口。

她的确没有愿意再花很多钱养她的家人了，她被送到了福利院，收走了很多家里的东西，她没有了爸妈不能上学，她和大家排队走进食堂里，然后打同样的饭。

　　她知道了钱是很重要的东西。每个人都想要钱，钱会带走你很多东西，也会给你很多东西。这是一种交换，此刻不换，将来也总会换。所以方芝不喜欢拿别人的东西，不管是一块糖，还是一片好意。她没有可以用来交换的钱，她害怕她拿不出来后，会付出巨大的代价。但她还是拿了别人的东西，因为那真是太好了。

　　草莓太好了，书签上的字太好了，会发芽的花太好了。陈念看着她时有闪亮的眼神，陈念总是会遵守诺言来到她身边，陈念不管她说什么做什么，永远都跟在她屁股后面。陈念的眼里只有她，陈念喜欢她，陈念给她东西的时候从来不要回报，陈念喊着"芝芝芝芝芝芝"，灿烂得像是挂在尖顶上的太阳。

　　虽然陈念也是个小孩儿，但陈念给她的东西，让她想起自己的爸爸妈妈。

　　她实在是太想爸爸妈妈了。

　　她看到陈念的妈妈时，多么羡慕她啊，多么想要拥有啊。漂亮的衣服包裹着她的身体，太暖和了，味道都是新的。她太开心了，也太难过了，她明白自己愿意为了这身衣服，为了陈念和陈念的家人投注在她身上的目光，付出代价。

　　此刻机会送到了她面前。

　　她不知道怎么当一个模特，但她可以为了钱去努力。赚到钱，她就可以拿着这些钱，再同陈念交换更多的爱。


　　男人惊讶地看着她，忽然笑了，他又张了张手掌："五百哦，小朋友。"

　　一上午就可以赚到五百块，这真是个天大的数字！陈念的小钱包都没这么多钱，她只需要当两个上午的模特，就可以把买衣服的钱全还给陈念妈妈。方芝的眼睛亮起来，眼看着嘴巴一动就要定下这重要的事了，旁边突然伸过来一只手，盖住了她的嘴巴。

　　陈念喊着："不去！才五百块！去什么去！"

　　男人睁大了眼，他开出的价格对于没有入行的新人来说，是有着绝对诱惑力的。要知道，现在一份公家铁饭碗的工资，一月都超不过两千。这小孩儿居然还嫌少，而她的妈妈走到他面前站定了，脖子昂得跟只丹顶鹤似的："对，这么点儿钱，没必要耽搁我家小孩儿的学习。"

　　男人："……"

　　刘春花拨了拨头发："我家最不缺的就是钱了。"这话今天刘春花说了两遍，臊得脸都要热了。

　　男人道："价格我们还可以再商量。"

　　刘春花一票否决："都说了不缺钱，是价格的问题吗？"第三遍了，熟能生巧，好像没那么臊了。

　　"请您不要拦着我们，"刘春花皱起了眉头，"不然我叫保安了。"

　　男人闭紧了嘴巴，往后退了退。刘春花手掌下滑，抓住了方芝的手，这次一点儿都没客气，牵得死紧。方芝不像陈念，永远那么热烘烘的。她掌心有汗，指尖也是冰的。刘春花带她越过男人，这次没有再出现意外，她们一路趾高气扬地出了商场。等看不到人了，刘春花"啧"了一声，把挺得都有些痛的脊背放松了，然后双手合住方芝的手掌搓了搓。

"你的手怎么这么凉？"

陈念替方芝回答了："她就这样，凉手凉脚，很难焐热。"

方芝转着眼睛看她，陈念终于把捂着她嘴的手松开了。方芝刚想说话，陈念率先把眉头皱了起来，凶她道："天上没有掉馅儿饼的事，这种突然蹿出来的人，不要信。"

听到如此超越年龄的言语，方芝和刘春花不约而同地愣了一愣。陈念生怕露馅，解释道："啊，书里都是这么说的。"

她撞了撞方芝："你忘了吗？"

方芝："哦。"

其实她记不起来什么书里说过这话了，但陈念总是喜欢说，书里说的，相声里说的，方芝平日里不会应她，但今天陈念的妈妈在，方芝不好不应。她怕陈念妈妈觉得陈念和她在一块儿耽搁学习，她怕陈念妈妈不让陈念来看她了。当然，最重要的是，陈念今天在她妈妈跟前小心翼翼的，那个贼样子，一看就干了坏事。或者是考试没考好，或者是违反了学校规定被老师叫家长了，又或者是给她把钱都花完了，偷拿了妈妈的钱。反正不管是什么事，方芝都觉得自己应该帮助陈念渡过难关。表现得好一些，多夸她一些，让陈念妈妈的心情好一些。以前她和隔壁姐姐就是这样干的。

刘春花又焐了会儿方芝的手，将自己的温度传递过去，然后伸手指抠了抠她袖口的毛衣，拽出来护了护她的手。

"不行。"刘春花转头四下里看，"得去给芝芝买双手套。"

陈念一听，开心道："好呀好呀。"

刘春花："你难道不应该喊'我也要我也要'吗？"

"我有呀。"陈念挑挑眉毛，"咱家那么富，哪里缺一双手套了。"

刘春花："……"

要不是方芝在场，真想揍两把这死孩子。去买手套的时候，刘春花瞟了瞟方芝的脑壳，又给她买了可以护住耳朵的帽子和可以遮住脸的宽围巾。

一下午的相处让方芝和她之间的互动自然了许多，刘春花在挑东西的时候，方芝会给出自己的意见，还会帮忙询问价格。刘春花觉得小姑娘的性格也不像之前想的那么怪嘛，小孩儿就是小孩儿，挺可爱的。

买完东西，大包小包的，舍不得让两个孩子提着，自己提了又没法牵孩子，刘春花干脆打了车。既然要装豪，那就装到底。

夜色降临，出租车在城市里行驶，外面灯光璀璨，五颜六色，方芝坐在靠窗的位置望窗外，陈念倾着身子，伸着脑袋，恨不得和方芝共用一双眼睛。

陈念叽叽喳喳，方芝比较安静，偶尔应一声，陈念便能再说一千字。

挺和谐的。

刘春花长叹出一口气，觉得心里那杆秤，晃晃悠悠的，有些动摇。

三人下了车，陈念跑在前头，像个导游："家属院！三栋！五楼！爬起来有些累！但比六楼和七楼还是强很多的！"
　　刘春花："……"
　　陈念："那边有小卖部，那边有烤鸡，出去了有书店一条街，明天我带你去逛书店啊！"
　　方芝看向刘春花："得看时间……"
　　刘春花："可以去，我跟你们院长说了，吃过中午饭再送你回去。"
　　陈念笑起来："太好了！"
　　她跑到方芝跟前："我们可以待一起一整天！"
　　方芝淡淡地回应："哦。"
　　陈念："二十四小时呢！"
　　方芝："我知道。"
　　陈念："妈！今晚吃什么啊？给芝芝做你的拿手三连啊！"
　　刘春花被她吵得脑壳疼。
　　不过等爬到了五楼，闻见了熟悉的饭菜香，刘春花就不头疼了。
　　折腾了这么大半天，好歹回家还能吃上一口现成的饭。
　　门一打开，屋里热气蒸腾，陈军杰的确在厨房。
　　刘春花皱着眉头："你这干什么呢！烧饭还是烧房子啊！"边喊边帮方芝拿了拖鞋，交代陈念："你带芝芝玩啊。"
　　陈念满口答应："好的好的。"
　　刘春花进厨房了，里面热热闹闹地吵起来，是听起来就没什么事的那种。陈念继续自己的导游工作，带着方芝在房间里转悠一圈，连阳台的花都给方芝介绍了一遍。
　　陈军杰从厨房出来，笑着同方芝打招呼："你好呀，方芝，我们又见面了。"很正式的模样，跟见领导似的。陈念笑起来，方芝朝陈念爸爸一鞠躬："叔叔你好。"也特正式。
　　已经围上围裙的刘春花瞟见这一幕："我怎么没这待遇。"
　　陈军杰："那你肯定没这么说，要把小孩子当大孩子，这样才可以获得平等的对待。"
　　刘春花："行行行，你厉害，那你怎么就把大馒头蒸成了小馒头？"
　　方芝看着厨房，陈念拉了拉她胳膊："不用理他们，就是爱吵吵。"
　　她给方芝打开了电视机，这个时候的电视机还是小屏幕，大屁股，架在窗户外面的天线信号不好了，还会搜不着台。陈念给方芝找动画片，放到科教频道的时候，正在播《动物世界》。
　　方芝按了按陈念的手："就这个。"
　　"嗯，好。"陈念笑了笑，"你这口味。"
　　方知著也喜欢看《动物世界》。或者说，这个人一直就喜欢《动物世界》。不管是非洲草原上奔跑的猛兽，还是深潜于海底奇奇怪怪的鱼，她都能看得津津有味。陈念过去经常陪着她看，现在还陪着她看，这让陈念感觉到幸福。
　　刘春花进去没一会儿，饭菜就上了桌。陈家没那么多的规矩，既然两个孩子看电视看得正开心，干脆就围着茶几吃饭。桌上是陈军杰的拿手菜，多少年了，没什么变化。

陈念想起后来她带方知著回家时，她爸爸也下过厨，其乐融融。

陈念给方芝夹菜的手顿了顿，道："真好啊。"爸爸妈妈看向她，方芝也看向她，大概不知道她为什么突发感慨。陈念笑起来，由衷地道："真希望每天都是这样。"

刘春花和陈军杰互相看了看，不由得笑起来。

方芝垂下目光，闷头吃饭。

四人将桌上的菜吃了个干干净净。爸爸去收拾厨房，妈妈拿了新的毛巾和牙缸，带方芝去洗漱。陈念端了个小板凳，坐在浴室外，双手托脸，等着她们。这活儿她没抢着干，在这个年纪，这是妈妈该干的活儿。陈念希望妈妈干的活儿就让妈妈来干，她希望方芝有妈妈。

等了很久，妈妈从浴室里出来，在她屁股上踢了一脚。又等了很久，方芝从浴室里出来，穿着陈念的旧睡衣，头发湿漉漉的。鲜鲜亮亮的小方芝，眼睛里有光，身上有热气。陈念看着她，觉得那热气熏得她眼睛疼，快要流出眼泪来。

方芝对她这个表情已经极其熟悉，抬手阻止了她："别哭。"

陈念从凳子上跳起来，扬着欢乐的笑脸："我来给你吹头发。"

方芝的头发极密、极多，陈念吹了很久。中间还因为妈妈看不下去她慢腾腾的样子，抢了两次吹风机，都没成功。最后方芝坐累了，妈妈也看累了。

她替两个孩子关上了卧室门，嘱咐她们："吹干头发就睡觉。"

陈念用力应她："嗯！"

七岁的小孩儿，还没有熬夜的习惯。早上醒得早，折腾起来欢天喜地，晚上耗尽精力，倒头就睡。陈念终于给方芝吹好了头发，还找了自己最漂亮的皮筋，替她松松地扎了个低马尾。

"好了。"她冲方芝说的时候，方芝转头看她，眼神迷蒙。这还是陈念第一次见方芝这样，极其放松的状态，甚至放松到控制不住自己的眼皮子。陈念的声音忍不住柔软下来，道："困了就睡吧。"方芝看了看陈念房间里唯一的床，有点儿犹豫。

陈念站起了身往外走："我今晚和我爸妈睡。"方芝抿了抿唇没说话，陈念走到门跟前，突然回头道："我有个问题要问你。"

方芝抬头："嗯？"

陈念又跑了回来，弯腰看着她：

"你今天为什么这么乖啊？"

"为什么愿意陪我逛街啊？"

"为什么愿意来我家啊？"

"我明天可以叫你起床吗？"

问了一堆问题，没有一个是方芝想回答的。她心里想的那么多，那么地自私自利，她有时候甚至觉得自己是个坏女孩儿，这怎么能让陈念知道。

方芝抬手，推了陈念一把。只是没使什么劲，陈念的肩膀晃了晃，眼睛还是那么亮。

"我要睡了。"方芝翻身上床，把自己埋进被子里的动作十分熟练。

陈念笑起来，轻声对她说："晚安。"

这一晚陈念睡得很不好。虽然爸爸妈妈的床大，但中间加一个她，就不那么好受了。爸爸打呼噜，妈妈卷被子，陈念一晚上醒来好几次，差点儿自己跑去客厅沙发睡。但如果她在沙发睡了，被方芝出来上厕所看到了，那就不好解释了。不管什么缘由，她说了要和爸妈睡，那就得和爸妈睡，不能欺骗方芝。

就这么挨到了天亮，爸爸早起去上班，妈妈早起做早饭。陈念终于伸展了四肢躺在大床上，觉得自己拥有了整个世界。不到半小时的时间，她睡得哈喇子都流了下来。最后是妈妈翻着被窝把她扒拉出来，催她去吃饭。

陈念迷迷糊糊地进了洗手间，迷迷糊糊地刷牙，刷到一半时忽然清醒了，咬着牙刷就往自己卧室冲，在卧室门前顿住，整了整乱糟糟的头发，抬手去敲门，身后突然有人道："你在干吗？"

陈念回头，看到了穿戴整齐的方芝，就连头发都整整齐齐地扎了两条辫子，垂在胸前，像美好的乡村小少女。

只听她说："你快一点儿，阿姨把饭已经做好了。"

陈念满嘴泡沫，含糊不清地说："泥头……罚……"

方芝："刷完牙再说话。"

说完就转身走了，陈念一瞅，方芝进厨房帮妈妈端饭去了。真是低落，不仅没有成功叫方芝起床，还没有成功帮方芝扎头发。她也想给方芝扎辫子，不止两个，扎一头，再绑上彩绳，让她变成一个酷女孩儿。但有人剥夺了她的快乐，陈念洗漱完坐到餐桌前，问妈妈："芝芝头发是你梳的吗？"

刘春花："是啊，芝芝头发发质比你好多了，明明是自来卷但又特别软，顺得梳子一放就能掉下来。"

陈念甩了甩自己的马尾："我随您，又黑又硬。"刘春花瞪了她一眼。

方芝把装着包子的盘子朝陈念推了推："直的好看。"

陈念："啊？"

妈妈的筷子敲在她脑壳上："芝芝夸你这一头钢针也好看。"

陈念懒得再和她妈争论，开始埋头吃包子。吃过饭，按照原计划，陈念带方芝去逛了书店。方芝一扎进书店就不出来了，随便拿一本就可以看很久，陈念陪着她复习这些儿童读物，觉得别有乐趣。

一上午的时间就这么缓慢地流逝，两人回陈念家吃中饭，这次是妈妈的手艺。饭罢，妈妈去洗碗，陈念问方芝："我明天可以和你待很久很久吗？"方芝偏了偏脑袋，问她："为什么？"熟是真熟了，答案居然都不是接受或者拒绝了。陈念理直气壮："我放假了啊，我有大把大把的时间可以陪你玩。那本《漂流记》我还没看完呢，小花快要发芽了吧，我可不能错过！"方芝拧过身子："门开着，我又没法挡你。"

是没法挡，福利院的门没法挡，家里的门也挡不住。

这个年代，没有那么多的辅导班，没有那么大的学习压力，放了假的孩子都跟土匪头子似的，这个一喊那个一叫，也不管天寒地冻，跑得就不见了踪影。陈念由于忙着搞定方芝，已经有很久没和大院里的小伙伴玩了，也很少和班上的同学玩。一有空她就往福利院跑，见到了方芝，不管干什么，都是高兴的。

如此高兴了一个礼拜，就到了发通知书的时间。陈念信心满满，趾高气扬，老师让带家长，她不仅带了妈妈，还带了爸爸。

三人进了学校，陈念手背后踱着步："我考这么好，你们准备怎么奖励我啊？"

陈军杰笑她："成绩还没出来呢，就知道考得好啊。"

陈念嗤之以鼻："怎么可能不好，题简单死了。"

她又看向妈妈："之前怎么说的来着，考双百就有大奖励。"

刘春花："奖励你两个荷包蛋。"

陈念眼睛鼻子都皱到了一块儿，快要躺地上滚了："爸，你看我妈，呜呜呜呜……"

陈军杰只是笑："反正双百爸爸有奖励，妈妈有没有那要问妈妈。"

陈念抓住了妈妈的手使劲晃："妈妈妈妈妈妈妈妈妈……"

刘春花被烦得不行："有有有有有有有有……"

确定了奖品，陈念停止了念叨，蹦着往里走。双马尾跳起来的时候非常有存在感，她觉得装小孩儿久了，她的心理年龄直线下降，已经能够在这种状态里自得其乐了。

陈念和父母到了教室，按照老师的安排坐下。

每次期末，领通知书就是一场小型家长会，成绩好的孩子一家喜气洋洋，成绩不好的孩子一家丧眉耷眼。陈念以前成绩中等偏上，她爸妈对她要求也不高，她对这种事没什么特别的记忆。现在坐在里面再去看，就会生出很多感慨，比如有人穿着并不合身的西装，坐姿都是别扭的，有人戴着大金链子，夹着腋下包，粗着嗓门硬装豪爽。

每个家庭都有各自不同的风格，而每个孩子都潜移默化地受着影响。比如林天意平日里胆小软弱，他妈妈就是个极其温柔、唯唯诺诺的女人。陈念和林天意是同桌，两家的家长挤在他们矮小的凳子上坐在一块儿，和自己身材高大的妈妈一比，林妈妈越发显得弱小了。刘春花自己强悍，就爱和这种软和的人做朋友。她起了个话头，林妈妈自然是接的，两人就这么聊起来。

陈军杰闲来无事，逗起了林天意，问他们作业多不多呀，平时陈念有没有欺负你啊。林天意看一眼陈念，哆哆嗦嗦："没有没有，陈念很厉害。"

陈念冲他攥了攥拳头。

她当然没有欺负这小胖子，她多大的人了，哪里有欺负小孩子的兴趣。只是平日里上学太无聊，林天意又是她同桌，她偶尔会逗逗他。比如报假消息说这节课要默写生字，比如做值日的时候假装撂挑子。每次林天意都又害怕又紧张，但这种紧张害怕往往可以激发林天意的灵感，让他猛然变得聪明起来。比如用很短的时间真就记住了那些生字，自己上课偷偷默了一遍，下课后兴奋地对陈念说："我会了！我会了！陈念，你真厉害。"

就这样,"陈念厉害"几乎成了他的口头禅。

同学们和家长们都交流得很开心,直到班主任抱着通知书进来。一本红色的通知书,里面有各科的成绩,还有老师的评语,是个看见了就忍不住让人挺直脊背的东西。

陈念很是怀念。

她摩拳擦掌地听老师念名字,等叫到"陈念"的时候,"唰"地站起身,昂首挺胸地上了讲台。温老师把通知书递到她手上,并且笑着对她道:"考得不错,继续加油。"陈念一脸春风得意,受到特殊夸奖了呢,看来我自己是真优秀!她拿着通知书,继续昂首挺胸地下了台。直到坐下来,爸爸妈妈都迫不及待地往她手上瞅,她才缓缓地打开了通知书。

其他的科目成绩不重要,主要是语文和数学。数学,100,语文,98。陈念不敢相信。

语文,98?

她一个四十岁的成年人,考小学二年级第一学期期末考试的语文,才考98?

她一个名牌大学毕业,并且创业成功的知名独立摄影师,考小学二年级第一学期期末考试的语文,才考98?

她要是说她为了这考试,不仅认真做作业,还特意进行了复习,有人信吗?

陈念自己都不信。

她陷入了迷茫,陷入了困惑,陷入了对自我智商的深度怀疑。她甚至努力回想自己曾经小学二年级的成绩,她觉得曾经可能自己真拿过双百,而如今的她,只拿到了98……

陈念不说话了。

她不再嘚瑟,不再昂首挺胸,也不再冲林天意挥舞拳头。

她久久地盯着手上的成绩单,然后猛地合住了通知书。

陈军杰看着自己的女儿,没想到一次成绩能把人打击成这样。他最近读了一本关于儿童心理的书,此刻便像书中所说的好家长一般说道:"念念真棒,念念真让爸爸骄傲。"陈念看着自己的爸爸,满脸疑惑,觉得她考98的智商可能真是遗传来的。

倒是刘春花一点儿都没客气,从陈念手里抽过来通知书,仔细看了成绩,说:"不错,起码可以吃到一个荷包蛋。"

她低声念着老师给陈念的评语:"陈念同学聪明敏捷,古灵精怪,上课时有一套自己独特的学习理念,下课后和同学有一套自己独特的相处方式,而且,体育很好……"

陈念猛地栽下了头。她抱住了自己的脑袋,想笑又想哭。刘春花不读了,她合上了通知书,看着自己的女儿把头越埋越低,如同鸵鸟。林天意也领到了自己的通知书,语文98,数学96,林妈妈很高兴。

陈念偷瞟了一眼,林天意语文都能考98……后面班主任的激情演讲陈念都没心情听了。本来她今天都安排好了,拿了双百就要挟爸妈带她去见方芝,这样他们可以再度拥有一家四口快乐相处的温馨时光。但现在陈念没脸向父母提要求了,她只想跑去方芝的怀里哭。

统一演讲过后就是重点交流了。陈念蔫答答地起身,对自己爸妈道:"走了,回家了。"

结果她妈妈还在和林天意妈妈告别,班主任就走了过来,笑着打招呼:"陈念妈妈,你好呀。"刘春花有些惊奇,她看了陈念一眼,回应道:"温老师好。"

温灿道:"你们这是准备走了吗?我送你们出去呀。"

刘春花受宠若惊:"好呀。"

几个人出了门,陈念瞟来瞟去,像极了小宠物迫不及待出笼的模样。温灿已经见惯了她这个样子,不觉得惊奇了,于是和陈念父母谈正事。先说了下近来陈念每天放学急着离开的情况,又谈到陈念喜欢看课外书,有时候上课也看。见两人紧张了起来,温灿又赶紧解释说,她有测试过陈念,认为陈念的学习能力已经超过现在的课程难度,建议家长可以考虑让她跳级。并从怀里抽出张纸递给陈念妈妈:"这是市里举办的奥数比赛,在年后,陈念可以参加一下。"

班主任的肯定出乎陈念的意料,刘春花和陈军杰也很高兴,任谁面对这样的间接夸奖都很高兴。他们又和老师认真地聊了一会儿,陈念突然插进来一句嘴,问道:"温老师,我可以知道我那两分扣在哪里了吗?"他们这个时候只出成绩不发卷子,卷子要开学后再发,讲完题拿回家给家长签字,再交回来,怕提前发学生们搞丢了。但温灿刚好是她的语文老师,陈念现在问,还是有可能知道答案的。

果然,温灿想了会儿,道:"应该是一个笔画题错了。"这个答案更加出人意料,陈念一时竟无言以对。温灿笑着摸了摸她脑袋:"不要气馁,你很聪明,这个肯定是疏忽大意了。"陈念"哦"了一声,无奈和不甘涌上心头,她错了一个汉字笔画,竟失去了和谐一家亲。

和老师交流完,一家三口往学校外走,刘春花和陈军杰喜气洋洋,陈念一言不发,弯腰驼背。出了学校,到了公交站,一辆回家的公交刚好驶来,陈念抬脚准备上车,被妈妈一把扯了回来。

"去哪儿?"刘春花问她。

陈念:"回家啊。"

刘春花挑了挑眉:"不去看你的芝芝了?"

陈念愣住,瞅了瞅爸爸,再瞅了瞅妈妈。

陈军杰笑着同她道:"虽然没有考双百,但念念有好好学习爸爸妈妈是看得到的,老师也是看得到的,这不,都推荐你去参加奥数比赛了……"

"去去去去去。"陈念满嘴答应,像只哈巴狗一样喘着气,"那是不是,是不是你们和我一起,去看芝芝?"

陈军杰点头,刘春花也点了点头。

"欧耶!"陈念蹦起来,"是你们的芝芝!我的芝芝!大家的芝芝!"

陈念觉今天又是圆满的一天,直到他们一家三口来到福利院,结果被告知方芝没在。方芝几乎不被允许独自踏出福利院,刘春花很是奇怪,问道:"方芝做什么去了?你们苏院长呢?"

"就是苏院长带她出的门。"赵妈笑着道,"有个脖子挂着,那叫什么来着,哦,单反照相机的人说方芝是天生的小模特,所以带她去拍照啦。"

陈念脸都黑了。

赵妈还在开心地说着:"哎,方芝长得是真好看,这孩子,将来可以去做明星的,别的人她不愿意见呢,这个事她倒是愿意干……"陈念听不下去了,她攥住了妈妈的手,祈求地看着她。刘春花没等她说一个字,便已经蹙着眉、神情严肃地同赵妈道:"麻烦您帮我们联系到苏院长,我们有非常重要的事要和她谈。"

去过陈念家之后,方芝能够参加的外出活动多了起来。苏院长夸她最近懂事了许多,还说这样子的话,下学期她就可以恢复上学了。

方芝问她:"可以去原来的学校吗?"

苏院长很可惜地摇了摇头:"不行的,你现在的住址变了,所以要和院里的小伙伴上一样的学校。"

方芝心里明白,其实不是什么住址的问题,是钱的问题。福利院没多少钱,人又多,谁来看了这个地方,都会抓着苏院长的手说几句不容易。所以方芝没有跟苏院长多说,因为那是没用的。她在福利院不是特别的,只有出了福利院,才可能有机会变成特别的。

后面再有什么外出活动的时候,方芝便会举手报名。那天她去给小树刷白漆,挂着相机的男人又出现在了她面前,很是感慨地道:"好巧啊。"方芝看了他两眼,没接话,男人转头四下看了看,问她:"是学校组织的活动吗?这么冷的天,让你们干这活儿。"方芝还是不说话,她觉得干这活儿也没什么。大家一块儿提着小漆桶,让小树穿上防虫的白衣裳,一块儿唱歌一块儿玩,是比待在福利院里有趣的事情。

男人蹲着看了她一会儿,然后站起身用相机对准了她。

"咔咔"两声,男人夸她说:"真漂亮。"

方芝换了下一棵树,苏院长走了过来,问男人:"你是干什么的?"

"是老师吗?"男人看了看苏院长手里拿的小旗子和身上穿的义工马甲,"还是家长啊?"

苏院长道:"是院长。"

两人聊了起来,男人又重复了之前跟陈念妈妈说过的话。方芝没看他们,但一直竖着耳朵偷听。她听男人笑了起来,苏院长也笑起来,两人十分开心。

而后,苏院长便招手把她叫了过来,给她介绍:"这是张叔叔,是个大摄影师。"

方芝抿了抿唇,没说话。

"这孩子就是不爱说话。"苏院长道,"但其实很乖的。"

张叔叔俯视着她,问她:"现在我知道小芝的名字了,小芝愿意去做叔叔的模特吗?"

方芝看向苏院长,苏院长道:"我们小芝这么漂亮,拍出来的照片肯定很好看。"

方芝明白了,苏院长是想让她去的。她开口问了自己最关心的事情:"那还有五百块吗?"苏院长愣了愣,张叔叔道:"刚开始小芝没经验,可能拍不出成功的照片,所以没这么高。但小芝这么漂亮,只要稍微学习一下,肯定能拿到五百块了。"

方芝想了想,问:"那第一次去多少钱?"

张叔叔哈哈地笑,跟苏院长说:"小芝可真是个小机灵鬼。"

方芝定定地看着他，直到他给出了答案："第一次去，二百块。"

方芝觉得也可以，她点了头，剩下的事都是苏院长和张叔叔谈。没两天，张叔叔就来了福利院，苏院长来叫她，方芝换上了陈念妈妈给她买的那身漂亮衣服。

苏院长带着她上了张叔叔的小轿车，车开了挺长时间，来到了一栋大楼里。这是盖在商场上面的那种楼，楼里干净明亮，坐上电梯可以升得很高。张叔叔的店里有很多小孩子的照片，也有化了妆、穿了漂亮衣服，正等待拍摄照片的小男孩儿和小女孩儿。苏院长放下心来，她抱着方芝的肩膀，小声跟她说："我们芝芝比他们都漂亮，要好好表现哦。"

方芝知道怎么才是好好表现。化妆的时候乖乖地听话，走到摄影棚里的时候乖乖听话，然后张叔叔端着照相机，让她笑她就笑，让她走她就走。不算难，只是身上的衣服有些厚，大灯照在她身上，很热。

这么拍完了一套，张叔叔夸她表现得很好，苏院长很开心。苏院长被请到别的房间去喝饮料，张叔叔也给方芝拿了瓶饮料。方芝有些渴，但没喝。张叔叔带她去了更衣室，让她换上另一套衣服，更衣室里的小姐姐拿了件裙子出来，方芝四下看了看，没有找着隔起来的房间。

小姐姐看着她，张叔叔也看着她。方芝道："你们可以出去吗？我自己可以换。"小姐姐愣了愣，张叔叔笑起来，拍了拍小姐姐的肩膀，带着她出去了。确定门关上之后，方芝才开始换衣服。

这个年代很少有人有手机，福利院没法联系上苏院长，但陈念灵机一动，想起了那张名片。

她问妈妈，那张名片呢。刘春花都快后悔死了，因为她把那名片塞了回去。

"地址？"陈念提醒她，"或者电话号码？"

刘春花皱着眉头用力回想，陈念一拍手："我想起来了，他姓张，是个总监，他公司叫童时。"

陈军杰也激动地一拍手："哎，你都不如孩子记性好！"

刘春花狠狠地拍了陈军杰一巴掌："我大概记得是在临江区那块儿。"

陈军杰道："那边新盖了几栋大楼，要发展新兴产业，肯定是在那边。"

陈念当机立断："我们先过去，到了再打听。"

刘春花和陈军杰看向她，陈念着急得不行，已经往出跑去看路线了："就是这么聪明，我可是要去参加奥数比赛的人！"

三人辗转几趟，跑遍了几栋楼，终于找到了童时。这个时候陈军杰已经跑出了一股拯救落难儿童的架势，确定楼层后就往进冲，被保安拦了下来。

"你们干什么呢？"保安问。

"我……"陈军杰刚吐出一个字，陈念便打断了他的话。

她道："叔叔，我爸爸看到这个摄影店的广告，限时特惠呢！他想给我拍写真照片，又不想花太多的钱，我们找了好久才找过来，马上要过时间啦！"保安瞅了瞅跑得满头大汗的三人，又从头到脚瞅了瞅陈军杰，觉得陈念这话没毛病。而且小孩子，哪里会撒谎呢，保安抬手让他们通行。

三人顺利进了电梯，不约而同地长舒一口气。电梯往上行进，行到一半，陈军杰才突然反应过来："他刚才看我那意思是不是觉得我就是这么寒酸？"刘春花也打量了他一阵："嗯。"顿了顿，她道："我在那个张什么跟前可把牛皮吹出去了，你待会儿装着点儿。"陈军杰手一伸："我这样装得出来吗？"刘春花皱着眉头："那就说你是我家司机吧。"

两人还能逗两句嘴，陈念却是完全没那个心情了。她所有的心思都在方芝身上，脑袋里有些片段突然冲出来，让她觉得整个世界都嗡嗡作响。

电梯门打开后，陈念率先冲了出去。童时里最不缺的就是小孩儿，所以当陈念推开玻璃门的时候，并没有人拦住她。然而紧随其后的刘春花和陈军杰神态紧张，没走几步就被里面的工作人员挡住了。

有人问："你们是？"

刘春花一指前面的陈念："那是我女儿。"

工作人员笑起来："哦哦，是小模特的家长吧，你们可以去休息区坐一下，有小吃有饮料。父母在的话，小孩儿反倒发挥不好哦。"

刘春花憋出个笑容，顺水推舟道："我们还是想先看看。"

工作人员："也可以，你们联系的是哪位摄影师？"

刘春花："张总监。"

工作人员："啊，张总监正在忙……"

刘春花拨开了她："我们自己过去就可以了。"

工作人员没再拦，但前面通道尽头闪身出来一个人，正是张总监。

张总监对上了刘春花的视线，"呦"了一声，大步走了过来。

"啊，这真是……"张总监看看刘春花，再看看陈军杰，"什么风把一点儿都不差钱的富贵人家给吹来了啊。"

刘春花没理睬他的嘲讽，开门见山道："方芝呢？"

陈念已经在影棚里蹿了一圈，气喘吁吁地喊了句："芝芝没在影棚里！"

陈军杰拳头都握起来了："你们把芝芝藏哪里去了？"

张总监笑起来："怎么能是藏呢，我跟您夫人说过了，我们是正经公司。倒是您夫人跟我撒谎，挡着人家小姑娘的财路。"

陈军杰指着他："我跟你说，你们雇用童工是犯法的。"

张总监："这您就一知半解了，我们工资日结，不是雇佣关系，只需要取得监护人同意就可以了。"

张总监顿了顿，看一眼刘春花，又看一眼陈军杰："你们谁是她的法定监护人？"

这真是个致命的问题。刘春花虽然彪悍，但她是个讲道理的彪悍的人。话说到这里，的确不占理，张总监就差把"关你们屁事"五个大字写在脸上了。

刘春花深吸一口气，让自己冷静下来，她道："苏院长呢？"

张总监摊摊手："苏院长在啊，是苏院长带小芝过来的。"

刘春花："我们去和她谈。"

张总监指了指另一个方向："好啊，谈渴了可以喝我们免费的茶水。"

刘春花握紧了拳头，陈军杰过来牵住了她的拳头，带她朝另一个方向走去。这事的确只能和苏院长谈，不然哪怕这一次他们强行把这事搅黄了，谁都没法确定还有没有下一次。

另一边，陈念在各个房间里蹿，终于找到了方芝。那是一间更衣室，方芝换完衣服刚打开门，就和陈念打了个照面。

方芝愣住了，陈念也愣住了。

方芝愣是因为没想到会一开门就看到陈念，而陈念是因为方芝身上的衣服。这压根儿就不是一个孩子该穿的衣服。黑色的吊带纱裙，裙摆层层叠叠勉强还能阻挡住视线，上身布料单薄得就像是两层蚊帐。大片的肩膀和皮肤裸露在外，甚至连不该看到的地方都若隐若现。

或许对于普通人来说，七岁的孩子只是个孩子，身体性征都没发育完全。但陈念是见过这些照片的。

在方知著去世的第十年，在那个和周医生聊完的晚上。她知道了方知著有个曾用名叫方芝，知道了方知著那对冷心薄情的父母并不是她的生父生母，知道了方知著七岁到九岁生活在福利院里，然后她疯狂地在网上搜索，找到了一点儿痕迹。

名叫方芝的女童，拍过一些模特照片，参加过一些才艺比赛。那些照片有的还算正常，有的却一点儿都不正常。那不是会被打印成海报挂在店里卖的衣服，也不是一个正常的童装模特会摆的姿势。

陈念是个摄影师，她比谁都清楚。清楚镜头连接的两边，清楚这个行业在不为人知的地方有多肮脏。方芝的神情是懵懂的，表情是尴尬的，是被人指挥的提线木偶。而镜头另一边的摄影师，是污秽的，是猥琐的，是要从最纯真的儿童身上吸血的魔鬼。

陈念整个人都抖了起来，她无法去想象曾经的方芝经历了什么，而如今的方芝站在她面前，人生的轨迹好像并没有因为她的努力而偏离。该发生的终将会发生，你担心的事情总是会发生。

陈念看着方芝，脸涨得通红，眼睛涨得通红，她甚至觉得自己无法再呼吸，手抬起来落到脖子上，想去疏通，又想去掐死自己。

她这样子吓到了方芝，方芝瞪大了眼睛，伸手去碰她："陈念，你怎么了？"

没等她的手碰到自己的皮肤，陈念反手抓住了她的手腕，一句解释都没有，便把她往屋子里扯。

门被她踢了一脚，"哐"的一声在身后关上了。

更衣室里再没有其他人，衣架上摆着许多衣服，陈念一眼瞟过去，便看到了许多不想看到的。

陈念攥着方芝的手腕，将她带到了镜子前，她指着镜子里的方芝，问她："谁让你穿成这样的？"

方芝有些迷茫，有些害怕，但还是回答了她的问题："要拍照片。"

陈念："是那个姓张的吗？"

方芝点了点头。

陈念盯着镜子里那张脸，那双无辜的眼睛，觉得自己凶神恶煞的样子像把尖锐的刀子，可是她没办法，她实在是没办法控制自己的情绪，因为此刻的她，心里插满了刀子。

"为什么要来？是谁逼你的吗？"

方芝摇头。

"是谁威胁你的吗？"

方芝还是摇头。

"所以是自愿的吗？"陈念声音哽住，"是，自愿的吗？"

方芝愣住，她不说话，她看着陈念，眼睛里是单纯的迷茫和惊讶。她还只是个七岁的孩子。她本该无忧无虑，给颗糖就笑，开心了就跑。

陈念抬手捂住了脸，她用力呼吸，然后让自己的声音发出来："我不是跟你说了吗？不让你来。我妈妈也不让你来，大人说的话，你要听的。我妈妈是好人，她说的话，你要听的。"

方芝有些无措，哪怕第一次见陈念的时候，她就知道她是个奇怪的人，总是奇怪地流泪。

她有奇怪的大人般的眼神，但她笑起来比三岁的孩子还天真。

她会说奇怪的话，做奇怪的事，她对方芝，有奇怪的喜欢。

她为了方芝笑，为了方芝哭，她现在为了方芝在痛苦，方芝看着她捂住脸的手，看着她颤抖的肩膀，虽然不知道痛苦的缘由，但却彻底明白了痛苦的含义。

痛苦就是很难受很难受，难受到可以影响到身边的人，让方芝也难受。

方芝无法再对她隐瞒，羞耻在痛苦面前，那么地不值一提。

方芝道：

"我想赚钱。"

"赚钱了可以买漂亮的衣服，可以上学。"

"可以还给阿姨，可以还给你，我请你吃巧克力。"

陈念再也憋不住，放声大哭起来。方芝闭了嘴，没敢说最后一句话——

如果我以前有很多钱，爸爸妈妈就不会死了。

休息室里陷入了僵局。

刘春花和陈军杰是好心，但真跟这事有关系的是苏丽。刘春花觉得孩子年龄太小，不应该现在就开始接触这些赚钱的事，以后肯定会耽误学习，也会给孩子形成过于早熟的金钱观、价值观。但这论点被苏丽轻而易举地就拨了回去，她说：

"院里的孩子不是家里的孩子，当他们连吃饭都是问题，哪里顾得上价值观的事情。"

"方芝赚的每一分钱，我都不会拿。都是方芝的。她爸爸妈妈没留给她多少钱，她赚了钱，可以买喜欢的书，读好一些的学校，哪怕是给自己加个餐，多长点儿肉，也是好的。

"人不同命，每个孩子有每个孩子的活法，方芝现在能选择的活法，太少了。

"我也是为她好，她自己很清楚这个事情能赚到钱，她是愿意的。"

刘春花说不过她，却也不愿意就这么放弃。陈军杰在旁边时不时帮一句，说到激动处有些话快要脱口而出，都被刘春花挡住了。领养一个孩子，真的不是简单的事。要对一个人负责一生，不能靠一时的冲动决定。

休息室里陷入了寂静，当刘春花整理了思路，还待再说的时候，外面突然一阵吵闹，而后，休息室的门就被人推开了。

是她的女儿。

陈念拽着方芝的胳膊，眼睛通红，明显刚哭过，方芝裹着件大外套，露出来的小腿是光着的。刘春花一把把两人扯了过来，挡在了身后。陈军杰动作也很快，上前一步挡在了她前面，两人形成了双层的屏障。

后面追的人是张总监，着急忙慌地喊："你们这是干什么？！"

"你这是干什么！"陈军杰吼了回去，平时从来不大声说话的人，吼起来的时候，像头紧张的狮子。

他指着张总监："你站住！别动！站住！"

张总监不由自主停住了脚步，离跨进门也就一步的距离。

他解释道："你这小孩儿也太匪了吧，在我公司里乱跑，现在还拉走我的模特……"

"你闭嘴！"刘春花打断了他的话，转身蹲下来，仔细地检查两个孩子，并且问陈念，"怎么了？跟妈妈说，跟妈妈说……"

陈念吸了吸鼻子，道："妈妈，我没事。"刘春花刚松一口气，陈念拉了拉方芝道，"有事的是方芝。"刘春花瞳孔都变大了，陈念偏过身子，挡住其他人看方芝的视线，拉开了方芝的外套。

"他们让方芝穿这种衣服拍照。"

张总监喊起来："穿哪种衣服！穿什么衣服！你个小屁孩儿你懂什么！这都是人家品牌设计师设计的新款，你乱穿着这衣服跑，出事了负得起责任吗！"

的确，可能在某些人眼里，就是穿设计特别的衣服拍几张照片而已。他们没有打骂小孩儿，也没有做其他奇怪的事，还把你家小孩儿打扮得漂漂亮亮，又给照片又给钱。

有什么问题呢？

有什么问题呢？很多人都会问。

有什么问题呢？警察会问，法律也会这么问。

他们这么问不是因为确定没问题，而是因为无法证明有问题。

在没有一点儿其他证据，甚至在无法诉说伤害的时候，就这么大吵大叫地闹起来，实在是有些奇怪、有些丢人、有些蛮不讲理。

但陈念必须这样做。哪怕命运再来一次还是永远不可控，那她也要拼尽全力，阻止方芝未来所有的悲剧和伤害。

而且，她信任自己的妈妈。她信任妈妈同为女人的敏感和从来都不曾跨越底线的正直。她信任爸爸不管发生什么，都会保护家人。所以她直白地说出口，让妈妈预判这没有流血的伤害。

　　刘春花抬手，扣紧了方芝的外套。她起身转身，没有理叫喊着的张总监，直接看向一旁的苏丽。

　　"苏院长，"她道，"我们决定领养方芝，成为她的监护人。"

　　"现在，我们可以要求你带她离开这里，再也不赚这份钱了吗？"

## 第四章
## 一家人（下）

还真差点儿在店里打起来。

苏丽听刘春花说要领养方芝，震惊地看着他们一家三口，然后问陈军杰："你们商量好了吗？"

其实之前真没商量好，但到了此刻，真男人怎么会说不好。

"我们早就有这个打算了。"陈军杰雄赳赳气昂昂地说，"我们很喜欢方芝这个孩子，她和我们一家也相处得很好。"

苏丽转头看向方芝，方芝裹着衣服，抿着唇，眼里闪闪发亮，再不是那个待在院里死气沉沉的小孩儿了。

苏丽问方芝："你愿意吗？"

其实领养十岁以下的小孩儿，不用经过小孩儿本人的同意。但方芝不是普通的小孩儿，她的思维，比同龄小孩儿成熟许多。

所有人都看向了方芝，方芝没说话，只点了点头。

陈念把她的手腕攥得更紧了。刘春花替她拉好外套，又帮她顺了顺搞乱了的头发。

"那好。"苏丽站起身，显然很开心，"这是一件好事。"

"以后你们就是一家人了，当然有权决定方芝的事情。"她看向张总监，"那我们不拍了，之前拍的钱您结一下。"

张总监快气死了："我结什么！是你们说不拍就不拍的吗！你们答应得好好的，现在半路撂挑子，我跟品牌方怎么说！我们店里准备这么久，设备、人员、房费、水电费怎么算！要么就把照片拍完，要么就赔钱！赔偿我们的损失！！！"

"赔就赔！"刘春花也喊了起来，"之前拍的照片你们也不能用！全都删了！我们家不差钱！"

陈军杰想起老婆嘱咐过的人设，也不甘示弱地喊起来："不差钱！不能用我家孩子的照片！"

好家伙，这就成了我家孩子了。爸妈这么一喊，天大的喜讯这么一砸，陈念反而冷静了下来。眼看她家这对老实冲动的父母就要平白无故花掉不少的钱，陈念松开了方芝的手，跑到众人前面，瞪大眼睛吼了一句："凭什么赔！"人小个子矮吵架实在没气势，见旁边有个板凳，陈念一把拽过来站了上去。

她双手叉腰，凶神恶煞地怒吼："你们签合同了吗？凭什么让我们赔！福利院的小孩儿是你们随便能带出来赚钱的吗！你们拍的什么照片，做的什么生意，心里没点儿数吗！今天这事你态度好点儿，照片删了就这么过去了，不行我们就报警！上法院！上报纸！上电视！"

全体寂静。

陈念吼出了最后纯属瞎凑的两句："上访！爸！谭叔叔是不是在信访部！今天我们回家就……"

陈军杰一抬手把她抱了下来，紧紧护在了怀里。陈念的嘴被捂住，但其实说到这里也没必要再说了，所以顺水推舟也不喊了，就只是干瞪眼。好在她爸爸也不笨，接了句："上什么访，这是个刑法问题！"

张总监已经彻底喊不出声了，他瞪瞪这个，瞪瞪那个，只觉得本来看着挺憨厚老实好欺负的一家人，怎么就养出了个这样让人胆战心惊的孩子。他一个人在休息室里气势不足，休息室外倒是聚集着他们的员工，但张总监根本不敢让人进来。

谁知道这疯孩子还能喊出什么话，谁知道这一家疯子还能干出什么事。

"我……"他张了张嘴，"赔偿的事情好说……"

苏丽这会儿也反应过来了，紧跟着就是一句："赔什么赔……"

陈军杰抬手往下压了压，示意大家都冷静，开始理性而客观地陈述："今天谁都没想到会发生这样复杂的情况，你们拍摄是临时起意、口头约定，我们不拍了是正当诉求、合理合法。说到底我们是为了孩子，你们是为了生意。"

他顿了顿："我们保护好我们的孩子，你们做好你们的正经生意。从此也就井水不犯河水。照片是要全部删掉的，我们双方都有损失，各自承担。"

"你看行不行？"陈军杰看着张总监，"不行的话我们就报警。"

"哎……"张总监长叹了一口气，上来想去握陈军杰的手，"行，老哥，我们……"

陈军杰躲过了他，转身对刘春花道："你们带孩子出去吧，剩下的我和张总谈。"

"好。"刘春花点了点头，"有什么问题叫我。"

"没事没事。"陈军杰拍了拍她的背。

刘春花一手牵一个往出走，陈念到了张总监跟前，仰头道："照片删干净，以后我要是在任何地方看到方芝的照片，告你们侵犯肖像权。"

张总监无比尴尬："哈，哈哈，你这小孩儿……"

几人终于出了休息室。

苏丽心情复杂，企图和刘春花解释，刘春花看着她，问她："你看到他们给芝芝穿什么样的衣服了吗？"

苏丽疑惑道："是一套秋天的大衣毛衣裤子什么的，挺好看的啊。"

没等刘春花再说话，方芝自己走到苏丽面前，敞开外套给她看了眼。

苏丽傻眼了。

刘春花长舒一口气，道："孩子的事，以后还是谨慎一些，这年头，什么牛鬼蛇神都有。"

苏丽不说话了，她皱着眉头，半晌只道："你们看什么时候有空，我们把领养的手续办一下。"

"现在就有空。"刘春花道，"等孩子他爸出来，我们就一块儿回院里。如果手续比较麻烦，我们就先把芝芝带回家住。"她顿了顿："可以吗？"

苏丽扯起嘴角笑了笑："原则上是不行的，但具体情况要具体对待。小芝跟你们也熟，只要她乐意就行。"

方芝默默插话："乐意。"

其实她看到这衣服的时候就感觉到不舒服了，张叔叔看她的眼神也让她不舒服。但她没法理清这不舒服的原因，她以为要赚钱，总是要有些不舒服的。毕竟付出才有回报。

她没想到陈念会生这么大的气，她没想到这件事情这么严重，她更没想到，陈念的爸爸妈妈突然就和人吵起来，然后她莫名其妙就有了个新家。她以前是不想有新家的，她的家已经没了。但她看院里的小孩儿一个个被领养，看陈念和爸爸妈妈在一起时快乐地笑，睡在那间又宽敞又拥挤却充满温馨味道的房子里，就觉得如果能有这样一个新家，也不错。

福利院让她不舒服，来赚钱也让她不舒服，但陈念和她的爸爸妈妈没有让她不舒服。只是她不知道得到一个新家要付出什么，还没有人给一个新家开出价格。

陈军杰和张总监谈的时间不长，很快，他就出了休息室。方芝已经换回了自己的衣服，两个大人两个小孩儿都站在刚进门的地方等他。

陈军杰笑了笑，对大家道："好了，没事了。"

陈念问："照片删了吗？"

陈军杰："马上删。"

陈念站出来，跟在陈军杰身边："我们看着他删。"

刘春花看了陈念好几眼，倒是陈军杰好像已经习惯了女儿这么精明似的，带着她一块儿朝影棚走："好。"

两人进了影棚，没一会儿张总监也来了。他脸色不太好，但还努力维持着表面的礼貌。相机就放在影棚中央的三脚架上，张总监道："都在这里了。"

陈军杰和陈念都凑了上去，陈念个子太低看不到，陈军杰一把将她抱了起来。这公司设备不错，相机是最新款的数码相机。但这个时候连全画幅的数码机都没有，更别说是蓝牙了。相机里的照片只能靠卡片读写，再传到台式电脑上处理。这为删照片这事，提供了不少信赖度。张总监在两人的注视下，把照片一一都删除了，还好的是，上一套的确是正常的衣服。

"最后一张了。"张总监道。

陈念："你再往前按一按。"

张总监无语："你个小孩子懂什么啊，这就是上一张照片了啊，这是别人的了。"

陈念："谁知道中间有没有插拍。"

如此缜密的思维，令陈军杰和张总监都有些惊讶。

陈念不动声色，接着说道："看看呗，看看又不会少什么。"

张总监干脆把相机塞到了陈念手里："你看，你看。"

他确信陈念不懂得怎么用，别说小孩儿了，百分之九十九点九的大人都不会用。这个时候数码单反相机完全是个稀罕物，大家还都是去照相馆里拍胶片，然后再冲洗出来。

　　可陈念是谁，她摸了相机二十多年，闭着眼睛都会用。陈念将这古董机抓进手里，美好的触感让人心动。真是可惜，好东西被烂人用，暴殄天物。陈念熟练地检查完了照片，这张卡里没存几张，前面都是随手拍的小孩儿和花，没有什么多余的东西。她把相机递还给张总监，张总监的表情变幻莫测。

　　"你光打得太硬了。"陈念一脸嫌弃，"不是开大光圈就是好照片。"

　　张总监的表情已经不能单单用震惊来形容了。他看看陈念，再看看陈军杰，再没有说一句话。

　　"回吧。"陈念拍了拍爸爸的肩膀。

　　陈军杰就这样抱着陈念回到了门廊处，和大家会合，然后一块儿坐电梯下楼。保安看到了陈军杰，喊着问他："老哥，拍得怎么样啊？"

　　陈念皱着眉头直摇手，替他回答："不行不行，难看死啦！"

　　保安："啊……"

　　陈念："我这么漂亮的小孩儿他都拍不好，没救啦。"

　　众人面面相觑。

　　有了陈念，氛围莫名其妙地就轻松了起来。几人打了车回福利院，苏院长坐前排，陈军杰和刘春花坐后排。最后一个空位留给了方芝，陈念坐在爸爸腿上。方芝一直在往旁边缩，想要给陈念让个位置，陈念拽她衣袖："没事没事，我爸就爱抱着我。"偏头问爸爸："是吧？"被沉甸甸压着的陈军杰："是是是。"

　　陈念："芝芝今天就搬过来吗？"

　　陈军杰："是。"

　　陈念："那我们待会儿就帮她搬家，然后我们去给她买东西好不好？"

　　陈军杰："好好好。"

　　方芝看向三人，顿了顿道："买什么？"

　　陈念掰着手指头数："牙刷、牙缸、拖鞋、毛巾、床单、被罩、枕头、浴巾，如果时间来得及就去趟家具市场，添张床，添套桌子椅子，芝芝爱看书，但是书不用特意买了，我爸书房有很多书你可以随意看，如果不够我们就去书店一条街蹭书看。学校也得联系起来了，芝芝肯定要和我一个学校，但她落了半年的课，不过没关系，我寒假可以给她补课，她很聪明，成绩肯定没问题的，其他的还得麻烦爸爸妈妈了。还有……"

　　方芝打断了她的话："你别说了。"

　　陈念："啊？"

　　方芝："我知道了。"

　　陈念："哦哦哦，哈哈哈，我跟我爸妈说，怕他们忘了，他们平时工作好忙的，经常忘东忘西，昨天我妈还拿着剪刀找剪刀呢，哈哈哈哈哈……"

　　陈念的嘴巴根本就没停下来。说完了这件事说那件事，介绍完了爸爸妈妈的生活，就说自己远一点儿亲戚的。安排完了今天的采买,就安排往后的暑假怎么过,新年怎么过。陈军杰和刘春花硬是没插进来什么话,苏丽一路更是没话。甚至连司机师傅几次想开口,都也只能开个话头。

就这么一路到了福利院,一下车,陈念就拉着方芝上楼,并且给陈军杰和刘春花安排:"爸爸你和苏院长去办手续,妈妈你帮我给芝芝收拾东西。"

一个小屁孩儿,真就把几个大人指挥得清清楚楚。在她热情洋溢的推进下,给方芝搬家这项工作一秒都没耽搁。陈军杰在苏院长那里拿了相关材料,签了份文件,刘春花把方芝那点儿可怜的家当收拾好,叫了车。

几人再坐上车的时候,陈念终于安静了下来。这次爸爸坐在前面,妈妈坐在后面,剩下的位置留给两个小孩儿绰绰有余。陈念和方芝安静地坐着,方芝看了看陈念,过了会儿,又看了看。

陈念转头问她:"怎么了?"

方芝摇了摇头。

陈念顺杆爬:"我可以牵着你手吗?"

方芝点了点头。

陈念摸了摸自己的掌心,热乎的,但有些潮。她从随身背着的小书包里拿出纸巾,把自己的手仔细地擦干净,这才轻轻握住了方芝的手。方芝没动,两人的手放在车座上,就这么握了一路。

陈念家方芝来过一次,所以这次很熟悉。大家都忙着搬东西,方芝也来来回回地跑了两趟,等进了家门,突然就有些恍惚。这才是她第二次来这里,这里居然就成了她的家。四人折腾了一天,精疲力竭。陈军杰干脆又下楼一趟,去旁边的菜馆买了饭菜,热饭热菜提上来,一装盘就能吃。刘春花手脚麻利,把方芝的东西都归置了,陈念卧室的衣柜也给她腾出了一半。

"今天时间太晚了,商场都关门了。"刘春花取出一个枕头,放到了陈念床上,和原来的那只整齐地排成一排,"明天阿姨再带你们出去买东西。"

方芝捏着衣角,犹豫了会儿道:"阿姨,可以不买。"

陈念:"哎呀,要买的要买的,以后你就是我们家的一员了!"

刘春花在陈念头上拍了一下:"让芝芝把话说完。"

陈念闭了嘴,方芝转头看向她:"我可以和你一起用桌子和床吗?"

陈念还是闭着嘴。

刘春花又拍了她一下:"问你问题要回答。"

陈念:"可以是可以,但还是有新的比较好。"

方芝道:"新的花钱,先不要花那么多钱。"

这话一出口,刘春花愣了,陈念急了。

她甚至开始使性子:"就要花钱!本来就应该给你花钱!你以后和我们就是一家人了!"

刘春花拽住了她的衣领，对方芝道："芝芝你先坐一会儿，阿姨有事要和陈念说一下。"

妈妈叫你，连名带姓没好事。刘春花拽着陈念出了卧室，去了书房，门一关，房间里安静得掉根针都听得见。刘春花松了陈念的衣领，陈念没有来得及整好衣服，就已经对上了妈妈极其认真的眼神。

"念念，妈妈想要和你好好谈谈。

"你今天太聪明了，太厉害了，妈妈不知道你从哪里学来的，所以很担心。

"其实妈妈已经担心很久了，带你去看大师是妈妈不对。但妈妈实在是想不明白，就像今天，妈妈甚至觉得你……好像一下子长大了十几岁。

"一切都是从你去找方芝开始的，现在方芝来咱们家了，你的情绪却特别地不稳定。

"你有很多话没有说，还有很多事压在心里，妈妈真的很担心你。

"以前我肯定不会和你这样谈话，但我觉得你现在肯定听得懂。"

刘春花顿了顿，看着陈念的眼睛："念念，你听得懂，对吗？"

陈念的心脏用力撞击着胸膛，尽管今天她的心脏就没平静地待过，但此刻仍然让她觉得难过。她的妈妈那么好，她不想对她撒谎。还有命运那么地难以预测，这计她觉得害怕。

她想有人站在她身边，就像今天一样，毫无条件、完全信赖地站在她身边。她想给方芝一个幸福无忧的童年，那这个童年里，便不仅仅要有她的陪伴，还要有来自长辈的诚挚的爱。于是她点了点头，道："是的，妈妈，我听得懂。"

刘春花的眼泪一下子就掉了下来，她的手掌轻轻贴着陈念的脸，问她："那能告诉妈妈，到底怎么回事吗？"

"我情绪不稳定是因为我害怕，如果我们晚去一步，如果我们今天没想着找方芝，如果爸爸妈妈你们不想要收养她，那她……会怎么样？

"我回来的路上不停地说话，也是因为我害怕。我怕你们后悔，我怕你们当时只是权宜之计，我怕你们不认同方芝这个孩子，也怕方芝不信任我们这个家。"

"我……"陈念顿了顿，"我没事，我只是做了一个很可怕的梦。梦里有方芝。我变聪明了，变懂事了，但我永远都是爸爸妈妈的女儿。我只想我们一家四口，好好地生活，我会做很多事，好好读书，考上好大学，帮你做家务，找份挣钱的工作，然后……就希望你们每天都开开心心的……"

陈念深吸了一口气，不让眼泪掉下来，她想起方知著跳下去回望她的那张脸，年轻、漂亮、光芒闪耀。但她不想要，她不想要方知著定格在她脑海里的最后一幅画面是那个样子。

"我想……"陈念努力笑起来，"我想你们开心地变老。"

陈念和妈妈从书房出来的时候，看到方芝远远站在客厅里等她们。陈念揉了揉脸，把自己那些多余的表情都揉碎了，这才笑起来，冲方芝道："芝芝，你饿不饿呀？"

方芝摇了摇头，等陈念到了她跟前，低声问她："阿姨是不是凶你了？"

陈念也压低了声音，替妈妈平反："没有，她就是觉得我今天话太多了。"

方芝："是挺多的。"

陈念："……"

方芝："不买床和桌子。"

陈念："你刚刚还说的是先不买。"

方芝："反正现在不买。"

陈念："那也行，我跟我爸妈睡，刚好培养一下感情。"

房门打开，陈军杰提着菜进了屋，乐呵呵地冲大家喊："开饭咯！"

方芝和陈念的讨论被打断，刘春花朝她们喊："赶紧去洗手！"

陈念拽着方芝的手腕去了洗手间，洗手台对小孩儿的身高来说有些高，陈念给她拿小凳子："你要是觉得伸着手累，就踩这个上面……"

方芝已经开始洗手："我不累。"

陈念抬头看了看，心中恍然，方芝的确不累，方芝不仅比她高，胳膊还比她长。陈念提着小板凳，默默地站在一旁，等方芝洗完了，长叹一口气，放下小板凳站了上去。成年人不必为这点儿小事计较，反正她长大了也不会比方知著高。

陈念："哎……"

几人坐到了饭桌前，桌上的菜很丰富。平日里三人在家，最多也就三菜一汤，陈念饭量不大，算半个人，绝对够吃。结果方芝来了，菜却足足多了两个。有鱼，有肉，有鸡，有虾，陈念抓着筷子，十分感慨："爸爸，你偏心眼啊。"

"这不今天高兴嘛。"陈军杰已经进入了角色，"今天我们家多了一位新成员。"

方芝有些呆，垂着头没说话。陈念夹了只大虾放进她碗里，道："托芝芝的福，我提前过年了！"

"哈哈哈哈哈！"陈军杰笑起来，说，"过年好！"

刘春花给大家倒了饮料，递给方芝的时候，问她："芝芝觉得这个菜好吃吗？不好吃的话我们就不点这家了。"

"你们不要这样。"方芝终于抬起了头，眉头拧到一块儿，"这样不好。"

陈军杰大咧咧地先问："怎么不好了呀？是我说话声音太大了吗？哈哈哈对不起啊，念念是个假小子性格，我平日里粗门大嗓地习惯了。接下来我小声点儿。"

"不是。"方芝眉头拧得更紧了，她放下了筷子，"我们还不是一家人。"

这话一出，大家都愣了。

陈念刚想开口，方芝便继续道："手续还没办完。"

"哦哦哦。"陈军杰继续笑起来，"小芝不用担心这个，这个事叔叔都会办妥的。"

"那在办妥之前，先不要这样。"方芝盯着碗里的米粒，"不要给我花钱，不要对我很好。"

她这言语和表情，放在别人眼里可能是冷漠，到了陈念眼里却只剩下了委屈。对未来不确定的委屈，对好事降临在自己身上不敢相信的委屈，对一切尘埃落定之前可能遭受背叛的委屈。陈念完全能够理解，因为陈念也有同样的感觉。

陈念盯着方芝，刘春花盯着她。陈军杰有些迷茫，半晌，刘春花道："先吃饭吧。"

后面没人再提这个本该是这顿饭最重要的话题，陈军杰说起工作上的事，刘春花说说做衣服的事。陈念偶尔应一句，其他时候注意力都在方芝的筷子上。看她喜欢吃哪个菜，看她需要餐巾纸还是水。

吃过饭陈念带方芝去玩自己的变形金刚，刘春花收拾完以后，被陈军杰拉回了房间。他虽然粗枝大叶，但也不傻，今天陈念那么多奇怪的举动和知识点，他要和老婆好好讨论一下。结果他激动地说了一大堆，刘春花的表情没有一丝一毫的震惊，甚至还隐约出现了反问：就这？

陈军杰："就是这样，有些奇怪。"

刘春花："我觉得挺正常的。"

陈军杰："正常？她怎么知道相机的事哦，咱们家就没相机。"

刘春花仔细想了想："去年你们单位搞的那个什么扶贫活动，我和念念不是去给撑场子了吗？"

陈军杰："是啊，所以呢？"

刘春花："你们局长秘书不是拿着个新相机，到处拍。念念……过去看了会儿。"

"啊，这样啊。"陈军杰愣愣的，"看了会儿就这么厉害了？"

刘春花："你以为谁都是你啊。"

陈军杰不置可否："那她之前跟人吵架那些话……"

刘春花皱着眉头："谁叫你整天看电视，电视都被你霸占了。"

陈军杰："看看电视就能学成这样？现在的小孩子都这么厉害的吗？"

刘春花："是啊，你以为谁是你啊。"

遭到"人身攻击"的陈军杰彻底偃旗息鼓。刘春花在他身上拍了拍："去洗澡，跑了一天臭死了，以后多关心下女儿，不然长成什么样你都不知道，大惊小怪的。"

这招彻底制服了陈军杰。他平日里上班忙，念念的事的确大部分都是老婆在管，老婆还自己接活儿做衣服，甚至有时候做衣服的钱赚得比他工资还要多。这让他挺愧疚，但还是没法克服自己不想阿谀奉承、拉帮结派的清高心理，所以就更愧疚了，只能长叹了一口气，硬撑过来刘春花说了句"老婆辛苦了"，这才去收拾自己。

关上门的刘春花长舒一口气。陈军杰挺好糊弄的，但其实她刘春花又何尝不是呢。念念说她做梦梦到了很多事情，所以变成了这样，她便抛弃逻辑，选择了相信。究其原因，还不是因为这是她的女儿。

她的女儿，不管变成了什么样子，都是她的女儿。她还能怎么着，去看玄学？去检查脑科？还是直接送去什么特殊机构进行人体研究？

笑话，当然不可能。

这种蠢事她做过一次就可以了，不可能有第二次。就像陈念说的，她只希望大家开开心心地变老，刘春花和她有着共同的目标。有些问题或许以后有答案，或许没答案，这都没那么重要。

这一晚，陈念还是跟着爸妈睡。刘春花知道她睡得不舒服，便和丈夫商量，要么把书房改成一间卧室，两个孩子各一间。陈军杰表示没问题，他可以把他的书桌放到阳台上，那里光线也很好。刘春花开始着手准备改房间买家具的事，但这些再没告诉方芝。她催促陈军杰快点儿把手续办好，这样才能给孩子安全感。

陈军杰挺积极的，但还是出现了问题。

他是正儿八经的公务员，当初只生了陈念一个孩子，就是因为国家倡导计划生育，只生一个好。现在他突然要多个女儿了，和要好的几个同事提了一嘴，同事都大力反对，说这女儿绝对不能落在他家户口上。

"你这违反政策，一抓一个准。"

"不管是亲生的还是领养的，反正户口本上有就不行。"

"你现在说领养的，大家乐呵呵地说相信你，夸你大善人。等后面一旦有个评选，有个位子，你要和别人争了，别人能不抓着你这事？"

"我说难听点儿，到时候指不定还要传这二女儿是你的私生女，说你生活作风有问题。"

陈军杰陷入了沉思和无限的纠结之中。他可以为了领养一个孩子不升官，但他不能为了领养一个孩子，污了自己和孩子的清白。这一纠结，时间就有些耽搁，周末的时候苏院长给他打来了电话，陈军杰捂着电话筒说话避着些词，电话挂了，一回头就看到了站在身后的陈念。

本来就做贼心虚，这下吓得差点儿跳起来。

"你这孩子！"陈军杰喊她，"过来也不出声，吓死人了！"

陈念盯着他，上下打量，半晌，问她："爸，你是不是有什么事情瞒着我妈？"

陈军杰觉得这孩子成精了，一把搂过来捂住了嘴："你可不要乱说。"

陈念在他手心里支支吾吾地说话："刚才还有点儿怀疑，现在确定了。"

说着便扒拉开他的手，带着他到了阳台上："交代吧，是发了年终奖自己私吞了，还是又给你那不争气的弟弟钱了，或者是……看上了单位里新来的小姑娘？"

陈军杰听着这一大串指控，哭笑不得。为什么人人都要污他的清白！陈军杰在陈念脑袋上拍了一巴掌："你少看点儿那些破电视剧！我有事也是跟你妈说！"

陈念："那你快点儿跟我妈说，不然我就跟我妈说。电视里还说了，坦白从宽，抗拒从严！"

陈军杰烦得直挠头。

中午这顿饭吃得满怀心事，吃完以后见陈念意味深长地盯着他，陈军杰还是一拍大腿，把自己老婆拉进房间，坦白从宽去了。陈念拿着笤帚在扫地，方芝跟在她屁股后面拿着簸箕。陈念扫出来一坨渣渣，方芝便把簸箕递过去，两人配合默契地完成工作。这一周以来，都是这样。陈念不想让方芝辛苦干家务，但彻底不让她干，又显得生分，所以干脆就这样，把方芝掉在屁股后面，干点儿不辛苦的，还能加深一下她们之间的了解和感情。

她扫地，方芝提簸箕。她端碗，方芝收筷子，她洗碗……哦，她妈不让她们洗碗。

"干净了。"陈念收了方芝手里的簸箕，"我们再给小花小树浇点儿水吧！"

方芝："嗯！"

陈念跑进洗手间拿了绿色的猫猫花洒，盛满水端出来，递到方芝手里："那你浇客厅的，我浇房间的。"

方芝："嗯！"

方芝挺喜欢干活儿的，她浇花就要把每一盆土都浇得透湿，叶面上有土她会拿抹布擦掉，认真的样子像个勤劳的小园丁，陈念看着就笑弯了眼睛，只是可惜她家现在还没有相机，无法随时随地记录这样的美好画面。客厅的花还没浇完，爸妈卧室的房间门就开了。爸爸垂头丧气地出来，拿了装着文件的包包出了门，妈妈冲陈念招了招手，示意她进屋。

陈念看了看方芝，进了门。陈军杰跟刘春花交代了事情的真相，刘春花思来想去，觉得这事还是要和陈念商量。陈念在方芝的事情上主动性太强，她已经快把陈念当个大人看了。怕陈念不理解，刘春花开始进行铺垫，先向陈念讲解她爸爸的工作性质。

结果还没说几句，陈念突然"嗷"的一声。

刘春花："你嗷啥？"

陈念："为的这事啊。"

刘春花："啥事啊。"

陈念："我就说我爸这几天愁得不行，怪我，忘了这茬儿。他就是太呆，不懂得变通，所以这些年才连个科长都没升上去。"

刘春花："你这么说我老公我可就不开心了。"

陈念："我二伯不是只有个儿子吗？可以户口上他那儿。跟他说好，其他的事情都是我们家管。我二伯人好，没什么问题的。"

二伯是爸爸那边的堂亲，虽然血缘关系不近，但和他们家走得挺近的。二伯人好，是陈念结合往后几十年的事实得出的结论，二伯是做生意的，不牵扯政策问题，二伯家离她家近，以后方芝的学校也会和她在一起。综上所述，户口落在他那里，很合适。但陈念没有说得这么细，她觉得只要她提出这个设想了，她妈妈自然会得出这个结论。

刘春花看了她好一会儿，提出最后一点疑问："户口不落咱家，那芝芝心里会不会……"

陈念："她现在年龄小，可能不太理解，但应该也不会注意到这事，等她大一点儿……"

"啪"的一声。东西落地的声音。

陈念嘴里的话停住，猛然回身去开门，房门一打开，方芝就站在门外，手里的花洒已经掉在了地上，*潺潺地流着水*。

方芝的表情有困惑，有失望，有难过，但那都只是一瞬。

她很快变得冷漠，变得无所谓，就像陈念刚开始见她时那样，再也不想跟陈念说一句话。

这场面太过戏剧化，陈念一时呆住了。方芝转身就往自己房间走，进了门便开始收拾东西，那动作，快得不得了。

刘春花吼了句："你愣着干什么，赶紧去哄啊！"

陈念甚至觉得腿有些软，哭丧着脸："我在想咋哄啊……"

刘春花："你不上我上。"

陈念把她推回房关上了门："我先来我先来。"

自己闯的祸要自己解决，解决方知著生气这事，陈念现在还算是有经验。这个人不管是长大了，还是小时候，都要缠，要赖，要抹下脸皮，要示弱求饶。说白了，方知著外冷内热，吃软不吃硬，就爱死皮赖脸的爱哭鬼。于是陈念冲进房间，也不管方芝在干吗，进门就是一个滑跪，就地抱住了方芝的大腿。

"我错了，我错了，我错了，我不是那个意思，我不是那个意思，你听我说。"

方芝沉默不语，继续收拾。

陈念继续哭诉："你不能走，你不能走，你不能走！我好不容易把你搞到我家，你必须在我家待一辈子。"

这话刺激到了方芝，她蹬了蹬腿："你走开。"

陈念依然死死抱着不松手："我不走！我不走！我不走……"

她开始自己解释这事："我不是不想让你上我家户口，而是你不能这样上我家户口，其实上不上户口这事不重要，重要的是我们一家人都很喜欢你。我爸整天想着你买好吃的，我妈恨不得买个菜都带上你，我的生活更是离不开你，早上起床学习需要你陪着，中午吃饭没有你在都不香，下午出门玩……呜呜呜呜呜……根本没人跟我玩，他们都不喜欢我，只有你愿意跟我玩，你要是走了，我可怎么办呀……"

方芝暂停了手上的动作，垂眸看陈念："没人跟你玩吗？"

陈念疯狂摇头，毫无心理负担地撒谎："没有！没有！没有！他们讨厌我，他们嫌我话多，嫌我跟屁虫，嫌我黑！"

最后一句倒是吼得真情实意，因为她的小伙伴真的嫌她黑，曾经还给她编过一段顺口溜。方芝显然是被震惊到了，好一会儿没说话。刘春花到了屋门口，往里瞅观察情况。对上半个身子趴地上的陈念的视线，陈念冲她挑了挑眉，给了她一个"搞定"的眼神。然后下一秒，陈念就听到了来自方芝的怒吼，就在她脑壳顶上，炸得她脑瓜子疼。

"你活该！"方芝喊得中气十足，"你还嫌我小！"

如此响亮，如此爆炸，把冷漠和悲伤都给炸飞了，也要表达自己的不满。看来是真在意。陈念愣住，愣了好几秒才反应过来，说一个小孩儿小，对小孩儿来说，是多大的伤害。特别是方芝这种聪明敏感、早熟稳重的，觉得她小就是隐瞒她，欺骗她，简直是一种侮辱。方芝又开始蹬腿了，陈念打死没松手。顾不得在门外看戏的妈妈一脸难以言喻的表情，陈念一闭眼睛叫出了声：

"姐！姐！你最大！

"我以后都叫你姐姐，我就是你的小妹！

"方姐！芝姐！罩着我！别让别人欺负我！

"嘤嘤嘤呜呜呜……没有姐姐我可咋办呀……"

陈念的招式起作用了，方芝不收拾东西了，她气呼呼地坐在床边，看着撒泼打滚的陈念。刘春花见时机成熟，便进了屋子，在方芝面前蹲下来，温柔地道："芝芝，虽然手续还没办下来，但我们是真的把你当一家人，我们有这个信心，阿姨也希望你有信心，好吗？"

陈念跪得腿都麻了。方芝垂下了眼睛，好一会儿，才嘴巴动了动道："我不想去到别人家户口上。"

陈念爬起身，和妈妈一个姿势蹲在她面前，跟她解释："户口就只是一个本本，你人不用过去的。"

方芝拧手指："我就是不想去。"

刘春花抬手摸了摸方芝的脑袋："成，你不想去也行，就落我们家。"

陈念拉住了她："妈，听小孩儿说话，要问清原因，听最根本的问题。"

方芝瞪她。

陈念："妈，姐姐是个大人了，要和姐姐多沟通。"

方芝轻轻勾起唇角。

"那，姐姐您不想去的原因主要是什么呢？"

方芝继续拧手指，不回答。

"是担心那边是坏人吗？"

方芝摇头。

"是怕我们骗你，以后就不要你了吗？"

方芝抬眼瞅陈念，最终还是摇了摇头。

陈念丧着脸，可怜兮兮又笨蛋的模样："那到底是什么呢？妹妹猜不到了，姐姐告诉我吧。"

方芝终于开口了："我不想改名字。我姓方。"又看了眼刘春花："阿姨，我可以不改户口吗？"

刘春花呆住，她觉得自己或许再当十年的妈妈，也没法完全猜透孩子的心思。孩子的心思，有时候很简单，有时候很复杂，孩子的方法，有时候笨得只剩下撒泼，有时候聪明敏感得像个大人。

"可以。"刘春花道，"你可以不改户口，你也不用改名字，你永远姓方。"

陈念："可是……"

刘春花现在觉得所有真诚的想法都可以同孩子们谈："芝芝现在是福利院的集体户口，以后上学的学区稍微麻烦一点儿，其他没什么大的影响。"

陈念："我要和……姐姐一个学校。"

刘春花的手落在陈念脑袋上就是一个脑瓜崩："一个一个，这个妈妈跟你们打包票，一定搞定。"

陈念笑起来："好，那这也成。"

方芝看着他们，眼睛来回地转，手指都快被自己拧成麻花了。这就……答应了吗？竟然这么轻易地就答应了吗？她在福利院待的时间不长，但她听过的领养故事可不少。领养一个小孩儿，就像买了一件东西，而把户口落过去，就像是买东西的票据。只有改了户口，改了姓，甚至改了名字，这个小孩儿才算彻底属于你。以后不管发生什么，你都拥有对他的绝对处置权。陈念和她的家里人，竟然掏了钱不要票，方芝为此感觉到震惊。在震惊的同时，她又感觉到了一些难受，那是让她心里酸酸软软的难受，总觉得本该属于陈念家的东西，被她自私地拿走了。

好一会儿，她又问了句："真的可以吗？"

这次回答的是陈念，陈念用力在她身上拍了拍："真的可以，我妈妈向来说话算话，她可厉害了。你是不是也想和我一个学校呀？"

方芝皱着眉头："我说户口。"

刘春花笑起来："可以可以，这样刚好帮了你叔叔忙，他为这事愁得头都快秃了。"

陈军杰是真愁。所以刘春花打来电话告诉陈军杰，户口的事和家里两个孩子商量好了，就还是落在福利院的集体户口上后，陈军杰简直要泪流满面。

他吸了吸鼻子，有些不甘心："这么简单就解决了？芝芝没有不开心？"

刘春花："没有。"

陈军杰："怎么可能没有，那孩子那么敏感……"

"真没有。"刘春花哈哈地笑，"哎，这种事情嘛，主要看谁搞。给某些人吧，他就咋搞不好。嘿，一到了我手里，这是个事儿吗？这不是事儿……"

陈军杰不想听她自夸："没事那我挂了。"

刘春花却说："有事。把手续赶紧办完，然后把芝芝上学的事搞定了。也上北寺啊。"

陈军杰明白了，他就是这家里一块砖，哪里需要哪里搬。好在重难点解决了，剩下的就是跑跑腿，操操心。

福利院手续彻底完成那天，学校那边陈军杰也给联系好了。现在分学区的制度刚开始试验，还不是那么严格，陈军杰都没再往上找，就找了个自己在学校里当老师的老同学，就把这事搞定了。

老同学说入学前考个试，只要成绩合格，就可以把学籍转过来，正式入校了。老同学还夸他是个大善人，居然领养福利院的孩子，还是个女孩儿。老同学同他把酒三巡，最后搂着他肩膀醉醺醺地给他推荐壮阳药。面对善意的误解，陈军杰有口难言。不管背后有多少艰辛酸涩，陈军杰一抹脸，回家都要笑呵呵。

老婆说家里两个孩子聪明，商量大事的时候可以一同参与，陈军杰便把领养文件摆在了桌上，召集了第一次的四人家庭会议。

四把椅子，两大两小，端端正正地坐着。

陈军杰清清嗓子，把文件推到方芝面前："你们识字不少了，可以看看。芝芝有问题的地方，可以问叔叔。"

方芝打开文件袋，没看两行就放下了，摇摇头。

陈念体贴地问她："怎么了？"

方芝："不看了。"

陈念去拿文件："有什么问题吗？"

方芝压住了她的手，把文件推回到了陈军杰面前："叔叔，我没问题。"

陈军杰同刘春花对视一眼，终于品出了点儿被信任的滋味。

陈军杰开心起来，他搓了搓手："那，是这样，叔叔还有事情要和你商量。"

方芝点头。

陈军杰:"我和你阿姨想要把书房改成一间新卧室,给你添置好东西,这样你就也有自己的小房间了。"

陈念瞪大了眼,陈军杰补了一句:"叔叔阿姨和念念一块儿睡有些挤,念念晚上那叫一个拳打脚踢啊!"

陈念:"明明你踢我!"

陈军杰:"你问你妈妈。"

刘春花:"我光知道某人呼噜大,震得床板都要响。"

三人哈哈大笑起来,方芝扯了扯嘴角,企图和他们一起笑。

但她唇角刚扬了起来,三个人都不约而同地望向了她,那认真的模样,让方芝的笑容暂停,停在了一个尴尬的弧度。

陈军杰:"笑啊,怎么不笑了呢?在咱们家你就大胆地笑,笑多大声都没问题,像我这样,哈哈哈哈哈……"

陈念:"哈哈哈哈哈哈哈。"

刘春花斜睨一眼:"芝芝,你不用学他们。"

方芝:"那个卧室……"

刘春花:"咱们之前不是说好了手续走完就给你买床、桌子这些嘛,你不要觉得这些东西花钱,要用好多年的,其实是最实惠的东西。"

方芝点点头,问她道:"那我需要做些什么吗?"

陈军杰和陈念都看向了刘春花,陈念挤眉弄眼地给刘春花暗示,刘春花送还给她个白眼。

刘春花道:"你不需要特意做什么,做你自己,开开心心长大就好。"

陈念一拍桌子:"说得好!说得妙!"

陈军杰也拍桌子:"老婆真棒!!!"

陈念:"别的小朋友家都有家训,我这个小朋友家也要有。"

陈军杰:"让爸爸想想啊……"

陈念:"开心长大。"

刘春花同她相视一笑:"开心变老。"

陈军杰猛拍桌子:"女儿老婆真棒!"

方芝终于笑起来,挂着个浅浅的酒窝,眼睛亮得像盛满了星星。

陈军杰继续拍桌子:"芝芝也棒!"

方芝一脸困惑,她好像并没有做什么。真不用她做什么,在陈家待了小半个月了,叔叔阿姨都没要求她做过什么。只有陈念会絮絮叨叨地跟在她身边,求她跟她一起看书,一起玩游戏,一起做家务。但这都不是方芝讨厌的事情,这怎么可能是方芝讨厌的事情。

曾经方芝有爸爸妈妈有家的时候,她做着这些事情,就变成了爸爸妈妈的小宝贝。现在,方芝甚至觉得她还有变成宝贝的可能,天上真可能会掉馅儿饼,砸在她的小脑袋瓜上。

第二天，全家人一起出动，去给方芝的小房间挑小家具。陈念一马当先，用她超前几十年的审美，努力地寻找新潮到可以跨越两个流行轮回的东西。

这件事情上，她和爸爸妈妈的意见相差很大。

爸爸永远钟爱老干部风，妈妈永远钟爱田园小碎花，陈念喜欢纯色又大胆的设计，三人就连买个垃圾桶都吵来吵去，吵得方芝在一旁呵呵笑。

当然，最后的决定权自然是在方芝手里。

方芝第一茬选了妈妈，第二茬选陈念，第三茬出结果之前，爸爸去买了当时极其洋气的肯德基，送到了方芝面前。方芝皱着小眉头，纠结许久，还是选了陈念。

陈念："哈哈哈哈哈哈哈哈，不愧是芝姐，芝姐干得漂亮，芝姐坚持自我，不受诱惑，是吾家之楷模。"

爸爸："念念最近语文真不错，年后小作家班和奥数班爸爸一块儿给你报了吧。"

陈念大声抗议："妈！"

一天下来，陈念算了算方芝选择的次数和结果，发现自己的得票数最高。陈念喜气洋洋，陈念扬扬自得，陈念得之我幸，陈念幸福得快要冒泡。大件其实之前刘春花都有来看过，她有熟悉的高性价比的店铺，风格和家里现有的统一。今天就是来付尾款的，等一家四口回到了屋里，家具也送到了门口。干脆一鼓作气，把家里彻底变了样。

收拾完爸爸妈妈已经累瘫了，倒头就睡。陈念洗完澡出来，见新房间里灯亮着，便一边擦着头发一边走过去，屋门开着一条缝，她还是轻轻敲了敲门。

方芝道："进来。"

陈念推门进去，方芝坐在床边上，床上是崭新的四件套，床头的小台灯映着莹莹的暖光。光打在方芝的头发上，将她整个人都染得热乎乎的。

陈念同她道："不要急着睡这边，东西都是新的，先散两天味。"

方芝点头，说："阿姨说过了。"

陈念走到她跟前，坐到椅子上晃着腿："我怕你忘了。"

方芝："我没忘。"

陈念："那就是喜欢这个房间。"

方芝抿抿唇，不回话。

陈念笑起来，以前的方知著喜欢就是喜欢，喜欢的东西能说八百遍。现在的方芝拒绝时特别凶猛，喜欢时却绝不开口，那点儿小心思在眼睛里，在指尖上，要你问了又问，寻了又寻。但陈念并不在意，只要她的目光始终在方芝身上，她就能发现方芝的每一寸喜欢，然后把所有让她欢喜的东西，都放到她面前。

"差点儿东西。"方芝突然开口，难得地主动提出要求。

陈念："什么？"

方芝："花。"

不用多解释，陈念便能明白她的意思。她道："明天我们偷偷回一趟福利院，去把咱俩的花都挖回来好不好？"

方芝点了点头。

陈念："还差什么？"

方芝摇了摇头。

陈念跳下椅子，往前两步，弯身看着方芝的眼睛，给她一个灿烂的笑容："那现在乖乖去睡觉好不好？今天跑了很久，你已经很累了。"

方芝指尖动了动，抬手拽走了陈念脑袋上顶着的毛巾。"我来给你吹头发。"方芝道，"妹妹要比姐姐睡得早。"

方芝吹头发的技术不太行，吹风机举的时间长了手困，老往下掉，砸了陈念脑袋三次。陈念一声没吱，方芝跟她说对不起，她就乐呵呵地道："没事没事。"她头发硬，吹不好炸一脑袋，方芝盯着她仿佛爆炸了的脑袋，深深蹙着眉头。

陈念找个皮筋先扎成一束："明天妈妈给我编小辫。"

方芝："哦。"

陈念凑过去："明天下午我们去福利院挖小花。"

方芝："嗯！"

陈念说话算话，第二天一早起床坐在镜子前乖乖地让妈妈扎了一脑袋的小辫子。她家的碎步头子多，她妈妈喜欢用这些布头做五颜六色的发夹发带，现在这些发夹发带都飘扬在她的脑袋上。方芝看了捂着嘴呵呵笑，陈念挑了个颜色最艳的去报复方芝，结果同样的东西扎到方芝的头发上，就怎么都好看了。

"哎……"陈念长叹一口气，又觉得满心欢喜。

下午妈妈有事出了门，陈念带着方芝按照计划先坐车去了家附近的花市，买了花盆铲子。然后又倒了两趟公交，回到了福利院。

一下车，方芝便呆住，眼睛定定地看着福利院门口，脚下一点儿都没迈动步子。陈念观察她的神情，提出建议："要么我去吧，也要不了两个人，你在这里等我就行。"

方芝眨了眨眼，偏头看她："你行吗？"

陈念："妹妹这点儿事还是行的，杀鸡焉用姐姐这牛刀。"

方芝："你说我是牛？"

陈念哈哈哈地笑起来："我说回家我们一起背成语词典吧。"背书对方芝来说不是难事，她的记忆力特别好，只要理解了的东西，读几遍就记得住。于是方芝点点头答应下来，看陈念小小的个子提着一大袋的花盆往里走，又跑过去拽住了她的手。

"不用这么多。"方芝道，"家里放不了这么多。"

陈念："嗯？"

方芝打开她手里的袋子，把空花盆往外取，最后只留下了四个："四枝就够了。"

她们种了可不止四枝，后面菜园子贴着墙角那一排，几乎被陈念插满了。她们走了这些天，也不知道那些苗子长得怎么样，陈念保守估计了，这才买了这些花盆。都是塑料的小盆子，不贵也不重。但要是装了土，就凭她俩这小身板，也是够受的。但陈念现在不确定方芝是想起来了这茬儿嫌重，还是有别的原因。

"可以在阳台边上摆一排。"陈念道,"不行我们种楼下。"

方芝眼神恍惚,想了几秒,最终还是摇头:"不用那么多。"

"行。"这些事陈念自然都听她的,"那我就挑最好的给咱带回去。"

"嗯。"方芝应下来。

陈念提着袋子继续往福利院走,老师和小孩儿都认识她,一路进去一路招呼,径直到了后院。她在墙根前蹲下,发现种下的苗子几乎都发了新芽,饱满的小枝丫积蓄着力量。陈念有些感慨,她仔细挑选着最具有生命力的苗子,让这希望在家里也能够延续下去。

有人蹲在了她身边,是那个胳膊有残疾的小男孩儿。

"方芝去你家了吗?"男孩儿问。

"嗯。"陈念应他。

"方芝有很多好吃的吗?"

"嗯。"

"方芝有自己的房子住吗?"

"嗯。"

"方芝有爸爸妈妈了吗?"

陈念觉得鼻子有些酸,转头对小男孩儿道:"方芝一直有很好的爸爸妈妈。"

"嗯!"男孩儿笑起来,说,"那很好。"

他笑得真是灿烂,他眼睛里的渴望那么明显。就像他坐在她们的饭桌旁边,问陈念那糖好不好吃,陈念能给他一颗糖,却没办法给他匀出一个家。

陈念继续挖花苗,男孩儿一直陪着她,问她一些无关紧要的问题,最后在她搞好了花盆站起身的时候,道:"这些你不要了吗?"

花苗还剩很多,陈念道:"不是不要了,我只能带走这么多,剩下的它们在这里也可以长得很好。"

男孩儿问:"它们会长大开花吗?"

陈念:"会,如果有人照顾它们的话。"

男孩儿:"怎么照顾?"

陈念:"浇水就好了。"

男孩儿兴高采烈喊道:"那我可以!"

陈念又和他聊了好一会儿,把自己知道的不多的花朵养护知识都告诉了他。男孩儿十分开心,跟在她屁股后面,非要帮她拿手里的袋子。陈念把塑料袋分了一只提手,递到他手里。两人抬着那几盆花往外走,走到大铁门跟前时,男孩儿把提手还给她,对她说再见。

"再见。"陈念冲整个福利院挥了挥手。

走出大门,方芝就站在原来的位置等她。

陈念加快了脚步,小跑着过去,到了跟前,张开手里的塑料袋给她看:"都发芽了!过完年它们就长叶子啦!说不定夏天到了就开花了呢!"

方芝被陈念的喜悦感染,漂亮的眼睛里燃起了光亮,她问:"什么颜色的花?"

陈念哈哈笑起来:"我也不知道。"

大叔给她的时候就是秆子,她种下去的时候也只有秆子。如今冒了芽,陈念只能确定这花是好活的月季,却并不知道它们长大了会是什么颜色,什么形态。不过这不重要,只要是她们亲手养大的花,什么样都让人喜爱。

两人回了家收拾好花盆,在方芝的房间通好风以后,把这几个小花盆摆在了她的窗台上。刘春花睁一只眼闭一只眼,不会问花是哪里来的,也不会问这两个人一块儿出了门,去哪里玩了,那么久才回家。方芝住进了自己的小房间,陈念也回到了自己的小房间。她俩的房间挨在一起,床铺摆的位置也靠在一起,晚上睡觉前,陈念在这边笃笃笃地敲墙,方芝也在那边笃笃笃地回应。

这是在说晚安,早安要敲开了门,当面说。然后一起刷牙洗脸,一起吃饭看书,一起劳动,一起玩耍,一起逗刘春花和陈军杰开心。

眨眼就到了年跟前。

陈军杰放了假,刘春花也不再接活儿,两人分了任务置办年货,出门的时候要带小孩儿,陈念总是不愿意和方芝分开。于是没法一大带一小,便只能这次爸爸带两个,下次妈妈带两个。

这样出去的次数多了,左邻右舍,还有附近商店熟悉的老板,都知道陈家的小孩儿从一个变成两个,那个新来的个儿高漂亮,虽然叫的是叔叔阿姨,可她叔叔阿姨对她好得很。

吃的要买,穿的也要买,说话和风细雨,跟伺候小公主似的。到了年三十,一家四口一大早便起床,大包小包地回了老家。这个时候爷爷奶奶都在,爸爸上头还有个亲哥哥,过年的时候两家人都聚一块儿。

下了车,方芝被村头的大白鹅吸引,眼睛随着鹅转悠,陈念跑到了爸爸跟前,示意他把自己抱起来。

陈军杰抱起了陈念,陈念同他说悄悄话。

"你跟大家都说了没?"

陈军杰:"说啥?"

陈念:"你多了个孩子呀。"

陈军杰笑起来:"你个小不点儿整天操心得还挺多,说了说了,都说了。"

陈念:"我爷奶没说啥?"

陈军杰:"你爷爷奶奶就嫌你一个小孩儿孤单呢,我跟他们说,现在念念可真是一点儿都不孤单了,一天到晚忙得很。"

陈念咯咯咯笑起来:"那不事情多嘛。"

陈军杰:"事情多事情多,给小芝扎个花头绳都是天大的事情。"

陈念把跑偏的话题带回来:"那我大伯和大伯母呢?"

陈军杰:"说了。"

陈念:"他们咋说?"

陈军杰："他们还能说啥，这是咱们自己家里的事。"

陈念冲他竖了竖大拇指。

她爷爷两个儿子，这个伯伯就算是陈念家爸爸这边关系最近的亲戚了。

但这个伯伯陈念不喜欢，就像她妈妈说的那样，她这伯伯傻，伯母精，陈念一家现在在市里过得好，伯母心里不服气，整天撺掇大伯跟她爷爷闹，总觉得当年爷爷供爸爸读书，花了太多的钱。

小时候的陈念不懂，也不在意这些。长大后的陈念心里可跟明镜似的。她爷爷虽然是农民，但人勤快又聪明，什么值钱种什么，还经常做些小本生意，所以家里情况比起同村其他人，好得多。

当年供两个孩子读书，根本没有只让一个读的情况，大伯早早地辍学，是因为他根本不好好读，整天逃课去后山追着羊跑，说自己长大要当个放羊的。这下好，真成个放羊的了。大伯现在搞了个畜牧场，虽然地方不大，产量不高，但收入也不算差。

陈念一家没有瞧不起过大伯家，但大伯母总觉得自家低人一等，是个杀猪宰羊的，比不上陈念爸爸，人家在政府端着铁饭碗。闹过好多次，也闹不出什么名堂。

现在，陈念一家带着方芝回来过年，陈念总怕她那伯伯伯母又搞什么幺蛾子。

"那……"陈念同爸爸打假设，"如果他们见了面要说啥呢？"

陈军杰一挑眉毛："你让他们说我两个女儿试试。"

陈念鼓起了掌："哇，爸爸好厉害。"

她爸就是这样，平日在家和单位里其实都挺尿的，但到了紧要关头，保护起妻女来，十分有男子汉气概。

陈念放心地从爸爸身上滑下来，跑去追方芝，方芝的注意力还在鹅身上，陈念问她："芝芝，你想吃鹅肉吗？"

方芝打了她一顿。

两人又笑又闹就这么进了村子，陈念虽然没在村里长大，但村里的爷爷奶奶、叔叔阿姨见了她，都知道她是哪家的孩子。

往年陈念一个人，被妈妈或者爸爸牵着，一路都要被人问过去，常常陷入不知道该叫什么的恐惧。现在她跑方芝追，两人乐不可支，爸妈抓不住她们，村里人招呼的嘴也抓不住她们。

最多也就是招呼两句陈军杰："军杰啊，回来了啊！"

"军杰啊，你家女子长大了呀！"

"两个女子都乖得很。"

"人家城里娃就是洋气，你看人家那袄子，啧啧啧啧。"

"军杰啊，那是谁家姑娘，咋这么白净呢。"

陈军杰清下嗓子，尽管总觉得有点儿别扭，还是大方回答道："我家的，我家的。"

老太太看看陈军杰，再看看刘春花："你家的？这是？"

"哈哈哈哈哈三婆你最近身体怎么样啊……"陈军杰也不多做解释，笑两声、问候两句也就过去了。

村子里这么多人，他觉得没必要说那么清楚。今天方芝一回来，明天这孩子到底怎么来的，全村都会传明白。但估计没几个会理解，一个年纪轻轻且身体健康的男人为什么会突然收养一个女儿。

不理解就不理解吧，别人怎么看不重要。陈军杰凑到自己老婆跟前，伸手把老婆手里提着的礼品盒又往自己手里分了两个。

快到老家大门前时，陈军杰看到了站在边上等着的陈念和方芝。两人不笑了也不闹了，方芝站得端端正正的，脸上表情异常平静，明显有些紧张。陈念抓着她的手，眼睛闪亮地盯着自己的爸爸。陈军杰冲她点点头，示意小丫头冲，没问题。

"嗷！"陈念叫一声，抓着方芝的手就往屋里跑，老家的宅子长，进了大门喊一声，声音得拐两道弯才能传到人耳朵里。

"爷爷奶奶我们回来啦！"陈念喊得特响亮。

最先出来的是围着围裙的奶奶，一拍手，面粉在太阳下洋洋洒洒地飞起来："就说估摸着时间差不多了！乖宝，奶奶蒸了你爱吃的肉包子！"

"好！"陈念冲到了她面前，给她看方芝，"奶奶！这是方芝！她喜欢吃糖包子！"

奶奶愣了愣，然后笑容便越发地灿烂了，她端详着方芝，止不住地感叹："这姑娘长得真漂亮啊，这小衣服也穿得好看。有糖包子啊，马上起锅了，你们俩待会儿一块儿吃！"

方芝点点头，陈念抓了抓她的手，她立马补充了句："谢谢奶奶。"

"欸，一家人说什么谢谢，只要你们爱吃奶奶就高兴！"

爷爷手里捏着根旱烟，也从屋子里出来了："军杰啊，带你媳妇和姑娘进屋，屋里暖和。"

陈念抓着方芝又蹦到了爷爷跟前："爷爷，这是方芝。"爷爷笑起来："知道知道，爷爷柜子上面有好吃的，你知道在哪里放着，自己取自己取。"

陈念高兴得不行，带着方芝进了屋，便踩着凳子去找柜子上头的零食。平日里别家来带了礼物，自己买的好吃的，爷爷都会藏在这儿。伯伯有两个儿子，爷爷每次都拿出来给，只有陈念有自己拿的特权，现在这个特权，爷爷也给了方芝。小姑娘就是可爱，就是受宠。陈念也没多拿，挑了方芝喜欢的山楂糕，给她手里塞了两块。

妈妈去帮奶奶干活儿了，爸爸坐下和爷爷聊天，陈念带着方芝听了会儿，被问了成绩。二年级都不能考双百，对陈念来说真是种耻辱。

她说完成绩，也不管爷爷和爸爸开始大笑，便抓着方芝道："我们去玩了。"

爷爷挥了挥手："去吧去吧，小心点儿啊，别往地里跑，摔着方芝。"

陈念已经出了门，笑呵呵地同方芝道："我爷都不怕摔着我，只怕摔着你了。"

方芝问她："你摔过吗？"

陈念想了想："摔过啊。"

她带着方芝出了门，指着门口的下水渠："以前这块儿没修的时候，是土坑，我掉下去过三次。"

方芝往后躲了躲，陈念哈哈哈地笑起来："我自己再摔三次下去，都不会让你掉下去的！我爸爸妈妈、爷爷奶奶会打死我哦！"

小孩子的快乐很简单。看看花，看看树，爬爬土堆、老房子，都是数不尽的乐趣。陈念虽然不是小孩子了，但她有怀念童年的乐趣，还有带着小时候的方知著创造童年的乐趣。她不会嘲笑方芝好奇任何事物，也不会挡着方芝去尝试任何事物。
　　方芝是个本来就挺小心翼翼的小孩儿，陈念容忍她搞脏衣服，搞乱头发，在她真遇到危险的时候，陈念会豁出去自己保护她。

　　两人在村子前后闹了一圈，再跑回来的时候，包子蒸好了，大伯一家也到了。
　　大伯两个儿子，大儿子大陈念三岁，叫陈斌，小儿子小陈念三岁，叫陈斌伟。陈念带着方芝进屋的时候，陈斌和陈斌伟正杵在院子中央，人手一个包子。陈斌抬头看到方芝，愣住了，嘴里咬着的一口肉掉了下来，他伸手去接，那肉跳来跳去，他便跟着跳来跳去。
　　最终还是掉在了地上，陈斌油着一双手，耳朵变得通红。
　　"哥。"陈念问候了一句。
　　陈斌随口应了一声，眼神往方芝身上瞟，想看又不敢看的模样。陈念上前一步，把方芝往自己身后挡了挡。
　　陈斌踢了下自己弟弟的腿："问人。"
　　陈斌伟不情不愿地翻了陈念一个白眼。
　　陈斌皱起了眉头，又踢他："叫姐！"
　　陈斌伟抬手打在了陈斌身上，手里的包子弹出去，掉在了地上。他看着包子，"哇"的一声大哭起来。
　　陈念默默地看着兄弟二人的"表演"，方芝却一个人往后缩啊缩。"不关我事。"陈念带着方芝往一旁走，"我没让他叫我。"
　　她刚说完这话，旁边厨房帘子一掀，她那穿得花里胡哨的大伯母就出现在了他们面前。大伯母瞅一眼陈念，再瞅一眼院子中间自己那两个儿子。最后目光落在了方芝身上，拉长声音说道："又怎么啦——又怎么啦——谁又惹着祖宗啦——"
　　多年不见，陈念再瞅着这张脸，听着这声音，总觉得又恶心又瘆得慌。她现在可不是什么都不懂的小孩儿了，她大伯母这话里的祖宗明明指的是她陈念，阴阳怪气得很。
　　"我没有。"见奶奶也跟着出来了，陈念赶紧再次强调，"是斌哥把阿伟的包子搞掉了，阿伟才哭的。"
　　陈斌急忙辩解："我没有搞他包子！他自己掉的！"
　　陈斌伟在一旁大声哭闹："啊啊啊啊啊啊啊……呜呜呜呜呜呜……我哥踢我！"
　　陈斌："他不问人！"
　　"呦！"大伯母走到了自己小儿子跟前，在他背上拍了一巴掌，"哭什么哭，包子掉了再拿一个就行了，你婆都给人家包糖包子呢，能舍不得给你吃包子？多大的事啊就哭，照你这样，不都哭死了！"
　　大伯母转头又看向陈念奶奶："妈，你快把你那糖包子拿出来，别把人饿着，这孩子叫什么来着……"眼看话题就要扯到方芝身上，还是这种阴阳怪气、相互较劲的时刻，陈念提高了嗓音，用力打断了大伯母的话。

"大伯母——"她叫得十分响亮,"好久不见啊,您今天真漂亮!"

大伯母愣住,没见过哪个小辈问候长辈是这么问的。陈念笑得跟朵花儿似的,配着黑乎乎的高原红脸颊和闪亮的眼睛,是那种最纯真可爱、天真无邪的小孩儿。

"您穿这么漂亮,就不要去厨房搞啦!"陈念继续喊,"把衣服搞脏就划不来啦!奶奶把东西都做好啦!我妈带了蒸好的碗子、煮好的肉,您不用再做什么啦!"

大伯母暗自揣测陈念的话外之音,这是在说她没用吗?

陈念又开口:"饺子都是爷爷和我爸爸来,我们玩就可以啦!"

大伯母这下明白了,这就是在说她没用,不仅说她没用,还说她懒。

她张了张嘴,刚想骂两句这小孩儿,不知道谁给教的,一张嘴就没好话。

结果陈念压根儿就没给她张嘴的机会,见大伯和爷爷也出来了,立马扔出个好问题:"斌哥期末考试多少分呀?老师还有没有让他留级呀?"

见无人回应,她继续佯装无意,抛出锥心之语:"我们老师让我跳级呢!这样再过两年,我是不是就可以和斌哥上一个年级啦?"

院子里陷入深沉的尴尬,大伯母的脸一下子涨得通红。孩子学习不好这事,真是走哪里都丢人。今年回来,他爷爷奶奶都没问呢,让这小丫头片子给抢了先。

大伯母一脚跨过去,拽住陈念的小辫扯了扯:"你厉害,你厉害,你考了多少啊?这么厉害。"

陈念歪着脑袋,把自己的辫子夺回来:"我考得不好,语文还差两分才满分,但我们老师非要让我跳级,我爸妈整天在家逼我做奥数题,说过完年要去市里比赛。哎呀,烦死了,寒假作业我三天做完了就算了,还要做这个做那个……"

大伯母在她后背上拍了一下:"吃包子去吧你。"这一巴掌可不像她妈妈拍得那么轻,陈念正说得起劲呢,差点儿被自己的口水呛住。大伯母转身回了厨房,顺便骂了一句:"死孩子也不跟人家学学,啥事都干不好。"陈斌伟哭得更凶了,大伯过来抱起小儿子哄,陈斌仰着脑袋看着,气得手攥成了拳头。

爷爷喊陈念:"你俩玩回来啦,带芝芝去洗手,要吃饭了!"

"欸!"陈念应一声,带着方芝去了房子里,拿脸盆,接凉水,兑热水,这才叫方芝洗手。

方芝:"一起洗。"

陈念便把手也塞进去,热乎乎的水里,两只脏兮兮的手很快就变干净了。

陈念换了水,洗干净毛巾,又给方芝擦了擦脸,把她有些乱的辫子整了整,收拾得干干净净清清爽爽。

方芝一直盯着她的辫子,陈念把脑袋低下来:"你也要给我梳辫子吗?"

方芝摇了摇头。

陈念:"哎呀,好伤心。"

方芝抬手,在她脑袋上轻轻拍了拍。

刘春花和陈军杰刚才出去买东西了,这会儿回来了,刘春花在厨房里转一圈,出来把陈念拉到一边,问她:"你干什么了?"

陈念撇撇嘴:"大伯母给你脸色了?"

"她那脸色就没停过。"刘春花道,"但她刚才夸了你几句。"

陈念:"夸我什么?"

刘春花:"夸你猴精,小小年纪心思就多得不行,长大了可不得了。"

陈念:"啧啧啧。"

陈念把刚才发生的事简单叙述了一下,刘春花:"啧啧啧。"

陈念:"有问题吗?"

"没问题。"刘春花撸了撸袖子,干劲十足,"我什么时候怕过她。"

陈念:"我主要怕我爷奶不高兴。"

"没事,不高兴了你再哄。"刘春花笑起来,还挺开心,"反正童言无忌嘛,童言无忌。"

有了妈妈的支持,陈念心里有底多了。再带着方芝出来的时候,雄赳赳气昂昂,全世界我最棒。那可不,考了高分的孩子,就该是这样。

中饭上了桌,所有人围在一起。

陈念把挨着妈妈的位置留给了方芝,自己挨着陈斌坐,方芝把自己的凳子往妈妈那边挪了挪,又挪了挪,扯着陈念的凳子把她往自己跟前拉了些。菜上齐了,酒和饮料也都倒好了。陈斌低头吃肉,陈斌伟嗷嗷地叫着,恨不得站到桌子上去。陈念才不那样,陈念站起身,双手捧着自己的果粒橙,要和爷爷奶奶干杯。爷爷乐得不行,端着自己的酒盅在陈念杯子上轻轻磕了下,陈念喊着"不行不行",再碰一次的时候,把自己的杯子低了又低,成功把爷爷的小酒盅让了上去。

"爸爸说得这样。"陈念笑着道,"敬酒的时候表示尊重。"

爷爷哈哈笑起来,问陈军杰:"你咋还给孩子教这些?"

陈军杰一愣,想起来自己压根儿没给陈念教过这些,他家宝贝女儿,就那么一个小不点儿,出去吃饭哪里给别人敬过酒。

刘春花接了句:"军杰常说,教育孩子嘛,要学习生活两不误。"

老婆话都递到这儿了,陈军杰:"对,对。"

刘春花:"其实孩子成绩什么的,也无所谓,现在太小,看不出来。将来能读书就读,不能读了也有自己的路。但是品行可是要跟一辈子的,不然,小时候不懂事,老了照样不懂事。"

这番话说到了陈念的心坎儿上,姜还是老的辣!眼看大伯母看着刘春花同志要开炮了,陈念赶紧继续自己的敬酒事业。她敬了爷爷敬奶奶,满嘴还都是吉祥话:"身体健康,万事如意,岁岁平安,您辛苦啦"。

爷爷奶奶被哄得很高兴,陈念一转头,就冲着大伯和大伯母也开始敬:"爸爸说了,大人最想要发财,那就祝大伯和大伯母新年发财!祝斌哥好好学习天天向上,祝阿伟……"

陈念看着脸上沾满了食物残渣的堂弟:"祝他吃嘛嘛香吧。"

大伯母见陈念敬酒还如此牙尖嘴利,字字句句戳人心窝,气得说不出话,一动不动地盯着大伯。大伯倒是愿意喝这一杯:"念念说得好,发财发财。"发财真是成年人抗拒不了的祝福,陈念真是个活泼可爱的孩子。

有了这趟打底，这顿饭开头硬是没能进入家长里短扯孩子情节。大伯说起自己今年的生意，大概是赚了些钱，说到开心处红光满面，时不时还要提两句他亲弟弟，一会儿说政府政策好，一会儿又问能不能给他通个气。陈念观察她爸表情，她爸是真的不太在意，这边应两句，那边转头就又去跟爷爷聊天了。

　　妈妈挨着奶奶坐，两人聊那些八竿子打不着的亲戚，谁谁家小伙又娶了谁谁家姑娘。陈念主要任务是照顾好方芝，给她夹菜倒水，帮她把衣服袖口卷起来，注意不要沾上了汁水。

　　一顿饭也算得上是其乐融融，直到陈斌吃饱先离了场，陈斌伟一抹嘴跟他哥哥跑了，大伯母终于闲下来，眼睛滴溜溜转两圈，终于插进去话道："咱爸妈之前不是特别想让我再要个女儿嘛，说一儿一女就是好，这下倒也好，我家两个儿子，军杰家两个女儿……"

　　提到方芝，陈念便开启战斗预警，肉也不吃了，饮料也不喝了，脊背挺得笔直，直盯着大伯母。大伯母对上她的视线，嘴里的话卡了一下，再接上的时候，明显忘了之前的语序："哎，就是好，就是巧。"

　　她转头问老人："爸，妈，你们说是不是？"

　　爷爷奶奶还能说什么，点头称好。

　　大伯母又笑着道："阿伟刚生下来的时候，军严说养不活养不活，两个儿子愁死了，不行给军杰家算了。哎，我也愁。你说这现在上学男孩儿女孩儿都一样，等上完学一工作，哎，男娃那不就是花钱的时候。要想给安排个好位子，指不定得出去多少钱呢！"

　　大伯母顿了顿，看向陈军杰："所以我常给军严说，我们陈斌将来要靠他叔叔呢。军杰也真是命好，两个姑娘一个比一个漂亮，将来长大了铁定收不少彩礼，到时候老两口钱一拿，退休金一领，欸，要多舒坦有多舒坦，可不像我这儿子，还得给买房娶媳妇……"

　　陈念觉得差不多了。

　　对付一个人，你也不能不让她说话，但也没必要让她说太久，毕竟她翻来覆去就那么一个意思，自己生儿子有功，全家都欠她，帮衬他们是该尽的义务。

　　陈念打断了这无聊的话，扬着一张天真烂漫的脸，同爷爷道："爷爷您也两个儿子！"

　　爷爷笑呵呵的："对，我也两个儿子。"

　　陈念："爷爷奶奶真厉害，把伯伯爸爸都养大了，花了不少钱吧？"

　　奶奶道："欸，那时候比不得现在，给口饭就长大了，你伯伯爸爸像你斌哥那么大的时候，已经下地干活儿了。"

　　陈念："哇，伯伯和爸爸真厉害！"

　　陈军杰："欸，那个时候都干活儿，有什么厉害的。"

　　陈军严："是啊，哪有你们现在这么幸福，每天上完学回来把作业写了就行……"

　　"嗯！所以我们要努力学习！"陈念用力点头，然后伸长脖子朝在门外玩耍的陈斌喊，"斌哥你也要努力学习啊！不然就只能下地干活儿啦！阿伟你也要努力学习啊！不然将来房子都盖不起啦，媳妇都娶不到啦！刚才大伯母说啦！娶媳妇要好多彩礼钱呢！"

　　这话从一个小丫头嘴里说出来，真是可爱得很。大家都哈哈笑起来，除了大伯母。

陈念还没说完，她这嘴一旦开了闸，根本堵不住。

"爷爷，那我爸那个时候娶我妈，你给了多少彩礼钱啊？"

刘春花在陈念脑袋上拍了一下："大人的事，小孩子不能知道。"

陈念一脸天真："现在不知道，将来怎么给你们赚彩礼钱哇！"

刘春花："爸爸妈妈那个时候是自由恋爱。"

陈念："自由恋爱不用给钱吗？"

爷爷开口道："娶媳妇肯定要给的。"

说到这里了，都是自家人，也不必避讳着。爷爷支棱起两个手指头："你家这个数。"

陈念："那大伯母呢？"

爷爷支棱起五个手指头："那个时候咱家情况不好，这个。"

大伯母挺了挺背，对于自己彩礼钱比较多这事，很是骄傲。

陈念："哇！那大伯母你妈妈把你卖得比较贵啊！"

说彩礼道彩礼，是件平凡得不能再平凡，普通得不能再普通的事。

但说到这里，陈念这么喊出来，桌上一下子陷入了寂静。

这话真难听。

却偏偏是在大人逻辑下的难听，小孩子懂什么，陈念只不过是顺着大伯母的逻辑，得出了一个听起来十分残忍的结论。养女儿就是拿来换彩礼的——那你妈妈把你卖了个好价钱啊。

大伯母的脸都绿了。她抓着筷子的手开始用力，"啪"的一下拍到了桌子上："我吃饱了，我去看看阿伟。"

陈念无辜地眨眼："我还想知道爷爷给爸爸和伯伯盖房子找工作花了多少钱呢。"

刘春花夹了个鸡腿到她碗里："饭都堵不上你的嘴，你爸爸工作自己考的，房子单位分的。"

她抬头对站起身的大伯母道："嫂子你别介意啊，小孩子瞎说……"

大伯母扯扯嘴角，留下个背影："是啊，小孩子懂什么，爸妈教得好。"

陈念可怜兮兮地看着爷爷奶奶："爷爷，我说错话了吗？你们生气了吗？"

爷爷："没有没有，快吃鸡腿。"

陈念："奶奶，我刚才的话都是自己说的，是大伯母说收彩礼……"

奶奶："没事没事，你大伯母去看阿伟了，阿伟乱跑呢。"

鸡腿终于把陈念的嘴堵住了。

大伯母到了门外，阿伟正在扬沙子，搞得满头满脸都是。大伯母过去，对着大儿子二儿子一人就是一脚。

阿伟又哇哇大哭起来。方芝把刘春花夹给她的鸡翅，偷偷放进了陈念碗里。

吃过中饭，是大人们集体包饺子的时间，是孩子继续跑、继续闹的时间。陈念再带着方芝出门的时候，屁股后面就吊上了陈斌和陈斌伟，陈斌也不和她们说话，就是陈念和方芝走哪里他跟哪里，而陈斌伟年龄太小，还是个傻瓜，哥哥让干什么，就干什么。

一把摔炮，小石子一样，陈斌伟全扔到了陈念脚底下。噼里啪啦，虽然陈念不害怕这些，但还是被炸得火大。她刚要发作，就被方芝拉住了。方芝指了指一旁的巷子："我们去那里玩。"

陈念同意，方芝说什么陈念都同意。

陈念牵着方芝的手到了巷子里，巷子是两排房子的侧墙构成的小道，没有人，只远远地有只大黑狗。墙上靠着一排松散的玉米秆子，方芝走过去，拽上面的干叶片，一扯就簌簌地往下掉。陈斌和陈斌伟也跟了过来，陈斌开始踢秆子，一脚踩断一根，陈斌伟继续玩炮，扔到陈念脚下。

陈念皱着眉头，但方芝依然拦着她。这次不仅拦着她，还不走了，就在这块儿玩，也不嫌陈斌和陈斌伟烦。

陈念噘着嘴，和她说悄悄话："你是不是想和他们玩？"

方芝："我不想。"

陈念："但你都舍不得走。"

方芝："我在和你玩。"

陈念："我觉得这里不好玩。"

方芝："你再等一等。"

陈念皱巴起了脸，"哇"的一声哭出来："这里不好玩，念念不想在这里玩，姐姐我们……"

方芝把她嘴捂住了："闭嘴，不许说话。"

陈念一边哼哼唧唧地想要说话，一边又觉得方芝凶起来的样子很可爱。这边两人互相抵着对方的脑袋玩，那边陈斌伟手里的摔炮玩完了，开始去抢陈斌手里要用火点的小炮仗。大概是大伯母骂过了，所以陈斌不给火，只给炮仗，让陈斌伟拿着炮仗，他给点着了，再扔出去。

起初两个还扔在远处，很快陈斌伟就故技重施，把炮仗扔到了陈念脚下。陈念脱口而出想要骂人，被方芝压紧了手给捂回去。方芝拉着陈念只躲不打，陈念的火气真是噌噌往上冒。这炮仗可比那小摔炮厉害多了，万一扔到她们身上刚好炸了，衣服就是一个窟窿。

陈念心里怒吼着，看方芝的眼神已经从委屈变成了极度委屈。方芝不为所动，陈念心情低落，觉得她这么久以来不和别的小朋友玩，只和方芝玩，竟然都没能换来方芝心里的特殊地位。她开始反思自己，是不是要改变自己对小方芝的陪伴方式，让她获得更多的朋友，这样她就不会企图从垃圾堆里找朋友了！

又这么乱七八糟地闹了一阵，方芝突然松开了捂着陈念嘴巴的手。陈念的嘴巴终于重获自由。

方芝带着陈念往外走，暮色初上，她们走出了小巷子。陈斌和陈斌伟缀在后面，巷子尽头的大黑狗突然吠了起来。

陈念回头，视线被陈斌和陈斌伟挡着还没看清，就听到方芝在她耳朵边大喊："啊啊啊，着火啦！着火啦！"

陈斌和陈斌伟顿住了脚步，一块儿回头。陈念也看清了状况，的确是着火了，在深蓝色的暮色里，墙边堆着的玉米秆下面升起了一团火，很快蹿出了橙色的火苗。

陈念呆住："啊……"

方芝已经找准了人，对着不远处的大妈喊："着火啦——他们放炮把玉米秆点着了——着火了——叔叔阿姨快点儿来啊——"

陈念反应上来，她盯着方芝，方芝脸上是惊慌失措的表情，手却紧紧抓着她的手腕，坚定固执，不让她挪动分毫。玉米秆都是极度干燥的易燃物，一旦有火，烧起来气势凶猛，被风一刮，更是熊熊一片。陈斌吓得大叫一声，开始往火跟前冲，企图用脚去踩火，陈斌伟跟着陈斌冲，什么都不会做，只会号叫着哭。

陈念感觉到害怕，她喊起来："你们别过去——"

陈斌和陈斌伟压根儿就不会听她的，还是在踩火，陈念想要过去拉人，果然被方芝拖住了。

"你别过去。"方芝道。

陈念看着她："火很危险。"

方芝："所以你不能过去。"

陈念突然不知道该说些什么，做些什么，他们都是小孩儿，往火跟前冲确实是危险的行为。

有大人已经赶了过来，陈念恍神间，方芝为他们指了方向。

两个叔叔冲过去抱着陈斌和陈斌伟把人拖了回来，火势越烧越大，后来过来的人提着水桶，拿着铁锨，再后来有人开了水泵，水柱喷过去，终于扑灭了火。

人群吵闹，面色惊恐。

大伯母拽过两个儿子，一抬手就是打得响亮的巴掌，孩子哭，大人也哭。奶奶吓得腿软，蹲在地上，爸爸在旁边拽着她胳膊，爷爷和大伯在和村里的人说话，说着说着就喊了起来。

妈妈就在她们身边，检查了陈念检查方芝，确定两个人一根头发都没烧着，这才长长舒出一口气。

"没事就好，没事就好。"刘春花不断地说道。

"阿姨，"方芝软软地道，"是他们放炮把玉米秆烧着了。"

"嗯，他们那样是不对的。"刘春花抚着方芝的脑袋，"你们不玩炮好不好？"

"我们不玩。"方芝回答得很认真。

"乖，乖。"刘春花又抚了抚她脑袋。

人群没散，出来看热闹的人反而越来越多。四周嘈杂，刘春花带着陈念和方芝先回了家。把两个孩子安顿在了干净明亮的房间里，给她们打开了电视，嘱咐她们乖乖待着不要出门，刘春花这才再次赶去了失火现场。

电视里很热闹，妈妈忘了给她们调儿童频道，这会儿中央一套正播着新闻，第一条就是除夕晚宴，迎接新春。

陈念和方芝安静坐着，看完了新闻。外面的鞭炮声响了起来，电视里的鞭炮声也响了起来。喧闹的世界里，陈念靠近方芝，同她说最小声的悄悄话："你是不是故意的？"

"嗯。"方芝轻轻回答她，掌心还攥着她的手指，沁了一层冰凉的汗。

发生了这么大的意外，这个年当然是过不好了。

大伯母撒泼似的又哭又喊，两个儿子被打得嗷嗷叫，别人拉也拉不住。大年三十的，爷爷带着伯伯和爸爸四处道歉，也多亏没伤着人，没烧着什么重要的东西，一个村子里多少都沾点儿亲带点儿故，所以在春节联欢晚会开始热热闹闹、又唱又跳的时候，大人们终于回了家，最终还是坐在了年夜饭的大桌上。

只是谁都没了中午唇枪舌剑的心情，连陈斌伟都蔫蔫地坐着不闹了，大家沉默地吃完了饭，然后沉默地看电视。氛围达到了前所未有的尴尬，陈念打了个长长的哈欠，爷爷推了推奶奶，奶奶翻身去被窝里掏出了四个红包。

四个孩子，一人一个，陈斌伟拆开去看，被大伯母一巴掌打在了手上，撇着嘴不敢动了。

陈念拿着红包作了个揖："谢谢爷爷奶奶。"方芝学着她的样子也弯腰鞠躬："谢谢爷爷奶奶。"

同样的动作，方芝做着就是好看，她的头发被梳成了两个鬏，绑着红色的发带，跟年画娃娃似的。爷爷奶奶终于笑起来，问了方芝几句话，诸如"吃没吃饱啊""困不困啊"之类的，十分好回答。

方芝话不多，但胜在看着乖巧，在陈家一众黑崽子里，白得发光。最后奶奶摸着方芝的脑袋，同陈军杰道："挺好的，姑娘乖，姑娘是爸妈的小棉袄。"

陈念凑过去："我也是棉袄。"奶奶揪了揪她的马尾："你也是棉袄。"陈念又打了个哈欠，眼泪都给打了出来："棉袄想睡觉了……"

本来也就不是非得守岁，今天这样子更是没必要凑一块儿尴尬地守岁。奶奶带陈念和方芝往里屋走，老家房间多，都收拾好了，就是为了让家里人回家住得舒服。

但再多，都没有多到一人一间的地步，而且大家自动地就把陈念和方芝分到了一间，毕竟这两人焦不离孟、孟不离焦，看着感情好得很。

那个时候的老房子，地面还是裸砖铺的。房子大，贴着墙壁的炕也大，一床花花绿绿的大被子，铺得严严实实。奶奶早都把炕烧了起来，这会儿热乎得很。

陈念瞅着那被子，犹犹豫豫，最终还是道："奶奶，还有没有多的被子呀？"

奶奶有些惊讶："你们要分被窝睡吗？这个被子大得很啊。"

陈念揪着手指："我睡觉乱蹬呢，不和芝芝一个被窝比较好。"

方芝看了陈念两眼。陈念仰头认真看着奶奶。

"好，那奶奶再去给你拿，就是剩下的被子都比较薄。"

"薄没事！"陈念开心地喊起来，"奶奶烧的炕超热的！薄了正好！"

确实超热的，奶奶把被子拿过来给两人铺好，便关门出了屋。陈念快速扒了外套外裤，穿着一身秋衣钻进去，很快身子就暖融融地热起来。她睡外面，方芝睡里面，认真算起来，这是陈念第一次同小方芝睡一张床。灯已经关了，窗外的月亮却还亮着，农村里的夜晚更加安静，只时不时地会有遥远的鞭炮声突然炸开来。

陈念睁着眼睛看着房顶，好一会儿，她感觉到旁边的方芝翻了个身。陈念转头，对上了方芝的脸，方芝的眼睛虽然闭着，但睫毛轻轻颤动，嘴巴抿得很紧，一看就没有睡着的模样。陈念开了口，小声问她："芝芝，你醒着吗？"

方芝的睫毛眨了眨，一双漂亮的眼睛对上了陈念的视线。陈念的呼吸有一瞬间的停滞，她在月光下看过很多次方知著的眼睛，但那个时候的方知著，已经经历了很多很多的事情，藏了很多很多的秘密。那样的眼睛，像春风抚动下的深潭湖水，让人不自觉地被吸引，不自觉地沉迷。

而现在的方芝，小小的，还没那么复杂。大概是小孩子的头小脸小，所以同样的眼睛这时候总显得更大，瞳仁透亮，在夜晚昏暗的光线下，像只误闯入室的猫咪。

面对这样一双眼睛，陈念连呼吸都放轻了，她生怕打扰了她，说话的声音轻得快只剩下了温柔的气流："你不困吗？"

方芝摇了摇头。

陈念卷紧了自己的被子："那我们可以聊会儿天吗？"

方芝点了点头。

陈念想了想，没有直入主题，她旁敲侧击地道："芝芝，你今天来我老家开心吗？"

"不开心。"方芝回答得非常果断。

"啊……"陈念有点儿慌，开始反思方芝来了之后家里有没有什么照顾不周的地方，但还没反思几秒就反应过来，小孩子说的不开心就是不开心，单纯的不开心。她一个爷爷奶奶的亲孙女来了都不开心，更何况是完全陌生的方芝呢。

"也对。"陈念皱着眉头，"我也不开心。"

"其实我很喜欢我爷爷奶奶的。"陈念开始交代自己的心理，"如果光是回家看他们，我还是很开心的。但过年嘛，总要见一些讨厌的人。"

"嗯。"方芝深有同感地点了点头。

陈念往她跟前凑了凑，说人坏话贼兮兮的："你最讨厌谁？"

方芝也像她一样攥紧了被子，仿佛这样子说话，秘密就不会被泄露出去。

"你先说。"方芝特别谨慎。

陈念没有什么不能跟方芝说的："大伯母。"

方芝点点头："我也是。"

陈念："我大伯我也不喜欢，他两个儿子我也不喜欢。"

方芝继续附和她："我也是。"

陈念："他们大人行不端坐不正，教的孩子也没教养。大的蔫坏，小的现在是个傻瓜，长大了也没什么区别。今天陈斌伟往我脚底下扔炮，就是他哥教的，讨厌死了。"

方芝轻轻哼了一声："嗯。"

陈念看着方芝，话音一顿："但是小孩儿就是小孩儿，小孩儿犯错，大人一般不会计较……"

方芝打断了她的话，认真盯着她："我也是小孩儿。"

这眼神，直勾勾的，陈念合理怀疑方芝已经猜透了她这场谈话的主题。但没办法，她还是得说。今天方芝做得不对，她的报复太不计后果了，一旦出现意外，不说别的人，单是方芝自己一辈子都会不安生。

方芝不是那种"人之初，性本恶"的坏小孩儿，不然她不会掌心冒那么多的汗，不会紧张得脊背挺得笔直，不会在陈斌和陈斌伟进来以后，压根儿不敢和他们对视。

方芝一定在后怕，在内疚，在迷茫。说实话，陈念并不关心她这两个往后大半辈子都没什么交集的堂兄弟有什么心理阴影，但她怕方芝形成了不正确的三观，习得了不正确的处理方式，往后害了自己。陈念没有逃避方芝的眼睛，她坚信，只要她是真心为方芝好的，方芝一定感受得到。

"对，你是小孩儿。"陈念道，"所以你做错事了没关系，每个人都会做错事，特别是小孩子，因为我们还有好多事情不知道，好多事情想不到。只要我们发现错误然后及时改正，那我们就还是可以长成好孩子。"

"你长吧。"方芝道，"我不是好孩子。"

陈念心想，这小丫头还挺叛逆，于是顿了顿，继续说道："那我们就从别的方面说。"陈念把手从被窝里伸出来，来回比画："那边放了很多玉米秆，一把火下去，要是不能及时扑灭，烧的就不仅仅是玉米秆了。两边都是别人家，农村家里都有柴堆、麦草垛，房梁是木头的，甚至很多人家是泥墙，泥墙……"

陈念拍了拍身下的炕："泥墙就相当于炕，要是奶奶今天烧炕的时候没有控制好火候，我们现在躺的褥子、盖的被子都会被烧着，再大一点儿，整个炕都会烧塌……"

陈念不想恐吓小孩儿的，但话都说到这里了，压根儿就憋不住，她双手在自己脑袋上一拍："炕塌了，我们就'轰'，都着了。"方芝眼神闪了闪，甚至往后挪了挪，离陈念远了点儿。

陈念有些心疼，又放低了声音："火很危险的，你是知道的。"

"我也知道你很讨厌那两个人，也知道你是为了保护我，给我报仇……"陈念戳了戳方芝的被子，"姐姐，谢谢你啊。"

方芝蜷缩了下身子，转过身，只留给了陈念一个被棉被裹得圆乎乎的背影。陈念看着那个背影，又想笑，又想上去抱住她哄一哄。

但最终她什么都没做，还是坚持着说完了自己这不讨人喜欢的话：

"芝芝，你很聪明，你会比身边的小孩儿都成长得更快。你的聪明就像是强壮的身体，如果去报复别人，欺负别人，会特别简单、特别容易。但永远有比你更聪明、更强壮的人，怎么防止那些人欺负你呢，大人定了一套规则，这套规则可以保护绝大部分没有做坏事的人，也会惩罚绝大部分做了坏事的人。"

"我们每个人都应该遵守这个规则，这样我们才会有安定的生活环境，我们才不会害怕。"

"伤害他人生命安全，损毁他人的财物，是这个规则绝不允许的。"

"而且……"陈念顿了顿，放柔了声音，"在这个规则下面，还有另一条柔软的规则。这个规则是我们每个人心里的声音，当你做完一件事的时候，心里到底是开心的，还是不开心的，只有你自己知道。我们不要让自己不开心，活着，从里到外都舒畅，才是最重要的。"

说到这里，陈念有些恍神。她发散得有些多，不知道方芝听不听得懂，她甚至觉得，哪怕对一个大人说这些，他们都不一定听得懂。正想着换些简单的表述方式，换成更为具体的事件描述，方芝却突然转过了身。她们恢复了视线的相对，方芝的眼睛依然那么明亮。

"他们跟着你，一直朝你扔炮。"方芝道，"规则怎么说？"

陈念笑起来，有些无奈："在造成伤害之前，这件事情太小了，规则不会管。"

"那软的规则呢？"

"我们可以讨厌他们，可以凶他们，骂他们，吓唬他们……"

方芝说："打他们。"见陈念面色微变，她似乎察觉到了什么，又低声问："不可以打吗？在造成伤害之前，轻轻地打。"

陈念乐出了声："姐姐，我们俩也打不过啊。"

"那还是我的方法好。"

"姐姐，你心里怎么说？"

方芝皱着眉头："太烦了，以后不干了。"

陈念一拍大腿："欸！这就对了！"

方芝一拧身子，又要转过去了。

陈念赶紧伸手拽住了她被子，扯出个小帐篷："其实你还可以学学我。"

方芝："怎么学？"

陈念："你听得懂我是怎么恶心我大伯母的吗？"

方芝脸皱巴得不行。

陈念："看来是能听懂一点儿，我这才叫高，以牙还牙，兵不血刃，安全健康。"

方芝："我说不了那么多话。"

陈念："我教你……"

方芝一脸嫌弃："你话太多了。"

陈念听到方芝嫌弃她话多，她受伤了，不说话了，手还拽着方芝的被子，嘴巴已经撇起来了，眼神也已经委屈上了。

方芝看着她，开始咬自己的嘴唇，咬得下唇红艳艳的，而后从被子里艰难地伸出一只手，拍在了陈念的脑袋上。

"睡觉。"方芝道。

人还是转了过去，陈念盯着她的后脑勺，唇角扬起来。往后的时间里，方芝的呼吸逐渐变得平稳安定，陷入了沉静的梦乡。

陈念很久没睡着，她把自己刚才同方芝说的话反思了一遍，挑出些不到位或不够好的地方，决心以后改正。又认真思考了些教育问题，决定后面多看几本相关书籍。就这样，想东想西，好不容易想得意识模糊了，窗外的鞭炮声又炸了开来。

往后十来年，过年的鞭炮声会炸得越来越大，但再往后，城市里便限制了烟花爆竹的燃放，只在固定的时间固定的地点，会有盛大绚烂的烟花表演。陈念同方知著看过很多次烟花，她们往往会定最高级的酒店，不论多贵。当烟花绽放时，脚下人潮汹涌，往上，却只有方知著的笑脸。陈念拿着相机，记录下了很多这样的时刻。

　　如今，没有相机，陈念只能把这声音，这背影，这暖烘烘的夜晚，全都记在脑袋里。鞭炮声最热烈的时刻，陈念看着熟睡的方芝，轻轻道："新年快乐。"

　　方芝翻了个身，人没醒，但大概是热，胳膊腿都伸了出来，搭在了陈念的被子上，沉甸甸的。

　　她的头发散乱着，小巧的鼻翼一翕一合，仿佛也在同她说，新年快乐。

## 第五章
## 转校生

初五过后，大人恢复上班，小孩儿也走完了亲戚。

本来应该是赶作业的日子，但由于陈念早早地就把那无聊的二年级寒假作业写完了，所以她的日子非常悠闲。

在她又带着方芝在妈妈跟前绕了一圈之后，刘春花忍不住了，朝她挥手："一边去一边去，这边乱七八糟的，那剪子，小心别碰着了……"

话音还没落，陈念就操起了巨大的衣服剪，咔嚓咔嚓地朝方芝挥了挥。方芝冲陈念挑了挑眉，下一秒刘春花的巴掌就落在了陈念的脑袋瓜上："听不听话啊！长不长记性啊！是不是闲得慌啊！"

陈念放下剪刀，冲妈妈嘿嘿地笑："挺闲的，今天天气不好啊。"

刘春花给她下了任务："奥数比赛你必须给我拿八十分以上。"

陈念："妈！你瞧不起我！"

刘春花："那你能拿多少？"

方芝："阿姨，念念说她能拿前三。"

刘春花："哇哦……"

方芝："在前三都是满分的情况下。"

刘春花："安良市吹牛大赛你绝对能拿第一。"

陈念忍不住哈哈大笑，转头问方芝："你希望我拿第几？"

方芝："都行。"

陈念："我希望你入学考试拿前十。"

方芝顿住，改变了说法："我希望你拿第一。"

陈念抓住方芝的手猛拍了一下："成交！"

两人当下便不玩了，溜回了陈念的卧室。

方芝差一学期的课，陈军杰本来说要请个老师补课，但陈念拍着胸脯立下了军令状，说方芝的课她来补。陈军杰不放心，直到陈念让他出了几份二年级的卷子，陈念全都做对了，这才愿意试一试。

陈念翻看了一、二年级的课本和教辅书，给方芝制订了寒假补课计划，但可惜的是，总是有事耽搁，而且方芝到底是个小孩儿，她虽然爱看书，对学习的兴趣却并不大。

陈念一边想尽办法督促她学习，一边又心疼她放个假都不能好好玩耍，所以眼看着开学的日子马上就要到了，她们的学习计划却还落下一大截。陈念参不参加奥数比赛的不重要，重要的是方芝得通过入学考试。两人打了赌，学习便更有动力一些，陈念给方芝布置完了题，方芝没有去自己的房间，就趴在陈念的书桌上看起来。

陈念拿着本小学奥数，看一眼题，看一眼方芝，昏昏欲睡。其实奥数题还蛮难的，她要真想考高分，得好好复习一下那些被遗忘的数学公式。但她没打算考高分，因为凭着年龄优势做一个小天才并不是长久之计。她压根儿就不是学霸的材料，小学初中认真看书还可以混个好成绩，等到了高中，她都不知道自己还能不能拿得下。

她不知道这个梦里自己的大脑发育是跟随着这具幼小的身体一起成长，还是会按照她原本的年龄逐步萎缩。所以在一切未知的情况下，她还是不要给自己搞什么天才人设比较好，省得到时候年龄大了跌落神坛，让父母失望，让一把年纪的自己伤心。

想通了这点儿，陈念这赌打得便十分轻松。

方芝哼哧哼哧地背课文，她翘着个脚嗑瓜子，方芝皱着眉头做算数，她躺在床上用书盖着脸睡觉。

很快到了奥数比赛的日子，考试就一门，时间定在让人昏昏欲睡的下午。考试地点不远，吃完午饭后，刘春花骑着自行车将陈念送到了考点。

一个半小时后，陈念出了考点，提前酝酿了下情绪，以便父母早日接受现实。还是妈妈来接她，但自行车旁还站着方芝。

陈念瞅着方芝，沮丧的脸一下子笑开来，跑着冲过去，问她："你怎么来了呀？不是说好了我考试做题，你在家做题吗？"

方芝从兜里掏出一张手写的卷子："我做完了。"

陈念歪了歪脑袋："我……"眉毛眼睛抖了抖，"哇"的一声哭了出来，"我没做完……"

方芝和刘春花显然都没想到"没做完"这个结果。

陈念："哇，太难了，实在太难了，前面的题就够难了，还有附加题。时间也不够，旁边坐的都是三年级四年级的哥哥姐姐，就我个子矮……"

刘春花："个子矮脑袋瓜子也不好使吗？"

陈念抹一抹虚假的眼泪，抽抽搭搭地说："当……当然，个子矮，脑袋小，脑袋小了脑细胞少，脑细胞少了可不就不好使了嘛。"

刘春花抬手在她脑袋上用力胡噜了两把："可怜得你，小脑袋瓜子考个试就用完了。"

陈念："可不。"

陈念转头泪眼汪汪地看着方芝："但是你也不要觉得你赢定了，说不定别人比我考得还差呢！"

就是要这种感觉，要给敌人大的希望，但同时也要给她不确定的危机。这样她才会信心满满，继续努力，奋勇拼搏，取得胜利！

果然，方芝上上下下地看了她一圈，淡淡地"哦"了一声。

刘春花道："不管考得怎么样，该买的还是要买，走，去你们学校门口。"

确实有很多东西要买。

过了元宵节就开学,学校里面欢迎新生的横幅已经拉起来了,学校外的文具店也已经摆得满满当当,快要溢出来了。

刘春花的大自行车可以前面坐一个,后面坐一个。坐前面需要技术,陈念当仁不让。坐后面比较舒服,方芝抓着阿姨的衣角,一路叮叮当当地冲出去,风已经变得暖暖的,有些春天的味道。

到了学校门口,陈念跳下车,拉着方芝"嗷呜"一声就钻进了文具店。

对于小朋友来说,文具店真是最好逛的地方。对于心里住着个大人的陈念来说,那些闪闪亮亮的文具,承载着童年回忆,看着就让人快乐。

刘春花锁好了自行车,跟在她们屁股后面进了店:"每个人都有限额哦,要挑自己最喜欢的那一种。"

陈念看过来,刘春花补了一句:"芝芝的额度比较多。"

陈念眼睛在笑,嘴上却还要嘟囔一句:"妈妈偏心哦。"

刘春花:"那把你之前那一大堆都给芝芝?"

陈念:"我们芝芝买新的,买新的!"

这时,方芝叫她:"哪个好看?"

陈念凑过去,是铅笔盒。一个淡粉,一个淡绿,有樱花,有草地,草地上还有一只柴犬一只猫。铅笔盒是铁的,很结实。印花有凹凸感,充满着奇妙的时代风味,让人看着就心动。陈念有些难以抉择:"两个都好看。"

方芝咬着嘴唇,左比较右比较,好一会儿都没端详出个结果。刘春花来到了他们身边,方芝问她:"阿姨,我可以两个都买吗?用我过年的压岁钱。"刘春花看了看:"但这两个一样呀,用得久了,你看着就没那么喜欢了。可以买两个,但阿姨建议你再买一个不同样子的比较好。"

方芝抵着唇,哪个都没放下,最终拧了身子,背对着陈念对刘春花道:"我想我们一人一个。"

刘春花:"啊……"

陈念:"什么什么什么?"

刘春花:"念念她笔盒多得很。"

陈念:"是要给我买吗?是要给我买吗?"

刘春花:"她不缺。"

陈念:"我缺!"

喊的声音之大,吓了店老板一跳。

学校门口的文具店,没少见因为家长不给买东西孩子满地打滚的场面,眼见又是一场"打滚盛宴",店老板往后退了退,从兜里掏出了眼镜戴上。

只见那黑黑瘦瘦的小姑娘说:"妈妈,我缺!我就缺这一个,是芝芝给我的呢,芝芝给我的呢!"

115

大人却皱了皱眉，不置一言。旁边那个白白净净的漂亮小姑娘见状，有眼色地说道："没事阿姨，我再看看别的。"文具盒刚要放下，大人却开口："两个都拿着吧。"

店老板若有所思地笑了，果然长得漂亮的小孩儿脑袋瓜子都好使，懂得以退为进。

陈念抱上了两个文具盒，方芝再买什么，她都吊在方芝屁股后面，笔她也想要同款的，橡皮她也想要同款的，不管什么她都想要同款的！但方芝后面买的东西都是单数，而且非常克制，都是些上学的必需品。陈念看她眼睛亮闪闪又抿着唇的样子，觉得她可爱又可怜，真想快点儿长大快点儿赚钱，把所有她喜欢的东西都买给她。

两人在一家店里便收获满满，抱到老板跟前结账，老板瞅瞅这个小孩儿，瞅瞅那个小孩儿，从柜台上拿了两个真知棒。一个粉色的，一个绿色的，粉色的给了方芝，绿色的给了陈念。

"买得多，送你们的。"老板笑呵呵地对刘春花道。

刘春花拍了拍陈念，陈念拉着方芝，一同鞠躬道："谢谢老板，恭喜发财。"

逗得老板开心得不得了。

小孩子买东西不会货比三家，喜欢就是喜欢，拿到手自己的就是最棒的。后面再去逛便都只是转着看看，陈念还喜欢指着别人家的文具盒跟方芝小声道："没有我们的好看。"

方芝问她："你要哪一个？"

陈念："嗯？"

方芝："粉色还是绿色？"

陈念指了指她手里的棒棒糖："当然你是粉色，我是绿色。"

所有人大概都会这么自动分配，方芝这白嫩的肤色，公主的长发，谁不想用粉色把她包围呢？

"不，我要绿色的。"方芝道。

陈念没想到方芝竟然会选择绿色："可是我和粉色配着好难看，不信你问我妈妈。妈——你为啥不给我穿粉色的衣服啊！"

刘春花："你心里没点儿数吗？"

陈念摊了摊手。

方芝从塑料袋里拿出那个果绿色的文具盒："阿姨，你为什么不给陈念穿这种绿色的衣服？"

刘春花："鲜绿配黑，跟猴子似的。"

陈念要闹了："敢情我两个都不配？"

方芝安慰她："文具盒又不是拿来穿的。"

陈念："那你为什么不给我绿色？"

方芝："就不给。"

陈念真生气，陈念觉得自己真无聊。为了这么点儿鸡毛蒜皮的小事，和方芝吵吵闹闹，陈念真开心。方芝的性格再怎么稳重，有了陈念在她跟前叽叽喳喳，总能闹起来。两人一个跑一个追，学校门前的环境并不好，脚踩过土堆，尘埃都"砰"一下飞扬起来。

刘春花也不管，任由她们把衣服搞脏。衣服脏了可以洗，但太阳那么好，快乐那么多，都是最珍贵的东西。

陈念冲得猛，前头有人也没看见。等方芝叫起来的时候，她已经一脑袋砸到了人身上去，肉乎乎、软绵绵的，倒是不疼。但人已经被她砸飞了出去，直直地往后摔，幸亏后面站着大人，一把接住。

"啊，对不起……"陈念赶紧道歉，稳住身子抬头一看，被撞的人竟然是她那傻同桌林天意。

接住林天意的是他的妈妈，林妈妈梳着两条麻花辫，哪怕穿着大袄子，也还是瘦瘦弱弱、温温柔柔的模样。

陈念放下心来，一步跨到了两人面前，问道："阿姨，您没事吧？"

林妈妈笑着道："没事没事。"

陈念："我刚才没看着人，不是故意的，对不起啊。"

"没事没事。"林妈妈把林天意拉住站直了，连连挥手，"跑那么快，就怕你摔了，没摔就好。"

陈念也笑起来，她目光落到林天意身上，想再关怀一下这个小胖子，却见他眼睛瞪得大大的，直愣愣地站在那儿，跟丢了魂似的。陈念顺着他的视线看过去，看到了方芝。站在阳光下的方芝，跑得长发散乱的方芝，脸颊微红、因为紧张睁大了眼睛的方芝。

一阵风刮过，吹起一点儿尘土混在阳光里，也带起了方芝脸颊边的发丝。画面很美，美得像电影里的慢镜头，如果是部爱情片……陈念猛地转回头看林天意。

林天意——仍然是个呆子。

陈念横跨一步，挡住了他的视线。

林天意的脑袋往旁边跨了偏，陈念往旁边跨了跨，林天意再偏，陈念再跨……

如此几个来回之后，陈念忍不住问他："脖子疼吗？"

林天意终于晃过神："啊？"

陈念："脖子疼吗？胸口疼吗？脑袋疼吗？我刚才撞了你一下，要不要送你去医院啊？"

林天意："啊！陈念！"

陈念震惊，他竟然现在才认出她。

林天意猛地摇头，傻憨憨地笑起来："我不疼我不疼。"

陈念："哦。"

陈念抬头冲林妈妈继续笑眯眯："阿姨，我妈妈还在等我，那我……"

林天意打断了她的话："陈念，我们是明天报到吗？"

陈念："后天。"

林天意挠了挠头："不是明天吗？"

陈念再次强调："后天。"

林天意："啊，那就是后天。妈妈，我记错了。"

林妈妈："明天过节呢，那我们后天再来。"

林天意："陈念，多亏碰到了你，不然我明天就来报到了！"
陈念："那倒也没事。"
林天意："听说你去参加市里的奥数比赛了！好厉害啊！"
陈念："还行吧。"
林天意："你考了第几名呀？"
陈念："成绩还没出来。"
林天意："妈妈，陈念好厉害啊。她去参加奥数比赛了。"
陈念：倒也不必一件事非要说两遍。

陈念转身，想要赶紧逃开，方芝却已经过来了，她问陈念："怎么了？"

林天意眼睛亮得跟两大灯泡似的："啊，你们认识啊！"只见他擦擦手，站直身，脸颊以肉眼可见的速度红了起来："这是谁呀？"

看来逃是逃不过了，逃了今天，还有明天。后天他们一报到，就是一个班的了，不如现在就下手为强。

"这是我的朋友。"陈念揽住了方芝的肩膀，"马上就会成为我的同桌。"

林天意再一次愣住了。

他们升一个年级分一次班，每学期安排一次座位。虽然说两个人两学期都成为同桌的概率不大，可是林天意觉得他们上学期做同桌做得挺好的。

现在，陈念毫不犹豫地抛弃了他，为自己挑选了新的同桌。

林天意撇了撇嘴，觉得委屈，又觉得哪里不对，他努力想了想，终于憋出句话："你怎么知道她是你的同桌？"

陈念捏了捏拳头，微笑："不然呢？难道她是你的同桌？"

林天意第一次胆比天大，他攥紧了妈妈的手："对！我也要和她做同桌！"

眼看要吵起来，刘春花及时赶了过来。

她手里还拿着两支香喷喷的烤肠，看到林妈妈，"哎呀"一声。

"这都能碰得到。"刘春花笑着道，"看来我们是真有缘分呀。"

林妈妈也笑着同她打招呼："念念妈妈好呀，我们天意把时间记错了，非得今天过来看看是不是报名。"

林天意："我记的明天，今天过来看比较保险。"

"哎哟，真聪明。"刘春花夸得毫无心理负担，瞅着这个虎头虎脑的小子，把手里的一根烤肠递了过去，"来，阿姨请你吃烤肠。"

林天意："哇……"

林妈妈："啊，不用了不用了，我们中午吃得迟……"

"呲溜。"林天意香得吸溜口水，"妈妈，我饿了。"

林妈妈觉得不应该随便吃别人的东西，用眼神制止林天意。

刘春花却把烤肠签子塞到了他手里："拿上，先吃这个。"

林妈妈特别不好意思："这是给念念她们买的吧，在哪里我……"

刘春花把另一只烤肠给了方芝："没事，陈念她不吃。她不爱吃烤肠，说过年吃多了腻得慌。"

陈念正酝酿着好好欺负一下林天意，他已经一口咬了上去："好吃！我最爱吃肉！一天三顿都不腻！"

陈念只能撇撇嘴，奚落他一句："吃啥长啥。"

但林天意压根儿不在意她这话，有了烤肠方芝也不看了，同桌也不争了，拉着自己妈妈的手吃得满嘴流油。陈念扯了扯嘴角，觉得跟真正的小屁孩儿吵架实在是太没意思了，就像一拳头砸到了棉花里。

刘春花和林妈妈聊了起来，方芝扯了扯陈念的袖子，把烤肠递到了她跟前："吃吗？"虽然烤肠看着的确很香，外焦里嫩，烤得炸皮，冬天咬上一口……但想起她妈妈先前的话，陈念还是忍住了食欲，吸了吸鼻子说："不吃，腻得慌。"

方芝瞅她一眼，也不再和她客气，小小地咬了一口。

陈念嘬了嘬嘴。大人们的话题很奇怪，女人们的友谊也很奇怪。虽然陈念也是个大女人了，但还是不理解本来还在说开学和作业的话题，两人突然就兴致高昂地要去街后面的粉店了。

当然是带着三个孩子。

于是林天意吃完了烤肠，又开始嗍粉，一张嘴就没停下来过，陈念瞅着他被肉挤小了的眼睛，真替他长大了担忧。孩子这么吃下去，将来怎么找媳妇啊。陈念搜索了自己的记忆，这位小学同学丝毫没在脑袋里占据任何空间。看了眼方芝，陈念希望林天意这一辈子也识相点儿，不要在她和方芝的脑袋里占据空间。

不过她妈妈是真的喜欢林妈妈，两人好像有说不完的话。说到高兴处，她妈妈一拍大腿、一挥手，十分豪迈，林妈妈则眼睛亮晶晶地看着她，最多也就攥一攥掌心里握着的卫生纸，随时准备给林天意擦嘴，看着永远那么温和，那么柔弱。

两家在粉店里消耗了不少时间，其间林天意多次跟陈念打探方芝的信息，陈念不想说，耐不住她妈妈嘴快。林天意知道了她叫方芝，知道了她住在陈念家里，知道她很聪明，知道她很快要转学到他们学校。林天意开心得直拍手，小学生真是对转校生有谜一般的迷恋。

终于，在天色暗下来的时候，两位妈妈告了别。

林天意朝着陈念和方芝用力地挥手，挥得外套下摆都抻了上去，露出一截白白胖胖的肚皮。

"陈念、方芝，再见啊——"他喊着，"陈念、方芝，后天见啊——"

陈念微笑挥手："阿姨再见。"

方芝跟着她挥了挥手，继续做一个害羞、内向且少言少语的漂亮小姑娘。

这天晚上回到家，刘春花同陈军杰说今天碰到林妈妈的事，陈念跑过去告状说自己没吃到烤肠。

刘春花："是你自己不要吃的。"

陈念："明明是你说我过年吃肉多了腻。"

刘春花："你没说过这话吗？"

陈念："我说过啊。"

刘春花："那不就得了。"

陈念："可我没说我不吃烤肠啊。"

刘春花："烤肠不是肉啊？"

方芝："我给你吃了，你说腻。"

刘春花："看，是吧，是她自己不吃。"

母女俩你一句我一句，陈军杰被逗得哈哈直笑。陈念在与妈妈的斗嘴中败下阵来，见爸爸也不帮她，噘着嘴，喊了句"你们都欺负我"，然后便转身进了卧室。门没关，她又不会真为这么点儿小破事生气，偶尔装装小姑娘，跟爸妈撒个娇已经是极限了。

没一会儿，刘春花端进来盘炸丸子，陈军杰偷偷给陈念兜里塞了五块钱。陈念拿了钱，吃到了好吃的，兴高采烈，门又被笃笃笃地敲响。

陈念把上扬的嘴角耷拉下来，问："谁啊？"

方芝推开门，露了个脑袋："我。"

陈念可装得住了："你谁啊？"

方芝直接进了屋，说："你姐。"

无视陈念不服气的表情，方芝背着手到了她跟前，看了眼她桌上只剩下一半的肉丸子："腻吗？"

陈念皱着眉头："还行吧。"

方芝把身后的东西拿到了陈念面前："绿色的给你。"

是文具盒。

陈念实在没忍住，"噗"的一下笑开来。"哎呀，其实我也没有非要绿色的，我就是觉得……"陈念抬头看了眼方芝，方芝刚洗完澡，鲜鲜嫩嫩的卷毛小姑娘，"你更适合粉色。"

方芝问："为什么？"

"因为你漂亮啊。"陈念回答得毫不犹豫，"是那种让人看一眼就会冒粉色泡泡的小姑娘。"

方芝："为什么冒粉色泡泡？"

"这是一种比喻。"陈念不知道该怎么解释，"就像春天的樱花，夏天的冰激凌，让人觉得很……美好。"

方芝点了点头。

陈念笑起来："明白了吧？"

方芝抬手把桌上绿色的文具盒又拿回了自己手里，转身朝外走去。陈念叫住她："欸……你干吗啊，一个都不给我了吗？这样就不美好了啊……"

方芝没理她，很快，她又进了陈念的房间，把粉色的文具盒放到了她桌上。陈念心想，这小姑娘的心思还真是难猜。方芝再没跟她说一个字，转身出门睡觉去了。

陈念盯着那文具盒，盯了许久，觉得脸热。她捂着脸笑起来。

第二天元宵节，一觉睡醒，陈念和方芝就拥有了自己的小灯笼。晚上两人挑着小灯笼和爸爸妈妈去逛街，有照相馆在外面摆着摊，陈军杰拉着三个人，硬是在乌漆墨黑的夜里拍了张照片留念。灯笼街在他们身后，光源也在他们身后，陈念努力举了手上的灯笼，却也不能照亮四个人。

照片不用洗出来她就知道什么效果，但还是觉得很开心。

欢乐的时光并不需要多么精致的影像，它们会在脑海里，历久弥新。

玩过这一天，就到了开学报到的日子。

一大早，陈念就被妈妈从被窝里挖了出来，嘟嘟囔囔地出了房门，就看到了已经收拾好的方芝。

方芝扎着高马尾，皮筋上有粉色的绒球。身上的外套是粉色的，里面的毛衣是白色的，脚上蹬着双白色的小皮靴，实在是好看得有些过分。

"哇哦！"陈念喊了声。

方芝转身，衣服帽子上有对小翅膀："你快点儿，吃饭了。"

陈念："好好好，吃吃吃。"

等方芝出了视线，陈念问："妈，今天就报到领书不上课啊，起这么早干吗？"

刘春花："你去问芝芝。"

陈念闭了嘴："我刷牙。"

等吃完饭，刘春花帮着方芝收拾书包，陈念就明白了。之前说的入学考试一直没通知具体时间，看来是今天了。今天老师都到了岗，明天就正式上课了。现在的学校加个转校生不是什么麻烦的事，估计也就趁着今天有人连出题带考把这事结了。书包也是新的，图案是非常符合方芝气质的魔法小樱。陈念背着自己的旧书包，方芝看了好几眼。

陈念主动安慰她："我这个好着呢，我可喜欢了，你跟我换我都不换。"

方芝抿了抿唇，打开陈念的书包看了眼，发现那只粉色的新文具盒正安安稳稳地躺在里面呢，表情这才松下来。

爸爸要上班，送两个崽上学的依旧是妈妈。陈念爬自行车前杠已经非常熟练，方芝也可以等自行车骑起来之后再跳上后座。

陈念最开始是有些担心妈妈带不动她们两个的，后来见识了她年轻的妈妈可以把这辆大自行车在城市里骑得风驰电掣，也就放下心来。

她在前面吼着："冲啊！奥特曼！朝着正义之光前进！"

方芝在后面"咯咯咯"地笑。

他们到得早，好些班的报名点还没收拾好。陈念拉着方芝，一路跟她介绍学校里的区域和设施，奔到了二年级三班的门口。班主任温老师正在搬板凳，刘春花赶紧上去帮忙。

两人也算得上是熟人了，温老师看到方芝很惊讶，小声问："是收养了吗？"

刘春花大大方方道:"对,以后小芝就是我们家的孩子了。"

温灿看向两人,陈念牵着方芝的手,正扒着窗台给她看教室里面。方芝比她之前在福利院见到时鲜亮了许多,陈念眼睛闪亮,神态兴奋,能看得出来喜欢方芝喜欢得不得了。

"也是真的神奇。"温灿喃喃道。

所谓的报名点,其实就是一张桌子两张板凳,上面放着表格印泥,就在各自教室门口。温灿到得早,和她搭档的老师还没来,便和刘春花多聊了两句。刘春花跟温灿打听了主任办公室,说要带方芝去考试。

温灿:"要来咱们学校吗?"

"对。"刘春花道,"你看她俩那个样,黏得不行。到时候还要温老师多照顾一下了。"

温灿点点头。两人又聊了一会儿,刘春花看时间差不多了,便招手让陈念过来。

"赶紧来报到,报到完坐教室等发书去。"

陈念瞪着眼睛:"报到完必须去教室吗?"

温灿道:"不然你们待会儿又跑掉了,跟抓鸡仔似的。"

陈念:"那我先不报到了,温老师。"

她跑过来拉妈妈的手:"妈,我们先陪芝芝去考试,等会儿再来报到。"

温灿有些惊讶,她指了指自己手里的名单:"陈念,你确定?你现在报到就是第一个哦,待会儿发书你也第一个拿哦。"

陈念挥了挥手:"嗨,那些不重要。"

陈念拉着妈妈和芝芝走了,温灿看着她们的背影,推了推眼镜。不一会儿,有人来了,是林天意。林天意穿得整整齐齐,头发梢上还抹了水,走到温灿面前来的时候几乎踢着正步,郑重其事的样子可爱得不得了。

温灿同他打招呼:"早上好呀。"

林天意鞠躬:"温老师好!"

林妈妈从包里取出报名费,温灿推了推,道:"林妈妈,待会儿。收钱的老师还没来,你们稍微等等。"

林天意听到这话,立马站直了身体,在桌子的正前方,笔直得像棵小白杨。

温灿笑着道:"天意,你这是干什么啊?"

林天意:"排队!"

温灿点头:"排队是个好习惯。如果没有什么意外,你今天是第一个报到的哦。"

林天意眼睛都亮了:"啊!"

温灿:"待会儿发书也按报到的顺序来哦。"

林天意兴奋地鼓起了掌:"啊啊啊!妈妈!我是第一!"

林妈妈摸了摸他脑袋:"好好好,快谢谢温老师。"

林天意又猛地鞠了个躬:"谢谢老师!"

温灿拍了拍他的脑袋,心里终于舒坦了。

这才是一个正常小朋友会有的态度啊。

后面再没出什么意外，管账的老师来了以后，林天意成为北寺完小二年级三班第一个报到的学生，也是第一个坐进教室等发书的学生。

几个小时后，教室里坐了大半的学生，叽叽喳喳。各小组组长开始收寒假作业练习册，有人低着脑袋在后排奋笔疾书。温灿看了看名单，又起身往楼下张望了一圈，没看见陈念。

温灿到了教室门口，冲林天意招了招手："林天意，你来一下。"林天意蹦起来小跑着过来，温灿拍了拍林天意的肩膀："你去找一下你同桌，她可能在吴主任办公室里，就跟她说，该来报到了。"

林天意："好的，老师！"

其实没这个必要，报到时间就在那里，今天陈念要是不来，明天她就得麻烦她妈妈再跟着跑一次。但温灿心里有点儿不舒服，就是想把陈念叫回来。这种感觉就像……有人不在乎你的时候，你就越发想要争个输赢。

林天意跑下了楼，直冲吴主任的办公室。果然看到了陈念，陈念在办公室外的窗户边上，正扒着窗台往里面瞅。林天意跑到了陈念跟前，陈念脚底下垫着砖头，他看不到里面，很是好奇。

"陈念，你在看什么啊？"

陈念低头瞅着是他："你来干什么？"

林天意："老师叫你去报到。"

陈念抬起手腕看了眼自己的塑料小花表："这不还有四十多分钟吗？"

林天意："反正老师叫你去。"

陈念："我去了老师也要等其他人到齐了才发书，到得早不如到得巧，我待会儿去最好。"

到得早的林天意："……"

好像是这么个道理，他到得最早，等得最久，都快要趴在桌上睡着了。

林天意瞬间倒戈："你真厉害，那我也待会儿过去。"

陈念收回了视线："啧，傻瓜。"

林天意努力踮脚："你在看什么？"

陈念："你管我看什么！"

林天意："给我看看，给我也看看。"

陈念扒拉他："要看自己想办法，不要老想着站在别人的砖头上，这样你永远都不会进步。"

林天意觉得她说得又很有道理，陈念真是他们班最有道理的小孩儿了。林天意到处瞅，在小花园里搬了两块砖头过来，学着陈念的样子站了上去。他比陈念矮一点儿，所以站上去也得踮着脚，胖乎乎的身体摇摇欲坠。"啊，我可以了！"林天意喊道。

陈念拍他："你小心点儿，想被主任抓走吗？"林天意看着陈念，瞪大了眼睛，这会儿才反应过来他们现在干的是可能被主任抓包的事。

但那又怎么样呢，林天意蠢蠢欲动，陈念敢他也敢，他早就很羡慕陈念敢干很多事了。林天意握了握拳，顺着陈念的视线看过去，然后便看到了正在考试的方芝。

方芝今天很漂亮，比前天见到的还要漂亮。

方芝坐在干净明亮的办公室里时，更漂亮，比办公室里任何一盆主任的花都要漂亮。

方芝认真做题的时候，刚好有光打在她的身上，轻柔的发丝，认真抿起的嘴角，"唰唰"地动着的笔，像电视里才会有的画面。

林天意看呆了，他愣愣地盯着方芝，连脚底下踩着砖头都忘了。陈念偏头看到这熟悉的画面，在他脑袋上拍了一下。林天意回神，冲陈念不好意思地笑。陈念也笑，她今天不像前天了，今天她很看得开。

她没有必要因为一个小傻瓜吃醋，反正方芝肯定是她的同桌，不会是林天意的同桌。她不仅是方芝的同桌，她还有和方芝一样的铅笔盒，方芝买给她的粉色铅笔盒。方芝觉得她是春天的樱花，夏天的冰激凌，是美好得可以冒粉红色泡泡的东西。

方芝会觉得林天意可以冒粉色泡泡吗？

一定不会。

陈念唇角扬得更高了，她挑了挑眉毛，问林天意："好看吗？"

林天意："啊？"

陈念抬抬下巴："方芝好看吗？"

林天意挠脑袋："好看。"

"说人好看不用一脸娇羞的样子，好看就是好看，谁不喜欢好看的。"陈念又问道，"好看吗？"

林天意跟只小哈巴狗似的："好看好看好看。"

陈念："我们班有比她好看的吗？"

林天意："没有。"

陈念："我们年级呢？"

林天意："没有。"

陈念："我们学校呢？"

林天意："没有。"

陈念："哦，是校花啊……"

林天意："哇，是啊……"

陈念给了他一巴掌："小孩子不许说脏话。"

林天意被打蒙了，委屈地盯着陈念。陈念不理他，继续扒在这儿等方芝。这是她找到的最好的观测角度，既不会打扰到方芝，又可以静静地陪着她。万一有什么情况，只要方芝皱一下眉头，她就可以直冲过去帮助她。林天意也跟着她扒着，两人安安静静，十分和谐。

十来分钟后，他们的后排过来了："陈念，林天意，你们干什么呢？温老师叫你去报到。"不用陈念动嘴，林天意："来得早不如来得巧……"巴拉巴拉说了一堆。

后排个子高，踮脚就可以看到："哇……"陈念高傲地扬起脑袋。再十来分钟后，他们的前排来了，后排："黑蛋，来看来看，校花校花……"

陈念嘴角疯狂上扬，语气却还要保持严肃："别乱说。"

窗外人数增加到了四个。陈念注意着时间，还有五分钟报到时间就要截止了，而方芝的考试还有十五分钟。陈念从砖块上跳了下来，拍拍手："好了，回教室吧。"

黑蛋："再看看再看看！"

陈念提着他衣领把他拽了下来。四个人在往回走的路上碰到了副班长，副班长问："你们干吗去了？"林天意拉着副班长，又聊了起来。

副班长十分不满意："我没看到新同学！"

陈念："不急，待会儿她会来咱们教室外面等我。明天，或者最多后天，她就来咱们班了，我的同桌。"

听了陈念的话，副班长也十分期待新同学的到来。几人回到了教室，没等别人开口，陈念就道："温老师，对不起，我刚才有点儿事耽搁了。"

温灿问她："你今天是来报名的，你有什么事？"

陈念："啊，这是个人隐私，对不起，老师，我不方便说。现在还可以报名吧，钱都在我兜里。"

温灿还能说什么呢，温灿只能给陈念办报名手续。众人议论纷纷，居然还可以这样。为什么陈念和老师说话好像大人啊？为什么陈念不怕老师啊？个人隐私是什么厉害的东西吗？为什么老师就听陈念的话了啊？

一定是陈念很厉害，或者陈念的漂亮新同桌很厉害！

大家回到了教室，老师们在外面整理桌子，大家还有时间闲聊，于是不一会儿，陈念有个厉害又漂亮的新同桌的事情就传遍了二年级三班。同学们纷纷看向了林天意。

林天意面对来自四面八方的目光，感到有些局促，把自己的凳子往旁边挪了挪，快坐到楼道里去了。

他小声对陈念道："等方芝来了我就让，好不好？"

陈念从兜里摸出颗糖塞到他兜里："识时务者为俊杰。"

这句话林天意听不懂，但是莫名觉得很厉害。

往后的时间里，教室里收作业、发卷子、发书，花了快有一节课的时间。陈念不停地看手表，方芝那边应该早都结束了，但她还没有过来等她。这是她俩约好的事情，陈念不觉得方芝会食言，一定是有什么事情耽搁了。还好是在学校，应该不会有什么危险。陈念继续耐着性子等。她不停地往窗外张望，很多同学便随着她看，小孩子对万事万物都有着强烈的好奇心，更何况是一个已经有了传说的转校生。

终于，陈念等到了方芝。

方芝出现在教室的窗户外，所有的光仿佛都打到了她身上。陈念忍不住唰地站起了身，几乎同时，一大片学生都随着她站起了身。大家看到了那个期望中的人，哪怕这个年纪对漂亮还没有什么具体的认知，但同学们都说这个人漂亮，那她就是真的漂亮。

她有长长的、卷曲的头发，她皮肤白得能发光，她走路时脊背笔直，她脸上的表情跟他们这些小孩子全都不一样。

她看起来好像白雪公主！

她真的是最厉害的转校生！

教室里躁动起来，温灿往外看了一眼，拍着桌子维持纪律："都坐下，坐下，干吗呢！"陈念举手报告："老师，我们班的新同学在外面，我们可以让她进教室吗？"

温灿呼出口气，声音冷下来："她不是我们班的同学。"

陈念："明天就是了。"

温灿："明天也不是。"

陈念："她学习很好的，她肯定……"

温灿打断了她的话："她是一班的学生。"

陈念愣住了。

当她再把目光调向窗外的时候，发现吴主任真的带着方芝朝一班的方向走了。陈念要哭了，二年级三班的同学们也要哭了。只有林天意"哇"的一声，兴奋道："陈念，方芝不是我的同桌，也不是你的同桌欸！"

北寺完小是所公立小学，这个时候并没有按照成绩划分优等或者普通班的制度。二年级一共四个班，每个班的学生都有好有坏，陈念不清楚具体什么标准，但既然方芝都来他们学校了，陈念下意识地就会觉得，她肯定要和自己一个班。现在，事与愿违，陈念像个泄了气的皮球，蔫了。

老师终于发完了书，讲完了话，陈念背着书包往外走，路过讲台的时候被班主任叫住了。温灿对她道："学期内不允许转班的哦。"

陈念撇了撇嘴。

温灿观察她的表情，又补了一句："老师很喜欢你，同学们也很喜欢你，你现在不要着急。等升三年级了就会重新分班了。"

"哦。"陈念耷拉着脑袋，"谢谢温老师。"

温灿转换话题，问她："爸妈没跟你说要不要跳级吗？"

陈念很坚决："不跳。"

温灿："奥数考得怎么样？"

陈念皱巴着脸："太难了，我觉得我就是个普通小朋友的智商，只能做点儿普通小朋友做的考试题。"

温灿欲言又止，陈念冲她挥了挥手："老师再见。"

她急着去一班找方芝。

他们这栋教学楼，一年级在一楼，二年级在二楼，班级从最左边开始排，分别是一班、二班、三班、四班。

楼梯在四个教室的中间，所以她现在和方芝隔了整整两间教室和一个楼梯的距离，真是……太遥远了。刚装了新书的书包有些重，陈念提提肩带，脚下飞快。有人来到了她身边，也拽了拽肩带，就是小粗腿迈得实在是艰辛。

"你跟着我干吗？"陈念问他。

林天意道："去看方芝啊。"
　　陈念气得不行，翻了个白眼："方芝跟你有什么关系？"
　　林天意："我们一起吃了烤肠，一起吃了粉，我看了她考试，我们是朋友。"
　　陈念："你也没问问她愿不愿意和你做朋友。"
　　林天意呆住，很快摇了摇脑袋道："那我去找她问问。"
　　这倒好，硬是给自己找了个合理借口。两人到了一班的地界，一班老师正在讲话，还没结束。陈念一眼就看到了方芝，她坐在中排的位置，靠着过道，在一堆灰溜溜的小朋友中间很是扎眼。
　　林天意指着她："方芝！"
　　陈念拍他脑袋："喊什么喊，我又不是不认识她。"
　　林天意："她同桌是杜甜甜。"
　　陈念："呦，这你都认识，人脉真广。"
　　林天意不懂"人脉"什么意思，但知道这句话是在夸他，于是摇头晃脑地道："杜甜甜是一班班长，成绩很好，家里也有钱。"
　　陈念："呦，小崽子还关注人家家庭情况呢？"
　　林天意："她爸爸有小汽车。"
　　陈念："哦。"
　　林天意："那种很贵的小汽车。"
　　陈念挥了挥手："知道了知道了，烦死了，人家的小汽车又不载你。"
　　林天意："我坐过！有一次放学她爸爸来接她，我就坐了。"
　　陈念嚓嚓嘴，觉得说这话很幼稚，但还是没忍住："以后我爸爸也会买小汽车。"
　　林天意抿了抿唇，看了她一眼，再没接这个话题。两人就像之前扒办公室窗户一样，又扒在了教室窗户上。有同学看见了他们，但方芝在认真听老师讲话，没有转头。
　　陈念丧眉耷眼，好不容易等到老师终于讲完了话，正想跳起来冲方芝挥挥手，就见原本应该各自收拾书包往外冲的一班同学们"哗啦"一下围到了方芝跟前去。
　　林天意感叹道："哇，方芝好受欢迎啊。"
　　的确是受欢迎，围住方芝的足足有二三十号人。教室就那么大点儿地方，里三层外三层的，方芝被淹没得连个头发丝都看不见了。
　　陈念气得直拍窗台："他们这是干什么啊！这不放学了吗！"
　　林天意跟着她拍："是啊是啊！想跟方芝做朋友吧！"
　　陈念不承认，反驳道："可能是想坐杜甜甜的小汽车吧。"
　　老师终于出了教室，同学们拥了出来，陈念逆流而上挤进了教室，一抬头，方芝跟前还围着一圈人呢。
　　她皱着眉头叫起来："芝芝！芝芝，回家了！"
　　方芝站起身，陈念总算是看得见她了。她比周遭的小朋友都能高一小截，眼睛望过来的时候，精准对上了陈念的视线。这一对视，陈念才算松了口气。方芝看她的眼神还是充满熟悉和亲切感的，这是再多的围着她的小朋友都不能比的。

陈念挥了挥手，蹦了过去："你们的书都发了吗？重不重呀？"方芝整理好了书包，嘴巴动了动，但没说话。

陈念走过去，扒拉开人群，熟稔地颠了颠方芝的书包："呀，好重啊，我来给你背吧。"方芝终于开了口，说："不用。"

她自己背好了书包，拉开椅子往外走，小朋友们终于让出了一条路。杜甜甜也站起了身，她对方芝道："你跟我一起吧，我让我爸送你回家。"

"嘿……"陈念不爽了，"你没听见我们要一起回去吗？"

杜甜甜看向她，大方地说："那你们一起坐我爸的车。"

陈念脸黑了下来："不坐。就你爸有车？"

她抓住了方芝的手腕，方芝离开座位来到了她跟前。陈念说话不客气，小朋友们还是听得懂的，很多人都望向了她，杜甜甜倒是不在意，下巴仰得高高的，像只骄傲的小孔雀，问道："方芝，你坐吗？"

这小孩儿，居然还要再问一遍，陈念眼睛一瞪就想上去再呛她两句。

方芝拖住了她，道："不坐。"

杜甜甜："那明天坐，或者后天，哪天都行，我爸天天来接我。"

陈念忍不了了，一转头把跟在她身后看热闹的林天意提溜了出来："林天意，认识吧？这么喜欢别人坐你爸爸车，送他回家吧。"

可林天意摇着头拒绝道："我不，我还要和方芝做朋友呢。"

陈念真不知道究竟哪个小孩儿更让人讨厌一些。

就在这时，方芝拉了拉陈念的手："走吧。"

陈念便丢下林天意，转身而去，步子迈得极大。她走得快，拖得方芝速度便也快，两人下了楼，出了学校，陈念冲着公交站就要去，方芝叫住了她："陈念，阿姨让我们等她。"陈念停住了脚步，想起来了。要等的时间太长，她妈妈还有事，所以那会儿回去了。但她和两人约好了，会来接她们放学。

今天是特殊的一天，妈妈不辞辛苦，陈念自然也不会辜负了她的良苦用心。她带着方芝往旁边走了走，在长凳上坐下来，乖乖地等妈妈来接。妈妈还没来，先等来了林天意。林天意本来就追在她们屁股后面，这会儿终于追到了，跑得气喘吁吁的，大冷天的脑门儿上都有了汗。

他弯着腰看陈念："你们怎么不等我？"

陈念："等你干什么？你要去我家蹭饭吗？"

林天意："我有问题要问方芝。"

陈念拧着眉头："你还是憋回去吧。"

方芝眨眨眼，看向林天意，陈念瞟见她的视线，立马转移了话题："林天意你刚才干吗呢，是杜甜甜拉住你不让你出来吗？"

林天意："她和我说话。"

陈念："说的什么？邀请你坐她爸爸的车吗？"

林天意："她问我你叫什么。"

陈念："呵！你说了吗？"

林天意："说了啊，我说你叫陈念，你特别厉害，学习特别好，跑得特别快，老师都拿你没办法。"

陈念不信他是真心夸自己，问他："林天意，你是不是觉得全天下的人都很厉害？"

林天意皱巴着脸，认真思考："我就不厉害。"

陈念冲他竖了竖大拇指："不，你挺厉害的。"

林天意开心地笑了起来。

两人还真就这么驴唇不对马嘴地聊了起来，聊得林天意完全忘了要问"方芝要不要和他做朋友"这事，只看见杜甜甜和她的姐妹们出了校门，一辆奔驰停到了校门口，杜甜甜偏着脑袋瞅了三个人好一会儿，才上了车。

陈念不屑一顾："切，我们家也有车，全天窗敞篷双轮跑车。"还看向方芝问："是不是？"

方芝淡淡地应了一声："是。"

又等了一会儿，妈妈终于到了，骑着她家的全天窗敞篷双轮跑车。

陈念熟练地上前杠，方芝熟练地跳后座，妈妈一蹬脚踏，嘱咐林天意："天意赶紧回家去，不要再玩了。"

"好！"林天意冲她们挥挥手。

回家的路上风有些大，吹得陈念的头发四下飘扬。她闭紧了嘴，才没被灌满西北风。

回到家，饭已经做好了，都在锅里热着。爸爸也下班了，四人围着饭桌，吃饭聊天。

陈念终于提出了疑问："爸爸，怎么回事啊？方芝怎么去一班了？"

陈军杰很惊讶："一班不好吗？"

刘春花："你女儿在三班。"

"哦哦哦，念念在三班啊。"陈军杰憨笑两声，仰头想了想，"当时跟老赵聊的时候，没说要放到哪个班。"

陈念："那说了什么？"

陈军杰："就说考试通过了就能上学。"

陈念抓着筷子，不死心："妈妈，那方芝考试前，你有没有和吴主任聊？"

刘春花："聊了，吴主任说题是她亲自出的，和你们期末考试的难度一样，考完了就抓个老师来判卷。成绩通过就行，不计入档案。"

陈念转头问方芝："芝芝，你考得怎么样？"

方芝："挺好的。"

陈念："多少分？"

方芝："双百。"

陈念觉得真相渐渐明了了，她哭丧着脸看着方芝："给你判卷的老师你看到了吗？"

方芝："是我们班主任。"

陈念"哇"的一声："怎么会这样，温老师为什么不积极点儿，爸爸妈妈为什么不把班级定下来，芝芝就应该考差……"

刘春花的筷子把落到了陈念脑袋上，敲得她脑壳疼。

"吃饭。"刘春花打断了她的话，"哪个班都一样，芝芝成绩这么好，老师同学都会喜欢她。"

确实挺喜欢的。

陈念瞅瞅爸妈，瞅瞅方芝，想到那一圈的小屁孩儿，突然觉得好像只有她在乎她俩没有分到一个班这件事。爸妈没有不开心，方芝也没有不开心。他们吃着饭聊着天，方芝甚至比平日里还多吃了小半碗的饭。陈念不说话了，她低头扒饭，开始反思自己。

吃完饭，刘春花把陈念叫进了卧室。

陈念耷拉着脑袋："干什么？"

刘春花："帮我套被套。"

陈念拧来拧去："哎呀，被套难套死了。"

刘春花把人拉到了阳台上，有了之前的经验，在这里说话，悄悄话才能是悄悄话。

"非要和芝芝一个班吗？"刘春花开门见山，"你不觉得你黏芝芝太紧了吗？"

陈念揉了揉胸口，觉得真扎心。

刘春花："她不能只有你一个朋友，如果只和你玩，那她永远都适应不了新环境。"

陈念低着脑袋："哦。"

刘春花："芝芝是个很聪明的孩子，她不是小猫小狗，她需要长大。妈妈相信她有能力处理自己的人际关系和学业，难道你不相信她吗？"

陈念快哭了："相信。"

就是太相信了。

方芝这样的人，根本不用特意说什么话，做什么事，她光是站在那里，都是很特别的存在。之前在福利院里，方芝性子沉郁，不愿意和人沟通。即使这样，都有很多小朋友会默默地关注她，企图同她说话。只是没有人像陈念这么有耐心和厚脸皮罢了。

如今，方芝恢复了很多。她会回答别人的问题，会接受别人的好意，遇到开心的事情会笑，笑起来酒窝甜得跟溢满了蜂蜜似的。

谁会不喜欢这样的方芝呢？

没有人比陈念更清楚方芝的人格魅力了，方知著火的时候，不仅有疯狂的粉丝群体，还有令很多一线明星都羡慕的观众缘。人们看到她就是会被吸引，就是想要靠近。

陈念这边一松手，她就会有无数的好朋友，这些好朋友一茬又一茬，总有人能走进她的心里，占据重要的位置。妈妈说的这些道理她不是不知道，其实从年前她就已经开始考虑这个问题了。但想明白道理和与自私的内心抗衡，真是一个无论多大年龄，都会面对的难题。

"我知道了。"陈念抹了抹脸道，"我不会拦着她交朋友的。"

妈妈的手落到她脑袋上，替她顺了顺有些乱的头发："你要相信芝芝，也要相信自己。你也是很可爱的小孩儿，大家也会喜欢你。"

陈念扯了扯嘴角："那妈妈喜不喜欢我？"

刘春花："当然喜欢。"

陈念："那我想吃蛋糕，妈妈给我买蛋糕吃。"

刘春花："你看我长得像蛋糕吗？"

嘴上这么说着，晚饭的时候，他们家的餐桌上还是出现了两个小蛋糕。陈念和方芝一人一个，庆祝她们顺利开学。

第二天陈念带着方芝上学，两人挤上公交车，晃晃悠悠到了学校，进了教学楼，然后各自分开。陈念进教室的时候，林天意一直伸着脑袋往她身后瞅。惹得陈念大清早心情就不太好。

"瞅什么瞅！"陈念放下书包凶他。

林天意："瞅方芝呢。"

陈念："我这不是个问句！"

林天意竖着指头兴奋道："这个我妈妈教过我！"

真是个傻瓜，陈念皱巴着脸，再没理他。

小学生的课程十分无聊，第一节语文，第二节数学，上数学课的时候陈念干脆就把语文作业做了。数学老师让她到黑板上去做题，陈念心里长叹一声，快速上去，快速下来，真英雄从不回头看两位数以内的加减乘除法。

数学老师给她的答案打了个大大的红色对号，夸她聪明，还说她肯定提前预习了功课。陈念端坐在小凳子上，面带微笑，林天意偏头看着她，一脸艳羡。这节课下了以后的课间休息多五分钟，很多小朋友跑下楼玩耍。陈念没动，趴在课桌上无精打采。林天意站起了身，陈念往前蹭了蹭凳子，但林天意没动。

"走不走啊你？"陈念问他。

林天意："你不走吗？"

陈念敲了敲桌子："你看我像要走的样子吗？"

林天意："你不去看方芝吗？"

陈念捏了捏拳头，眼睛里面能冒火："我为什么要去看方芝？"

林天意为她找出一串理由："她今天第一天上学。她肯定很害怕。她同桌是杜甜甜。"

"她以前又不是没上过学，"陈念把自己的脑袋埋了起来，"谁跟你一样。"

林天意不说话了，过了一小会儿，他挤着陈念的凳子出去了。直到上课铃打过一遍，林天意才回到了教室。

老师已经走上讲台了，陈念看着林天意那又开始冒汗的脑门儿，没忍住问道："你干吗去了？"

林天意："看方芝。"

还没等陈念开口，老师就开始敲黑板："上课了，上课了！别说话了啊！下课十五分钟都没说够吗！"

陈念揪着自己笔头上的小兔子，心都要碎了。偏偏这节课林天意听得很认真，丝毫没有要和她说小话的意思。

熬了二十多分钟，老师转身在黑板上抄题，陈念把自己的本子推了过去，上面写道：方芝怎么样？

林天意瞅她一眼，快速拿起笔在本子上回她，但他写字速度慢，写了好一会儿，推过来也就六个字：

杜甜甜带她玩。

陈念写：玩什么？

林天意回：折纸。

陈念又写了一串。

折什么纸？怎么折？怎么玩？为什么要折纸？杜甜甜高兴吗？方芝什么表情？

问题太多了，林天意瞅着那一行字，眼神慌乱。

讲台上的老师抄完了题，开始继续讲课，林天意瞅一眼老师，瞅一眼陈念的本子，没敢再写字。看他那尿样，陈念把自己的本子拽了回来，压在了课本下。好不容易熬到了下课，陈念从来没觉得一节小学课程这么长过。铃声一响，老师一抬脚，陈念就侧了身子，对林天意道："说吧。"

大概是想了半节课，林天意这会儿回答得还挺顺畅："活动课的小方纸，红色的，就先对折，然后两边角这样、那样，一拉开，就变成小船了。不知道为什么要折，好多同学围着她们。杜甜甜很高兴，方芝……方芝表情……你是说笑还是哭吗？笑。"

无比伤心。

陈念长长呼出一口气："上三年级就要写作文了。"

林天意："啊？"

陈念："你这水平到时候肯定不及格。"

林天意："啊！"

陈念重新趴下了身子。

林天意想了会儿，小心翼翼地问她："那要怎么样就及格了？"

陈念："多读书。"

林天意："背课文吗？"

陈念："买本作文书去背吧。"

林天意："好。"

还挺认真的，陈念盯着自己面前的文具盒，想东想西。想纸到底是怎么个折法，方芝到底是怎么个笑法，还有这个杜甜甜，到底是好是坏。但其实……一个七八岁的小姑娘，哪里能坏啊，她想再多，不过还是想霸占方芝罢了。

陈念又长长地叹了一口气。

林天意问她："陈念，你心情不好吗？"

陈念："小孩子懂什么心情。"

林天意："我懂的。我妈妈心情不好的时候我会逗她开心。"

陈念扯了扯嘴角："那你逗姐姐开心一个试试？"

林天意站起了身："我去看方芝。"

陈念一把把他拽了回来："看什么看！马上上课了！"

林天意呆呆的："哦。"

陈念："上完这节课就放学了。"

林天意："嗯！"

陈念："我自己看。"

第四节课是美术，美术老师是个年轻小姑娘，说话细声细气的，教大家用墨水画花，同学们都玩得很开心。陈念没有吹梅花，她鼓着腮帮子小心翼翼地吹了幅玫瑰花田，虽然以大人的审美来看丑巴巴的，但在同学们的衬托下真是出类拔萃，美得让人心旷神怡。

老师在教室里面转着打分，走到陈念跟前，大为惊叹，拿着她的本子给同学们展示完，就要提笔往上面打个大大的 100 分。

陈念赶紧站起了身，道："老师，等一下！"

老师："欸？"

同学们："欸欸欸？"

陈念站直身子，皱着眉头，特别地装："老师，我觉得我这幅画画得不够好，我心里还有更好的构思。我想再画一幅当作业。"

作业可以当堂完成，也可以下课再画。陈念这理由一出来，老师喜笑颜开，同学们惊叹不已。哪里有这么厉害的同学，在大家都对她的作业表示极度满意的情况下，她自己居然还不满意！

老师鼓起掌来："我们要向陈念同学学习！"

同学们鼓起掌来，掌声热烈，神情羡慕。陈念在一众崇拜的眼神里拿回了自己的本子，小心翼翼地晾干了，然后装进了书包里。

下课铃声终于响起来，陈念背起书包就往外冲。林天意在她身后喊着让她等他，陈念没理，直直地冲到了楼道口，然后猛地一个刹车。照她的意愿来说，她是想直冲到一班门口的。但理智告诉她，放学后同学之间的交流也很重要，比如昨天，如果她不拦着，说不定方芝已经交到朋友了。

陈念脚掌在地上蹱了蹱，把自己定在了这个位置。大批的学生从身后拥过来，大批的学生从面前拥过来。大家都急着回家吃饭，大家都是流动的。只有陈念像根针，扎在人群中，直勾勾地盯着一班的方向。她等了很久，人越来越稀疏，方芝终于出现在了视线里。

林天意在她身后大喊了一声："方芝！"陈念这才发现，原来人群里有两根针。

连等待都不能独有，陈念撇了撇嘴。

方芝身边跟着个同学，陈念不认识。那同学在同方芝说话，方芝抬眼对上陈念的视线。陈念没动，林天意噔噔噔地跑了过去："方芝你怎么才出来呀？"

"嗯。"方芝道，"有点儿事。"

林天意："你们最后一节什么课啊？"

那同学回答他:"品德。"

林天意:"你们品德老师是不是王老师呀?"

同学:"我不知道他姓什么……"

两人就这么聊起来,方芝到了陈念跟前,脚步顿住,陈念皱巴巴的表情消失,扬起笑脸。"走,回家了。"她道。方芝点了点头。

四人一块儿出了学校,林天意和那同学聊得叽叽喳喳,陈念难得地一路沉默。等上了公交车,只剩下了陈念和方芝两个人,但现在是高峰期,车上人多,挤得她们根本没有说话的空间,于是又只能等下车再说。

终于,车停了,家属院的门口到了。方芝放慢了脚步,陈念都跨出去好几步了,才猛然回了头。

"芝芝,你怎么了?"陈念回到了她身边。

方芝:"没怎么。"

陈念:"上课听得懂吗?"

方芝:"听得懂。"

陈念:"老师留的作业多吗?"

方芝:"不多。"

陈念笑了笑:"饿了吗?"

方芝看了她一眼:"不饿。"

"我饿了。"陈念抓住了她的手腕,带着她加快了步子,"我都快饿死啦,也不知道我妈今天做的什么饭。"

太阳照在陈念脑袋上,晃得方芝眼花。陈念走得快,等到了楼底下干脆跑了起来,方芝要集中所有的注意力才能不让自己摔倒。一路奔到了五楼,气喘吁吁。陈念在兜里摸钥匙,放开了方芝的手,进屋放下书包便又奔进了厨房。

"妈!红烧肉吗?好香!"陈念在厨房里喊。

方芝放下书包,慢吞吞地换了鞋。

陈军杰在客厅里看报纸,听到声音抬头问方芝:"芝芝,今天上学感觉怎么样?"

几乎每个人都要问她这句话,方芝也都是一个回答:"挺好的。"

陈军杰拍了拍身边的位置,示意她坐过去,问的问题和陈念一模一样:"上课听得懂吗?老师作业留得多吗?饿了吗?"

直到饭菜上了桌,四个人坐在了饭桌旁,刘春花才问出了一个新鲜的问题。

"芝芝,和同学相处得怎么样?交到新朋友了吗?"

陈念夹肉的筷子顿住,方芝看了她一眼。

陈念把肉放到了方芝的碗里:"芝芝,你尝尝,我妈做的红烧肉味道还可以。"

刘春花:"就只是还可以?"

陈念笑起来:"棒极了!"

大家都笑起来,方芝也跟着扬了扬嘴角。

刘春花的目光再转过来的时候，方芝道："同学们都很好，帮我很多。"

陈念一副小大人的模样："那就好，那就好，要和同学们好好相处啊，方芝同学。"

大家又笑开来，方芝低头把那块红烧肉裹在米饭里，塞进嘴里一大口。吃完饭陈念跟着妈妈进厨房，帮她干点儿顺手的活儿。方芝拿着扫帚在厨房外，听她们说话，陈念跟妈妈说今天班上谁谁谁又迟到了，谁谁谁又挨老师骂了，她数学课和美术课都耀武扬威了……

听了一阵，也没听见一句关于自己的。

方芝扫了垃圾，回身道："叔叔，我想去睡一会儿。"陈军杰赶紧道："困了吗？快去睡快去睡，不用担心时间，待会儿让念念叫你。"方芝点点头，进了卧室。

陈念从厨房出来的时候，刚要开口，就被爸爸拦住了。

"芝芝睡了……"陈军杰压着声音，"你待会儿要去学校了再叫她。"

"哦哦。"陈念应下来，脚步都变轻了。

她挪到了书包跟前，从里面掏出了美术本。

刘春花擦着手过来，问她："这就是你那惊动全班的绝世艺术品？"

陈念捂着本子："喷，物以稀为贵，不能随便给人看。"

陈军杰："念念，你这个词用错了……"

陈念拿着本子到了方芝卧室门跟前，偷偷往里望。方芝的卧室门开着，一眼就可以看清里面的情况。她的确在睡觉，躺在自己的小床上，裹紧被子，脑袋朝着墙。陈念蹑手蹑脚地挪进去，蹑手蹑脚地把手里的本子放到了方芝的桌子上。

方芝这一觉还真睡着了。她甚至睡得有些沉，做了些乱七八糟的梦，被人叫醒的时候，迷迷糊糊，脑袋都是蒙的。

"快点儿起来啦，不然就赶不上啦！"陈念在她耳边喊。

"嗯嗯。"方芝应了声，翻身下床，脚步有些飘。

就这么飘着到洗手间去洗了把脸，飘着背上书包和陈念出了家门，上了车。车上依然很挤，陈念给她扒拉了一个小小的空间，让她能站得舒服点儿。半中腰的时候，有个阿姨起身下车，叫她："小姑娘，来坐这儿。"只有一个座位，方芝摇了摇头："谢谢，不用了。"

到学校的时候已经快上课了，两人踩着第一遍铃声上了楼，陈念朝她挥了挥手，喊："放学见。"方芝看着她跑远，很快进了教室。

放学见，只能放学见。

从一班到三班，也就几步路的距离，他们一天那么多节课，每节课下了都有休息时间，却只能放学见。

方芝放下书包，坐到了座位上，同桌杜甜甜小声问她："你怎么来这么迟？"

方芝："堵车。"

杜甜甜："放学坐我爸爸的车吧，超快。"

方芝没有回答。

杜甜甜话挺多的，而且挺热心。她会告诉方芝什么东西在哪里，哪个老师很凶，哪个老师每天都检查作业。她会在下课之后邀请她一起上厕所，会约定在体育课一起跳皮筋，会在放学后问她要不要坐她爸爸的车。和陈念有点儿像，但又和陈念完全不一样。

第一节是阅读课，课文内容是我的朋友。老师叫杜甜甜朗读了课文，杜甜甜读得声情并茂，坐下来后，给方芝写了张小纸条——

我想和你做朋友，你愿意和我做朋友吗？

方芝盯着那张纸条，看了许久，才回她：为什么？

这个反问把杜甜甜问愣了，在纸条上写写画画，都没能写出个所以然。

下课之后，杜甜甜问方芝："那你现在有朋友吗？"

方芝点头："有。"

杜甜甜问："我们班的吗？"

方芝摇了摇头。

杜甜甜："那我就是你在我们班的第一个朋友，我要做你我们班的第一个朋友。"

方芝："哦。"

林天意又跑过来了，找后排的男生玩。

杜甜甜拿出折纸："小船你会叠了吗？下节是活动课。"

方芝摇了摇头，杜甜甜开始边叠边给方芝讲，方芝看了窗外好多次。快上课的时候，活动课的老师进了教室，让班长去办公室拿东西。杜甜甜叫上了方芝，获得了一众羡慕的目光。铃响三遍之后，楼道便没有学生了，这个时候光明正大地走在空荡荡的校园里，有一种荣耀加身的特权感。

杜甜甜走得不快，她边走边道："语文办公室在那边，数学办公室在那边，其他老师的办公室在那边。我去过很多遍了，东西在哪里放着我都知道。"

她高抬着下巴对方芝道："以后老师叫我，我都带你。"

方芝没应声，杜甜甜道："我对朋友很好的。"

方芝停住了脚步。

她们正要经过操场，操场上有几个班在上体育课，方芝看到了陈念。那么多人，她就是一眼看到了陈念，陈念浑身上下都透着一股熟悉的气息，让她觉得，她就该看到陈念。

陈念正在踢毽子，她有些笨手笨脚，还没踢两下就掉了。但掉了她也不难过，张开嘴就哈哈地笑。她周围有好些人，男生女生都有，他们跟着她一起笑，看着她把毽子踢到了林天意背上去。

体育老师吹了哨，一堆人推搡着去排队，陈念一路过去，拨了好几个女生的马尾，有个女生直接跳到了陈念背上，滑下去以后又挽住了陈念的胳膊。

方芝突然转头问杜甜甜："你有几个朋友？"

杜甜甜愣了愣，收回了和她一起向操场张望的视线："我有……很多个朋友。"

方芝抬脚继续往前走："那我不要和你做朋友。"

## 第六章
## 新朋友

往后几天，陈念都过得非常艰难。

明知道方芝就在离她不远的地方，偏不能去看，这让她备受折磨。还好她有个傻同桌，林天意对方芝的兴趣不减反增，只要陈念一抬眉毛，他下课就往一班跑，然后在上课前一分钟回来，同她说一堆"方芝在干什么"。说得多了，表达能力都进步了，再这样下去，陈念觉得他不用背作文书，以后语文成绩也能上去了。

就这样熬到了周五，周五最后一堂课是低年级的大扫除，陈念所在小组这周分到的任务十分轻松，七个人打扫室外不到十平方米的清洁区。三个人抢扫把，两个人拿簸箕，剩下两个抬着垃圾桶倒垃圾。林天意去抢扫把，被陈念拦住了。

她道："咱俩倒垃圾。"

林天意："扫地好玩。"

陈念恨铁不成钢："倒垃圾可以在他们打扫的时候，我们想怎么玩怎么玩！"

林天意顿时兴奋起来："哇哦。"

陈念："你要是觉得扫地好玩，以后回家了多玩你家的扫把。"

林天意抠抠手："家里的扫把就不好玩了。"

家里的扫把当然没有学校的好玩。学校的要和同学们抢，抢着抢着还要打，扫起地来要抢得尘土飞扬，搞不好就是一场"武林大战"。陈念剥夺了林天意参加"武林大战"的权利，说带他玩别的东西。结果拐了个弯，就到了一班的清洁区，陈念躲在墙角的阴影里，指挥林天意："去看看方芝在不在。"

林天意对一班已经很熟了，这几天他在一班交到了好几个朋友。他奔出去，小短腿抢得超快，很快就闯进了人群里。陈念把外套帽子扣在了头上，身子压得很低，脑袋也只露半个。

时间不长，林天意就奔了回来，在陈念跟前一个刹车，道："报告队长，方芝在。"

陈念问："在干什么？"

林天意才意识到他刚才并没有看清方芝在干什么，只好一抬手："再探——"

又奔了出去，再回来的时候："在扫地。"

陈念："和谁？情绪怎么样？"

林天意这次聪明了，像往常的小作文一样开始叙述："一个人，好像有点儿不高兴。"

陈念："怎么个不高兴法？"

林天意扯着自己的嘴角往下拉了拉，说道："她的清洁区好像挺大的。"

陈念："多大？"

林天意张了张胳膊："这——么——大——"

陈念看着他夸张的动作，开始为方芝担心起来。

林天意又补充道："她还要拔草。"

陈念："拔草？"

"对。"林天意点点头，"她扫着扫着就蹲下来拔草。"

陈念看了看脚下的地，这个时候的学校公共区域大多是砖铺地。现在天气暖和了，风一吹，雨一下，砖缝间就会长出些小草来。低年级的大扫除其实学校没指望他们能打扫得多干净，就只是秉承一下德智体美劳全面发展的教育理念罢了。学校不可能要求小学生把砖缝间的草都搞干净，老师也不可能要求小学生把砖缝间的草都搞干净。

那方芝这么干……很可能是被人坑了，或者她自己理解错了。不管是哪种情况，陈念都舍不得真让她干完这辛苦的工作。

她一挥手："走。"

林天意："去哪儿？"

陈念把外套帽子扔到身后，拨了拨额前有些乱的碎发，走出了六亲不认的架势："去一班清洁区。"

林天意瞪着眼睛，有些兴奋："砸场子吗？"

陈念看了他一眼，如同看白痴。但她没说，她带着兴奋的林天意融入一班的队伍，很快来到了方芝所在的清洁区。林天意说得对，方芝的确一个人在打扫一片区域，的确会蹲下身来揪砖缝里的草。但陈念没法确定她的情绪是高兴，还是不高兴，是在认真劳作不想人打扰，还是有些寂寞、孤独或无奈。

方芝小脸平静无波，五官没有什么特殊的动作，也没有用力。就只是摆放在那里，像个没有灵魂的漂亮娃娃。陈念停下了脚步，林天意卷起了袖子。

陈念问他："你要干吗？"

林天意："你说干吗就干吗。"

陈念："你去找一班同学问问，到底要不要拔砖缝里的草。"

林天意："问？"

陈念："对，问，不要打架。"

林天意："你不去吗？"

陈念："我有更重要的事。"

林天意把袖子放了下来："你不去我不会打架的。"说完就跑了。

陈念无法理解傻孩子的逻辑，踱着小步子到了方芝跟前。

"芝芝。"她弯着身子偏着脑袋叫她。

方芝正在揪一根顽固的草，指尖因太过用力而失去了血色，听到陈念的声音，没抬头，只是轻轻地"嗯"了一声。"就你一个人在打扫吗？"陈念也蹲下了身，揪掉了一根刚冒头的麦芽。

方芝没回答她的问题，她还在拔那根草，脸上终于有了些表情，用力拔草的表情。

"我来。"陈念拨开了她的手，用了点儿巧劲，草就被拔出来了。

"你看，拔下来了！"陈念扬起笑脸冲她道，"我厉害吧？"

方芝："厉害。"

陈念："这片都你搞吗？这样吧，我来拔草，你去扫地。就跟我们在家一样，你拿扫把跟着我走就行了。"

方芝拿着扫把走了，开始从最边边角角的地方扫，离陈念特别远。陈念看着她，方芝又恢复面无表情的样子，没有和陈念对视。

林天意跑了过来，抓住了陈念的衣袖："你来，你来。"

陈念站起身："怎么了？"

林天意指了指："我问杜甜甜了，杜甜甜要和你说话。"

陈念："我不坐她爸爸的车。"

林天意压低了声音："不是不是，是关于方芝的话。"

陈念看了眼方芝，喊道："芝芝，我待会儿就来啊，你不要拔草，等我！"

方芝看向她，陈念冲她咧嘴笑了一下，跟着林天意跑了。她着急回去找方芝，所以跑得更快。

跑到了杜甜甜面前，开门见山道："怎么了？方芝有什么问题吗？"

杜甜甜皱着眉头："她要一个人打扫！"

陈念："啊？"

杜甜甜："我们组扫那边！"

陈念顺着她指的方向看过去，果然有一堆小不点儿在抢扫帚。

陈念："那方芝扫的那边？"

杜甜甜气得直跺脚："那不是我们班的清洁区！"

陈念和林天意都愣住了。

陈念眉头也皱了起来："你是班长，也是小组长，你没跟她说清吗？"

杜甜甜："我跟她说了，她不听我的。"

陈念："你俩关系不是挺好的吗？你不是整天教她折纸吗？不是经常一起走吗？"

杜甜甜抿住了唇，憋着腮帮子，没一会儿就憋得气鼓鼓的。

碰到了方芝的事，陈念对别的小朋友就不太有耐心，她语气有些冷："回答问题。"

杜甜甜一跺脚："我就不！"

陈念："欸，你……"

杜甜甜转身跑了。

林天意对陈念说："追啊！"

陈念拖住了他："追什么呀！追上去干吗！打女人吗！"

林天意："妈妈说了不能欺负女孩子。"

陈念看着杜甜甜跑到了自己清洁区，然后一屁股坐到了台阶上："我好像欺负女孩子了……"林天意看过去，杜甜甜周围已经围了好几个女生，那个架势，林天意很是眼熟。他福至心灵："杜甜甜哭了！"忽然又眼珠一转，看向陈念，"是你把杜甜甜惹哭了！"

"关我什么事。"陈念转身去找方芝。

的确，关她什么事。

杜甜甜哭根本不是因为陈念问了两句，杜甜甜那说一句话就跺一脚的架势，明显是因为方芝已经把她气得不行了。作为同桌，却不和她一起打扫卫生；作为同学，却不听班长的话；作为朋友，却要去陈念面前告状。

陈念感觉既爽又不爽。

爽的是她不喜欢杜甜甜，而方芝和杜甜甜吵架了。不爽的是……不爽的太多了！杜甜甜居然让方芝生气！方芝居然因为杜甜甜气得一个人去拔草！两个小孩子之间居然会生这么大的气！最好别和好了，和好了这场矛盾就等于在加强她们的关系。小孩子一起哭哭笑笑、吵吵闹闹地长大，不就会成为好朋友了吗！

陈念冲到了方芝跟前，夺走了她的扫帚："不是你们班的清洁区域，不要打扫。"

方芝抢扫帚："你管我！"

陈念把扫帚把握得死紧："我就管，我不管谁管。"

方芝："不要你管！"

陈念情绪上来了，和这些小屁孩儿一样，开始说车轱辘话："我就管，我就管。"

方芝去抓她胳膊，陈念躲开了，方芝又去抓她手，陈念没躲掉，指甲从手背上划过去，有些疼。方芝停住了争抢的动作，低着脑袋定定地看着陈念的手背。

陈念动了动手指："没事。"

方芝捏紧了拳头："那么多人你全都管吗？"

陈念："你……"

方芝抬脚踢到她腿上，这下倒不疼，但方芝踢完就跑了。陈念手里拿着扫帚，想追，被林天意拉住了。

"体育委员叫我们回去倒垃圾。"

陈念："你去倒。"

林天意快哭了："太重了，我一个人倒不了……"

陈念无奈，今天不知道是什么好日子，小屁孩儿个个都要对着她哭。

"走走走。"陈念挥手，"赶紧，倒垃圾！"

林天意抓住了她袖子，生怕她跑了。这节课虽然是大扫除，但时间没到，学生们照样不能出校园。打扫完以后，会回到教室整理书包，然后等着下课铃响，奔向快乐的周末。现在时间差不多了，陈念打算倒垃圾回教室背书包，然后等着第一声铃响就奔向一班。但这个计划遇到了一点儿意外，她和林天意提的垃圾桶底下漏了个小洞，一路过去，洒了一地。而她心里有事，林天意是个傻的，直到倒完垃圾往回走时才发现。

林天意快哭了，问陈念："怎么办？"

还能怎么办，扫呗。两人回教室拿了笤帚簸箕，一路扫过去，把别的班的清洁区域都打扫了一遍。再往回走的时候，下课铃声就已经响了。陈念低声骂了一句，撒开脚丫子往回冲。

林天意跑得慢，在她身后扯着嗓子喊："等等我——"

陈念哪还有时间等他，等陈念拿了书包冲到一班，方芝已经不见了。

倒是杜甜甜还在，陈念问她："方芝呢？"

杜甜甜拧过了身子："哼！"

旁边有人道："她早走了。"

陈念撒丫子又往楼下跑，一路追出了校园，在马路对面眼看着方芝上了公交车。

陈念只好等下一班车，到家的时候，方芝已经坐在了饭桌前。

"你俩今天怎么还一前一后了？"刘春花端着菜出来，"快去洗手。"

陈念看了方芝一眼，方芝低着头抱着自己的碗，不吱声。

陈念道："我有点儿事耽搁了，芝就先走了。"

方芝搭在椅子上的腿晃了晃。

一家四口坐在一块儿吃饭，陈念没有打破这温馨的氛围，也没打算把在学校发生的事和爸爸妈妈说。小孩子之间的问题要先自己解决，现在就跟家长说和告状没有区别。但她没少在饭桌上看方芝，有意地看，光明正大地看。就是要让方芝知道，要让方芝注意到，要让方芝明白，待会儿还要打开心扉和她好好谈。

片刻之后，方芝端起碗，一口气干完了剩下的小半碗粥，撕纸擦嘴："叔叔阿姨，我想去做作业了。"孩子对待学习态度如此自觉，家长还能说什么呢，陈军杰笑呵呵地说道："这么用功啊，是不是作业有些多啊？"

"嗯。"方芝点点头，起身。

陈念盯着她，刘春花道："你们早点儿做也好，做完了周末好好玩。"

"好。"方芝转身回了房间。

陈念目送她的背影。

刘春花敲了敲她的碗："赶紧吃，吃完去做作业。"

陈念："妈！周末就是要休息，我不急着做！"

"砰"的一声，方芝关上了门。

这门不仅关上了，还反锁了。陈念吃完饭，敲过三遍方芝的房门，陷入了沉思。刘春花路过，戳了戳她的胳膊："怎么了？吵架了？"陈念一脸苦笑。刘春花摸摸她脑袋："没关系，吵完了再和好，关系更进一层。"

陈念的苦笑都快挂不住了。方芝一直没给她开门，陈念回了自己的房间。一想到方芝在做作业，她就忍不住打开自己的小书包，拿出了作业本。隔着一道墙，两人在做同一件事情。不知过了多久，陈念的作业还没做完，方芝那边的灯已经灭了。她俩房间一个方向，窗户离得很近，隔壁莹莹的光可以照过来一些。可当那点儿光消失，陈念觉得心里猛然缺了一块儿。

她没睡觉，做完了所有的作业，这才上了床。这一晚，陈念睡得不太好。纷杂的画面交替在她的梦境里，让她出了一身的汗。

第二天一早，陈念便起了床。

方芝和爸妈的房门都还关着，陈念洗漱完下了楼，买了每个人爱吃的早餐，回家的时候路过书店一条街，居然有老板已经开了门，于是便又进了书店，挑了本书。回到家将早餐放下，拿了书去阳台上读，晨光照在纸页上，时间静谧，脑内喧嚣。

书翻了一小半的时候，爸妈起了床。房间里开始热闹起来，再一会儿，方芝的房门终于打开。陈念偏头看过去，方芝穿着白色的棉布睡裙，头发散着，像刚降临在这世上的小天使一般美好。

陈念心里所有的委屈、不甘、纠结和难过瞬间便都消失了，她朝她笑起来，道："早上好呀。"

方芝抿了抿唇，看了她好一会儿，这才转身进了洗手间。

陈念喊她："洗完脸去吃饭啊，我买了你喜欢的虾仁汤包！"

水哗哗地流着，陈念又喊："吃完早餐来和我一起看书啊！这本超级好看！"

这是她们之前经常一起做的事，两个人一本书，一页页地翻过去，遇到有趣的地方聊一聊。陈念耐心地等着方芝，就像面前的花盆里她们的小花已经舒展开的枝丫，在等待花苞上头。

方芝洗完脸，套了件外套，坐在桌前安静地吃完了汤包。爸爸在收拾一把坏了腿的椅子，妈妈提了菜篮准备出门，方芝将装汤包的盘子拿进厨房洗干净，然后一步步走到了陈念跟前。陈念拍了拍身边的小凳子，方芝坐下了。

陈念把书往她跟前递了递，两人肩抵着肩，头挨着头。

"这本书叫《小王子》，以后它会非常流行，流行到人手一本。"陈念道，"我们提前把它看了……"

方芝不说话，安静地看书。她们看了很久，后来陈念去帮妈妈压要裁剪的布，方芝自己拿了书，继续在看。中午吃饭的时候她还在看，下午妈妈让她出去玩玩，她依然还在看，只摆了摆手。她看得入迷，陈念便没再去占据她身边的位置，两人一起虽然温馨，但方芝要偏着脑袋，不是很舒服。

直到太阳下山，方芝终于放下了手中的书。陈念洗了个红红的大苹果，切得整整齐齐，码在盘子里。她一直在观察方芝的状态，见她看完了书，立马把苹果端到了她跟前。刚想跟方芝讨两句夸奖，结果一抬头，就看到方芝的眼泪掉了下来。那些眼泪一颗颗都砸在陈念的心尖上，陈念一下子就慌起来，她去碰方芝的脸："怎么了，怎么哭了？"

方芝没让她碰，猛地站起了身，手里还提着书，走进卧室，拿出了陈念的美术本。那是几天前陈念在美术课上画的玫瑰，她在方芝睡着的时候，把本子放在了方芝的桌上。

这些天，她忙着控制自己不去找方芝玩，忙着接受方芝即将拥有其他朋友的现实，就忘了问方芝，有没有看到她画的画。她觉得自己画得挺漂亮，所以她想送给方芝。

"你的本子在我房间。"方芝道。

陈念点点头："对，那里面有幅画，我送给你的。"

方芝翻到那幅画的页面，举了起来，另一只手里举的是翻开的《小王子》，离得远了陈念看不清内容。

"你去别的星球了，你有很多玫瑰。"方芝声音哽咽，眼泪成串地往下掉，"你不喜欢我了。"

还没等陈念说话，路过的刘春花先急了。

她一巴掌拍在陈念的脑壳上，凶她道："你干什么了？怎么把芝芝惹哭了？"

陈念也很慌张："我我我……"

刘春花走过去抱住了方芝，一下一下地轻抚她的背："芝芝别哭，哭久了难受，有什么委屈跟阿姨说，阿姨帮你打陈念。"

方芝："陈念是坏蛋！"

陈念和刘春花异口同声道："好好好，是坏蛋！"不愧是母女俩。

方芝咬住嘴唇，不说话了。刘春花哄了好一会儿，方芝止住了哭泣，把手里拿着的书和本子，扔向了陈念。陈念一直看着她，接得很准。

方芝嘟囔着说："我要睡觉。"

刘春花放开了她，满脸心疼地安抚："去洗把脸再睡好不好？小脸都哭皱了。"方芝点点头，刘春花赶紧去拿了电壶过来，给方芝兑了热水，让她舒舒服服地洗了个脸。

陈念一直呆呆地站在旁边，有些无措，却也有些豁然开朗。她不喜欢自己强压着冲动不去找方芝的状态，而现在看来，方芝也不喜欢。她和妈妈自作主张为方芝定下的成长计划，出现了极大的偏差。

方芝转身进房间的时候，陈念终于出声道："我不是那个意思，我们之间有误会。"

方芝没理她，像昨天一样，关了房门就没打算再打开。陈念长长地呼出一口气，她其实很想跟方芝说，他们都不是玫瑰，她自始至终就只有一朵玫瑰，但这样说未免太自私了。方芝也要交别的好朋友的呀。还是得和妈妈聊，妈妈相对来说有经验，是她俩的监护人。

陈念进了卧室，刘春花就在床边上坐着。她朝陈念挥挥手，陈念关了卧室门。

"到底发生了什么事？"刘春花问。陈念整理了一下语言，进行了简单明了的讲述。刘春花听完，发出一声长长的感叹："哎……现在的小朋友，想得这么多吗？"

陈念无奈地笑了笑："我也没想到芝芝会想这么多，你看我那个傻瓜同桌，他就一点儿都不会往这些方面想，他一天到晚都只想吃。"

刘春花笑起来："天意那样也挺可爱的。"

陈念："笨蛋大多可爱。"

"人家不笨。"刘春花摸了摸陈念脑袋，"是你们俩太聪明了。"

陈念搓搓手，陷入了沉思。刘春花也低头想了好一会儿，最终两人几乎在沉默中就达成了共识。既然面对的是一个过分敏感又过分聪明的孩子，那就跟她坦诚一些，把该解释的都解释了，让方芝自己做选择。

"这情景我总觉得发生过。"两人聊完以后，刘春花道。

"妈，你记性不好了。"陈念道，"本来就发生过，同样的地点，同样的话题，不同的事件，同样的结论。"

刘春花笑起来："是，是。我们之前说好了把芝芝当大人看，看来还是要通过实践来加强这种认知。"

"对。"陈念叹出一口气。

刘春花："那……"

陈念："我惹的麻烦，我自己搞定。"顿了顿她又道："我觉得跟芝芝说清楚了，她也不会只守着我一个朋友，毕竟世界这么大，有趣的人很多。"

直到晚饭时间，方芝才出了门。这次吃饭，陈念紧盯着方芝的手，她一放下碗，陈念也立马扔了碗跟着站起身。方芝进的是洗手间，陈念也跟了进去。

方芝盯着她，问她："你干什么？"

陈念："有话和你说。"

方芝："我要上厕所！"

陈念："哦哦哦，我等你。"

陈念守在了洗手间门外，像只等待主人的猫。方芝从洗手间出来，往自己卧室走，陈念紧紧地跟着，生怕把人跟丢了。在这套一百平方米多一点儿的屋子里，陈念终于进了方芝的屋子，方芝坐到了桌子前，陈念关了门，拉过个小凳子坐到了她身边。小凳子太低，陈念仰着脑袋，看着呆兮兮的。

方芝："有话快说。"

陈念："你误会我了，我可想去找你了，但我怕你不高兴。"

陈念眉眼耷拉下来，看着特别可怜："他们都好喜欢你呀，我们班的同学，你们班的同学，见过你的人都想和你做朋友，还有你那个同桌，整天让你坐她爸爸的车……"

方芝："我……"

陈念不给她张嘴的机会，继续诉说自己的委屈："我们俩没分到一个班，我往你们班跑名不正言不顺，谁都能多瞅我几眼，还要被你那个同桌说，她又是班长，我哪里敢惹她。我自己没法去，只能让林天意代替我去看你，他认识一班的人，还能好一点儿。"

方芝："你……"

陈念提高了声音："我每次放学都跑得特别快！就是为了去等你！有一次都跑到我们老师前面了，被她骂了两句呢！"

方芝干脆不说话了。

陈念继续说："这几天我最开心的时候，就是放学。当然所有的学生都喜欢放学，但我的喜欢和他们的喜欢不一样，我是因为可以见到你，和你一起玩。到了学校，同学那么多，看起来好像我有其他好朋友一样，但你心里难道不清楚吗？我如果真的有那么好的朋友，怎么会天天缠着你？我跟你说过了，我以前特别可怜，他们不喜欢和我玩，我好不容易有了一个好朋友，还不能和她天天待在一块儿，我才难受呢！"

说到这里，陈念实打实地委屈起来，抹一抹眼睛，甚至能挤出两滴眼泪。

方芝看着她，神色明显已经开始动摇，陈念再接再厉："我每天都想着你，上课也想着你。第一节美术课，我把我画的最好的画送给你，那些花就是我们种的小花，我想让它们开得多多的，开成一大片。"

"你居然觉得我画的是别的人，别的人有这么好看吗？"陈念"哇"的一声哭出来，"小王子最后还是回到了自己的星球，去看他最喜欢的那枝玫瑰呀！但我都不知道，喜欢你的人那么多，你还想不想和我玩。你凶我，生我气，还不理我，我妈妈还为了你打我……我委屈死了，我还要来跟你解释，你跟我一个字都不说……"

方芝抿了抿唇，皱着眉头："你话好多。"说完转过头，去看窗外，"好了，既然是误会，我原谅你了。"

这个小孩儿，陈念声情并茂地演了这么久，就换来人家一句轻飘飘的"原谅你了"。

但也就这么一句，陈念的心情就轻飘飘地飞扬了起来。

她哄完了人，开始打补丁："不过你接触一下别的同学也挺好的，我不会要求你只跟我一个人玩，那样是不对的。"

方芝猛然转回了头，瞪着她，眼神很凶。

陈念："啊，那个……你不跟他们玩玩，怎么知道我最好呢？"

方芝："以后你打算怎么做？"

她突然发问，陈念思索了两秒，答道："以后我就顺其自然，我想找你的时候就去找你，如果我跟你们班的人吵架了，你要站在我这边。如果你嫌我烦，就跟我说，我就……"

方芝："不嫌。"

陈念搓了搓手，有些脸热："哦。"

两人一时之间陷入了沉默，陈念抬手去抠桌上的书边："那你刚才还嫌我话多来着……"

方芝："你话本来就多，像复读机。"

陈念笑起来："喂！哪里像了！哪里像了！哪里像了？"

方芝："你是笨蛋！你是笨蛋！你是笨蛋！"

陈念："你才是！你才是！你才是！"

方芝："反弹！反弹！反弹！"

小孩子就是这样，一会儿哭，一会儿笑，说开了就行，哄了就好。就像陈念说的那样，发生矛盾对于小孩子来说，只是好朋友之间关系更进一步的方式。哄好了方芝，陈念这晚睡得特别香甜。

第二天，她就实施新的方案：带方芝去和别的小朋友一起玩。家属院里面的小朋友已经有好久没有见到陈念了。如今陈念回归，还带了个像洋娃娃一样漂亮的姐姐，大家都非常兴奋。

一伙人跳人绳，踢毽子，绕着小区的楼一边跑一边喊，下午还约好一起去附近的公园里玩捉迷藏。只是漂亮姐姐走哪里，陈念就跟哪里，哪怕是捉迷藏，两个人都不分开。她们是藏的那一方还好，一捉成双，等她俩变成了找的那一方，那就是大家的灾难了。

玩到天黑才回家，两个人浑身都脏兮兮的。别人家可能会揍两把，刘春花却一点儿都不介意，让两人进屋就把外套外裤都脱了，扔进洗衣盆里泡一会儿，"咔咔"几下就洗干净搭了起来。

度过了愉快的周末，又到了上学的日子。不过对于陈念来说，可以下课去找方芝，那上学便还是愉快的日子。两人手拉手，高高兴兴地到了学校，陈念把方芝送到了一班门口。要不是一班的班主任在教室里带早读，她都想把方芝送到座位上。

方芝进了教室，陈念还在外面拉着书包带子等着。方芝坐到了座位上，偏头看向她，陈念招了招手，乐滋滋的。方芝勾起唇角，也笑起来。

杜甜甜瞅瞅方芝，再转头瞅陈念，脸颊鼓鼓的，气呼呼的。陈念冲杜甜甜做了个鬼脸，心情好得不得了。陈念喜气洋洋，林天意都高兴起来。早读的时候他就一直看陈念，想知道她为什么这么高兴，但陈念忙着读书，没有理他。紧接着又是班主任的课，林天意一点儿都不敢说话，也不敢乱动。

下课之后，林天意终于逮着了机会。但他刚张嘴，陈念便"砰"的一声站起身冲了出去。林天意再也抑制不住内心的冲动，也起身往外冲，路过刚出教室的班主任身边，班主任大喊了一句："急什么呢！一个个疯了一样！"

然后很快，她就知道了这两小崽子在急什么。

陈念冲到了一班门口，喊一声"方芝"，方芝从教室里出来，两人乐滋滋地牵起了手。

陈念："我要去厕所。"

方芝："我也去。"

陈念："你们语文老师让背课文了吗？"

方芝："'背一背'上写了的就要背呀。"

陈念咧咧嘴："我们就不一样了，我们班主任让我们全都背！太讨厌了！"

这话刚好被路过的温灿听到。

这时，林天意也追了过来，边跑边喊："等等我！等等我！等等我……"

但两人在说小话，没人理他。

林天意以为她们在玩什么好玩的，嚷嚷着："我也要玩！我也要玩！我也要玩！"一路追到了女厕门口。

陈念终于看到了林天意，转头问他："你干吗？"

林天意："玩！"

陈念："去女生厕所玩吗？小流氓。"

林天意急忙解释："我不是流氓！"喊叫着又跑掉了。

陈念一直到上课才回来，等下了课，陈念又去一班找方芝了。林天意怕又被说流氓，没敢再跟着，只能远远地望。就这么憋闷了大半天，下午有节课老师来迟了好久，林天意才终于有机会问陈念："以后都不派我去了吗？"

陈念："对。"

林天意："以后你都自己去找方芝了吗？"

陈念："你这两句话一个意思。"

林天意："我可以跟你们一起玩吗？"

陈念："你又要和我们一起上厕所吗？我郑重地奉劝你，这不利于你养成男子汉气概。"林天意听不懂，但知道陈念拒绝了他。

林天意有些急："那我下课干什么啊？"

陈念："以前干什么现在就干什么啊。"

林天意趴在桌上不说话了。以前陈念根本不理他，方芝也根本没出现。林天意刚过了几天夹在陈念与方芝之间的日子，这日子有趣极了，让他每天都对上学充满了期待。结果就这样转瞬即逝。林天意眨巴眨巴眼，很是难过。

陈念低了脑袋看他："呦，哭了啊？"

林天意拧过了脑袋，不想跟陈念说话了。但他可没有方芝的待遇，他不跟陈念说话，陈念也不会和他说话。陈念忙得很，忙着下课找方芝，放学找方芝，给方芝画画，玩方芝送的文具盒，替方芝把课外读物的关……陈念的脑袋里都是方芝。

这么一个礼拜后，林天意实在憋不住了，又凑到了陈念跟前去。这次陈念没赶他，也没再叫他小流氓，她和方芝玩跳皮筋，林天意给她们撑绳。

再几天后，杜甜甜老在他们跟前晃悠，还让林天意放学坐她爸爸的车。林天意没坐车，但是抬高了下巴问她："你要玩跳皮筋吗？"

杜甜甜动了动脚丫子，脚丫子上是双崭新的皮鞋："我不玩，会搞脏鞋。"林天意抻了抻皮筋，叫了班上的另外一个同学。这样他总算可以跳一次了。

跳皮筋四人组就这么稀里糊涂地定了下来，陈念和方芝玩的时候，林天意肯定在。林天意在的时候，杜甜甜就一定会在周边晃悠。

陈念懒得去猜别的小孩儿在想什么，也懒得去关心别的小孩儿的心理健康。她只默默地观察，哪个人跟方芝能玩得来，哪个品行端正，可以发展成为方芝的朋友。

当然，有了上一次玫瑰花事件的教训，陈念自己丝毫不敢去凑近别的人，都是拉着方芝一起，感受结交新同学的乐趣。而且，不管认识了谁，那些人的待遇都得排在方芝后面。只是陈念现在不仅要心里这么认为，还要落实到实际行动，让这个小敏感精知道。

她俩上学放学都黏在一块儿，日子过得快乐，笑口便常开。爸妈看了都心里舒爽，爸爸经常给她俩买好吃的，特别喜欢听她俩的学校故事。妈妈操心她俩的打扮，给她俩做一样的发带，一样的小背包，恨不得把她俩搞成一模一样的双胞胎。

在这样的氛围里，奥数成绩出来，陈念考了59分的事情，就显得不那么重要了。爸爸摸着她的脑袋说："不愧是我的女儿，也就只能做点儿普通的数学题了。"妈妈给她做早餐，特意摆了个"60"的样式，然后只递给她一根筷子："以后奔着这目标就行，差一分的事。"

陈念乐得不行，只有方芝垂下了眼，一副若有所思的模样。陈念现在变得聪明了，等饭碗一放下，就钻进了方芝的房间里，拉着她同她谈心。

"我记得咱俩的约定，我真的努力了。但那个题真的太难了！你不知道，天哪，好多题我字认识，凑一块儿就不知道什么意思了！

"一会儿沏茶一会儿开车，一会儿给小朋友分糖，别说我手指头了，我用上脚指头也不会数！

"而且我去了才知道，根本就不是二年级的考试！人家有四年级的学生呢！我们老师就是没人去才骗我去，哎，我也太惨了……

"你是不知道，我那天都快做哭了，要不是出门看见了你，我能哭一天……"

方芝眉心微蹙："你话好多。"

陈念笑起来："你明白了就行。"

相处得越久，黏得越紧，陈念越发能感受到方芝的情绪，能明白她的话外之音。其实一个七八岁的小姑娘说话并不会刻意包含话外音，只是方芝现在的性格敏感又别扭，还没有对陈念和她的家庭有百分之百的了解和信赖，所以有些话、有些情绪她自己没法说出口，只能靠大家多留点儿心去猜。不过这不是什么大问题，陈念享受和方芝在一起的日子，也享受猜度她的心情。每猜到一分，她就会觉得，离了解那个长大后的方知著，又近了一分。

天气变得暖和起来，路边的柳树抽出了嫩绿色的新叶，学校里的花开了整整一片。陈念已经认得一班一大半的人了，同样，一班的人也对她的频繁到来开始见怪不怪。不少人走在路上会跟她打招呼，学校活动的时候她也能去一班随便找个位子。这天数学老师和体育老师调了课，一班和三班的体育课凑到了一块儿。两个队伍跑步的时候，陈念把自己换到了边上去，然后瞅准时机，在一班跑过他们队伍时，冲方芝招手。

"好巧呀！"陈念努力做出正确的口型，虽然有老师在没敢发出声音，但眼睛里都是笑意。

方芝看到了，也冲她笑。一班好些同学都看到了，笑的笑，说的说，队伍有些许骚动。在整个队伍即将过去的时候，一班最后一排的大个子男生，突然回身冲陈念吹了声口哨，一脸坏笑地说："你跟班儿真好看。"陈念愣了好一会儿。林天意就在她身边，伸着脑袋往外看。

"他说什么，他说什么？"林天意小声问。

陈念把林天意的脑袋按了回去，两人在队伍里规规整整地跑步。跑完步一班老师开始组织同学们玩丢手绢，三班做了遍操，全都羡慕地偏着头看向那边。

老师大发慈悲，抬手道："自由活动吧！"

大家立刻欢呼着，一下子散开了，一多半都跑到了一班跟前去，看他们玩游戏。陈念也去了，但她没凑得太近。她挑了个稍微远一些，但看得很清楚的位置坐下，林天意跟着她坐下，问她："不去找方芝吗？"

陈念道："又不能一起玩。"

林天意："你跟一班老师说一下，说不定就能一起玩了。"

陈念指着自己的鼻子："我是校长吗？还是校长儿子？"

林天意瞪着眼睛，震惊地问："你是男生？"

陈念拍了他脑袋一下，不理傻瓜了。

一个班玩丢手绢，声势就特别浩大。围的圈大，同学们唱歌的声音大，跑得人气喘吁吁，跑一圈回到原来的空位坐下，就完成了这节课的运动量。

陈念再去看这小时候的游戏，就觉得设计游戏的人聪明得很。小朋友们只顾着快乐，才不管累不累。陈念紧盯着方芝，生怕她在这游戏里吃亏。方芝左右两边是之前一起玩过跳绳的同学，还算熟悉。但方芝的心思明显不在游戏上，她频频转头，终于对上了陈念的视线。

陈念冲她挥了挥手，方芝把手抬至胸前的高度，也朝她轻轻地挥了挥。在这动作的过程中，陈念的余光注意着那个高个儿的男生，那男生明显也注意着她们，一看到这举动，又咧开嘴傻乎乎地笑了起来。

陈念朝那边抬了抬下巴，问林天意："那人你认识吗？"

林天意皱了皱鼻子："狗剩。"

陈念："什么？"

林天意一脸怨恨："他叫李狗剩。"

陈念转头看向他："大名。"

林天意："李国胜。"

陈念："为什么要给人家起这么难听的外号？"

林天意可不服了："那是我起的吗？他自己就叫那名字，狗都不想理他。"

陈念扯了扯嘴角："看来你们之间有故事啊。"

林天意撇着嘴想了好一会儿，才跟陈念说了。

的确有故事，李狗剩和林天意的一个表哥原来是一班的，表哥也胖，李狗剩经常叫他"狗熊"，表哥气不过就去告老师，结果李狗剩带人把表哥揍了一顿，打得他鼻血直流。

现在，表哥都在上四年级了，李狗剩还在二年级，他成绩差得很，还不听话，是个各班老师都不想要的"鬼见愁"。

林天意是真没想到他能跟李狗剩在一级，也是真没想到李狗剩知道了他和表哥的关系，把他也叫"狗熊"。

"什么时候的事？"陈念眉头皱起来。

"叫我'狗熊'吗？"林天意扣扣手，"上学期就叫了。"

陈念："现在还叫？"

林天意："看到就叫。"

陈念："那你还往一班跑？"

林天意吸吸鼻子，可委屈了："你想看方芝啊。"

陈念抬手推了他脸一下："作为一个男子汉，能不能有点儿出息？"

林天意快哭了："我妈不准我打架，告老师又没用。"

陈念："你打什么打，就你这样也打不过。"

被她如此数落，林天意哭了起来。

陈念烦躁地挥了挥手："我说你还小呢，他比你大，比你长的肉多，等你长大了就打得过了。"

林天意："我长他也长。"

陈念："人的生长是会停下来的，到时候你们的体型差就在一个水平线上了，你妈妈没告诉你这点儿吗？"

林天意气鼓鼓地呼了两口气，不说话了。陈念继续看做游戏，拿手绢的人变成了杜甜甜，杜甜甜慢悠悠地蹦，然后把手绢扔在了方芝身后。陈念一下子站起了身，林天意大喊了一声："方芝！手绢！"

陈念拍他："一点儿都不遵守游戏规则。方芝快追！"

方芝愣了愣，先看向了陈念。见陈念急得都快蹦起来了，这才低头瞅着了身后的手绢。她皱了皱眉头，弯身慢悠悠地捡起了手绢。

陈念心里替她着急，大喊一声："跑啊！"方芝抬脚开始跑，但她启动已经迟了，追得又不紧不慢，那长腿小步子迈得跟散步似的。杜甜甜像头撒蹄子的小马驹，冲得操场的土都扬了起来，就这么顺利地冲回了自己的位置。

方芝看这样，干脆停下了步子。陈念开始怀疑方芝是不是不会玩这个游戏，她坐不住了，抬脚朝方芝跑去。林天意跟在她身后，刚起跑就听李狗剩吹了两声长长的口哨，特别大声地喊了一句："来找小跟班儿啦！带着狗熊找跟班儿啦！"

陈念和方芝顿时被尴尬的气氛包围。好多人笑起来，好几个男生跟着喊："找跟班儿啦——"陈念停住了脚步，往后退了几步。林天意就在她身后，被她撞到，气得攥紧了拳头："他乱喊！他乱喊！"陈念偏头看了眼一旁的体育老师："那你去打他啊。"林天意被激得就要往上冲，被陈念拉住了。

"等会儿。"陈念道。

有人瞎起哄，老师也不会不管，过来喊了两句，就又恢复了原来的秩序。李狗剩坐在地上，转头看陈念，一副扬扬自得的模样。游戏继续，方芝慢腾腾地走着，把手绢放到了个子娇小的女孩儿衣服的帽子里。女孩儿外套的帽子很大，敞开口下垂着，别说放个手绢进去，塞几包零食都没问题。方芝放的时候面无表情，放完以后还面无表情，她继续慢腾腾地走着，手自然下垂仿佛还拿着那条手绢。

刚被强调过纪律，小朋友们都很遵守游戏规则。所以等方芝走了一大半，才有人发现，大笑起来。再等小个子女孩儿反应过来，抓着帽子搞了好久才掏出手绢，方芝已经走到自己原本的位置上蹲下了。女孩儿一脸蒙，四周的笑声炸开来。

林天意道："啊，方芝好厉害啊！她什么时候放的啊？"

陈念勾了勾唇角，小声嘟囔了句："小小年纪演技就这么好。"

经此一役，后面再没人往方芝身后丢手绢。玩了一会儿，老师便解散了队伍，放大家自由活动。

陈念来到方芝跟前，问她："累不累？"

方芝摇了摇头。

陈念："想玩什么，我去拿。"

方芝还是摇头。

林天意伸着脑袋看方芝，小心翼翼地问："方芝，你是不是不开心啊？"

方芝看了林天意一眼，林天意不敢说话了。

接着她道："我不想玩。"

"行。"陈念自然不会强求她。

这会儿太阳还挺大，陈念抬手，指了指操场边缘的那棵大梧桐树："那我们过去那边坐着歇会儿。"

"嗯。"方芝点了点头。

林天意自发地跟在了她俩身后，陈念转身对他道："你自己去玩吧。"

林天意摇头："不，我要和你们玩。"

陈念："你一个男孩子整天和女生玩，羞不羞啊！"

林天意已经听惯了这句话，并不觉得有什么问题："不羞！"

他还贴心地补了一句："你们要是想说女孩子的悄悄话，不想给我听，我就站远点儿。"

"行吧。"陈念一点儿都没客气，"那你就站远点儿。"

林天意鼓着个圆乎乎的腮帮子，真自己站远了。梧桐树下有石凳子，陈念走过去，从兜里掏出纸擦了擦，才让方芝坐下了。方芝抬头朝天上看，梧桐叶刚长出来一点儿，太阳明晃晃地照下来，全打在她的脸颊上。

陈念道："眼睛闭上，睁着要被照瞎了。"方芝闭上了眼睛，场景美得像幅画。

"不开心啊。"陈念问，"是不是讨厌他们那么喊？"方芝没说话，也没动，光把她的耳朵映成橙红色。陈念扯了扯嘴角："我也讨厌，真的太讨厌了。有些人就是嘴烂，喜欢瞎说，看电视听着个词就瞎喊，什么都不懂……"

方芝转过头，看向她。陈念嘴里的话断了，有些心虚。

林天意突然跑了过来，弯着腰低声对陈念道："李狗剩一直在看你们。他和好几个男生一起，肯定又在说你们坏话。"陈念转身去看，情报员林天意同志观察得很到位。陈念不想用"猥琐"这个词来形容一个十岁的孩子，但李狗剩脸上的表情就是如此：鬼鬼祟祟，包含着一些见不得光的心思，让人恶心。

陈念站起了身，对林天意道："你去把他叫过来。"

林天意愣了："啊？"

陈念："就说我叫他，就他一个人，在器材室后面。"

林天意："啊。"

陈念抬了抬下巴："快去，我给你报仇。"

林天意激动地跳起来："好！"

林天意冲过去了，陈念起身，准备往器材室走。

她嘱咐方芝："芝芝，你先在这待一会儿，我马上过来。"

方芝也站起了身："我要去。"

陈念："不用你，我一个人就可以了。"

方芝："我的事。"

她说这话的时候表情很认真，陈念同她四目相对，明白这事说服不了方芝。"行吧，你跟我一起去。"陈念道，"我给你展示一下，怎么用合适的方式来解决生活中遇到的问题。"

器材室后面是一大片空地，三面有墙，挡得很严实。这里种着些树，扔着些废弃的桌椅，土地潮湿，角落里有青苔，是平日里大扫除都不会被分出去的区域。

陈念带着方芝过来，没一会儿林天意就先跑过来了，跑来了站定在陈念身边，一副兴奋的模样："他说他过来。"

陈念对林天意招招手，跟他说了几句悄悄话。

方芝看她，陈念笑笑道："待会儿你就知道了。"

话音刚落，李狗剩就出现在了视线里，他前后左右瞟了瞟，见只有方芝、陈念、林天意这三人，便嘿嘿嘿地笑起来。他比同班同学都大两三岁，个子更是比他们高许多。留级了两年，他可是有着老资本的，就像是一个混混在一个地方住了二十年，那怎么说都算是这片的老大了。方芝和陈念一看就是那种学习好人又乖的女生，没有任何威慑力，仿佛随便说两句都能哭。林天意是个雪球似的胖子，虚得不得了，被人揍了最多也就只敢告老师。这种组合，对于李狗剩来说，就是来找乐子的。

他走上前，大咧咧地道："喂，一班的，你和你小跟班儿在这干什么呢？"

陈念瞪大眼睛，心中蹿起怒火。李狗剩接着叫嚣：

"你们平时在家怎么叫啊，漂亮小跟班儿把黑蛋你叫主人吗……

"黑蛋你们家给你买的小跟班儿，你会不会用啊？你不知道怎么用吧？你是把狗熊叫过来问他怎么用吗？哈哈哈哈他知道个屁啊！"

陈念面色愈沉，目光也更加锐利，直视着李狗剩。

李狗剩依然自顾自地说："小跟班儿，你妈把你卖给黑蛋家，卖了多少钱啊！你还有妹妹卖吗，我也想买一个，哈哈哈哈哈……"

陈念长呼出一口气，对眼睛都快瞪出眼眶、气得脸都红了的林天意道："天意，不用叫老师了。"

"啊？"林天意握着拳头，愣住了。

陈念活动了下手腕："芝芝，这不是合适的方式。"

方芝还没来得及说话，陈念已经冲了出去。她速度之快，谁都没反应上来，等再看清的时候，李狗剩已经捂着肚子倒在了地上。陈念骑了上去，不管这个人纠结在一块儿的痛苦表情，一巴掌就扇了过去。不偏不倚地打在李狗剩的脸上，"啪"的一声，格外响亮。

"你妈是不是没教过你？"陈念甩了甩被震麻的手，道，"来，今天我来替她教教你。"

陈念不是个崇尚暴力的人，自小她爸妈就教她，爱好和平，以理服人。她干了什么错事，妈妈气急了最多也就是扇她一巴掌，由于次数太少，这些巴掌陈念都牢牢记在心里。

显而易见，李狗剩这个样子，他爸妈根本没教过他。陈念原本觉得就是个小孩儿，找出来讲讲道理，凶几句，再让林天意去找老师吓唬一下，也就差不多了。结果这小孩儿满嘴脏话，思想龌龊，好像一棵烂根的幼苗，绝对不是随便就能讲得通道理的。

而且，他惹怒了陈念。几乎每句话都精准地触及她的底线。陈念只能选择更加直接的处理方式，那就是直接上手，这样才能让他记住今天的教训。

陈念如今的劣势是个子小、体重轻，是个没什么攻击力的小女孩儿。但陈念的优势也很明显，她拥有一颗成熟的大脑。

天下武功，唯快不破。

陈念一句话不说，冲过去一拳就往肚子上砸，这是个极其脆弱的地方，李狗剩没有防备，陈念又绊了他一脚，于是他只能就地躺倒。躺倒就更好说了，再轻的体重压上去也会不好翻身，陈念那一巴掌真是用了全身的力气，生怕打不疼，不长记性。

打得自己手也疼，并决定打下一巴掌的时候换个手。但她下一巴掌还没呼上去，身后便冲来了个小炮弹，"咚"的一声砸到了李狗剩身上。李狗剩彻底不能翻身了。

林天意红着眼睛："啊啊啊啊啊！杀啊！"

方芝也跑了过来，一脚踹到了李狗剩屁股上："你们打，我望风。"说完又噔噔噔地跑了，守在进口处，伸着脑袋往外看。

陈念心想，这安排得还挺明白。

但如此一来，多对一，陈念下一巴掌反倒有些下不去手了。李狗剩在挣扎，林天意顿一顿屁股，小胖子就是小胖子，这个时候有用得很。李狗剩反应过来破口大骂，陈念更没什么犹豫的了，下一掌大部分力道挥到了他嘴上。

"会不会说话？"陈念道，"我替你妈教你，说话第一条，不能说脏字。"林天意气势汹汹地喊："不能说脏字！"

李狗剩的手用力地往上挥着，陈念用脚踩住了他胳膊，还是打嘴："第二条，要尊重女性。"林天意也重复道："要尊重女性！"

陈念听到他的声音，又补充了句："也要尊重同学。"林天意激动得声音都快嘶哑了："尊重同学！"

李狗剩还待再喊，陈念左右各瞅一眼，揪起李狗剩的衣角，捂住了他的嘴。

陈念："好好听我把话说完。"

林天意："好好听！"

陈念："给别人起难听的绰号是很坏的行为，在欺负别人、侮辱别人的时候，好好想一想，如果自己被这样对待是什么感觉，比如现在。"

陈念叹口气，接着说："你说你多可怜啊，你猜猜今天你被我打了有没有人替你出头，有没有老师替你说话，你家长被叫到学校之前会不会再揍你一顿？"

陈念看着他的眼睛："我们是好学生，永远都会有人站在我们身边。学校要开除的人肯定是你，不然等着你留级留到十八岁，用高中的年龄小学毕业吗？"

李狗剩已经不挣扎了，到底是年龄还小，受不了陈念这一通扎心的嘴炮攻击，嘴巴想叫又叫不出，眼睛瞪着，里面已经开始有眼泪了。陈念往下弯了弯身子，最后一击："以后乖一点儿，不然我见你一次打你一次。"

她说话的语气风轻云淡，但眼神狠厉，完全不是一个二年级女生会有的表情。李狗剩是真感觉到了害怕，他甚至觉得自己如今四肢不能动弹，脸上火辣辣地疼，嘴巴不能说话不能求救，就是在濒死的边缘。他开始疯狂摇头，眼泪被他甩了出来，因为哭鼻子突然梗住，呼吸一下子便跟不上了。

陈念静静地盯着他，足有半分钟，这才放开了手。李狗剩大口大口地呼气，头上沁了层汗，身体也变软了。陈念起身，冲还死压着李狗剩的林天意抬了抬手："行了，起来吧。"

林天意："啊？这就完了？"

陈念："放人一命，胜造七级浮屠。"

林天意："啊啊啊啊，我起不来了，腿麻了。"

陈念提着小胖子的胳膊，把他拉了起来。李狗剩还躺在地上，鼻涕一把，眼泪一把，弯着身子抱着自己哭。

方芝回头，道："有人过来了。"陈念赶紧拍了拍身上沾着的土，顺便帮林天意也拍了拍土。

"不关我的事。"她指了指地上的李狗剩，"不知道他为什么就变成这个样子了。"

林天意附和："不知道他为什么就变成这个样子了。"

方芝走到他俩跟前，瞅了瞅地上的李狗剩："那我们出去吧。"结果三人刚转身，就看到了杜甜甜。杜甜甜明显是跑过来的，神色慌张，眼神惊讶，等看到地上的李狗剩时，惊讶就变成了惊恐。

"怎么了？"她跑到方芝面前，"他欺负你了吗？"方芝没理她，杜甜甜拽住了她的衣服袖子，喊，"我带你去告诉老师！"

陈念到了杜甜甜跟前，把方芝的袖子抓了回来。"没事了，已经过去了。"她娇娇弱弱地说，"以后我们离他远点儿就行。"

杜甜甜眉头皱着，还是要去问方芝："到底怎么了，你跟我说，我是班长，我可不怕他！"

方芝抬了下眉头，突然道："我欺负他了。"

"啊？"杜甜甜愣了。

方芝："我把他打成这样了，你还要告诉老师吗？"

杜甜甜愣住了，往后退了两步。

方芝转身，拉着陈念往外走："你爱告就告吧。"

林天意跑到了她们身后，也冲杜甜甜道："你爱告就告吧。"

说完，他雄赳赳气昂昂地跟着陈念和方芝出了这片激情燃烧的战场。回到操场，同学们还在嬉笑玩耍，阳光还是那么灿烂，世界还是那么明媚。

方芝回到了梧桐树下，重新坐回了凳子上，陈念跟在她身边，蹲下身检查她："刚才没有碰到你吧？没搞脏衣服吧？"

方芝："没有。"

林天意："我我我……我有，我腿都麻了，哇，他好大力气啊，我压住了都不敢动！"

陈念："你不要在意那家伙说的话，他要再敢乱说，我打死他。"

林天意："哈哈哈哈！我打死他！"

陈念转头："你能不能安静点儿？"

林天意："我高兴啊！我高兴！陈念你太厉害了！你以后就是我老大！老大在上，请受徒儿一拜！"

陈念踹了他一脚："你猪八戒吗？"

方芝突然道："如果有人告诉老师了，你们别说话。"

陈念："啊？"

林天意用力拍自己的胸膛："我不怕！男子汉做事，男子汉当！我妈要是知道我打了李狗剩，她肯定会夸我的！"

陈念打了他脑袋一巴掌："谁打了李狗剩，鬼打了李狗剩。"

林天意终于反应过来："噢噢噢噢，鬼。"

陈念咧开嘴冲方芝笑："不用怕，我有办法。"

方芝垂眼看着她的手，陈念刚才动作大，手掌这会儿还是红通通的，手腕处还蹭了泥。方芝从兜里摸出纸巾，帮陈念擦手。陈念有些不好意思："没关系，洗一下就好了。"

方芝扔了她的手："那你去洗吧。"

陈念："还是你擦比较好。"

方芝："洗好。"

陈念："擦好。"

两人正争论着，忽然听到杜甜甜的声音："我不会告诉老师的。"

陈念转头："你怎么又来了？"

杜甜甜站在她俩跟前，但视线都放在方芝身上："如果是你欺负了他，我不会告老师的。"

方芝问她："你不是班长吗？"

杜甜甜握握拳，很纠结的模样，但最终还是坚定地道："他太讨厌了，我不喜欢他。"

这小姑娘，言外之意是喜欢方芝。

陈念抬抬下巴："那要是我欺负的他呢？"

杜甜甜皱着眉头："那是两个班的事情了。"

陈念："所以你要搞大吗？"

杜甜甜嗷嗷嘴，不理她了。

"杜班长，方芝是你们班的一员，希望你身为班干部照顾好她，不要再让别人欺负她。如果以后还有李国胜这样的人，我……"陈念想了想，道，"我就转去你们班。抢你的位子，做你们班的班长，做方芝的同桌。"

这时，下课铃声响起来，陈念牵起了方芝的手："走，回教室咯。"

林天意跟在她屁股后面："你要转去一班吗？你怎么转一班啊？我可以转一班吗？"

陈念："要你干吗呀？"

林天意压着声音："打人的时候我帮你压着啊！"

陈念转头看方芝："你看他好不好笑？"

方芝勾了勾唇角，但并没有笑。两个班的学生们各自回到教室，三班后面是数学课，陈念支着脑袋，思绪纷飞。今天她惩恶扬善了一把，但方芝并不开心。

方芝从坐到梧桐树下开始就不开心，陈念认真回想着自己说过的话，反思是哪一句有问题。或者就是单纯地被人欺负了不开心，毕竟谁摊上这种事情，心情都不会好。

李狗剩和方芝一个班，平日里能接触到的机会比较多。虽然陈念教训了他，并用激将法在方芝身边安排了一个"班长小保镖"，但陈念还是很不放心。

她决定最近还是黏方芝更紧一点儿比较好，上课有老师在，下课放学了她立马去找方芝，应该就不会有什么问题。

这天放学后，陈念早早地等在了一班教室门口，仔细瞅了瞅里面，没看到李狗剩。方芝出来，对她道："李国胜请假了。体育课就请了，后面没来上课。"陈念"哦"了一声，和方芝一块儿往外走，林天意跟在她们身后，小声问："是不是进医院了啊？"

陈念知道自己下手有分寸，道："不至于。"

她顿了顿："相比起来，心理伤害比较大。"

林天意："什么叫心理伤害？"

陈念："叫你'狗熊'就是心理伤害。"

林天意："我现在觉得狗熊挺好的，狗熊力量大啊，坐死他！"

陈念："你长大了，会精神胜利了。"

林天意："什么叫精神胜利？"

陈念叹了口气："让你妈妈给你买套书，叫十万个为什么。"

林天意拍着胖手，兴奋道："好哇好哇。"

有林天意在身边口若悬河，陈念不太有机会和方芝说话。

出了校门，两人又上了公交车，直到下车，陈念才拉住了方芝的手，同她道："今天发生的事，你打算告诉我爸妈吗？"

方芝："你想说吗？"

陈念："我当然不想。"

方芝："那就不说。"

陈念有些纠结："但其实这样做是不对的，也很危险。不能随便打架，他要是有防备，我们不见得能打赢。总之不是合适的方式，以后我会更冷静一些，你也千万不要学我哦。"

方芝挥了挥手："知道了。"

陈念看她有点儿不耐烦，抿了抿嘴，觉得自己的确像在说教，于是转了个方向，一脸赤诚地对方芝道："你不用担心，我会保护好你的。"

方芝不应声，松开了陈念的手，噔噔噔地往前跑去了。

陈念追在她屁股后面，两人一路奔进家属院，奔进楼道，奔上五楼。刘春花开门的时候，便看到了两个气喘吁吁的小坏蛋。

"跑这么快干吗哦。"刘春花卸下两人背上的书包，"有老虎追你们哦。"

陈念踢了鞋子，趿拉上拖鞋，大声道："妈，你给我报个兴趣班！"

这个时候给孩子学个兴趣的事情还不多见，但好在他们是政府家属院，住的邻居家庭情况不错，文化水平也高，所以院里有不少孩子在学课外的东西。比如钢琴啊，画画啊，小作家啊，这些都是常见的。

刘春花在教育孩子这事上有自己独到的见解，所以并不会强迫陈念去学个什么东西，好到了过年的时候，给亲戚们表演。但现在陈念主动提出来了，她还是很高兴的。

"学什么啊？"她问，"怎么突然就想报兴趣班？"

陈念道："觉得别人家的孩子厉害呗，就想着咱也不能认输，要给爸妈长脸。"

"呦。"刘春花拍了拍身上的线头，换上了围裙，准备做晚饭，"从我女儿嘴里还能听到这话呢，等你爸回来了，跟他也说说。"

"成！"陈念答应下来，这有什么呢，说点儿好话就能达成目的，陈念能说一天。

妈妈去忙了，陈念也就没着急跟她聊。她和方芝一块儿去做作业，这是她俩的日常安排。回家就完成作业，早早做完，早早玩耍，早早睡觉。等饭菜上了桌，爸爸回来了，她俩的作业也完成了。

一家四口围坐在餐桌前，刘春花做了个铺垫，陈军杰兴致勃勃地看着陈念，陈念这才清清嗓子开了口。"主要是现在学校的课业对我来说没什么压力。"陈念道，"我觉得我还有很多的精力无处释放，不如就拿来利用。"

"多学东西总是没坏处的。除了会多花点儿钱。"陈念看着爸爸，"但我觉得我们家还是有这个钱的，如果没有，没关系，爸爸你和我直说，我不学了就行。"

女儿话都说到这里了，爸爸怎么能说自己不行呢？

陈军杰一拍桌子："我女儿要进步！砸锅卖铁都让学！"

陈念眼睛亮闪闪的："大家都要考大学，考完大学都要找工作，你说我多一项技能，是不是找工作的时候就比别人能多一分的优势？"

陈军杰很是赞同："念念说得对！哎，我们今年新来的那批实习生啊，就因为那个小姑娘文章写得好，现在直接去给局长做秘书去了！"

"对嘛！"陈念也跟着拍桌子，"我保证！只要我去了，一定好好学习！不耽搁我自己的功课，也不浪费爸妈的钱和心血！"

陈军杰："我女儿真是太懂事了！学！一门不够学两门！"

陈念："那倒也不必。"

刘春花感觉到不对劲了，她压住了陈军杰的手："你也不问问她想学什么？"

陈军杰："想学什么都成！想学钢琴，爸爸就给你买钢琴！想学画画，爸爸就给你买颜料！"

陈念笑呵呵的："爸爸，我想学跆拳道。"

陈念的回答出乎陈军杰意料，他脱口而出："什么？"

陈念接着说："或者拳击？或者自由搏击？中国功夫也行，就是什么咏春拳啊，少林棍啊，可能不好找……"

陈军杰陷入了沉思，方芝看着陈念，刘春花淡定地夹了口菜吃了，问她："为什么突然想学这些？"

陈念脱口而出早就想好的借口："强身健体，保家卫国！"

陈军杰愣愣的："女儿，你将来想当兵吗？"

陈念："从保护身边的每个人开始！"

刘春花："那你先每天把咱这五楼跑个二十趟吧。"

陈念委屈地噘起了嘴。饭桌上自然是没讨论出个结果。陈念想学的东西在那个年代实在是太过新奇的玩意儿。在爸爸妈妈的认知里，家里实在穷，不能念书了，要开始考虑将来的生计了，才会被送去学这些东西。要吃很多苦，受很多累，陈军杰舍不得，刘春花也舍不得。

饭后刘春花把陈念叫进房间里谈心,也没问出别的什么。陈念和方芝说好了不跟爸妈说,那就不说。再说了她找的那些借口也不算是借口,那都是实打实的原因。她就是想锻炼好身体,有些格斗技巧,以备不时之需。

现在她们身边还都是些小孩子,陈念能凭借自己的大脑取得先机。等后面越长越大,进入青春期,进入社会了,再遇到什么问题,就得靠点儿技术了。

虽然她跟方芝说,法律会惩罚坏人,但那毕竟是教小孩子,法律的惩罚都是在伤害之后的,陈念不想让方芝受到任何伤害。

从妈妈房间里出来,陈念敲了敲门,钻进了方芝的房间。方芝正在看书,陈念凑到她跟前,贼兮兮问她:"芝芝啊,你过年的压岁钱还有多少?"

方芝:"你干吗?"

陈念:"能借我点儿钱吗?"

方芝:"你想买什么?"

"就……"陈念想了想,"一些特别的东西。"

"不告诉我,我就不借。"方芝十分果断。

陈念很无奈,只得比画着道:"你知道甩棍吗?就是可以伸缩的棍子,这样一甩,就出来了,不用的时候缩进去,可以装在包里,特别方便。"

方芝的脸冷了下来:"不知道。"

陈念:"我刚不是告诉你了吗?"

方芝:"不借钱。"

方芝的反应令陈念十分郁闷。今年她的压岁钱并不多,她又经常给方芝买小零食,所以剩下的钱不够去买这种大件。现在,她需要钱了,方芝还不借给她。这不是正常支出,不敢问爸妈要。于是这一晚,兴趣班的事情没搞定,买防身武器的事情也没搞定,陈念睡得都不踏实了。但好的是,第二天去了学校,陈念找杜甜甜一打听,李狗剩今天还在请假,没有要来上课的意思。

陈念稍稍放下心来,因为明天就是周六了。周末她可以每分每秒都和方芝黏在一起,待在安全的地方。不过很可惜的是,周天下午爸爸出门带了方芝,没带她。

陈念缠了妈妈好久,刘春花带着她去家周边的兴趣班转了一圈,根本没有强身健体那一类的。

刘春花:"要么你学书法吧?静心养气。"

陈念猛烈摇头。

第二天,又是新的一周。

陈念送方芝到了一班门口,瞅见了李狗剩。陈念瞪着李狗剩,瞪了好久李狗剩才对上了她的目光,但很快又收了回去。

一班带早读的老师出来,赶陈念:"快回你班上去。"

陈念鞠个躬:"老师早上好,您今天的衣服真好看。"

一句话让老师心花怒放,陈念转身跑了。

这一天，陈念精神高度集中，林天意紧紧地跟在她身后，随时蓄势待发的模样。

到了放学，陈念冲到一班教室等方芝，方芝慢腾腾地收拾书本。李狗剩看都没看他们一眼，便匆匆出了教室。

陈念松了口气，帮着方芝把东西往书包里塞，不由分说地背到了自己身上："回家咯！"方芝皱着眉头喊她："把书包还我。"

"不还不还。"陈念一边一个，一点儿都不觉得累，"我妈说了，我要先锻炼身体！"她跑着就出了门，方芝在她身后追，两人一直追下了楼，方芝到底腿长，拐弯的时候一把揪住了她身上的书包。拉链拉得不紧，"哗啦"一声，粉色书包的拉链挣开，里面的东西掉了出来。

"啊啊啊，对不起。"陈念大喊一声，立马回身捡东西，"我……我……我不是故意……"

"的"字消失在了她的嘴里，她看到了一个不该出现在此处的东西。

黑色的甩棍，闪烁着低调的金属光芒，静静地躺在书堆里。

## 第七章
## 保护你

方芝蹲下身,快速地揽起了地上的书,塞进了书包里。

当然,也包括那根甩棍。

陈念不和她抢了,方芝顺利拿回自己的书包背到了身上,大跨步朝前走去。陈念晚了一步,林天意气喘吁吁跑过来,只瞟见了一眼,兴奋地拽住了她的袖子,问:"陈念陈念,方芝包里那是什么?看起来好酷啊!"

陈念:"棒棒糖。"

林天意:"哇!哪里买的呀?"

陈念:"买你个大头鬼。"

她甩开林天意,追了上去,两人上了公交车,这次不管人有多少,陈念都得问问。

"给我买的吗?芝芝。"陈念尽量扬起笑脸。

"不是。"方芝生硬地回答。

陈念:"一定是给我买的,你不会用这种东西,我要没跟你说,你都不知道这种东西,一定是给我买的。"

方芝抬眼看她:"你就会用了?"

陈念:"我会啊。"

陈念:"不信回家你给我,我给你试试。"

方芝十分坚决:"不给。"

陈念皱起了眉头,她确定了。这把甩棍方芝的确不是给她买的,方芝是给自己买的。可是一个小姑娘怎么可能会用这种东西,一个小姑娘压根儿就不应该知道这种东西,都怪她,哪里搞不到钱,非得跟方芝提这事。

公交车晃晃悠悠,方芝的身子也跟着晃晃悠悠。陈念看着她,白嫩嫩、脆生生的一个小姑娘,扎着马尾和蝴蝶结发带,跟个小公主似的。

陈念开始后悔,不该去打李狗剩,不该让方芝看到自己凶残的样子,再生气,也得选择适合小朋友的处理方法。她开始想尽办法要拿方芝的甩棍:

"我真的很想要,我很喜欢这个东西的,我之前在电视上看到的。我给你双倍的钱好不好?

"三倍,芝芝,三倍不能再多了……

"好了好了，四倍！你这一学期的零食我都包了好不好！

"你是不是怕我拿着这东西干坏事啊，你放心啊，我不会的。我是个特别遵纪守法的小公民，我遇事很冷静的，我就只是想玩一玩。

"姐姐，求你了，芝芝姐姐。"

但都没有任何作用。甚至说得多了，方芝便彻底不理她了，冷着一张脸，像冰山似的。回到家，这个话题基本就偃旗息鼓了。陈念瞅一瞅方芝，再瞅瞅爸妈，生怕暴露了。

吃完饭方芝钻自己房里不出来，陈念回到自己屋子里，陷入了沉思。这是一个互联网刚刚兴起的时代，一个手机都还没普及的时代，而她是个狗嫌人不爱的小孩儿，她压根儿没有什么赚钱的法子。唯一能想到的也就是给其他小孩儿们提供点儿什么服务，赚个一毛两毛的。由于受众群体钱太少，而陈念的空闲时间又挺宝贵，所以这条路基本行不通。

陈念很郁闷，她爸妈为什么不买彩票，他们要是在她小时候沉迷彩票，说不定陈念就能记住哪一次的双色球号码，一朝暴富。不过要真是这状况，说不定她家连吃饭都是问题，根本不可能供她读书，给她买那至关重要的第一台相机，那她也不会遇到方知著。

相机，要是她有相机就好了。她清楚地记得她常供稿的那几家杂志社，喜欢什么风格的照片，需要什么风格的照片。可是她连甩棍都买不起，别说相机了。相机目前是他们这个家庭都无法负担的额外开支。

一切又绕成了一个闭合的圆。

哪怕陈念有着成年人的大脑，也不得不在大多数时候做着小孩子该做的事情，受着小孩子该受的禁锢。

所以，方芝怎么可以拥有一条甩棍呢？

陈念真是搬起石头砸自己的脚，这令她十分烦恼。往后的几天，陈念别无他法，只能把方芝跟得更紧一点儿。方芝不是在上课，就是和她待在一起，那个装了甩棍的粉色书包，也始终在陈念的观察范围之内。有她在的时候，李狗剩大都离他们远远的。

但有一天陈念的数学老师拖堂，她晚了快五分钟才到了一班的教室，结果一抬头就看到了李狗剩站在方芝的座位前。陈念冲了过去，李狗剩往后退了一步，方芝的手放在书包边缘上，陈念抓住了方芝的手。

"你干什么？"陈念瞪着眼睛，"这是在教室里！"

方芝皱着眉头，用力抽自己的手，陈念攥得紧，她没能抽开。

"你干什么？"一旁的杜甜甜忍不住了，她道，"方芝给我看下练习册都不行吗？"

陈念转头看杜甜甜："看练习册？"

杜甜甜："是啊！我有道题不会做。"

陈念又转头看李狗剩："那他在这里干什么？"

杜甜甜："交作业啊！"

陈念怀疑地问道："他交作业？"

杜甜甜用力拍了拍桌上那一沓作业本，笃定地说："是啊！"

陈念卸了劲，方芝抽出了手。她伸进书包里抓出练习册，扔到了杜甜甜面前，然后冷眼盯着陈念："你回去吧，我不想和你玩。"

李狗剩又往后退了几步，方芝道："我要给杜甜甜讲题。"

陈念点点头："行。"

她朝李狗剩抬了抬手："李国胜同学，你过来一下。"李狗剩不动，看她的眼神有些惊恐。陈念猛地拍了一把桌子："你过不过来！"她是真的凶，这一巴掌拍下去，杜甜甜吓得抖了一下。

周围有好些同学在看她，陈念眯着眼睛瞅了瞅李狗剩，然后转身向外走去。李狗剩跟在了她身后，尽管和她隔着足有两米的距离。陈念下了楼，去到了一处没人的背处。李狗剩还是和她隔着老远，在随时可以跑掉的位置。

陈念往后看了眼，冲他招了招手："你过来。"

李狗剩："你有话快说，有……"

陈念："嗯？"

李狗剩："有话快说。"

陈念："上周后面那两天没来学校，怎么了？身体不舒服吗？"

李狗剩愣了下，呆呆地看着她。

虽然陈念嘴上说着关心人的话，但表情一点儿都不和蔼可亲："问你话呢，是不是身体不舒服，还是家里有事？"

李狗剩眼睛转动，握了握拳头："家里有事。"

"哦，那就好。"陈念顿了顿，"不对，我这句话的意思是你身体没事很好，当然，我也不希望你家里有不好的事。"李狗剩抿着唇，没过两秒眼睛里突然蒙上了一层雾气。

"我什么都没干，你哭什么哭？"陈念真是震惊了，"哭上瘾了吗？"

李狗剩抬胳膊用力抹了下眼睛。

"我没欺负你。"陈念道，"那是你做错事该有的惩罚。以后你要是不做坏事，也没人会惹你。"

上课铃声响起来，李狗剩转身要往回走："我要去上课。"

陈念："我还有最后一句没说呢。"

李狗剩停下了步子。陈念去掉了那层幼稚的外衣，认真看着他："离方芝远一点儿，她要是有一点儿什么事，你拿十倍都不够还。"

李狗剩眼泪唰唰地就掉了下来。陈念看他满脸泪水，不忍再说什么，挥了挥手："滚吧，上课去。"李狗剩跑了。

陈念几乎和老师同时进了教室，老师说了她两句，陈念应了声"老师，我错了，下次不敢了"，但脸上没什么表情。同学们都看着她，稚嫩的脸上表情各异。

陈念发了一节课呆，下课的时候，她抓住了要往外跑的林天意。

林天意："咋啦？"

陈念："坐着。"

林天意："去看方芝啊！"

陈念："坐着。"

林天意："上节下课我就没去！我去厕所了！方芝是不是生我气了？我去跟她解释一下。"

陈念看着他："你在她心里没那么重要。"

林天意失望："啊……"

林天意伤心了，坐在板凳上不动了。陈念觉得自己伤害到小胖子了，但这句话出口她觉得也伤害到自己了，所以两两抵消，就这么算了。她和小胖子说别的事："你知道李狗剩那两天为什么没来学校吗？"林天意瞪大眼睛，紧张得不得了："为什么啊？"

陈念："我要知道还用问你吗？"

林天意："你不知道啊。"

陈念："对，我不知道。"

林天意一个小小的白眼："我以为你知道呢。"

陈念觉得小胖子飘了，自从揍过李狗剩以后，他就飘了。以前他对陈念满脸崇拜，一点儿都不敢忤逆陈念的意思。现在他开始觉得自己也很厉害了，胆子肥了，开始想要和陈念平起平坐了。

陈念给他机会："我在这方面没有你厉害。"

林天意："哇！"

陈念："所以你知道他为什么没来吗？"

林天意勾了勾手指："你等我，待会儿我就知道了！"

然后林天意便跑了出去。陈念拿了支笔，咬在嘴里，等着他。

没几分钟，林天意冲回了教室，冲到她面前，弯着腰瞪着大眼："老大，你上节课去找李狗剩了？"

陈念取下了笔，在指尖转了一圈："嗯。"

林天意："你又打他了？"

陈念："我有病吗？我没事就打人。"

林天意："他们说你又打他了，说你把他打哭了！"

陈念："怎么就又了！哪里就又了！谁的眼睛看见我打人了！啊？"

林天意指了指自己瞪得圆鼓鼓的眼睛。

陈念："小心我把你眼睛抠下来。"

林天意吓得捂住了脸，再不跟陈念平起平坐了。他跟陈念报告了自己打听到的消息，这消息真让陈念震惊。那天的事明明没有别人在场，后来也没有闹到老师家长跟前去，但就是有了风声。一群二年级的小孩儿，居然不仅八卦，还传谣。

谣言里陈念成了深藏不露的混混，有特别厉害的哥哥，嫌李狗剩乱喊乱叫，把李狗剩打了一顿，打得不敢来学校了。好不容易李狗剩鼓起勇气来了，又被陈念叫去打，打到哭。估计李狗剩以后都不敢来学校了！

陈念指着自己："我是什么恶霸吗？"

林天意："你是恶霸的妹妹。"

陈念："这就是你们的刻板印象了啊，只有哥哥会是恶霸吗？你们不知道霸王花吗？"

林天意："啊？"

陈念挥了挥手："自己好好理解去。"

陈念："但你还是没搞到问题的重点啊，李狗剩到底为什么没来学校？"

林天意："啊……不敢了啊！"

陈念拍了他脑袋一下："咱俩没那么厉害，别瞎幻想。"

普通小孩儿被莫名其妙揍一顿，真有可能吓到不敢来学校。但李狗剩明显不是普通小孩儿。他在低年级学生里横行霸道，即使当时能吃了亏认个怂，后面肯定会越想越气回来报复的。

所以陈念真做好了多打他几顿的准备，甩棍就是为了这事才想买的，也不全是为了打人，就是想加强气势，让李狗剩看到就害怕，他就不敢欺负方芝了。结果今天看他那样，中间这些步骤全都省了。陈念不相信天上会掉馅儿饼，来路不明的馅儿饼让她心里不踏实。

"反正肯定有别的原因。"陈念皱着眉头，嘱咐林天意，"你再注意注意。"

林天意虽然是个小傻瓜，但陈念说的话他还是挺上心的。没用多长时间，下午来学校以后，林天意就给陈念写小纸条：

我妈知道。

他奶奶生病了。

"奶奶？"陈念压着声音问。

林天意又写了一行字。

我妈说他没爸爸妈妈，只有奶奶。

不用林天意再说太多，陈念明白了。李狗剩确实不像有爸妈管教的孩子，只有奶奶的话，老人能把他送来学校读书，已经不容易了。

李狗剩在学校欺负人，留级，老人没法管，或者压根儿管不住。陈念那天压着李狗剩打，嘴里没少说令人伤心的话，那个时候只是在气头上，没想到恰好戳在了一个坏小孩儿的伤口上。怪不得巴掌不重，伤害挺大，把人打得一把鼻涕一把泪的。

至于奶奶生病到底什么具体情况，陈念就不得而知了。但她想象得到，被自己那么一通打骂之后，回家还面对了唯一的亲人生病，对一个小孩儿来说，确实是很大的打击。

看今天李狗剩那没说两句又哭了的样子，估计奶奶这次生病可能有些严重。短时间内，李狗剩这个隐患应该是彻底消除了。陈念不说话了，心情有些复杂。往后好些天，李狗剩不仅没欺负方芝，连其他同学也不欺负了。他原来是很吵的一个人，总要说些难听的话来吸引别人的注意力，现在偃旗息鼓，变成了一个少言寡语的小孩儿。

陈念找机会同方芝说了好几次，那件事已经过去了，现在没有坏人了。方芝嘴上应得好好的，等陈念让她交出甩棍的时候，她就变得油盐不进。

有次陈念实在没忍住，趁方芝不在的时候偷偷翻了方芝的书包，结果甩棍没翻着，还被上完厕所回来的方芝逮了个正着。从那天以后,"我不想和你玩"就不是一句随口的气话了,方芝冷下了脸,开始频频无视陈念的存在,陈念颇有种一朝回到解放前的感觉。

但她已经解释并且道歉了,每天都在努力同方芝沟通,却并没有什么进展。这让陈念感觉到灰心。好在这样的经历不是一次两次了,陈念逐渐适应了这种节奏。

方芝隔一段时间就要生气一回,而消解她心中的郁结,不仅需要耐心,还需要时间。时间到了,契机到了,便可能会豁然开朗。

陈念每天都告诉自己,不要贪功贪快。方芝失去了父母,是一场大病,方芝慢慢长大,是漫长的历程。

春雨下过几茬之后,身上的衣服变得单薄。

期中考试过后,学校组织各年级春游,这对于二年级的小朋友来说,是天大的好事。林天意为此提前准备了好些天,每天都在陈念耳朵边上细数他妈妈为他准备的春游美食。

陈念斜着眼睛看他:"你是去看风景还是吃东西?"

林天意:"看风景加吃东西呀!"

陈念:"等完事了老师让你写游记,你是不是就写,我吃了小饼干、炸丸子、煎饼卷大葱……"

林天意:"哇!你好聪明!"

跟林天意这种小孩儿交流实在是有些无聊,但好歹提醒了陈念,得为春游多准备些东西。

他们二年级是一块儿出去,乌泱泱一大片,等到了目的地,老师不会管有没有在自己班级圈子里,陈念多拿些东西,就能多往方芝跟前凑一凑。在家在学校的时候不愁吃喝,出门在外万一口渴了,肚子饿了,那不正好是她的机会吗。

为此,陈念这两天放学便开始磨妈妈,让她做些可以春游带出去吃的小零食。但刘春花同志并不是什么做饭小能手,两人在厨房里缠来缠去,逗得陈军杰在外面哈哈大笑。

左盼右盼,终于到了春游这一天。这是个风和日丽的星期五,结束后可以直接回家过周末,真是让人开心得很。陈念把书包清空,背了满满一包吃的、喝的、玩的、用的,有些东西塞不进去了,她冲到方芝跟前求她:"芝芝,能不能帮我带点儿东西呀?"

方芝抬眼问她:"带什么?"

陈念扬了扬手里的纸巾:"带这个!不重的,就是有些占地方。但出门玩还是要拿够纸巾的,不然用的时候找不到就尴尬了。"

方芝顿了顿,道:"我不去春游。"

见陈念面带疑惑,方芝重复了一遍:"我不去春游。"

陈念不解地问:"为什么啊?"

方芝没再理她,转身进了屋。陈念终于反应了过来,她把纸巾扔了,哐哐砸门。

"你怎么就不去了？你为什么不去？你不去为什么不提前跟我说？你看我这两天为这事忙里忙外，好玩吗？你讨厌我到这种地步了？连我见都不想见？"

刘春花和陈军杰闻声赶来："怎么了怎么了？"

陈念委屈得不行，一开口都想哭了："芝芝说她不去春游。"

刘春花也挺惊讶，方芝话少，平日里学校有个什么集体活动，都是陈念来报告的。春游要交钱，刘春花也是直接取了两份，一人一份。

"之前没说不去啊。"刘春花胡噜两把陈念的脑袋，"你小声点儿，好好问芝芝，看是不是有什么问题。"

陈念："她都不给我开门！"

刚喊完，门就开了。那种轻轻松松一拧就开的开。

"我没锁门。"方芝道。

陈念刚想张嘴，方芝转身又进了屋："阿姨，你等一下，我把春游的钱给你。"

刘春花赶紧摆手："不不不，芝芝，这不是钱的问题……"

陈念已经跟进了屋子里，方芝去抽屉里拿钱，被她在手腕上拍了一下。

"不准还钱。"陈念气呼呼道，"去春游。"

方芝："不去。"

陈念："为什么不去？"

方芝："不想去。"

陈念："为什么不想去！"

方芝："不想就是不想。"

陈念："你就是讨厌我！那我不去了，你去可以吗！"

方芝："不可以。"

真的是又冷又犟，跟块焐不化的大冰块似的。眼看着出门的时间就要到了，再不去就来不及了，陈念大概是跟小朋友在一块儿待久了，没法子便只能就地要赖。

她一屁股坐到了地上："反正你不去我也不去。"

方芝的眉头皱了起来，她低头看着陈念，不说话。

刘春花进了屋，劝解道："念念，你别这样，芝芝有自己的想法。"

陈念蹬腿："反正她不去我就不去，我可想去了呢，我准备这么久……"

刘春花："你这是在利用芝芝对你的在意绑架她。"

陈念立刻反驳："她不在意我，她要是在意我，就不会什么话都不和我说了。"

方芝："我没有不和你说话。"

陈念："你有，你有，我问你为什么不去，你就不说话！"

方芝又陷入了沉默，氛围又陷入了僵滞。

有人突然敲响了她家屋门，跟救星似的。刘春花应了一声出去开门，留下陈军杰对着两个奇奇怪怪的女儿手足无措。

"念念，你不要坐地上，地上冷……芝芝，你不要生气，念念就是爱闹。"

有人进了屋："陈念，你怎么还没好呀？"

陈念一个哆嗦，立马要爬起来。但她还是爬慢了一步，林天意出现在了房门口，胖嘟嘟，肉乎乎，背着小书包瞪着她："陈念，你干吗呢？"

陈念摸了两把地起来了，恢复往日的神气："我家地板有些脏，我擦擦。"

林天意："哇，陈念，你好厉害，主动做家务！"

陈念对他傻里傻气的样子见怪不怪："咳咳，你怎么来了？"

林天意："我昨天跟你说了啊，要和你一起走。我妈妈送我过来啦。"

陈念："大巴车从学校走，又不从我家走，你过来干吗？"

林天意："我想和你和方芝一起啊！"

小孩子想一起就一起，真是没有一点儿多余的借口和理由。哪怕不顺路也要一起，哪怕浪费时间也要一起，好像一起度过了一段无意义的时间，就跟得了什么天大的便宜一样。陈念觉得林天意这样很傻，转念一想觉得自己也没好哪里去。就是想和方芝一起去春游，必须一起。

陈念眉头皱起来，道："方芝不想去春游，你自己走吧。"

"哇，"林天意发出感叹，"为什么呀？"

没人回答他，没人能回答他。

林天意往前走了两步，进了方芝的房间，愣了两秒的表情又忽地笑起来："那就不去呀！我们三个请假去别的地方玩啊！"

林天意："方芝，可不可以呀？就我们三个一起！去公园，去河边！我有很多很多好吃的！"

陈念赶紧补了一句："我也有很多很多好吃的，我还有野餐布，我们可以坐在草地上……"

方芝答应了。

惊喜来得太突然，陈念愣住了，她偏头努力去看清方芝的表情："你答应了？"方芝拧过了脑袋，不给她看自己的脸："嗯。"陈念猛地一巴掌拍在林天意脑袋瓜上："你也太聪明了吧！"

刘春花："陈念，你不要乱打天意！"

林天意抱着脑袋："哈哈哈哈哈，没关系，她没有在打我！"

陈念也笑起来，她问刘春花："妈，可以吗？"

都这样了，刘春花还能说什么，她往电话跟前走："那我给你们老师打个电话说一声。"

陈念赶紧问："一班班主任电话你知道吗？我这里有。"

刘春花扒拉她："我知道我知道。"

陈念高兴了，她一个跨步把扔掉的纸巾捡回来，拿到方芝面前："现在可以帮我装了吗？"方芝拿了过去，塞进了自己的书包里。

林天意："方芝可以帮我也装点儿吗？我还有好多在我妈车上！"

陈念："不可以不可以，芝芝背不动，你要多锻炼！"

刘春花打完电话过来，问林天意："你妈妈还在楼下吗？"

林天意："是呀是呀，她想送我们去学校。"
刘春花拿外套："那现在不用去学校了，你们准备去哪里呀？"
林天意喊："河边！"
陈念："都行。"
方芝："嗯。"
刘春花："河边危险，你们得有大人看着。"
陈念举手："我就是大人！"
她说了句实话，但无人在意。

三个孩子一块儿出去玩，家长还是会不放心。陈军杰要上班，刘春花今天约了客户，她下了楼，准备和林妈妈说一声，她今天把客户推了，带三个孩子出去。到了楼下，林妈妈果然在。她骑在一辆有些旧的三轮电动摩的上，衣服穿得干练，倒不像之前在学校见面时那柔柔弱弱的样子了。

刘春花过去，同她打招呼："慧灵，又见了呀。"

林慧灵笑起来，有些羞涩的模样："我送天意过来，想着等一下念念和芝芝，就不上去了，没想到你下来了。"

"你下次就直接上来。"刘春花叹口气，"出了点儿状况。"

林慧灵紧张起来，刘春花抬抬手让她别害怕，同她说清了孩子们的情况。

"我平时惯着念念，这种事情无关紧要就由着她了。"刘春花道，"你看天意行不行，天意挺喜欢跟着念念玩的。"

"是，天意就喜欢你们家念念和芝芝。"林慧灵挺爽快，"可以的，让他们去玩，我去学校跟老师说一声。"

刘春花抬手："去我家打个电话就成。完事了他们收拾一下，我带他们去。"

林慧灵问："你不用忙活吗？"

刘春花笑着道："本来有个客户，但这都能再约，我往后推一推。"

"别推啊！"林慧灵着急道，"你忙你的，我带他们去，我今天没事。"

刘春花："你真没事吗？"

"没事！"林慧灵拍了拍自己的车座子，"我把之前那工作辞啦，现在时间很自由。"

两个大人聊着上了楼，三个孩子已经收拾好了东西。刘春花又看着补充了些，等一切准备就绪了，把几人又送了下去。林天意跑到妈妈的电动摩的跟前，用力拍了拍："我家的车！"言语间很是骄傲，一点儿都不逊于杜甜甜，陈念笑起来："哇！好酷啊！敞篷跑车！你家的比我家的多一个轮子！"

刘春花哈哈大笑起来，林慧灵给三个孩子放上了小板凳："我骑慢点儿，这样就不冷了。"陈念猛挥手："不冷不冷！现在一点儿都不冷啦！林阿姨，我们冲！"

林慧灵笑着道："你们家姑娘真可爱。"

陈念能和方芝一起出去，便恢复了元气。方芝背着自己的小书包，坐在林阿姨的摩的上，看着陈念和林天意打打闹闹，也勾起了嘴角。今天话最多的不是陈念，是林天意。他真是有说不完的话，说到兴奋处人都要站起来，被前头的妈妈凶一句"坐下！"，然后扒着车杆，憨憨地问陈念："你觉不觉得我妈妈越来越像你妈妈啦？"

陈念哈哈笑："哪里有，林阿姨比我妈妈漂亮，还比我妈妈温柔！"

林天意："不温柔啦，不温柔啦，我妈说太温柔不好。"

他转头又看着方芝，看了好久，嘴巴里都没能说出话来。

陈念偏了偏身子，挡住了他看方芝的视线："你瞅啥呢？"

林天意乖乖坐下，坐得端端正正的，甚至整理了下自己的衣服，抹了抹自己的毛寸脑袋。

"方芝，"他无比郑重，字正腔圆地问出了几个月来的疑惑，"我可以和你做朋友吗？"

此话一出，车上陷入了短暂的寂静。话虽问的是方芝，但方芝转头看向了陈念，陈念嘴巴动了动，方芝恢复了原来的姿势，低头瞅着自己的手指。

太阳已经高悬在了天空上，林天意等了好一会儿，紧张得脑门儿都要冒汗。陈念心情复杂，很想接句话打破这尴尬的氛围，却觉得怎么接都不合适。方芝很在意陈念有很多朋友，但陈念不知道方芝在不在意自己有很多朋友。照陈念来说，林天意跟着她俩跑前跑后、出生入死的，肯定算是实质意义上的朋友了。但小孩子就是笨得很，轴得很，非得问个清清楚楚，明明白白。

良久，林妈妈开到一处红灯下，转头问他们："怎么聊着聊着就没声了？"

林天意看向妈妈，嘴巴一撇，可怜兮兮地说："我在问方芝问题。"

林妈妈笑起来，道："女孩子容易害羞，天意，不是所有问题的答案都要说出来的。"

林天意呆呆的："啊？"

林妈妈反手摸了下他脑袋："跟自己喜欢的朋友出来玩，不要不开心。"

林天意忽而笑起来，颇有些豁然开朗的架势。

"我不问了！"他喊道，"今天是开心的一天！开心就够了！"

倒真是傻人有傻法，陈念笑起来，从包里摸了颗糖递过去，林天意就笑得更开心了。

林妈妈的电摩不快也不慢，穿过热闹的街道，来到了水草丰盈的河边。再往后十来年，顺着河道两边会矗立起紧密的高楼，商业繁华，夜灯比月亮更耀眼。现在，这里还处在待开发的状态，河滨公园只简单地修了几条小路，栽了些不甚高大的树。

春风和煦，阳光明媚，真是撒欢跑的好天气。一下车，林天意就兴奋地叫着跑出去。他选了个背靠大树，面前有花的好地方，喊着陈念把她的野餐布拿过来。陈念朝方芝招招手，小跑着过去先布置根据地。等布铺好了，吃的喝的都摆上去了，一屁股坐上去，就不想起来了。

林妈妈停好车，到了他们跟前，问他们："怎么不出去玩？"

林天意："妈，等我吃完这个！你做的桃酥好好吃！方芝，你吃。陈念，你吃。"

陈念："你没吃早饭吗？"

林天意："吃了啊！我妈熬的瘦肉粥。"

陈念打断了他的话："那少吃点儿，该运动了。"

林天意瞅了瞅自己捏着桃酥胖乎乎的手,再瞅了瞅陈念和方芝的。

陈念干瘦,像个小鸡爪。方芝漂亮,就连手都是好看的,捏块桃酥就像是在拍广告一样。

林天意放下了桃酥,抹一抹嘴:"妈妈,我要去追蝴蝶。"

林妈妈挥手:"去吧去吧,小心点儿,别往水边跑。"

林天意号叫着奔向了野花丛,陈念对林妈妈道:"阿姨,您坐下歇会儿吧。"

林妈妈坐在了一旁光滑的大石头上:"我在这儿就成。"

陈念把好些吃的和水果放到了她面前:"我们一起郊游。"

"念念乖。"林妈妈笑得眉眼弯弯,"一起一起。"

方芝一直在看陈念,用眼角的余光看。陈念虽然吵闹,但其实是个很乖的小孩儿。她的乖不是普通意义上的好好学习,听长辈的话,而是对周边的人都很好。

妈妈干活儿累了,她会去帮忙,爸爸记性不好,她便每天都记着帮他拿报纸,虽然嘴上嫌弃林天意,但走哪里都带着他,还教他很多东西。甚至对林天意的妈妈也好,会帮她看前后的车,会让她坐下来休息。

对方芝更不用说。陈念一度好到让方芝想把她藏起来,就像个心爱的玩具,只有自己可以拥有。但方芝知道不可以,陈念属于很多人,方芝只能抓住一部分。尽管这一部分已经是超大超大的一块,方芝有时候还是会觉得不满足。

她想把这一块扩大,再扩大,但她很快发现了问题。陈念不再是那个很乖很乖的小孩儿了,她骑在李狗剩身上,一巴掌又一巴掌地挥下去,方芝没看那画面,光是听着那声音心都在颤。陈念会说很凶狠的话,会冷冰冰地威胁人。陈念想要学打架,甚至想要买很可怕的棍子。

陈念跟在她身边,警惕得像一只龇牙的兔子……方芝不喜欢她这样。

她觉得陈念不应该是这样。

陈念问她借压岁钱买甩棍的那一晚,方芝想了很久,陈念为什么会变成这样呢?然后她发现了一个很可怕的事实,陈念以前也有这么凶巴巴过,对那个摄影师,对自己的大伯母,而每次陈念这样,都是因为她。

陈念要保护方芝,所以陈念变坏了。而方芝,才是那个姐姐。

林天意努力朝她们挥手:"陈念,方芝,你们来啊!"

陈念看向方芝:"芝芝,要不要去抓蝴蝶呀?"

"我不要。"方芝下意识地摇了摇头,"你去吧。"

陈念:"那我也不要,我陪你。"

方芝:"我想一个人坐一会儿。"

陈念愁容满面,她想不通一个小女孩儿,有什么心事需要一个人坐一会儿。

方芝转头看她:"真的。"

陈念:"好吧。"

她站起身,几乎是边回头边跑到了林天意跟前。

林天意捂着手,给她看:"陈念陈念,蝴蝶蝴蝶。"

陈念:"噫,你捂手里了吗?"

林天意:"是啊是啊。"

陈念:"蝴蝶是毛毛虫变的你知道吗?那种软绵绵的、身上带刺的毛毛虫。"

林天意马上张开了手,蹦着跑了。这家伙居然抓住了两只,都是粉白粉白的颜色,蝴蝶被放开后,像碎纸片一样飘走了。林天意还在号叫,陈念追着他喊:"毛毛虫在身上,毛毛虫在腿上,毛毛虫在胳膊上,毛毛虫在脖子上。"林天意顿时吓得哇哇大叫。

两人在草地上追逐打闹,跑累了陈念就地一屁股坐下,瞅着地上的小花,揪了几根想要给方芝扎个花束。林天意突然冲着一个方向喊:"陈念,陈念,冰激凌!冰激凌!"陈念看过去,果然有一辆冰激凌车,彩色的帆布篷,停在有些远的地方。

陈念摸了摸口袋,囊中羞涩,于是道:"叫我有什么用,叫你妈妈。"林天意于是开始喊:"妈妈!冰激凌!冰激凌!"林慧灵坐了好一会儿,正想起身走动走动。听到儿子在喊,便冲他招了招手:"你想吃什么呀?念念吃什么呀?"

林天意:"小奶糕小奶糕!"

陈念:"我也是小奶糕,谢谢阿姨!"

"好的——"林慧灵低头问方芝,"芝芝呢?"

方芝摇了摇头:"我这会儿不想吃,谢谢阿姨。"

林慧灵笑了笑,摸了摸她脑袋:"那你等会儿,帮阿姨看着念念和天意啊,别让他们往河边跑。"

方芝点头:"好的阿姨,放心吧。"

陈念和林天意压根儿就没往河边去,这片草地他俩还没玩够呢,陈念在揪地上的小花小草,林天意不知道看到了什么,冲到了另一边去。

方芝起了身,既然答应了林阿姨要看好林天意,那她起码不能让林天意出了她的视线。方芝朝林天意走去,林天意跑得挺快。方芝加快了步伐,陈念冲她招手,问她:"芝芝,你干吗去呀?过来呀!"方芝冲她喊:"等会儿——"

没等她追上林天意,林天意突然掉转了身,开始往回跑。跑的架势一点儿都不一样了,刚才是兴奋,现在是恐慌。

"啊啊啊啊啊——"林天意开始喊叫,"狗,狗——"方芝愣了一下,再看过去的时候,便真发现了一条狗。距离林天意有一段距离,一条不大不小跑起来像拖把一样的狗。方芝抓紧了身上的背包,往林天意的方向冲去。

林天意看到了她,用力朝她挥手:"不要过来,不要过来,有狗哇——"

就是看到了才过去。就像陈念一样,但凡方芝跟前出现一点儿问题,她一定会在第一时间冲过来。

方芝腿长,跑得快。林天意虽然腿短,但至关重要的时候,也抢得很快。两人很快会合,只是不幸的是,狗也冲过来了,像一团拖把往林天意身上扑。方芝的手就搭在书包边上,那是她精心研究过的位置。甩棍就在里面,今天第一次用,没想到不是用来打李狗剩,是用来打狗。

这个动作方芝自己在房间里练了许多次,抽棍,甩手,击打,一气呵成。林天意本来就在喊，看到方芝出手，喊声高了个八度："啊啊啊啊——啊！"甩棍精准地落到了狗背上，狗"嗷呜"一声，爪子扒拉下来林天意一块衣角，身子在地上一滚，转头就又冲方芝扑来。

林天意已经彻底慌了，方芝抬手把他拨到身后，还待再出棍，胳膊就被人攥住了。陈念瞪着眼睛，表情比林天意的还惊恐，她挡到了方芝跟前，压下了她拿着甩棍的手，挨了那狗重重一击。

从来没被狗咬过的人，实在没想到，是这种感觉。看着不大的狗，竟然有这种仿佛要把人压倒的力量。屁股上传来尖锐的痛感时，陈念生发出些人类对于猛兽的原始恐惧。鸡皮疙瘩和汗毛一块儿炸开了。但面前是方芝，陈念憋住了那一声痛呼，转头冲着那狗一脚踹过去。

狗被踢开，落到地上。陈念弯下了腰，冲它龇牙咧嘴地吼："嗷！"狗吓得转身就跑，有人骂骂咧咧地过来，一把抄起了那狗："谁欺负我家拖把！"这名字起得倒是挺合适。

陈念还在龇牙咧嘴，疼的。林天意已经吼了起来："你家狗咬人了！你家狗咬人了！"

抱着拖把的中年妇女烫了一脑袋的玉米卷，喊起来的时候满头的头发都跟着一起抖动："咬谁了咬谁了！哪里来的野小孩儿欺负我家狗！"

野小孩儿陈念猛地把自己摔在了地上，然后撕心裂肺地哭起来："啊啊啊啊啊狗咬人了，狗咬人了，咬破了，咬破了，狗有病，狗有病……"

方芝急得跪了下来，想去看陈念的伤，陈念努力给她挤了挤眼睛："妈妈妈妈！爸爸爸爸！"方芝转头冲林天意喊："叫你妈妈去！"

林天意愣了一下，转头哭着跑了。

卖冰激凌的地方有点儿远，但远远地还是可以望见。林慧灵看林天意哭着跑来很不对劲，冰激凌也不要了，赶紧往回跑。陈念躺倒了就没打算起来，一个是真疼需要缓缓，最重要的是对面这人，她怕自己不躺，她就躺了。

到时候说他们把她家狗打坏了，要给狗做检查赔钱，那不亏得慌。玉米卷看她这样，明显慌了："你胡说，我家拖把不咬人！"

陈念："你遛狗不牵绳！你放狗咬我！啊啊啊我的屁股要掉了！我要去医院，妈妈，我要去医院，我要打狂犬疫苗……"

玉米卷一听医院和狂犬疫苗，抱住了自家狗，开始往后退："谁说我家拖把咬你了，你瞎说……"

方芝猛地喊了一句："我看见了！"她眼神狠厉，盯着玉米卷怀里的拖把："你别想走！你赔！"眼看方芝要起身，陈念一把攥住了她。

方芝没敢用劲挣脱，低头看她，陈念给她无声的口型：算了。

算了，她不想把这事闹大。

狗不知道为什么过来攻击林天意，但陈念看到了方芝用甩棍打狗。那一下真用了力气，万一后面狗出了状况，要把这事掰扯清楚，方芝手里的甩棍根本藏不住。再往后，小学生为什么会有这种东西，拿这种东西想要干什么，哪个学校哪个班的，那就真麻烦了。

陈念不想方芝再惹上一点儿麻烦，更不想破坏了方芝在学校同学和老师心中"乖乖女"的形象。趁着现在对方还没注意到方芝手里的东西，让她这么跑了。待会儿林阿姨过来，带她去打针狂犬疫苗，也就没事了。方芝一脸疑惑，陈念死按着她，没让她再动。

玉米卷果然一转身，抱着自己的狗就跑了，等林阿姨到了跟前，已经跑没影了。

"怎么回事啊？"林慧灵吓死了，她想抱起陈念，又不知道该怎么下手，人一下子都慌得不知道该怎么办了。

"阿姨，没事，没事。"陈念把方芝的手往后推了推，安慰她，"就是被狗咬了一口，在屁股上。你把车开过来，送我去医院。"

林慧灵弯腰又站起，弯腰又站起，重复了两遍，这才猛拍自己脑袋一下，转身跑去开车了。林天意站在陈念身边，张着手，哇哇地哭。那眼泪掉得叫一个凶猛，泪水糊得都看不见小眼睛了，吵得不得了。

陈念动了动，斜着身子用完好的那瓣屁股坐起来，趁着林天意什么都看不见，拽过方芝的包，把甩棍缩回去塞进了包里，拉链拉好，递给了方芝。方芝愣愣地看着那包，一时之间不知道该接还是不该接。她隐隐感觉到明明可以很厉害的陈念这次同她说算了，可能就是因为这甩棍。但她没想明白，没想清楚，她的脑袋雾蒙蒙一片，只觉得难受得很。

"行了，我说说这件事。"陈念把包塞到她怀里，清了清嗓子。

方芝机械地抱着包，林天意大概是太过震惊于被狗咬了刚才还在地上打滚的陈念突然就恢复了平日的冷静，所以张大了嘴巴，眼泪暂时也止住了。

"待会儿不管谁问，都这么说。"陈念道，"天意玩得好好的，冲出来一只狗，天意怕狗，就开始跑，狗就开始追。我和方芝到了天意跟前，狗咬了我，我把狗吓跑了。"

林天意用力地想了想："就是这样啊！"

陈念："对，就是这样。"

方芝的眉头皱得死紧，林天意瞟见她的表情，突然记起来了："不是不是，方芝先过来帮我的，她把狗……"

"闭嘴。"陈念道，"没有这一段。"

林天意："啊？"

陈念："是我吓跑了狗，跟方芝没关系。"

林天意："啊啊？"

陈念："我都被咬了，今天就是我的功劳！不许跟别人说方芝，就是我的功劳！"

林天意的小脑袋瓜转过来了，偷偷看一眼方芝："啊……这样……不太好吧……"

陈念："我都受伤了！我为了救你都受伤了，还有什么不好的！你要是跟任何人说了方芝，我就再也不要你这个朋友了！"陈念把任性凶恶演到了极致，"我不仅不要你，我还要天天欺负你，像欺负李狗剩那样……"

林天意把嘴巴闭紧了。过了会儿，他用力摆手："我不说我不说，我肯定不说。"

"好了。"陈念身子一歪，"你继续哭吧。"林天意吸了吸鼻子，没那个氛围，突然就哭不出来了，他同方芝没话找话："你拿的那个东西是什么啊？好厉害啊！"

陈念猛地又诈尸，坐起半边身子，瞪他。

林天意捂住了嘴："啊啊啊！没有这段，没有这段！"

林阿姨把车开了过来，抱起陈念放到了车上。方芝把自己半个身子都垫在陈念的身子底下，为了能让她靠得舒服些。林天意什么都干不了，只能干瞪眼看着陈念，生怕自己一眼没看，陈念就不见了。

三轮摩的很快停在了医院前，林阿姨一把抱起陈念往里冲，陈念本来自己能走的，但这会儿也没必要了，于是装着柔弱，把脑袋搭在林阿姨肩膀上，往后望着方芝。

方芝和林天意跟在她们屁股后面，一个冷冰冰地着急，一个热乎乎地着急，陈念觉得心里还挺温暖的。现在天气还没到热的时候，陈念的裤子穿得不算太薄，所以伤口也不算深。处理方法很简单，冲洗，消毒，上药，包扎，然后撸起袖子打狂犬疫苗。说疼吧，不算太疼，但说不疼吧，一动又让人忍不住龇牙咧嘴的。

林阿姨陪着她处理完了伤口打了疫苗，出门去找地方给陈念家里打电话。陈念刚打完疫苗需要观察半个小时，于是出了诊室，和方芝、林天意一块儿坐在过道的长凳上。陈念受伤的屁股不好放下去，方芝揽了揽陈念的肩，示意她靠过去。陈念偏头，看到方芝那瘦瘦薄薄的肩膀，瘦瘦薄薄的胸膛，忍不住笑了笑。

方芝抿紧了唇看着她，陈念收了笑容，摆出了可怜兮兮、苦哈哈的样子："姐姐，想靠靠。"

方芝："靠。"

陈念往后一撤，身子一倒，干脆枕在了方芝的腿上。她侧着身子，所以方芝再要抱着她，便显得有些吃力。但尽管吃力，方芝还是用力抻着胳膊，把她揽得好好的，怕她掉到前面去摔着脑袋，也怕她掉到后面去摔着受伤的屁股。

陈念躺了一会儿，道："林天意，你去看看我妈妈来了没？"林天意赶紧站起了身，这个时候是个特别靠得住的小男子汉。其实怎么可能现在来，陈念就是想和方芝单独待一会儿。受伤的是她，但明显，心里更难受的那个人是方芝。她眼角眉梢都皱巴着，憋着那股劲，还要照顾陈念，还要不让自己显露悲伤，哪里是个小姑娘该有的表情。

陈念的手掌落在她的膝盖上，一下下轻轻地拍打着："没事了，没事了，不疼，不要害怕……"

方芝没说话也没动，半响，等陈念准备换个姿势再安慰的时候，她突然弯下了身，嘴唇靠近了陈念的耳边，同她说悄悄话。气息软软的，人也软软的，但说出来的话怎么听怎么都怪怪的。"我把甩棍扔了，"方芝道，"放心吧，他们找不到。"

陈念愣了好一会儿，然后埋着脸笑起来。

但她到底是在方芝的腿上枕着，一点儿细微的响动都能传递到方芝身上去，所以她刚笑了几秒钟，方芝就恶狠狠地问她："你笑什么？"

"就……"陈念没法止住自己的笑容，只能继续低着脑袋，"你扔掉它干吗，你可以给我呀！"

"给你有什么用。"方芝道,"给你别人照样能找着。"

陈念:"我会藏得很好。"

方芝:"我也藏得很好。"

陈念:"你肯定没我藏得好。"

方芝:"那你现在找找看啊,看找不找得着。"

陈念才不去找,一根甩棍而已,虽然它值不少的钱,让人有些心疼,但"凶器"嘛,就应该销毁掉。方芝在这方面,聪明得实在是有些过头了。

陈念跟她逗了会儿贫,又沉默了一会儿,觉得这段时间来两人之间的别扭淡了不少。她抠了抠方芝的裤腿,装可怜:"姐姐,我受伤了,接下来你可要好好照顾我啊。"

"放心吧。"方芝拍了拍她脑袋,"以后要小心点儿。"

语气真的非常像小大人,可爱得不得了。陈念勾了勾唇角,方芝又道:"你这次太不小心了。"陈念不想破坏现在的美好氛围,软糯应道:"嗯。"

方芝:"你就不应该跑过来,我可以搞定的。"

这个陈念没法答应了:"我怎么可能不过去!"

"我……"方芝看了下左右,压低声音,"我有武器啊!"

陈念:"我才是你最大的武器!"

方芝突然就生气了,她揪住陈念的胳膊肉,恶狠狠地拧了把:"我才不要你这种武器!"氛围瞬间又回到了之前的别扭。而且说不上来比之前更糟,还是更好。就像一场拖了很久的感冒,病毒在逼近终点的时候,总会再耗尽气力地大闹一场。

观察时间差不多了的时候,刘春花赶到了医院。她拉着陈念和方芝上上下下一通检查,又跟护士确认了注意事项,这才带着大家往外走。到了医院门口,林慧灵取了车,林天意爬上去,看着陈念和方芝,依依不舍。

林慧灵也在犹豫,她几次张嘴,都是在慌张地道歉。

"对不起,我应该在跟前的。"

"都怪我,我去买东西就忘了看。"

"我跑太慢了,要是快一点儿……"

"哎呀,刘姐,你就让我把念念的医药费掏了吧。"

刘春花没要医药费,也没责怪林慧灵。虽然孩子伤了当妈的心疼得不得了,但这是纯粹的意外,怪不到林慧灵身上。

她相信林慧灵但凡是有一点儿可能,不管哪个孩子,她都会替他们挡下这伤害。她们虽然接触不多,人品却是信得过的。

劝了好一会儿,这才把人劝了下来。刘春花拦了出租车,两家人就此分开,车门一关上,刘春花脸上所有自控的表情就都消失了。

陈念抬着屁股靠着她,刘春花问:"我听天意说那狗有主人?"

陈念瞟了眼方芝:"啊……好像有吧。"

刘春花:"好像?"

陈念:"呜呜呜,太突然了,太可怕了,我没看清。"

刘春花:"狗怎么跑的?什么样的狗?"

"白色的一团,跟个……"陈念顿了顿,"扫把似的。"

刘春花不问她了,她转头问方芝:"芝芝看清了吗?"

方芝抿了抿唇,没敢开口。刘春花突然道:"要是让我找到那只狗,给它炖了。"

陈念吓了一跳,她用力胡噜妈妈的胳膊:"妈,没事了没事了,不要这么凶残,就一动物而已,动物嘛,能知道什么。"

刘春花:"要是人养的,把人也炖了。"

陈念:"妈!有小孩儿呢!怎么可以说这种话!"

刘春花憋了口气长呼出来,不说话了,只是把陈念的手紧紧地握进掌心里。方芝垂下了脑袋,两只手搭在腿上,默默地抠着指甲,不知道在想些什么。陈念伸出另一只手,盖在了方芝的手上。

"别抠了……"陈念顿了顿说。

方芝果然不抠了,静静地待着。陈念不知道是被狗咬了还是打了疫苗的缘故,车子没开多久,就把她给晃得迷迷糊糊,神志不清了起来。在这种似睡非睡之间,她又想到了方知著。方知著也有抠指甲的小毛病,特别是在做了美甲之后,没几天,指甲就会变得斑驳。但陈念很少能看到她这些小动作,有一次,她蹲在方知著身边,握着她的手指,仔细地观察那些裂纹,问她:"都什么时候抠的啊?"

方知著想了想回答她:"开会的时候,或者等上台的时候吧。"

陈念:"压力很大吗?"

方知著笑着道:"会有点儿烦。"

有点儿烦的时候,她便会有一些小动作,下意识的。有时候抠抠指甲,有时候揪揪手指,有时候拽着衣服的一角,来回摩挲。不算什么大问题,不会对她造成伤害,也不会对她的形象造成什么伤害。偶尔被粉丝发现,放大截图还要喊好几万遍的可爱。

陈念的指尖轻轻蹭过去,问:"会疼的吧?"

"不会。"方知著抬抬手指,"不信你试试。"

陈念怎么试得来,又不是自己的手。她想来想去,只能说:"你的手多重要。"

方知著截断她的话,只笑着道:"你说得对,以后回家之前我把指甲卸得干干净净。"

现在想来,陈念并不想让方知著把手搞干净,也并不想让她改掉自己的小毛病。她想方知著跟她说,开会的时候,上台之前到底有多烦,烦些什么。她想让方知著把那些烦躁带回家来,同她抱怨,同她吵,甚至闹得天翻地覆,好好发泄一通。她想知道方知著每一寸的情绪,想知道那些情绪背后的原因。她想把她笑容的面具撕开,她想握紧她的心脏,她想见识她的崩溃,她的狼狈,她的痛苦……

陈念猛地吸了口气,醒来的时候,方芝正惊讶又慌张地看着她。

"你在看什么?"陈念问她,声音哑得像是从断茬的树木中挤出。

"你哭了……"方芝道,"你怎么哭了?"

陈念抬手,抹了把脸,这才发现自己已经回到了家中,躺在自己的床上。

而方芝坐在她的床边,手还塞在她的掌心里。

"我……"陈念的胸腔像被满满的棉花塞满,无法呼吸,"我疼吧。"

"屁股疼吗?"方芝抬身瞅了瞅。

"欸欸,"陈念笑着侧了侧身,"这种地方,不要乱瞅。"

方芝重新坐了回去:"你没穿裤子。"

陈念动了动腿:"感觉到了。"

方芝眨巴眨巴眼:"阿姨把你的裤子脱了,说这样有利于伤口恢复。"

"欸欸,好。"陈念把被子往上拽了拽。

方芝问她:"你害羞了吗?"

陈念:"害羞吧。"

方芝瞅着她:"你为什么哭?"

那双眼睛黑白分明,干净清澈,有疑问的时候会有明显的弧光变化。自打陈念到了这个世界,方芝不止一次用这双眼睛询问她,你为什么哭?你在哭什么?你怎么又哭了?

陈念挪开了手,捂住脸,把那些眼泪彻底擦干净了。

"做噩梦了。"她道。

方芝:"梦的什么?"

陈念:"哇,噩梦呀,梦什么的都有。"

方芝:"刚才梦的什么?"

刚才梦的什么,陈念回想了下,梦境很清晰,清晰得像是分毫不差的记忆。随着大脑的活动,理智回笼,她偏头看向方芝,道:"梦到你了啊。"

方芝眉头微微耸起来:"梦我什么?"

陈念撇了撇嘴:"梦到你什么都不跟我说。"

方芝张着嘴,愣住了。她没想到,陈念的噩梦里就只有她什么都不跟她说。她没有什么都不跟她说,她已经跟她说了很多很多,很多很多的秘密,比她告诉任何人的都多。但显然,陈念觉得这不够,非常不够。不然,她不会哭得那么难过。

在梦里都能哭得那么难过,在梦里都能哭着醒来,在梦里都紧紧攥着她的手,让她也突然有些想哭。

"我没有。"方芝道。

陈念笑了笑:"你生我气呢,气什么也不跟我说。你要是永远都不跟我说,你要总是不跟我说,那我就猜不到你在想什么了。"

"我猜不到你在想什么……"陈念的嘴角耷拉下去,吸了吸鼻子,"我就失去你了。"

"不会!"方芝断然否认。

陈念看着她:"可我现在就不知道。"

"我没生气。"方芝有些慌张,竹筒倒豆子一般,"我没生你的气。我生自己的气。不应该是你去打人,你是好孩子。我是姐姐,我可以变坏。"

"你可以变坏?"陈念惊讶地问,"你觉得我变坏了吗?"

"你为了保护我变坏了。"方芝摇头,"你不能。"

她说得这么零碎,这么逻辑混乱,陈念却听懂了。她轻而易举地懂了方芝的意思,一旦方芝愿意同她讲,只要一两句,她便能明白她。

"所以你想保护我,是吗?"陈念问。

方芝点头。

"为了保护我,你自己可以变坏,是因为你觉得自己本来就比较坏吗?"

方芝:"嗯。"

陈念笑起来,她抬手拉住被子,把自己蒙了进去,然后便无法控制地开始哭泣。有些事情,她无法再知道答案,所以她才如此地肝肠寸断。

因为伤口的位置比较尴尬,陈念这个周末好好在家待了两天,基本没出门。大哭了一场,自己心里舒坦不少,但明显地吓着方芝了。方芝这两天黏她特别紧,跟出跟进,陈念撕个零食袋子她都要帮忙。两人的地位好像调换了过来,只不过不管发生什么,陈念都舍不得不理方芝。更何况,经过沟通,陈念知道了,方芝之前对她时不时的冷漠是因为她在用自己的方式保护她。不管逻辑的转换多么地奇怪,这都是孩童时期的方芝最纯真的爱。

到了周一,陈念已经彻底恢复了精气神。她背着书包牵着方芝,高高兴兴地去上学,除了偶尔动作大会扯到伤口有点儿疼,再没有任何不爽的地方。

到了学校,林天意绕着她前前后后地转,陈念烦他烦得不得了:"你这样很猥琐好不好?你往哪里看呢?"

林天意红着脸:"我是关心你的病情。"

陈念咚咚跳了两下:"没病情了,好得很。"

林天意从书包里拿出来一盒小点心:"这是我妈妈做的,她让我给你吃。"

"嘿。"陈念打开盖子,看到了一盒狗狗屁股小饼干。

林天意:"我妈妈说吃啥补啥。"

陈念:"阿姨……手艺不错啊。"

林天意乐呵呵地笑起来。

下午有节班会,班主任拿来了期中考试的成绩单。所有的小朋友都一下子坐得端端正正的,这就是他们目前的生活中最重要的事了。陈念这次没有发挥失误,拿了双百,和另外一名同学并列第一。老师夸她的时候,她谦虚地摆摆手,冲四周艳羡的目光道:"哎,没啥没啥,就是题简单。"

下课铃声一响,陈念就往一班奔去。比起自己的成绩,她更关心方芝的。这是方芝进入到新班级之后,第一次正式考试,对她在班级里进一步树立形象至关重要。

小学生嘛,谁不喜欢成绩好的好学生。结果还没等她进一班,方芝已经出来了。

她小跑着到了陈念跟前,对她道:"说了我过去的。"

陈念:"我们班这不是下课早一点儿嘛。"

方芝拉着她的胳膊,往旁边走了走。两人靠着栏杆停下来,没什么事,就聊聊天,看看楼下的风景。陈念眼睛亮闪闪地盯着方芝："那个，期中考试怎么样啊？"

方芝问她："你怎么样？"

陈念："还行，我就那样，题简单嘛，也就随随便便拿个满分。"

"嗯，真厉害。"方芝拍了拍她脑袋。

陈念："那你呢，那你呢？"

方芝："语文60，数学零分。"

陈念难以置信，方芝低头抠手指。

陈念愣了好一会儿，才找到自己的声音："那个，我们是一样的卷子吗？"

方芝："一样啊。"

陈念："那你是……最近状态不太好吗？不想学习？还是不想来学校？"

方芝："数学卷子忘填名字了。"

陈念松了口气："啊，这样呀，没关系，没关系，谁都有粗心大意的时候……"

方芝的指甲磕在栏杆上，有轻轻的回响声："我故意的。"

陈念："啊……"

方芝："语文也故意的。"

陈念一时之间竟然不知道是该放心还是该紧张。

"什么原因？"陈念小心翼翼地道，"能跟我说说吗？"

一般问这话，头一遍或者头两遍，头一天或者头两天，陈念其实都没抱着能得到答案的希望的。方芝还没有从家庭遭受重大变故的伤害中缓过来，她又是个心思细腻敏感的孩子，一切都是需要时间的。哪怕不断反复，陈念也给得起这时间。毕竟现在能站在这里，她所有的时间都是为了一个目标而来。

但方芝突然就开口了，她道："我这不是想变成坏学生嘛。"

陈念："欸？"

方芝偏过脑袋，不给她看自己的脸色："我之前不是跟你说过了吗？"

陈念："哦，我知道我知道，可以可以，没问题没问题。"

她的脑袋因为方芝又陷入了小小的眩晕，这个理由她是真的能理解，让她惊讶的是方芝的态度。还真就这么直接地跟她说出心里话了，仿佛一个你问她什么秘密都会回答的小可怜。回答完了，小可怜静静地抠自己的手指。陈念缓过来，伸手抓住了她的手，握进自己的掌心里。

"我很感谢你这么做，"陈念凑近她，小声道，"我知道你很在意我。但这个方法可能不是那么合适，什么样的方法更合适，我们再一起讨论讨论、研究研究，好吗？"

方芝点了点头。

陈念问她："那你原本可以考多少分呀？"

方芝："不是要讨论研究吗？"

陈念："哎呀，我们先研究点儿别的问题嘛！"

方芝："阿姨叔叔知道我的成绩会不会不高兴啊？"

陈念笑起来："你才想到这个问题吗？"

课间的时间短，两人也就只能聊一会儿。

放学后，陈念努力回忆了一下小时候的记忆，编了些自己考试成绩好或者不好的故事，给方芝打打底。但等到了家，还没等任何一个人提期中考试这事，陈念便把妈妈拉到了卧室里，同她交代了方芝的成绩，还有她的想法。

当然不包括她们一块儿揍坏蛋的事。

"就是这样，来到一个新环境没有安全感。所以就想偏了。"陈念总结道。

刘春花："啊，这可偏得真厉害。"

陈念："天意还跟我说，芝芝和他们班同学这段时间相处得不好，同学们都说方芝太凶了。有些人知道芝芝和咱们家的这情况，还说她这个样子，就没家里要她了。"

刘春花震惊了："现在的小孩子想得这么多的吗？那芝芝是对我们不满意，不想在咱们家待了，还是想要试探，我们是不是只想要一个完美的乖孩子？"

陈念："你说呢？"

刘春花拍拍围裙，十分自信："我觉得是后者。呵，她可把妈妈我想得太简单了。"

陈念哈哈哈地笑起来，知道说到这里就没什么问题了。

当天晚上吃饭的时候，方芝主动提到期中考试的事，但还没等她说到成绩，刘春花就往她碗里夹了个鸡腿，十分豪迈地道："考试不重要，考试能考来个什么，别的家长就爱比那一点儿分数，我就比我家孩子健健康康，快快乐乐的，不比他们谁好。"

陈军杰："就是就是。"

方芝："可是我语文只考了60分……"

刘春花："60多好啊，少之一分则嫌少，多之一分则嫌多，考得多不如考得巧，谁还能考出这分数？"

陈军杰："就是就是。"

方芝："我数学卷忘了写名字，零分……"

刘春花："嘿，有你叔叔当年的风采。他可厉害了，升学考试都不写名字，拿了两个零蛋回家，奶奶还给他做了两个荷包蛋。芝芝，你喜欢吃荷包蛋吗？"

陈军杰："我怎么就……"

刘春花敲他的手，陈军杰："就是就是，荷包蛋好吃。"

方芝抓着筷子，震惊得半晌都没能往自己的嘴里送进去一口饭。

晚餐在莫名的尴尬又愉悦的氛围中结束，方芝把陈念拉进房间里，问她："阿姨是不是在说反话？她是不是很生气？"

陈念："怎么会！我妈才不是那种人！我妈就是一根直肠子，心里想什么，嘴上说什么。"

方芝："那叔叔呢？叔叔真的考了两个零蛋吗？"

陈念："那时候没我呢，我咋知道。那我妈说是，那肯定就是了。"

方芝："哇，叔叔好笨哦。"

陈念："就是就是。"

陈军杰就这么莫名其妙地背上了一件人生糗事，但老婆说了这是为了孩子的教育，便也不太在意。

第二天，陈念和方芝照常去上学，结果准备出门的时候，刘春花快步跟了过来："走走走，妈妈和你们一起。"

陈念和方芝相互看看，对刘春花此举表示困惑不解。

刘春花："我不是在你们试卷上签了字吗？芝芝那个卷子，我怕老师到时候冤枉她，说她找别人签的。"

这担心不无道理，毕竟零分卷子上，刘春花都能写上：孩子很棒！字迹非常工整！

三人出了门，挤上了同一辆公交车。把孩子送进教室以后，刘春花和方芝的班主任聊了一会儿天，聊完之后还冲方芝笑笑，招了招手，这才往回走。

中午陈念和方芝自己回家，等到了下午放学的时候，刘春花又来到了学校。这个时候的小学管理不是那么严，家长等放学可以进到学校里面。刘春花就站在他们楼下，放学铃声一响，孩子们往外拥，刘春花远远地就冲陈念和方芝招手，吸引了不少目光。

陈念牵着方芝冲过去，问她："妈，你怎么来学校啦？"

刘春花道："去给人家送衣服，回来的时候就顺路接你们。"一手揽一个，"晚上你们想吃什么？我们一起去菜市场买。"

陈念高兴得跳了起来："好耶！"

这一天是快乐的一天，没有什么比上学放学有妈妈接送更幸福的事情了。如果有，那就是第二天妈妈又要送她们上学。

刘春花："今天下雨，我给你们把换的鞋带上。"

陈念点点头，好吧，也算是一个理由。

由于今天下了一天的雨，连中午那趟，刘春花都负责了她俩的接送。路上她让她们把雨鞋穿上，到了学校从包里拿出来普通鞋子，就为了让她们上课的时候脚上舒服点儿。到了第三天，陈念便懒得问原因了。

反倒是方芝，拽了拽刘春花的袖口，问她："阿姨，您今天不忙吗？"

刘春花："不忙！我手上那活儿不是前两天刚做完了吗？人总要休息休息的嘛。"

原来家长休息下来，爱好就变成了接孩子上下学。往后有半个月的时间，刘春花都按时出现在他们学校门口和教学楼底下。

陈念觉得差不多了，便找机会同妈妈道："可以了，芝芝感受到你对她的在意了。"

刘春花："这不仅仅是在意的问题。"

陈念："感受到你对她的爱了。"

刘春花："这不仅仅是爱的问题。"

陈念："我知道你手上有活儿，回家还要做饭收拾屋子，太辛苦了。"

刘春花："那做饭收拾屋子的事，就让你爸干。"

也就是她爸的上下班时间和她们上学放学的时间有冲突，不然陈念毫不怀疑，她爸会被她妈派活儿——送她们上学直到小学毕业。

这次没劝着，刘春花又送了她们半个月。送到所有的同学都知道这是陈念和方芝的家长了，送到老师主任门卫大爷都会和她打声招呼了，送到李狗剩见了方芝和陈念跟见鬼似的躲着跑了。

陈念："妈，行了，这次真的行了。"

刘春花："还有人说我会不要芝芝吗？"

陈念："没了没了，他们现在都说您把我们当宝。"

刘春花："主要是为了芝芝。"

陈念："好好好，你把芝芝当宝。"

刘春花："你跟芝芝说，阿姨叔叔永远不会不要她，这里永远是她的家。"

陈念抹抹眼睛："好。"

过了会儿，陈念跑进厨房，抱着自己妈妈粗粗的腰道："妈妈，芝芝说她期末考试拿第一。"

刘春花笑起来，手下的刀切菜抢成了花："好，好。"

期末考试的时候，方芝真拿了第一。

年级第一。

附加题都全做对了的那种。

陈念由于已经开始实行"我是个普通小孩儿"计划，所以附加题故意没做，只拿了平平无奇的双百。领通知书那天，陈军杰请了假，和刘春花双双到场。两人杵在二楼楼道处，和这个老师打打招呼，和那个同学聊聊天，直到班会要正式开始了，才一人一个，去了两间教室。老师对陈念和方芝自然是大加赞扬，只是一个觉得方芝太内向，不喜欢和班上同学交流，另一个觉得陈念太外向，整天想着和别班的同学交流。刘春花和陈军杰骄傲地笑笑，根本没把这算不上缺点的缺点放在心上。

家长会结束，刘春花带着方芝从一班出来，陈军杰带着陈念从三班出来，四人在楼道口会合，刘春花道："哎呀，耽搁了些时间，那些家长非得拉着我交流什么学习经验。我哪里有学习经验呀，那都是我家姑娘自己学的呀。"

陈军杰："就是就是，我姑娘自己学的啊，我姑娘连跑步都是自己学的，也没练，随便就跑了个第一，哎，也是随我。"

刘春花："哎，老师让我姑娘准备演讲稿，说是新学年的颁奖典礼上用。真是的，着什么急啊，这不还有几个月呢。"

陈军杰："就是，瞎着急。我姑娘就是这着急性格，还没回家呢，作业就写完了。写完就算了，她还预习课文，老师说这样子都不用她教了。"

刘春花瞪着眼："我姑娘年级第一。"

陈军杰："我姑娘双百。"

刘春花："我姑娘漂亮。"

陈军杰："我姑娘健康。"

刘春花："我姑娘文静。"

陈军杰："我姑娘活泼。"

刘春花："说得好像我姑娘不健康活泼似的。"

陈军杰："说得好像我姑娘不漂亮文静似的。"

刘春花看向陈念，陈念已经捂着肚子笑得快当场劈个叉了。五官都皱巴到了一起，丑得很。

陈军杰："女大十八变，将来就漂亮了。"

方芝默默接了句："漂亮的……"

陈念猛拍大腿："哈哈哈哈哈！说得好像你家姑娘不是你家姑娘似的，你俩嘚瑟够了没啊？不够的话咱回家再继续，太丢人了，哈哈哈哈哈……"

头上挨了妈妈一巴掌，背上挨了爸爸一巴掌。

陈念收了笑，脸憋得红通通："爸爸妈妈，我错了。"

刘春花："今天想吃什么啊？"

陈军杰："今天必须下馆子啊。"

刘春花："馆子做得有我好？"

陈军杰："那个……各有各的风味，咱们今天不是特殊的日子吗，那就特殊的吃法嘛。"

陈念："爸，你应该说刘春花女士教育两个优秀的女儿辛苦了，你心疼她，所以舍不得她今天下厨。"

刘春花："……你都不如你女儿。"

陈念抓住了方芝的手："上次我们不是在电视里看了海鲜大餐嘛，今天……"

陈军杰："念念！"

陈念："哈哈哈哈，听不见，听不见……"

一家人吵吵闹闹地下了楼，温灿刚收拾完东西出教室门，抬头碰到了一班班主任赵老师。温灿叹口气："哎，赵老师，你可欠我一个人情哦。"赵老师扶扶眼镜，笑得不见鼻子不见眼的："我哪里欠你了哦，明明是你欠我的。可是你当时非得把方芝放到我们班的。"

温灿："我这不想着我们班那陈念，为那小姑娘都疯了，怕放一块儿影响她学习。结果你看，分了班跟没分一样，天天往你们班上跑。"

赵老师："你怎么想的，她那个时候能天天放学往福利院跑，一班和三班就这么点儿距离，她就不跑了？"

"哎——"温灿又长长叹了口气，是真后悔，"没想到把年级第一给送了。"

"哈哈哈哈哈哈……"赵老师开心地笑起来。

其实以方芝的情况，转进北寺完小的时候，班主任们有些顾虑是正常的。四个班本来就是按成绩平均分的，到了期末，要算平均分评优，谁都想再要一个好学生，谁也都不想再要一个坏学生。方芝入学考试的成绩倒是很不错，但那是私下考试，题到底怎么个出法大家心里也没底。方芝家庭背景特殊，父母去世也就半年时间，人还在福利院待了段时间，学都没上。这刚被新家庭收养，心理状态肯定十分不稳定。

班主任们不怕一个孩子成绩平平，最怕的是孩子不听话。七八岁的小孩儿，闹起来猫嫌狗憎的，要没有家长管，那就是下一个李狗剩。所以温灿为了保陈念，把方芝送出去，也讲得通。而赵老师接了方芝，算是大胆一搏。

期中考试成绩出来的时候，赵老师觉得自己都能愁掉一把头发，不过好的是，方芝的领养家庭对她很是上心，光接送孩子上学就坚持了一个多月，从那往后，方芝的状态就显而易见地好了起来。

于是这一搏，便彻底地反转命运，拿下了个年级第一。这世上的事，真是……谁说得准呢？

树头的知了"吱吱"地叫了一阵，楼上的学生和家长都走没了，班主任们也下了楼。楼管大叔过来，挨个儿教室检查，大嗓门一声声地喊着："还有人没，锁门了啊！"

就此拉开了暑假的序幕。

安良市的夏天不算太热，特别是在小孩子的眼里。暑假不管什么天气都可以疯，可以浪，可以尽情地奔跑在太阳下，扎在沙子堆里。陈念考虑到方芝仙女一般的皮肤，想要她避开正午时候的阳光，但方芝压根儿就不在乎这事，只要陈念出门，她也必出门，只要陈念去玩，她必跟在屁股后面。

两人去书店，去广场，去河边，穿梭在大街小巷。自己玩，跟对方玩，跟伙伴们玩，有空时还要扯上家长一起玩。别的小朋友考试成绩不好了，还要被家长训两句，有点儿心理压力。这俩成绩好得不能再好了，全大院都知道陈家两个姑娘个个拿第一，给爸妈争气得很，于是玩起来那更叫一个肆无忌惮，作业都不像之前那样会提前做完了，刘春花有时候一整个上午一整个下午地都找不着人。但也不用太过担心，吃饭的时候她们就会出现。

爱玩是孩子的天性，更何况，刘春花从来没觉得自家两个孩子不乖过。陈念做事有分寸，方芝性格冷静，两人凑一块儿，虽然偶尔会发生一些奇奇怪怪的事情，连带着大人一起拐进奇奇怪怪的思维，但普通小孩子会犯的大错，两人倒是从来没犯过，去哪儿都很注意安全。

暑假这么匆匆地，就玩掉了一大半。离开学只剩下十天的时候，陈念协同刘春花，把方芝按在房间里，强迫她写作业。其实方芝倒也不用强迫，她说做作业也就会做，但她不理解的是，为什么陈念不和她一起做。

陈念挠挠脑袋："我有事呢。"

方芝："你能有什么事？"

陈念："嘿，你别瞧不起人哦。"

刘春花帮腔："阿姨今天有个客户，需要带念念去见一下。"

方芝歪着脑袋，想了好一会儿，也没想通这两句话之间有什么逻辑上的联系。但她可以妥协，陈念和妈妈之间有秘密，有两人才能去干的事情，是很正常的情况。她不应该吃醋，不应该任性，她只不过是耷拉下眉毛，语气带了点儿显而易见的可怜巴巴："好吧。"

刘春花走过来揉了揉她脑袋："芝芝乖乖做作业，阿姨回来给你带好吃的。"

"嗯。"方芝咬着嘴唇点头。

陈念临走到门口，又转身回来，虚虚地连着椅子抱了方芝一下，这才拉着妈妈的手出了门。

两人去的是林天意家。因为明天是方芝的生日。虽然户口本没在一块儿，但方芝的生日打这一家三口看到的第一眼起，便都记在了脑袋里。

林妈妈会做甜点，以前只是搞点儿小饼干什么的给自己儿子吃，自从辞职以后，她时间多了，赚钱的心思也多了，便发展了自己的爱好。现在，面包蛋糕，市里小甜品店有的东西，她基本都能做了。只是还没攒够钱开店，只能靠着亲朋好友的口碑，先随便卖一点儿。方芝过生日需要蛋糕，刘春花自然是要支持自己好朋友的。

早几天前，她便和林慧灵说了这事，林慧灵满口答应，并且坚决表示，一分钱都不收。用她的话来说，这也算是她送给方芝的生日礼物。而且，一个蛋糕远远是不够的。林慧灵之前给别人家送甜品，见识了别人给孩子生日举办的派对，羡慕得很。这俩妈妈不管性格多么迥异，有条教育理念倒是契合得很：别人家孩子拥有的快乐，我家孩子也要有。

富有富的过法，穷有穷的过法，快乐，不一定是金钱决定的。所以这趟刘春花带着陈念过去，不仅是为了看蛋糕，还要凑一块儿好好准备一下明天方芝的生日派对需要的东西。陈念对此，自然大力支持，不仅支持，而且兴奋得很。林天意也兴奋得很，自打四人一碰面，大人忙得没停下来过，俩孩子嘴也没停下来过。

匆匆一天时间过去，到了晚上天黑，陈念才和妈妈回了家。两人身上有甜甜的味道，于是回家了非常默契地先钻洗手间，洗漱完换了衣服，这才出现在方芝面前。刘春花没忘了先买点儿好吃的安慰方芝，方芝拿着包无骨鸡爪，吃得索然无味。

刘春花怕待得久了泄露秘密，自己随便找个借口先撤了，陈念嘿嘿傻笑着，问方芝："你作业做得怎么样了啊？我数学不想做，给我抄一抄呗。"被方芝一包鸡爪塞进嘴里，辣得再没说出话来。

晚上的时间，平平无奇地度过。只是晚饭刘春花做的量少，大家都吃得不太饱。

九点半，方芝准时上床睡觉。

十点，陈念从自己房间里蹑手蹑脚地出来，扒着方芝的房间门听了好一会儿，确定里面没动静了，才对爸爸妈妈招了招手。

他们分工明确，陈念望风，妈妈收拾房间，爸爸下楼去接林阿姨。林阿姨的三轮摩的上，有林天意，有生日蛋糕，还有他们吹了一下午的气球，折了一下午的千纸鹤。东西很多，大家却都很安静。嘴巴紧抿着，脸上却是抑制不住的快乐表情，谁都没觉得大晚上了犯困，齐心协力地将所有的东西布置好，这才坐了下来。坐在爸妈的主卧里，关紧了房门，小声说话，方芝应该听不见。

林天意长长呼出一口气，林慧灵摸摸他脑袋，低声问："累吗？"

林天意猛摇头："不不不不不……"

陈军杰挺不好意思："大晚上的麻烦你们过来。"

刘春花打断了他的话："这你就不知道了，这是我们姐妹的计划。"

两人对视一眼，都开心地笑起来："每个孩子，什么都不能少。"

对的，什么都不能少。

陈念拥有一个幸福完满的家庭，林天意只有妈妈，没有爸爸。而方芝失去了自己的家。每个人都有不同的命运，在人生的前半程，这命运被上天写就，无法更改。就像一张张单薄的纸，有的是彩色的，有的是黑白的，有的是残缺的。但幸运的是，我们还可以继续往上画。当我们拥有了生命，当我们的生命逐渐形成了灵魂，当我们的灵魂与其他的灵魂发生了纠葛，产生了共鸣，我们便有了一支崭新的笔。你握着这支笔，爱你的人握着这支笔，我们就还可以画下去。

时钟靠近十二点，所有人都屏住了呼吸。

时钟走向十二点，陈念敲响了方芝的房门。

"芝芝，芝芝！"她叫她，"快给我开开门。"

就像最初相见时那样，方芝哪怕再不愿意，也会分辨得清这敲门声里的善意。然后，她趿着拖鞋，睡眼惺忪地打开了房门。

"生日快乐！"大家喊道。

生日快乐，方芝大睁着眼，所有这世界美好的一切，都朝她拥了过来。

## 第八章
## 永恒的梦想

在半梦半醒间，方芝收到了很多礼物。

蛋糕是林阿姨自己做的，她还做了好多方芝喜欢吃的甜点。花是当初陈念带着她种的，从福利院搬回来，每一盆都活了下来，这是开的第二茬，叔叔给特意施了肥，所以开得又大又好，特别漂亮。

叔叔还送了个复读机给她，说上三年级要学习英语了，但她可以用来听英语，也可以用来听歌。

阿姨送的是件漂亮裙子，有层层叠叠的裙摆，穿上像公主一样，是她在那么忙的工作和生活中，挤出时间特意为她设计，为她制作的。

林天意送了个音乐盒，据说是拿自己的压岁钱买的，还配了一张纸条，塞在音乐盒的抽屉里，写着：林天意发誓，永远都做方芝的好朋友！时间：一九九八年八月二十日。

最后是陈念，陈念说整个生日聚会都是她策划的，那些装饰在屋子里的彩带，打出来的花筒，散落在四处的气球，还有在夜晚可以发光的千纸鹤，全都跟她有关系。

方芝问她："没有别的了吗？"

陈念贼兮兮地看她："小朋友，你真是不知足啊！"

方芝："这些是大家一起送给我的，别人还都有单独的。"

陈念："小朋友！你也太精明了吧！"

大家都哈哈笑起来，陈念去房间小心翼翼地捧出自己准备的礼物，放到了方芝面前。盒子包装得很细致，上面有一圈用粉色丝带打的蝴蝶结。方芝蹲下身，慢慢地解开了丝带，在大家的注视下一层层地拆了包装，终于展示出了里面的东西。

这是一个透明的瓶子，瓶子里有一只泥塑的玫瑰，玫瑰旁有一个泥塑的女孩儿。他们脚下的土地坑坑洼洼，凹凸不平，再没有任何别的植物。

林天意指着那个小女孩儿叫起来："这是陈念！我认出来了，这是陈念！你看她的那撮毛！"

东西虽然做的是卡通版，但特征确实非常明显，是陈念常梳的发型，常穿的衣服，还有那个傻笑的表情，让认识她的人一眼就可以认出来。

方芝笑起来，她问陈念："你自己做的吗？"

陈念："嘿嘿，想不到吧？我还有这手艺呢。"

刘春花伸出一根手指戳她脑袋："自己把自己都夸完了，让别人拿什么夸你？"

陈念抱着脑袋，眼睛里亮晶晶的："我这不是怕芝芝害羞嘛！她不好意思夸，那我总得也有人夸呀。"

方芝眼睛一眨不眨地盯着这个瓶子，道："真厉害。"

陈念转头看她，大睁着眼睛，竖起了耳朵："再来点儿。"

方芝："很好看，我很喜欢。"

陈念："你这也太随便了！也太官方了！大家送的礼物你都说很喜欢！"

方芝笑起来，不回答她这个问题。

旁边的林天意话倒是多得很，他和方芝一起盯着瓶子："为什么只有你自己啊？为什么你捏了个自己送给方芝啊？你怎么不捏方芝呢？等我过生日的时候，你捏一个我送给我好不好？"

陈念："不好！"

方芝把瓶子重新装回盒子里，连丝带都重新打好："好了，我们来切蛋糕吧！"

话题被成功转开，到了大家最喜欢的环节。蛋糕上插上了八支彩色蜡烛，一一点亮，关掉屋子里面的灯，大家身上便都有了暖融融的氛围。

大家唱着生日快乐歌，方芝双手合十，闭目许愿，良久，她睁开眼睛，吹灭了蜡烛，接过陈念手里的刀，给大家分蛋糕。这仪式不管哪个人，都见得多了，但落到自己身上，落到自己喜欢的人身上，还是会让人觉得幸福。陈念的感触更甚，明明大家都没有刻意地煽情，也没有刻意地去说什么感人至深的话，但好几次，好几个瞬间，都差点儿让她的眼泪掉出来。

折腾完这一遭，时间已经很晚了。刘春花不忍心让林慧灵带着儿子再大半夜的回去，便跟陈念商量了一下，把陈念的屋子腾出来给林阿姨和林天意住一晚。

陈念自然是没问题，她抱上了自己的枕头就往爸妈房间走。走到半截被方芝拽住了："你干吗去？"

"睡觉呀！"陈念道，"这会儿不急着收拾，明天我们再慢慢整。"

方芝："你和叔叔阿姨一起睡不好。"

陈念："没事，刘春花同志和陈军杰同志的睡眠质量特别好，他们特别喜欢跟他们的小宝贝儿一块儿睡觉！"

刘春花在屋子里："我去睡沙发……"

陈军杰："不不不，还是我去吧，我明天还要上班呢。"

陈念眼看被爸妈"嫌弃"，不满地嘟了嘟嘴。

方芝挑了挑眉，下巴往自己屋子的方向抬了抬："走吧。"

陈念还是有些犹豫："我……"

方芝："我睡不着，还有些事要跟你说。"

"好的，没问题！"陈念瞬间站直了身子，挺直了脊背，"只要你不想睡，聊个通宵都没问题！"

难得有这样的机会，方芝主动打开心扉，陈念自然不能错过。

她抱着枕头去了方芝的卧室，把自己的枕头靠着床边边只放了一小坨，然后人坐到了凳子上去："你躺上去说吧，肯定很困了。"

方芝："你不困吗？"

陈念一拍大腿："我兴奋得很哪！"

方芝爬上床，自己去了靠墙的里面，让出一大半给陈念："过来，躺着。"是命令的语气，压根儿就没打算和陈念商量。陈念纠结半晌，终于爬了过去。她忐忑地躺下，睡姿端正得像个没有灵魂的纸片人。

她睁着眼睛看着天花板，问方芝："你想聊什么？"

方芝问她："你们准备了多久？"

"好久哦。"陈念想了想，"不瞒你说，我从暑假开始就在想这事了。"

陈念叹口气："但我没有钱，我是一个不仅没有钱还不能跑太远的无能的小孩儿，所以最后只能这个样子庆祝一下，哎，普普通通吧……"

方芝又说了一遍："我很喜欢。"

陈念："嘿嘿嘿，谢谢。"

方芝："但下次不要了。"

陈念忍不住侧过了脸："啊？"

"下次不要了。"方芝重复了一遍来表示自己的决心，"我不想过这个生日。"

"什么叫这个生日？"陈念想不通，"你难道还有别的生日吗？"

方芝道："爸爸妈妈都不在了，我过什么生日。"

陈念深吸一口气，又心疼又生气："芝芝，怕你难过，我一直都没有提过这件事。但今天既然你说了，我有个问题想要问你。"

方芝揪着被角，呆呆地"嗯"了一声。

陈念："你觉得你爸妈爱你吗？"

方芝愣住，陈念观察她的表情："你不确定这件事吗？"

方芝抿了抿唇，无法回答。

陈念换了个方向："那你觉得我爸妈爱我吗？"

方芝点了点头，这次很肯定："爱。"

陈念："那你的父母和我的父母有什么不同的地方吗？"

方芝想了好一会儿，眼泪突然就不自主地涌了上来：

"可是他们为了给我赚钱死掉了。

"如果没有我，他们就不用赚那么多钱。不用赚钱，就不用去开车。不开车，他们就还活着。"

方芝声音哽住，再想说什么，努力了半天都没说出一个字来。

陈念侧过了身，她无法放任方芝一个人哭泣。方芝哭得那么可怜，就像一个悲伤的湖泊，终于愿意找到一个外流的出口。陈念就站在那个出口处，看着那些水流，任由它们以淹没自己的方式滑过。

她伸出了手，轻轻地搭在了方芝的肩上。然后她轻轻地拍打，用这最原始的方式，给予一点儿微不足道的安慰。

直到方芝的抽泣停了下来，陈念问她："有答案了吗？"

"有。"方芝吸了吸鼻子，"爱。"

陈念松了口气，道："既然他们爱你，他们不管在哪里，都希望你有一个开心的生日，有任何一个开心的节日，他们甚至希望你每天都开心，每天都快乐，每天都笑哈哈的。"

陈念顿了顿："不信你去问春花女士和军杰先生。"

这还用问吗？方芝光是想到她的叔叔阿姨，想到他们一家在一块儿的日子，都能笑出来。

"你看，"陈念道，"你笑了。你笑了就是同意我的说法。"

方芝唇角弧度向上，眼睛却又很痛，又想笑又想哭的，觉得自己是个傻瓜。

陈念看着方芝，又一次认真道："生日快乐。"

方芝嘟囔："你说过很多次了。"

"有个你可能还没听过。"陈念道，"你很珍贵，你值得一切美好的东西。"

方芝愣了愣，低声问："是吗？"

"是。"陈念回答得铿锵有力。

方芝："真的吗？"

"真的！"陈念用力说道。

方芝相信了这句安慰，放松下来，笑容重新回到了脸上。

陈念问道："你生日愿望许的什么啊？"

方芝迷迷糊糊地回答："只告诉你一个……"

陈念："嗯。"

方芝一抬胳膊搭在了她胸口："我要和你一个班，我要和你做同桌……"

话说到这里，她便撑不住了，陷入梦乡。

陈念也闭上了眼睛。她想：她们还有很长很长的时间，在这些时间里，方芝一定会再像今天晚上一样，同自己说起心里的隐秘。而后，不管是哭也好，笑也罢，人生新的期盼总会出现，然后被她们一一实现。

陈念没想到，在往后的小学生涯里，这些期盼会实现得那么顺利，那么流畅，就像电影里美好的浮光掠影，甚至不值得编剧再浪费更多的笔墨。

方芝不仅在三年级和陈念一个班，和陈念做同桌，四年级也是，五年级也是，六年级也是。

她们俩上学放学形影不离，就连上厕所都没有几次是单独去的，所有人已经默认了她们是一对连体婴儿……哦，连体婴儿屁股后面偶尔会吊着个小尾巴——白白胖胖、憨憨傻傻的林天意。

陈念成绩好，人活泼，连续几年在校运会上耀武扬威，整个北寺完小，甚至整个安良市，好像就没有她不认识的人，她不知道的事。这让她声名远扬，带传奇色彩，小朋友们对她又崇拜又害怕，又害怕又想跟她玩。

而方芝，是年级榜上永远的第一，是校花榜上永远的第一。反正不管是不是所有人都承认这个美貌的第一，她就是有那种第一的气质。身姿永远端正，眼神永远疏离冷漠，穿什么衣服都好看，干什么事都优秀。

两人一个火一个冰，奇异地融合在一块儿。大家其实并没有觉得多奇异，大概因为她俩出场就在一起。

"喂，"十二岁的陈念咬着棒棒糖，眼角眉梢都是难以形容的又尴尬又嘚瑟的表情，"天意说他们又开始传你那作文了。"

十二岁的方芝已经将自己的天赋发挥得淋漓尽致，是个太过聪明以至于思维有些早熟的姑娘："幼稚。"

"你也真是的。"陈念把圆鼓鼓的棒棒糖在嘴里来回倒几遍，才开始慢悠悠地数落方芝，"年年作文都要写我。《我的同桌》写我就算了，《我的一个朋友》也写我，《快乐的一天》写和我在一起的一天，《冬天的风景》写和我一块儿打雪仗……"

陈念长长地叹一口气："你说你，写了那么多的作文周记，有几篇里面没有我？偏偏你还写得那么好，老师在咱们班读了，还要去别的班读。上学期又拿了个市作文竞赛一等奖，这下倒好，贴门廊上了，全校都知道了。"

"哎，我这么出名全怪你。"

"所以呢？"方芝问。

陈念瞬间一脸委屈，软弱无能地道："所以我偷偷打沙袋的事能不能别告诉妈了啊？"

方芝："不能，这两件事之间没有关系。"

陈念："嗯——呜呜呜——姐——大姐——求求你了——"

方芝："但和别的事可以发生关系。"

陈念："什么？您说！小的披荆斩棘，赴汤蹈火，只要……"

方芝："给我伴舞。"

陈念呆呆地接："只要不伴舞。"

方芝挥挥手，扭身进了教室："该说的我都说了，你自己考虑吧。"

陈念欲哭无泪。

这是小学六年级的第二个学期，毕业在即，学校跟风隔壁中学组织了个毕业晚会。一群小朋友，其实也没什么可表演的，就是唱唱歌，跳跳舞，热闹一下，再搞个颁奖典礼选代表发言。方芝是学生优秀代表，不仅要准备演讲稿，还要准备个压轴的节目。方芝歌唱得好，嗓音极有天赋，这是陈念上辈子就知道的事情。但陈念没想到，随随便便唱个歌就可以惊艳众人的方芝，非得要把她拉上，给她伴个舞。陈念哪里懂得跳舞？陈念那两条胳膊两条腿，横看竖看都不是跳舞的材料。

陈念也转身回了教室，凑到自己同桌跟前坐下，歪着脑袋和她商量："姐，你看我表演个胸口碎大石怎么样？"

由于上课的时候陈念老扒着方芝说话，被老师勒令站到教室后面去。陈念这个时候倒是很听话，不仅人过去了，还要装模作样拿着书，一副"不管我人在哪里课还是要好好上"的样子，气得老师又叫她在黑板上做了两道题。不过这惩罚对陈念没有用，小学六年级的题她是完全做得出来的。不仅做得出来，还做得又快又好。不仅要又快又好，临了她还要耍个花招，站在黑板角角，把手上剩下的粉笔，"砰"的一声，精准地弹到粉笔盒里面去。底下的学生看着，发出一阵压抑的欢呼声，脸上都是兴奋的表情。

老师朝陈念喊："行了行了，做完了赶紧下去。"

陈念路过方芝的时候，冲她笑着眨了眨眼。这样子真是得意得很。老师满脸无奈，同学们满眼崇拜，方芝垂眸静静地翻了一页书，陈念回到自己的罚站位站好，已经开始想晚饭吃什么了。

放学铃响之后，同学们嗷嗷地叫着奔出教室。

老师看一眼陈念，手上的教案收拾得慢腾腾的，陈念知道，这还不爽着呢，非得让她再多罚站一会儿。

陈念不动，乖乖站着。

教室里的人已经走得差不多了，老师这才终于拔腿出了教室。陈念长呼一口气，快步走到了方芝跟前："回家咯。"

方芝拉上书包拉链，起身往外走。

"欸，你等等我。"陈念喊。

她胡乱把桌上的东西收了收，一股脑儿塞进书包里，往外跑的时候还磕了一下腿："刚都等了我那么久了，不差这一会儿。"

方芝不接她这种话，但脚下的步子也没有加快。

陈念很快追到了她身边，跟她絮絮叨叨地说话："老王对我就是爱之深，责之切，你不用担心，他没真生我的气。"

方芝："少说点儿话，他就不生气了。"

陈念："这不是有事嘛，我跟你说的提议怎么样？我真跳不了舞，除非你唱的是个喜剧。"

方芝："不会就学。"

"你看我学得会吗？"陈念甩了甩自己的胳膊腿，"术业有专攻，人各有天赋，我肢体不协调的程度，大概和我脸黑的程度一样深吧……"

这时，有人冲他们招手，蹦着喊："今天怎么这么慢啊？"

陈念跳下最后几节台阶："又没让你等我们。"

林天意嘿嘿笑着道："我乐意等，我等方芝，我有话和她说。"

"切！"陈念发出一声长长的嘲笑。

林天意二年级的时候是个小胖子，到了六年级，还是个小胖子。方芝和陈念的个子都开始抽条了，他却不往高了长，专往圆了圈，加上皮肤白，跟个大馒头似的。大馒头能有什么正经事，他就是喜欢跟着陈念玩。稍稍长大了点儿，有了点儿自尊心，被陈念嫌弃的时候，就凑到方芝跟前去。方芝不太爱理人，但好歹也不会赶他走。

"我听杜甜甜说，你毕业晚会要唱歌。"林天意拽着书包带子，兴奋地问她，"什么歌啊？"

方芝："保密。"顿了顿又道："除非是参加节目的人，才可以知道。"

林天意拍着胸脯："那你需要男女合唱吗？"

"不需要，"方芝看了眼陈念，"我需要个伴舞。"

林天意和陈念一起陷入了沉默。

方芝走到前面去了，林天意缩着身子到了陈念跟前："你会跳舞吗？"

陈念斜眼看他："你会跳舞吗？"

林天意："我可以在台上滚来滚去。"

陈念："我可以踢着你在台上滚来滚去。"

林天意："哈哈哈哈哈哈哈，我们演个滚来滚去的小品吧！"

陈念："哈哈哈哈哈哈哈哈，要丢人你去，我才不去。"

两人在身后吵吵闹闹，方芝听进去一些，没听进去一些。

到了自行车棚跟前，她推出自己那辆，抬脚跨上去，然后等陈念。

陈念小跑着过来，问她："今天不是该我骑吗？"

方芝："你被罚站了。"

陈念："对啊，我都被罚站了，难道还要剥夺我骑车的权利吗？"

方芝："只有乖孩子才有选择的权利。"

她指了指自己，一字一顿道："乖孩子。"

陈念："哦。"

去年，家里的老自行车坏了，刘春花新买了一辆，粉色的，特别漂亮。陈念不用学就会骑，缠着妈妈把这辆车征用为她俩上学的坐骑，代替来回的公交车。

起初都是她带着方芝，但很快，方芝就不满足于只坐在后面了。她用一个礼拜的时间学会了骑车，再用一个礼拜的时间熟悉了来回的路，然后她们便开始了"争做司机大战"。

陈念是怕方芝骑着不安全，而方芝大概是因为小孩子骑车都有瘾，哪怕带着人这一趟够累的了，还是要抢。

两人闹到妈妈跟前去，刘春花："谁乖谁骑车。"

哇，真的是家长名言万金油。

于是今天明显做了错事的陈念丧失了"司机"资格，丧眉耷眼地爬上自行车后座，林天意指着她哈哈大笑："陈念你今天被罚站了吗？你也有今天！"

陈念拍了方芝背一下："走咯，不跟傻瓜说话。"

林天意快速推出了自己的车，慌里慌张地骑上去，蹿到她俩跟前并排着。方芝个子高，腿长，可以顺利地坐在车座上。林天意那么小那么圆，车座降到最低，脚离脚踏还有一小截，于是蹬一圈晃半圈，看着特别滑稽。陈念每次看他这卖力的样，都有些后悔当初骗他说骑自行车长个。

"又不顺路，"陈念晃着双腿，"你跟着我们干啥呀？"

林天意："可以走到十字路口呀！"

陈念："欸欸欸，你小心点儿，有坑你也不躲……"

真是让人操碎了心。

过了十字路口，两辆车分道扬镳。

夏天已经到了，太阳明晃晃地照着，风把方芝的衣服鼓起来，时不时地就拍在陈念的脸上。脸有些疼，但味道好闻。到了人少的地方，不用再担心行路安全，陈念抓住方芝腰间的衣服，闭上眼睛，专心闻味道。

到家的时候，天还热着。陈念号叫着奔上楼，敲门没有人开，只得自己掏钥匙打开了门。屋里的确没人，桌上留着张纸条：

店里有事，饭在锅里——妈。

真是言简意赅。

陈念放下书包，先往厨房走，被方芝一把拽住："洗手。"

陈念："洗洗洗，我这不是想看一下，吃的是什么嘛！"

方芝："洗了再看。"

陈念嘟着嘴："我妈都没你这么严。"

最后还是听了方芝的话，先洗手再吃饭。吃完饭洗了碗，然后回房间做作业。直到两人的作业各自做完了，这才从屋子里出来，一块儿看电视，乖得很。

其实以前的流程倒没这么严。前两年，陈念撺掇家里人在未来会发展得很好的商业街买了间铺子，刘春花女士的私人定制服务有了正儿八经的门面，生意火爆得很。自己一个人在店里忙不过来，爸爸有时候还得去帮忙。两位家长忙得不着家，方芝便自发地担当起了家长的责任，把陈念管得服服帖帖的。陈念有时候觉得好玩，还故意装不懂事逗方芝，看她板着脸装大人的模样，心里快乐得很。她们俩待一块儿，还真不知道是谁管谁呢。

电视今天看的是电影频道，放的是一部老音乐剧，演员们唱一会儿跳一会儿，再演一段戏，表演形式丰富得很。

显然这给了方芝灵感，电视还没看完，她便转头对陈念道："你不想跳舞，可以。"

陈念："嗯？"

方芝："我们来演戏。"

见陈念不接话，方芝又指着电视机道："就这样。"

陈念皱巴着脸，快哭了："姐姐，这样比光给你伴舞还难啊！"

"不难。"方芝道，"你不用唱歌，也不用跳舞，配合我把剧情演好就可以了……"

方芝说到这里，激动了起来。电视也不看了，人起身站到了客厅中央，开始给陈念边说边比画。

"我们跟着歌词，我先上来，然后你从这边……"

陈念安静地听着，方芝很少有这么活泼、这么话多的时候。她在客厅里跑来跑去，时不时唱一句，跳两下，说到兴奋处，眼睛闪闪发亮，像一只快乐的小鸟。

陈念没法形容这种感觉，她会忍不住随着方芝的动作一起笑，但也会在心里某一处，软绵绵地塌陷出一个深渊巨坑。

她看过方知著很多很多的表演，从她出道开始，陈念便是她忠实的粉丝。她无比喜爱方知著在舞台上的样子，那样的鲜活、灵动，仿佛所有生命的能量都撒在那几平方米的地方。这些，哪怕在她真的认识方知著以后，也没有改变。甚至有更甚的趋向。

亲近偶像的过程，并没有让偶像从神坛跌落。

方知著永远热忱地对待自己的事业。

但最终，她还是泯灭了自己的光亮。任谁都会去想，这份职业、这些梦想在带给她荣耀的同时，是不是带给了她更多的痛苦？不管在什么年代，娱乐圈向来是个浮华名利场，背后不乏阴暗的角落。

方芝蹦跶了几十分钟，渴得不行，端着巨大的搪瓷水杯，咣咣咣地喝水。陈念发了会儿呆，看凉水壶里的水不多了，便又倒满了凉着。

"你觉得怎么样？"方芝问她。

"挺好的。"陈念不知道怎么回答，抬眼瞟见方芝明显失望的神色，又赶紧补了句，"很棒。"

方芝："那你答应了哦？"

陈念："不不不，太难了，我要再想想。"

方芝："不难，我们还有时间，我可以慢慢教你。"

陈念："我怕上台……"

方芝认真看着她，截断了她的话："你就是不愿意。"

陈念是不太愿意，但并不是怕自己出丑。陈念突然觉得她可能整件事都不太愿意，比如让方芝去唱歌，去表演，让闪闪发亮的她暴露在众人的视线里。之前最多也就是音乐老师让方芝唱唱歌示范一下，而毕业晚会，听说全校的学生都会来。

"我……"陈念顿了顿道,"再想想。"

方芝撇了撇嘴:"你不乐意我就找别人了。"

陈念问:"找谁?林天意吗?"

方芝冲到了电话跟前:"我这就给他打电话。"

陈念站着没动,方芝一个数字一个数字拨出来,的确是林天意家的号码。林阿姨的甜品生意越做越大,短短几年,已经是两间铺子的老板了。方芝拨的号码就是老店的,老店开在林天意家楼下,林阿姨接了电话,只要喊一声,林天意就会从楼上"噔噔噔"地跑下来。

电话拨出去,响了几声。陈念还是没动。方芝紧紧握着话筒没放,两人较着劲,谁都不妥协。

电话接通了,没一会儿就出现了林天意的声音。

"喂!方芝吗?你找我有什么事呀?"

方芝抿了抿唇:"伴舞,做吗?"

林天意有些犹豫:"啊……"

方芝:"要是不做,以后都不带你玩了。"

林天意:"啊啊啊,做做做!"

陈念心想,小胖子真是没出息得很。

"那明天去学校说,再见。"方芝利落地挂了电话。

陈念:"你这样林天意得想一晚上,为什么方芝突然给我打这个电话?"

方芝哼了一声,没理她,转身进了屋。

爸爸妈妈这天回来得挺晚,陈念给开的门。

知女莫若母,刘春花见她第一句就问:"跟芝芝又闹矛盾了?"

陈念点了点头。

两小孩儿一块儿长大,上学一起,放学还一起,偶尔拌个嘴,吵个架是非常正常的事情。

刘春花已经习惯了,她抬手摸了摸陈念的脑袋:"该早点儿哄的时候就早点儿哄,省得自己要不开心好几天。"

"哦。"陈念得了这句箴言,转身就去敲方芝的房门。

方芝刚好出来和叔叔阿姨打招呼,等再回自己房间的时候,陈念已经坐在里面了。两人四目相对,方芝的手握在门把上,陈念清楚她的每一个小动作,于是开门见山地问道:"芝芝,你有没有想过,自己将来要做什么?"

方芝:"难道这周的周记你准备写《我的梦想》吗?"

陈念笑了笑:"换成'梦想'这个词也可以。"

"我没有。"方芝回答道。

"真没有吗?"陈念抬了抬手,不太相信,"就……随便什么都可以。"

方芝摇了摇头。

陈念站起身，往她跟前走了走："你没有什么想要的吗？"

方芝："我想要的都有了。"

陈念简直想给她鼓掌，小小年纪就有霸道总裁的架势。她问："那你将来想做什么？"

方芝偏了偏头，有些迷茫："非得现在就要想吗？我觉得以后会发生很多很多的事，现在想也没用。"

陈念给她竖了竖大拇指："你说得也没错。"

她拍拍方芝的肩膀："早点儿睡吧。"

看来暂时，方芝对自己的未来还没有任何打算。毕竟只是个刚满十二岁的小孩儿，做好当前的作业，考好当前的试，最多也就再想想怎么玩。陈念放下了一点儿心，却在心头挂起了一只钟。

警钟长鸣，让她脸上挂上了不属于小孩子的忧郁。

第二天到学校，没等方芝动作，陈念先去找了林天意。一番诱哄恐吓之后，林天意不太敢接伴舞这活儿了。陈念开心转头，就看到了不远处阴恻恻地盯着她的方芝。

陈念快步走过去："林天意他们班比咱们的英语课早，我想问一下课堂测试题呢……"

"嗯。"方芝应声，绕过了她，"我不是来找你的，我找杜甜甜。她一定愿意加入我的舞台剧表演。"

怎么这就舞台剧了？这才过了几个小时，独唱节目就变成这么洋气的形式了？杜甜甜肯定愿意参加，她从小到大能嘚瑟的时候就从来没有不嘚瑟过。凡是能当着众人面表演的机会，哪怕是宣读不戴红领巾名单，她都乐意得很。

"你想找多少人啊？"陈念问，"不是刚和天意说过了吗？"

"不嫌人多。"方芝道，"人多了更好看。"

陈念攥住了她的胳膊，眉头皱起来："再好看有我好看吗？"

就是很不爽。如果方芝非得表演这个节目，那也得和她陈念一块儿表演，关其他人什么事。方芝在她眼皮子底下，她还能随时注意到问题，随时解决。方芝跑去跟别人搞，还不止一个两个，万一被别人带坏了怎么办？反正陈念有很多理由，有很多理由待在方芝身边。

她这么理直气壮地盯着方芝的时候，眼睛便瞪得溜圆。方芝扯了扯胳膊，道："你好看，你最好看，你好看有什么用呢？"

陈念："我好看……那你就得用我。我都说了我会考虑一下，你也不等我考虑完就去找别人，也太过分了吧？"

这倒打一耙的功力真是炉火纯青，方芝长长地呼出一口气，甩开了她的手："你不喜欢还是不要搞了，不喜欢的事做不好。"

"哇……"陈念不爽了,"我哪里有不喜欢了,我怎么可能没有别人做得好?你指望杜甜甜懂你说的舒适自由的状态吗?"

方芝继续往前走,陈念追着她:"我都说了我演,你这还干吗去呀?"

方芝:"我也说了不止一个人。"

"哇,不行!"陈念拖住了她,"你昨晚还说了我们俩就够了,不行不行不行……"

林天意看见她俩拉拉扯扯,从教室里出来了:"什么不行?方芝,陈念还不愿意跟你一起表演吗?没事,我们俩一起就行!"

陈念奔过去,朝着林天意宽厚的背就是一巴掌,咬牙切齿地小声道:"刚跟你说什么了……"林天意闭嘴了,但也就只有嘴闭上了而已。他的眼睛、鼻子、身体的动作,都在诉说着自己的委屈。这些委屈没理陈念,全抛给了方芝,方芝抿了抿唇。林天意做了个打电话的动作,意思明确——昨天我们打电话说过的,你不可能反悔了。

方芝皱了皱眉,最终道:"行了,就这么定了,我们三个人……"

陈念:"不是,明明只有两个人的剧本……"

方芝:"林天意,你愿意做一棵树吗?"

林天意猛点头:"愿意!愿意!愿意!"

陈念给气笑了,她撸了把林天意圆滚滚的后脑勺:"你看看你这点儿出息。"

"嘿嘿嘿。"林天意特嘚瑟,"方芝专门邀请我的。"

这事就这么定了下来,接下去就是方芝作为主演、主唱和编导,设定剧本,设定舞台,设定人物形象。然后他们仨在放学后找时间排练。

方芝对待这件事情非常认真,其实那些想法在陈念看来非常幼稚,她甚至想象得到,之后在舞台上那尴尬的画面。

但她却还是觉得熠熠生辉,说着这些的方芝熠熠生辉,小孩子的热情和想象熠熠生辉,还有她们在一块儿的时光,不管干什么事,都会在人生往后的记忆里画上浓墨重彩的一笔。

节目排练得差不多的时候,晚会也来临了。时间定在周五晚上,所以除了满满当当的学生和老师,还有一部分家长。

小礼堂里塞满了人,方芝作为学生代表,要早早地上台发言,所以一开始,她就在后台等待上场的位置。

而陈念在台下,演员位,很偏,旁边坐着化了妆的林天意。台上调试话筒的时候,他就在抖,等摄像机架起来,所有人入了场,他就抖得更厉害了。

"陈……陈陈……念念念……"林天意缓慢地偏头看向她,"你你你……害怕……吗?"

陈念:"不害怕。"

林天意:"那那那……你为什么……皱……皱着眉……头?"

陈念:"有吗?"

林天意哆哆嗦嗦地指她，陈念揉了揉自己的眉心。她自己真不害怕，小孩儿的毕业晚会而已，演好了演砸了就那么回事，没什么好害怕的。如果她紧张，那只可能是因为担心方芝。她担心方芝害怕，担心方芝在后台衣服没整好了，嗓子不舒服了，她担心方芝演讲忘词，担心表演效果不好了方芝伤心……

总之，她在方芝身上，有很多很多可以担心的。

"你……别……怕……"林天意突然握住了她的手，"我们……可以的……"

陈念："嗯。"

林天意："我有……皱眉头吗？"

陈念："没有。"

林天意："我都不敢……动……我有小红……点儿……"

陈念没忍住，忽而笑起来。

林天意是有小红点儿，林阿姨不仅给他擦了粉、画了眉，还给他的眉心点上了小朋友表演节目都少不了的小红点儿。圆圆的，大大的，配着林天意白胖的脸颊，和水汪汪的眼睛，像那种运用了夸张手法的年画娃娃。

林天意问她："你笑什么？"

"没。"陈念越想越想笑，"今天有录像，等你长大了，这一定会成为你人生中极其难忘的回忆。"

林天意："你是说我们今天一定会成功，一定很厉害吗？"

陈念实在憋不住了："噗哈哈哈哈哈哈哈，你就当是吧……"

她这一笑，林天意明显放松了下来。他开始跟陈念分析节目单，预估他们今晚能不能成为最受欢迎的表演，还要时不时地回头去找人。

"我妈来了！"他冲陈念喊，"刘阿姨也来了！"

陈念回头，看到了坐得很远的两姐妹，冲她们挥了挥手，好歹还抢着了座位。由于是第一次举办，学校把这阵仗搞得还挺大，宣传也做得到位，从学生到家长都很好奇，所以今天来的人真不少。

在万众期待中，晚会终于开始。

声音嘹亮的小主持人摇头晃脑地念着主持词，台下热烈地鼓掌应和。先是校长发言，主任发言，优秀教师发言，快二十分钟过去，终于到了优秀学生发言。底下都是来看节目的，这会儿已经等得有些不耐烦，叽叽喳喳的。陈念只能跟身边的人小声喊"不要说话"，别的人她管不了。

方芝上了台，她身姿挺拔，扎着一丝不苟的马尾辫，穿着妈妈特别为她准备的白裙子。红领巾红皮鞋，脸上脂粉未施，却唇红齿白，连眉毛都整齐得仿佛是仔细修剪过一样。那双眼睛更是动人，在强光的照射下，睫毛忽闪，目光从容又坚定。她站到了话筒架前，并不着急开始，观察了下话筒的高度，又抬手调了调，这才抬眸，未语先笑，酒窝甜蜜。陈念听到了身后齐刷刷的惊叹声，甚至有男生吹了声口哨。

方芝就这样微笑着开口："尊敬的校领导、老师，亲爱的同学们，大家晚上好。我是六年级一班学生方芝……"

陈念觉得目眩神迷。

平平无奇的稿子，到了方芝嘴里，总会有不一样的味道。以前站在国旗下的方芝就够让人惊叹，如今方芝站在舞台上，站在灯光里，良好的扩音设备和礼堂的回响，更是给她镀上了一层高高在上又分外动人的光彩。陈念怕这只是她一个人的错觉，于是在演讲的中途转移了视线，去看其他人。那么多的观众，那么多跨越了年龄和身份的观众，有一个算一个，全都在认真看着她。老师脸上是骄傲，家长脸上是艳羡，小朋友们是崇拜，是痴迷，甚至是明晃晃的喜欢。陈念看着好几张脸，已经知道了方芝将会成为这些男生心里的初恋。而台上的方芝，现在仅仅只有十二岁，每天的生活除了学习就是快乐地玩耍，她还没有进行过任何的训练，没有任何理论或者实践的相关知识。

陈念突然感觉到了灭顶的恐惧，就像是被扔进了无边无际的海里，而海浪如一堵墙，终会将她淹没。

有些人，天生属于舞台。这甚至是命运都无法改变的事情。

陈念陷进座位里，垂下了目光。她不敢再看方芝一眼，她的心跳如鼓，一声又一声，撞击得她胸口生疼。

林天意发现了她的异样，矮着身子问她："陈念，你害怕了吗？"

陈念点头，声带艰难地挤出两个字："害怕。"

林天意再一次握住了她的手："不怕，我们一起的！我们一起，就不怕！"

陈念扯了扯嘴角，笑得很难看。

方芝的演讲结束后，底下掌声雷动。随着她鞠躬，掌声一茬茬地向上涌，达到了这场晚会的巅峰。

小主持人上台，十分聪明地说了句："不要着急，后面还有我们优秀学生代表的节目哦！"

口哨声便又响起来了。方芝下了台，便来到陈念身边。她的到来，吸引了一部分的目光，但方芝目不斜视，视线全落在林天意抓着陈念的手上。

方芝绕过陈念的身体，把那只手夺了过来，使劲揉了两下，这才问："你哪里不舒服吗？"

"啊，我没有。"再看着面前的方芝，陈念觉得恍如隔世。

林天意插话："她太紧张了。"

方芝又揉了两下陈念的手："不要怕，没事的。待会儿我们再去后台练两遍。"

"嗯。"陈念点头道。

往后的时间里，陈念尽量分散自己的注意力，认真跟着方芝排练，走位，然后上台。这次没有坐在台下，那令人窒息的恐惧感便减少了许多。方芝在她身边，就还是平日里那个方芝，笑起来温柔甜美，眼睛里纯真热烈。她唱的也是一首纯真甜美的歌，陈念演的是歌里那个和她"手牵手一起去看世界"的人，林天意是她们郊游时的树，地上开的花，躺着看的星星。由于方芝歌声实在是好听，林天意的道具实在是丰富，他们的演出效果非常好，方芝再度将晚会推向了高潮。

表演结束，三个人回到台下，接受来自四面八方的赞美。

林天意激动得不行，等林阿姨猫着腰过来看自己儿子时，突然就喜极而泣，哭得一把鼻涕一把泪。陈念静静地坐着，方芝也静静地坐着。但她俩的手紧紧地牵在一起，谁都没松开。晚会圆满落下帷幕，刘春花特意去问了摄像的师傅，这个录像之后在哪里可以看。

"到时候我们刻成光盘！"她兴奋地同林慧灵道，"这样谁来家里都能看到。"

林慧灵："我后面给店里装台电视，放得高高的，一直播一直播。"

林天意害羞："妈！"

刘春花："这个想法好，我也搞个电视……"

两人聊得停不下来，在要分别的十字路口硬是又聊了好一会儿，这才分开。

刘春花拦了车，母女三人全都坐在后座上。她扒拉了下陈念脑门儿的头发，问她："累了吧？怎么蔫了吧唧的，连话都不说。"

陈念垂着头，往下缩了缩："嗯，累了。"

方芝往她跟前靠了靠，把自己的肩膀送到了陈念脑袋旁："那你睡会儿吧。"

陈念这会儿是真不想说话，索性靠上方芝的肩膀，闭上了眼。

她这样，妈妈和方芝便也都不说话了，三人静静地到了家，妈妈问她："要我背你上楼吗？"

"不用。"陈念跳了跳，一副恢复活力的样子。

她朝前冲去，喊着"回家咯！"，方芝紧跟在她身后，两人玩命般跑上楼，气喘吁吁地站在了大门口。

爸爸这两天出差没在家，陈念倒不是没有钥匙，只是刘春花女士一个人在后面，估计还没到楼门口，她总不能真扔她一个人再开次门。

方芝显然和她的想法相同，她们各自把着一边，相对喘气，像两个门神。

"你今天演得很棒。"方芝边喘边道。

陈念看着她，没搭声。

"我……"方芝深吸一口气，让自己平静下来后，这才挺直了脊背，郑重道，"你昨天问的问题，我有答案了。"

陈念低头笑起来，她不想听这个答案。

但谁都拦不住方芝去说，谁都拦不住一个孩子的梦想。

"我将来想当明星。"她笑着道。

小升初考试结束以后，陈念和方芝拥有了漫长的假期。

刘春花和陈军杰压根儿不担心这俩孩子的成绩，所以早早地便许下了承诺，等成绩出来以后，她们可以各自提一个愿望，爸爸妈妈会尽全力去完成。

分数出来之前，陈念嚷着要买别墅，气得刘春花敲了她脑壳好几下。等分数出来了，两人双双进了全市前十，刘春花和陈军杰在家属院里都横着走了，陈念反而不嚷了。

她坐在家里看电视，爸爸来到她跟前，递给她一支冰激凌，问她："念念，你想要什么呀？你喜欢看电视吗？爸爸给你换个大屏幕的？你喜欢打游戏吗？我看你张叔叔儿子的游戏机好得很哪。你有想去的地方吗？咱们可以一起去旅游啊！"

陈念嘬着冰激凌，眼都不斜："我还没想好呢。"

陈军杰："别墅爸爸现在真的是买不起，你再等爸爸几年……"

陈念笑起来，安慰地拍了拍爸爸的肩膀："再等几年咱家也买不起，我开玩笑呢，别墅有什么好的，那么大，我妈收拾不过来。"

陈军杰："人家别墅都请保姆的。"

陈念："那你还要有请保姆的钱哇，爸爸，你工资是可以算出来的。"

陈军杰："胡说！你不知道的多着呢！"

父女两个嘻嘻哈哈，打打闹闹，就这么乱七八糟地聊偏了话题。方芝在厨房里帮刘春花择菜，一把韭菜，她择得仔细，每一根都要把秆子捋得干干净净。刘春花也不着急，今天周末，这顿饭迟点儿吃也没问题。

她切完了土豆，转身靠着橱柜，问方芝："芝芝，你想好要什么了吗？"

方芝抿着唇，又认真想了想才道："想好了。"

刘春花蹲在了她跟前："是什么呢？阿姨很好奇。"

方芝抬眼看向她，表情有些为难："阿姨，我觉得不太好。"

"不会。"刘春花特别大方，"你能说什么不好的，只要阿姨能做到的，肯定帮你实现。"

方芝顿了顿，道："我想自己赚点儿钱。"

刘春花愣了。

方芝问她："阿姨，有什么办法是可以让我赚到钱的吗？"

刘春花愣了好一会儿，才把这意思理过来，她清了清嗓子，认真同方芝掰扯："芝芝，是这样的。你们现在还是孩子，不应该去赚钱，赚钱是我们大人的事。阿姨让你提愿望呢，就是直接跳过了你去赚钱这一步，你赚了钱想做什么，阿姨帮你搞啊。"

方芝垂下了视线："我就是想自己赚钱。"

刘春花试探着问她："是想买什么东西吗？还是想体验一下赚钱的感觉？你实在想的话，可以去阿姨店里，帮阿姨看下店，阿姨给你发工资。"

方芝把搞干净的韭菜整整齐齐地摆好："那不是把钱从一个口袋里掏到另一个口

袋里了吗？"

刘春花真想给她鼓鼓掌。这些年，她经常反思自己，有两个过于聪明的孩子是好是坏。那些作业啊，成绩啊的烦恼，她这个家长是没有的。可是十二岁的孩子就想自己独立自强了这种问题……

真是让人头疼。

吃饭的时候，刘春花和陈军杰对视一眼，陈念瞟见他俩的表情，就道："我还没想好呢。"

刘春花道："芝芝倒是想好了，念念你可以和芝芝交流一下，看看你们要不要一起。"

陈念："啊。"她从饭碗里抬头，看向方芝，方芝低头扒饭，一副不是很想和她在饭桌上交流这件事的样子。

陈念摆摆手："哎呀，哪里有你们俩这种人，上赶着花钱，先吃饭嘛，等我想好了再说。"

这话题就这么揭了过去，直到大家吃完饭各自收拾歇了下来，陈念才钻进了方芝的屋里，问她："你跟妈妈说什么了啊？"

方芝有些犹豫，陈念道："你忘了我们之前的约定了吗？"

是的，之前她们有过约定。

在毕业晚会结束之后，在方芝同陈念说自己未来的梦想是成为大明星之后，陈念想了一晚，第二天同方芝说："我们可以有个约定吗？"

她们约定了不管以后长大成为什么人，都要做彼此最好的朋友，都要同彼此说自己最真实的想法，都要在遇到困难的时候想到彼此，互相帮助。

这大概是很多小朋友都互相发过的誓，方芝并没有觉得奇怪，一口答应下来。陈念知道这约定对于漫长的时光来说太过幼稚、轻巧，但她目前能向方芝要的，也就这样了。

多一天是一天，多一年是一年。

显然，这个约定在现在还是非常有效力的。方芝听到这句话以后，便同她说了自己的真实想法。

"我想学唱歌，学跳舞，学表演。"方芝皱着眉头道，"但是好贵。所以我让阿姨帮我找能干的活儿，我要赚钱。"

和陈念猜的差距不大。

陈念捏了捏方芝又揪住自己衣角的手，示意她放松下来："你是打听过了吗？"

"嗯。"方芝点点头，手指放松下来，拽着陈念的掌心开始研究，"那天表演完，音乐老师有问我要不要到她那里上课，她可以教给我很多课堂上教不了的东西。"

"还有这事呢。"陈念有些惊讶。

"我说我没想好，拒绝她了。"方芝抬眼看她，"我不会去她那里的，所以就没告诉你。"

"为什么不去啊？"陈念问，"你不是挺喜欢她的吗？"

方芝："挺喜欢的，但我觉得她……水平一般。"

陈念："呵。"

方芝："张晓明的妈妈是钢琴老师，拿了很多奖那种。我也想学钢琴。"

陈念都为自己爹妈的腰包感到心疼了："慢慢来，慢慢来，我们一门一门地学……"

方芝点点头："嗯。"

她挺认真的。

陈念看着她的表情，就知道她有多认真。现在除却陈念那些超前的想法，就当下来看，方芝想要的艺术学习之路，对于他们这个家庭来说，都是很重的负担。唱歌跳舞表演一样都不想少，老师还得请名师。这些都不是一年两年的功夫，凭方芝的天赋，她真学起来，哪里有人舍得因为经济情况，就掐断这棵好苗子。

两人聊到最后，陈念同方芝道："这事还是得跟我爸我妈说。"

方芝低着脑袋，很是沮丧："我不想让他们花很多的钱。"

"咱家这两年可有钱多了，"陈念安慰她，"咱妈那店，可赚钱了。"

方芝："她很辛苦。"

陈念："所以我们要体谅她，不能隐瞒她，再让她为我们发愁了。"

这囫囵话还真就说动了方芝。

第二天，她写了一封长长的信，然后把叔叔阿姨叫到了一起，把信递给了他们。信里写了对他们的感谢，写了自己对这个家的喜欢，写了自己这几个月突然萌生的梦想，最后老实地交代了自己为什么提出要赚钱的想法。言辞真挚恳切，带着小孩子独有的天真，还非得坐在叔叔阿姨跟前，低着脑袋搓着手，等待他们把信看完，这让刘春花和陈军杰的心软得一塌糊涂。

自从接方芝回家以后，这孩子基本没给他们惹过什么麻烦。不仅没惹麻烦，陈念还变得又聪明又懂事，两个小不点儿整天待一块儿，学习不用他们操心，玩耍不用他们操心，偶尔有点儿情况，稍微沟通一下就解决了。

哪里有这么懂事的孩子。

哪里有这么好养的孩子。

刘春花有时候同别的家长聊天，都觉得自家养两个孩子操的心，还不如别人家养一个孩子。特别是她开了店忙了以后，给孩子们的陪伴少了，偶尔情况紧急，连饭都做不了，这让她愧疚得很。孩子给了他们很多东西，快乐，陪伴，重新对世界燃起的好奇，和永远在前方的希望。

方芝在信里说自己提出想要学习唱歌跳舞的要求很过分，刘春花一点儿都不觉得过分。说句很俗套的话，她觉得自己如今赚的这些钱，就是拿来给孩子花的。用在孩子身上，她最舍得，最不心疼。

她戳了戳身边的丈夫，问他："看完了吗？"

陈军杰抹了抹自己的眼睛:"看完了看完了。"

刘春花把信仔细折起来,这才同方芝道:"芝芝,阿姨接下来跟你说的话,你要认真去想。"

方芝用力点头。

刘春花长舒一口气,道:

"首先,你有了自己的梦想,阿姨很高兴。梦想是一个人人生中非常重要的东西,它会让你永远都有目标,它会带给你欢乐,也会带给你辛苦。

"阿姨支持你的任何梦想,因为阿姨知道你是一个好孩子,好孩子有自己的世界,那个世界里一定是五彩斑斓,让人幸福的。

"你想学唱歌、跳舞、表演、乐器,都可以。但这些学习将会非常辛苦,因为你还要读书,一般孩子光是读书就已经很辛苦了。

"如果太累,阿姨会心疼,你自己也会撑不住。所以阿姨需要调整好你的时间、课程,我们慢慢地,一步一步来。

"另外,阿姨还要告诉你一件事。努力就会有回报,但回报,不一定会在你期望的时间,也不一定会以你期望的方式。很多人都想做大明星,很多人也都有成为大明星的实力,但大明星永远只有那么几个人。阿姨希望你享受学习艺术的过程,享受每一次可以登台表演的机会,对于结果,不要太过强求。

"因为一旦特别特别想要一个得不到的东西,你就会失去更多。

"阿姨对你的要求,就是希望你快乐,平安。其他的难题,阿姨和叔叔会努力去为你解决,但我们的能力有限,很多事情,可能没法做到最好。"

刘春花握住了方芝的手,笑着道:"最后,阿姨想跟你说,我们也很感谢你来到我们身边。你带给叔叔阿姨的,并不比叔叔阿姨给你的少。"

这番话说完,屋子里陷入一阵抽抽搭搭的声音中。方芝在吸鼻子,陈军杰在吸鼻子,不远处坐着的陈念眼泪汪汪,鼻涕快下来的时候抽过一张纸,发出好大一声擤鼻涕的声响。

陈念看向刘春花:"妈妈,妈妈你好伟大……"又看向陈军杰,"爸爸,爸爸你倒是说句话啊……"

陈军杰:"我……我不会说话,就你妈说的,俺也一样!"

陈念:"居然不会说话,怪不得你还没升职……"

陈军杰气得握了握拳头:"我就升了!我就升了!"

陈念:"你还是注意安全,不要搞违法乱纪的事情啊。"

"有你这么说你爸的吗!"刘春花笑起来,"我老公升不了职没关系,回来帮我开店吧,反正赚的那点儿……"

陈军杰捂住了她的嘴,眉毛都快倒立了:"会升的!"

这么一搅和,大家都乐了起来。

陈念凑到了方芝跟前，问她："那你想好先学哪一个了吗？"

刘春花朝她俩挥挥手："你们别瞎猜，这个我去找专业的老师打听打听再说。"

"成。"陈念现在对自己妈妈是真放心，她想说的没说的，刘春花女士不仅都帮她说了，还往她晃晃悠悠的心里杵了根定海神针。

就像妈妈说的，学习是很辛苦的，享受学习的过程很重要，而结果，谁都没法预判。但只要他们一家人在一起，只要他们一起努力，事情总会向它能走向的最好方向发展。

这天晚上，刘春花做饭的时候，方芝赖在厨房就没出去。

第二天一早，方芝便偷偷出门给一家人买了早餐，爸爸妈妈吃过各自去上班以后，方芝把陈念拽到了厨房，要和她研究怎么做饭。

陈念倒是会，但手艺一直不好。原因无他，她爸妈真的挺宠她的，两人都会做饭，从小到大没给陈念什么进厨房的机会。后来上班了忙得很，基本用外卖解决了。不过人嘛，总会有那么一瞬间，想为亲近的人准备好吃的饭菜，看到对方惊喜的表情。但结果比较惨烈，吃的人拉肚子了。

"我……"陈念看着锅碗瓢盆，"我可以给你打下手，择菜什么的，切菜也行。但其他的可能比较……"

方芝："没学怎么能说自己不会呢。"

陈念："我学过……"

方芝："没练过怎么知道自己不行。"

陈念："芝芝，你现在厉害了，你现在是不是觉得任何事情只要你努力就能做好？"

方芝笑起来："是。"

方芝笑起来的样子，自信，明朗，太像舞台上的方知著了。或者说，本来方芝就是方知著，但她曾经十分向往、十分崇拜的那个人，从舞台上下来，走进了生活里，走到了她身边。这感觉，就像是她扛着一堆摄影器材去见方知著那天一样奇妙。

"加油吧。"陈念低头，对方芝道。

"加油。"方芝回她，简单的两个字真就给陈念的身体里充满了能量。

往后几天，两人一块儿努力，还真给爸妈做了一顿晚饭。

陈军杰高兴得不得了，说自己人在壮年就已经享了清福。刘春花则有些心疼，勒令她俩不到必要的时候，不要再做饭了。但必要不必要这种事，还不都由着人想。

刘春花在店里忙得不可开交的时候，方芝和陈念便会一起提着保温盒，来给她送吃的喝的。完了还要在店里待很久，帮忙做些力所能及的活儿。这让刘春花越发把方芝的事放在心上，很快就联系好了老师，交了一个月的学费。

钢琴加声乐，从最基本的乐理知识开始，方芝正式踏上艺术学习的道路。

老师家有些远，刘春花不放心，和陈念一起接送。

送完方芝，陈念带着春花女士，蹦蹦跳跳地下了楼。迈进室外炽烈的阳光里时，她突然有些迷茫。方芝在努力学习自己喜欢的东西，那她呢，她是不是也该找点儿事情做？

一阵风吹过，路两旁的杨树叶哗哗作响。天忽然阴了下来，豆大的水滴砸到陈念脑门儿上，她抬头去看，大半个天还晴着，暴雨却已经要来了。她四下张望，想带着刘春花找个地方避雨，望见街对面有人正手忙脚乱地收摄影器材，太着急了，三脚架都合不上，她抹了把脸就跑过去，帮人把架子拽住，让他先把相机卸下来。春花女士见状，也跑过来帮忙。

反光板掉在地上，雨落在上面，"砰砰"直响。那人要再去收东西，陈念推了他一把："小哥，你先抱着相机进去吧，这些又不着急。"一点儿都不像个小女孩儿能说出来的话。

那人愣了愣。陈念瞪过去，他赶紧抱着相机进了旁边的店里。

陈念身上已经有点儿湿了，索性也就不那么着急了。一手抓了三脚架，一手提着反光板，索性都拿上了，春花女士拿上了旁边的包，母女俩一起往店里走。

"谢谢，谢谢，谢谢。"男生连连道谢，过来接东西，刘春花把包递给了他，陈念则没动。春花女士回头瞅她，她使了个眼色：看我表演。

"小哥，你叫什么名字啊？"陈念问。

"朱栋。"男生回答，不安地瞅了一眼女孩子的家长，想把器材要回来，但刘春花就看着她在外人面前摆谱，笑着没说话。

陈念反手一卷将反光板收好递给他，又开始收三脚架："这是你的店吗？"

陈念长得高，虽说是十二岁，但看上去已经像是十五六岁的孩子了，更何况她言行举止那么显成熟。朱栋见一个小姑娘这么熟练地就把东西收起来了，看上去很厉害的样子，顿时有点儿慌乱无措："不是，我，我是学徒……那个……谢谢你们帮忙。现在店里我师父不在，你们先坐，你们先坐。"

陈念上上下下打量了他一圈，把三脚架往地上一杵："那你赶紧拿干抹布把器材都擦一下吧，我就不收了。"

朱栋："好……"

陈念："相机检查一下，别进水了。"

朱栋："欸欸欸。对了，你……你们喝水吗？"

"喝，谢谢。"陈念道。

朱栋的确是个学徒，还是个进店没几天的。对器材什么的不熟悉，招待人的动作倒是很熟练。他很快给春花女士和陈念端了水过来，又拿了包纸巾，问道："你们是想拍照吗？"

十七八岁的男孩子，瘦得跟块板砖似的。

"我们不拍照，"陈念指了指外面，"躲会儿雨。"

大夏天的，暴雨来得十分快，外面这会儿噼里啪啦地下起来，地上跳舞般地升起漂亮的水花。

"哦哦。"朱栋应了声，招呼一声又转头赶紧去擦东西了，陈念便慢悠悠地喝水，顺便观察了下这家小影楼。

上下两层，下面招待人，上面估计有棚。店里墙上最显眼的位置贴着的是证件照例图，其他挂得最多的就是些小孩儿的写真，百天留念、三岁留念这种，看来走的是实用路线。

刘春花这时候凑过来问："闺女，你葫芦里卖的什么药？"

陈念回道："芝芝都有自己的梦想了，我也想干点儿什么。在你们不知道的时候我自己了解过这个，我想尝试一下，感觉这是个机会。"

春花女士沉默，突然觉得两个闺女好像都长大了，心里还有点儿复杂。

朱栋擦完了东西，在那里小心翼翼地端详相机，满脸提心吊胆的表情。

"应该没事。"陈念喊道，"你要不放心，打开看看啊。"

朱栋皱皱眉头："我……还是不了……"

陈念："刚才有胆子拿出去拍照，现在没胆子打开检查下了？"

朱栋慌忙道："我……我不是，我就是拿出去了一下，我没开机，我就看了一下……"

陈念反应过来，语气缓和了点儿："你师父不让你碰相机啊？"

朱栋不说话了。

陈念伸了伸手："那你拿过来我看一下吧，我保证不弄坏。"

朱栋摇了摇头："不了，我还是自己看吧。"

嘿，还不相信她。陈念扯了扯嘴角，继续慢悠悠地喝茶，慢悠悠地看他捣鼓。

的确，有很多商业摄影公司招学徒，前几个月甚至大半年，都是当勤杂工使的。平日里的工作就是搬搬东西，打打灯，提包逗人。照片拍完了，自己的工作也结束了，很少能碰到相机。摄影器材贵，镜头易碎，稍微说得严重点儿，吓吓新人不是问题。但其实问题的重点不在这里。

相机再娇贵，它也不是纸糊的，正常的操作并不会损坏它。打压新人是因为一场拍摄，摄影师只需要一个，而各种助理，需要很多个。总要有人干又辛苦又没什么成就感的工作，你不干，难道还让人家老师父干吗？再说了，摄影这事，操作技术是最简单的，几天就能搞明白。往艺术摄影发展难的是创意和审美，往商业摄影发展难的是客户和渠道。这些都需要学习很久，跟着师父多看看，脑子里就能多进去一些。

当然，道理都懂，但陈念看着朱栋这被这场雨吓坏了的模样，还是觉得他挺可怜的。

朱栋检查完了相机，终于放心地松了口气："应该没问题。"

"嗯。"陈念道，"那你赶紧收起来吧，小心你师父突然回来。"

朱栋拿着东西，小跑着进了屋。

等他出来了，陈念百无聊赖地问他："你刚才想拍什么啊？大白天的支着三脚架。"

朱栋挠挠后脑勺："想拍车。"

陈念："拍车你拿那么小的反光板干吗啊，光打到正在行驶的车上去，影响司机视物，要出交通事故的。"

朱栋："我……我没用，我就是……"声音渐渐就没了。

"唉……"陈念叹口气，"算了算了。"

朱栋闭了嘴，外面的雨还在下，终于把高温天气浇凉快了点儿。

陈念自己去给自己倒第二杯水的时候，朱栋往她跟前走了走，小声问她："小姑娘，你是不是会拍照啊？"

陈念开始忽悠："一，我叫陈念。二，我可厉害了，我家里有长辈是专门干摄影的，传授给我了，我妈的服装店好多模特照宣传照都是我拍的。而且我妈可有商业头脑了，能让你们店的业绩翻一番呢！"

朱栋："真的啊？"

朱栋的眼睛都亮了起来，人也不那么呆了，拿过陈念手里的杯子就替她接好了水，又从柜台后面端出个装着瓜子花生糖果的盘子，将陈念舒舒服服地安置在了座位上。

一坐下，朱栋立刻看向春花女士："阿姨好，听说您是开服装店的，冒昧问一下，怎么样才能赚到更多的钱啊？"

刘春花瞬间看向陈念，陈念立刻按住她的手，斜了朱栋一眼："赚钱的法子我们怎么可能随便告诉别人呢。"说完就和刘春花女士说起了悄悄话，一股脑儿交代了她的想法，还求她配合一下。

朱栋："那……要怎么样才肯跟我说？"

陈念回道："那你要特别听我们的话。"

朱栋点点头："我特别听话。"

陈念看向妈妈，春花女士心里好笑，但又觉得陈念出的这些点子着实不赖，便点点头："那我们今天布置你个任务。"

往后的时间里，刘春花代陈念问了朱栋许多店里面的情况，比如有几个摄影师，谁是老板，主要的客源等。

朱栋其实并不是个完全听话的人，否则他不会趁着师父出门自己研究相机，也不会在陈念问这些问题的时候，触及根本就躲躲闪闪。他不是个笨人，只是刻意降低了自己的威胁感，好获得别人的信任。他甚至可以说是大胆，在这个雨天，就这么跟陌生人聊起生意的事来，并且真有跃跃欲试的打算。

陈念掌握了基本情况，跟自己猜的没什么两样。

这就是家活儿不旺也死不了的普通摄影店，老板就是店里现如今唯一的摄影师，带了两个徒弟，一个是刚来半个月的朱栋，另一个来的时间也不长，今天跟他一块儿出门拍照去了。客源基本是自己上门，加上师父那里一点儿老关系。主营就是各种证件照纪念照，收费也不高。

她们给朱栋布置的任务是和师父谈一谈：谈自己的薪资待遇，什么时候可以摸上相机，如果他找来了客户，有没有提成。陈念反正闲着也是闲着，这事能不能进行下去，有没有一个好的结果，对她的影响都不大。

聊得差不多的时候，雨也停了。

距离方芝下课还有几十分钟，陈念嗑着瓜子，喝着茶水，慢悠悠地晃着腿，朱栋缩到了柜台后面去，打开音响给她们放歌。

是现在最流行的歌手，学校里孩子都喜欢的歌。

陈念笑起来，对他道："拍照的时候顾客太紧张，你就给他放歌，想拍什么感觉的照片就放什么感觉的歌，三岁以上都适用。"

朱栋："三岁以下呢？"

陈念："耍猴给他们看。"

到点下课，方芝出了门，就看到了站在楼道的陈念和刘春花女士。

陈念对上她的视线，咧开嘴就笑，露着一口大白牙，像个傻瓜。

方芝和刘春花打了个招呼，问陈念："你们什么时候到的？等多久了？"

陈念噔噔跑两步到了她跟前，又跟着她一块儿往下走："刚到，我算着时间呢。"

方芝："可是我今天迟下课五分钟。"

陈念："这五分钟我也算了，哪个老师不拖堂。"

方芝："那要是今天没拖堂，我就得等你五分钟了？"

陈念瞪大眼睛，凶巴巴地对方芝道："我都等你两小时了，你等五分钟怎么了！"

方芝看着她，停住了脚步。

陈念随着停下，安静的时间超过五秒便觉得有些慌："芝芝，我跟你开玩笑呢，我不会让你等的，我们早就到了。"

方芝抬手拍了她脑袋一下："以后不许早到了，我下课去找你。"

陈念："那不行，那必须我找你。"

方芝："我找你。"

陈念："我找你我找你，我愿意等，我就爱等，我最大的爱好就是等人了……"

这话说得真是违心。其实陈念一点儿都不爱等人，她是个急吼吼的性格，想到什么就要立马去干，想要什么就去努力争取。

她愿意等的，就只有方知著。

第二天要再去送方芝的时候，刘春花被陈念硬拖着拦住了。

"我可以！"她冲妈妈喊，"我你还有什么不放心的！不就送芝芝上课吗！"

刘春花："你也是个小孩儿。"

陈念扯着嘴角，笑得十分嘚瑟："我这个小孩儿做了多少你们大人都做不到的事呢……"

"行了行了。"刘春花拍她脑壳一巴掌，"你送你送，拿着遮阳伞啊，拿着水壶啊，藿香正气水喝一瓶再走……"

陈念扯着方芝跑掉了。

两人踩着夏天热烈的阳光到了公交站，陈念手里的伞大半个都挡在方芝头上。

方芝往她跟前靠了靠，两人穿着短袖的胳膊靠在一块儿，凉丝丝的。

方芝问她："我去上课，你干什么？"

陈念："你那跟前有市图书馆啊，我去图书馆看书，又凉快又安静。"

方芝："不无聊吗？"

陈念："不无聊啊，咱们在书店一条街一待不也一整天。"

方芝抿了抿唇没说话，陈念反应过来，补了一句："那当然跟你在一块儿是最有趣的，但这不是没办法嘛，但我一想到你就在不远的地方弹着钢琴唱着小曲……啧，这感觉也挺爽的。"

方芝："爽什么？"

陈念："爽你可怜啊，哈哈哈哈，你弹错了老师会不会打你手啊，哈哈哈哈……"

真是欠揍得很。

方芝捏住了她胳膊上一小块肉，想掐她一把，但又怕真把人掐疼了，于是用了半天的劲，那块肉还纹丝不动。

"你这是什么爱好？"陈念继续笑呵呵地看着她，"想挽我胳膊就挽嘛，我又不是不给你挽……"

方芝扔下那块肉，背过身看站牌，再也不想和陈念说话了。

把方芝送到了钢琴老师家门口，陈念便转身往下走。

门铃按了，但老师还没来开门，方芝转头看向她，隔着栏杆的缝隙冲她指了指手腕上的手表。

"明白。"陈念给她比个OK的手势，"到点我就来接你。"

方芝放下心来，门开了，她进了屋。

这次送方芝出来后，陈念刚到摄影店门口，就被朱栋叫住了。

朱栋手里拿着一袋子冰激凌，见到陈念，给她偷偷塞了一个。

"我和我师父谈了，他说他在的时候我就可以摸相机。如果是我找的客户，有提成，一百块提十块。"

陈念："那你找客户呀。"

朱栋："我去哪里找啊？"

陈念："我妈妈之前和我说过，赚钱就要了解什么人需要你卖的东西。这么说的话，我觉得小哥你可以先去医院，新生儿科，嘴巴放甜一点儿，夸夸姐姐，夸夸哥哥，夸夸孩子长得漂亮，拿上一本你们店里的儿童相册……但其实你们店拍的那些照片，不是很有竞争力。"

朱栋："那要怎么样才有竞争力？"

陈念："这个我就会，十块里头给我和我妈五块，我告诉你。"

朱栋犹豫了一下，但这两天他感觉这姑娘说的都在点子上，对自己真是有帮助，于是提高了声音道："没问题！"

陈念脑袋里有数不尽的商业快销模板，照片这事，就跟歌曲、衣服一样，一个时代有一个时代的特征，一代人有一代人的喜好。更何况这个时候，照相馆生意好做得很，陈念随便挑出一样适用的，跟朱栋仔细说了。

朱栋道："店里没有这样的道具。"

陈念撇撇嘴："这个你自己想办法。"

朱栋："我不知道能不能拍出你说的那种效果。"

陈念："你家的设备可以，看看你师父可不可以吧，你师父要是不可以，你再来问我。"

朱栋看着这人小鬼大的丫头，认真地点头："好。"

陈念努力伸手，拍了拍他的肩膀："跟着你师父，多看多学，先把相机摸熟了摸会了。年轻人啊，要肯吃苦才能赚到钱。"

朱栋没忍住笑起来："你也很年轻啊，还装得比我大似的，陈、师、父。"

陈念挑眉："所以我吃苦耐劳得很啊，大热天的站大马路上跟你传道授业。"

朱栋非常不好意思："今天店里有客人，我……"

"今天不过去，"陈念拆了冰激凌塞进嘴里，"我忙得很。"

哪里没个能待的地方呢，就凭她这聪明脑瓜子和一张能说会道的嘴。

叼着冰激凌逛了会儿商场，又去图书馆正儿八经地看了会儿书，回去接方芝时，陈念又被朱栋拦住了。

"道具我买好了。"朱栋低声道，"晚上师父不在店里，我自己先试试。"

"牛。"陈念冲他竖了竖大拇指。

真没想到，她随便捡了个人，居然是个行动力惊人的宝贝。

第三天，朱栋便给陈念看了用洋娃娃当拍摄对象的样片，陈念提了点儿意见。

第四天，朱栋再给陈念看的照片里就真的有小孩儿了。

第五天，朱栋给了陈念两块五毛的业绩分成。

第六天，店里没人，陈念好好地给朱栋上了堂摄影基础课。

第七天，方芝的老师有事，推迟了一天的课，陈念和她在家里乐乐呵呵地玩了一整天。

第八天，朱栋再见到陈念，激动地抓着她的肩膀，非要留她一个电话号码。

"至于吗？"陈念道，"我说了我会过来的。"

朱栋："可要是你不过来，我就找不到你了。"

陈念："那就说明咱俩师徒缘分尽了。放心，我要是想赚个冰棍钱，还是会找你的。"

朱栋："你看起来不是缺钱的人。"

陈念乐得不行："嘴巴是挺甜的啊。"

她留了个刘春花女士的电话，嘱咐朱栋没事就别打，做好自己的事。

朱栋从兜里掏出早就准备好的钱："十块。"

"哇，生意不错啊……"陈念瞅着那张票子，皱巴了下眉头，"但你别一天天的给了，不然我觉得自己缺钱得很。"

两人商定好了一月一结，至于结多少，朱栋会不会按照真实的收入来，那就看他的良心了。反正真正值钱的东西都在陈念脑袋里，愿不愿意掏出来，全凭她心情。

一个月过去，方芝的唱歌水准突飞猛进，陈念拿了朱栋上交的一百五十二块八毛钱，请方芝吃好吃的，并且跟她夸下海口，以后要给她买钢琴。

再大半个月过去，暑假临近末尾。陈念同朱栋商量接下来的见面时间和地点，朱栋突然道："我要辞职了。"

陈念："啊？"

朱栋眼睛闪亮，充满了年轻人的壮志豪情："我要自己干。"

陈念："你别冲动。"

朱栋："我已经借到买器材的钱了，陈念，你们还给我出主意，我把分成提到百分之十。"

"现在你起步阶段比较难，百分之五就可以了，等你步入正轨……"陈念顿了顿，笑得非常地欠扁，"我要收百分之二十了。"

## 第九章
## 命运的捉弄

过完暑假，陈念和方芝踏入了人生的新阶段——中学生涯。

新学校新路线，刘春花照旧早早地带着两人去学校门口转了几圈，熟悉地形加采购学习用品。这几年总的来说，家里的经济实力提升不少，刘春花在孩子跟前花钱又向来大方，于是钞票往陈念和方芝手里一塞，具体买什么，她也就不管了。

陈念和方芝逛了一圈，换了新书包，装了满书包的新文具。

在方芝要挑铅笔盒的时候，陈念把方芝的手按下了："这个不买。"

方芝抬眼看她："为什么不买？"

陈念挑挑眉毛："你明知故问。"

方芝："都旧成那样了，买俩新的吧？"

陈念："我觉得旧的好，反正我用旧的，你要是想用新的你就买。"

这真是明明白白的无理取闹，陈念噘着嘴，心里清楚自己这种行为幼稚得很，行动上却一点儿都没退缩。

"成吧。"方芝把新的放下了，"我们看看别的。"

见她答应得这么利索，陈念反而不爽了。她凑到方芝跟前去，看她的表情："你是不是不高兴？你是不是觉得我很烦？你是不是很想买新的，但因为我所以只能选择放弃？"

方芝任由她唠叨，好一会儿，等陈念唠叨得渴了，掏钱买了瓶饮料给她递过去。

陈念盯着那饮料，眼睛里亮闪闪，心里美滋滋，嘴上却还是贱得很："哇，你别以为用一瓶娃哈哈就可以收买我，我……"

方芝："没有没有，没有没有。"

陈念："什么？什么？什么？"

方芝："回答你刚才的问题。"

陈念插进吸管，猛吸了一口："我刚才问了很多问题。"方芝抬手在她脑袋上拍了一巴掌，终于有了点儿旺盛的情绪："反正没有！"陈念被打反而哈哈哈地大笑起来，像个脑瓜不太好的傻瓜。

待到开学那天，两人从头到脚，从里到外都是新的，除了那个用了好几年的铅笔盒。林天意和她们约好了一起报到，早早就在校门口等着，陈念一见他，终于发出了多年来非常想要发出的感叹："有段时间没见，长个了啊！"

林天意兴奋得要死，这是他这段时间最喜欢听的话。他噔噔噔地跑到陈念面前，抬着手比画："长了长了！长了五厘米！"
　　陈念："那也还是没我高。"
　　林天意："还会长的！还会长的！"
　　陈念："你长我也长啊，说得好像谁不长似的。"
　　林天意气得直跺脚："我一定会长得比你高！我妈妈说了，男孩子后面长得快！"
　　陈念看着他，咧着嘴乐呵呵地笑。
　　林阿姨个子不低，陈念觉得林天意将来个子应该也不至于太低。陈念会长到1米69，在女孩子里算是蛮高的，但和男生比还是有很大差距。林天意说自己会长得比陈念高，极大概率会实现。所以陈念才要趁着他现在是个小矮子，可劲儿欺负他啊。
　　"你妈妈还说你最帅呢。"陈念敲他个脑瓜崩，"你觉得自己帅吗？"
　　林天意："我帅啊！我妈妈说了，我五官好看的！就是肉有些多，但肉多了可爱！"
　　陈念："行吧，就这样吧。"
　　三人往学校里走，林天意终于得出空来同方芝说话："方芝方芝，你是不是也长了啊？"
　　方芝松了松自己的书包背带："嗯？有吗？我不太在乎这事，所以没注意。"
　　"哇——"林天意再笨，还是从这句话中受到了严重的打击。
　　他们一同考入的学校是市一中，顾名思义，这所中学在安良市就是排第一。初中部每个年级有十七八个班，按成绩将拔尖的学生集中到了前三个实验班，剩下的再平分到普通班。方芝和陈念的小升初考试成绩非常好，她俩双双进了初一一班。林天意的成绩差点儿，分到了五班。
　　一班到五班，一个在楼头，一个在楼尾。一中的楼长，林天意从这边跑到那边去报到，心情非常不好。
　　陈念拍拍他的肩膀，安慰他："别难过，去了五班你说不定能考前十呢，来一班有什么好，我估计我开学考试得倒数。"
　　方芝："不许倒数。"
　　陈念："五十个人，倒数第五十不行吗？"
　　方芝扯了扯嘴角："那你最多倒数第四十九。"
　　林天意："哇！你们够了哇！跟你们待一块儿我太痛苦了！"
　　陈念和方芝几乎同时："那你别待。"
　　林天意："那我不。"
　　陈念："林天意，你要反思一下自己，喜欢和经常打击自己的人待一块儿，是一种心理不健康的表现。"
　　林天意："我就不健康！就不健康！就不健康！"
　　蔫皮蔫皮的，顶完嘴怕挨打又马上跑开，尿得不得了，跑到了陈念和方芝前面去，回过身给她俩吐舌头扮鬼脸，侧面的小径出来两个人，陈念紧喊慢喊，林天意还是撞了上去。
　　"小心……"

"啊——"

虽然非常嫌弃林天意这个傻样，但遇到这种情况，陈念还是赶紧跑了过去。那两个人个子比他们高许多，身上都穿着校服，是他们的学姐学长。女生表情冷漠，见林天意撞了过来往旁边闪了闪，眉头微微皱起。男生接住了林天意，明明被撞疼了，脸上却还是很快挂上了笑意。

林天意忙不迭地道歉："对不起，对不起，对不起……"

陈念到了跟前，也陪着他道歉："对不起，对不起，他跟我们玩呢，没注意，撞到你们了，不好意思。"

男生笑着道："没事。"

他一只手还握在林天意胳膊上，林天意已经掉转了个身，上下左右对着面前的身体一通乱摸："我……我……我是不是撞到你肚子了？是不是还踩你脚了？呜呜呜呜，我不是故意的……"说着就要哭了的样子。

男生赶紧又哄了两句："真没事。"

他放开林天意，往后退了一步给他看："你看，好好的。"

林天意吸了吸鼻子，低头盯着人家的球鞋："鞋脏了。"

男生："擦一下就行。"

陈念拽了林天意一把："学长大人有大量，不跟你计较，你把你那傻样收一收。"

林天意抹了下脸，抬头看向男生，鞠了个躬："学长，我是初一五班的林天意，你要是感觉哪里不舒服，就来我们班找我。我挺重的，我怕你有内伤……呜呜呜，你放心，我一定负责到底！"

男生被逗笑，乐得不行："你们是初一新生啊，我们是初三的。过几天我们社团招新，你们记得来看看啊。"

陈念偏了偏脑袋，她以前成绩没这么好，就近择校，没上一中。他们中学最多有几个体育运动的队，没想到人家一中居然这么早就开始搞社团活动了。

"学长，什么社团？"她饶有兴致地问。

男生："话剧社，我叫温正楠，是社长。"

"哇哦。"陈念真没想到，林天意这傻瓜一撞，居然就撞到了话剧社的社长。

她转头看向方芝，方芝静静地站着，话剧社这事并没有吸引她的注意力。她在看着那个女生，从始至终就没说一个字的那个女生。陈念的视线也随着她扫过去。

女生个子高，长得也漂亮，小小年纪就出落得十分水灵，配上那个冷漠的表情，在校园里的确很吸睛。但陈念觉得不至于吸引方芝的眼球，毕竟……再好看也没方芝好看啊。她的视线在两人之间来回穿梭，这两人在互瞪，没人打算理她。

陈念只得开了口，问道："学长，这位学姐也是你们话剧社的吗？"

"啊，是……"

温正楠刚开口，就被女生打断了："走吧，张老师他们还在等着呢。"

温正楠顿了顿："欸，好。"

他看向陈念几人："那我们先走了，再见。"

陈念抬了抬手："再见。"

林天意冲着人家喊："有问题记得来找我啊！初一五班林天意！"

等人走得看不见了，陈念拍了林天意一巴掌："你咋回事，上赶着让人家给你找毛病？"

林天意："我怕他有毛病啊。"

陈念："我看你有毛病，你别骗我啊，你那小脑袋瓜里想什么，你当我不知道吗？"

林天意："我想什么啊？"

陈念戳他脑壳："你自己反省。"

停顿了几秒钟，林天意："我觉得他好好看啊，我想和他做朋友。"

温正楠是挺好看的，个儿高条顺，五官端正。但他最好看的地方不在于长相，而是气质。刚迈入青春期的小男生，身上看不出来一点儿浮躁和张狂，温润如玉，笑意盈盈，实在是难得。

"人好看跟你有什么关系？"陈念继续戳林天意脑壳，"又不是女孩子，你又不能追他。"

林天意："呸呸呸，我才不早恋。"

陈念："你重点是不是有点儿偏？"

林天意："呸呸呸，我才不和他早恋。"

陈念："……"

林天意可怜兮兮的："他好高啊……"

陈念明白了，林天意是想变成温正楠那样。

"加油。"陈念拍了拍他肩膀。

处理完了这边，处理那边。

陈念凑到了方芝跟前去，挽住了她的胳膊："芝芝，你想去话剧社吗？"

方芝："看看他们搞得怎么样吧。"

陈念冲她竖大拇指："还是你厉害，见了美色都不为所动，理智思考，冷静办事。"

方芝转头看她："美？谁美？"

陈念顿了顿，没慌，理直气壮："刚才那个学姐啊，很漂亮。"

方芝："很漂亮吗？"

陈念："很漂亮啊，但是没你漂亮。"

方芝："其他的呢？"

陈念："什么其他的？"

方芝："我没她高。"

陈念："她比你大两岁，这两岁至关重要，你肯定比她高。"

方芝："还有。"

陈念："还有什么？"

方芝抿了抿唇，没说话。

陈念盯着她，方芝明显跑了神，半晌，她皱着眉头道："我感觉有些奇怪。"

奇怪，当然奇怪，陈念觉得要奇怪死了。方芝从来没对别的人有这么浓的兴趣，更何况这人才第一次见面，话都没说一句，连名字都不知道。但在陈念这里，这奇怪全部因方芝而起，要找到奇怪的原因，也只能问方芝。她盯着方芝，认认真真、仔仔细细地问她："你觉得哪里奇怪？"方芝的表情变了又变，道："说不上来。"

陈念感受到了极其不好的情绪，不管这奇怪的原因到底是什么，她这情绪都好不了了。

"走吧。"方芝转移了话题，"待会儿还要去买练习册。"

陈念只能中止了这件事，回家之前，她拉着林天意小声道："明天我陪你去看学长。"

林天意："啊？"

陈念："刚不还说要对人家负责吗？现在就不负了？"

林天意："负负负。"

第二天秋高气爽正式开学，校园里四下都是隐隐涌动的兴奋。

陈念跟着方芝一踏入初一一班的教室，教室里所有人的目光便都落在了方芝身上。在一群还没长开的小萝卜头里，方芝实在是太优越了。自身条件本来就是顶级的，气质还好，身上穿的用的还极其有品位。毕竟那可是陈念现在已经只接成衣高定的妈妈精心挑选打扮过的。但显然，方芝已经适应了这种优越。她对大家过于关注的目光并不在意，安静地走上讲台，看了眼底下还空着的座位，便目标明确地带着陈念走了过去。这份淡然，让她显得更加优越了。

陈念在她坐下之前，用纸巾仔细擦了两人的座位，落座之后，陈念擦桌子，方芝把两人包里要用的文具拿出来，该塞桌兜的塞桌兜，该放桌面的放桌面，全都整整齐齐地归置好。两人配合默契，有什么要讨论的也都互相说着小话解决了，压根儿没有别的人挤进来的空间。就这么新奇却也平淡地度过了一个上午，下午课间休息的时候，陈念按照约定去找林天意。她没叫方芝一起，只说自己找林天意有话说。

方芝看她一眼，轻轻"嗯"了一声。陈念都迈出去两步了，又反身回来揉了下方芝的脑袋："想吃什么零食不？我给你买。"

"不要。"方芝摇了摇头

陈念笑了笑："那放学了再吃。"

课间休息没多长时间，陈念快步冲到林天意门口，冲他一招手，林天意便从教室里蹿了出来。两人几乎跑着下了楼，然后又跑过半个校园，这才到了初三楼下。

陈念仰头看着这四层大楼，问林天意："他哪个班来着？"

林天意："他哪个班来着？"

陈念："你救命恩人的班级你都不知道？"

林天意："不是救命恩人，是我撞了他。"

陈念一个冷漠的微笑："哦，受害者，那你不知道也正常。"

她随便凑到了一堆同学跟前去："学长学姐好，请问你们认识温正楠学长吗？他在哪个班啊？"

温正楠那种长相和气质，又是话剧社这么厉害的社团的社长，肯定是个知名人物。

陈念猜得不错，人群里很快有人应声道："三班，他在三班。"

"谢谢学姐！"陈念冲那女生一鞠躬，"学姐人美心善！"然后便拉着林天意赶紧往上冲，找三班去了。

到达三班门口的时候，真是气喘吁吁。

陈念往林天意背后呼了一巴掌："赶紧把你受害人叫出来。"

林天意有些不好意思："我……"

他们身后有人道："你们来干吗？"

陈念转头，看到了那个奇怪学姐。

"哇哦。"陈念发出声感叹，"好巧啊，学姐。"

是真巧，省得她再去一波三折地跟人打听了。

女生微微皱着眉头，怀里抱着一沓作业本："你们不要挡着门。"

"往后往后。"陈念扯了林天意一把，自己却一个跨步便凑到了女生跟前，抬手拿走了她一半的作业本，"学姐，我来帮你拿，这也太多了。"

女生："你……"

陈念转头进教室："学姐你座位在哪里啊，还是要放在讲台上？"

女生站在门外没动，教室里的温正楠抬眼看了过来："欸？你怎么来了？"

陈念顺便道："温学长，门口有人找你。"

教室里"哗"的一声，飘过来了一半的目光。

小孩子嘛，就喜欢看别的班别的年级的学生来自己班找人，光靠几个简单的动作便可以脑补一整个系列的青春疼痛故事。

温正楠赶紧站起身，摘下了戴着的眼镜，往外走："谁呀？"

陈念笑着道："肇事者。"

温正楠到了门口，陈念回头冲奇怪学姐道："学姐，你怎么不进来啊？"

温正楠愣了愣，突然笑起来，他转头对陈念道："她不是我们班的。"

陈念："啊？"

真是有点儿丢人。自觉一通操作猛如虎，结果这会儿站在人家陌生班级的讲台上，像个傻瓜。陈念往出走："打扰打扰。"

到了门口，温正楠同林天意在说话，林天意疯狂往陈念这边瞟，陈念没理她，问奇怪学姐："学姐，那你哪个班的啊？我帮你抱过去。"

"不用。"女生道，"你把东西还回来。"

脑子倒是很清醒，明白这些作业本是陈念抢过去的。陈念笑起来，偏不如她的意："我不，我就是要帮学姐拿东西，别人不心疼学姐，我心疼。"

女生眉头皱得能夹核桃了，嘴角一扯，嘴里的话又冷又硬："你算什么……"

温正楠回头拦住了她："知晓，学妹想帮你拿，你就让她帮你拿过去吧。"

陈念嘴角的笑不太挂得住了："学长，学姐她……叫什么？"

温正楠："知晓啊，方知晓，'知识'的'知'，'春眠不觉晓'的'晓'。"

陈念的手一下子松了劲，手里的东西"哗啦啦"地掉了一地。林天意吓到了，赶紧冲过来帮她捡东西："学长学姐，对不起啊，她，她不是有意的，她不小心……"温正楠也很快凑了过来，帮忙捡东西。

方知晓没动，她看着陈念，两人视线相接，陈念觉得脑子里轰轰作响。陈念在努力回想，在以前的方知著嘴里，有没有听到过方知晓这个名字。

没有，一点儿印象都没有。

但不可能是巧合，怎么可能是巧合。如果只是在同一个学校中，有这么相近的名字，那有可能是巧合。但这个人昨天和他们意外遇到，方芝对她有那么多不同寻常的关注，怎么可能是巧合。陈念仔细去看方知晓的脸，骨骼五官皮肉，没有找到明显的相似处。但她身上的气质，冷漠又嫌弃的表情，陈念倒是熟悉得很。

林天意和温正楠捡好了作业本，温正楠看看陈念，再看看方知晓，道："快上课了，学弟学妹，你们快回去吧。"

方知晓收了目光，走到温正楠跟前，让他把作业本重新放回去，然后再一个眼神都没给陈念，朝自己的班级走去。

陈念还呆立在原地，林天意拽了拽她袖子，叫她："陈念陈念，我们回去吧。"

陈念眨了眨眼，问他："你和学长聊完了吗？"

林天意："聊完了，学长没事，说我不用专门跑来看他了。"

"那怎么行。"陈念慢悠悠道，"我们还要来的。"

温正楠听到了，有些无奈："真不用……"

陈念没看他，拉着林天意走了。时间确实不多了，两人到了初一楼下，第一遍上课铃已经响起了。两人上了楼，各自回了教室，陈念一屁股坐下的时候，老师也进了教室。她神情还有些恍惚，方芝看她，陈念没敢和方芝对视。

这节课陈念一直抬头看着老师，下课的时候觉得脖子僵得慌。

她动了动脖子，方芝手指捏在了她脖颈上："不舒服吗？"

陈念被捏得差点儿跳起来："啊啊，不用，没事。"

方芝的手指悬空，皱起了眉头，陈念赶紧找补了两句："我自己动动就好了，好了好了，你手有些凉，吓到我了。"

方芝收回了手，盯着桌上的本子，道："下节课排座位。"

陈念："啊，好。"

方芝："我们可以选座位。"

陈念："啊，这么好的吗？"

方芝："前十都可以选。"

陈念扬起笑容："那太好了。"

方芝："你要是想和别人同桌，就别往我跟前坐。"

陈念愣住了。

方芝还是没看她，手指在桌兜底下，只有衣服被带动，会有一点点儿微微的响动。

"咳。"陈念提高了声音，"我不想和你同桌想和谁同桌啊，全班的同学都虎视眈眈呢，我可不能把我的大宝贝给别人。"

方芝不说话，陈念决定透露点儿无关紧要的："我上节课带林天意去找昨天碰到的那学长了，林天意对人家念念不忘的，我主要是想帮你打听下话剧社的事。"

方芝终于转头看她："是吗？"

"当然啊，妥妥的。"陈念道，"虽然你现在还没正式学表演，但将来总要学的嘛。学校的话剧社可能没有很好的老师，但表演这事，实践是最重要的。你总不能和我搭戏演嘛，我没这个能力。"

方芝："你有。"

陈念连连摇头："我真不行。"

方芝："我们上次表演挺好的。"

陈念拍了拍她胳膊："哎，芝芝啊，我志不在此，你莫要强求了。我只要看着你在舞台上发光，就很开心了。"

方芝趴到了桌上，剩下的时间再没和陈念说话。班会课，老师开始给他们排座位，大家收拾了东西出去，然后再按照名次一个个进。方芝是第一个进，她找了个很好的位子，放下书包坐下来。陈念和她中间隔了一个人，第二名进去左右看了一圈，很犹豫的模样，最后走到了方芝身边。

方芝坐的是靠过道的位子，第二名看着方芝，微微地抬了抬手："我要坐里面。"

陈念就站在教室门口，心一下子提了起来。她盯着方芝，生怕方芝赌气，同桌的位子就成了别人的。

教室里安静了几秒，陈念的心脏悬空几秒，方芝开口了："里面有人。"

第二名："老师没说可以占座位。"

方芝："我不想和你做同桌，抱歉。"

第二名脸一下子涨得通红，转身往另一边走去，随便找个位子坐下了。

陈念松了口气，她赶紧大步跨进教室，来到了方芝跟前："来，我进去。"

方芝坐着没动。

陈念心又提了起来，弯了腰压了声音："芝芝，我错了，不管你生什么气，我都错了，你先让我进去好不好，好姐姐，好同桌……"

方芝往前拉了拉凳子，让出了位置。陈念挤进去，长长地呼出一口气。

班会结束后便放学了，陈念有大把的时间来哄方芝。

其实没什么事，方芝也没那么难哄，等两人回到家，也就和好了。

只是各自回房做作业的时候，陈念咬着笔，开始陷入沉思。而方芝做着题，时不时也会突然呆住，想到同一个人。

往后几天，陈念撺掇林天意去找了两次温正楠，不巧的是，温正楠挺忙的，课间时间极其宝贵，时不时就被旁人拉走了。听林天意说，他在忙社团招新的事情。陈念面上平静，但心里挺急的。话剧社本来就是方芝很感兴趣的社团，现在又多了一个方知晓，陈念觉得到时候温正楠把桌子往学校里一摆，方芝肯定会过去报名。

而在那之前，陈念希望自己先接触接触方知晓，搞清楚一些事情，有个心理准备。难办的地方在于她和方芝已经养成了每天上学放学都在一块儿的习惯，陈念实在是很难在方芝不怀疑的情况下，一个人去找方知晓。只能"曲线救国"，每天都催着林天意帮忙多打听点儿消息。林天意在这方面还是很好用的，他人活泼可爱，带点儿天生的憨，很容易打入人群，获得信任。

"就是这些了。"这天，两人靠着栏杆，林天意说完了收获，陈念递给他一个面包。

"嘿嘿，谢谢。"林天意接过面包，啃了一大口，"其实也不用每次都给我带吃的，我们关系这么好……"

陈念打断了他的话："我是觉得你最近瘦了，瘦了就不可爱了。"

林天意愣住，嘴里叼着那一口面包，一时之间不知道是吃还是不吃了。

陈念乐呵呵地笑起来，转了个身，看着楼下："方知晓既然成绩又好，又有才华，怎么可能没朋友。"

林天意："真没，温正楠都不觉得自己和方知晓是朋友。"

陈念确定了一遍："她平时上学放学都一个人？"

"嗯，去上厕所也一个人。"林天意道，"不像你和方芝……啊，方芝，方知晓，你是不是喜欢叫这种名字的人啊？"

陈念抬手抢走了他的面包："我智障啊，我喜欢一个名字。小小年纪整天把喜欢这两字挂嘴上，你是要早恋了吗你！"

林天意脸一下子红到了耳朵根，他捂着耳朵："你才早恋！你才早恋！"

陈念没理这傻瓜，兀自发了会儿呆，等时间差不多了回了教室。有人站在方芝身边，拿着本书在问她题。白白净净的一个小男生，问个题耳朵尖都是红的，跟林天意那傻瓜一个样。

陈念快步走过去，一把抽过了男生手里的书："哪个题不会啊，我看看。"

男生吓了一跳，愣愣的："那个……第五题。"

"第五题啊。"陈念扫了眼，"这多简单啊，我现在跟你说了你下次又不会了。把书翻开，第二章，仔细看一遍，以后这类题都会做了。"

男生："啊啊……"

陈念把书递给他："快上课了，我进去了。"

男生只得往后退了几步，方芝给她让开来个窄窄的过道，陈念挤着她的身子回到了自己的座位。

上课铃响了，男生走了，陈念凑到方芝耳朵边跟她说悄悄话："给同学讲题要有选择性，不要浪费自己的时间。"

方芝扯了扯嘴角："那给所有人讲题都是浪费我的时间。"

"我除外。"陈念摊开了书本，"给我讲题起码会获得快乐。"

下午第四节是阅读课，基本相当于自习。老师布置了阅读任务，大家静静地看书，陈念盯着课本，没一会儿就分了神。方芝的笔尖在她书上敲了敲，吸引了她的注意力以后，给她递了个"好好看书"的眼神。

"啊……"陈念低低地感叹一句，翻过了面前许久没翻过去的那一页。

老师坐在讲台上，手里也拿着本书，被窗户透进来的阳光晒着，懒洋洋的。陈念心里有了主意，等这节课还剩下十分钟时，她写了张纸条，推到方芝面前，然后抬手捂住了自己的肚子，发出了一声前后两排都能听得见的痛苦呻吟。

方芝立马看了过来，问她："哪里疼？"

陈念看了眼方芝，身子拱了拱，把自己的肚子藏得更深了，她抬头看向讲台上的老师，举起了一只手，表情十分痛苦："报告，老师我肚子疼。"

方芝站起了身，替她叫老师："老师，陈念身体不舒服。"

老师赶紧放下书走了过来："你是怎么个疼法？"

陈念推了下方芝，方芝起身让出了空间，陈念躬着身子到了老师跟前，低声道："要去厕所那种。"

老师挥了挥手："那你赶紧去，赶紧去。"

陈念表情扭曲："老师，你要是不放心，可以跟着我……"

方芝："老师，我可以陪她去吗？"

陈念连忙按下她的手："不用不用，我一个人就可以。"

老师抬手指了指："你赶紧去吧。"

陈念小步往外跑去，迫不及待的模样，十足地真实。方芝目送她离开，实在看不到了，才垂下了视线。又看了遍那张纸条，陈念写着：要是下课前我没回来，就是先回家了，不要等我。方芝的眉头皱了起来。

陈念目标明确，先是往厕所的方向，等到了人少的地方，便拐了个弯朝初三的区域走去。方知晓在初三一班，这节课是社会实践，但因为都初三了，课业重要，所以这节课会自动改成自习。

陈念在初三楼下找了个犄角旮旯待着，然后从兜里摸出块泡泡糖塞进嘴里，慢慢等。

六分钟后，放学铃响了，四下的教室开始震动起来。

再过两分钟，便开始有人从教室里拥了出来，陈念也得以从旮旯里解脱，抽身出来，找个好位置，继续等着。

在一大堆人里盯自己要找的那个其实还蛮难的，陈念盯得眼睛酸，都没看到人。直到大部队全都拥到前方了，人群变得稀稀拉拉，方知晓才从楼道里出来，一个人抬头挺胸安静地往前走。

陈念吹了个泡泡，落后几步，跟上了她。

方知晓果然不像个有朋友的人，一路从学校里出来，到了公交站，都没和任何人打过招呼，更别说说话。陈念和她上了同一辆车，放学高峰期，车里挤满了穿着同样校服的学生，叽叽喳喳，吵闹得很。没人注意角落里低头戴着耳机的方知晓，也没人注意另一边"图谋不轨"的陈念。

没过几站，方知晓便下了车，陈念赶紧挤过人群，也下了车。方知晓过了马路，走进巷子里，陈念不太有跟踪的经验，怕被发现，只得慢了几步。

但还是被发现了。

本来匀速前进的方知晓拐过一个弯，突然便跑了起来，和有时间差的陈念拉开了很远的距离。眼看着人要跑没了，陈念心里乱糟糟的，没想那么多，抬脚便追了上去。方知晓不往人多的地方跑，也不寻求路人的帮忙，甚至连一个回头都没有，就只这么铆着劲往前冲，她个子高，迈的步子大，跑起来像一头灵动的鹿。陈念要不是这几年为了参加学校运动会特意练过跑步，指不定跑几分钟就跟丢了。她身体素质不错，又没有书包的负重，就这么一直追着，过了一条又一条街。等追到第三条街的时候，方知晓终于不跑了，她停下了脚步，额头上冒着汗，转身看向陈念。

陈念觉得被跟踪对象这么看着有些尴尬，但她和方知晓之间还有一段距离，要是现在放弃，那可就太前功尽弃了。于是她在方知晓的注视下跑完了最后几步，在距离方知晓两米远的地方停下，长长地呼出几口气。

"对，对不起。"陈念喘着道，"我没想着……追你。"

"你想干什么？"方知晓问。

陈念没忍住，道："你别管我干什么，以后要碰到这种情况，要么往人堆里扎，要么找警察叔叔帮忙，别一个人在那儿瞎跑。我腿短追不上你，要换个腿长点儿的，不安好心的，你这咋办啊？"

方知晓："你安好心？"

陈念："不好不坏吧。"

方知晓："要说就说，不说你继续跑着吧。"

说罢又要抬腿，陈念赶紧叫住了她："我没多少时间了，我找你……就是想跟你打听点儿话剧社的事。"

方知晓眨巴了下眼睛，突然走到了陈念跟前："那你请我吃饭。"

陈念愣住了。

方知晓一看就是个聪明人，特别聪明的那种。跟方知晓这一趟，陈念原本的打算是看看她家住在哪里，后面有机会去打听一下，她父母姓甚名谁，到底跟方芝有没有关系。如果被发现了，就随便扯点儿借口聊几句，管对方相不相信，能打探到一点儿消息就行。最坏的结果也就是方知晓对她产生芥蒂，以后更躲着她，不过反正她现在和方知晓也没什么联系。方知晓这性格，要想有点儿联系太难了，陈念整天和方芝待在一块儿，也没有那么多的时间和精力。所以陈念怎么都没想到，原本没抱多少期望，并且眼看着失败了的事，突然就从天上掉下了个大馅儿饼，砸在了她脸上。

"你说什么？"陈念确认一遍。

方知晓站在她跟前，一步的距离，四目相对，明确得很："请我吃饭，我就告诉你话剧社的事。"

陈念看了下四周："你想吃什么啊？"

方知晓："烤肉，井家的。"

井家烤肉陈念知道，是市里新开的一家连锁店。生意很好，价格也很贵，压根儿就不是他们这样的初中生随便就能去吃一顿的水准。

"井家没在这儿，"陈念道，"你饿了的话，我们先去对面的肯德基？"

方知晓："肯德基不回答问题。"

陈念："所以去井家，我问的所有问题都会回答吗？"

方知晓："不一定，看情况。"

陈念一时之间不知道该说些什么好。

"不行就算了。"方知晓转身往前走。

"行。"陈念叫住了她，"但不是现在，我得回家了。周末我们约个时间。"

回家的时候陈念斥巨资叫了个摩的，一路在晚高峰中风驰电掣，所以到家的时间并不算太晚。今天又是爸妈很忙的一天，家里只有方芝一个人，陈念推开她卧室门的时候，方芝正在做作业。

很安静，只有笔尖唰唰的声响。

"嗨！"陈念冲她招招手，笑着打招呼，"吃饭了没有啊？"

"没有。"方芝没转头，还在做作业，"都在锅里。"

"那我去热。"陈念抚了抚肚子，"哎，好一通拉，都拉空我了……"

方芝终于看向她，但没说话，就这么静静地看了她几秒钟。陈念有些心虚，但为了不表现得心虚，大方看着她。

方芝起身，道："去吃饭吧。"

陈念松了口气，蹦着去了厨房。

开学之后，方芝的周末其实比周内还要忙。钢琴课声乐课，刘春花女士又新报了形体舞蹈课给她，于是上午下午几趟转场，剩下的时间就只能用来做作业和休息了。

周六，陈念陪着方芝跑了一天。周日一早，她躺在床上装赖床，可怜兮兮地跟方芝道："起不来了，起不来了，呜呜呜呜……"

方芝非常地善解人意，道："你睡吧，我自己去可以的。"

陈念扭来扭去："可是我想陪芝芝，想陪芝芝，芝芝要是在家里上课就好了……"

方芝："那你努力赚钱给我买钢琴呀。"

陈念抱着被子，良心不安，硬生生挤出点儿生理泪水："哦。"

方芝拽了拽她头发，自己去洗漱吃饭，然后出了门。陈念扔了被子，躺倒在床上，发了会儿呆。和方知晓约的是十一点，中午饭点。陈念一家四口，三位为了自己的学习和工作忙得中午都不能回家吃顿饭，而陈念却拿着好容易从朱栋身上剥削来的钱，去请不相识的人吃大餐。

"啧。"陈念递给自己一声嘲讽。

她翻身下床，怀抱着愧疚为家里做了遍清洁卫生，然后估摸着时间差不多了，便出门坐上公交，去往井家烤肉。

她十点半到的，拿着号码牌等了三十分钟，才有了个两人的位子。方知晓还没来，这个时候他们这些初中生还没有手机，碰到这种约会迟到的，真是急死个人。

陈念坐在高高的凳子上晃着腿，拿着菜单看了一遍又一遍，冲路过的服务员不好意思地笑："阿姨，等会儿点儿单，我朋友没到呢。"

一个小孩子，没人为难她。

就这么又等了二十分钟，方知晓才终于露了面。大秋天的，她上身背心，下身超短裙，肩膀上挂着个宽宽大大的棒球服外套，不羁得很。人到了跟前，往陈念对面的椅子上一坐，支棱着半条腿，满头的小辫子，抬眼之间有闪闪亮亮的眼影。

"点了吗？"方知晓问。

"没呢。"陈念把菜单给她递过去，"这也太贵了。"

方知晓扯了扯嘴角："我又没逼你来。"

"我自愿的。"陈念并不反驳，只是侧身在兜里翻了翻，翻出几张人民币，啪地全放到了桌子上，"但我就这些钱，你算着点儿，点超了我们就只能给人洗盘子了。"

方知晓的视线从菜单上移开，落到了陈念脸上。

陈念同她对视，穷得坦荡荡："我又不赚钱，这都是我平时攒的零花钱。"

"行。"方知晓放下菜单，抬手拿过那些钱数了数，然后叫过来服务员，报了菜。

陈念刚才已经研究了好一会儿这菜单了，各类肉大概什么价格心里都有数，方知晓还真紧着她这钱数点了一顿，荤素搭配，还没忘了饮料。

菜上桌的时候，单子也到了。

陈念拿过看了眼，方知晓只给她省了五毛钱。

陈念笑起来，道："你数学挺好的啊。"

方知晓拿着夹子，专注烤肉："我各科成绩都挺好的。"

"这个我知道。"陈念看着她，"你不仅学习成绩好，还参加了好多唱歌跳舞的比赛，拿了不少奖。"

方知晓："嗯。"

陈念："还接过广告，好像还去剧组客串过？"

方知晓翻动着烤肉，动作熟练："嗯。"

陈念由衷感叹："你好厉害啊。"

方知晓没应这个声，肉片"嗞嗞"作响，很快就散发出了浓郁的香味。方知晓将烤好的肉切碎，全都放在了自己盘子里。

陈念无奈苦笑，这人还真是不客气。方知晓开始低头吃肉，虽然着装挺叛逆，但吃饭的动作挺优雅。优雅并迅速，吃完一片接下一片，完全没有给陈念留一片的意思。陈念本来没那么饿，也没那么馋，但被她这么一刺激，总觉得今天这顿饭自己少吃一口就亏了似的。于是陈念不急着说话了，自己也开始上手烤肉，烤，吃，烤，吃，两人点的东西本来就不多，很快就把一桌子的食物给扫荡得干干净净。

"嗝。"陈念打了个饱嗝，端过饮料，猛灌了一口。

方知晓咬着吸管，喝完最后一口橙汁，然后便抬手道："服务员，买单。"

陈念急了："怎么就买单了，谁跟你说买单了，我话都还没问呢。"

方知晓："饭吃完了啊。"

陈念："就算是等价交换，你这也过分了吧，我才跟你说了几句话啊。"

方知晓看了眼腕上的运动手表："二十分钟，你不说等着我说吗？"

"嘿，你这不是吃得凶吗？"陈念真是无语了。

眼看着服务员到了跟前，钱又在方知晓手里，陈念只得含泪从兜里又摸出来几十块钱，拍在了桌上："再点份甜品吧。"

方知晓欣然接受："行。"又看看菜单，"只够点一份我喜欢吃的。"

陈念："你吃！我不吃，我吃才亏得慌。"

方知晓微微一笑，眼睛弯起来的样子看起来特别无辜："好的，那麻烦你再给我们加一份这个。"

服务员应声下去了，陈念抓紧时间追问方知晓："你是从小学这些的吗？唱歌跳舞。"

方知晓："嗯。"

陈念："有多小？"

方知晓："六年级。"

陈念："那也不是特别小。"

方知晓看她一眼。

陈念："你很喜欢这些吗？"

方知晓："还行。"

陈念："还行是怎么个还行法？"

方知晓："别人都喜欢看，我表演了能赚钱。"

陈念："你小小年纪头脑倒是挺……清醒。"

方知晓："也不是特别小，也就比你大两级吧。"

服务员端着甜品过来了，陈念："你们家店什么都好，就是上菜太快了。"

服务员一脸不解。

方知晓："帮我打包一下吧，我带走。"

陈念喊起来了："你怎么能这样呢！"

方知晓神情叛逆，语调冷漠："我就这样。"

服务员开始去拿打包盒子了，陈念："行行行，你厉害，我再问你最后一个问题……"

方知晓看着她，陈念那问题在脑袋里拐了个弯，又有些犹豫："你……那个，就是……你家……"

方知晓盯着她的眼神晃了晃。

陈念闭嘴了。

倒不是害怕，一个小孩儿，能有什么可害怕的。陈念就是有些不忍心。她真正想问的问题很简单，你家是什么情况，你爸妈是你亲父母吗，你是本来就叫这个名字，还是后来改成了这个名字。

但这些问题，如果方知晓家是普通的正常家庭还好，如果不是，那就是往别人心口里扎刀子。是个成年人都有些受不了，更何况方知晓只是个十四五岁的小孩儿。哪怕这个小孩儿挺狂，一副冷酷无情，只为利而来的幼稚模样。

服务员已经拿着打包盒过来了，陈念换了个问题："那天我们第一次见面，你对我身边那个女孩儿有什么看法？"

方知晓道："没什么看法。"

陈念："没什么看法你盯人家看那么久，我告诉你，她可是我罩着的……"

方知晓突然笑了，她提了服务员装好的小蛋糕："我看她好看，多看两眼不行吗？"

小孩儿这都什么臭毛病！没等她发火，方知晓便已经转身往外走了。桌面上明晃晃地放着陈念那些钱，服务员看着陈念，没她说话不好动。

陈念把那些钱扒拉过来，递给服务员，气呼呼地道："麻烦买单。"

服务员长舒一口气，报到："十九号桌买单——"

等陈念结完账再出来，方知晓连个影都没了。陈念又气又想笑，觉得自己一把年纪了，被个小孩儿给玩了。剩下的时间无事可做，想着之后要再和方知晓接触还得多备点儿钱，干脆便去找了朱栋一趟。

朱栋说干就干，这也就十来天时间，家伙什买了，单都开始接了。他下得了那个狠劲，陈念让他去找客户，他就死乞白赖地找，电话本已经写了几十页，每一个电话后面都有相应的备注。

"主要就是拍小孩儿，大一点儿的。"朱栋道，"小的现在没法接，我棚没搞好。"

"没钱租工作室了吗？"

朱栋："对。"

陈念："也不用急，现在天气好，室外拍出来的照片更好看。我再跟你说几个模板。"

朱栋赶紧掏出了笔，认真做记录。

两人就蹲在一处老旧小区的楼道里，陈念谆谆教诲，朱栋认真学习。

聊了快一个小时时间，陈念口干舌燥，朱栋跑去买了瓶水给她。

还是徒弟乖，陈念心想。

临走的时候，陈念同朱栋道："我妈说你现在这个客户群定位不错，养得活你。要没有客源了，多到学校和少年宫跟前跑跑。"

朱栋："好。"

"没事的时候你跟那些家长打听打听，哪里教唱歌跳舞这些比较好，还有就是，哪里有比赛……那些参加比赛的孩子，可以适当提高价格，拍得更精致一些。"

朱栋："好。"

陈念拍拍他的肩膀："加油，等再攒点儿钱，买台好电脑。前路漫漫，你潜力无限啊！"

她说这话的语气可真是十足十地老气，照别人看了，都会觉得奇怪得很，但朱栋显然已经适应了，被鼓励之后有些激动，信心满满地握了握拳："我可以的！"

陈念转头问他："你真就这么听我们的话？"

朱栋："谁能让我赚钱我听谁的。"

陈念："嚯。"

朱栋："我不是那个意思，就是师父你很厉害，虽然你年龄小……"

陈念摆了摆手："行了行了，这些都不重要。"

她觉得现在的小年轻三观有点儿问题，怎么一个个都朝钱看齐，没有一点儿人和人之间的信任。

朱栋："等我租了门面，就提到二十个点。"
陈念："好。那我们到时候要签个正式的合同。"
朱栋："师父签合同得成年吧？"
陈念："当然是和我妈签，你傻啦！"

和朱栋见完面以后，估摸着时间差不多了，陈念去接方芝下课。她藏在拐弯处的小角落里，方芝从楼上下来没有看到她，轻巧的步子一跳一跳的，嘴里还哼着歌。陈念冲了出去，冲到她跟前"嗷呜"一声。方芝吓了一跳，身子都往后仰了大半截，柔软得像根藤条。陈念扶住她的背把她揽了回来，傻呵呵地冲她笑："上课这么开心呢？"

方芝道："睡懒觉这么开心呢？"

陈念和她并排走在一起："还行吧，没想象的那么开心，还是和芝芝待在一块儿比较开心。"

方芝偏头看她，突然问她："你中午吃的什么？"

陈念："啊？"

方芝："中午你在家吃的什么？"

陈念愣了愣，抬抬手："就，随便吃了点儿。"

方芝凑到她跟前，吸了吸鼻子："身上有味道。"

"啊……那个，哈哈哈哈……"陈念只得找点儿借口，"我一个人无聊，去商场玩了会儿，沾上味道了吧。"

方芝眨眨眼："哦。"

陈念赶紧找个话题岔开了："你演讲稿写好了吗？"

方芝："今晚写。"

陈念："哇，周二就要开学典礼了，你还没写呢。"

方芝："急什么，很快就写好了。"

陈念笑起来："方同学现在厉害了，都不用我给你把关了。"

方芝："每学期都写，内容都差不多。"

说得倒也没错，方芝成绩好，人又长得漂亮，年年学生代表发言都是她。再加上升国旗演讲，她在全校师生面前背过的这些正儿八经的稿子，随便拉着凑一凑，就是一篇新的。

"真是优秀啊。"陈念背着手，莫名有种为人母的骄傲。

方芝倒是不在意这个，她眼睛亮闪闪地道："听说开学典礼还有表演节目的。"

陈念："欸？"

方芝："应该在最后面，为了让大家看完领奖。"

陈念："厉害了，你想要上吗？"

方芝："不，人家早都定了。"

是早都定了，这么好的场合，这么重要的表演，暂时还不会落在他们刚进学校的初一新生头上。

周二下午，风和日丽，一中开学典礼正式开始。尽管方芝上台的时候穿的是统一的校服，还是引起了底下阵阵惊叹。

陈念个子高，只能坐在班级后排，他们班的位置又比较偏，斜着身子看方芝，不能大大方方地张扬这是我同学，这是我姐妹，这是我的好伙伴，真是不尽兴得很。不过方芝演讲完下台，带着一众人的目光坐到了陈念身边，转头只对陈念笑，还是给了陈念大大的心理满足。

节目表演果然在所有的流程都走完之后，同学们已经被秋老虎晒得蔫了吧唧的，却还是要等着这好不容易的娱乐项目。

三个节目，两个唱歌，一个街舞，街舞的领舞是方知晓。陈念盯着那一头彩色辫子，画着烟熏妆，抹着大口红的方知晓，合理怀疑她表演这个节目是为了能在学校里有用这一身造型出风头的机会。初中的叛逆期小孩儿们，有哪个不喜欢这种又酷又炸的表演。配着当下时髦的流行音乐，燃得大半个操场的人都跳了起来。本来就是最后一个表演，老师也不管着了。

方知晓跳得确实不错，特别是跟她身旁的队友比。陈念看一会儿方知晓，偏头看一会儿方芝。方芝虽然不会激动得跳起来，但看节目看得挺认真。

表演结束之后，陈念装模作样地说了句："原来是她啊。"

方芝："嗯，没想到她叫方知晓。"

这种东西是瞒不住的，毕竟在一个学校，又都不是什么默默无闻的人。刚才主持人报幕的时候，不仅会说方知晓叫方知晓，还会说方芝叫方芝。

方芝："她是哪个 zhī 啊？"

陈念赶紧道："她和你不一样！她是'知道'的'知'，你是'芝麻'的'芝'。"

方芝转头看她："你怎么知道？"

开学典礼没过两天，社团招新便开始了。各个社团的学长学姐们搬了椅子凳子，在操场排成一长排，等嫩生生的新生加入。

大课间的时候人最多，方芝收拾好文具起身往外走，被陈念一把拖住："你不觉得今天……有点儿晒吗？"

方芝："秋高气爽，不觉得。"

陈念："你不觉得街舞社其实更适合你吗？毕竟你开始学习跳舞了。"

方芝："我学的民族舞。"

陈念："我跟你说大明星都跳现代舞……"

方芝："所以方知晓在你心里是大明星咯？"

自从开学典礼那天说漏嘴以后，方芝就没少这么阴阳怪气地说陈念。尽管陈念进行了一大通解释，但不管是偶然碰见还是刻意为之，私下联系就是联系了，联系了还不敢告诉方芝，就是有问题。陈念也承认自己有问题，但她没法跟方芝说这是什么问题。本来方芝就对方知晓很有兴趣，现在就更有兴趣了。不管是哪方面的兴趣，反正人得先认识了。在这方面，方芝可比陈念光明正大、理直气壮得多。

她甩了甩陈念的手："反正话剧社我是一定要去的，你看着我去，你不看着我也去，你看不看你自己选择吧。"

陈念立刻也起了身："去去去。"

这是个傻瓜都会选的答案。两人的手也就没放开，就这么牵着去了操场。话剧社的位置不错，非常显眼，社团里又多是些长相漂亮的孩子，所以吸引了不少人的注意力。桌子旁边，围了一圈人。方芝在人圈外站定，陈念踮脚便看到了坐在桌前的方知晓。方知晓管着登记表，有人有意向，她就指导填一下表。

看方知晓那认真的样子，陈念脑袋里浮出的第一反应是：不知道温正楠花了多少钱才能让这尊大佛乖乖地坐在这里。

结果想曹操曹操到，身后有人拍了她一下，而后便是好听的标准普通话，和和蔼可亲的笑容。

温正楠看看陈念，看看方芝，问："对我们社团感兴趣吗？"

陈念真是想能拖一秒就是一秒，嘴上"没兴趣没兴趣"回答得特别快，手上恨不得去捂住方芝的嘴。

但方芝竟然没接话，温正楠道："好伤心哦。"

陈念看向方芝，温正楠又问他们："天意学弟呢，没跟你们一起吗？"

陈念挥挥手："嗐，他更没兴趣。"

温正楠捂了捂胸口，一副受伤的表情，然后便钻进人群，去了桌子后面，忙活自己的了。

陈念扯了扯方芝的手，小心翼翼地问她："芝芝，你改变主意了吗？"

方芝非常果断："没。"

陈念："那你刚才……"

方芝："什么都要有个先来后到，我总不能插队吧。"

反正这小姑娘长大了，脑袋瓜子更灵活了，说什么都是她有理。陈念只得陪着方芝煎熬地等，等面前的人没了，温正楠和方知晓的脸都清晰地露出来了，林天意也不知道从哪个犄角旮旯里冒了出来，蹦到了她们身边。

"你们怎么都不叫我！"林天意冲陈念喊，"你不是说今天不来吗？"

陈念斜他一眼："你不是也来了。"

林天意："我们下节课体育。"

陈念："哦。"

林天意兴奋地看向方芝："芝芝，你要报话剧社吗？我们一起啊！"

陈念简直想踹死他，她就不明白了，林天意什么时候对演戏这事感兴趣了。她也不明白，温正楠和方知晓这两人是有多大的魅力，让他们三个小伙伴牵肠挂肚，围着团团转。不过这不重要了，重要的是她还是没能阻挡这命运的会见。

方芝和方知晓的视线再一次对上，只是这次两人看对方的时间都短了许多，方知晓问她："要来吗？"

方芝:"要。"

方知晓递给她表格:"填一下。"

方芝接过表格,但没动,她问道:"社团平日里多久一次活动?今年有没有什么戏要排?新生加入社团以后会做什么类型的工作?是人人都有上台的机会,还是要筛选挑人?筛选的标准是看资历还是看实力,或者别的什么?"

一通问题,炸得周围的人都惊住了。陈念想给她拍手叫好,林天意满眼崇拜,周边的小朋友一脸蒙。温正楠愣了愣,但很快反应过来笑起来,他正要开口说话,却被方知晓截断了。

方知晓抬眼,对上方芝的视线,问她:"那你先说说,你来社团的目的是什么?学习?交朋友?还是上台表演?"

方芝:"这些怎么分得开呢,要想上台表演,当然要学习和交友。"

方知晓:"那你想要的很全面啊。"

方芝:"我相信社团里都是这么全面的人。"

方知晓突然扯起嘴角笑了笑:"要的多没关系,要的多,付出的就得多。在你跟社团提要求的时候,先考虑下自己能给社团什么。"

陈念听这话不爽了:"学姐,你说这种话过分了吧,学校社团就是大家因为一个共同爱好走到了一起,互相学习互相交流互相进步的一个集体环境。这怎么人还没进去呢,就搞得跟谁要进社团抢钱了一样。我们社团是不营利的吧,你们这样……"

"不是不是,陈念你误会了。"温正楠赶紧插了话。

陈念一看就是个脾气暴的,而且是个一开口就能自己吵完十分钟台词还不带磕绊的那种。

温正楠见过她几次,知道这新生奇怪又厉害得很,所以赶紧挡住了她的话头子,进行了语气温和的解释。有他在,再大的火都跟被一团水包住,没了燃烧的空间。

等温正楠说完,陈念不说话了,方知晓也不盯着方芝瞅了,方芝拿了笔到另一边的桌前填了表,林天意绕着温正楠,几次开口,终于道:"学长,我也可以报吗?虽然我现在什么都不会,但我会跟着大家认真学习的。"

温正楠笑起来眉眼弯弯的:"当然可以啊。"

等林天意填完表,时间也差不多了。他下节课体育不用回教学楼,报完名干脆就坐到了话剧社后面的凳子上,非常狗腿地跟温正楠聊起天来。而方知晓把那几张报名表格整了又整,显然不太想和他们交流的样子。

陈念扯了扯方芝:"芝芝,我们回吧。"

"嗯。"方芝临走前又看了方知晓一眼。

后面那两节课,陈念真是怎么上怎么郁闷。好的一点儿是,中学生还是要以学习为主的,社团活动时间很少,一周最多就两次,时间也不会太长。这两次,要么在放学后,要么在周末,陈念都跟得上。往后两周的时间,她就这么跟着,比很多一时新奇报了名后面太懒不想来的新成员都积极。方芝自然不会嫌弃她,温正楠是个好人,也不会嫌弃她来看热闹。别人开会排练的时候,陈念就远远地找个地方坐着,听不见人家说话,但能看个大致的样子。

四次社团活动，方知晓只来了两次，她一到，社团的氛围便有些剑拔弩张。但因为有温正楠在，吵也吵不起来，没有任何剑拔弩张的真凭实据。所以有时候陈念甚至怀疑，这剑拔弩张的感觉是不是自己情绪太紧张造成的错觉。

她担心那么久，焦虑得头发都多掉了几根，方知晓和方芝之间的交流，最多也就是说几句话，多给几个眼神。

陈念开始反思自己。

说不定就是巧合呢，就算不是巧合，现在一切都不一样了，不好的事情一定不会再发生了。陈念蹲在角落里，默默地握了握拳。

今天是排练，结束后方芝有些累，挽住了陈念的胳膊，半个身子的重量便都放在她身上。

陈念打开保温水杯，小心翼翼地给她倒了杯温水，对她道："先喝点儿水。"

方芝偏偏脑袋："不渴。"

"乖，流汗了。"陈念哄道，"女孩子是水做的，流掉了多少水分，就得补回来。"

方芝被她逗乐，笑起来，林天意从一边蹿过来，气喘吁吁地说："陈念，我也是水做的，给我水……"

"一边儿去。"陈念指了指一旁的矿泉水，"你是泥，和泥去吧。"

气得林天意嗷嗷叫。

三个人一块儿往外走，林天意叽叽喳喳，陈念和他斗嘴，时不时再关心两句方芝，是他们三个待一块儿最常见的模式。方知晓去了趟洗手间，回来的时候教室里已经没其他人了，只剩下温正楠在收拾东西。

方知晓拿了自己的书包，道："再见。"

温正楠紧追两步到了她跟前，同她道："公主这个角色比较简单，给新生演比较好，王后还是你合适。"

方知晓扯了扯嘴角，道："因为我比较恶毒，对吗？"

温正楠眉头皱了起来："当然不是！王后的性格比较复杂，你有经验。"

方知晓并不听他的解释，实际上也不需要他解释，所有的一切，方知晓心里都明白得很。她打断了温正楠的话，道："你想怎么安排都行，反正我后面有比赛，也不一定能上。"

温正楠停住脚步，长长叹了一口气。方知晓没再理他，戴上耳机大步朝前走去。她快走到校门口的时候，正看见陈念三人从车棚那边过来。三个人，两辆车，林天意的书包放在自己的车篮里，方芝的书包放在陈念的车篮里。陈念推着车子，方芝跟在她身边，手上身上没一点儿东西，步伐轻盈。方知晓停住了步子，静静地看着方芝。方芝果然坐到了陈念的车后座上，陈念一只脚点地，不嫌重地把自己的书包挂在车把上，然后抽出了包旁边的水杯，喂了方芝一口水。

做完这一切，车子才启动了起来。

有人笑，有人闹，有人拽着朋友的衣角，身上都是被爱的光芒。方知晓垂了视线，拽住了书包肩带，继续往外走。今天没人跟踪她，没人会追着她跑，也没人企图同她说话。

方知晓走着无聊的路，上了无聊的公交车，到了无聊的家门外。

钥匙插进去，门打开，客厅里的人转过身，对她道："怎么不敲门，吓我一跳。"

方知晓抿了抿唇，小声道："阿姨，我不知道你在家。"

穿着漂亮裙子的女人正在卷头发，手上动作没停："我不在我家我在哪里，一个两个都觉得我不住这房子了……"

方知晓没说话，静静地待在原地。

女人卷完了一边，回头见她还杵在门廊处，皱起了眉头："你待那儿干吗，赶紧进来。上楼换身衣服，跟我出去。"

方知晓进了屋，问她："去哪里？"

女人："把你那死鬼叔叔扯回家，对了，见了面记得叫爸。"

方知晓应声："好的，阿姨。"


新一周社团活动的时候，方芝同陈念说："今天不用跟着我了。"

陈念："欸？"

方芝："今天方知晓没在。"

陈念："啊，啊，这个，我跟着你也不是为了那个，就，她，哈哈，和我有什么关系呢，对吧，对哈……"

方芝："嗯。"

陈念抬抬手："那个，你怎么知道她没在啊？"

方芝："温正楠说她有事请假了，最近都不在。"

陈念有些好奇："什么事啊？"

方芝眨巴了下眼："这么好奇你不如去问下方知晓？温正楠有她手机号码。"

陈念扯起嘴角用力微笑："啊啊，不，当然不。"

过了会儿，她又忍不住问方芝："方知晓有手机啊，这么厉害吗？"

方芝抬抬下巴指了指教室角落的方向："单刚不也有吗，潘豆不也有吗，杜甜甜也有啊，都很厉害？"

陈念嘿嘿地笑："他们爸妈厉害。"

方芝："我觉得叔叔阿姨才厉害。"

陈念："那当然，我爸我妈最厉害。"

方芝："学生没必要用手机，你看，用手机的成绩都不怎么好。"

陈念："潘豆不挺好的吗？"

方芝："没我好。"

有几个能有你好啊，陈念觉得这小孩儿现在高傲得很。不过方芝突然好像就和方知晓不那么对付了，这对陈念来说，算件好事。这年头，手机才刚刚兴起，能给孩子买了用的，起码说明家庭情况不错，并且愿意给孩子花钱。这对陈念来说，也算件好事。她巴不得方知晓家庭美满，富得流油，这样，其他的什么事，都是小事。

放学之后，方芝真不让陈念跟着了。陈念也理解小姑娘需要自己的空间，需要自己的社交，所以一点儿都没强求。同学们都一窝蜂地出了教室，只有陈念一个人书也不收拾，人也不动，懒懒散散地在座位上坐着。

方芝收拾好了东西，看她，陈念道："你去嘛，我在教室做作业，你完了回来找我。"

方芝抿了抿唇，突然道："你也报个社团吧。"

陈念："嗯？"

方芝："你也报一个。"

陈念："我没什么兴趣啊，我学习好就行了。"

方芝："那么多的社团一个有兴趣的都没有吗？"

"也不是。"陈念顿了顿，"就是觉得没什么意思。"

是真没什么意思，都是些小孩子，小打小闹的。有这精力，陈念倒是想多关心一下朱栋，让他早点儿租了店面，早点儿发财。

方芝还是没走，她回头躬身看着陈念："那就挑稍微有意思一点儿的。"

陈念："你举个例子？"

方芝："田径吧，运动会可以拿奖。"

"不不不不。"陈念猛摆手，"小学跑一跑就算了，都上初中了还让我跑。"

方芝："对身体好的。"

陈念："哇，一年四个季节有三个晒得哇哇叫，我已经够黑的了。"

方芝想了想："那选个室内的，学校有室内羽毛球馆、篮球馆，还有游泳馆……"

陈念第一次发现方芝是个小烦人精，推她道："行行行，我选一个，那也不是现在选，走你的吧！快快快。"

方芝终于被她推走了，出了教室，还一脸忧愁地看了她好几眼。陈念冲她招招手，等人看不见了，便瘫在了桌子上。

运动什么啊，不如睡觉。

这一觉睡得迷迷糊糊，不知道身在何处。起来的时候压得胳膊也麻了，脸也印了，头发乱糟糟的。照她梦里的感觉，这得睡到天黑了吧，结果看了眼手表，居然才过去二十分钟。陈念起身，把被口水沾到的作业本撕掉一页，远远地扔进了垃圾桶。离方芝社团活动结束起码还有二十五分钟，陈念决定去洗个脸，下楼转一转。

秋天是很舒服的季节，学校里的银杏树青黄交接，风一吹，有沙沙的响声。她踱步到了操场，塑胶跑道上有穿着背心的老师在跑步，室外篮球场上人最多，吵吵闹闹。

有打球的，更有很多看球的。高中的男孩子体格好，人也清爽，最灿烂的年纪，笑起来很有青春的光彩。

陈念踱到了跟前，决定也看一会儿。这两队明显是约着来比赛的，队员个个都很认真，球打得也不错。陈念身边站了一众女孩子，进一个球便尖叫一声，脸蛋红扑扑的，说着悄悄话，可爱得不得了。陈念多看了身边两眼，所以当场内的篮球一个失误飞过来的时候，便眼疾手快地截断了球。女孩子们一声惊呼，吓得纷纷后仰。陈念收回手，篮球握在了她的掌心里，松松地转了一圈。

"小心点儿。"陈念冲场上的队伍道，一抬手将篮球送了出去。

身材高大的高中部男生，哪怕弯了腰也顶陈念两个，认真看了她一眼，点了点头。

比赛继续，有女孩子凑到了陈念跟前，问她："同学，你是不是也会打篮球呀？"

陈念："啊？我不会啊。"

女生脸比要落山的夕阳还红，眼睛里有亮闪闪的星星："但你刚才看着好熟练啊，你一定会。"

陈念将自己调到了钢铁直男的频率："啊，接球嘛，谁不会。"

女生："你哪个班的呀？"

陈念："初一一班。"

女生和身边的朋友惊呼起来："你初一的吗？居然这么高！"

陈念："啊？高吗？"

往身边瞅了眼，在女孩子里的确算高的。

但可能她跟方芝在一块儿待惯了，就觉得这大概是普通中学女生的普通身高。

"你肯定会打篮球！"女生又无比确定地喊了起来，"打篮球长个子！你还黑！"

女生的朋友捂住了她的嘴，不好意思地对陈念笑："学妹你别生气啊，她就是个傻瓜。那个，她问你这事，是想和你交个朋友，以后一起打球。"

陈念："她会打吗？"

朋友："不会，她想让你教她。"

陈念冲场上抬了抬下巴："让他们教啊，他们打得多好。"

女生的脸快红成熟虾了，陈念观察了下她的神情，长长地"噢"了一声。

"11号对吧？"陈念压低了声音道，"想追他，所以想学篮球，有共同话题？"

女生的头发都要竖起来了。

没等陈念再说，她便扯了朋友的手，迅速地往人群外面钻："走走，我们走了。"

陈念站在原地，乐呵呵地笑了起来。她也不是故意欺负小姑娘的，就是有些……忍不住。青春期的小女孩子，总有那么点儿懵懂的心思，自以为是最大的秘密，其实眼里脸上根本藏不住。

可爱得很。

陈念抬眼望去，这一大片围观的女生，有一个算一个，都是来看自己喜欢的男孩子的。哪里是对比赛感兴趣，是喜欢赛场上那些人。陈念抱起了双臂，有些忧愁。很快，方芝便也会长大，也会有那些懵懂的心思，陈念现在还可以靠着亲近的身份霸占一下她，再往后，恐怕就不能了。

她时常怀念曾经的方知著，但她希望方芝不必再经历任何方知著曾经历的痛苦。她希望她有儿童的欢乐，青春的躁动，有成长的时光给予的一切酸酸甜甜，像最普通的女孩子一样。

那就很好了。

比赛结束，陈念看了看时间，方芝那边应该也差不多了。

她转身往回走，还没到教学楼跟前，就看到林天意跑了过来。

"哇！"他喊陈念，"你怎么在这里呀？"

"怎么了？"陈念问他。

"芝芝去教室找你了。"林天意瞅瞅陈念身后，"你怎么书包都没背。"

陈念拍了拍他肩膀："我们去找芝芝。"

两人又顺着路往前走，林天意向来话多，滔滔不绝的，把他们这次活动干了什么都跟陈念说完了。

"所以女主肯定要方芝来演了。"林天意仰天叹口气，"你说方芝怎么就这么优秀，走哪里都是第一。"

陈念："也不是吧，那么多学长学姐。"

林天意："能和她比的就方知晓，但方知晓最近没来学校。"

陈念有些惊讶："是连学校都没来吗？我还以为她只是请了你们社团活动的假。"

林天意："听社长说是去别的城市了，要好久。"

陈念："什么比赛啊？一般去个两三天也足够了啊。"

林天意反身从自己书包里翻了翻："我有宣传页呢！那天他们看完剩下的！"

"你真是啥都收。"陈念接过宣传页，更想不通了，"这不有咱们安良赛区吗？"

林天意挠了挠脑袋："这我就不知道了。"

"安良有几个很厉害的选手。"方芝从教室出来，接上了话，"所以她去别的市了。"

陈念低头又仔细看了看这比赛，是一个线下的唱歌比赛，各个赛区选前五进半决赛，名额还算宽松。

"前五应该有希望吧？"陈念道。

方芝把她的书包递给她："方知晓只想要第一。"

陈念："这比赛时间不还有半个月吗，报名都没截止呢，她就跑别的赛区去了？"

方芝："她只想要第一。"

陈念："第一这么好的吗？让我看看第一的奖品，嚯，奖金不少啊，还有个什么拍摄机会。"

三人往外走，陈念问方芝："你觉得她能拿第一吗？"

方芝："概率不大。"

陈念："你想参加这比赛吗？"

方芝停住了脚步，看着陈念："我拿不了第一。"

陈念乐了："你给别人都有概率，到自己身上反而没了。"

方芝："光我老师手下带的师姐，我都比不过，比我唱歌厉害的人，多了去了。"

"很少见你这么谦虚。"陈念反倒感兴趣了，"咱也不是非得拿第一，就当是一次舞台的历练，站在台子上和平日里私下唱还是不一样的，特别是比赛……"

她叨叨了一路，方芝不反对也不答应，直到几人到了车棚，陈念才闭上了嘴。

换了学校以后，她们和林天意可以一块儿骑过两条街，两条街后各奔东西，方芝突然道："你不是怕我和方知晓待一块儿吗？为什么要让我去参加比赛？"

陈念愣了愣："这是两码事。再说了，方知晓现在没在安良，你参加比赛也见不上。"

方芝："进入半决赛就见到了。"

陈念："见就见呗，你俩又不是没见过，还一个社团的呢。"

方芝："你不用怕，我想明白了。"

今天是陈念骑车载方芝，说这话的时候正碰上一个长长的下坡，陈念全神贯注在面前的路上，方芝往前蹭了蹭，抬手拽住了她腰间的衣服。

陈念有些震惊，也有些反应不过来，于是直到坡没了，车子拐进没什么人的巷子，她才应声道："想明白什么了？"

方芝："我为什么会感觉奇怪。"

陈念的确很在意这个问题，车都不骑了，抬腿支着车子停下来，回头去看方芝："为什么啊？"

方芝："我觉得她和我有些像。"

"不是长得像，是……感觉像。"

"我很少在学校见到那么像的人，我甚至看她第一眼就觉得她也一定是……没有家的。"

陈念眼睛瞪圆了，着急道："你有！"

"啊，是的，我现在有。"方芝笑了笑，揪着陈念衣服的手往下压着蹭了蹭，以示安慰，"所以现在我想明白了，她只是和以前的我有些像，很久很久以前，就那么一段时间的我……"

陈念的腰被她蹭得痒，扭了扭身子："福利院吗？"

方芝："对，福利院。"

陈念："你原来见过她吗？"

方芝摇摇头："没见过。"

陈念顿了顿："会不会是只打过照面，所以有一点儿印象。"

"不。"方芝很确定，"我没见过她。福利院里的人虽然我没有交朋友，但我记得他们长什么样子，每一个都记得。"

陈念的心脏被拧了一把，疼得呼吸一滞。

她长长地呼出一口气，抬手在方芝脑袋上盖了盖："以后忘记吧。"

方芝笑着道："时间长了一定会忘的。"

陈念也跟着她笑："不能忘了我。"

方芝抬脚踹了踹她的小腿："你再整天想着方知晓，我就忘了你了。"

"我哪有想她。"陈念重新启动了车子，"我还不都是因为你。"

"我不在意她了，那你也不要在意了。"方芝道。

陈念："好。"

方芝："但比赛我要参加，我想看看我能拿第几名。"

陈念："好。"

方芝："我没那么麻烦，我就报咱们安良赛区就可以了。"

陈念："好。"

方芝说什么都可以，有些可怕的念头已经快在陈念的猜测下变成现实，所以如今她们获得的平静美好的生活，便显得越发珍贵。

周末，陈念带着方芝去报了名。方芝现场清唱，顺利通过了海选环节。

两周后，各赛区初赛开始，陈念特意找朱栋借了相机，为方芝拍下了不少台前幕后的照片。相机是胶片机，洗照片要花费时间，陈念不放心外面随便找的冲洗店，便将胶卷交给了朱栋。

初赛成绩次天便进行了公布，方芝挺进前五，获得了半决赛的资格。这已经是让大家非常满意的成绩，刘春花在家激动得嗷嗷叫，陈念跟方芝，享受了一整天的明星待遇——爸爸妈妈伺候着吃饭，伺候着拿东西写作业，给她无穷无尽的夸奖。

事实再一次证明了，方芝在这方面是有极高的天赋的，也证明了，爸爸妈妈花了大力气和大价钱去培养她的艺术细胞，是非常有成果的。

半决赛在省会城市举行，时间是下个周末。时间紧任务重，刘春花跟方芝的声乐老师商量，给她在周内加了两堂特训课。但当然，不能影响方芝的日常学习，所以都是在放学后。

"小艺术家"非常辛苦，于是陈念便也加入了爸爸妈妈的伺候行列，这一周的时间，除了上课和学习，不让方芝自己动手干任何其他的事情。方芝有好几次受不了提出抗议，都被陈念撒泼打滚地给驳回了。

一家人为了一件共同的事情一起努力，这感觉好得很。但尽管大家都付出了很多，等到了比赛这天，刘春花陈军杰陈念三人却不约而同地跟方芝嘱咐：比赛赢不赢不重要，尽力就好；表演完不完美不重要，开心就好。

刘春花闭店一天，一家四口一块儿去了省会。

陈念这次包里带的是个数码相机，是爸爸直接跟单位同事借的。一路上，拍了不少照片。这种久违的握着相机的感觉，总是会让她萌发出一点儿异常的兴奋。

比赛晚上开始，有个大大的会场。

方芝要早早地去做彩排准备，陈念跟在她屁股后面，拿着相机，这里拍拍，那里拍拍，没了胶卷的限制，拍摄冲动泛滥得很。

会场里有很多家长，孩子能走到比赛这一步，每一个家庭都抱着殷切的希望。陈念不仅喜欢拍积极蓬勃的参赛选手们，还喜欢拍这些家长，每一个表情，每一个眼神，都可以成为一个丰满的故事。

取景器里的世界，小小的，但又大大的。陈念眯着一只眼，在画面和现实里来回翻转，而后突然，"咔嚓"一声，整片时光都仿佛凝固住，猛然向下坠落。

她看到了韩丽娟，方伟。

他们脸上没有了皱纹，头上没有了白发，但人就是那两个人，陈念不可能认错。

在方知著去世以后，她曾无数次登门拜访，想要同他们见面，想要和他们聊一聊。但都无功而返。因为他们是方知著的父母，陈念想着，哪怕他们愿意同她多说一个字，她就有可能窥见一点儿那个她不了解的方知著。因为他们是方知著的父母，哪怕十年的时间他们都不曾同她多说一个字，她也可以原谅他们，为他们找一个"怕提及悲伤"的借口。

后来，陈念便都明白了，因为他们并不是方知著的父母。他们只是收养了方知著，在她长大之后，住着她买的房子，花着她赚的钱，却并不想要关心她一点儿。

如今，陈念放下了相机，看到了他们身后站着的方知晓。那些她以为再也没有答案的秘密，一点点儿剥落，掉出一片残忍的痕迹。尽管她已经猜到了，尽管她已经做好了准备，当事实果真如此的时候，却还是气得发抖。

这对可怕的夫妻，从来都只是想养一台赚钱机器。

投资一个聪明又漂亮的孩子，将她早早地扔进只有利益驱使的世界里，任其沉浮。

以前是方知著，现在是方知晓。

## 第十章
## 独一无二的你

陈念攥着相机的手指无力地颤抖，有人过来叫方芝去填签到表。

方芝遥远地冲陈念喊了一声，告知她自己的动向。陈念抬了抬手，示意她自己知道了，然后便还是呆呆地看着方知晓那边，脑子里乱成一团麻。

理性地去思考，现在只要韩丽娟和方伟不再和方芝有任何瓜葛，那么方芝便再也不会受到来自他们的伤害，他们会变成真正的陌生人。只要不去理睬就可以了。只要不理睬，方芝就会安稳地待在陈念为她营造出的美好世界里。

陈念握了握拳头，迫使自己转身。她去找方芝，从现在开始，她要一步不离地跟在方芝身边。

签到处的人是最多的，有不少家长和陪同人员都待在这里。方芝正在排队，很快就到她了。这个时候大家基本已经都化了妆，还有不少已经穿上了表演服装。方芝清水芙蓉般地站在里面，嫩生生的，像一截小葱。她偏头看到了陈念，冲她招了招手。陈念笑笑，指指前排，示意她马上就到了。方芝点点头，视线朝前望去，看到了正对面过来的方知晓。陈念"噌"地蹦到了方芝面前，不顾身边众人惊奇的目光。

方芝小声问她："怎么了？"

方知晓看了她们两眼，没说话，径直到了队伍后面去排队。陈念四下望了望，没看到韩丽娟和方伟，他们应该是没过来，心下长长舒出一口气。

"没事，就是……"陈念顿了顿，想找个借口。

结果方芝接上了她的话，替她想好了借口："看见方知晓这么激动啊？"

陈念："我看见她激动什么？"

方芝："谁知道你激动什么？你从一开始就挺激动的。"

陈念："这话题不是说好已经翻篇了吗？"

方芝："我翻了，你没翻啊。"

陈念："欸，你这……"

这时，签到处的工作人员喊道："来，下一个。"

方芝走上前，弯腰写字，陈念闭了嘴，往队伍后面看了眼。

方知晓穿得很洋气，戴着棒球帽和耳机，神情冷淡，在人群里很扎眼。陈念收回了视线，脑袋不受控制地想，曾经的方知著是不是也是这个样子？孤独，冷漠，执拗，尖锐。

方芝很快完成了签到，转身的时候拽住了陈念的袖子，拉着她就往方知晓跟前走。

陈念有些蒙："干吗呀？干吗呀？"队伍再长几步路也就走到了，方芝当着方知晓的面，回答陈念的问题："见到学姐，打个招呼啊。"

陈念不作声。方知晓抬眼，看着她们，并没有主动开口的意思。方芝也没有再主动开口的意思，徒留下受不住尴尬的陈念，尴尬得都想就地遁走了。

三人静默了几秒钟，陈念支棱起个笑容，冲方知晓招了招手："学姐，好巧呀。"

方知晓："不巧。"

方知晓看向方芝："你不是说你不参加吗？"

方芝："我现在又想参加了呗。"

方知晓："哦。"

陈念拽了拽了方芝的袖子，示意她走，方芝依然在说："学姐，你准备得怎么样了啊，初赛的时候我没见你，你从哪个赛区上来的啊？"

方知晓："从哪里上来的没关系，能进决赛就行。"

方芝笑容灿烂："哇，学姐好厉害，我就没这个信心。我要向学姐学习，学姐加油哇！"

陈念实在是受不了了，硬拽着方芝胳膊把人拉到自己身上，同她道："芝芝，芝芝，刘春花女士让咱俩赶紧回去，她买好吃的了呢。"

方芝转头看她："阿姨给你千里传音了吗？"

陈念见方芝未解其意，冲她眨了眨眼。

方芝："你想要手机吗？我要是运气好拿奖了，给你买手机啊。"说完终于冲方知晓摆了摆手："我还有事，那学姐待会儿比赛见呀。"

方知晓扯了扯嘴角，在她俩转身的时候道："少吃点儿，不然上台会肿。"

陈念感觉方芝的步子又要停下来了，赶紧拖着她，快步地走了。

两人出了会场，方芝甩开了她的手："你拉我干吗？"

陈念有些生气："我拉你干吗，你说我拉你干吗，你干吗要去招惹方知晓，还那个样子说话，谁教你那么说话了？"

方芝瞪圆了眼，震惊地看着她："你替她说话？"

"我没替谁说话，我替道理说话。"陈念道，"你明明知道她为什么去别的赛区，非得当着那么多人的面问，她就是想赢，又没做错什么。你让她难堪自己就开心了吗？让我难堪自己就开心了吗？"

方芝抿了抿唇，眼泪气到了眼眶里，又生生逼了回去。她脸冷了下来，语气也冷了下来，轻飘飘地吐出两个字"开心"，然后便转身往前走去。

陈念愣了愣，喊："你干吗去？"

方芝没回答她，加快了脚步。

陈念这个时候真有些不想追她，她甚至觉得方芝被自己惯坏了，但凡有点儿不顺心，就这么拧着脾气不沟通，等着她去哄，永远都是她去哄。但没几秒钟，陈念还是追了上去。架可以后面再吵，但现在让方芝一个人跑掉，她不放心。

她不放心，因为现在这个地方有韩丽娟和方伟，因为方芝还要参加比赛，因为他们在人生地不熟的陌生城市。这种要顾全大局、不让一点儿意外发生的考虑仿佛将陈念的心架在火上烤。

两人隔着一段距离，方芝进了酒店，目标明确地上了楼。

陈念乘的是下一趟的电梯，到房间门口的时候，老爸刚好推门出来，问她："念念，你想吃什么？"

陈念看了眼他身后，问他："芝芝在里面吗？"

陈军杰："在啊。"

陈念呼出一口气，伸手替他把还开着一道缝的门关了："爸，你要去买吃的吗？"

陈军杰："下楼买点儿零食，你妈说不急着吃饭，中午那顿太迟了，现在吃撑得慌。"

"嗯。"陈念点点头，"那你们休息，这会儿会场乱，让芝芝先别过去了。"

陈军杰："好。"

陈念和他一块儿往外走："看着她点儿，给她调节一下心情，让她不要过分关注，不要紧张。"

陈军杰："好。"

陈念："等时间差不多了，我来叫你们。"

"不是。"陈军杰愣了愣，"你这要干吗去啊？交代这么多。"

陈念晃了晃手上的相机："我再去拍点儿照片。"

陈军杰笑了："这么喜欢相机啊，爸爸给你买一个。"

陈念拍了拍他的背："好好好，等您升官了吧，我一定要。"

"嘿！"陈军杰不开心了，"怎么不升官都不能给女儿买东西了……"

两人说说笑笑地下了楼，陈军杰去一旁的超市买东西。陈念站在马路牙子上，有些迷茫。

她并不想拍照片，也不想和家里人待在一块儿。她现在满脑袋都是韩丽娟和方伟，她怕自己看到爸爸妈妈时，看他们其乐融融地和方芝相处时，还是会想到韩丽娟和方伟。想到这两个人曾经用什么样的脸色、什么样的言语教育方知著；想到方知著在什么样的环境、什么样的心情里，度过一年又一年……这些想法，到目前为止，是幻想，是联想。但只要她靠近方知晓，便可以看到事实，看到细节，看到过去。

陈念捂住了胸口，她难过得不得了。一边是仿若童话故事般的美好，一边是无力改变的布满鲜血的荆棘，她的理智劝自己逃离荆棘，她的感情却已经产生了强烈的波动，让她控制不住情绪，让她觉得哪怕再流一次血，也想要看个清清楚楚、明明白白。因为那是方知著的过去，她曾无数次探求的方知著的过去。

陈念开始抬脚朝前走，秋天的风刮得树叶哗哗地落，刮得她的头发飘起，盖住她的脸。她没有判断方向，甚至不去看面前的是人、是树，还是一辆车。就这么向前，向前，仿佛在等待命运的抉择。然后她走到了方知晓跟前。

这里并不是比赛会场，这里是离会场有一段距离的另一处场馆，这个场馆有长长高高的楼梯，楼梯下面是一片挡风又干净的空地。空地正对面是巨大的茶色玻璃，玻璃里可以映出清晰的人影。人影是方知晓，她戴着耳机，正努力地对着玻璃练习，一个动作不到位，便再来两遍，三遍，四遍……

陈念呆呆地看着她，发丝挡眼，便抬手拨去发丝。好一会儿，方知晓停止了练习，她气息有些喘，缠耳机线的时候，侧身问陈念："你看够了没有？"

陈念愣了愣："我……"

方知晓非常直接，她抬眼看向陈念胸前挂着的相机："你是来打探敌情的吗？"

"没有。"陈念道，"我路过。"

"路过？"方知晓笑了，带着嘲讽地笑，"你不去陪着你宝贝妹妹，有空路过这儿，看我练习？"

陈念摇了摇头，找回自己的逻辑："我即使看了也没用啊，这种比赛，拼的是现场的实力。"

"实力吗？"方知晓顿了顿，眼里有着同年龄不符的落寞，"不一定吧。"

陈念跳下高高的台阶，到了方知晓面前："那你觉得比的什么？"

"这么重要的事……"方知晓偏了偏脑袋，"要想知道答案，总得拿点儿什么来换吧。"

陈念手伸进口袋："多少钱？"

方知晓："这次不要钱。"

陈念顿住。

方知晓看着她，唇角扬起，狡黠又残忍："我告诉你比赛的秘密，你确保方芝输给我，怎么样？"

"不可能。"陈念下意识拒绝道，压根儿没犹豫。

方知晓还是那个微笑的模样，问她："为什么啊？"

"有什么为什么。"陈念道，"哪个道理都不合适。"

"哦。"方知晓拿了自己的包，越过她往外走。

陈念脚下没动，只转身对她道："不过那个问题我还是想知道答案的，你可以想想别的条件。"

方知晓已经走到台阶上，她再看向陈念的时候，背景映着天空，高高在上。"那你先说说你那些道理。"方知晓道。

"可以。"陈念仰头道，"一，我虽然和方芝关系好，但我不会替她决定她自己的事，更别说影响她的比赛结果。二，确保方芝输给你，只要方芝上台，谁都不可能确保，毕竟那些评委我一个都不认识。三，我问的是成功的秘密，但我又不会唱歌跳舞，逻辑上我问也是替方芝问，你让我拿方芝输的条件来交换，这本来就是矛盾的。"

"最后，"陈念顿了顿，"我想要什么，不会通过伤害另外一个人来获得。不仅仅是方芝，其他人也不会。"

"哇哦。"方知晓感叹一声，侧过脸给她鼓了鼓掌，"道德模范，品质标兵。"

陈念皱了皱眉头，方知晓转身继续走自己的路："那等我拿什么见义勇为的事来跟你换吧。"

方知晓的身影看不见了，陈念也没再追上去。她呆呆地在原地站了会儿，然后往前几步坐到了台阶上。这里很安静，但张目望去，可以看见人流进进出出的热闹会场。

坐得太阳西沉，温度降下来，时间差不多了，陈念起了身。她揉了揉自己的脸，让自己恢复活泼快乐的神情，然后一路小跑着回了酒店，"砰砰砰"地砸门："走啦走啦，再不走就来不及啦！"

开门的还是爸爸，陈军杰正在往身上套外套："正说要去找你。"

陈念咧开嘴哈哈笑："不用找，我自己就奔回来啦。"

陈军杰看了眼她胸口的相机，问："拍得怎么样？"

"啊。"陈念顿了顿，"还不错！"

刘春花推着陈军杰的身子："先出去先出去，挡着道了。"

陈军杰赶紧闪身，陈念看到了妈妈身后的方芝。

这个时候，方芝已经化好妆，并且穿好妈妈特意为她准备的演出服了。一件粉色的，胸前和裙摆都缀满花朵的公主裙，编了一半放了一半，中间夹杂着许多小花的黑而卷的长发，再配上方芝那双漂亮水灵的大眼睛，大概是所有母亲心中的完美女儿的幻想了。

"怎么样？"刘春花看陈念瞅呆了，迫不及待要求夸奖。

"好看。"陈念笑了笑。

方芝看了她一眼，陈念道："光是这造型就赢了。"

方芝眼神晃了晃，陈念催促大家往外走："快快快，早点儿去才有好位子。"

跟赶鸭子一样，一家人进了电梯，又下了电梯，然后匆匆赶往会场。

方芝腰上别上了比赛的号码牌，爸爸妈妈去了座位席，陈念往后台瞅了两眼，工作人员过来问她是不是来参加比赛的。

陈念摇了摇头，工作人员笑着给她指："那快去坐下，表演马上就要开始了。"陈念看向方芝，嘴巴动了动，最终只是道："芝芝加油。"

"嗯。"方芝应了一声，听不出什么情绪。

陈念看她状态稳定，放下心来。她去了观众席，挨着妈妈坐下，刘春花偏头问她："跟芝芝好好谈了吗？"

陈念："欸？"

刘春花："你俩不是吵架了吗？"

陈念："芝芝跟你说我们吵架了？"

"还用芝芝说吗？"刘春花戳戳她脑门儿，"看你那表情，看芝芝那表情，要没吵架，这会儿你还在后台赖着不肯过来呢！"

陈念："人家不让闲杂人等进后台，这都半决赛了，正规得很。"

"还不乐意说。"刘春花呵呵笑两声，"那你们就憋着去吧。"

她倒是真不操心。两个姑娘都是好孩子，一个又爱一个得紧，小架几个小时，大架也就两三天，立马就好了。好了以后，比以前还相亲相爱。

台下翘首以盼，台后的参赛者们有几个已经紧张得快哭了。因为是青少年赛，所以年龄都不大，离了爸妈老师，没人陪着，被工作人员说两句，就神情低落起来。

方芝在里面算状态非常好的，她安静地坐在工作人员给安排的位子上，等待演出。脸上平静，身体姿态放松，发丝和裙摆一丝不苟，看着特别靠谱。她抽到的表演顺序非常靠前，第五个，正是局面打开，场子热了的时候。方知晓在三十二，方芝特意看了一眼。

参赛者一共三十五位，方知晓算得上压轴出场。十个人一块地儿，方知晓没在方芝这一块儿，比赛快开始的时候，方芝抬眼望了望，没看到方知晓。

一人一首歌，进行得很快。等第三个表演者上场的时候，工作人员便来叫方芝候场了。方芝起身，周围响起一阵稀稀拉拉的感叹声，等她到了候场的地方，拐弯处人影一闪，方知晓走了过来。她目标明确，直直地到了方芝面前。由于挂着选手牌，所以没人会拦她，方芝看着她，方知晓同她对视，空气突然便变得安静而焦灼。

方知晓先开的口，她笑着道："你很在意陈念啊？"

方芝不回答这种无聊的问题，如果说之前她对方知晓本人还有一点儿兴趣，那现在看见方知晓，她便只剩下了一点儿难以言说的敌意。

"看来是了。"方知晓盯着她的脸，兀自下了判断。

而后，她挑了挑眉毛，笑容扩大："陈念是挺有趣的。"靠近她，紧盯着她的眼睛："你是不是怕我……抢走陈念啊？"

方芝面色阴沉："滚。"非常直接地表达了自己的心情。

"哇……"方知晓并没有被吓到，反而更高兴了，"你好凶啊，不像陈念，傻了吧唧的。"

方芝举手，对不远处的工作人员道："老师，这位选手骚扰我。"

工作人员走了过来，看了方知晓一眼，方知晓今天要唱的是首比较劲爆的歌，所以穿得也非常像不良少女。她站在方芝身边，比她个儿高，比她年龄大，真跟能欺负她似的。

"你干吗呢？"工作人员问。

"老师，我不知道什么时候上场，过来看看。"方知晓的表情十分无辜。

工作人员看了眼她的牌子："你还早着呢，从这过去，后台休息室等着吧。"

方知晓笑着道："好的，谢谢老师。"

她转身朝方芝招了招手："再见啊，学妹，顺便麻烦你跟陈念说一声，上次的烤肉很好吃，井家要做活动了，等我回去回请她啊。"

方芝的瞳孔放大，握紧了拳头。

方知晓步伐轻快地走掉了，工作人员看了眼方芝神色，问她："你们认识啊？"

方芝："不认识。"

工作人员笑了下，回到了自己原来的位置，跟同事道："现在的小孩儿，一个比一个早熟，怪得很。"

方芝却已经不太听得清周遭的声音了，她满脑子里都回荡着方知晓那句话：上次的烤肉很好吃，井家要做活动了，等我回去回请她啊。

什么烤肉？什么时候吃的烤肉？陈念请方知晓吃的烤肉？陈念都没请她吃过烤肉……不不不，重点不是这个。重点是陈念天天和她黏在一块儿，什么话都同她说，怎么就有时间请方知晓吃烤肉，并且在她已经跟陈念交代了所有自己对方知晓的情绪后，还向她隐瞒了这么重要的事。

陈念为什么要请方知晓吃烤肉？陈念从见到方知晓开始就不对劲，她以为这不对劲是因为她，但现在看来，并非如此。陈念为了方知晓和她吵架，陈念那么凶地质问她，陈念在和她吵完之后，不仅没有来哄她，还消失了很长一段时间。陈念干什么去了？陈念是不是又去请方知晓吃饭了？陈念到底为什么请方知晓吃饭？陈念是不是烦她了，陈念要去和另一个姓方的做好朋友了……

"五号准备！"有人在旁边喊。

工作人员推着她到了舞台后方，四号选手的音乐响起，方芝抬眼朝台下看去。

台下黑乎乎一片，根本看不到陈念在哪里。只有偶尔几束光，会飘到观众席上，也并不会落在陈念脸上。

方芝揪住了一小片的衣服，用力地拧，用力地用指尖摩擦。她突然搞不懂这个世界，搞不懂人和人之间的感情了，她以为越远越是疏离，越近越是亲密，却在方知晓笑意盈盈地说着要和她抢陈念的时候慌张了。她离陈念那么近，她却慌张了。她觉得自己要失去陈念了，这让她一下子便害怕得快要哭出来。

"准备……"有人按着她的肩膀，在她耳边道。

方芝不知道要准备什么，准备一脚踏入原来的世界吗？准备回到那间冰冷的房间吗？有人在她身边经过，是个比她还小的女孩儿，一张哭兮兮的脸。"主持人说完你就上……"那人又在她耳边说话。方芝机械地等着，主持人的话很短，主持人停了下来。

方芝看向她身边的人，年长的叔叔在她背上轻轻推了一把："好了，走。"

方芝往前蹭了一步，站住了。

叔叔着急地在她身后小声喊："上啊，往前走。"

方芝又往前蹭了一步。

这个时候，舞台是黑的，灯光终于舍得往台下送了一些。

叔叔到了她跟前，用力在她肩膀上拍了两巴掌："放松！要表演节目了！按照准备的唱就行！"

方芝伸长脖子，努力地在台下找。乌压压的人群中，她终于看到了陈念。陈念有一双明亮的眼，眼里有亮闪闪的期待。她到底在期待谁，方芝还是方知晓？

叔叔："不要怕！唱错了也不要紧！没关系的！重在参与！"

方芝盯着陈念，突然笑了起来。唱错了很要紧，输了很有关系，如果她从这个舞台上下去，那陈念的眼睛便会紧盯着另外的人。

"我会赢的。"方芝道。

导演愣了愣："啊？"

方芝接过一旁的工作人员递过来的话筒，轻声但坚定地道："我不仅会在舞台上赢……"

方芝的表演结束以后，掌声四起。陈念激动得热泪盈眶，她用力地鼓掌，鼓得手都疼了还在继续鼓。方芝站在舞台之上，微笑着向台下鞠躬致意，抬眼的时候，视线精准地落到了陈念所在的方向。陈念抬起手，用力地朝她挥手。刘春花女士和陈军杰先生也没忍住，两人都快从座位上站起来了。方芝冲她们也轻轻地招了招手，这才下了台。

主持人上了台，陈军杰坐下身，还嫌不够，冲两边看过来的人道："刚才是我们家孩子，我们家孩子。"

刘春花扯了扯他胳膊："你淡定点儿。"

陈军杰："能淡定吗，能淡定吗？完全不能！"

他又转头问陈念："念念，你说是吧？念念刚才你都拍下来吗？拍下来了吗？"

陈念："我顾着看表演呢，只拍了几张照片。"

陈军杰："你就应该拍视频！回家刻成碟。"

陈念乐得不行："人家有官录呢，再说了你这相机也不行啊，相机行了家里没电脑，拍了的照片视频不好处理啊。"

陈军杰一拍大腿："买！"

陈念眨眨眼："买相机？我要最新款。"

陈军杰："先买电脑！"

陈念哈哈哈地笑起来。

买电脑在家里今年的计划之内，刘春花女士已经说了很多次了。学校有微机课，学生们对电脑都很向往，刘春花女士主要是听了人家媳妇跟她夸耀，自己儿子自从开始上网以后，变得多么地有文化。刘春花女士对有文化这事非常在意。所以电脑非买不可。

六号选手表演结束以后，陈念便有些坐不住了。

"应该要下来了吧？"陈念伸长了脖子张望，"不行我去看看。"

刘春花拽了拽她的袖子："那你小心点儿走，别挡着别人看表演。"

陈念："好好好。"

陈念猫着腰，小心翼翼地绕出了会场，从另外的方向往后台走去。她和方芝这次的吵架已经有好一会儿了，不能再继续下去了。或者说，当她看到舞台上的方芝时，所有的火气、烦闷和那些难以言喻的悲伤情绪，便全都没了踪影。站在舞台上的方芝啊，闪闪发亮的方芝啊，永远会让她的血液在体内奔腾，永远会让她如坠云端。只要可以让她继续闪耀，可以看到她开心的笑容，陈念觉得自己做什么都可以。

"你好，麻烦让我过一下，谢谢……"陈念欢快地往里挤，穿过狭窄的通道，然后……被工作人员挡住了。

"小朋友，你要做什么？"工作人员道，"不能进去。"

"我找人，刚才表演的小演员，我是她妹妹，我给她拿个东西。"陈念一通瞎诌。

"现在不能进去了，能出不能进哦。"工作人员毫不动摇。

陈念开始勇猛地撒娇："姐姐姐姐，拜托啦，我不会乱跑的，我可乖啦，姐姐这么漂亮就让我进去一下嘛，我很快就走了……"

"她来给我送东西的。"有人突然道。

陈念转头，看到了方知晓。

方知晓看着陈念："我待会儿表演要用，麻烦您让她进来吧。"

工作人员看了眼方知晓的号码牌，打开了隔离带："那快点儿出来哦。"

陈念站在那儿没动。

方知晓冲她招手："快来啊，愣着干吗，不想让我表演了吗？"

陈念闪身进去，到了方知晓跟前，小声道："我是来找方芝的。"

方知晓拽住了她一点儿袖子："那也得进去了再说。"

陈念跟着她往里走："你不也要表演吗？这会儿还在这儿干吗？"

方知晓："我不在这里你怎么进来？"

陈念觉得她的态度奇怪得很，咧咧嘴道："你这话说的，好像我打电话找你出来接我似的，你不是挺不想理我的吗？"

"你知道我手机号码吗？"方知晓问。

陈念："知道啊，但我又没有手机。"

方知晓："你可以给我打电话。"顿了顿，她偏头往旁边看了眼，又道："我没有不想理你。"

陈念这会儿心情好，听她这样忍不住哈哈哈地笑起来："你这样好像那种口是心非的霸道总裁啊。"

方知晓："我说的是真的。"

陈念猛地收了笑："那你把答案告诉我。"

见她不说话，陈念拍了拍她的肩膀："看来学姐对我的爱不过如此啊。"

方知晓突然勾了勾唇角："方芝在旁边。"

陈念缓慢地转头，果然看到了不远处的方芝。

方芝隔着几个人，看过来的神情很平静，但平静中透着暴风雨的前兆。

陈念："你故意的啊？"

方知晓："对啊。"

陈念拽回自己的袖子，缓缓离开了方知晓能碰到的范畴，然后皱着眉头道："你怎么能这样呢，这样是不对的。"

方知晓笑起来，并不在意。

陈念转身扬起一个大大的笑脸，朝方芝走去。她已经做好了方芝不理她的准备，也已经做好了方芝有可能当场发飙，让她老脸荡然无存的准备，她脸上的笑容岌岌可危。但当她到了方芝跟前时，方芝却突然张开了双臂。

陈念："欸？"

方芝的双臂大开着，脸上的平静终于破了一道口子，露出点儿微笑。

陈念："欸！"

方芝的手指动了动："不要吗？"

陈念扑了上去："要要要。"

她抱住了方芝，其实她俩很少拥抱。天天都待在一块儿呢，方芝又是那种情绪稳定内敛的人，她俩平时真不太有什么需要拥抱的时机。但现在方芝不计前嫌地张开了手，陈念怎么可能不抱呢。刚刚抽芽的小姑娘的身体，瘦瘦的，软软的，头发上还有新鲜的洗发水的香味。她抱着方芝，还不忘胡噜两下她的背："唱得真棒，你真的太厉害了！"

方芝揽着她，因为个子比她高一点儿，所以说话的声音恰恰就在她耳边："我是最厉害的吗？"

陈念当然毫不犹豫地回答："是，那绝对是！"

方芝抬头看着方知晓，提高了点儿声音："可是我不一定能拿第一呢。"

陈念："那你在我心里也永远是第一。"

方芝："大声点儿，你说什么我没听见。"

陈念想要起身看着她的眼睛跟她说，却被方芝按住了。这个软软的拥抱便一下子变得强硬了起来。陈念只得就着这个姿势，提高了声音道："你在我心里永远是第一！你在刘春花女士和陈军杰先生心里也永远是第一！"

"好。"方芝放开了她。

陈念长长呼出一口气。

方芝："你进来干什么？"

陈念："找你啊。"

方芝："那……"

陈念赶紧抢话道："刚进门就碰到学姐了。"

方芝微笑，把自己的话说完："那我们出去吧。"

陈念应了一声，终于得以转身。方芝和她并排往外走，牵住了她的手。

方知晓还在原来的地方，静静看着她们。等两人路过她身边的时候，甚至还一脸学姐看后辈的表情，对方芝道："唱得不错。"

"嘻，"方芝道，"无所谓。"一抬手把头发拨到了身后去，"我来就是玩玩，又不是非得拿第一。"

陈念和方知晓都诧异了。陈念抓着方芝的手，赶紧出去了。外面的天已经彻底黑了下来，会场里喧闹嘈杂，一出来便觉得世界开阔清新。

"要去看节目吗？"陈念问方芝，"我们可以去观众席，和爸妈一起。"

"不去。"方芝道，"我们在外面溜达会儿。"

陈念抬手搓了搓她胳膊："你穿这冷。"

方芝看向她，陈念停顿了一秒，认命地开始扒自己的外套。还好，她底下穿得齐整，给方芝脱件外套，两人都不会冷。外套张开，方芝的小细胳膊塞进来，左胳膊进去了，右胳膊却停住了，像个会唱歌跳舞的洋娃娃按了暂停键。

"怎么了？"陈念问。

"我，"方芝攥着那一点儿衣服袖子，"我们去看表演吧。"

陈念："啊？"

方芝："突然想看了。"

陈念观察着她的神情，一抬手先把衣服盖在了她身上，然后认真道："可以去看表演，但我们先把话说清楚。"

方芝眨巴眨巴眼。

陈念："我有话跟你说。"

方芝："你说。"

陈念抿抿唇，觉得当着人面，如此正儿八经地说这种话，还是有点儿不好意思。

"就……我刚才真的是找你，碰上方知晓了。我进不去，方知晓帮我说了两句话……我觉得这个事情不值一提，但我明白你在意，所以跟你解释一下。

"你觉得我对方知晓感兴趣，我要和她玩，因此心里感觉不舒服，这些我都可以理解。但我得跟你强调一件事情，不管我现在认识谁，将来认识谁，他们在我心里的地位都不可能超越你。你永远，永远在我这里有独一无二的权力。

"凶你是我不对，但哪怕我凶你，也不是因为别人。芝芝，你不是那样的人，我不希望你因为我变成不好的人，我不希望你有憋在心里难以排解的负面情绪。你想笑想哭想闹都可以，你光明正大地宣泄出来，我都会陪你。"

方芝呆呆地看着她，风把她的长发吹起，她目光闪烁，嘴巴轻轻动了动："为什么？"

陈念没有听清，她再靠近了一点儿，看着方芝的眼睛："什么？"

方芝摇了摇头，往回收手的时候反握住了陈念的。

"那你请我吃井家烤肉。"她道。

陈念愣住了，尴尬和害怕从脊椎骨爬起，爬满了她整个身体。

"芝芝，这个，你听我解释……"

方芝转身带着她进场馆，一点儿都没有生气的样子："后面慢慢解释，我们先去看表演。"

陈念："啊，好，反正你不要多想，当时我是有事想问她……"

方芝的反应倒是很快："有事要问她，她就让你请她吃饭吗？"

"啊，对。"这个是事实，陈念应了。

"问到答案了吗？"方芝问。

"一部分吧。"

"一部分的意思就是你失败了咯？"

"姐，你给我留点儿面子。"

"我只是在证明一件事情。"方芝停住了脚步，回身看她，"方知晓的人品不怎么好啊，既不给你约定好的交换内容，又拿你俩吃饭这事影响我表演。一箭双雕，损人利己。"

陈念眼神晃动："什么？"

"你和她去吃烤肉这事，是她在我上台表演之前，特意告诉我的。"方芝仰了仰下巴，"以前我觉得我和她像，现在真是彻底搞清楚了，我和她，一点儿都不一样。"

半决赛现场出成绩，前十进决赛。方芝拿了第五，方知晓拿了第二。

晚会彻底结束的时候，时间已经很晚了。陈念牵着方芝跟在爸爸妈妈身后，几人商量着吃个夜宵便回酒店睡觉。

方芝："我想吃烤肉。"

陈念："这大半夜的，吃肉对身体……"

方芝转头看陈军杰："叔叔，我想吃烤肉。"

陈军杰乐呵呵的，大手往她脑袋上一盖："吃！吃！芝芝想吃什么就吃什么！"

陈念可怜兮兮地看向妈妈，刘春花："吃！偶尔放纵是为了更快乐地生活！"

方芝："叔叔阿姨说得对！"

陈念小声问方芝："干吗非得今晚吃烤肉啊，咱俩不是都说明白了吗？"

方芝："想吃了呗。"

陈军杰在路边拦车，自己嘟嘟囔囔："那我们就让司机直接拉我们去大商场……"

方芝："叔叔，您问下司机，这里有没有井家烤肉。"

陈军杰："欸？"

方芝："同学吃过，说很好吃。"

陈军杰："好好好，那就井家烤肉。"

就这还说只是自己想吃，谁信呢。

四人上了车，陈军杰刚说了井家，司机便频频点头："知道，知道。"

车子向前驶去，陈军杰转头看向方芝，笑呵呵道："看来是味道不错啊，很有名。"

"嗯。"方芝偏头看陈念："味道好吗？"

陈念脖子一梗："我又没吃过，我怎么知道。"

方芝唇角勾着一丝笑，也不拆穿她。

到了店，坐进了包间里，爸妈忙着点菜，陈念蹭呀蹭，蹭到了方芝跟前，跟她胳膊挨着胳膊，肩抵着肩，声音压得很低，可怜兮兮地说："芝芝，你要是觉得不爽快，可以骂我打我，千万别一时气不过把自己吃撑了。大晚上的这东西吃多了真的对身体不好，你还记得五年级那次你发烧吗，不就是因为……"

方芝打断了她的话："你吃得多吗？"

陈念："啊？"

方芝："你那天吃得多吗？"

陈念疯狂摆手："不多不多，我就没咋吃，我又没什么钱，我也舍不得花那么多钱。"

方芝："哦。"

陈念："哎，你真的不用在意这个事，我那天真是什么便宜点儿什么……"

方芝："所以你问了她什么问题？"

陈念："就，你不是对她感兴趣嘛，那我就想知道你为什么对她感兴趣。"

方芝转头看着她："那你应该直接来问我。"

陈念对着她的视线，颇有种孩子长大了的感觉。别说糊弄了，认真回答问题的时候，哪怕有一点儿隐瞒都过不去了。方芝聪明得惊人，陈念有时候觉得，哪怕面对现在十来岁的她，自己这个一把年纪的都赢不了。

突然就想到方知著，当初方知著接近她的时候，她可真是个傻瓜。别人说什么她就信什么，正着反着都跳坑，经常逗得方知著乐呵呵地笑。不过，笑着总是好的。于是陈念也笑起来，模仿着记忆中那个人温柔的样子，对方芝道："好，以后我直接问你。"

方芝转过了头，盯着面前的碗碟，不知道在想什么。

食物都上了桌之后，烤肉"嗞啦嗞啦"地响，陈念勤快地当个小服务员，给大家端茶、倒水、递东西、翻肉，抢得服务员都快没事干了。今天这顿吃得可比和方知晓那顿好多了，毕竟是家长掏钱。而陈军杰先生向来在喂饱妻女这件事上，舍得花钱得很。陈念嘴上说着少吃点儿小心不舒服，结果好菜好肉一点儿都没少往方芝盘子里夹，方芝吃不了那么多，用力地敲了敲她盘子："吃你自己的。"

陈念眨巴着眼："不气了啊？"

方芝："吃完这顿饭就不气了。"

陈念："好好好，那咱们快点儿吃完。"

方芝没憋住，笑起来。

两人之间的氛围终于没了那一丝别扭，变得其乐融融起来。四人一块儿吃饭，讨论的话题最多的无非是两个孩子的学习和发展，方芝初次参赛就拿了这么好的成绩，陈军杰兴奋得很，说着说着就已经把自家孩子吹上天了。最后总免不了说一句："芝芝啊，等你将来成了大明星，可别忘了叔叔啊。"

方芝笑着道："我将来做什么都不可能忘了叔叔阿姨，毕竟我们天天住在一起呢。"

刘春花听到这话高兴得不行，嘴上却还是要说一句："等你长大了，工作了，就要自己住了。"

"不会。"方芝道，"我买个大别墅，我们一人一层楼。"

陈念看着方芝，觉得快乐得很。她从来没有怀疑过这件事，哪怕当年方知著和自己的养父母关系很差，一年到头都见不了一次面，陈念也没有怀疑过方知著是一个孝顺的、知恩图报的人。不管方知著心里有多少想法，人的本性是掩盖不住的。她会在剧组里帮助受欺负的群演，她穿着晚礼服冻得瑟瑟发抖也要给粉丝们一张张地签名，她从来不用难听的话去辱骂对手，哪怕对手曾点赞过对她恶言相向的微博……她会担心保镖被雨淋到，她会在拍摄结束后对工作人员真诚地说谢谢，她从来不要大牌，她做了很多很多的公益。只要世界对她是善意的，她便是那个笑意盈盈、温柔又善良的方知著。

当然，陈念也听过很多方知著的"黑料"。就像她冷漠的家庭关系一样，陈念坚信那些事情都是有原因的。因为她看到过方知著，从荧幕形象到私人生活，从外到内，齐齐整整地看到过方知著。那些言语，动作和眼里的光，是骗不了人的。

"我有个事情想要你做到。"方芝突然转头对陈念道。

陈念像只哈巴狗："你说，你说你说。"

方芝："给自己找个社团。"

陈念："欸？"

方芝："我喜欢我们都有事情做。"

陈念："我事情可多了啊，语文数学英语……"

方芝："嗯？"

陈念："我找，你觉得篮球社怎么样？"

方芝点头："可以，锻炼身体。"

陈念："哦，可人家都是男生。"

方芝:"我会去看你打球的。"

表情很认真,让陈念嘴里那些吊儿郎当的话瞬间吞回了肚子里。

"好。"陈念答应了下来。

饭吃到后面,大家都很尽兴。那些困劲儿反倒没了,聊得热闹得很。陈念饮料喝得多了,开始频繁上厕所,又一次从洗手间出来的时候,看到一道熟悉的身影,吓得一个激灵。她往后躲了躲,又看了一眼,还真是方知晓。换下了表演服的方知晓穿着件浅色的运动衣,扎着高马尾,看起来乖巧得很。

陈念扒着墙继续瞅,看到她进了一个包间,显然也是来这边吃饭的。陈念陷入了沉思,不知道方知晓是真的这么钟爱井家烤肉,还是有别的原因。陈念没控制住自己的脚,往前去了几步,到了包间外面。

有服务员刚好上菜,手里端着个大餐盘,上面有肉有酒——很贵的白酒。

"来,小朋友让一让。"

陈念往旁边退了一步,服务员推门进包间,大概是顾着手上的东西,忘了关门。很宽广的视角,陈念不仅看到了方知晓和她的养父母,还看到了今天台下坐着的一位评委。

酒上了桌,方伟赶紧打开,动作熟练,满面笑容地给评委和自己倒上,打扮时髦的韩丽娟装模作样地假劝了两句,然后两个男人便喝了起来。

太阳底下无新事,陈念转身准备走。眼角余光却瞟见方知晓突然站了起来,拿过那酒瓶就给自己倒上了满满一杯,笑容灿烂地要给评委敬酒。

陈念脚步停了,眉头也皱了起来,拳头握得死紧,有冲进去砸场子的冲动。但好在,这屋子里的大人还没有到那么丧心病狂的程度。评委赶紧挡了方知晓的敬酒,韩丽娟也赶紧拿过了方知晓的酒杯。

"小孩子不能喝酒,你的心意伯伯心领了啊。"

"知晓跟个小大人一样,学我们呢,哈哈哈哈。"

"她就是崇拜万老师您,平时在家就爱听您的歌!"

"对。"方知晓脸上是孩子特有的天真和兴奋,"我买了您的专辑!还想要让您给我签个名呢!"

这夸奖万老师十分受用,桌上气氛好得不得了。

服务员退出来拉上了包间门,看到陈念,问:"小朋友你是哪一桌的?找不到地方了吗?"

"找得到。"陈念道。

她再没犹豫,大步往回走去。

包间门一推开,爸爸不知道怎么就起了兴致,这会儿在那摆着姿势唱戏,妈妈的巴掌落在他背上,啪啪的。方芝笑得不行,眼睛弯成了月牙儿,手里的水杯晃荡,果汁微微震颤,和她的酒窝一样甜。

陈念突然就觉得,有些答案,不重要了。

从饭店出来,时间已近凌晨。

方伟喝得从头到脚一片涨红,握着万老师的手,嘴上说不完的感谢。韩丽娟揽着方知晓的肩头,两人笑呵呵地陪着,等万老师终于上了车,车门一关,车子驶出去,一家人脸上的笑容瞬间消失。

方伟捂住肚子,啐了一口唾沫:"喝死老子了。"

韩丽娟揽着方知晓的手移下来的时候,顺便推了她一下:"扶着你爸点儿。"

方知晓过去,忍着让人作呕的酒臭味,搀住了方伟的胳膊。

方伟的西装抓在手里,说话的时候上下来回乱甩:"我真是为你操碎了心!"

这话是说给方知晓的,方知晓抿抿唇,道:"谢谢爸。"

"你要是拿不了第一,不把这钱赚回来,"方伟瞪着方知晓,"就太对不起爸花出去的那些钱了!"

"嗯。"方知晓应了一声。

"嗯什么嗯!"方伟喊,"能不能拿第一?"

方知晓:"能。"

方伟偏头指了指韩丽娟:"该报的课给报上,我就算把胃喝穿,她不争气也不行啊。"

韩丽娟挥挥手:"知道知道。"

方知晓垂着视线,好一会儿之后,韩丽娟拦到了出租车,方知晓问她:"妈,能不能下次再报?我学校的课要跟不上了。"

"学校的课跟不上,平时就好好学习!"韩丽娟扶着方伟进车,推了把方知晓让她去副驾驶,"比赛错过了,哪里还有机会。"

方伟接话道:"别听你老师整天瞎说,学习重要,学习重要,我那一个班,学习好的有几个能赚钱!谁有我赚得多!"

"就是,"韩丽娟放缓了语气,对未来很是憧憬,"知晓,你想想啊,这次拿了第一,可是能跟台里合作的。台里多少名导演啊,随便哪个提拔你一下,你都能一夜变成大明星。"

"等你变成明星了,你的那些同学还在那儿哼哧哼哧地做题呢。哎,明星好啊,随便唱个歌,拍个电视剧,就几百万的收入。"韩丽娟抬眼看了下车内后视镜,后视镜里清晰地映着方知晓的侧脸,她长长地叹了一口气,"哎,你这长得好啊,还碰上了我和你爸这么开明的父母,我要是有你这运气,不至于现在这么可怜……"

方伟:"你可怜!你可怜个屁!每天那麻将把你搓秃噜皮了吗!"

韩丽娟:"那你让我干吗!让我干吗!你倒是一个礼拜回来一次让我伺候你啊!"

两人吵起来,无非就是那些话。方知晓来到这个家里四年了,这些话听了很多次,早已经不觉得有什么新意。不管是跟她说的,还是他们互相对对方说的,永远都是这些话。好像有很多的矛盾,但也不解决。好像在她身上寄托有很大的期待,方知晓却从来没有感觉到过关心。他们会送她去学各种唱歌跳舞的课,会带她参加各种比赛,会为了比赛成绩用各种见不得光的手段,会把加注在她身上的筹码一层层地垒起来,越堆越高,却并不在意方知晓这个人。

是的,方知晓从来没觉得自己被在意过。哪怕站在舞台上,哪怕被掌声包围,哪怕挥霍着钱，吃着喜欢的食物。这个世界本来就不公平，就像同样是被收养，方芝有了陈念那样的家庭，而她，只配待在这样的家庭。

她真嫉妒方芝啊，从看到的第一眼就嫉妒。她比她漂亮，比她吸引人，比她有天赋，比她运气好。她仿佛是她做梦时才会有的样子，但一旦睁眼，方知晓就对梦里的自己极度鄙夷。

她不觉得方芝就这么赢了，泡在蜜罐子里的人，怎么可能赢得了吃了这么多苦的她。所有的一切，都是交换。她方知晓已经掏出了那么多，就必须得到更多。

车子到酒店的时候，方伟已经睡得鼾声震天。

方知晓和韩丽娟一起将他扶上楼，扔到了床上。方知晓转身要回自己的房间，韩丽娟叫住了她："知晓，阿姨有话跟你说。"

方知晓停住了脚步："嗯。"

韩丽娟眉头轻蹙，整理好了自己的头发，这才道："你现在年龄小，饭桌上不要喝酒。"

"我知道你是为了让方老师高兴，但你真的是太小了，不了解男人。"韩丽娟嘴角挂着一丝笑，胸有成竹的模样，"男人啊，大多猥琐得不行，他们就喜欢清纯的小姑娘。你越是清纯，越是天真，他们看了越是喜欢。"

"所以以后会喝酒也要装自己不会喝，谁要劝你你就躲，奉承的话不要说得那么直接。"韩丽娟到了方知晓跟前，抬手理了理她的头发，"要知道容易得到的就不会被珍惜，你以后会值钱得很，千万别把自己早早地给卖了。"

方知晓喉咙滑动，没有看她。

韩丽娟拍了拍她的肩膀："行了，今天也累了，回去睡觉吧。"

"嗯。"方知晓应了一声，转身去了自己的房间，将门反锁好后又拿了把椅子抵到了门背后。

决赛的时间稍微充裕点儿，在二十来天后。

方芝的比赛成绩虽然不错，但因为大家都没有抱着她非得拿个什么名次的想法，所以半决赛结束以后就放松了下来。该上课就上课，该参加社团活动就参加社团活动，日子过得平淡又充实。她说话算话，吃完那顿饭后就再没和陈念计较方知晓的事，只是会按时催促陈念去参加篮球社的训练，陈念一个女孩子夹在一群男生里面蹦蹦跳跳，林天意见了就给她竖大拇指。

"你是我偶像。"林天意道，"我都不敢去篮球社。"

陈念翻他个白眼："你偶像多了去了，你不敢的事也多了去了。"

林天意："对呀，所以能干我不敢干的事的人，都是我偶像。"

陈念拍拍他脑袋："希望你成为自己的偶像。"

林天意盯着陈念，愣了许久。这大概是个自我意识觉醒的年龄，往后好些天，林天意都在努力去尝试自己以前不敢干的事，那势头，颇有些漫画里热血少年的感觉。

陈念看了觉得可笑，又觉得美好得很。

不刻意去接触，方知晓这个人便仿佛彻底消失在了陈念的生活中。直到临近决赛，方知晓突然出现在体育馆门口，叫陈念出来。方知晓是学校里的风云人物，周遭男生瞬间一片起哄声。

陈念把手里的篮球砸过去，转身朝方知晓跑去，问她："怎么了？有什么事吗？"

"有事。"方知晓双手揣在校服兜里，抬了抬下巴，"去别的地方说。"

"我马上回来！"陈念冲身后的社团成员们招了招手。

"哇哦！"男生们又是一阵喊叫。

陈念没理睬，跟着方知晓出了体育馆，上了旁边一栋教学楼，直直地走到了天台上。本来就是放学后的时间了，天台上没人，只有风。

方知晓站定，陈念先开口："说吧。"

方知晓开门见山："我回答你之前的问题，你告诉我方芝的决赛曲目。"

陈念看着她，长长地呼出一口气。

方知晓见她没反应，又补充道："这次逻辑没有问题，我只是要知道她唱什么歌而已。我们互相交换条件，真正谁能赢，还得舞台上见。"

陈念道："不行。"

方知晓眉头皱起来："为什么？"

陈念："我不想知道你的答案了。"

方知晓："其他的也不想知道吗？你可以换问题，比如我唱什么歌，我做了什么训练。"

陈念："这些我也不想知道。"

方知晓："你以前有想知道的。"

陈念摊了摊手："时间变了，我现在都不想知道了。"

方知晓愣在那里。

陈念看着她，直到此刻，才觉得那诧异的表情让方知晓变得年轻了起来。不，她本来就很年轻，只是少了她这个年龄该有的少年气。她把世界框在自己认为的所谓规则里，不愿意再往外踏出一步，不愿意质疑，不愿意反抗，像个被摧残已久的固执中年人。

陈念最终还是开了口：

"我接近你确实有我的目的，但一直以来都不是你想的那样。我不在意你参加什么比赛，要拿什么奖，或者和你做朋友就能获得什么利益。我只是……对你感兴趣。

"你和我们大家不一样，所以我想，你肯定有不一样的生活环境，不一样的经历。之前我想知道这些，想了解你，如果可以，还想过和你有多一点儿的接触，一起玩，一起聊聊天，一起乐呵乐呵。

"但现在我觉得不太有必要了，因为我看到了一些，我也大概猜到了你要给我的答案。我不认同你要给我的答案，但我知道我也没法改变你的世界。"

陈念笑了笑，心里有些难过："其实人生怎么过，没人能说个对错。只要你自己过得去就行，只要你最后成为什么人，是自己选择的，那就……都可以。"

歌唱比赛决赛，方知晓拿了第一，方芝拿了第三。颁奖典礼那天，陈念又是一家四口齐聚现场，方芝在台上笑得开心，下台之后和他们围着圈抱抱更开心。方知晓远远地站着，这次她是一个人来的，手里抱着花束和奖杯，和参赛选手以及组织方拍了很多张照。

出会场的时候，陈念路过方知晓，笑着说了声"恭喜"，方知晓点了点头，没应声。

出门之后，老爸同陈念唠叨："我记得你说那小姑娘也是你们学校的，你们学校真是厉害啊。"

陈念挽着方芝的胳膊，得意扬扬："那是！我们一中人杰地灵，群英荟萃！"

陈军杰："不过那小姑娘怎么老是不开心的样子，她可是拿了第一呢。"

陈念低头，叹了口气，方芝接话道："可能第一拿了很多次，就没有意思了吧。"

陈军杰："像我们芝芝这样就很好！我们还有进步空间！"

刘春花："说得对！"

方芝："我确实唱得不够好，B段开口调有些不准，下次不会这样了。"

她说得正经，表情也严肃，陈军杰刘春花陈念三人都愣住，然后齐刷刷地不好意思地笑起来，总觉得孩子都这么努力了，自己却整天嘻嘻哈哈地劝她不要在意名次，显得非常不积极。

陈念挽着方芝胳膊的手变成了搂肩："反正你做什么我都支持你啦，但必须是在你开心的前提下。"

方芝："开心。"

陈念："嘿嘿嘿，那就好。"

方芝："你也是。"

陈念："欸？"

方芝重复道："你也是，做什么我都支持你。"

陈念哈哈哈地笑起来，颇有些吾家有女初长成的欣慰感。

第三名奖品不如第一第二，但也有对于学生来说不少的奖金。爸爸妈妈自然不会要方芝的奖金，但方芝执意拿自己的奖金请大家吃饭，完了拽着陈念进了手机店，买了两部手机。一部是给陈念的，另一部是给陈军杰的，刘春花女士没有，是因为刘春花女士本来就有。为了店里的生意和方便照顾孩子，刘春花女士是家里第一个拥有手机的人。

"我想要给阿姨买机器。"方芝道，"她喜欢的那台缝纫机，我查过了，钱不够。"

陈念大为震惊："你想这事多久了？"

方芝："很久了，我应该拿第一，这样钱就够了。"

"不用不用，"陈念疯狂甩头，然后把装着手机的袋子塞进方芝怀里，"剩下的钱我想办法。"

陈念去找朱栋结了次账，朱栋生意是真不错，人也是真的聪明。他知道自己的成功全赖着陈念她们的点子，现在店面已经看好了，他也贷了款准备装修，后期能不能把钱赚回来，很大一部分还得靠这母女俩，于是给钱的时候是真爽快，还自己往上提了几个点儿。

陈念拿了这笔钱，和方芝那边一凑，也就差不多了。方芝自然要问钱是哪里来的，陈念寻思着瞒也瞒不住，以后总得暴露，索性便和盘托出。只是对于摄影这么多的想法到底哪里来的，陈念只能说是自己看书看的。方芝大为震惊，整整三天没有理陈念。是在自己消化，也是在生气陈念瞒了这么久。只是这次生气前，她有给陈念提前预告，并和她商量好了期限。

"我需要好好想一想，在这个过程中，你尽量不要烦我。"

陈念自然答应："好好好。"

交代了这件事，她心里也放松了许多。自从上次因为方知晓的事情吵了架之后，方芝便开始了一套与陈念的新相处模式，会刻意让陈念离开自己，会努力促进陈念与他人的社交，会十分关心陈念自己的娱乐爱好，还会在生气之前预警，把话说明白，然后再气。到了时间，便重归于好。陈念最初觉得奇怪，但渐渐也就明白了方芝的用意。方芝是一个多么聪明敏感的人啊，她同方芝吵的每一个字，方芝都往心里去了，她的每一个表情，方芝都琢磨了很久，然后努力地寻求解决途径，努力地去尝试。

三天生气期结束以后，方芝让陈念带着自己去见了朱栋，三人进行了友好会晤。

确定钱的来源没有问题之后，方芝和陈念去买了刘春花女士喜欢的缝纫机，然后同两部手机一起，包装成了精美的家庭礼物。当天晚上，刘春花女士和陈军杰先生大为感动。

方芝拧一把陈念胳膊，让她又把自己赚钱的事交代了一遍，陈念贼兮兮地说完了全程，方芝最后端坐着补充："这是我们两个第一次用自己挣的钱给爸爸妈妈买的礼物，当然不能和爸爸妈妈给我们的比，只能算作是我们一点儿小小的心意。我们会更加努力，好好学习，好好发展自己的爱好，以后不再让爸爸妈妈这么辛苦。"

陈军杰："啊，好好好。"

刘春花："不辛苦不辛苦。"

话被她说得这么圆满，陈念爸妈也差不多适应了自己两个孩子都不是什么普通孩子的事实，只要她们健康快乐，只要她们不违法乱纪，其他都是可以商量的。四人开开心心地拆了礼物，又挤在一张床上聊了很久。

第二天，等陈念和方芝放学回到家，便发现她家装上了电脑。

陈军杰拍着胸脯，骄傲得不得了："爸爸说了给你们买电脑吧！说到做到！"

方芝："叔叔，你真棒！"

陈念冲他挤眉弄眼："不是说好了升官了才买吗？"

陈军杰也冲她挤眉弄眼："马上就升了。"

马上就升了，这话陈军杰说了很多次。陈念之前没把她爸这话当回事，因为她了解她爸爸的性格，也明白他为什么不爱在仕途上努力往上走。她也并不想强迫家里任何一个人改变自己喜欢的生活方式，她觉得现在这样就很好。但显然，这次是真要升了。

陈念愣在那里，喃喃地问了句："真的啊？"

陈军杰叹口气："真的，调令马上就下来了。"

陈念："还要换单位吗？"

陈军杰哈哈笑起来："上头没空儿啊，要升就得开辟新战场。"

陈念看着自己的爸爸，突然就觉得鼻子酸得很。

她抬手蹭了下眼睛，陈军杰弯腰瞅她："哎哟，怎么，高兴得都哭了。"

陈念吸溜两下鼻子，问他："为什么啊？"

答案一点儿都没在她的意料之外，陈军杰抬手按了按她的脑袋："因为我的老婆和女儿都很优秀啊，我也得加油了呀。"

方芝开口道："叔叔，那你加油高兴吗？"

"高兴啊！"陈军杰的回答一点儿都没迟疑，"我一想到级别上去了，赚的钱多了，能给你们买好东西了我就高兴啊！"

"但其实赚钱不是最重要的，"陈军杰摸摸下巴，"你们还小，不懂。"

陈念再吸溜一下鼻子："我懂，你是想保护我们。"

陈军杰："啊……"

陈念："傻乎乎的，老觉得我们什么都不懂……"

被女儿这么说，不得了。

陈军杰把陈念抱起就往天上扔，吓得陈念眼泪都没了，只能"嗞儿哇"地叫着。

家里有了电脑，陈念如虎添翼。之前拍的照片可以好好处理一下，给朱栋的营销策略，也可以更加具体，更加贴合市场数据。爸爸妈妈都说要给陈念买相机，陈念拒绝了。

等朱栋的店真正开起来那天，陈念带着妈妈去签了合同，以刘春花女士的名义技术入股。也算是小半个老板了，朱栋又不是什么吝啬的人，店里的器材随陈念用。一个商业店铺里的相机更新速度，那可比陈念自己作为爱好者的速度快多了。只要陈念能让朱栋的店蒸蒸日上，那她就有永远花不完的进账和用不完的相机。这可比自己开店爽太多了。

在陈念的赚钱思路的开发下，临近年根，刘春花女士开始筹备自己的连锁店。

陈念把自己拍摄的一些比较有艺术价值的照片随手发了几家杂志社，结果连连过稿，别的小朋友们忙着期末考试的时候，陈念忙着收样刊。纸媒的周期长，从过稿到发刊，几个月的时间，陈念的喜悦早就淡了，倒是方芝，激动得很。一听门卫大爷说有她家的包裹，跑得比陈念还快。拿到手了还不准陈念拆，要拉着陈念一路奔上楼进了屋，再仔仔细细地打开，生怕小刀划破了边边角角。崭新的彩封杂志，沾满墨香的铜版纸反射着细微的光芒。

方芝爱不释手，真打开杂志了，倒是不急了，一点点儿从目录页读下去，找有陈念照片的那一张。

陈念坐在她旁边，比起看自己拍的照片，更喜欢看整个人都透着快乐气息的方芝。

方芝把书翻了一遍，又翻了一遍，每张照片都仔细看了，然后皱起了眉头："怎么没有你啊？"

"嗯？"陈念愣了愣，往杂志跟前凑了凑，"应该没错，包裹都是给我的……"然后她便顿住了，她想起来，在过了两次稿之后，她便没再用真名投，给自己取了个笔名。

"我……"陈念有些紧张，她看一眼方芝，喉咙滑动。

方芝对她这个表情十分熟悉，合上杂志，坐直了身子："说实话，不然生气时间加罚两天。"

陈念垂下视线，手在那杂志上来回乱翻着："没什么，就是取了个笔名。"

方芝："嗯。"

陈念翻到了有自己作品的那一页，推到了方芝面前，道："就这个。"
　　方芝垂眸去看，陈念的作品占据了整整一页的篇幅，是她们放假出门玩的时候，站在高高的塔楼之上，拍的城中老街。照片被处理成了黑白色，但光影实在绝妙得很。老街和新城，在夕阳的照射下，划分成两个灰度的世界，有着蓬勃而直观的美感。照片的右下角，摄影后面跟着两个字，乍看简单，却总让人觉得有一些特别的含义。
　　见微。
　　陈念的笔名叫见微。

## 第十一章
## 过青春

"见微是什么意思？"方芝盯了那两个字许久，终于问道。

"啊，这个……"陈念有点儿乱，"就……从微小的地方看出去嘛，是不是很适合搞摄影的？就……从取景器那么小小的框里可以看到大大的世界。"

"嗯。"方芝应了一声。

"哈，这个不重要。"陈念拍了拍那杂志，"这本还蛮有分量的，编辑要是记住了我的名字，以后过稿就更容易啦。"

方芝："你很厉害。"

陈念呵呵笑着转了话题："那给我什么奖励？"

方芝侧过身，眨巴下眼睛："和我一起……做一套模拟题吧。"

陈念："嗷——"

期末考试结束之前，陈念又拿到了两笔稿费。

寒假来临，家里今年收入不错，刘春花女士计划着过年前全家出去好好逛一趟，但方芝的声乐老师给她介绍了一位新的老师。新老师名气大，时间紧，没法像之前那样时间比较自由地安排课程。于是计划只能暂时搁浅。

方芝上午一节课，下午两节课，晚上还要练琴，时间排得满满的。本来就没什么空和陈念玩耍了，这次还坚决不让陈念再送她上课。于是一个忙得不行，一个闲得寂寞。陈念每天不是待在妈妈的店里，就是跑去朱栋的店里，这边帮帮忙，那边出出主意，把自己伪装得忙碌起来。

这样的生活里，照片自然会越拍越多。她早已经过了非得去名山大川才能拍出好看照片的阶段，越是生活，越是细微，越是真实，便越发能激发她的创作欲望。

后来有次看到手头的杂志开了新栏目，用十来页的版面来记录一个故事，仿佛一个小型摄影展。陈念便干脆一股脑儿地把这段时间的照片处理好寄了过去，配了篇十分简单的城市散文。

没抱什么期待，于是好消息来临的时候便更像是幸运降临。不仅投稿一次性通过了，陈念还收到了来自杂志社的邀请。

邀请见微老师参加杂志社的周年摄影展。

陈念拿着汇款单和邀请函："啊这……"

刘春花凑过来瞟了一眼:"又过稿了啊。"

陈念:"不仅仅是……"

刘春花:"钱给你打多了?"

陈念:"这次是多,但也不仅仅……"

刘春花把手上的衣服甩了甩搭上阳台,擦干手过来仔细瞅她手里的东西。

"邀请见微老师参加二月五日于北市的……"

陈念觉得不好意思得很:"妈,妈,您别念。"

刘春花看完了邀请函,乐得不行:"见微老师你可以啊,我真是没想到,我刘春花能生出来这么有艺术细胞的孩子啊!"

陈念:"您服装设计也是艺术啊。"

"我就是个裁缝。"刘春花拿过邀请函,翻来覆去地看,"哎,看着挺正式的啊,见微老师,看来咱家这次得去首都了啊。路费报不报啊?"

"报,"陈念指了指后面的小字,"但只能报我一个的。"

"那你不能一个人去。"刘春花道,"未成年呢。"

陈念撇撇嘴:"我没打算去,他们要知道我未成年,也不会邀请我去了。"

"欸,这……"刘春花陷入沉思。

陈念拿过了她手里的邀请函:"行,就这样吧,那种展也没什么意思。"

后面两人没再聊这事,陈念把邀请函塞进了书架里,继续自己无聊又快乐的生活。

结果晚上方芝练完琴回到家,进厨房和刘春花女士聊了会儿天,就出来把陈念拉进了房间。

"欸?干吗呀?"陈念愣愣地看着她。

方芝朝她举起两只手:"看我的手指。"

陈念看过去,方芝的手指细长,骨节又小,于是骨肉匀称得像几截青葱,十分漂亮。

"好看啊。"陈念心无旁骛地夸奖。

"让你夸好看了吗?!"方芝皱起眉头,凶凶的。

"啊……"陈念赶紧又看,发现她指尖红通通的。

"啊,对不起。"陈念赶紧道歉,她抓过了方芝的手,凑到眼前仔细看,"肿了啊,我还以为冻的。今天练的哪个曲子啊,你们这个郑老师,要求也太高了……"

"我……"方芝刚要开口,陈念的指尖突然轻轻蹭了过去。

有点儿痒,有点儿痛,被钢琴折磨了一晚上的指尖变得异常敏感,一点儿细微的触碰都会引发不同以往的强烈感觉。

方芝缩回了手指,两只手都背到了身后去,这才道:"是啊,我多努力啊,我钢琴起步太晚了,只能比别人花更多的时间,吃更多的苦!"

陈念是真心疼:"如果负担太重了,就减点儿课吧。我们也没必要非得……"

"谁说没必要!"她的话被方芝打断了,方芝仰着下巴,以非常严肃的表情,非常郑重的口吻道,"我想要站在舞台上,想要取得好成绩,就得不畏艰险,奋勇拼搏!"

陈念:"啊,好。"

方芝："我知道自己有天赋，老师都说我有天赋，所以我更不能浪费自己的天赋！"

陈念："啊，对！"

方芝："而且再辛苦也是我乐意的，再累我都高兴。因为我在实现自己的梦想。"

陈念为她击节赞叹："好！"

方芝盯住了陈念，直直地望进她的眼睛里，把她盯得死死的："那你呢？"

陈念愣了愣："我？"

方芝："你是不是也应该为自己的梦想拼尽全力？是不是也应该不浪费自己的天赋？是不是应该把握每一次的机会，绝不做让自己后悔，辜负青春的事？"

陈念一下子笑了，眉眼弯弯，温柔得很："芝芝，你背升旗稿呢？"

方芝抿紧了唇，有生气的趋势。

陈念赶紧拉住了她胳膊，把人拽到自己跟前来："好好好，我明白你的意思，你是想让我去参加那个摄影展，对不对？"

方芝不说话。

陈念："哎，我妈也真是的，想让我去就直接跟我说嘛，非得给你打小报告。我没有非不去，这事对我来说无所谓……"

方芝："不能无所谓。"

陈念："真无所谓，你是不知道，这种展它不是那种纯艺术展，参展的作者也都是和杂志有关的，基本等于一个圈内社交活动。"

方芝仿佛没听到她的话，又重复了一遍："不能无所谓。"

陈念停了解释，看着她。

方芝："我有的你也要有。不然我站到舞台上去了，你干什么？"

陈念眼神晃动，很难相信，这是一个十几岁的孩子会考虑到的事情。但也不得不承认，这的确是方芝能考虑到的事情。就像她关注方芝，方芝也关注着她的一举一动，就像她想把最好的一切都给方芝，方芝同样也希望她拥有这一切。她的无聊，她的孤独，她的天赋，她的成绩，方芝全都看在眼里。只是方芝不是话多的人，不到紧要时刻，不会这么扯开了掰碎了和陈念谈，就像一只胆小的兔子，每次同陈念坦陈，每次同陈念对峙，都是敞开自己的肚皮，让陈念触碰她最柔软的一面。

"嗯，我明白了。"陈念应她道。

方芝偏过了脑袋，不再看陈念："你知道就好。"

陈念的双手还放在她胳膊上，用力捏了捏，来表达自己的决心："我一定会努力，站在你身边。"

方芝气得不行："这和我没关系！"

"有关系。"陈念揽住了她，将人拽进自己怀里抱住了，"你不知道关系有多大。"

两人在房间里叽叽喳喳打打闹闹一阵，再出来的时候，陈念便宣布了自己要去北京参展的事情。大家用热烈的掌声表达了自己的赞同。

陈念："但我不想用见微的身份去。我年龄实在太小了，如果现在就让编辑知道我的年龄，他们只会不再用我的稿子。"

陈军杰点点头："是有这种可能。"

陈念："我就自己去，当一个最普通的小读者，去见见世面。"

刘春花："那也行。"

她转头问方芝："芝芝，你觉得呢？"

方芝点头："可以。"

她也不是想让陈念去认识人拉关系，她只是希望陈念努力去接触开拓自己喜欢的领域。

"那我做一份攻略。"陈念道，"我们北市三日游。"

"好！"陈军杰对自己的天才女儿很放心。

攻略很快做好了，陈军杰的休假都排开了。但临到跟前，郑老师要带方芝去一个交流会。郑老师是会上最重要的导师，而方芝是要在会上表演的得意门生。时间就在二月五号，巧得不得了。一家四口愁眉耷眼地坐在一起，陈念和方芝谁都不想耽搁对方。最后实在没办法，只得对半分开，陈军杰带方芝去参加潭市的交流会，刘春花带陈念去参加北市的摄影展。这是陈念和方芝第一次分开这么远，这么久。

飞机落地以后，刘春花带着女儿吃吃喝喝，企图让她的情绪飞扬起来。陈念表面上嘻嘻哈哈，乐呵呵的，但笑容不达眼底，刘春花看得出来。又吃过一茬北市特色小吃，陈念抱着饮料杯，看着远处发呆。

刘春花问她："想什么呢？"

陈念随口瞎诌："想开家奶茶店。"

刘春花愣住："啊？"

陈念："名字就叫'芝芝念念'，有浓郁的茶香和绵密的奶泡，有各种水果和一点点儿酒精，有春夏秋冬的限定款，只用当季最新鲜的食材。当然也要有持续供应的经典款，起个特别的名字……"

陈念忽地笑起来："就叫'芝芝念念好喝到咩噗乌龙茶'。"

陈念只是随口一说，刘春花女士却非常感兴趣。

两人第二天参加完摄影展，便开始逛北市的各大商场，体味每一家奶茶店。这个时候，奶茶店并不多，也还没有形成规模，也就北市这样的一线城市有一些，更多的还是各种当地特色饮料和咖啡馆。刘春花顺便都逛了，两人喝到肚子滚圆，后面便进入了每一杯只尝一口的奢侈阶段。

"太浪费了。"陈念皱着眉头。

"要想赚钱就不能太抠抠搜搜。"刘春花女士已经有了丰富的开店经验，"前期的市场调研是非常必要且重要的。"

"明白。"陈念一拍脑门儿，"妈，你是不是打算搞家北门的商铺呢？"

刘春花："你一天到晚偷听的倒不少。"

"我哪里是偷听啊。"陈念寒假经常待在店里，光明正大地听了不少妈妈和隔壁店阿姨一块儿讨论安良的经济发展形势。

北门最近在搞商业街，有不少铺子。刘春花之前开新铺子有想过去那边，但被隔壁阿姨劝住了，说她这种高端私人定制服装店不适合那儿。

是有道理的，最后新铺子的位置还是陈念给挑的，她别的本事没有，十年后安良会发展成什么样子，脑袋里大概还是有数的。

服装店选在了当下就能赚到稳定客源的商厦，现在讨论起了奶茶店，北门倒是合得很。

"您要是想开在北门，那就不要租。"陈念大手一挥，"直接买，也不用太大，小小一个铺面就行。"

刘春花："呵，狮子大开口啊。"

陈念："真的，将来生意好了自己开店，生意不好了租出去，稳赚不赔。"

刘春花："就怕万一啊，之前不是还发展临江经济区吗，现在房都盖好了，人一个没有。"

陈念："北门那儿能一样吗，光那片老住宅区你也不愁人流量啊，而且将来万一老火车站，是吧，它要移到那儿去了……"

刘春花看着她。

陈念："我瞎猜，做做梦。"

刘春花继续盯她。

陈念："嘻，这不您和赵阿姨也聊过吗？"

刘春花："我也就是聊聊。"

陈念把话又说了回去："哎，也没啥。要真再搞家店，您得忙成什么样子。钱嘛，赚再多没个头，现在就挺好的了。"

陈念是真觉得挺好的了。她要是为了赚钱，就这信息差，她得发成什么样子。但她的目标从来不是如此。跟着方知著，她见过了极度奢侈的生活，但在那样的生活里，要找到心灵的平和，好像会更难一点儿。欲望是无止境的，在有限的资源里获得源源不断的快乐，对于陈念来说，才是最重要的。她往后退了这一步，给故事中的人更自由的选择。但有的时候吧，你往后退了，别人就越发想往前进了。

陈念的话不但没有打消刘春花女士的念头，反而激发了她不知道打哪里突然冒上来的强烈斗志。晚上两人回到酒店，洗漱过后躺在床上，刘春花抱着手机想了会儿，便给陈军杰拨去了电话。两人认真严肃地讨论了好一会儿买铺子的事，陈念在旁边眼巴巴地看着，好不容易这话题要过去了，妈妈却干脆利索地道："那就这样啊，回去了再说。"

陈念："欸欸欸……"

妈妈的翻盖手机已经扣下来了："欸什么？"

陈念盯着手机，表情一下子变得黯然："啊……"

刘春花："你爸不开头就说了嘛，芝芝练歌呢。"

陈念："那也不能一句都不问啊。"

刘春花："问了啊，练歌呢。"

陈念倒到了床上，抱着被子来回滚："啊……"

她家现在有三部手机，爸爸妈妈各一部，另外一部虽然是方芝买给陈念的，但寒假基本是方芝在用。因为方芝放假了还要上课，和家里联系方便一些。陈念很少和方芝分开，现在万分觉得，家里还得再添一部手机。在床上滚了两圈，刘春花嗤笑着将手机扔给了她："你打你打，芝芝不练歌了就陪你聊天。"

陈念抓过手机藏进怀里："我不打，我给她发短信。"

刘春花打开了电视机："这么分不开，将来上大学了怎么办？"

陈念："考同一所大学啊。"

刘春花偏头看她一眼，笑起来。这笑容的意思很明确，在笑她一个小屁孩儿不知道世事艰险，将来两人长大了指不定以什么样的方式各奔东西。

陈念才不跟她争论这些，她抱着手机，把自己埋到被窝里去，想着给方芝发什么。一条短信一毛钱，还有字数限制，所以每个字都珍贵得很。犹豫半天，打了又删，删了又打，最终也就发过去普普通通的一条——

芝芝，我是陈念，我今天吃了很多好吃的，每一个都想给你尝。手机是我抢过来的，今晚都在我手里。你今天过得怎么样，练完歌回我消息啊。

发完了乐滋滋地扣上盖子，觉得这年代的翻盖机型，有种别样的味道。方芝回消息肯定得一段时间了，这次去的活动是她很珍惜的机会，所以该练习的一定会练习到位。陈念钻出被窝，准备和妈妈一块儿看会儿电视，结果也就几秒钟的工夫，她手里的手机"丁零"一声，提示有新消息进来。陈念身子一抖，又缩了回去。

刘春花在外面啪啪地拍她的被子："你干吗呢，出来玩！我又不会偷看！"

陈念耸着屁股来回扭："哎呀哎呀，被窝里比较有氛围。"

中学生偷玩手机的氛围，黑暗里莹莹发光的屏幕，点开那个小小的图标时期待雀跃的心情。来自芝芝的短信，简短的一行字：

等我二十分钟。

陈念觉得方芝真是不当家不知柴米贵，都说了让她练完了回，又没催，那就练完了再聊不就行了嘛，非得这会儿回这么一条。既然回了就多说点儿嘛，随便回答我个问题，哪怕随便回应一句她说的话呢，她等了好几秒就等来六个字。陈念抓着手机，咔咔地按键，发过去两个字：

好的。

这次总能好好看二十分钟的电视了，陈念钻出被窝，刘春花看她一眼："呦，舍得出来了啊。"

陈念："有什么舍不得的。"

"被窝里的好氛围啊。"刘春花道，"你就不怕妈妈放个屁……"

"啊啊啊啊啊……"陈念一阵喊叫。

刘春花哈哈哈地笑起来，扔给她一颗糖："跟芝芝说什么呢？"

陈念："她练歌呢，等忙完了再说。"

刘春花："我不也这么说的吗，你非得自己再去问一遍。"

陈念："那我……"

这时，手机"丁零"一声响了。

陈念:"哈,哈,哈,看来,练得不是很认真啊。"

刘春花伸胳膊:"来,我看看,你俩到底聊什么呢。"

陈念吓得蹦下了床,直直地往厕所奔:"妈妈要给孩子一点儿私人空间,就像不能偷看日记一样!"

刘春花没追她,只是坐在床上笑。她本来就只是逗孩子一下,这下把孩子逗到洗手间里去了,心满意足地继续嗑瓜子、看电视。

陈念坐在马桶上,裤子都没脱,翻开手机看信息:

今天不是很开心,有个男生一直跟着我。

陈念心中警铃大作,迅速回道:

他跟着你干什么!多大年龄!哪里来的!叫什么!旁边有老师在吗?我爸呢!

咔咔咔,手机键都要按烂了。

方芝:叔叔在,叔叔说小伙子长得不错。

陈念忍不住大喊:"啊啊啊啊啊!"

方芝忙着,陈军杰可没忙。

陈念喊完当下便拨了爸爸电话过去,好一会儿,陈军杰才接起了电话,问道:"怎么了,不是说回来说吗?"

陈念:"不能回来说!就得现在说!"

陈军杰:"念念,是你啊,怎么了呀?"

陈念:"爸,你还问我怎么了!你怎么可以让人跟着芝芝呢!人生地不熟的多危险啊!长得帅怎么了!长得帅了不起吗!长得帅就可以当跟踪狂吗!"

陈军杰:"啊?"

陈念:"有人!跟着!芝芝!今天!"

陈军杰努力想了想:"哪里有人……你是说范校长的儿子吗?哎呀,那小孩子才六岁嘛,在学校里跑丢了,碰上芝芝,芝芝把他送回来,他就缠了芝芝一会儿。那孩子挺可爱的,就是太无聊了,看到姐姐就想跟人玩,没什么坏心。"

陈念松了口气,捂住了脑门儿:"我知道了,爸,我知道了。"

陈军杰:"你怎么知道这事的啊,谁跟你……"

陈念:"爸,对不起,有一点儿小误会。爸,芝芝现在在哪儿呢?"

陈军杰:"我跟前啊,她刚练完歌回来了。"

陈念:"她什么表情?"

陈军杰:"在笑啊。"

陈念把电话挂了,一时之间不知道该不该给方芝拨过去,好好骂骂这个小人精。

怎么就想到拿这么件事,故意说得那么让人误会,然后还跑过来看她笑话。

正犹豫呢,手机"丁零"一声,方芝的短信又发过来了:

谁让你都不给我打电话。

这怎么还倒打一耙呢,这话说的,不给你打电话不是因为你忙怕耽搁你事嘛,嫌我不给你打,你怎么不给我打呢,我还没手机呢我!

陈念在手机键盘上咔咔咔地一顿敲，一大段话还没打完呢，手机"丁零"又响了。

来自方芝芝的短信：

你知道我有多想你吗？

陈念："哈……"

所有责难的话都删了，陈念笑得嘴快扯到耳根去，摇摆着身子重新发信息：

对不起，我错了。

陈念回到安良的时候，方芝和爸爸还没回来。她跟在妈妈屁股后面，拿手机的手就没放下来过，刘春花看着烦得不行，把她往一旁赶："你拿着你拿着，有事了再给我拿过来就行！"

"嘿嘿嘿，谢谢妈妈！"陈念蹦着跑了。也就是她家没车，也就是车站有些远，方芝坚决不同意她过去接，不然她这会儿就可以出门了。在路上期盼见面，和在家里干等，感觉还是很不一样的。

陈念给方芝发短信：

到哪儿了啊到哪儿了啊？

方芝回：大巴。

陈念：怎么还在大巴上呢啊怎么还在大巴上啊？

方芝：距离你上次问只过去了十分钟。

陈念：都十分钟了大巴怎么还没跑完！

方芝：我快没话费了。

陈念：我给你充话费！

方芝：不要。

陈念：为什么不要！

方芝：你这么花什么时候才能给我买钢琴？

陈念默默地把手机放下了，觉得现在的通信技术实在是不发达得很。要放在十年后，这一路她们都得打视频，看得着脸，看得清表情，听得见语气，就真像这个人在自己身边一样。不过文字也有文字的魅力，陈念拿起手机，把方芝发过来的短信一条条地打开，一条条地看。笑得像个傻瓜一样。笑方芝，也笑自己。怎么就幼稚成了这个样子，偏偏还觉得自己幼稚的样子很了不起。以前，她生怕自己老了的灵魂无法与方芝的成长同步。现在，她真是一点儿都不担心这种问题，她甚至觉得自己是个神奇异能者，可以把每个时空的自己分成片，随取随用。

二十分钟后，手机响了起来。短信声真是戳在陈念的心尖上。

她翻身坐直，打开，看到了方芝发过来的好消息：下大巴了。

陈念："嗷！"

她抱着手机冲到客厅："妈妈妈妈，下大巴了！"

刘春花一甩围裙："行，那现在开始做饭就差不多。"

陈念："妈妈妈妈，我下去……"

刘春花："公交还得半个小时呢，你也不嫌冷。"

陈念回屋取出了自己的大棉袄："不冷不冷不冷。"是真不觉得冷。大袄子一裹，帽子围巾一戴，遮得严严实实的。出了楼道门，一道冷风当面打过来，也只觉得快活。

陈念一路跑着到了公交站，临近年关，道路两旁的店里挂着不少红彤彤的装饰品，看着热闹得很。陈念瞅瞅远处拐弯而来的公交车，瞅瞅那些书店、水果店、小超市，最终还是向新鲜感屈服，跑到了店里去。方芝不让她交话费，那她就买些其他东西。书店里买新到的杂志，水果店里买方芝喜欢的水果，小超市里有各种各样的零食，还有即将被淘汰的小马挂件。陈念瞅那小马，扎着噘子，高昂着脑袋，鬃毛飞扬，和方芝像得很。陈念乐滋滋地收了，装进棉衣内口袋，等着待会儿偷偷地给方芝一个惊喜。

东西买齐了，时间也就差不多了。陈念重新回到公交站，坐在长椅上，晃着腿等车。天气冷，大家不管是出门的，还是回来的，都急匆匆的。只有陈念盯着一个方向，悠闲自在，欣赏安良这雾蒙蒙的天。

没一会儿，天上竟然飘飘洒洒地落下雪来。一粒两粒掉在陈念脑袋上，最后竟然有一大片，挂上了她的睫毛。

"哇。"陈念扬起脑袋，伸手接住了视线范围内最大的一片，看它漂亮的形状。她真想给方芝看看它漂亮的形状。

恰在此时，公交车晃晃悠悠，停在了她面前。车门一开，最先下来的便是穿着白色羽绒服的小仙女。陈念"嗷"的一声，捧着手，也不管椅子上放着的买的那么多的东西了，嗷嗷地叫着朝方芝奔过去。

方芝伸开了胳膊，皱着眉头道："小心点儿。"

陈念冲到她跟前，没理她的胳膊，将手举得高高的："看，芝芝，雪！"

方芝垂眸的时候，那雪花只剩下了一点儿，很快便彻底融化在陈念的掌心里。

"嗯，雪。"方芝应声道。

"哈哈哈哈，我今年接住的第一片雪。"陈念放下手，笑得像个傻瓜，"你看到了。"

方芝："看到了。"

陈念拽着她走："我买了好多你喜欢的东西。"

方芝看着那裹成球的脑袋："你也理理叔叔。"

"啊。"陈念回头冲爸爸喊，"爸！快来帮我拿东西！"

手上本来就大包小包的陈军杰欲哭无泪。

三人提着东西往院里走，陈念觉得自己异常兴奋。不知道为什么，今天总是让她想起刚接方芝回家时的日子，只要看到方芝，就有太多的快乐，太多的愉悦，太多的希望和梦想，从心底一股一股地涌出来。什么最好的都想给她，但什么都没有她好。

两人牵着手进了屋，一路上陈念的嘴巴就没停过。方芝换鞋的时候，陈念在旁边巴拉巴拉地说奶茶店的事，刘春花叫他们洗手吃饭，陈念又跟着方芝进了卫生间。直到坐上餐桌，真是一步都没离开。

"到时候你给咱们店当代言人！"陈念兴奋得不行，"芝芝小姐啊，你的外表非常符合我们芝芝念念奶茶店的品牌形象，甜美清新，活泼可爱。特邀请您来……欸，妈，您准备给芝芝掏多少代言费啊？"

"饭都堵不上你的嘴。"刘春花夹了排骨到方芝碗里，"芝芝小姐，一块排骨，您看够吗？"

方芝咧嘴笑："够！和阿姨签终生约！"

"啧。"陈念连着咂巴几下嘴，"小嘴真甜，比刘春花女士泡的蜂蜜水还甜。"

刘春花盯着她，好几秒钟的空白，终于一击致命："三天没见，想芝芝想疯了吗？"

陈军杰快乐扒饭："我看是想疯了。"

陈念脸红了一片，还要喊叫："爸妈，你们怎么能这么说呢，只有我想芝芝吗，芝芝也想我啊！"

刘春花："哦。"

陈军杰："芝芝可忙了，没空想你。"

陈念哼唧："芝芝芝芝，说句话啊！"

方芝低头看碗，脸颊挂着浅浅的酒窝："我是很忙啊！"

陈念转身就要去拿刚放回妈妈口袋的手机。那里可是有铁打如山的证据的。

方芝察觉了她的意图，在陈念一只腿迈出去的时候，伸手拉了一下她的胳膊。

"你说你给我们的奶茶店取名叫什么来着？"

陈念一屁股又坐下了："欸，我给你说，这个可有趣了，一定要用嗲嗲的语调读出来……"

接下来几天的时间，陈念恨不得时时刻刻黏在方芝跟前，就像七岁时带方芝回家的那个新年一样，十二岁的陈念仍然会带着方芝去买她喜欢的东西，去逛最热闹的街道。她们会一块儿笑，一块儿闹，然后回到温暖的家中，等待新的一年的来临。

与以往不同的是，今年既没有回爸爸的老家，也没有回妈妈的老家，一家四口在一块儿过个小年。妈妈准备的东西却还是很多，年夜饭摆了满满一桌，也不管这四个人的肚子吃不吃得下。爸爸端着酒杯，豪情万丈，喝一口就要许下一个心愿，一会儿要给老婆开店，一会儿要带全家旅游，一会儿要送芝芝去最好的艺术院校，一会儿要让赚钱小天才陈念同学发达了以后，给他买别墅。

陈念嘴上不乐意得很："怎么到我这里就反过来了呢，我也想要爸爸的礼物。"

"爸爸……"陈军杰脸颊红红，眼睛愣愣的，"爸爸给你什么啊？爸爸要给你买相机，你也不要，你自己就搞到了。"

陈念得意扬扬："嘻，女儿太优秀了也是种苦恼啊。"

陈军杰："是啊，也不知道我上辈子修了什么福，这辈子有这么好的老婆和女儿。"

刘春花受不了他俩了，把酒瓶子拿走："陈念，你喝个橙汁跟你爸喝酒一个效果。"

陈念和方芝碰杯："酒逢知己千杯少嘛。"

爸爸妈妈都是重家的人，平日里工作再忙，该陪孩子的时候都会在陈念和方芝身边。一家四口围在一块儿吃饭是每天都要进行几次的活动，所以年夜饭并不显得多么特别，除了大家的话都更多了一些，吃的时间更久一些，氛围更热闹一些。吃完了看电视，刚好到了语言类节目比较多的时间，一家人瘫在沙发上东倒西歪地笑，方芝笑着笑着就笑到了陈念身上去，陈念挪挪身子，让她靠得更舒服一些。

倒计时响起，刘春花转过头问她们："要不要下楼放炮？"

陈念指了指瘫着的方芝，方芝摇摇头："不去了，困了。"

刘春花给陈军杰使个眼色，陈军杰拿出了红包："那行，领了红包，就退下吧。"

两人爬起，按照往年的规矩，拿红包，说吉祥话，然后鞠躬感谢爸妈。

"行了行了。"刘春花笑眯眯地冲她们挥手，"赶紧去睡吧，困成那样。"

"嗯。"方芝点点头。

两人往卧室方向走，到了方芝门口，方芝却并没有进去。她跟在陈念屁股后面，还有要往前走的架势，被陈念一抬胳膊挡住了。

"迷糊成这样了。"陈念道，"往哪里走呢，到你屋了。"

"不去。"方芝道。

陈念："啊？"

方芝："不去，跟你睡。"

窗外鞭炮声正吵，陈念怕自己听错了，弯了身子，凑到她跟前去："啊？"

方芝这次没有很快回答，她看着陈念，眨巴了下眼，好几秒钟后，才道："之前过年不都一起睡吗？"

方芝并没有睡得多熟，起初她以为自己是认床，后来她以为自己是兴奋，再后来，她才发现，是自己身体不舒服。肚子不舒服，隐隐作痛，却并不像闹肚子的感觉。这让她在迷迷糊糊间总是觉得冷，冷了就忍不住往陈念身边靠，幸好陈念睡得踏实，她靠过去，陈念也没什么反应。陈念热乎乎的，挨着会舒服很多。于是方芝做了一个梦，梦里她是个煎饼，来回地摊，怎么都不熟，她好着急。后来她发现原来因为她没在锅里，于是她跳上了热乎乎的锅，锅和她打招呼："芝芝，你好哇！"是陈念的声音，陈念的脸。

方芝吓得睁开了眼。还好，现实里她只是将胳膊腿搭到了陈念的身上。陈念"呼哧呼哧"地睡得冒泡，夜里安静极了。

方芝万分小心地把自己的胳膊腿挪下来，然后转身侧到了另一面去。背对着陈念，让她被梦惊醒的心跳缓和了许多。然后，她便感觉到了来自小肚子的绞痛。这次实实在在，十分强烈。方芝再没法保持冷静躺下去，她掀开被子几乎跳着下了床，往厕所冲去。

来……月经了……

这是她的初潮，她看过相关的知识，也听到过同学之间的讨论，所以并没有觉得太过惊奇，或者是害怕。就是……有些尴尬……

不，很尴尬。如果今天是在学校，或者是在自己的房间里，甚至哪怕是在逛街时的卫生间里，她都不会这么尴尬。

这是一件非常正常的事情，所以她压根儿不会在意别人的眼光。但是偏偏今晚她和陈念一块儿睡，方芝没有和陈念讨论过这件事，她也不知道有没有搞脏陈念的床。还好卫生间里就有阿姨的卫生棉，方芝快速地清洗了自己，拿了卫生棉去自己房间换上了干净的衣服。然后几番思索，决定回去检查一下陈念的床单，并且给陈念一个她正当离开的理由。

重新回到陈念房间的时候，陈念果然醒了。

她迷迷糊糊地问方芝："怎么了啊？"

方芝低声道："没事，上厕所。"

"哦。"陈念往里面滚了滚，给她腾出一大片地方，"快来，不嫌你臭。"

方芝弯腰，双手伸进被窝里，将自己刚才睡过的地方齐齐地摸过去。她摸到了一小片湿润，世界都静止了。于是她开始思考，怎么能在不让陈念惊醒的情况下，把陈念的床单给她换了？

世纪难题……只能想办法，明日再战。

方芝上了床，小心地避开那一片，然后呆呆地躺下。往后几个小时她一会儿睡一会儿醒，真是要被那一小片东西给折磨疯了。

天终于亮了的时候，方芝如蒙大赦。她抬手"啪啪"地拍在陈念的胳膊上，把她叫醒："起来了起来了！"

陈念的眼睛都睁不开，迷茫得不行："啊？啊？"

方芝："大年初一，要早起！这样才能勤劳一年！"

陈念："啊？啊？"

方芝："新年快乐！"

陈念终于笑起来："新年快乐。"

面对方芝，陈念再大的起床气都得消失无踪。她被方芝催着下了床，被方芝催着进了洗手间去洗漱。等她洗漱完出来的时候，发现方芝把她的床单被罩都扒了，正团成一团抱着往外走。

陈念："啊？你在干什么？"

方芝大半个脸埋在床单后面："新的一年，要除旧迎新。"

陈念："可是这不是前两天妈刚换的吗，干净着呢！"

方芝："要勤劳卫生，不然新的一年都又懒又脏。"

陈念："啊，可是不脏啊！"

方芝抱着东西已经进了洗手间，咔地把门反锁上了。

陈念愣在门外面，听里面响起了洗东西的声音，深感震撼。她觉得事情一定没这么简单，因为方芝的表情非常不自然。如果原因不是为了吉利，那一定是因为……方芝真的嫌弃她脏……方芝嫌弃她脏，方芝和她睡了一晚就嫌弃她脏，方芝怎么可以这样……

陈念敲敲门："芝芝芝芝，我昨天洗澡了，干净的。"

没人理她。

陈念："我不磨牙、放屁、打呼噜的，床单被罩干净的。"

没人理她。

陈念："芝芝，不要这么辛苦，你觉得哪里脏，我帮你洗啊。"

方芝："你走开！"

怎么着就让人走开了？陈念耷拉下脸，想找妈妈哭一下，发现爸妈的房门还紧闭着。昨晚大家都睡得迟，按道理这个点也醒不了。陈念自己其实也困，在洗手间门口站了一会儿遭不住了，便又回了房间，躺倒在了自己没有床单被罩的裸床上。

这一趟，便又睡了过去。再醒来的时候爸妈起了，早饭好了，出了门一看，阳台上搭着她的床单被罩，早都已经洗好了。

陈念找方芝，刘春花瞟见了，跟她说芝芝在学习，不要打扰。

"大年初一学什么啊？"陈念觉得她奇怪得很，但为了不惹人生气，便也没有推门进去。反正吃饭的时候会见到。

结果吃饭的时候见是见到了，方芝却一副不想搭理她的样子。陈念说话她不接，陈念问问题她"嗯嗯啊啊"就结束了，陈念视线放到了她脸上，方芝立马便低下了脑袋，把脸埋碗里去。陈念是真郁闷了。

吃过饭，她想凑方芝跟前去问原因，刘春花却拉了她一把，让她跟自己进厨房。

"妈，什么事啊？"陈念不乐意。

"过来过来，帮我洗碗。"

方芝："阿姨，我来吧。"

陈念："不不不，我来我来，芝芝，你看书去。"

方芝没再和她争，陈念随着妈妈进了厨房，厨房门一关，刘春花一拐子杵她身上，问她："闺女，长大了啊？"

陈念："啊？"

刘春花笑得一脸的难以言喻，骄傲中透着羞涩，羞涩中透着奸猾："嘿，还有啥不好和妈说的啊，妈都看见了。"

陈念："啊？"

刘春花生气了，抹布一扔："我卫生巾你也用了，床单你也洗了，啊什么啊，不就来月经吗，这点儿事还不能和妈妈说了？"

陈念恍然大悟："啊！"

她明白了，她终于明白了。她怎么就连这个都没有想到呢，这么多的证据，这么顺理成章的思路，她真是被自己的小孩儿身份遮了眼。

"妈，我爱你。"陈念凑过去给了妈妈一个大大的拥抱。

刘春花："来个月经不用这么感谢你的母亲……"

陈念一拉厨房门走了出去："妈，我有事！你自己洗碗啊。"

刘春花："怎么这么言行不一呢！你能有多大点儿事啊！"

嘿嘿，她事可大了。陈念要拉着方芝坐下，好好跟她科普一下女孩子生理期这事，要打破她的月经羞耻，要让她正大光明地面对自己的成长。作为过来人，陈念这方面的知识储备足得很，她不用再特意做准备，雄赳赳气昂昂地就来到了方芝门外，自信满满地敲了敲门。

"芝芝，我有事情和你说。"陈念的声音非常温柔，循循善诱。

"关于你的事情。

"我都知道了，你不用担心。"

"我不会笑你的，也不会嫌弃你的，因为这是我们……"

门开了。方芝站在门内，柳眉倒竖，脸颊涨红。

陈念嘴角上扬，眼里闪亮，喜悦和快乐溢于言表。

"走开。"方芝气呼呼地道，"生气，十天，现在开始。"

其实哪里用得了十天的时间。本来就是过年的热闹日子，大家课上不了，班不上了，一家人整天待一块儿，哪里真能生气到话都不说一句。而且，本来激烈的情绪，等生理期过去以后，就平复了下来。方芝再回头去想自己前几天的样子，觉得傻得不得了。她主动去给陈念买了"和好糖"，陈念咬着棒棒糖，乐滋滋地看着她，在她用眼神的警告下，没有说什么嘲笑她的话。

只是再往后，新学期开始，陈念总会在她生理期前给她备好红糖水、拿好暖手袋，包里更是体贴地放着卫生棉，长的、短的、日用、夜用都有。这搞得每次方芝生理期都会很不好意思，再想到以前她看同班女生为了这事小心翼翼，心里还鄙视别人来着，就更加不好意思了。都说生理期的时候激素不稳定会影响情绪，方芝实在是觉得纳闷，自己的情绪怎么就朝这种莫名其妙的方向拐跑了。她一直等着报仇。大家都是女孩子，她来了，陈念也不远了。等陈念来的时候，她也要对她好一番眼神的嘲弄，让陈念的情绪和她拐到一个方向，方能消解心头之恨。

然而，等了一个月又一个月，她们上了初二，陈念的十三岁生日都过了，还是没等来这报仇的机会。

又是一年新年，方芝郑重地向阿姨提出，要给陈念做下身体检查。

陈念十分诧异。

方芝上上下下地打量陈念："光长个子，不长别的。"

刘春花捂着嘴笑，陈念受不了这屈辱，奋勇反抗："我怎么就没长别的了，我这脑子不是一年比一年好使，赚的钱不是一年比一年多了吗？你说说我没长什么别的？"

这话倒也没错，陈念的脑子确实很好使。他们家的生意也确实蒸蒸日上。短短一年时间，奶茶店也开起来了，摄影店也做出品牌了，就连刘春花女士的服装店都转型成功，开始有了正儿八经的高定气质。经济条件好了，钢琴买了，车买了，方芝和陈念身上穿的衣服都是当下最流行的青少年品牌，最漂亮的款。两人成了正儿八经要钱有钱，要成绩有成绩，要美貌……中和一下也算有美貌的天之骄女，哪里能容得了人这么随意诋毁。

方芝的目光落在陈念胸口，又很快垂眸搅了搅碗里的汤："那方面呗。"

陈念咋咋呼呼地说："哪方面啊！"

方芝不跟她吵，跟阿姨说："别人家女孩子下课了踢沙包、散步、跑去看好看的男生，陈念就打篮球、打篮球、打篮球。"

刘春花眼睛弯弯："啊，是吗？"

陈念："我打篮球还是你让我打的啊，我现在打得好了你又不乐意我打了吗？"

方芝撇撇嘴，心里有点儿不是滋味。当初的确是她逼着陈念去报的社团，那会儿她想着陈念应该有自己的爱好，自己的朋友，不能光围着她的事情转。可后来倒好，陈念不仅篮球打得越来越好，人缘还好得不得了。一个女孩子，在全是男生的社团里混得十分吃香，上上下下，连高中部的学长都是她兄弟。男生们打球会叫她，出门吃饭会叫她，甚至连看美女都会叫她。陈念拒绝了一部分，也顺从了一部分。就光这一部分，就足够她在整个学校里有了莫名其妙的名气。放学打球的时候，会有一堆女孩子，跳着给陈念叫好。打完了球，会有女孩子跑过去给陈念递水。甚至有时候方芝和陈念在路上走，都有人突然凑过来，和陈念有说不完的话，嘻嘻哈哈地笑一路。

方芝觉得奇怪得很。进入青春期，有很多男生给方芝递情书，胆大点儿的还会过来和方芝告白。方芝处得都十分熟练了，拒绝一个又一个，觉得这大概是女生成长过程中必不可少的阶段。但陈念就没有这个阶段，她屁股后面跟了一堆男的，林天意的小弟位置都要被挤得没边了，却没有人给她递情书。反正在方芝知道的范围内，没有。

反倒是女生，那些围着陈念的女生，有个别会露出那种羞涩、热烈、欲说还休的表情。这对劲吗？这十分不对劲！

方芝开始反思，陈念是不是哪里像男孩子了，但她长头发，高马尾，脸就巴掌大点儿，五官细看也小巧精致，虽然能打球能跑步，为了保护她可以跟人干架，但也整天撒娇，完全和男孩子不沾边。非要说的话，那就是身材细长扁平了一些——以及，生理期还没到。

方芝对这事有些在意，一为了她筹备了一年的报仇，二为了那些围着陈念的令人厌烦的女生。

"打呗，又没挡你。"方芝端起饭碗喝汤。

刘春花倒是听懂了，她撞了撞陈念的胳膊，道："芝芝意思是你不像个女孩子样。"

"我哪里不像个……"陈念自知理亏，声音低了下去，"女……孩子，女孩子也有各种样子嘛。"

方芝放下碗，直说了："那你怎么还不来大姨妈？"

陈念："啊？"

方芝紧盯着她。

陈念哈哈哈地笑起来："我，这个，这个我也不知道啊，有些人就是来得迟啊，哈哈哈哈……"

"不许打篮球了。"方芝道，"营养都往上蹿了。"

陈念哈哈哈："也，也行，这都是小事。"

方芝转头："阿姨，你还是带陈念检查一下吧，万一哪里营养没跟上，我们可以给她赶紧补补。"

刘春花："哈哈哈哈哈，好啊，好啊。"

陈念："妈，哈哈哈哈哈哈……"

方芝觉得话说到这里应该陈念不好意思的，但阿姨笑得开心，陈念也笑得十分开心。

方芝郁闷地吃完了饭，把这件事记在了自己的记事本上，等过年走亲戚这一趟结束了，就提醒着阿姨，快快跟进体检的事。最后倒是体检了，阿姨买了两份套餐，带着她俩一块儿去的。陈念拉着她一块儿从眼睛检查到胳膊腿，从心电图到抽血，快乐得很。

一个星期后，检查结果出来，两人都十分健康，什么都不缺，什么都不多。方芝拿着检查报告郁闷了好一会儿，阿姨凑到她跟前跟她悄悄说："你以后监督陈念多喝奶，喝牛奶对身体好。"

"嗯！"方芝用力点头。

牛奶嘛，可以找的理由多了去了，长个儿啊，美白啊，补钙啊，等等。但方芝最后发现，她压根儿不用找理由，只要是她递过去的东西，陈念什么都吃。要是方芝给的时候再笑笑，陈念还能再干两瓶。真是——太好掌控了。

陈念不仅听话地喝牛奶，还听话地减少了篮球队的活动。下课的时候她拉着方芝去踢沙包，方芝觉得幼稚得很。

"有想看的男生吗？"陈念还这么问她。

"没有。"方芝冷酷无情，"想看的都在书里。"

陈念乐滋滋的："好啊，好啊，书中自有颜如玉啊。"方芝气得踹了她一脚。

日子就这么过，总少不了吵吵闹闹。闹了再和好，就会变得更亲近，亲近到对方的一举一动落到眼睛里，都明晃晃地写着心情。这样，就再没法闹个大的了。像那一年方知晓出现的时候那样。

那场比赛过后，方芝再没见过方知晓，她好像退了他们的社团。方芝也再没跟温正楠打听过方知晓的事，但有次她听到有人说，她代替了方知晓在社团里女一号的位置，方知晓中考过后，便去了别的学校。代替了，这话再说得过分点儿，就好像是她挤掉了方知晓的位置。这让方芝心情复杂。有些不爽，却也有些愉快。毕竟，当她再回忆起那段时间，方知晓的出现，就像带着谜团的雾，将她和陈念两人裹了进去，昏昏沉沉，让人害怕。

所以，在周末照旧去声乐老师那里上课，碰到方知晓的时候，方芝愣了许久，一时之间竟不知道该说点儿什么，做点儿什么。

方知晓个子又长高了不少，五官似乎也更漂亮了一些，但气质却变得畏缩，大不如前。她剪了短发，却并没有打理得很清爽。刘海总是会挡住眼睛，侧面的头发长长短短地垂下来，也盖住了不少脸部的轮廓。她的神情不再像之前那样孤高冷漠，就连背都不再挺得那么笔直。

她看见方芝，没有说任何话，甚至没有再多看她一眼，就错过了身，坐到了沙发上。

方芝看了她好一会儿，直到郑老师从卧室出来，问她："芝芝，作业做完了吗？"

"完了。"方芝回过神，从包里掏出乐谱本，跟着郑老师进了教室。

郑老师很严厉，上课的时候绝不允许学生分心。这种一对一的小课，方芝再没心思去想别的，跟着老师的节奏，认真上完了课。

直到最后一遍练习做完，老师开始收拾东西，方芝才问了一句："郑老师，方知晓也是来上课的吗？"

郑老师点点头："对，你认识她吗？"

"以前一个学校的。"方芝道。

"嗯，那你们可以多交流一下。"郑老师顿了顿，"相互学习。"

"嗯。"方芝敷衍应下。

从教室出来的时候，郑老师对方知晓道："再等我十分钟，休息一下。"

方知晓起身点点头，没有说话。

郑老师去洗手间了，这个时候方芝也该出门了，她在玄关处换鞋，方知晓突然道："新星赛要开始了。"

"嗯？"方芝抬起了头。

"超级新星赛，沪上卫视举办的全国选秀。"方知晓道，"八强直接签约出道，你要来吗？"

方芝没有回答方知晓的问题，她匆匆出了门。等到了公车上时，又有些后悔，觉得自己的样子有些像落荒而逃。她根本不怕比赛，甚至不怕在比赛中输给方知晓。怕的明明是方知晓那个人。

再次去郑老师那儿上课的时候，方芝特意留意了郑老师家的客厅，客厅里没有等待上课的学生。郑老师瞟见她的目光，问她："你找谁呢？"方芝坦然回答："我那个同学，方知晓。"郑老师道："她的课和你时间不一样，你俩下堂课应该碰得上。"

"嗯。"方芝点点头，不再怕同人谈起方知晓，"老师，方知晓是和我一样，在您这要上很久吗？"

"不是，"郑老师喝了口茶，眉头微蹙，语气有些不满，"她是为了参加新星赛，来速成。我本来是不接这种课的。"

郑老师的脾气方芝清楚，她最讨厌学生不踏实，上了几节就走，要比赛的时候又来。她觉得这样打不好基础，垒得越高就越容易塌掉。

方芝顿了顿，往前一步，问："那老师您觉得，我和方知晓……"

郑老师看向她，思考了几秒："问我这种事情没用，我不是比赛的评委。"

方芝："不，不是比赛，是我们俩现在的水平，不和比赛扯关系。"

郑老师："你天赋高一些，但同样不能懈怠。"

"好。"方芝放下书包，继续今天的学习。

课上到一半，有人按响了门铃，郑老师让方芝自己练习，出了教室。方芝并没有在意，继续吟唱手上的乐谱，但很快，教室外面传来了争吵的声音，方芝停了练习，听到有男人道："作业也做了！练习也练了！课费交了那么多，越唱越回去了！"

方芝有些担心，将教室门推开了一道缝。从这道缝里，可以清晰望见客厅里的情况。嗓门洪亮的男人有些眼熟，好像在哪里见过。再偷听了几句，方芝明白了这男人在说别人，抱怨别的老师，然后笑容满脸地要来上郑老师的课，手里捏着一个信封，递到了郑老师跟前去。

郑老师突然朝教室这边看来，方芝赶紧回身到了钢琴旁，继续吟唱。

客厅里，郑老师把信封推了回去："课费已经交了，其他的就不用了。"

方伟笑呵呵的，手还捧着信封："您收的费用太低了，以您的教学水平，我给您那点儿课时费觉得心里不安得很。"

"没什么不安的。"郑老师道，"也就在我这儿上几节课，庞校长也是这么说的，后面我就不带了。"方伟还要再说什么，韩丽娟起身把他拦住了："郑老师还有课呢，我们耽搁人家上课。"

方伟："啊，对对对。"

韩丽娟不好意思地对郑老师笑笑："郑老师啊，我们来得不是时候。我听到您有学生在吧，郑老师真是厉害，这学生一听就教得特别好。"郑老师扯了扯嘴角："您能听出来唱得怎么样？"

"哎，这话说的，我自己虽然不会唱，但是我家知晓天天唱啊。听她练那么多次，我也算半个专业人士了。""嗯。"郑老师道，"这姑娘是不错，在我这儿上了快两年了。"

"啊，那还是郑老师教得好。"

郑湘："是她自己有天赋。"

韩丽娟又夸了好几句，这才和郑老师告别，和自己的丈夫站起身准备往外走。

方伟把信封留在了茶几上，两人临出门的时候，郑老师拿过那信封塞回了韩丽娟的包里去。韩丽娟笑着出门，等门一关，脸一下子就拉了下来。"牛什么牛啊，"她边下楼边抱怨，"我给她上门送生意好像欠了她似的。这年头，给学生补个课都得拜祖宗。"

方伟叼着烟，深吸了一口："这不是庞校长说她教得好吗，庞校长跟沪上台里有关系。"

韩丽娟："这关系也太远了，你就不能直接找评委吗？"

方伟猛地把烟从嘴里拿出来，夹着烟的手几次快要戳到韩丽娟脸上去："人都是圈里的大腕，怎么找！你给我说怎么找！"

"你不是能得很吗！你不是都能泡上圈里的小姐吗！"韩丽娟也喊起来，"这个时候就找不到了！你那小姐不给你介绍介绍？！"

方伟脸涨得通红："还不是你们这些赔钱货！母猪还能下崽呢！养个仔猪挑了一整圈也没挑个好的！天赋！天赋！你就不能找个有天赋的吗！有天赋的都是别人家的，是不是！"

两人一路吵出了楼，引来院里的人侧目。

方伟住了声，韩丽娟也不喊了，她拨了下胸前的头发，长呼几口气，道："你先回去吧。"

方伟回头瞪她："你又要干吗？"

"你管我干吗！我在这站会儿。"韩丽娟用力挥手，"你忙你的去，别管我了。"

方伟也并不想管，大跨步地走了。

韩丽娟等人没影了，去了小区外面的咖啡店，要了杯咖啡，坐在店外的座椅上。长时间的等待让她觉得烦躁，也让她觉得自己人生凄凉。

刚和方伟结婚的时候，他们两人也过得很快活。但后来她生不出孩子，方伟便开始一天天地不着家。韩丽娟去过很多次医院，想了很多的办法，都没用。眼看着别人家孩子都上小学了，实在等不住了，便去领养了个孩子。既然是领养，那就一定要挑个最好的。只有这孩子足够优秀，能给这个家赚钱，给这个家赚面子，那她才能稳固住自己在这个家的位置，才能把方伟拿捏在手上。领养的时候，方知晓已经十一岁了。这个年龄算很大的了，毕竟记忆也清晰了，童年都过完了，要和养父母培养出感情的难度也更大了。但韩丽娟跑了好几个福利院，只有这孩子是最漂亮的、最聪明的。她后来想了想，大了也好，省得她再一把屎一把尿地养大，麻烦得很。

起初几年，方知晓确实有用得很。她说自己喜欢跳舞，韩丽娟便送她去学跳舞。方知晓在跳舞比赛里拿奖的那天，方伟也来了，非常高兴地请她们娘儿俩吃了大餐。餐桌上服务员见方知晓带着舞台妆夸了两句，方伟拍着方知晓的肩膀："我女儿，将来要做大明星的。"

大明星好啊，韩丽娟的眼睛亮了起来。她小时候也想做大明星来着，大明星唱个歌、跳个舞、演个戏就能赚普通人一辈子赚不到的钱，大明星还能让所有人都知道，都看见，真真是光宗耀祖。

韩丽娟举双手赞成："好！就做大明星！"

她说到就做到，当天就定下了方知晓的培养计划。后来为了让方知晓学那些课，参加那些比赛，她花了不少钱。不过方伟是做生意的人，她这些年跟着看也看了不少，知道要想有收益就要先投资。所以他们夫妻俩乐意投资，掏钱出力，没少花功夫。到方知晓十四岁为止，一切进展顺利。虽然方知晓还没有大名气，但拍的广告，客串的电视剧，也算是见着了收益。

但突然从某一天开始，方知晓唱歌不太行了，跳舞也不太行了，送去学习，老师总说，这孩子挺用功的，就是差点儿天赋。差点儿天赋，这真是要气死韩丽娟了。因为差点儿天赋，方知晓后面的比赛再没拿过好的名次，很多合作也再没法开展。韩丽娟不信邪，带着她去跑剧组，去认识导演制片人，去找更好的老师，更靠谱的关系，直到今天……韩丽娟突然有些想放弃了。

天赋是天生的东西，你往一株草上浇灌得再多，它也没法开出漂亮的花来。而有些人，天生就是花。韩丽娟在等那株花。花没有让韩丽娟失望。

方芝从小区里出来的时候，阳光落在她身上，像落在仙女的翅膀上。她个子高挑匀称，亭亭玉立，她一双眼睛顾盼生辉，自有波澜。她真是所有母亲心中最完美的女儿的模样，也是最适合出现在广告牌、出现在电视机里的模样。

韩丽娟立马起身，匆匆越过马路，到了方芝跟前。

"小朋友，阿姨想跟你打听一下，郑湘郑老师是不是住在这里呀？"

方芝看了她一眼，顿了顿道："我不清楚。"

韩丽娟一拍手掌："哎呀，我以为你是郑老师的学生呢，郑老师教音乐的，很有名的，你看着就像是学音乐的，哎，你看这不，包里还有谱子呢！"

包里是有谱子，书包太重，方芝来上课都是背的小包，谱子会露出边角。

"嗯。"方芝应了声。

"哎，你肯定是郑老师学生，觉得阿姨是坏人，所以不想跟阿姨说。"韩丽娟满眼笑意，"真是个聪明的孩子，哎，也怪阿姨没说清。阿姨是郑老师学生的家长，所以才跟你打听的。"

方芝眯了眯眼，终于猜出来了。那位在客厅里大声说话的男人是方知晓的父亲，面前这位是方知晓的母亲。之前她和方知晓共同参加那场比赛，见过她爸妈，但也就是打过几个照面，印象不深。但现在，这么多信息摆在面前，答案就很明显了。陈念跟方芝说过，方知晓曾经想打探她的参赛曲目，如今方芝看着面前的女人，觉得她一定也有着类似的目的。

"阿姨，您孩子是方知晓吗？"方芝干脆开门见山地问。

女人愣了愣："啊，你认识知晓啊？"

"我们曾经是校友。"方芝看了眼女人抓在手中的手机，"方知晓知道郑老师家在哪里，您和她都有手机，所以没必要问我。"

韩丽娟愣住，方芝越过她往公交站走，韩丽娟反应过来后追了上去。她慌忙从兜里掏出张名片，塞到了方芝手里："这位同学，你拿着阿姨的联系方式，后面你们学习上有什么问题，我们好联系。"

方芝看着面前这张热情洋溢的脸，捏了捏手里的名片，突然勾了勾唇角。

"好。"方芝道。

女人高兴得停住了步子，还待和她说话，公交进站，方芝上了车。她将那张名片撕碎了扔进垃圾桶里，那声"好"也并不是答应她要同她联系。只是，她突然被激起了胜负欲，就像两年前，方知晓看着她时，对她风轻云淡地挑衅。

方芝决定参加超级新星赛了。

## 第十二章
## 见微知著

这天晚上的餐桌上，方芝同家里人说了新星赛的事。最激动的是陈军杰，饭也不吃了，立马一屁股坐到了电脑前，开始查新星赛相关消息。刘春花凑过去，有些担心，但整体基调还是开心的。最平静的人居然是陈念。甚至不能用平静这词形容，陈念低头扒着饭，动作机械，神情有些丧气。

方芝看过去，问她："你知道新星赛的事吗？"

陈念点了点头，没看她。

"从哪里知道的啊？"方芝问。

陈念隔了好几秒才道："网上。"

"哦。"方芝看着她，心里的怀疑和不快一点点儿地涌上来，"那你知道还有别的人参加吗？"

"别的人？"陈念终于抬了头，对上她的视线，"有别的人吗？"

方芝松了口气，道："别的人也和咱们没关系。"

"嗯。"陈念应了声。

话题到这里好像又结束了，直到陈军杰和刘春花激动完，这顿饭也吃得差不多了，方芝才又问道："你不想让我去吗？"

"啊？"陈念愣愣的。

桌上的人都看向了她，大家脸上还都残留着方才的喜悦之情。方芝想当明星，大家都支持她当明星，这是几年前就集体通过的家庭共识。既然要当明星，新星赛确实是不可错过的好机会，没有什么拒绝的理由。

"啊，我没有。"陈念道，"我就是，有些担心……它那个正式比赛要去沪市好几个月。"

"那也得先通过海选，"方芝道，"成绩好了才能留好几个月。"

陈念扯了扯嘴角："我对你有信心。"

虽然不太是个有信心的表情，但这信心在陈念这里是有着百分之百的概率的。方芝当然会过海选，会一轮轮地留在舞台上，对比她以前的状态，甚至可能会拿到更好的名次。

吃完饭，刘春花把陈念叫到了卧室里，开口就挺惊人："芝芝的事你不用太担心，那都是爸爸妈妈要担心的事。我们知道真出道了不好混，好在咱们家现在还有些家底。房就先不买了，钱留着以防万一。"

"房？"陈念瞪大了眼。

"啊，小别墅，"刘春花笑着在她脑门儿上弹了弹，"得再等等了。"

陈念一时之间感动得有些想哭，好像爸妈把买房的钱拿来支持搞事业的人是她陈念一样。

刘春花笑她："嫉妒到痛哭流涕吗？"

陈念凑过去搂住了妈妈的腰："我明明知道我有世界上最好的爸爸妈妈，但每次爸爸妈妈还都让我想发出同样的感叹。"

"人长大了，嘴也越来越厉害了。"刘春花扒拉了两下她的头发。

参加比赛的事暂时就算定了下来。既然要陪着方芝去闯同以前一样的道路了，陈念就得做好准备，拿出最好的状态。从卧室出去的时候，她脸上便挂上了笑容。

方芝瞅她，陈念直接拽过她的手坐到了电脑前，打开网页，同她再细细研究新星赛的主题和赛规。

之后的一个星期，两人之间的对话基本集中在新星赛上，MP4（一种能播放影音文件的袖珍型电子产品）上存了不少类似比赛视频，下了课就一块儿研究。

到了周末，方芝照例要去郑老师那里上课，陈念知道郑老师那脾气，要不是特意嘱咐，压根儿不会给方芝专门指导比赛相关的内容。她决定自己先走一波，小孩子脸皮厚，即使被拒绝了哈哈笑两下也就过去了。

两人上了公交车，戴着一副耳机，一路拉拉扯扯地到了目的地。下午两点的太阳高悬当空，老小区里静谧，没什么人在外面。

陈念低着头还在同方芝说话，楼道里突然闪出来一人，开口就道："哎呀，真巧，又碰到你了。"

陈念心头一跳，抬眼对上韩丽娟的视线时，整个脑袋都在嗡嗡作响。

韩丽娟的注意力却并不在她身上，她笑容灿烂地看着方芝："来上课啊，郑老师最近好像挺忙的，最近有个比赛你知道不？好多人都想参加，临时抱佛脚呢。"

"知道啊。"方芝云淡风轻地挑衅回去，"我也要参加的。"

"你肯定能拿到好成绩，你们郑老师说了，她教的学生里，你是最有天赋的一个！"韩丽娟说得激动，上手就要去抓方芝的胳膊。

陈念终于反应过来，揽住了方芝，猛地将她往后扯了一大截。

"你干什么？"她冷冷地盯着面前的女人，像对待人贩子一样凶狠。

"哎哟，这是……"韩丽娟却并没有被吓着，脸上还是挂着笑容，"是你的同学吗？一块儿来上课的？"

陈念："和你没关系。"

"怎么和我没关系呢……"韩丽娟从包里又掏出一张名片，递到了方芝面前去，"阿姨给你介绍个老师，之前我们知晓在那里上过课，那老师是真的棒，非常擅长赛前指导。青年赛你知道吧，我们知晓拿了第一，就多亏这老师……"

陈念抬手拽过了那张名片。

韩丽娟不爽了："嘿，这小孩儿。你要想要，阿姨多给你一张啊。"

陈念深呼吸几口气，才压下了心底那翻涌着的情绪。她推了方芝一把："去上课。"

方芝看了她一眼，很听话："好。"

陈念："我就在外面等你，上完了给我打电话。"

方芝有些疑惑："你不去店里了吗？"

陈念："不去了。"

她挡在方芝和韩丽娟中间，目送着方芝上了楼，直到她消失在楼梯间。

韩丽娟正要开口，就被陈念的话给阻断了："你接近方芝，什么目的？"

"啊？你这小孩儿怎么说话呢？"没了方芝，韩丽娟那点儿笑意干脆就消失了，"我能有什么目的，我给她介绍好老师还不行啊？"

陈念："我不觉得你有这个好心。"

韩丽娟一时之间气得不知道该说什么好："我没有这个好心，我简直菩萨下凡。"

陈念打断了她的话："老师这么好，你让方知晓去那儿上课了吗？"

韩丽娟愣住了。

陈念语气冰冷，一点儿都不像十几岁的小孩儿：

"青年赛之后，方知晓还拿过第一吗？中考这么重要的事，你有让方知晓好好学习吗？

"一中是安良最好的高中，你是害她去了不好的学校，还是害她直接换了城市？

"方知晓现在成绩好吗？赚的钱多吗？够你们花吗？

"你真觉得把孩子培养成那样是对她好吗？还是你就是这么自私，这么恶毒，自己赚不到钱，过不上好的生活，就把孩子当工具？"

陈念越说越激动，已经控制不住自己的情绪：

"你晚上睡觉的时候真的安心吗？你看到别人家的爸妈从来都不反思吗？你以为自己打了一手好算盘，现在高兴吗？快乐吗？你想象自己老了的生活，不会感觉到害怕吗？

"人在做，天在看，你说自己是菩萨，不怕遭雷劈吗？"

"你……"韩丽娟的巴掌扇了过来。

陈念捏住了她的手腕，比起常年待在家里，只知道抽烟喝酒的中年女人，陈念自然更有力量。她捏住了就没随便撒手，手指使了劲，嘴上还要骂："不管什么目的，离方芝远点儿，和她呼吸同样的空气，你也配？！"

韩丽娟的另一只手挥了过来，陈念挡住了，然后将人狠狠推了出去。韩丽娟摔倒在地，张嘴要骂，陈念从兜里掏出手机，拨了110："你好，我这里有人企图拐卖儿童……"

韩丽娟嘴里的话全咽了回去，不敢置信地看着面前瘦得仿佛一阵风就能刮倒，却硬得像把刀的少女，呆呆地听她语句清晰、措辞熟练地打完了报警电话。

"五分钟是吗？好的，我会拖住她。"

韩丽娟感受到了一股灭顶的恐惧，慌忙爬起身，快速地跑掉了。

直到她的身影彻底消失不见了，陈念才放下了举着电话的手。手机屏幕一片黑暗，电话并没有拨过去，她没有证据，没有法律依据可以抓走这明晃晃的坏人。身体突然就脱了力，胳膊腿都软下去，陈念跌倒在楼梯口，干脆就这么坐了下去。

方芝上完课出来，陈念就在楼梯口。她似乎刚刚起身，腿上的动作有些不自然，扯嘴对她笑的时候，十分勉强。上楼之后方芝和陈念发了信息，陈念说方知晓的妈妈已经走了，没什么问题。

但方芝现在看着陈念这个样子，觉得问题很严重。

"你怎么了？"她走到了陈念跟前，扶住了她的胳膊，"哪里不舒服吗？"

"等得腿麻。"陈念用力支棱起身子，"困了，回家睡觉。"

一路上再没多说话。

回到家陈念倒头就睡，她是真的困。等方芝那一个半小时她有多紧绷，现在就有多困。困意席卷上来的时候，像海浪呼啸，一个浪头拍过来，便可以将人彻底淹没。

她又一次梦到了方知著，但那是一个小的方知著。小的方知著没有方芝的神情，她待在房间的角落里，反复唱一首难听的歌。那房间变成了一座监狱，一个牢笼，方知著脚下踩的也不再是地板，而是舞台。她不断地唱歌，不断地旋转，渐渐控制不住地面目扭曲。

陈念远远地望着，心焦如焚，却知道自己无法触碰她，就像荧幕与现实般的遥远。有人在鼓掌，掌声夹杂着欢快的笑声，陈念转头，看到舞台下的方伟和韩丽娟，他们大笑着的嘴巴越张越大，像无底的血盆深渊。

陈念开始发疯般朝方知著跑过去，跑过去，撕碎一切跑过去。

她朝她喊："不要唱了！不要跳了！下来！下来！"

方知著听不到她说话，陈念胸口痛得刀割一般，让她喘不上气。她用劲，用劲，忽地便有空气涌入了肺部，眼睛猛地睁开，看到了方芝的脸。

方芝望着她，背后是温暖的家。

她握住了陈念的胳膊，问她："你怎么了？做噩梦了吗？"

陈念猛地攥住了她的手，开口时声音干裂嘶哑："不参加比赛，不参加比赛了好不好？"

不参加比赛？怎么就不参加比赛了？

方芝的手被陈念紧紧攥着，有些疼，她问她："为什么啊？"

陈念明显没有一个合理的理由，她嘴巴开合几次，最终也只是道："娱乐圈太复杂了。"

方芝把自己的手拽了出来，道："阿姨叫你吃饭了。"

陈念低头坐在那儿，半晌才起了身。去洗手间冲洗了把脸，人清醒了许多。上个礼拜的这顿晚饭，大家都在想象方芝参加比赛的样子，为她可能遭遇的所有困难和幸运做准备。这个礼拜，陈念握着筷子，最终还是做了那个坏人："我觉得还是不参加的好。"

一家人都愣了。

陈念把绞尽脑汁想出来的借口——摆出来，大都是些老生常谈。

饭桌上的氛围降至了冰点，陈念最后补充了一句："我希望芝芝快乐，这比什么都重要。"

"可是现在不参加比赛我就不会快乐。"方芝放下了筷子，这么久以来，唯一没有预告的生气,"我吃饱了。"

她离了桌,回了自己的卧室。陈念的饭也吃不下去了,刘春花再一次将她叫到了房间里,企图和她沟通。但噩梦的场景还在脑袋里回荡,刘春花不知道真正的症结在哪儿,沟通并没有作用。

接下去一周的时间里,陈念和方芝陷入了久违的冷战,两人照样一块儿上学放学,只是说的话少了。方芝看视频听歌学习的时候,也不会再分陈念一只耳机。

周末去上课,陈念紧跟在方芝身后,下了公交车,她老远地就看见了韩丽娟,拳头便握了起来。

"你到底在害怕什么?"方芝望见她的表情,皱着眉头问。

"没事不要和陌生人说话。"陈念嘱咐她。

方芝扯了下嘴角,觉得她这段时间无理取闹得很,平日里和陌生人仿佛是旧相识,有说不完的话的人,明明是她陈念。

"我去上课了。"方芝道,"你要想等就等,不想等就回去吧。"

"我等。"陈念牵住了她一点儿袖子,跟她一块儿往里走,眼睛一直盯着韩丽娟所在的方向。

韩丽娟回头,对上了她的视线。

陈念眯了眯眼,如果她是一只刺猬,这会儿浑身的刺都竖了起来。

韩丽娟有些慌乱,没再靠近她们,拐进旁边一条小路消失了。

这次,陈念把方芝送到了郑老师家门口。方芝敲门之前,陈念想起重要的事,问她:"方知晓是有在郑老师这里上课吗?"

方芝敲门的手顿住,她垂着眸光,没有回头:"是啊,可惜时间不对,她课在明天。"

"嗯。"陈念点点头,"你快进去吧,加油。"

方芝扯了扯嘴角:"有什么好加油的,反正学了也不用表演。"

陈念张着嘴,没能说出话来。

方芝进了门,陈念往楼下走,走到一楼的楼道口,她有些不放心。干脆还是坐在了楼梯上。

方知晓在郑老师这儿上课,韩丽娟出现在这附近算是正常。但起码陈念见她的这两次,韩丽娟出现的时间都并不是方知晓上课的时间,所以还是很不正常。她对方芝那么殷勤,虽然一般逻辑上来讲,肯定是为了打探方芝比赛的相关信息,给自己的女儿谋利。但陈念总觉得不是这个原因。韩丽娟看方芝的眼神太热情了,那是一种……人看到天上掉下来的宝藏时,才会有的表情。

陈念真的想不通,方芝都在自己家里了,韩丽娟和方伟也领养了别的孩子,怎么就还是这么奇怪地纠缠在了一起,命运之绳,颇有些不死不休的架势。

陈念把脑袋埋在了臂弯里,感觉眼睛胀痛。

第二天,方芝去上舞蹈课,陈念没有再跟。她依然来到了郑老师这儿,提前一个小时，就在韩丽娟曾经站着的地方等着。但这次，她并没有等来韩丽娟。快上课的时候，方知晓背着书包，磨磨蹭蹭到了小区门口。

陈念仔细看了她好一会儿，才敢确定这个人的确是方知晓。而方知晓在路过她的时候，终于侧眼注意到了她。短发遮掉了方知晓大半张脸，让人无法确定她的表情。她拽了拽书包肩带，问陈念："你怎么在这儿？"

"我……"陈念嘴巴动了动，"路过。"

"方芝课在昨天。"方知晓道，顿了顿，又立刻补充道，"不过这个你应该比我清楚得多。"

"嗯。"陈念应了声。

方知晓继续走自己的路，眼看就要走没影了，陈念追了过去："能问你点儿事吗？"

方知晓停住了步子："你问。"

陈念低头观察她的神情："不用请你吃饭吗？"

方知晓突然扯了扯嘴角，笑得有些嘲讽："不用。"

这样的方知晓让陈念有些不适应，也让她有些难过。但该问的问题还是要问，陈念道："你妈妈没来送你上课吗？"

"嗯？"方知晓挑了挑眉，"她从来不送我上课啊。除非……要给老师送礼的时候。"

陈念从兜里掏出那张名片："你有在这个老师跟前上过课吗？"

方知晓低头看了眼："张教授啊，没上过，太贵了，上不起。"

陈念："从来都没上过吗？"

方知晓笑着道："投资是要考虑成本的，不然就亏本了对不对？"

所有的答案都指向了那个最不可能的可能——韩丽娟发现了方芝，韩丽娟想要霸占方芝。

陈念捏着卡片的手开始发抖，她猛地将手揣进了兜里，对方知晓道："耽搁你时间了，快进去吧。"

"再见。"方知晓道。

"比赛加油。"陈念客套了一句。

方知晓没应她，不急不缓地走开了。

陈念转了身，开始快步往车站走，没走几步她便觉着急，跑了起来。

没再坐公交车，陈念乘了出租车，直接开往了几乎在城市另一头的方芝上舞蹈课的位置。但舞蹈教室里并没有方芝，老师说方芝今天身体不舒服，请假了。陈念转头就要继续往家里跑，手揣进兜里想起自己是有手机的。她抖着手指给方芝拨过去了电话，每一秒的等待都是漫长的折磨。

终于，方芝接起了电话。

她声音凉凉的："喂。"

陈念努力控制自己的情绪，让自己的声音不要跟着手一起抖："你没上课吗？在哪儿啊？"

"在路上。"方芝道。

"哪条路？你等等我，我也过去。"

"你不会想来的。"方芝顿了顿，"我在去报名的路上。"

"报什么名？"陈念还是没能压得住，语调开始提高，"不是说好了我们商量好了再做决定吗？不是说好了你去比赛我要一直陪着你吗？你……"

"说好什么了！"方芝打断了她的话，声音变得尖锐，"你说好了支持我的一切决定！你说好了让我参加比赛！你说话算话了吗？！"

陈念："我……"

方芝根本不想再听她说话："你什么事情都不告诉我！你让我跟你说所有的事情，但你什么事情都不告诉我，你……"

她深吸了口气，隔着电话都能感觉到扑面而来的伤心："你去见方知晓了，你去见方知晓了，我看见了……你根本不关心我，你是不是怕我赢了方知晓？"

"我不是。"陈念拔腿就跑，"我不是，芝芝，你听我解释……"

"我就要参加比赛，我就要赢了方知晓。"方芝把电话挂断了。

陈念几乎连滚带爬地到了楼下，招手打了辆车。

方芝今天没来舞蹈课，跟踪她到了郑老师小区外，这会儿再去报名现场，线路是比较明晰的。

陈念挑了条最常见的大路，嘱咐师傅往那边开，然后不断回拨方芝的电话，都被她挂断了，最后她干脆关了机。她俩还没吵得这么厉害过，陈念压根儿控制不住自己所有坏的想法。她抖着手给方芝发短信，哪怕关机了也要发，等到了那条路上，便一直扒着窗口往外看。

在距离报名场馆不远的地方，她看到了方芝。她竟然走着，攥着手机，一个人气势汹汹地走着。

陈念从钱包里掏出张一百块钱塞给司机，快速下了车。几乎在她下车的那一瞬，方芝便看了过来，然后拔腿就跑。陈念追过去，觉得自己的心脏犹如重锤一般，敲击着她的胸口。

天气已经热了起来，茂密的行道树只能落下少量的光斑。那些光斑刺得陈念眼睛疼，她深吸一口气加快了速度，短短百米的距离，等抓住方芝胳膊的时候，觉得整个身体都要炸了。

"芝芝……"她喘着气叫她。

方芝努力地想要挣脱她的手，却怎么都甩不开。硬要较真的时候，陈念有着绝对的力量。

"你听我说，你听我说……"陈念不断重复着，却不知道从何说起，就像她发给方芝的那些短信，只能重复着事情的结果，无法提及事情的起因。

事情的起因，她怎么能跟方芝说。所有关于方知著一切的一切，陈念不敢有一点儿，也不想再有任何一点儿，被方芝知晓。她努力为方芝建立起来的快乐的世界，不能再沾上一点儿无法释怀的痛苦。陈念的声音逐渐被自己吞没。方芝突然不再挣扎。两人都安静下来，风从交握的地方，穿堂而过。

"我就知道你不会说。"方芝提起唇角，眼睛里却蓄上了眼泪。

"你不说，那我说。你在意方知晓，你在意方知晓的父母，你在意我的每一场比赛，都有你不可告人的原因。

"这原因当然跟我有关，但在这原因里，我并不是最重要的。"

陈念猛地盯住了她，想要反驳。方芝却道：

"什么是最重要的？大概是方知著吧。

"你做梦的时候，不停喊着的那个方知著。你在笔记本上，写了满满一整页的方知著。

"你给自己起名叫见微？因为见微知著吧。"

"你这么在意她……"方芝狠狠地咬了一下自己的下唇，"那我就用她的名字好了。我一定要去参加比赛，我的艺名就叫方知著。"

怎么赢掉一个人在另一个人心里的位置？方芝以前没考虑过这种问题，等她考虑到的时候，却觉得已经来不及了。陈念同她一起长大，在七岁之前，能有什么事、什么人，让陈念如此地执着、专一、念念不忘呢？

陈念关注过方知晓，这次陈念开始变得奇怪起来也是因为方知晓，但当方芝推开陈念的卧室门，听到她叫着另外一个名字的时候，就像一把钥匙，一旦出现，就会打开所有的锁。陈念睡得那么沉，眉头却皱得那么深，手指紧紧地抓着床单，像要使出浑身的力气。她的五官被她的表情掌控，变得不像方芝认识的那个人，那个活泼，快乐，永远有说不完的话、讲不完的笑话的陈念。

但其实异样早就存在了不是吗？她俩见的第一面，她让陈念进了屋，不就是觉得她是一个奇怪的小孩儿吗？一个奇怪的、悲伤的，好像可以和失去父母的她，共情的小孩儿。她坐在她对面，专注地看着，无意识地哭着。方芝那么久以来，第一次感觉到轻松，就像是她的那些眼泪，都被对面这个人流了，就像痛苦，其实是一件可以轻而易举展现的事情。

后来，发生的事情太多了，陈念带她进入了新的家庭，新的世界。美好的、有趣的、让人渴盼的一切扑面而来，方芝随着陈念笑起来，忘了那个悲伤的她。

现在再想起来，就不免让人怀疑，自己是长得像方知著，还是名字像方知著，所以才有了这所有故事的开端，为方芝头上掉下来的这块大馅儿饼，起了个合乎逻辑的缘由。所以等她意识到的时候，她早就输了十万八千里，输了不知道多少年的日日夜夜。她还怎么去做陈念心里那个最重要？

但她会放弃吗？她当然不会。

因为陈念给她的，并不是一颗糖果，而是整个世界。

扔掉整个世界，方芝做不到，就像要扔掉自己，坠回那个可怕的深渊。于是她只能强硬地往上冲，既然方知著没有出现在陈念的生活里，既然但凡和方知著有关的东西都会引起陈念的注意，那她就顶替方知著，变成方知著。她要用方知著的名字站在舞台上，她要让世界都知道她叫方知著。那样，陈念再想到方知著的时候，是不是会模糊，是不是会恍惚，那些不止从何而起的执念，是不是就这么转移到了她的身上。欺骗或者自欺，一辈子，不也就变成了真的？

方芝知道自己自私，也知道自己无理取闹，甚至觉得自己就是个真真正正的白眼狼，得到了那么多还不够，非得拿到全部才甘心。陈念纵容了她很多次，陈念总是会在她们吵架以后，来解释，来求和，只要她一笑，陈念就会笑起来，所有的争执便会迎风而散。方芝等着这次也如此消散，她恶狠狠地宣布了自己斗争的决心，然后等着陈念的回答。

但陈念没有回答。

她只是看着她，甚至连一个字都没说。她看了她很久，看得方芝一颗心就像架在火上烤，"嗞嗞啦啦"的汁水都要冒出来。而后她松开了她的手，突然便转身往回走去。

方芝愣住，她想问一句你干吗去，但等她努力地张开嘴了，陈念已经走远了。她听不到她说话了，她不想听她说话了。方芝的眼泪簌簌地掉下来，让她的眼睛一片潮湿，脸颊却又涨红起来，觉得自己丢人得很。

方芝转身，也朝另一个方向大步走去。报名的场馆离得不远了，在到达之前，方芝擦干净了眼泪，也让风吹凉了她的脸颊。场馆很大，是一栋造型漂亮的三层建筑。里里外外的人并不多，方芝刚走到楼梯下，就看到了不远处的方知晓。

又见到了方知晓。似乎只要有比赛，她就会见到方知晓。

方芝停下了脚步，盯着方知晓，想陈念到底和她说了些什么，想方知晓和方知著又是什么关系，在陈念的心底排了怎样的位置。方芝朝方知晓走过去，方知晓看见了她，依然是那个呆呆愣愣、与世无关的模样。

"你来报名吗？"方芝问她。

"对。"方知晓回答。

方芝看了下四周："你一个人？"

"嗯。"方知晓也看了下，"我一个人不稀奇……你……居然也一个人吗？"

方芝觉得她在嘲讽她，她捏紧了拳头，让自己的语气尽量地风轻云淡："你在找陈念吗？"

"嗯。"方知晓大大方方地承认。

"她不是去找你了吗？"方芝突然发觉方知晓出现在这里的时间并不对，"你这个点不应该在上课吗？"

"跟老师请假了。"方知晓顿了顿道，"觉得今天的天气比较适合报名。"

方芝眉头皱起来，她可没觉得今天的天气好。

身后有对母女走了过来，女孩儿在哭，母亲在安慰。女孩儿边哭边说，委屈得很："我在家唱得很好的，不知道怎么就这样了，我的嗓子出不了声了，呜呜呜呜……"

两人匆匆而过，方知晓道："一起上去吗？报名要清唱，会淘汰很多人。剩下的会大概分个区。"

"什么区？"方芝并没有在比赛发布公告上看到这消息。

"高中低。就像是学校里分的实验班和普通班。"方知晓道，"正式海选也是有拍摄的，中低区选手的镜头会很少，或者没有。"

"你连这都知道。"方芝没忍住说了句，"不愧是你。"

方知晓勾起唇角笑了笑，这倒是方芝同她重逢后第一次见她笑。

"我知道得挺多的，以后慢慢和你说。"方知晓道，"现在要给你的忠告是，离我爸妈远一点儿。"

方芝愣住了，她没想到方知晓会主动提这个话题，更没想到方知晓会这么说。在她的逻辑里，方知晓的爸妈自然是站在方知晓那一边的，为她报各种课程，给她找最好的老师，替她打听到比赛不为人知的规则，以及……以不可告人的目的接近对手。

"为什么？"方芝干脆问个明白。

"因为他们不是好人。"方知晓回答得顺畅，毫不磕绊。

方芝睁大了眼，方知晓继续道："我这两年成绩不行，他们已经快放弃我了。但他们舍不得在这个圈里能轻松赚到的钱，所以他们要换个目标。"

"你就是那个目标。"方知晓道，"你也是被领养的吧？他们觉得被领养的孩子就是可以随意挑拣的……商品。"

方芝彻底愣住，方知晓给了她几秒钟的时间消化，然后再一次邀请她："要一起上去吗？"

"不。"方芝摇了摇头，眼神晃动，"那我能问下你……陈念今天为什么去找你吗？"

"就为了这事吧。"方知晓道，"我和她没说几句话，但她大概明白。"

方芝转身就跑。她误会陈念了，她误会陈念了。

陈念和方知晓的养母吵架是因为她，陈念去见方知晓也是因为她。陈念跟在她身边，陪着她从城市东头跑到西头，陈念坐在楼道里，一等就是两个小时。陈念压根儿就没离开，陈念坐得腿麻，陈念压得脸上都是红痕，楼梯上一小片地方的灰尘，被擦得干干净净。陈念没有为了别的事情，陈念更不可能联合别人来伤害她，陈念在默默地保护她，她做到了对她所有承诺。

这样，方知著是谁还重要吗？如果陈念所有的行为都向着她方芝，那方知著是谁还重要吗？如果她已经拥有了想要的一切，那把这些扔掉的，难道不是她自己吗？

方芝后悔了，疯狂地后悔。她一路奔出场馆，沿着来时的路往回跑，到了两人吵架的地方猛然顿住脚步，觉得世界都颠覆了过来。她突然就感受到了陈念的感受，感受到她为了她从一个地方奔到另一个地方，然后抓住她的手的感受。感受到了激烈的心跳，感受到了极致的害怕，感受到焦虑、忧心，想把一颗心都掏出来给她看，还嫌撕破自己胸膛的速度不够快。

寒意从方芝的脊背爬上来，让她脚步发软。她伸手拦了辆车，坐进车里时，司机问她去哪儿，她掏出手机想要给陈念打电话，发现手机还处在关机的状态。

后悔，无尽的后悔。开机需要时间，手机连接上通讯后，未接来电提示和短信蜂拥而至，全都来自陈念。方芝捂住嘴，一下子哭了出来，她抖着手回拨电话，一遍又一遍，无人接听。

司机从后视镜里看她，小心翼翼地问："小姑娘，你怎么了？要回家吗？叔叔送你回家。"

方芝突然醒悟般，赶紧回答："嗯，回家，回家。我家在市政家属院。"

司机一脚油门，车开了出去。方芝捏着手机，一条条地看那些未接来电，一条条地看那些信息。都是在她俩吵架之前的，陈念一大段一大段的文字，全是方芝此刻的心情。

我担心你，你在哪里？

我错了，我错了，你接我电话好不好？

事情不是那样的，给我个机会解释。

求求你了，不要不理我。

方芝回到家的时候，刘春花正在厨房忙活。

门"咔"地一开，冲进来个眼睛红肿，明显大哭过一场的女儿，刘春花吓了一跳。

"怎么了啊？"她扔掉了手里的葱，快步走过来，"不是去上课了吗？怎么了？老师凶你了吗？"

方芝用力摇头，问她："阿姨，陈念在家吗？"

"在啊。"刘春花指了指陈念的卧室门，"房子里呢，说她困了，睡觉去了。"

方芝快步过去，陈念的房门关着，不知道有没有反锁。

她的手放在了门把上，一时之间愣在那里，冲动像被一盆凉水浇了下去，让她不知道这门该推还是不该推。陈念少有生气的时候，更别说像现在这样不理她，将自己关在房间里。

这倒是她方芝常干的事，每当这个时候，她确实是想自己静一静，但静的时间有限度，陈念一定要在合适的时间来继续缠她。那她就一定会原谅她。

然而现在，陈念合适的时间是多少呢？方芝不清楚，方芝不知道。这些年，陈念掉在她屁股后面，什么时候都把她放在头一位，让她没有这样的经验和机会。方芝垂下了手，又想哭了。

刘春花就站在她身后，见状小声问了句："吵架了啊？"

"嗯。"方芝点头，"我做错事了。"

"你能做多大的错事，没事的，没事的。阿姨在包饺子，待会儿饺子熟了，你叫念念吃饭好不好？"

"好。"方芝转过身，"谢谢阿姨。"

"哎，跟阿姨说什么谢。"刘春花拽住她的袖子，将她拉到厨房，和自己一块儿忙活。

方芝知道她并不想让她帮忙，只是想借机和她聊聊，帮她恢复情绪。

方芝却只觉得更加愧疚。明明她才是这个家里最后来的那一个，却一直被捧得高高在上，什么好的都由着她，什么愿望都支持她去实现。

饺子下锅的时候，方芝道："阿姨，我不想参加比赛了，可以吗？"刘春花搅饺子的手一顿，转头问她："是为了这个和念念吵架了吗？"

方芝不知道该如何回答，刘春花抬了抬下巴："去叫念念吃饭吧，这是我们大家一起决定的事情，如果想要放弃，也要听听大家的意见。"

方芝点点头，往陈念房间走。阿姨给了她缓冲的时间，她现在没有理由再犹豫了。

房门轻轻一推就开，陈念真就像阿姨说的那样，在睡觉。静静地躺在床上，静静地闭着眼。方芝不知道为什么突然就变得极其胆小,她没敢走太近,离着还有两米远呢,就停下了脚步。

"陈念,吃饭了。"她道,想了想觉得称呼太过生硬,又道:"念念,吃饭了。"

她很少这么称呼陈念,虽然所有人都在叫她芝芝,但对于方芝来说,直白地表达亲密,是一件有些难为情的事情。

这会儿,难为情加上愧疚加上紧张,光说这一句,手指揪住一片衣服,都快拧烂了。

陈念睁开了眼,应了声:"嗯。"

她翻身起床,动作不缓不慢,方芝看着她下床,看着她穿拖鞋,看着她走到了她身边,再什么都没说。眼看着两人就要交错而过,方芝赶紧开口道:"对不起。"

陈念怔了怔,停下步子,转头看她:"什么对不起?"

"我……我们之间有点儿误会。"方芝深吸口气,不想再让那些情绪折磨自己,干脆一口气都说了,"我误会你了,我以为你去见方知晓,是偏心。但我现在知道了,你都是为了我,你怕方知晓的妈妈伤害我。我错了,我不应该对你大吼大叫,也不应该不接你电话不回你短信。我太自私了,我只考虑自己,没有在意你的心情。我不参加比赛了,也会离方知晓和她家里人远远的……"

"没必要。"陈念终于开口道,她看着方芝,以往闪亮亮的眼里少了点儿精气神,"没必要放弃比赛,离坏人远一些就行了。"

方芝有些怔忪,陈念转了身:"走,吃饭吧。"

方芝赶紧跟了上去。问题好像解决了,又好像没解决;陈念好像原谅她了,又好像压根儿就没生气。

她们三人一起吃了顿有些早的晚饭,饭桌上她和阿姨有问题问陈念,陈念也会回答。对于比赛的事,方芝又提了一次,陈念的态度依然是比赛可以参加。至于更多的,更深的,方芝没有提,陈念也没有提。

吃完饭,陈念又反身回了屋,说去做作业。

刘春花道:"看来是真有些心情不好。芝芝,你不要急,念念就是这样,过会儿自己就好了。"

方芝点了点头。她回屋拿了自己的作业,敲了敲陈念开着的房门。

"我可以和你一起做作业吗?"方芝找了个笨拙的借口,"我有道题不会做。"

"可以。"陈念往旁边挪了挪,甚至还扯起嘴角笑了笑。

方芝走过去,把自己的东西放下,明明和陈念已经认识了这么多年,这会儿却离得近点儿就觉得慌张。

"就……这个。"方芝随便指了道题。

陈念侧头过来,看了题目:"你会做。周四数学课,老师让你上黑板做这类题,你用了两种解法。"

方芝抿紧了嘴唇,尴尬得说不出话来。

陈念道:"快写吧,不然赶不及练歌了。"

"嗯。"方芝攥着笔,脸颊一片涨红,再没抬头。

做完作业，她出了陈念的房间。

往后几天，陈念都是这样的态度，不拒绝她，不跟她吵架，甚至会主动同她说话，同她笑。好像和平日里那些普通的日子没什么不同，但方芝知道，还是不同的。

陈念的眼睛不那么亮闪闪了，笑得不那么灿烂了。她总是在走神，在想什么问题，但她真正想的事情，却也不会和方芝说。她不说，方芝也不敢再问。她甚至觉得这一切都是惩罚，对她的错误的惩罚。方芝甘愿受这样的惩罚，甘愿记住现在每一时每一刻的感受，好来警醒自己，以后千万不要再这样对陈念。

这样一直到了周五，这天是超新星大赛海选报名的最后一天。

陈念和方芝像往常一样收拾齐整出门上学，方芝的书包带子被刘春花扯住，当着陈念的面，刘春花再没粉饰太平，直接问道："芝芝，你报名了吗？"

"没。"方芝看了眼陈念，道，"我不报了。"

刘春花皱着眉头："真不报了？"

方芝点头，非常坚决："不报了。"

"为什么？"

"就是我之前说过的原因。"方芝觉得这几天的对话总在做一种身份调换的循环，"娱乐圈太复杂了，我还没做好准备。"

刘春花没法再说太多，方芝参加比赛她也担心。

"你……"刘春花看向陈念，"你们再认真想想，不管什么选择，妈妈都希望你们开心。"

"嗯。"方芝点了点头，但陈念没说话。

两人下楼，坐上公交车，摇摇晃晃到了学校，在即将进入校门的时候，陈念突然停住了步子，问方芝："你真的不想参加比赛了吗？"

方芝被问了这么多遍，如今几乎下意识地摇头："不参加！"

陈念呆呆地看她："为了我？"

"不是，我是认真考虑……"方芝说到这里停住了。

这套理由她已经在家庭饭桌上说了很多次，说到她自己都快信了。但真相不是这样，方芝突然觉得，要想让陈念告诉她心里所想，那她便要先同陈念坦诚相待。爱和信任虽然可以无条件地获得，但只有相互交换，才能长久。与此相比，羞涩，精明的回旋，语言的既得利益，都不重要。

"我……"方芝看着陈念，手在衣服兜里紧紧握了握，"就是因为你。"

"参加比赛让你不开心，我可以不参加。

"用方知著的名字让你难过，我以后就再也不会提起这个人。"

她说这话的时候，坦诚，热烈，有着少年独有的执拗和不顾一切的冲动。

陈念望着她，觉得比这夏日的晨光更加刺目。

她垂下了眼，不再看方芝："我今天不想去学校了。"

方芝有些紧张："你要干什么？"

"想看电影。"陈念道，"突然想看电影。"

"好啊。"方芝立马道,"你想看什么,我们一起去。我跟老师请下假。"

陈念:"我一个人去。"

方芝愣住。

陈念:"你帮我请下假吧,不请也行。"

说完,她转身往外走,回到了公交站。

现在早高峰,所有的车都迟钝得很。陈念在等车,一会儿有人来到了她身边,静静地站着。

是方芝。她不说话,不争取,不生气,就这么静静地站在她身边,甚至不看她。

两人望着车流,一辆又一辆,学校里的铃声响起来,学生们急匆匆地往学校里跑,只有她俩,像两只呆傻的木鸡。又有辆公交车过来,陈念上了车。方芝跟在她屁股后面,隔了两三个人的位置。她就这么跟着陈念,倒了一趟公交,然后下了车。

陈念去的是家私人影院,这个时候,很少有私人影院,也很少会有这么小的孩子去。陈念在前台买单的时候,方芝追得紧紧的,生怕跟不进去。但还好,陈念并没有拒绝她的跟随。

两人进了房间,灯光一暗,投影仪上放着老电影,陈念端正地坐着,认真地看,就像是在人多的影院一样安静,就像是从来没看过这部影片一样。方芝陪着她一块儿看,电影讲的是一个满怀梦想的女孩儿,如何一步步实现愿望,又如何一步步地沉迷于欲望的故事。

漂亮的女主角拥有了金钱,拥有了荣誉,很多男人围在她的脚边,任由她挑选。她为了更高的位置,牺牲了很多的东西,然后某一天看到一件裙子,突然便想要抽身开来,远离这一切。但事情并没有如愿,巨大的利益网裹挟着她,让她的离开变成了一场战争。女主奋力斗争,在曙光将至时,被一辆突然冒出的汽车当街撞死,血流了一地,女主偏头的姿势刚好能看见那条裙子。那是她最初的梦想,是所有一切的开端。她为它生,为它死,闭眼的时候,轻轻地笑起来。

电影落幕,陈念泣不成声。

方芝握紧了她搭在椅背上的手,不断安慰她:"没事了,没事了,都是假的……"

"都是假的。"陈念的手在抖,心也在抖,她转头看方芝,"你觉得都是假的吗?"

方芝抿了抿唇:"要我说实话吗?"

陈念呆呆地看着她。

方芝:

"我不会变成她那个样子,我会控制自己的欲望。

"我不会变成她那个样子,我有比梦想更重要的东西。

"我不会变成她那个样子,她孤注一掷,是因为她只有那些了,而我永远拥有更多的选择。"

"只要你在我身边。"方芝道,"我就可以选参赛,或者不参赛。"

其实不是参赛不参赛的问题。参赛不参赛,只要稍微把理智拽出来,就可以获得大体正确的答案。陈念这几天，想的是另外的问题。她仍然担心命运的灾难会再次降临在方芝身上，当然，这些年，她没有一天不在担心着这件事。

但当方芝朝着她喊出方知著的名字时，陈念的脑袋"叮"的一声，就像断掉了一根弦，突然陷入了一个堪称哲学问题的问题中。方芝要用方知著的名字，方芝把方知著当成另外一个人，方芝介意这个人，因为这个人和她吵闹，就像……方芝和方知著真的分开了一样。她们有了不同的童年，不同的经历，她们的身边陪伴着不同的人，她们甚至养成了不同的性格表象。

她们变成两个人了吗？她们因为陈念的干预，变成两个人了吗？

如果是两个人，那是不是就代表着过往永远不可再追，要想往前走，就得像海浪一般，冲刷掉曾经的痕迹。

那些只留在陈念记忆里的痕迹。

哪怕陈念已经用了最痛苦的十年来消解它们，但它们还是会频繁地出现在陈念的梦里，这几天更甚。折磨得她筋疲力尽，折磨得她看到方芝便觉得痛苦，折磨得她手脚酸软，觉得人命之于天命，实在太过薄弱。

但方芝一直跟在她身边，就像她曾经那样寸步不离地跟在方芝身边一样，方芝感受到了她情绪的低落，于是用万分的担忧和关心，将陈念重重包裹。她笑着的时候，她自信地扬起头的时候，她坚定地望着陈念，信誓旦旦地说着这些话的时候，陈念总是想哭。就像所有的委屈都可以找到一个宣泄的路径，让她觉得自己做的这些事，偷来的这些时光，是有意义的。

"你笑一下。"陈念道。

"嗯。"方芝不问原因，答应一声便笑起来。

她笑着的时候真好看，在电影字幕微弱的光里，都能勾勒出完美的弧度。

"你很讨厌蒋白露吗？"陈念问。

蒋白露是这部电影的女主角，陈念来看这部影片，并不是为了给方芝昭示，她只是在翻腾那些记忆。

方知著曾接到过这部电影的翻拍剧本，虽然是经典影片，是大制作，但从经纪人到公司，没有一方支持她演的。原因很简单，翻拍经典容易招骂，而蒋白露的一生又太像是追逐名利的娱乐圈的写照。蒋白露最后落得了个惨死的下场，那演这个角色的女星不管将来是什么结局，都会被人拿出来一而再、再而三地比对。

但方知著还是接下了，方知著笑着同陈念道："我喜欢这个角色，她勇敢，果断，想要什么不想要什么，都拼尽全力去达成。她看似被束缚，其实是自由的。她死得其所。"

方知著是真喜欢，力排众议参演，专门腾出档期。电影上映后的票房不理想在意料之中，受到无数人的嘲讽谩骂，但方知著从未后悔。

那是她和陈念认识的第二年，经纪人为了平复她的心情专门给她放了三天的假期，而她带着陈念，偷偷地潜进电影院，看了七遍。她随着蒋白露笑，随着蒋白露哭，电影结束的时候同陈念道："我演得可真好。"

所以，曾经那么喜欢的角色，现在便开始讨厌了吗？开始嫌弃她，要把自己和她撇得远远的了吗？

陈念看着方芝，在她开口的瞬间，又加了句："如果邀请你出演蒋白露，你会演吗？"

方芝的眼睛亮了一下，她几乎没有给陈念等待的时间，便立刻回复她："会啊。"

陈念愣了愣："嗯？"

"我不讨厌她啊，我只是说自己不会有和她一样的结局，希望你不要担心。"方芝道，"我其实挺喜欢她的，这是一部好电影，她是一个好角色，勇敢，果断，想要什么，不想要什么，都拼尽全力去达成。她看似被束缚，其实是自由的。她死得其所。"

陈念彻底愣住："你说什么？"

"啊，没听清吗？那我再说一遍。"方芝放缓了语速，口齿清晰地道，"我喜欢这个角色，她勇敢，果断，想要什么，不想要什么，都拼尽全力去达成。她看似被束缚，其实是自由的。她死得其所。"

陈念的眼泪再也忍不住，汹涌地冒出来。她捂住了自己的脸，将脑袋埋下去，哭得身子颤抖。

一模一样。方知著的喜欢，哪怕重来一次，也会一字不差，一丝未变。

陈念突然觉得那些记忆，她不必再狠狠抓着，用力拽着，生怕时间的浪潮打过来，便随着那个人，消失不见。方知著永远在她身边，方知著就在她身边，健康快乐地长大，把所有的痛苦和不幸揭过，拥有美好的人生。从来都没分开，从来都没离开。

电影彻底落幕，屏幕黑下来。方芝在黑暗中抱住了陈念，用她整个身体，紧贴着她，给她温暖，和坚定的支撑。

从电影院出来之后，陈念带着方芝去报了名。她行动之坚决，让方芝根本没有拒绝的余地。清唱过后，方芝顺利进入海选，在记录选手资料的时候，陈念替她回答："方知著，见微知著的知著，对，艺名。"

方芝愣愣地看着她，陈念偏头，笑着对她道："之前做了一个梦，你站在舞台上，就叫方知著，一路过关斩将，变成了大明星。"

方芝"噗"地笑出来，她问："真的吗？"

陈念很确定地点头："真的。"

方芝抓紧了她的手："那你还在我身边吗？我变成大明星以后，你还在我身边吗？"

陈念道："当然啊。"没有一丝犹豫，回答得流畅又坚定。

方芝抿抿唇，不再纠缠这个话题，她已经得到了目前想要得到的一切，于是只道："如果这会儿能吃个冰激凌就更好了。"

"吃。"陈念带着她往外走，"庆祝我们芝芝顺利进入海选，吃，吃大份的。"

方芝："是知著。"

陈念："好，庆祝我们知著。"

两人吃了大份的冰激凌，又把这个好消息带回了家。刘春花并没有在意两个姑娘请假一天没去学校，见两人和好，高兴得很。

比赛的事就这么正式确定下来。接下来的生活异常地忙碌，不光方芝要准备比赛，全家人都得腾出时间，分出精力，为了一个目标，共同奋斗。

方芝海选通过毫无悬念，并且拿下了当场最高分。在往后的几茬选拔中，她都高高地排在榜首，名牌照片是陈念帮她拍的，十分漂亮，不管赛场在哪里，总是会最先吸引到路人的注意力。

与此相比，方知晓显得十分落寞。由于是同一个赛区，他们在比赛现场基本都能碰到，方芝这边跟着一大堆人，而方知晓从来都只有自己一个人。她的成绩也大不如前，以前高高地压着方芝一头，如今每次比赛都卡在即将淘汰的边缘线上。

陈念同她说过几次话，在方芝在场的情况下。方知晓话依然不多，但却好交流了许多，会和陈念他们打招呼，也会说些比赛相关的话题。

时间匆匆而过，转眼到了七月。

方芝顺利进入超新星大赛全国六十四强，别的学生放暑假准备玩耍的时候，她开始收拾去沪上的行李。

陈念自然是要跟着的，但刘春花女士非常不同意。

她同陈念争这个名额："当然是我去陪芝芝，你一个小孩子去了人生地不熟的能干吗？"

陈念："妈，你去过沪上几次？"

刘春花："即将第一次。"

陈念晃一晃手指："我去过三次了。"

刘春花诧异，陈念接着问："妈，你在沪上认识几个人？"

刘春花："我一落地就能认识一堆人！"

陈念："我在那儿有两个编辑部，一个协会，三位摄影师朋友。"就差夹根烟在手指上了，"所以说，真正人生地不熟的人，是你。从另外的方面来说，钱，我不差，身体，我比您年轻比您结实，社会常识……妈，咱家几次报警，都是我打的电话吧，还有上次那官司，是我找的律师吧……"

刘春花说不过她，只能上手，捞住了人拽怀里来，朝着屁股就是两巴掌："厉害了是吧，翅膀硬了是吧，这么能干怎么不给我当妈呢！"

陈念被打得嗷嗷叫，叫完了又哈哈地笑。

最后刘春花女士还是败给了陈念，因为家里这么多店，到了暑假都是旺季，还有个"上山下乡"的老公要照顾，抽身去沪上的代价太大。而陈念，这么多年早就用自己的智商和实战战绩证明了自己的可靠度，就让两个孩子这么去沪上，刘春花是忐忑又骄傲，紧张又放心的。

嘱咐了八百遍有什么事就打电话，终于把两人送上了飞机。

陈念一落座，帮方芝系好安全带，长长地舒出一口气："终于要开始过咱俩的二人世界咯！"

方芝偏头问她："你很期待？"

"当然期待。"陈念道，"沪上啊，最洋气的城市，数不尽的明星，看不尽的展。还有……"

方芝打断了她的话："还有什么？"

陈念察觉到一丝冷意，赶紧收了话头："当然还有你的比赛啊，一想到你披荆斩棘拿下冠军，我就激动。"

方芝却并没有顺着这个激动人心的话题往下说，她垂眸整理了下自己的衣服，安静地道："落地后你住哪儿，想好了没？"

住哪儿，的确是个小问题。节目组有给选手安排统一宿舍，照陈念的意思，她就应该住到这宿舍里去。但显然不可能，别说住进去了，陈念进不进得了拍摄区都是个问题。

所以陈念没着急订酒店，想着走一步看一步，能离方芝近点儿就近点儿。

"看吧。"陈念道，"也不知道你们那儿具体是个什么情况。"

"你不跟阿姨说你都安排好了吗？"方芝转身看她，"你骗她的？"

"这有必要骗嘛！"陈念一指窗外，"现在，就现在，只要咱俩一落地，就有人来接咱俩去吃饭，这安排得还不好吗？"

方芝撇撇嘴："也不知道你那朋友靠不靠谱。"

"靠谱！绝对靠谱！"陈念拍着胸脯打包票："《红丽》主编呢，能不靠谱吗？"

方芝："没听过。"

《红丽》现在确实没什么名气，但离它突然崛起，成为国内一线时尚杂志已经不远了。以前陈念就和它家主编潘悦关系好，现在陈念特意往《红丽》投了两篇稿，由于太熟悉潘悦的偏好，所以稿子过得很顺利。不仅过稿顺利，在一来一往的交流中，潘悦还把陈念视为知己，什么话都同她讲，千遍万遍嘱咐，陈念要是来了沪上，一定要联系她。

陈念之前倒是来过沪上，但没敢去找潘悦。因为潘悦不知道她的真实年龄，言谈之间将她当作同龄人，去年还跟她吐槽了一波自己的失败恋爱史。陈念顶着一张十二三岁孩子的脸，觉得要是这样出现在潘悦跟前，她大概会疯。

好在，今年她已经十四岁了。要是打扮打扮，收拾收拾，还能显得成熟点儿。

最主要的是，之前她在同潘悦打听比赛相关情况的时候说漏了嘴，潘悦激动得不行，大概把键盘砸烂了，打了一堆感叹号出来，说要包了陈念的吃喝住行。

啊这……陈念还能怎么办呢？不管吃喝住行管不管，别人这么热情，饭还是要吃一顿的。

安良到沪上距离有些远，飞机降落的时候，陈念睡得正香。

方芝推了推她的肩膀示意她醒来，窗外轰鸣声巨大，陈念睁眼，接过了方芝递过来的纸巾。

方芝："擦擦嘴。"

"哦。"陈念想起什么，对方芝道，"把你化妆品给我用用。"

方芝皱起眉头："你这个时候用什么化妆品啊？多危险。"

"就口红。"陈念道，"口红就行。"

到底是将来要做明星的人，方芝不仅天生丽质，而且对把自己整得更漂亮这事非常有天赋。她包里有一整套化妆品，平日不用，只在要上舞台前，会恰到好处地涂抹一番。

陈念从来没用过她的化妆品，方芝那个从眉毛拧到嘴角的苦巴巴的表情非常鲜明，陈念脑袋里一转，笑起来："你是舍不得给我用？"

方芝："你！"

陈念解释道："我跟潘主编是网友，她以为我年龄和她差不多呢，我怕见面了她接受不了。"

方芝："你等会儿，落地了我给你搞。"

"欸。"陈念答应下来。

飞机在跑道上缓慢滑行的时候，方芝掏出东西，十分快速地给陈念撸了个妆。

陈念底子好，这妆也不是为了美，所以不需要多精细。

打上粉底，脸抹白点儿，眉毛填实，糊点儿眼影，然后涂个非常有气势的正红口红，陈念从镜子里看到变了样的自己，十分满意。

"我说我十八，没人不同意吧？"

方芝："呵呵。"

两人刚下飞机，陈念就接到了潘悦的电话。往后取行李的过程，潘悦又问了三次。

方芝睨一眼陈念的手机，问她："现在的大人都这么沉不住气的吗？"

"啊……"陈念笑起来，"你待会儿就知道了。"

两人终于搞定一切，到了接机口。陈念一眼扫过去，看到了那个比记忆里年轻许多的潘主编，用力地挥起手来。

而潘悦没有动。她踩着高跟鞋，穿着性感优雅的黑色长裙，一头风情万种的长卷发，双臂环抱，一动没动。她的视线落在陈念身后，压根儿就没把陈念挥手当回事。

陈念放下了用力挥着的手，摸了摸鼻子："咳咳。"

方芝瞅瞅潘悦，再瞅瞅陈念："你确定那是你网友？"

陈念："确定。"

方芝："她为什么是这个样子？"

陈念明白她的困惑，潘悦的真实性格和长相，确实不是一个挂的。

"她就这样。"陈念道，"她只是没……认出我……"

方芝没再说话，两人出了围栏，到了潘悦跟前，潘悦还挺直着脊背，在认真张望。

陈念清了清嗓子："咳咳，那个，悦悦……"

潘悦肉眼可见地抖了一下。

"终于见面了。"陈念扬起笑脸，伸出胳膊，"我是微微。"

潘悦缓慢地回头，看向身边的陈念。

潘悦脸上写满震惊，足足盯了陈念两分钟，嘴巴才动了动，吐出气若游丝的几个字："你是……谁？"

"微微啊。"陈念也觉着尴尬，脸都红了一茬，"见微。"

潘悦面无表情，眼里兵荒马乱。

半响，她终于抬起手，随便地握了一下陈念的指尖："那个，路上辛苦了，车就在外面。"

说完便转身向外走，陈念赶紧拉着方芝跟上，冲她吐了吐舌头。

方芝看她一眼，掏出手机"咔咔"地打字。

陈念收到了来自方芝的短信：

谁让你骗人家，活该。

潘悦虽然震惊，但面对两个小姑娘，她还是把所有的震惊都咽回到了肚子里去。她帮她们把行李箱搬上车，带她们去吃订好的餐厅，整顿饭，都没太主动开启话题。

陈念知道她尴尬，于是用力地聊了几次两人平日里最喜欢讨论的一些摄影圈内的事情，潘悦接话倒是接话了，但不过是"嗯嗯啊啊"几声，然后便转移了话题，问一些普通的，如常的，跟谁说都不会有问题的问题。

比如，觉得沪上热吗？这次来沪上准备待多少天？有想去玩的地方吗？

陈念心内叹口气，只能把这次亲热的网友见面，变成被漂亮姐姐单方面招待。

吃完饭，潘悦要送她们回酒店，陈念拦了她："不用，我们自己过去就行。"

潘悦："我送，你们拖着行李箱，太不方便了。"

"主要是……"陈念只得交代情况，"我还没想好住哪里呢。"

"嗯？"潘悦愣了愣。

陈念："芝芝要住宿舍的，我先过去看看能不能混进去。"

潘悦："是那个超新星大赛吗？"

陈念："对。"

潘悦掏出了手机："我打个电话问一下。"

虽然相处尴尬，但潘悦对陈念的事是真的尽心尽力。电话挂断了以后，她同陈念道："暂时是进不去的，但我可以帮你联系一下他们摄制组，看看能不能给你搞一个工作人员的名额，你……"

话说到这里顿住了，潘悦盯着陈念，陈念盯着潘悦，潘悦移开了目光，视线落在手机上，一副查看信息的模样。

"你多少岁啊？成年了没有？"

陈念指着自己的烈焰红唇，又抻了抻胳膊腿展现了一下自己优越的身高："我看着难道没成年吗？"

潘悦："没。"

陈念："哈哈，哈哈，脸比较嫩啦……"

潘悦蹙起了眉头："你说实话，到时候要拿身份证过去的。"

陈念："十四。"

两人之间又陷入了长长久久的沉默，旁边的方芝开口了："潘主编，非常感谢您的招待。我们今晚自己回去就行了，如果念念进不去，我们就在附近找个酒店先住下。"

"不行！"潘悦否定了她的提议。一旦知道了面前人的年龄，便不可能再放心两个未成年人这么乱折腾：

"你们两个小姑娘太危险了，正经酒店都进不去。

"这样，正式报到是在后天，你们今天先跟我回我家，明天我把摄制组的事情确定下来，再送你们过去。"

"啊……"陈念道，"这样不太方便吧？"

"没什么不方便的。"潘悦偏头瞪了她一眼，"告诉你们，沪上坏人可多了，乱跑小心被人贩子抓了卖了。"

陈念："悦悦，你以前可不是这么跟我说话的。"

潘悦："叫阿姨。"

方芝倒是应得很快："悦姐！"

潘悦："欸，乖，真聪明。"

两人跟着潘悦回了家，潘悦是真把她们当小孩儿，热水怎么放，空调打太冷了要盖好被子，要参加比赛了不要吃垃圾食品等等，真是照顾得无微不至。

陈念喝着她调的蜂蜜柠檬水，想了想这人现在的年龄。

应该也就二十五六吧，大她十岁多一点儿。

只是以前她俩认识的时候，一个二十多，一个三十多，又是在不太显年龄的时尚圈子里，这年纪差一点儿都没影响她俩成为好朋友。

现在换成了一个十来岁，一个二十多，潘悦就完全接受不了了。

陈念倒也能理解，她晃着腿，问潘悦："悦悦，你明天要上班的吧？"

"说了叫姐。"潘悦视线放在电视上，一点儿都没偏，"要上，我把饭给你们安排好，睡醒了下楼去吃就行。"

"你之前说的是让我叫阿姨。"陈念道，"饭你也不用操心，我对沪上……的菜也是有点儿了解的。"

潘悦扯了扯嘴角："呵呵。"

陈念："我和芝芝明天去电视台那边转转，瞅瞅什么情况。"

潘悦："我明天中午去见他们摄制组的副导演，安排你进去应该问题不大。"

陈念："要花钱的话你千万别跟我客气，我有钱。"

潘悦瞅了她一眼。

"真的。"陈念趁机道，"除了年龄没有特意向你提起，其他的我没骗过你。"

潘悦："有自己的摄影品牌，已经开了十几家连锁店？"

陈念："嗯。"

潘悦："叔叔阿姨挺厉害。"

"真是我的，不是我爸妈的。"陈念道，"不过我那个时候太小，合同上不能签我名字，所以是我妈代签的。"

潘悦拧回了脑袋继续看电视，大概是不想和她一个小孩儿扯了。

陈念可不想真让潘悦就这么对她失去了信任，跳下高脚椅到了她跟前，道："悦悦，我跟你说个事。"

潘悦："说。"

陈念："你现在真不用太担心，只要挺过今年，《红丽》就会上一个台阶。"

潘悦心说我信你个大头鬼，但陈念盯她盯得认真，语气肯定得不得了，就好像这是已经发生过的事一样。她的表情实在是让人忍不住信赖，但她那张脸，特别是洗干净了以后，稚嫩得实在是让人想捶自己脑子几拳。当年她，怎么就和个十二岁的小姑娘认真交起了朋友。

前两天公司里还说着网友见面惨不忍睹的笑话，潘悦当时路过，轻飘飘跟人家炫耀："那是两个人都有问题，如果自己有点儿脑子，互联网和现实有什么区别。"

现在，潘悦变成了那个笑话。

她低头狠劲扒拉了两下自己的头发，没有接陈念的话，转头向她嘱咐极其重要的事情："明天不管见了谁，要问起咱俩的关系，就说你是我表妹。"

陈念："你真不用……"

潘悦打断了她的话，一字一顿，咬牙切齿："远、房、表、妹。"

陈念无奈："好吧。"

她还能怎么办呢，她只能顺从潘悦的意思，算是对亲爱的网友的安慰。

看完一集电视剧，差不多到了睡觉的点。潘悦催着陈念刷了牙，然后赶着她去了客卧。潘悦家是个小两室，不过客卧的床挺大。

方芝每天都要做练习，刚才一直待在房间里，陈念推门进去的时候，她刚摘下耳机。

"要睡了？"方芝问。

"嗯。"陈念跳到了床跟前，把自己摔上去试了试，"悦悦家还挺舒服的。"

方芝慢悠悠地收拾东西："那我们就多住几天。"

陈念踢掉鞋，进了被窝："也就今明两天，后天你就要住选手宿舍了。"

方芝："说不定可以不住。"

"不可能。"陈念摇摇头，"这种选秀要拍的东西太多了，把你们集中在一块儿好搞。"

方芝也爬上了床，掀开被子钻了进去："你倒是知道得清楚。"

"你们怎么一个两个都怀疑我的见识？"陈念指着自己的脸，"人不可貌相好不好？"

陈念细细地跟她做赛前心理辅导：

"不用紧张，首先，我们这趟没有什么非要拿个多少名的目标，你发挥得好了，咱俩在沪上多待些天，你发挥不好了，咱俩就是一趟特殊的旅行，怎么都不亏。反正我只要跟你待一块儿，怎么都不亏。

"其次，说到这个实力问题。咱们可是分赛区拿了第二的，那底下坐的都是专业的老师，这是对你专业技能极大的肯定。那咱们这个第二有没有冲击第一的可能性呢，我觉得大大地有。

"因为等比赛开始了，节目播出了，怎么晋级，它不仅是实力，还靠人气啊，你仔细想一想，你长这么大，哪个看了你表演的人，不喜欢得嗷嗷叫。我跟你说，你这个脸，就是男女老少通吃的那种，青春甜美，天真烂漫……"

方芝打断了她的话："你还睡不睡了？"

"睡，睡。"陈念道，"说完了就睡。"

这一说，直说得方芝困了，自己也困了。两人的呼吸几乎在同一时间达到了平稳状态，进入了香甜的梦乡。

第二天潘悦一早去上班，陈念醒来拿过手机就看到了她发来的短信。说的是给她俩在楼下餐厅订了早餐，过去跟老板娘说一声就行。

陈念激动地打字：

谢谢悦悦！你是世界上最好的网友！

遥远办公室里的潘悦看了直想拉黑。

陈念带着方芝下楼吃了早餐，顺便坐上了去台里的车。

沪上电视台在偏远的城市角落，占了一大片的地。除了那座标志性的主楼建筑，四下里商场、酒店，甚至专为艺人提供的别墅区，应有尽有。

陈念总有些旧城新游的新鲜感。对于方芝来说，那更是新，下了车连东南西北都分不清了。

陈念带着方芝，从侧门进去，这会儿烈日当头，门卫躲在空调房里，并没有在意她们。

正值盛夏，放眼望去，有树有花，还有波光粼粼的湖面。两人一路往里而去，路上清静，偶尔过去的一两个人，总觉得有点儿特别的身份。

陈念牵着方芝的手，冲她笑呵呵地嘚瑟：“我说吧，是来旅游的，你看这环境，多好啊。”

方芝道：“不知道会把我们安排在哪里。”

陈念一指湖对面遥遥相望的联排别墅：“肯定是那里！等明天报到完，我一定要跟你进去瞅瞅里面是个什么模样。”

方芝：“房子样呗，你又不是没见过别墅。”

陈念挺感慨：“我那不都陪我妈逛的吗？不是自己家，总觉得不亲切。”

方芝：“以后就会有了。”

陈念哈哈笑起来：“那肯定。”

她笑声爽朗，对面走过来几个穿裙子的姑娘，远远地望着她。

陈念察觉到视线，看过去，两队人相向而行，很快就离得很近了。

陈念确定了不认识这几个姑娘，老看着人家也不礼貌，刚想收回视线，就听有人清晰地说了句："乡巴佬。"

陈念停下了步子，那几个姑娘已经走了过去，议论的声音也热闹了起来。

"真的土死了。"

"不知道哪里来的，真当这里是公园呢。"

"你看到黑的那个穿的鞋了吗？哎，我弟有一双这个牌子的，去年嫌丑都扔了。"

陈念低头，看向自己的鞋子。还可以啊，就普通的运动鞋，知道今天要跑路，就挑着舒服的穿了。

方芝看见她的动作，转过了身。

陈念赶紧扯了扯她的手，示意她不要动嘴。

方芝眉头皱起来，陈念指指自己："我来，我来。"

"喂！"她冲那几个女生喊，"几位漂亮小姐姐，在说我们吗？"

女生们显然没想到她会开口，纷纷止步，人多力量大，转头看向她们的时候，脖子仰得极高，就像骄傲的天鹅。

没人回答陈念的问题，陈念笑起来："敢说不敢承认啊？"

最中间的粉裙子立马道："谁对号入座就说谁。"

"好吧。"陈念松开方芝的手，朝那几个女生走去，"我对号入座一下，毕竟这里就我们几个人。我的确是第一次来这儿，这里……"

女生们集体朝后退了一步。

陈念停住了步子，知道自己这晒得黑莽黑莽的样子挺吓人，于是笑得十分灿烂："这里是哪里啊？看着不太像有人住的样子。"

"这里是电视台，土包子！"粉裙子旁的黄裙子大声道。

"哦，电视台啊。"陈念一副恍然大悟的模样，"你不说我还以为是你家呢。"

黄裙子："你……"

陈念偏头看粉裙子："你家？"

看蓝裙子："你家？"

看白裙子："还是你家？"

"哎呀，看表情都不是啊。"陈念咂巴两下嘴，根本不给对方开口的机会，"那来者都是客，拿别人家东西瞧不起人，你说你们也好意思。"

粉裙子："我……"

陈念："照我就不好意思。而且我有做人最基本的礼貌，比如看到别人穿得跟堆七彩陀螺一样，也不会告诉她们，真是丑爆了。"

黄裙子加紧喊出一句："你才丑！"

陈念看向她："哎，真的，你说得对，我是挺丑的。我主要丑在黑上面，我黑就不会穿饱和度高的颜色，不然黑配黄，哇哦……"

她上上下下地打量一通黄裙子："可真是……你的牙好耀眼哦。"

黄裙子的确是几人之中最黑的，当下"啊啊啊"地叫起来。

陈念不想跟她们多磨叽，开始快速精准地爆破：

"我的鞋也是有牌子的，这牌子今年出了好多新款，我穷，就没买。所以我理解你们的心情，好姐妹好不容易聚一块儿穿DL去年的姐妹装，钱不钱的不重要，主要是心里面舒坦。

"欸，这颜色怎么分的啊？我记得粉色最火吧？但粉色适合可爱一点儿的长相，你看你们就不会挑，下颌线那么方，就不要走这风格。

"白色，哎，穿白色要小心点儿，我为你好的，你看你，内裤颜色都透出来了。

"蓝……"陈念停了下来。

蓝裙子慌张得不行，梗着脖子，脸都红了。

而她的好姐妹们并没有精力去顾着她，摸脸的摸脸，遮屁股的遮屁股，黄裙子已经忍不住拿出镜子，看自己到底有多黑了。

"蓝……"陈念勾了勾唇角，"就算了。"

她转身往回走，扔下最后一句挑拨离间的话："你刚才没说话，你最漂亮。"

陈念得意扬扬地到了方芝跟前，牵了她的手，继续往前走，再没理身后的大喊大叫。

两人拐过弯，方芝撒开了她的手，道："你多损啊。"

陈念赶紧解释："我最后那句不是真心夸她，这不是为了让她们姐妹心生嫌隙，做错事的报应再蔓延几天吗？"

"谁在意你最后说的话了。"方芝抿着唇，"她好看？她有我好看吗？"

陈念："那当然没有。"

方芝："你以后少看点儿宫斗剧。"

陈念："这还用跟宫斗学？这是我天生的，我从娘胎里出来就带了这么张嘴。"

方芝掏出手机："我要把你这话录给阿姨听。"

陈念："哈哈哈哈哈，录点儿我欢快的笑声吧！"

　　两人的心情一点儿都没受刚才的事的影响，继续快乐前行。没一会儿，快到湖边了，突然有人远远地冲她们喊："喂，你们站住！"

陈念停住脚步，回头去看，是个胖胖的保安，手里提着警棍，小跑着过来，啤酒肚一上一下，颠得陈念看着都累。于是她也没再往前走，带着方芝到旁边的树荫下，安静地等保安。

保安到了她俩跟前，问："你们哪来的，干什么的？"

陈念道："过两天要参加台里的节目，提前过来看看环境。"

保安打量了她一通，警棍一抬："看什么环境，这里不能随便看！"

陈念："哦，是吗？"

"当然是！"保安一偏头又看到了方芝手里的手机，"不准乱拍啊！快点儿出去！"

方芝："我真的是……"

保安打断了她的话："要真是，那就该你们来的时候来，小孩子怎么还学会撒谎了呢。"

方芝还待再解释，陈念拉住了她："行行行，我们也逛得差不多了，走，我带你去吃好吃的。"方芝抬眼看她，陈念冲她挑了挑眉。两人往外走的时候，陈念突然偏头冲保安道："叔，刚才也有一堆小姑娘，穿得跟花蝴蝶似的，在这里乱逛呢。"

保安挥挥手："人家那是演员。"

陈念："什么演员啊？"

保安指了指不远处的展牌："看到了吗，超新星大赛，人家是来参加比赛的。"

陈念拖长声音："哦——这样啊。"

保安拽了拽裤腰带往回走，陈念赶两步到他跟前，跟他一块儿走。

她笑眯眯地问："那她们将来是要成为大明星的啊！"

保安："这里明星多的是。"

"叔，你天天见明星，肯定和他们关系好。"陈念一脸的和蔼可亲，"刚才那堆小明星，你也认识的吧？你们经常聊天吧？"

保安摆了摆脑袋，很骄傲："什么认识啊，也就随便聊两句。在这里嘛，都要随便聊两句。"

陈念："是她们让你过来赶我们出去的吧？"

保安猛地站住了步子，瞪着陈念："你这小姑娘，套我话呢！"

陈念："看来是了。"

保安有些急了："你这样，你到底是干吗的！我本来看你年龄不大……"

陈念拉住方芝的手，赶紧跑了。大热天的，保安也追不动她们。两人跑出一大截，年轻人又经常锻炼，都不带喘的。不远处就是大门了，方芝问陈念："真就出去了？"

"不然呢？"陈念笑着道，"这位方姓选手，要和我征战沪上电视台保安室吗？"

方芝挺无畏的："看你咯。"

"看你咯。"陈念学着她说话，乐呵呵的，"好大的口气。"

她拽着方芝的手晃了晃："不用跟她们计较，喜欢嘲讽别人的人，自己多少都有些问题，缺啥在意啥。"

方芝："为什么不告诉她我也是小明星？"

陈念："嘿！这你就不懂了吧。明星这事让别人说那才有明星的架势，自己说有什么意思。而且咱俩今天说了，最多也就是让咱俩再在这园子里逛逛，这也没什么好逛的了。等以后你住进来了，节目播出了，他们自然会知道你是谁。到时候你再用成绩和人气这么一碾压，嘿，那打脸效果才足足的。"

方芝："你真的要少看电视剧。"

陈念故作深沉地皱紧眉头："给你教授经验呢，学着点儿。以后咱就不是素人了，再要跟别人计较，就得兵不血刃……"

听着陈念这么一路吹出去，方芝心情还挺愉悦。陈念跟人争辩根本不会吃亏，这么多年方芝看过来了，放心得很。

两人去电视台外的商场找东西吃，吃完了主食吃甜品，这次家里给批的活动经费充足得很。吃得差不多的时候，时间也逼近中午了。潘悦打电话过来说，她那边联系的摄制组的人要见一下陈念，陈念赶紧带上方芝赶了过去。

潘悦找人挺准的，对方是新星赛摄制组的副导演，专管人事这块儿。甫一见面，副导演便指着陈念哈哈笑起来："你这表妹长得和你真是一点儿都不像，小姑娘看着就活泼！"陈念立马接上了话："我是真活泼，不认生，还特别糙，好养得很，走哪里都不用操心。别的小姑娘是花，得放温室里精心照料，我就是狗尾巴草，你往地上一扔，过段时间来看，嘿，不仅活了，还长成了一大片。"

这段话说得洋洋洒洒，表情愉悦姿态自然，是真活泼，也是真不认生。

副导演乐得不行："你妹妹有意思得很。"

"那可不，比我姐有意思得多。"陈念走过去冲副导演伸出手，"我听我姐说您姓李，李导，以后还得您多多关照。"

李导握住她的手晃了晃："你这跟哪里学的？"

陈念看了眼方芝："电视呗，就你们拍的那些电视。"

有陈念这张嘴，根本就没场子凉下来的时候。李导本来也就是跟潘悦谈个事，喝个咖啡，结果陈念太好玩，他和一个小姑娘聊得津津有味，最后还被人请吃了块甜品。

等到要离开的时候，主题早就不在能不能带陈念进组了，李导已经安排好了她的住房，就在他楼上，方便他照顾，也方便他每天找人逗两下。

"李哥，我跟你说，"陈念皱着眉头，不满意的模样，"这房费吧，虽然我肯定想给你掏的，但我今儿来沪上这趟，也不是光为了玩，我也想为沪上的广播电视事业，尽一份自己的力量。"

李导乐呵呵的："你想怎么尽力？"

陈念："哥，你随便给我找个活儿，我用工资抵房租。"

李导："哈哈哈哈，你能干什么？"

"端茶、倒水、订盒饭，"陈念道，"当然这比较大材小用，其实你们组里的机器，我应该都能用。"

李导："哟，口气这么大呢！"

"不信您试试。"陈念摆起胳膊，拍了拍自己结实的小胻二头肌，"有劲得很。"

聊了这么一通，再听陈念说这种话，就会让人觉得，她大概是在开玩笑，又或者很认真，但不管是哪种情况，都是小孩子天性，可爱得很，也无关紧要得很。

陈念一口一个哥叫得亲热，李导也喜欢这活泼的小妹子，所以大手一挥，十分豪迈地满足她贪玩的请求："成，那你明天就跟着过来，我来试试你这把牛刀。"

"谢谢哥。"陈念笑得灿烂，"别忘了给我搞个工作证啊，不然人家不让我进去。"

李导起身的时候顺便赏了她个脑瓜崩："谁敢不让你进来。"

陈念咧嘴直笑。

将人送到门外又帮拦了车，直到车开远了陈念才回了身。

一屁股坐到方芝身边，端起她的饮料就是一个猛灌："哎哟，渴死我了。"

方芝："我以为你这小嘴是永动机呢。"

潘悦重复她的话："我以为你这小嘴是永动机呢。"

陈念把饮料灌了个底，这才擦了擦嘴道："这不都为了你们吗。"

潘悦："怎么就还为了我了？"

陈念："你求人办事，我不把人哄好，你脸上也挂不住啊。我把他搞定了，他觉得我有趣，觉得我有用，这事变得心甘情愿，你不也少欠一个人情吗？"

潘悦实在是服了她这张嘴了，冲她竖了竖大拇指，对自己在网上被骗了这么一通也有些想开了。

这晚三人还是一起度过，晚饭钱陈念硬是掏了，不掏就是瞧不起她安良小富二代。

第二天，陈念和方芝拉着行李重新到了电视台，可惜的是，一路进去都没碰到昨天那位保安。陈念先带着方芝去报到，领了宿舍房号。

沪上对新星赛还真的是重视，选手们的宿舍都在别墅区，一栋别墅有七八个房间，每个房间住两个人。环境很是不错，房子里设施齐全，房子外还有露台花园。今天是大部分选手来报到的日子，陈念一路进来，看到了不少送孩子的家长。

她贱兮兮地对方芝道："看来我也算是家长位了。"

方芝抬眼扫她："好啊，那你是让我叫你姐姐，还是叫你阿姨呢？"

陈念："小妈妈吧。"

方芝把人按倒在床上，好好揍了一顿。

安顿好方芝这边，陈念接到了李导的电话，让她去影棚。

陈念兴奋地应下，挂了电话就要往外冲，方芝有些担心："你一个人过去不害怕吗？"

"光天化日的，真不害怕。"陈念指了指自己的手机，"有事我和你联系。"

方芝："先和110联系。"

陈念乐得不行，调出短信给她看了眼地址："李导他们今天要拍你们的选手照呢，我先过去，待会儿应该就有带队老师来找你们了。"

方芝记住了地址，点了点头："嗯。"

陈念抱抱她，出了门。路上碰到方知晓，一个人正拉着行李箱往里走。

陈念瞟了眼她身后，方知晓就像她肚子里的蛔虫："别看了，就我一个。"

"嗯。"陈念有些尴尬，替她指了指方向，"先去粉楼那边报到，领了房号就可以过去别墅那边了。"

方知晓："谢谢。"

陈念摸摸鼻子："不用谢，待会儿见。"

方知晓挑起了眼皮："待会儿还能见？"

陈念笑起来："应该不只待会儿会见。"

方知晓微微有些惊讶，但两人再没聊什么，匆匆别过。

陈念到了拍摄的地方，里面正忙着，李导跑得坐不下来，看到她来了打个招呼，指了饮水机的位置，然后就让她先随便看看。

陈念自然看到了影棚里去，里面相机已经架好了，正在测光。都是男生，帮站位的小哥呆呆地立着。

陈念走过去，碰了下他胳膊："你去看，我来站着，选手都是女生，大部分和我个子差不多。"

她语气太过熟稔自然，男生愣了一下就按照她说的去做了。再往后，陈念当完了模特又去摆弄了相机调整了打光。她对这些熟练得很，一旦进入状态，自己都会忘了自己现在只是个什么身份都没有的小妹。

不一会儿，等李导再进入摄影棚的时候，陈念已经俨然成了里面的分组导演，指挥得条条是道，安排得细致入微。李导叹为观止，陈念也不害羞，抓着他过去就拍了一张，完美的打光让李导的脸轮廓清晰，皮肤莹润，很是好看。

"人才啊。"李导这次是真心实意地夸奖。

一旁的小哥终于忍不住了，问道："李导，这位是……"

李导哈哈大笑起来，从包里掏出张工作证，夹到了陈念的衣服上："实习编导小陈同志，她人像拍摄经验很丰富，今天就在这块儿负责吧。"

"欸，陈……"小哥喉咙滑动两下，看着陈念那张脸，硬是把姐字吞了回去。

"叫我陈念就好。"陈念笑着跟他握了握手。

李导又去忙了，这间影棚彻底被陈念把控。

按照安排的时间，第一批参赛选手来到了影棚，做好了化妆造型，开始排队等待拍摄。陈念视线放在监视器上，招手道："第一位选手，请进。"

女生快步进来，站到了拍摄的背景布上，很是紧张："各位老师，大家……"

"好"字被掐死在了喉咙眼里。

因为陈念抬起了头。两人视线相对，女生一脸震惊，然后便是吓到快哭了的表情。

倒是陈念，高兴得不行："小蓝啊，这么快又见面了。"

小蓝压根儿就没应声。她手脚都不知道往哪里摆了，喉咙冒烟，看向陈念的时候尴尬，不看也尴尬。大家都是拿着号码的，她的姐妹并没有和她排到一块儿，所以现在就只有她一个人。

但其实哪怕不是她一个人，她也害怕监视器后那个人，明明看着是和她们差不多大的女生，怎么嘴就那么毒，又那么……准。

陈念说的都没错，她们昨天一块儿约好了穿的款是去年的，因为今年的新款不是每个人都买得起的。而买得起的也并不想把钱花在什么假惺惺的闺密装上。最好的颜色也是早就定好了，给几人中家里最有钱、最有势力的小粉。她们认识的时间也并不久，只是看了网上的海选视频，又恰好是一个区的，所以组成了个姐妹团，说好了比赛的时候互相帮助一起努力，遇到什么问题也不会因为势单力薄而害怕。

可小蓝回想起昨天发生的事情，就觉得这压根儿就不靠谱。她并不想嘲笑别人的装扮，但小粉开头嘲笑了，她只能跟着大家咧着嘴笑。结果碰到了个硬茬儿，将她们一通嘲弄，小粉气得把地上的石子一脚踹出去，连皮鞋都给踹坏了。后来小黄出主意让保安把那两个人赶了出去，小粉这才消了点儿气。她们之间的气氛变得很尴尬，本来今天约好了一块儿来影棚，最后也不了了之了。

现在，小蓝一个人站在这里，只想挖个地缝把自己埋进去，就当这些事从头到尾都没发生过。谁能想到一个看起来普普通通的女孩子会是比赛摄制组的工作人员呢，而她竟然这么快地就撞到人家手里了呢。

陈念盯着她，笑得那么开心，一副逮着了机会的模样，这让小蓝从上到下都忍不住抖了起来。她抿紧唇，双手背到身后去紧紧揪着，不敢说话也不敢动，生怕下一秒就是狂风暴雨。

陈念直起身，越过了监视器。

小蓝往后倒退两步，嘴里终于嗫嚅出声："你……你……你别……"

陈念停住了脚步，抬了抬下巴冲她道："你退那么后面去干吗，往前站。"

小蓝："我……"

陈念："光打不到你脸上了。"

小蓝："啊？"

陈念抬手指了指旁边的大灯："这样拍出来你要变黑了。"

听到"黑"字，小蓝又抖了一下。

陈念忽然笑起来，笑得十分灿烂，一排白牙，欢乐得像是看了春晚小品。

"那个，你不要紧张，"她道，"放松，就像平时一样。"

声音还挺……温柔。和昨天那个咄咄逼人的人一点儿都不一样。

小蓝呼出口气，在陈念转身的时候，身体终于放松下来。

她走到了光源下，陈念站到了相机后面，突然又道："但也不要太放松。"

小蓝猛地挺直了脊背。

"过了过了，"陈念的视线放在相机上，压根儿不看她，"要挺胸抬头，但也要姿态自如。"

后面还有很多人等着，小蓝努力屏气凝神排除杂念，摆出早就想好的拍照姿势。

"哎，你这个……"陈念的视线又落在了她身上，"姿势，太……不时尚了……手不要叉腰，放下来，身子侧一点点儿，笑……"

小蓝不由自主地跟着她的指挥，感觉五官和身体都不是自己的了。

陈念："真诚地笑，不要假笑。"

小蓝快哭了。摄影师拍了几张，大家都不太满意。陈念静静地看了小蓝几秒，抬手让人放了音乐，然后走到了小蓝跟前，给她整了整领结。

"昨天的事我不和你计较，咱们公事公办，该干什么的时候就干什么，希望你以后也拿出一个正能量偶像该有的样子。"她声音不大，被音乐声盖过去，只有小蓝听得到。

两人的距离近，小蓝喉咙滑动，紧张地吞咽唾沫，陈念把那个歪了的领结给她整理好了，这才退出了拍摄范围。

后面的拍摄，陈念再没看小蓝一眼。她一直盯着监视器，也很少再开口，本来就不是什么难度高的拍摄，几分钟后，小蓝终于完成任务，小跑着出了影棚。

陈念直起身子，摆了摆有些酸的脖子。

一旁小马问她："陈念，你认识她啊？"

陈念："不算认识。"

小马："我就说，熟的话应该更放松才是。"

陈念笑起来："有仇。"

小马哈哈哈地乐："你真会开玩笑。"

哪里是开玩笑，陈念可不是跟昨天那几个人有仇。既然几个都是选手，她今天肯定会全部碰到，她这个人爱恨分明，该报仇的时候绝不手软，但一点儿小事情也不会过分放大。小蓝一看就是个胆小的，吓一吓就行了，她甚至都不是故意吓她的。

后面那几个，她也没打算真让她们拍摄上过不去，最多拍摄的过程稍微艰难一点儿，指导动作的时候稍微阴阳怪气一点儿。照片她还是会拍到合格，选片也会留下最好看的那一张，毕竟这次的照片算是往后整个比赛中选手的名片，会反复地出现在电视里。这是陈念的职业操守，她也不想在一开始就给方芝真树起敌人来。

往后几个小时的拍摄，陈念一直待在影棚里。小白和小黄陆续出现，陈念给一巴掌

311

再给颗糖，这两人见了她都跟见鬼了一样，和小蓝的反应没什么区别。

临近饭点，陈念蹲到了休息室的角落，准备和大家一块儿吃盒饭。

手机响了起来，方芝一边和她讲着电话，一边到了休息室门口。

陈念赶紧站起身，傻呵呵地冲她笑。

方芝看向房间内，房间内的人也都望向了她，这一天的时间，大家见了不少漂亮女孩儿，但看到方芝的时候，还是眼睛一亮。

小马开口道："参赛选手吧？下午的拍摄在三点后，你先去吃饭。"

陈念拍了小马胳膊一巴掌："这是我朋友。"

"啊，你朋友啊！"小马不好意思地挠了挠脑袋，"这么漂亮，我还以为……"

陈念："当然也是参赛选手。"

屋子里都是将来至关重要的摄影师和后期人员，陈念当下对着大家十分客气地鞠躬："这是我朋友方知著，以后还要请各位老师们多多关照。"

大家有些惊讶，方芝进了屋，也冲大家鞠躬致意："老师们辛苦了。"

"刚才不是说想喝饮料吗？"陈念走到了方芝跟前，"正好我家芝芝来了，你们想要什么，我们一块儿去买。"

大家受宠若惊，有些不好意思，纷纷摆手。陈念这么大个小姑娘，莫名其妙就被李导安排进来，却又专业得不得了，大家只觉得这肯定是李导家的亲戚，还是见过世面那种。

陈念自来熟，大大咧咧地跟大家相处了一上午，这会儿突然客套起来，拉着一看就前途无量的漂亮选手对着他们毕恭毕敬，还真让人有些适应不了。但同时也觉得开心。会被舞台上的明星认真对待的幕后人员，基本都是李导那样有了地位的人。这忙活了大半天，跟他们说"辛苦了"的选手少之又少，要给他们买东西犒劳的选手，方知著更是头一个。心意到了就成，哪能真让小姑娘花钱。

陈念却聪明得很，她客气完了，又变成了那个混不吝的模样，一个一个指过去，笑着道："马哥你刚才说了想喝雪碧，赵哥和郑哥，你们要不要尝尝新开的那家奶茶，我跟你们说，他家用料还不错，但到底没我家的好喝，下次我让我妈把原材料寄过来，我给你们调，让你们尝尝我的手艺……"

她实在是太会转移重点，又实在是会拉近人和人之间的关系，就这么把大家要喝的都定了下来，然后拉着方知著出去，用很快的速度买齐了东西，再给他们提了过来。两大袋，不仅有喝的，还有些小零食。

其实谁不想工作的时候遇到这样的同事呢，休息的时候吃饱喝足，连心情都变得好了起来。等下午轮到了方知著拍摄，几乎每个人都对她照顾有加。

方知著的拍摄非常迅速，因为她实在是太好出片了。动作换得快，表情到位，生动又自然。

小马啧啧赞叹："陈念，不愧是你的朋友啊，平时没少拍照片吧？"

陈念非常骄傲："有这方面的原因，但主要还是因为芝芝条件好，有天赋，自己也肯努力。"

小马翻着照片："我要把这组放桌面上，当模板。待会儿要是谁还不会摆动作，就按照这个教……"

方芝拍摄完成之后，李导进屋给了陈念房卡，让她回去休息。

陈念累倒是没见得有多累，但方芝眼巴巴地看着她，陈念不忍心又扔她一个人回宿舍，便跟大家告了别。

两人走后没多久，便轮到了小粉的拍摄。

小粉早就被朋友们通知到位了，所以进摄影棚的时候气势汹汹，憋了一口气在胸口，心想着只要陈念敢说她一句不是，她就大闹影棚，看看是她这个分在A组的选手重要，还是一个实习的杂活儿工重要。

但直到照片都拍了好几张了，她也没见到陈念。小粉眉头皱了起来，端着相机的小马探出头道："这位选手你过来一下，看看这些照片，我们拍摄的时候尽量姿势多一些，这样选片的时候更加灵活。"

小粉踢了踢脚，到了监视器跟前。她看到了昨天那个女生，火气一下子从胸口便蹿到了脑门儿，小粉的声音冷了下来，问道："这是谁，我为什么要看她？"

"你们同期的选手方知著呀，"小马看了眼两人的备注，"都是A组的，宿舍应该也在一块儿吧。她硬照比较好，你们可以多交流交流。"

小粉捏紧了拳头。

## 第十三章
# 光芒初绽

陈念本来想送方芝回去休息，但方芝坚决不同意。她要去陈念的住处，看看她的住宿条件怎么样。

"跟你们一样，住别墅呢。"陈念指指远处的楼，"条件和你们一样好。"

"你又还没过去。"方芝睨她一眼。

陈念笑起来："房间嘛，有床有洗手间就行了。"

方芝可不这么想，她总觉得委屈陈念。委屈陈念跟着她跑到沪上，委屈陈念去摄制组打工，委屈陈念和她住在不同的房子里。

两人按照地址来到了摄制组的房子前，外观看着的确和他们选手住的一样。但一进屋，还是感觉到了差别。选手住的房间是特意收拾过、布置过的，干净敞亮，角落里放着不少装饰品，看着温馨得多。而摄制组的房间就仅仅是个房间，像陈念说的那样，有床有卫生间，能住着就行。

方芝把手里的行李箱放下，皱着眉头。陈念已经去拉开了窗帘，扒着阳台栏杆："哇，风景好好啊。"

方芝四下里看一圈，问她："这里住的是不是都是男的？"

陈念指指隔壁："旁边就是女的，组里管器材的姐姐。"

方芝："别人都是认识的，你还是很危险。"

陈念过来试了试房间门："不危险，今天也都认识了，大家人挺好的。你看这个门，可以反锁，还有这个门扣，靠谱得很。这里整天住明星，安保你也见识过，他们的电话我都已经存手机里了，没问题的。"

陈念考虑事情确实全面，方芝说不过她，只能低垂了视线，默默地整理心情。她想要陈念住在她的房子里，再不济，就像在家时那样，住在她隔壁。但显然不可能，选手宿舍就是选手宿舍，每个铺位都是有名有姓的，陈念能混进摄制组来，已经很不错了。

陈念走过来，挽住了她的胳膊安慰她，要带她去吃好吃的。

方芝觉得自己真是幼稚又任性，却也没法控制自己总是想要更多。这真是一种难以言说的情绪，一种没法用逻辑理清的感觉。方芝会为此生发出欢欣雀跃的快乐，也会突然坠入难以自拔的沮丧。

仿佛生病了一样。

陈念哄了她好一会儿，方芝好不容易控制住自己的情绪。她重新笑起来，打开陈念的行李箱替她归置好东西，又把房间齐齐整整地打扫了一遍，这才出了门去吃晚饭。

晚饭吃了挺长的时间，但再拖也不能拖过十点。明天就要进入正式拍摄了，两个人都必须早睡早起，积蓄精力。

方芝住得离大门更近一些，陈念送她到了路口，拍拍背："去吧，明天见。"

方芝看了眼路灯下的别墅，没动。

"就剩几步路了，害怕吗？"陈念故意逗她，"我看着你过去。"

方芝："看鬼片的时候害怕的是你。"

陈念承认，她看鬼片的时候的确胆小。

方芝拽着她胳膊，继续往前走："所以是我送你过去。"

到陈念宿舍的时候，屋里灯火通明。

大家白天拍了一整天，这会儿还没歇下来，收拾器材的，整理素材的，吃夜宵的，楼上楼下都是人，比下午那会儿热闹多了。这让人很有安全感。

方芝看了屋内的状况，这才放陈念上了楼，自己转身往回走。

刚拐过弯走到主道上，就听到有人小声地喊她："喂——芝芝——"

方芝抬头，看到了阳台上的陈念，她扒着栏杆，身后是暖融融的灯光，在夜里像个明晃晃的小太阳。

方芝冲她招了招手，陈念笑得更灿烂了。

手机振动，有短信，来自陈念——

明天接我吃早餐吧！姐姐！

方芝抱着手机，嘴角上扬，想了好一会儿，回过去一个字：

好。

回到选手宿舍的时间算晚了，方芝进屋的时候特意放轻了脚步。她的房间里另一张床已经铺上了，但没见到人。方芝瞟了一眼，然后拿了自己的东西去洗漱。

从浴室出来的时候，头发湿漉漉，热气蒸腾，人已经很困了。房间里的灯亮着，对面床铺也有了人影，已经躺下了，很安静的样子。

方芝没打扰她，放下东西，擦了擦头发，便也准备睡了。她关了房间的灯，只留下床头一小盏，所以掀开被子准备坐进去的时候，只以为是有什么东西掉在了床上，黑乎乎的一小团。她伸手碰了一下，那东西动了，迅速地往里爬去。

"有蟑螂。"她淡淡道。

"啊——"对面床铺叫了一声，声音有点儿熟。

方芝睡意全无，重新打开了灯，看着对面床铺上的人。

"房里有蟑螂，你要不要也检查一下自己的床？"

"啊啊啊——"女生又喊了两声，猛地一掀被窝坐起了身。

方芝看清了她的脸，确定了就是那天嘲笑她的小粉。

"好巧啊。"她笑了起来，"我们居然一个宿舍啊？"

小粉从床上跳了下来："你床上有蟑螂，你脏死了！"

"啊……是吗？"方芝垂头看眼自己，睁眼说瞎话，"可能吧。"

小粉往门外看了一眼，确定不会有闲杂人等进入她们选手宿舍了，这才挺直了脊背，看向方芝。这个人很瘦很白，套着件单薄的睡衣，看着很弱，随随便便就承认了自己脏，声音都不敢提高的模样，真是从外弱到了里，照片拍得好又怎么样，还不是个胆小鬼乡巴佬。小粉肆无忌惮地将她从头到脚用眼神鄙视了一番，幽幽地说出准备了许久的台词："知道自己的东西脏就好好洗洗，不要什么都带到宿舍里来。"

方芝微微地睁大了眼，她的眼睛本来就大，水汪汪的，这么一睁，颇有些惊慌失措、柔弱无依的架势。

小粉咳了一声，支棱着脖子往上伸，下巴都快抬脱臼了。

方芝终于开口说话了，她道："你好……幼稚啊。本来不跟我一个宿舍吧？硬挪过来的？就为了给我床上扔蟑螂？"

小粉几乎跳了起来："你说什么！你不要血口喷人！"

方芝："我看到宿舍分配表了，我对面床根本不是你。"

小粉："看到了又怎么样！宿舍本来就可以调的！又不是非按表上来！"

方芝："哦，真这样啊。我刚骗你的啦，我哪里看得到宿舍分配表。"

小粉觉得面前这个人，比那个搞摄影的临时工还让人讨厌。她不知道说些什么，总觉得这两人的嘴是练过的，她说什么都会被顶回来。她开始有些后悔，没有把小蓝、小白、小黄一起叫过来，嘴多力量大。她干脆抿紧嘴不说话了，反正蟑螂已经扔了，恶心的是方知著。

"哎，我们还是把它逮到比较好……"方芝温柔地道，"不然我听说，南方的蟑螂是会咬人的，哇，晚上爬到你的床上朝着脸蛋咬一口，啊……"

小粉实在没憋住："啊啊啊——"

方芝："所以说你多蠢啊，扔了就扔了，还要和我一起住……啊，在这里。"

方芝手里捏着卫生纸，精准地抓住了爬到墙角的蟑螂，然后慢悠悠地朝小粉走过来。

小粉："啊啊啊——"

她想跑，拖鞋带子却勾住了床边，低头慌乱地去拽拖鞋的时候，方芝手里的卫生纸裹蟑螂已经扔到了她脚下。

小粉已经吓到发不出声音了，蟑螂是她让小黄塞进方知著被子里的，因为她怕蟑螂。正因为她天不怕地不怕就怕蟑螂，所以用蟑螂来惩罚这个碍眼的方知著，是她目前能想到的最爽的办法。

现在，那蟑螂就在她脚边，被卫生纸盖着，却还在动。蠕蠕蠕蠕，蠕蠕得她浑身的寒毛都竖了起来。

方知著却笑了起来，她竟然还笑得出来。她笑着伸出脚，猛地一脚踩了下去，就在小粉的耳边，"嘎吱"一声。

蟑螂死了,小粉也快要死了。她腿软地往下倒去,被方知著一把扶住。

"小心点儿,"方知著看着她,十分温柔地道,"别掉下去睡蟑螂尸体上了,爆汁的。"

方知著扔了蟑螂尸体,换了床单被罩,躺在床上悠悠地和她道:"你叫什么名字啊?我们好好认识一下吧。"

小粉觉得她不安好心,于是缩进被窝里不说话,然而不说话并没有解决问题。

方知著开始自言自语地向她介绍自己:"我家在安良,安良你知道吗,有个传说,就是晚上十二点的时候,你如果对着墙,墙上会出现……"

这哪里是什么正经的自我介绍,这分明是在讲鬼故事。小粉掀开被子,抖着身子,穿好衣服拿好手机,奔出了房门。小粉这晚最终还是没能在这屋子里待下去。

房间里回归了安静,方芝看那空下来的床铺许久,给陈念发消息:

晚安。

陈念很快回复她:

晚安,明天见。

见信,方芝便睡得安稳了许多。

第二天的任务不重,录制个人资料。几个组同时开工,陈念正好就蹭到了方芝要去拍摄的组里,有她在,方芝的录制十分顺利,几乎一遍通过。陈念好用,李导也确实把她当个大人用,但到底还是个孩子,到了要休息要吃饭的时间,就会嘱咐她先下班。所以陈念几乎一日三餐都可以同方芝一块儿吃,两个人在一起,就总觉得不像是来参加残酷的比赛,而是来游玩。

晚上方芝回到宿舍的时候,宿舍已经住进了另外一个女孩儿。女孩儿话不多,看着有些胆小,方芝同她打了个招呼,她就吓得直缩身子。方芝便再没折腾她,她自己本来就是话不多的人,完全理解一个人不想和外界交流的心情。

第三天,开始有集体课,所有参赛者聚在一个教室,听老师和编导讲拍摄流程和注意事项。这属于内部内容,没有架摄像机,自然便也没有了陈念。但方芝一上完课出来,便看到了站在不远处的陈念,手里还端着她最喜欢的盒装冰激凌,都化了一半了。

第四天,进入正式拍摄,陈念在录制大厅的角落里端着相机做官方花絮记录,方芝上台表演了准备很久的单人曲目,以 3S 的高分成功晋级。录制结束后,别的选手因为保密协议不能跟家人朋友报告成绩,而陈念和方芝签的是同一份保密协议,两人相视一笑,便知道对方到底在高兴什么。这一晚,陈念请摄制组吃大餐,自己带着方芝去逛后巷的小吃街,趁着方芝这张脸还没有被人们熟知,尽情地吃喝,尽情地玩乐。

第五天、第六天、第七天都是常规拍摄,方芝跟着导师学习,又进步了不少。

这一周的时间,她没有与任何一位选手深交,也不是她不乐意,主要是没必要。她不胆小,不需要干什么都有人陪着,也不打算去攀高枝,抱团的行为在她看来纯粹是浪费时间。见面了打个招呼,别人表演得好了鼓鼓掌,东西掉了帮忙捡一下,这就是方芝在比赛时所有的社交了。

新的一周，方芝在陈念的陪伴下兴高采烈地来到了录制大厅。然后导师宣布，这一周的主要任务是合作表演，自选合适的搭档，组成战队，完成考核任务，取得共同的晋级分数。方芝顿感无措，她可以场外求助吗？答案当然是不能。陈念再厉害，也不可能钻到他们的比赛中来，成为她身边的一员。

　　由于是自选，平日里关系好的姐妹，抱团的成员，很快便扑向了对方，坚定不移地握住了手，站到了已确定组成队伍的区域里去。剩下的散户们，大家互相看看，尴尬地笑笑，各自有各自的考量，但也很快地组成了几对。基本是高分组与高分组的一起，低分组和低分组的一起。因为除去情分，没人愿意要一个拖自己后腿的队友，所以找和自己水平相当的人，是最为保险的。在这个过程中，有好几次有人到了方芝面前，却最终还是拐向了其他的方向。眼看着人越来越少，周遭的目光也越来越多地集中到了方芝身上。

　　方芝一直是A组成员，是导师们非常看好、非常喜欢的选手。她可以不认识别人，别人却都认识她，拿她当竞争对手的，暗暗羡慕的，比比皆是。大家都想知道，方芝会和谁组队。

　　而直到现在，方芝都没有给任何一位选手特殊的眼神，她站在那里，身姿挺拔，姿态闲适，仿佛不是来参加比赛，而是来欣赏风景的。她这个样子，原本还有些蠢蠢欲动的选手，都默默地选择了别人。都这个时候了，谁都不想在众目睽睽之下，向一个优秀的对手发出邀请，然后极大概率地被她拒绝，那真是太丢人了。

　　很快场上只剩下了五个人，这个赛制真是尴尬，堪堪会剩下一个人。除了方芝，其他四人都是D组选手，也就是说，是最差的那一拨，随时都有可能被淘汰。里面有小蓝，还有方知晓。这个时候，谁能和方芝组队，反而成了最有可能翻盘的那一个。

　　所有人的目光都集中到了方芝身上，方芝却谁都没看，微微皱眉，望着摄制组的方向。在几台高大的摄像机后，陈念显得非常不起眼。她起初还注意着场上的变化，这会儿却拿着手上的文件夹，低头看得仔细。方芝遇到了问题，陈念却没打算给她任何暗示。

　　方芝终于放弃等待，她侧身，随便找了身边最近的一个人，刚要开口，那人却突然一个转身，朝别人走去。她牵了小蓝的手，两人组队成功。方芝愣了愣，对面人群里有人窃窃私语地笑了起来。

　　场上只剩下了三个人，方芝没再动，她眯眼观察剩下的两个人，方知晓没什么表情，静静地看着她，另外一个妹子对上她的视线，瑟缩了一下，当下就要朝方知晓走去。

　　方芝抬手蹭了下自己的脸，有些想不通，自己居然这么可怕吗？为什么几乎所有人对着她，都是一副战战兢兢的表情。以前在学校，哪怕她内向不爱和人交流，也总有人会主动积极地来到她身边，而现在，她似乎被人嫌弃了。

　　方芝倒是不怕在比赛里落了单，只要让她上台，她就可以一个人拿下两个人的分数。只是这情况实在是奇怪，让她觉得疑惑。

　　对面人群的笑声大了起来，里面最快乐的人当属小粉。妹子目标明确地朝方知晓走过去，方芝对上方知晓的视线，方知晓突然动了步子。她越过妹子，朝方芝走过来，在她面前站定，丝毫没有犹豫。

"组队吗？"方知晓问。

"嗯？"方芝从喉咙里挤出一个音节，有些惊讶。

她和方知晓从来都不对付，从认识的那一刻起，就莫名其妙地奠定了对立的关系。在往后不多的接触中，她们爆发过激烈的矛盾，最终归于忽视对方的平静。在超新星大赛报名的时候，方知晓曾问过她要不要一起上楼。方芝那个时候心里满是陈念，掉头便跑开，压根儿没有在意。

现在，方知晓再一次发出了邀请。方芝捉摸不透她有多少善意和恶意，有多少心思，便总觉得别扭。

那妹子奔了个空，有些慌张。她生怕把自己一个人剩下，到了这个时候，也不顾面子了，转头又朝方知晓走过来。

三人团团站到了一起，妹子急切地问方知晓："知晓，我们可以组队吗？"

有昵称，有热切的眼神，有哀求的表情，可比冷冰冰的方芝有诚意多了。

方知晓没有等来方芝的回答，拒绝妹子倒是干脆："抱歉，我想和方知著组队。"

妹子一瞬间悲伤得无法自抑，她再看向方芝的时候，方芝偏了偏脑袋，问方知晓："为什么要和我组队？"

方知晓笑了笑，答案颇像个玩笑："因为我们的名字很配啊。"

任谁看，方知晓和方知著组了队，都是方知晓占大便宜。方知著一直待在 A 组，不管是外形条件还是专业技能都十分出挑，而方知晓在 D 组都一直掉车尾，发型乱糟糟的，遮得眼睛都看不见。

但组队成功以后，许多人看方知晓的眼神却并不是羡慕，而是同情。方芝观察了一遭，拍摄结束后，她对方知晓道："如果后悔了随时跟我说。"

方知晓："暂时没后悔。"

方芝："老师给的歌单，你挑吧，我都可以。"

方知晓挑了挑眉："厉害。"

两人就这几句对话，到了录制大厅门口，便分散开来。

方芝去找陈念，方知晓一个人去餐厅。

陈念就站在不远处，目睹了全程。

方芝走过来的时候，她问："你们曲目选好了吗？"

方芝："没，我让方知晓去选了。"

陈念偏头看了看周遭一块儿走的队员："其实中午可以一块儿吃饭，顺便讨论一下表演的事。"

方芝抬眼问她："你想和方知晓一起吃饭吗？"

陈念："我无所谓。"

方芝："其实我也无所谓，但我觉得方知晓并不想和我们一块儿吃饭。"

两人一下子都陷入了沉默，方知晓之于她们，确实是比较特殊的存在。对自己特殊不特殊是另外一回事，主要是在乎她在对方眼里特殊不特殊。

陈念转了话题："中午想吃什么？小马说后街那块儿有家鱼不错。"

"那就吃鱼。"方芝顿了顿，低头踢了一下脚下的小石子，"我觉得大家好像有点儿……讨厌我。"

"嗯？"陈念有些惊讶。

方芝压根儿不是那种惹人讨厌的人，但陈念最惊讶的点在于，方芝竟然会在意这种事。

"怎么说？"她问方芝，"是有一些事情，或者让你不舒服的表情和动作吗？"

方芝回忆了下："那可太多了。"

平日里不想这个问题，便真的不会注意，一旦回想起来，就像一条线上提着一串蚂蚱，能扯出一堆细节。她的室友怕她，用浴室的时候让着她，不敢和她说话。其他的参赛选手们怕她，今天哪怕没得选了，宁愿去选一个D班选手，也不愿意选她。那些窃窃私语的笑声，她走过去便一哄而散的人群，还有……忌惮的眼神。

等鱼上了桌，方芝把这些细细地同陈念说了，陈念震惊得鱼汤都喝不下去了，问她："你是不是有别的事没告诉我？"

"嗯？"方芝有些疑惑，"都告诉你了呀。"

"在这些情况之前，有没有发生什么？"

"啊……"方芝想起来了。

是有发生了什么，但她当时没同陈念说。被人欺负这种事，还是幼稚地欺负，实在是没有什么说的必要，说了还白让陈念担心。

方芝夹了一块肉，慢条斯理地把里面的骨架剔了："我大概知道原因了。"

陈念一脸蒙："嗯？"

方芝抬头对她笑："好了，你不用管了，我可以自己解决。"

"方芝！"陈念快把碗摔了，"吊人胃口如同抢人食物！过分！极度过分！"

她闹了好一会儿，方芝终于耐不住，把之前小粉特意来她宿舍扔蟑螂的事说了。

"什么？"陈念震惊得下巴都快掉碗里了。

"她不知道我不怕咯，"方芝道，"小蟑螂而已。"

陈念抬了抬手："吃饭的时候我们不要谈论这个物种。"

方芝看陈念那有趣的表情，忍不住笑起来。

两人吃完了饭，陈念总结道："所以可能是小粉气不过到处去散播关于你的谣言，才让大家对你这么避之不及？"

方芝："嗯，大部分是。"

陈念："还有小部分？"

方芝捏着纸巾优雅地擦了个嘴："因为我太优秀了吧，站在我身边会让别人觉得自己黯然失色。"

陈念冲她竖了个大拇指："这都没影响心态，挺好。"

两人吃完饭，陈念决定去打听打听，到底是不是她们猜测的这个状况。

方芝收到了方知晓的短信，约她定歌。既然陈念不在，方芝便把时间提到了当下：

我去排练室找你。

夏日午后，吃完饭正是最困的时候，方芝到达排练室的时候，里面只有方知晓一个人。

她坐在角落里，戴着耳机低头看谱子，头发把半张脸都遮没了，看着特别地自闭。

方芝过去，在她面前盘腿坐下，问她："你喜欢哪一首？"

方知晓摘了耳机，把手里的谱子递给她："这三首比较合适，你看看。"

方芝翻着瞅了下，的确是容易出彩的歌曲，但问题也很明显，越容易出彩的越容易失误，对表演者的要求很高。

"我倒是没什么问题。"方芝想着怎么把话说得委婉点儿，但想到对方是方知晓，还是放弃了，"主要看你那里。"

"我也没什么问题。"方知晓道。

"真的没问题？"方芝随便指了一段，"这块儿高音，你能拿下吗？上次预赛的时候，你……"

她抿了抿唇，把后半句话咽到肚子里去了。

方知晓突然笑起来："不就是破音了吗，你说呗，没关系。"

方芝："哦。"

既然人家方知晓自己都不在意了，方芝也没必要替她小心翼翼，她问："那这次呢，确保不会破音？"

方知晓："这次不是有你在吗？"

这话说得肉麻，方芝一个激灵，抬头看了她一眼。

方知晓倒是没什么表情，自从离了一中再见以后，方知晓的表情就好像离家出走了。哪怕笑，也不及眼底。

"有我在我也不能把你的部分替你唱了啊。"方道。

方知晓："我可以把副歌都让给你。"

方芝皱起了眉头："那不是明摆着我欺负你吗？到时候节目播出了，不得骂死我。"

方知晓："你想得到这些啊？"

方芝眉头皱得更深了："我是个傻瓜吗？"

方知晓笑起来，这次大概是真戳中了她的笑点，她乐得出了声。

"哈哈哈哈，不是说你傻，就是……你平时看起来真的不太在乎这些。队友你也不理，导师你也不讨好，整天独来独往的。我知道你有陈念，不知道的以为你天上仙女下凡，不屑于和我们这些凡夫俗子同流合污呢……"

方芝灵光一闪："还有这部分原因吗？"

方知晓愣了愣："什么？"

方芝倒也不怕和方知晓说这个："大家都讨厌我。"

方知晓突然有些尴尬，低头翻了翻手上的谱子，又挪了挪腿。

"也不是讨厌……"她道，"就是有些流言……"

方芝放下了谱子："说说。"

方知晓抬眼看她："说什么？"

方芝："说他们怎么编派我的。"

方知晓："啊……这不好吧？"

方芝："你现在跟我是一根绳上的蚂蚱，你要是不告诉我这些，就说明你对此次我们的合作没有诚意，那我也不知道之后的舞台要怎么进行下去了。"

既然方知晓选择了和她合作，方芝觉得她必定有自己的目的，也必定在意这次舞台，拿来威胁准没错。

方知晓："你真要听？听别人背后说你的坏话，不会受不了吗？"

方芝："不会啊。我可是要出道的人，现在这样就受不了了，以后怎么办？"

她说这话的时候，语言流畅，表情平静。但方知晓看着她，总觉得她骄傲得快要到天上去了。

怎么会有人可以这么自信，这么高傲，仿佛遇到任何困难，都不会被打倒。

方知晓突然想到了陈念，她低头笑起来。也是，在陈念那样的家庭里长大，被陈念那样的人陪着，参加每一个比赛时都有人给她加油，给她说输了也没关系，给她说你是最棒的……怎么可能不骄傲，不自豪，不觉得天下最美好的一切，都可以尽情掌握在手里。

"那我说了，"方知晓道，"刚开始是有人传你把蟑螂扔到了室友的水杯里，就因为她说了句你的衣服很难看。后来有人传你在半夜拜小鬼，拿别人的气数献祭，给自己出道铺路。再后面就更夸张了，说你是台长的干女儿，整个新星赛都是为你办的，所有摄制组导演组的工作人员背后都叫你大小姐。"

方芝眉心微动，面色一凛。

方知晓："还听吗？"

方芝起身去接了杯水喝："听，多好听啊，比我看的所有的小说电视剧都离谱。"

她重新坐到了方知晓跟前，两人歌也不选了，谱子也不看了，就这么热热闹闹地聊起了八卦。

树影婆娑，待到午休时间结束，要赶去导师那边上课了，方芝才问了方知晓一句："我这么恐怖，你还敢和我组队？"

方知晓："这场比赛荣辱与共，跟你组队我不吃亏。"

方芝站起了身，弯腰看着她："那你这一局是打算荣还是辱呢？"

方知晓嘴角的笑容消失，静静地看着方芝，没有回答。

方芝："预赛的时候破音是故意的吧，首秀的时候跑调也是故意的吧，还有……两年前舞跳得那么好，怎么就突然肢体不协调了？"

方知晓没有回答方芝的问题，有些问题不需要回答，事实就摆在那里，只要留心就会发现。只是方知晓没想到，方芝会是留心的那个人。

下午排练的时候，方知晓表现得依旧平平。她们在老师那里确定了表演歌曲，方芝在她选出的那三首歌里挑了一首难度适中的，可进亦可退，非常聪明的做法。

两人一块儿上完课，到了门口依然分散开来，方芝小跑到陈念跟前，嚷着脖子酸，要让陈念帮她捏捏。陈念偏头看了一眼，手指顺从地攀上方芝的脖颈，技术娴熟，力道适中，方芝快慰地闭上了眼。

半分钟后，陈念抬手轻轻在方芝脖子上拍了一下："好了，人走了，别装了。"

方芝睁开眼，撇撇嘴，挽住了陈念的胳膊。两人一块儿往回走，晚上吃什么是提前商量好的，所以陈念已经在时间差不多的时候嘱咐店主做了，两人到了店里，马上就能吃上热乎的。

但这次，陈念决定不在店里吃，她对老板说"打包"，然后笑眯眯地对方芝道："今天去你宿舍吃好不好？"

方芝问她："为什么？"

陈念："好久没去你宿舍了，看看选手宿舍变成什么样了。"

方芝："你找点儿靠谱的理由。"

陈念："我打听到点儿消息，去你宿舍聊比较好。"

方芝偏偏脑袋："我也打听到点儿消息，觉得去宿舍聊特别不好。"

陈念面上有些尴尬，搓了搓手问："咱俩打听到的是差不多的消息吗？"

方芝："我觉得差不多。"

她倒是不在意那些流言蜚语，大大方方同陈念道："不就是我一会儿扔蟑螂，一会儿养小鬼，一会儿又有了个厉害的干爹吗？我都知道了。"

陈念："所以去你宿舍聊比较好，你室友应该在吧，让她听听，省得再乱传。"

方芝："那么多人说我，咱俩当事人旁敲侧击地解释，你觉得她会听吗？"

陈念："试试吧，说不定呢。"

两人提了饭盒，路上商量了下待会儿怎样不经意地泄露关键信息，陈念说着说着突然就激动了起来，反倒是方芝，看她激动就乐，自己一点儿都没生气。

"你真不在意啊？"到宿舍楼下的时候，陈念问。

"还好。"方芝如实回答，"我觉得这种夸张的传言，目前来看，对我的杀伤力不大，也就是没人和我组队而已。"

"你现在有队友了。"陈念推门道，"方知晓。"

方芝紧跟两步："比起传言，我更在乎你怎么看方知晓。"

陈念顿了顿："我很惊讶你会直接问我。"

两人进了屋子，也就不再深入聊方知晓的事情。上了楼到了方芝的房间，她的室友果然在，陈念敲了敲门，室友吓得一个激灵，转头看到她们，又吓得一个激灵。

陈念笑着问："我过来和知著坐一会儿，你不介意吧？"

室友哪里敢说介意，慌忙摇头，把自己缩了又缩。

陈念进了房间，顺手便把门关上，室友的目光一直落在她身上，却又不敢去看她的脸，哆哆嗦嗦，见她俩打开食盒要吃饭的样子，赶紧把自己的东西收起来，要远离桌子。

　　陈念放下东西，用她能做到的最温柔最自然的语调道："吃过晚饭了吗？一起啊。"
　　室友疯狂摇头。
　　陈念打开了袋子："这家味道真的很不错，就在去演播厅的那条路边上。"
　　室友看到吃的，更加疯狂摇头。
　　陈念嘴角的笑容垮下去了："很干净，没什么奇怪的东西。"
　　室友跳了开来，结结巴巴道："我……我要……去厕所……"说完便快马加鞭，风一般地溜走了。
　　"哈哈哈哈哈哈……"方芝笑得都快岔气了，"说了没用吧，我这室友就是个老鼠胆子，不，老鼠应该都比她胆子大。平时我在房间里的时候，她连呼吸都快藏没有了，喝水从来不用杯子，都买的矿泉水。我估计也是被别人欺负得不行了，实在没办法才和我住在一起的。"
　　陈念是真生气："她们也太过分了。"
　　"弱肉强食，自己不支棱起来就得受委屈。"方芝坐到了桌前，打开盖子开始吃自己的大餐，"但凡她有一点点儿勇气多和我说两句话，也就知道我没什么可怕的。"
　　方芝说的有道理，但陈念还是生气："那我们的计划怎么办啊？"
　　方芝夹了一大块排骨到她嘴边："有机会再说，来，张嘴。"
　　陈念张大嘴巴，方芝精准地投喂，都没让汁水沾上她的嘴唇。美味的食物填住了陈念的嘴，让她没空再去说那些烦心事了。
　　两人开始专心干饭，这个时候就免不了说起训练，说起家里，说起刘春花女士那虽然好像技术一般，但一旦离开就分外想念的厨艺。
　　两人乐乐呵呵地吃饭，乐乐呵呵地聊天。陈念觉得方芝笑的时候，她便会忍不住跟着她一块儿笑，而陈念但凡稍微要个宝，方芝便会十分给面子地乐半天。
　　陈念看着她眉眼弯弯，突然道："你别动。"
　　方芝猛地停了下来，从表情到动作，都一动不动了。
　　陈念手里的筷子反个手，筷子头挨过去，轻轻地点在方芝的眼角上："以后笑的时候，这里不许动。"
　　方芝："啊……"
　　陈念："动太多就长皱纹了。"
　　方芝："我才十四岁！"
　　陈念："预防初老，要从发育还没完全的时候做起。"
　　方芝："你说谁发育不完全呢，你那什么来了没？来了没！"
　　陈念收回手，自己先乐得眼睛只剩下一条缝："没来没来，气死你。"
　　鸡飞狗跳，饭吃完的时候，屋子里的桌子椅子位置都乱了。
　　这两人玩起来的时候，没个尺度，也没个时间界限，最后闹累了，双双躺倒在那张窄窄的单人床上，安静地喘气。
　　而卫生间里的室友，蹲得整个下半身都麻了。

她说要来上厕所，是真的想上厕所了——被吓得想上厕所。

但好巧不巧，厕所上完了，抬眼一瞅，没纸了。

室友快哭了。

方知著说得没错，室友在这比赛里确实没有朋友。成绩不好，性格内向，家里也没有什么关系，来到这里，孤身一人，被人威胁着住到了传说最可怕的选手的房间里，如今……上厕所都没纸。手机就在手里抓着，可她想不到一个可以给她送纸的人。她只能等，等方知著和她的朋友吃完饭，或许方知著会送她出门，那她就可以撅着屁股去拿纸了。

但方知著这顿饭，吃的时间好长啊。长得不像她这个人干出来的事，因为方知著平日里到点就起床，回来就练习，一句废话都不会说，一点儿时间也都不会浪费。

现在，却跟着她那个朋友，嘻嘻哈哈，家长里短，说的尽是些没有营养的话，就像自己在家里时那样。

想到家，室友更想哭了。她抱着手机跟妈妈发短信，却不敢说自己现在的处境，只能一遍遍地重复："我挺好的，训练挺好的，生活挺好的，朋友们挺好的。"

然后她就听到了方知著跟家里打电话，竟然同她说的这些话差不多："我挺好的，比赛挺好的，陈念挺好的，其他选手啊，还可以，我室友吗？挺好的。"

室友愣住。

我室友……说的她吗？

的确，她待在洗手间里，洗手间离她们的房间特别近，房门关得又不紧，稍微声音大点儿，她就可以听清里面的对话。但……她们应该不知道她还躲在厕所里吧？她们就算知道，也不会在意她在厕所里吧？所以说……难道方知著真觉得她挺好的？不刚才还嫌弃她胆小吗？

室友揪着衣服角，陷入了深深的沉思。她觉得有些东西不对劲，比如大家嘴里的方知著，比如她印象里的方知著。原来方知著也是会哈哈大笑的吗？方知著也是肯让朋友打闹的吗？方知著也喜欢吃辣，方知著也会跟自己的富豪家庭打电话报喜不报忧……

室友："啊……"

方知著和她是一样的，哪怕真的可以徒手捏蟑螂，夜里拜小鬼，也不过是……比她大胆了一点点儿。

室友动了动麻木的双腿，酸痛像蚂蚁咬，一下子袭上心头，让她嘴里的声音猛然变了调：

"啊——"

房间里的方芝猛地不说话了，房间里的陈念笑容也一下子消失。室友察觉到了不对劲，但捂嘴已经来不及了，没有擦的屁股，彻底废了的双腿，跑也跑不掉。

陈念起身，一步步到了房间门口，推开门，而后一步便跨到了厕所门外。

厕所门上半部分是玻璃，从里到外可以看到影影绰绰的人影，从外到里也可以看到影影绰绰的人影。

室友还是捂住了嘴巴，惊恐让她的眼泪珠子唰唰地往下掉。

　　陈念停顿两秒，抬手敲了敲门："里面有人吗？"

　　室友疯狂摇头。

　　陈念："是乐乐在里面吗？"

　　她竟然知道我名字？

　　陈念："怎么这么久啊，乐乐，你是遇到什么问题了吗？"

　　石乐乐呆住。

　　陈念突然反身离开了，石乐乐抓着裤子边，思考跑还是不跑，如何才能跑得体面。

　　还没等到她动，门外又来了人。身形不一样，声音也不一样。

　　"我进来了啊。"语调很平和，但是方知著。

　　石乐乐的震惊和恐慌还没来得及升至巅峰，方知著便已经推开了厕所门。

　　石乐乐彻底变成一座雕像，方知著放下了手里的东西。一包卫生纸和一包卫生棉。

　　她没有停留，甚至都没有看石乐乐一眼，转身又出了门，只幽幽地留下一句："蹲这么久，你屁股不冷吗？"

　　为了给室友缓冲的时间，方芝送陈念出门的时候，两人在外面遛了会儿。

　　天黑下来以后，湖边的温度还挺舒服，两人坐在长椅上静静地看夜景，成熟稳重得不像是这个年龄能干出来的事情。

　　"你觉得方知晓会怎么办？"方芝没有得到本人的答案，便想问问陈念。

　　陈念嘴巴还没张，方芝又补充了句："别撒谎啊，别装不明白啊，别扯开话题啊，我看得出来。"

　　是的，方芝看得出来，就像陈念知道方芝那些小心思一样，方芝对陈念的了解也已经到了对方不开口，便知道要说什么的地步。

　　陈念只得如实说："我不确定，但大概率，她不会拖你后腿。"

　　方芝："她来参加比赛的目的就是吊车尾，狠劲拖一下我的后腿才能继续吊车尾。"

　　陈念："她以前不是这样。"

　　方芝："对啊，以前多明白啊，永远都要争第一。"

　　陈念笑了笑："那说不定她现在只是战略战术呢，在某一个她觉得合适的时候，就会一飞冲天。"紧接着，陈念又补了一句："当然，我觉得她是不可能冲得比你高的。"

　　方芝皱着眉头，没接话。她心里也没有底，她突然觉得方知晓隐瞒自己的实力真的是特别聪明的做法，聪明到她和陈念加起来，都猜不透她。

　　方芝靠上陈念的肩膀，静静地愁了一会儿。

　　"没关系。"陈念道，"也就一次表演，不会对你的成绩有太大的影响。"

　　"希望吧。"方芝喃喃道。

　　她对成绩倒不是特别在意，她在意的是自己会不会又被方知晓耍一回。这人比她多吃了两年的饭，总是让她感觉到莫名其妙的压力。

　　回宿舍已经是快一个小时之后了，方芝推开门，果然看到对面床上一个大大的蚕蛹。

　　石乐乐把自己包得特别严实，连头发丝都没有露出来一根，哪怕屋子里有空调，方芝也真怕给人憋出病来。

知道她没睡着,方芝道:"我不吃你。"

蚕蛹果然动了动,但还是结结实实,圆圆满满。

方芝叹口气,自己去洗漱了,早早地也上了床。

直到方芝呼吸平稳地进入梦乡,石乐乐才小心翼翼地把被子打开一道缝,将自己的脑袋探了出来。她张着嘴,大口地呼吸,良久,过速的心跳和脸上的热度才缓了下去。

以前,她以为恐惧就是最让人恐惧的东西了,现在她发现,尴尬比害怕更让人害怕。

现在别说和方知著说话,就连隔绝了一切联系,只要在大脑里想到这个人,都会让她血液倒流,浑身不自在。

这一晚,石乐乐睡得特别艰辛。

第二天一早,没等方知著起床,她便蹑手蹑脚地下了床,洗漱干净赶紧背着包去了排练室。

这两天的任务主要就是选歌定歌然后排练,石乐乐的队友是个和她一样胆小的人,当然,如果石乐乐胆小排第一,队友是不敢排第二的。因为总喜欢在人群里缩啊缩,所以便缩到了同一个角落里,成为稍微熟悉的朋友。但也仅仅是知道对方的名字,可以组队的关系而已。

石乐乐到得早,排练室里还没有人。她照常小跑着去了自己最喜欢的角落,开始对着镜子,一遍遍练习。表演要注意形态和表情,这对她来说真是最难的事情。

随着太阳的上升,排练室里的人渐渐多起来,等多到了一个程度,石乐乐便不敢看镜子里了。她蹲下身,用书包把自己盖住,戴上耳机,尽量消失在这个集体环境中。

随着小粉的到来,排练室里的热闹达到了顶峰。她的身边总是跟着一群人,哗啦啦地拥进来,里面夹杂着高调的笑声。来了之后起码有半个小时是不会进入到排练的,得先互相打打闹闹,聊聊这个,扯扯那个。

今天,她们的目标对上了方知晓。石乐乐是认识方知晓的,因为方知晓也是个努力藏着自己的人。但她的藏和石乐乐的藏不一样,石乐乐是天然地害怕,而方知晓……只是想藏。她并不害怕面前走过的任何一个人,也不害怕任何场面,她只是简单地想要消除掉那些会聚在她身上的目光,在她和方知著组队之前,她是成功的。除了石乐乐这种人,不会有人注意到方知晓。但昨天上午,石乐乐早早就和自己的胆小队友手拉手跑到了对面,方知晓却留在了最后。留到最后就是会被注视,会被很多双眼睛看着。当她走向方知著发出邀请时,周遭的窃窃私语一下子进发到最大,嘲讽、猜忌,甚至明目张胆的辱骂,一下子都钻进了石乐乐的耳朵。

"她有病吧?"

"她一个D班的居然选方知著?"

"她想晋级想疯了吧,这大腿抱的,真是脸都不要了。"

"呵呵,可惜方知著那种恶鬼,怎么可能让她吸血。"

"名字差不多,能力可差多了。"

"我就准备看狗咬狗，一嘴毛。"

石乐乐觉得这个世界真可怕。眼看着同样的事情又要发生了，石乐乐攥紧了书包，准备一旦受不了，就悄悄溜走。

方知晓被小粉带领着的一群人团团围住。

她们高声问她："你歌选好了没啊？"

石乐乐听不到方知晓的回答，但别人的声音倒是一句都没落下。

"你自己选的还是方知著选的啊？"

"选的哪一首啊？"

"不方便跟我们说？是方知著不让你跟别人说吗？"

"你怎么不说话啊，是方知著都不让你跟别人说话了吗？"

"你就这么听 A 班的人的话啊，我们小粉也是 A 班的啊。你跟她悄悄说了，有什么事情她可以帮你啊。"

"你还不需要帮助？方知著肯定选的带舞蹈的吧，你会跳舞吗？"

"你为什么选方知著啊，人家小八选你你都不理人家。"

"看不起 D 班呗。"

"自己是 D 班的还看不起 D 班啊。"

"那就祝你身体健康地跟在方知著屁股后面吧，别怪我没提醒你，方知著啊……"

那人突然转头，在排练室里扫了一圈，目光落到了石乐乐身上。石乐乐感到一阵局促，恨不得就地遁走。

那人："喂！你跟方知著一个宿舍吧？你过来一下。"

石乐乐猛烈摇头。她知道她们叫她干什么，之前她已经经历过两次了，她们想让她说方知著的坏话，她说不出来，她们就让她佐证关于方知著的坏话。可是这么久了，她没有看到蟑螂，没有看到扎满针的可怕娃娃，方知著也没有欺负她，方知著都不太跟她说话。甚至……甚至昨天方知著还给她拿了纸……

以前她没办法就抿紧嘴，那些人光看她的表情就已经达到了她们的目的。但这次石乐乐觉得自己不能什么都不说了，但石乐乐也实在是没胆子和人起冲突，于是石乐乐只能跑，拿起包就跑，谱子掉在地上也没空管了。她绕过那堆人，谁都不管，直直地往门口冲。

"你往哪儿跑啊？"有人喊，"你是不是被方知著吓傻了啊？"

石乐乐咬紧牙关，心道，我是被你们吓傻了。她冲到了门口，幸好那人没追过来，眼看着就跨出门了，面前突然一道阴影，直直地压了过来。

石乐乐来不及"刹车"，满头满脸地撞了过去。这是个发育良好的女孩子的身体，胸口柔软，骨肉匀称。她脑门儿有些疼，因为砸到了人家的锁骨上，她脸一下子红得烧了起来，因为埋进了不该埋的地方。

"对不起，对不起，对不起……"石乐乐嘴里一串串地说着，但声音根本没法放大。就像蚊子嗡嗡般，别说对方了，自己都几乎听不清。石乐乐努力直起身子，但手不知道往哪里放，脚也快不知道该怎么摆了。身后传来一阵莫名其妙的感叹声，是惊奇，是兴奋，是幸灾乐祸。

石乐乐快哭了，她仰起头，想真诚地道个歉，然后便看到了方知著的脸——方知著那张哪怕从现在这种"死亡"的角度看过去，也漂亮得让人……害怕的脸。

石乐乐不哭了，石乐乐开始抖。

方知著垂眸看了她一眼，石乐乐赶紧闭上了眼睛。

空气陷入令人焦灼的寂静，一秒，两秒，石乐乐觉得自己就是被架在案板上等待屠宰的猪，身后还有一堆等着分她的肉、喝她的血的人。

"我埋着舒服吗？"方知著突然开了口，像黑暗的审判。

石乐乐终于崩溃，"啊"的一声，开始蹬蹄子逃跑。

被方知著捞了回来。方知著攥住了她的胳膊，只是一只手，却极其有力，拎着她，不仅让她站直了身体，还把她扯远了半米的距离。

"跑路的时候睁大你那双漂亮的眼睛。"方知著说完这句话，松开了手。

她没再和石乐乐计较任何事，一步便跨过了她身边，朝人群走去。

石乐乐睁大了自己那双漂亮的眼睛。

她呆若木鸡地看着方知著，看她挺拔的背影和海浪般的长发。

她看着她走过了小粉，一个眼神都没给这群总是在惹是生非的人，径直分拨开她们，来到了方知晓面前。

"排练吗？"她声音清晰地同她道，"去别的教室吧，这间苍蝇太多了，吵得很。"

这是什么终极挑衅，这是什么终极蔑视，这是什么终极胆量。我不是说你一个人，我是说在座的各位，都是苍蝇。要骂就当面骂，惹怒了就无差别攻击。石乐乐捏紧了手指，觉得方知著整个人都散发着邪恶又圣洁的光芒，她的偶像，出现了！

方芝带着方知晓出了排练室，方知晓道："你也太直接了吧。"

"不然呢？"方芝问她，"跟她们再扯东扯西半天浪费时间吗？"

方知晓冲她竖竖大拇指，转移了话题："去哪里？"

方芝："哪里都行，哪里都能练歌。"

两人现在也算是选手里的话题人物，便没再去找排练室，三楼有个空间，又隐蔽又能吹着空调，干脆就在这里了。都不是磨叽的人，商量好分段便开始练习，歌对得差不多了，方芝瞟了她一眼，又看了看头顶的摄像头："舞就是视频那样，我觉得没什么必要改的，你呢？"

方知晓："我也觉得没必要改。"

方芝偏了偏脑袋："真的？"

方知晓："真的。"

方芝没法判断方知晓的眼神，但事已至此，她选择静观其变，反正哪种结果她都可以承受。

下午到晚上，两人再没待在一起，各练各的。其实这表演对方芝来说还是有难度的，所以她给了自己加练的时间，找一小片地方，不断地去唱，去跳。

陈念一直陪着她，就在旁边坐着，会为她鼓掌，也会给她指出一些问题。

练完了回到宿舍，时间已经很晚了。她的胆小室友静静地躺在床上，不过这次倒是没把自己全包在被子里了，她正靠着床头看书，见她进来，嘴巴张了又张，硬是没蹦出一个字来。

方芝洗漱完，随口问了句："你想说什么？"

"没……"石乐乐下意识拒绝，但顿了一下，又道，"我想问……撞疼你没有……"

就这几个字，艰难得仿佛仓颉造字似的。

方芝把长发甩到身后，将擦头发的毛巾扔到了桌上去。她没急着回答石乐乐的问题，慢悠悠地整理了下衣服，走到了石乐乐跟前。对上她的视线，直看得她连连往后缩了，这才道："问问题是要用东西来交换的。"

"什……什么……"

"跟我说说……"方芝笑了笑，"我走了之后，她们怎么说我的。"

"啊……"

石乐乐呆住了。方知著和方知晓离开后，训练室的确炸了会儿锅，但说的那些话，大多不是什么好话，石乐乐没法复述出来。但方知著等着她，今晚她不回答她就不罢休一样。

石乐乐握紧拳头，半晌才总结道："她们主要就是说……你们的表演可能……会……不够好……"

"好。"方芝道，"我明白了。说我们烂呗。"

石乐乐："不……我……"

方芝不甚在意："还没有发生的表演，好不好对半开，到时间就知道结果了，现在说那些有什么用。"

"嗯！"石乐乐用力点头。

偶像说得真是太对了！用事实说话！用实力征服！她们说再多不好听的话，都不会影响偶像的舞台！

方芝转头，莫名其妙地看了她一眼。

石乐乐红着脸："那……晚，晚安。"

方芝挑挑眉，应了声："晚安。"

往后两天的训练照常进行，彩排的时候方芝和方知晓表现平平，照样是被小粉团体挤眉弄眼地嘲笑了一波。

方芝没有在意，方知晓也没在意。

等到了正式表演这天，舞台搭了起来，导师请了过来，台下的观众虽然大多是内部工作人员，但好歹比之前空空如也强了许多。方芝抽签抽到了靠后的顺序，她穿着表演服坐在舞台下，左边是陈念，右边是方知晓，静静地看其他选手表演。

场内第一次出现喧哗，是在小粉的表演上。小粉和小黄携手，一首十分讨巧的甜蜜情歌，两人在前奏起时摆了几个漂亮的舞蹈动作，最后一个旋转转身，小粉要开口唱歌，小黄却在撤退回自己的位置时勾到了小粉的裙子。两人一个往左，一个往右，"啪"的一声跌倒在地，小粉刚张了嘴的一个音拐弯似的飘扬在上空，场面一度十分尴尬。

台上台下一片哗然，小粉站起身的时候，不住地向评委道歉，眼泪汪汪的模样十分可怜。

节目是录播，如果出现大的意外，是可以再来一次的。这显然是个大意外，导演喊了停，让小粉小黄恢复状态，再来一次。

这次表演倒是顺利进行了，只是小粉有了阴影，和小黄靠近时再不敢放开手脚，总显得小心翼翼的。

方芝勾唇笑了笑，陈念凑到了她耳边，问她："高兴啊？"

方芝侧了侧脸，对上陈念的视线。

"没有啊。"她没出声，用口型同她道，"我怎么会是那种人。"

陈念最后几个字没分辨清，再往前靠的时候两人几乎交叠了半个身影，只听她问道："什么？"

方芝这次出声了，她抬手挡住嘈杂，声音轻轻地吐在陈念耳朵边上："我说，我替她们感觉惋惜。"

陈念猛地往后撤了一大段距离，抬手揉了下耳朵："这种想法虽然虚伪，但没错。"

方知晓侧头看了她们一眼，又转头开始面无表情地看表演。到方芝和方知晓的时候，台上台下的人都已经看累了，评委给出的评分也进入了四平八稳很难再上来下去的阶段。

提前一个节目去候场，陈念给两人说了一连串的加油，方芝不允许她再跟着，笑呵呵地同她道："你去了影响我发挥。"

陈念："好的好的，不紧张。"

方芝："嗯！"等转了头，脸上的笑就没了。

两人转过弯，到了后台，化妆师过来给她们补妆，方芝定着一张没表情的脸，说出来的话冷冰冰的："我不希望我们待会儿出现那种状况。"

方知晓明白她什么意思，保证道："不会。"

方芝："你可以继续藏，但你要是扯上我，想藏的藏不住，不想藏的我会给你摁死了。"

方知晓扯了扯嘴角，没应她。

表演前一分钟，镜头给到了候场的二人。

方知晓笑起来，握拳冲方芝递过去："加油。"

方芝看向她，握拳轻轻碰了一下："加油。"

舞台灯光熄灭，两人一前一后，站到了两支话筒前。舞台灯光亮起，开场两声清亮的高音，完美地融合在一起，直上云霄。音乐声在她们的声音后炸开来，叫醒了台下昏昏欲睡的观众，叫醒了台上评委的耳朵。

方芝看向方知晓，只那一声，她便知道，方知晓没打算藏了。

不藏就好，不藏她就无须顾及合作者的差异对舞台整体造成的影响，不藏她就可以专注自己，拿出最好的水准，完成最好的表演。两人分段演唱，方芝看见了导师惊喜的眼神，到了间奏，方知晓朝方芝看过来，视线相接的那一瞬，方芝感受到了前所未有的愉悦。属于合作者的，默契的，心灵感召的，要干一番大事业的愉悦。

方芝笑了笑，这大概是第一次她发自肺腑地对方知晓笑，方知晓朝她伸出手，两人完成了舞蹈部分最重要的一个动作。堪称完美。

在之后齐舞和合唱中，方知晓对方芝笑了很多次，方芝也回应了很多次。她能想象得到这在舞台上将是什么样美好画面的呈现，仿佛有一只神灵之手，抓在她的脑袋上空，让她不得不这么做。在表演中，方芝甚至觉得可以一曲泯恩仇，从现在开始，她和方知晓再无以前的瓜葛，她可以去重新认识她，也可以带着陈念去重新认识她。

音乐声毕，掌声四起。陈念站起了身，用力地朝她们鼓掌，唇上有笑，眼里有光。方芝看向她，扬起一个最灿烂的笑容，骄傲地抬起下巴，甜蜜地升起酒窝。

方知晓朝台下鞠躬，侧头看了看方芝，顺着方芝的视线，对上陈念的目光。

陈念突然扬起手，朝她招了招。

方知晓愣了愣，陈念龇牙咧嘴地大喊了一句："知著，知晓，你们太棒啦！"

方知晓垂下了目光，想笑，又有些想哭。

谁都没想到，A组加D组，会带来这样完美的表演。评委一致给出了高分，哪怕去掉最高最低，也差不了多少。

方知著和方知晓站在台上，接受了一轮又一轮的赞美，台下台后众人神色各异，等她们下了台，小粉给了她们一个翻到天上去的白眼，而后狠踢了一脚器材箱，跑了。

石乐乐不知道从哪里钻了过来，眼睛亮晶晶地看着她们："你们……好厉害啊……"

方芝："你……还不错。"

石乐乐"啊"了一声，跑了。

陈念从人群中探出脑袋，冲方芝挤眉弄眼："芝芝，芝芝，烧烤，今晚烧烤！"

方芝冲她比了个大大的"OK"。

等围着她们的人群终于散了，方芝到了陈念跟前，两人四目相对，有无数话要说，却也都不着急说。

方知晓卸了装备，往门后走，陈念一抬脑袋叫住了她："知晓。"

方知晓顿了顿："嗯？"

陈念："结束了一块儿吃烧烤啊，我请客，犒劳犒劳你们。"

方知晓："我就……"

陈念："你们的表演还有点儿小问题，待会儿跟你说。"

在所有人都夸她们表演得堪称完美，连专业的评委导师都没那个闲心指出问题的时候，陈念竟然为了让她和她们一块儿吃顿饭，找出了这么……吹毛求疵的理由。

方知晓嘴巴动了动，实在是不知道说点儿什么好。

方芝："是有点儿问题，吃饭的时候我们复盘一下。"

方知晓还能说些什么呢，她只能说："好。"

夏天的烧烤摊，永远是会让人觉得热烈的地方。陈念这些日子已经摸清了周遭的状况，哪里的食物好吃，哪里的服务到位，她是最清楚的。

三人出了演播大厅，方芝和方知晓卸干净了脸上的妆，换上了干净舒服的T恤短裤，在凌晨一点的街道上，吹热烘烘的风。

"你觉得哪里有问题？"方知晓问方芝。

方芝冷酷无情："饿着没劲儿说。"

陈念乐呵呵地道："你不要着急嘛！待会儿有的是时间说。你就安心吃顿饭。"

方知晓："这个点吃烧烤，明天脸会肿。我们明天下午有VCR（录像）拍摄。"

方芝："我不怕，我脸肿了也好看。"

陈念在一旁看着，笑得嘴就没合上过。

两人一路这么不咸不淡地聊着，等到了烧烤摊，突然都住了嘴。忙活到半夜，没人能抵抗得了热辣鲜香的食物。"嗞嗞"冒油的肉，和外焦里嫩的蔬菜，陈念点了一大堆，占满了小小的一张桌。

"吃得完吗？"方知晓问。

"试试看。"陈念道，"我记得你以前挺能吃的。"

方知晓："我怎么能吃了？"

陈念："就之前，没你我都不知道井家，你是真会吃……"

方芝拆了签子，把一小盘肉放到了陈念面前："吃的都堵不住你的嘴。"

陈念被怼了，却只是笑。她故意提的以前，方知晓不在意的话可以聊聊以前，聊聊现在，真心实意地对她们袒露一些想法。只是没想到，方芝不乐意提这事，也不知道她是还对井家耿耿于怀，还是和方知晓合作这一茬，开始把她划分到朋友的范围内，不想提让她不开心的事。不管是哪一种，于今天来说，也都不是什么问题。

陈念干脆就放弃掺和了，她只顾给两人倒饮料，拿纸巾，伺候她们吃好喝好。孩子长大了，有自己的社交圈了，也有自己的社交模式了。

陈念之前还挺担心方芝在被传那些流言蜚语、被针对、被孤立之后，会不会对和其他选手交流产生阴影。现在看来，这反而激发了她的斗志，让她缔结了新的关系。

肉吃了一半时，饭桌上真就只剩下了关于表演的话题。方芝那个劲儿上来了，同方知晓抠起细节，比她们的带队老师还认真。

"你明白了吗？这里弱一点儿效果才会更好。"

"不过你B段处理得是真不错，我之前没有想到，会有这么好的效果。"

"舞那里，你晃了我一下，那会儿想什么呢？"

"眼神交流我觉得不错，之前排练的时候没注意到这问题，以后合作舞台必须把这项加进去……"

方知晓一一应着，同她认真讨论，陈念恨不得架个摄像机拍下来。也就是现在的选秀没进阶到连生活都全拍进去的综艺水准，不然光这一波撸串聊天，方芝和方知晓都能吸不少粉。

这顿饭吃到最后，方芝喝了点儿饮料就好像喝了酒一样，突然便把胳膊支到桌子上，问方知晓："你接下来准备怎么办？把这次的高分当作跳板，还是继续缩回去做你的鸵鸟？"

陈念微微睁大了眼，没想到她想聊的话题被方芝最后这么直白地抛了出来。方知晓也有些惊讶，她看着方芝，没有立刻回答问题。方芝继续发问："藏着是为了后期一鸣惊人，还是彻底对这事没有了兴趣，准备放弃？"

方知晓低头沉默了几秒，道："不是什么事都可以靠兴趣来解决的。"

"但梦想放在那里，就是一个方向。"方芝淡淡地道，"现在埋着，以后别忘了就好。"

挺鸡汤的一句话，从方芝嘴里说出来，就有了特别的味道。因为她实在不会说废话鼓励人，平日里在家还好，心情高扬的时候，也就是个普通小孩儿。一旦出了家门，对上别的人，有一句是一句，夸你就是真的夸你，加油就是真的加油。

方知晓显然也明白方芝这脾气，她目光又垂下去，没有接话。

陈念咧了咧嘴，缓和氛围："你们才多大，前途无量。"

方芝和方知晓几乎同时开口："说得你好像很大似的。"

陈念："哈哈哈哈哈哈，我青年才俊，我知道呀，我怕你们不知道嘛。"

这顿饭吃的时间不短，老板娘都开始收摊，三人才离了座，一块儿往回走。

陈念往前跑一段，又跑回来："等我们都成年了，吃烧烤就'哈'啤酒，'哈'多了走夜路，勾肩搭背，晃晃悠悠，那才有意思。"

方芝："你想得还挺多。"

陈念歪歪脑袋，冲两人笑："就要想多一点儿美好的事，这样生活才有意思嘛。"

方知晓勾了勾唇角，她的宿舍离得最近，到路口之后冲她们挥挥手："我回去了。"

陈念大力挥手："明天见！"

方芝抬抬下巴："明天第一期就要播出了，记得看。"

"嗯。"方知晓应了声。

她转身没入了黑暗，陈念脸上的笑意渐渐淡下去，她转身揽住了方芝的肩膀，有些忧愁："明天你就要被全国人民看到了，到时候会有很多很多人喜欢你，你会有很多很多忠实的粉丝，他们会给你很多很多特别的爱，你会拥有很多很多最纯真热烈的感情……"

方芝抬手捂住了她的嘴："我又不是没有这些。"

这几年陈念努力锻炼身体，身高终于赶上了方芝。两人平行而立，夜灯打在头顶的阴影，都有同样的角度。陈念视线所到之处，便是方芝的眼睛。

方知著有一双明亮闪耀的大眼睛，她火的时候，有无数人模仿她的妆容，分析她的长相，企图解锁美丽密码。但哪里有什么特别的密码，不过是天生丽质罢了。天生便有漂亮的五官和骨架，天生便长不残，陈念这么多年陪着她一点一滴看下来，只觉得这人脸越发小了，五官越发清晰了，眼睛就像两汪深潭，内里波光粼粼地倒映着最美的月光。

"你真好看。"陈念打心眼里道。

方芝目光晃动，开口时耳尖发红："你别转移话题。"

"没转移。"陈念在她掌心也能笑开来，"你值得拥有一切。"

方芝放开了她的嘴,也再没看她的眼睛。

她越过她,急匆匆往前走:"你这个人实在是太肤浅了,需要多加强一些品德教育。"

陈念追上去:"你们明天拍摄是不是有采访,采访的时候一定要注意思想品德端正,这样以后等你火了,他们翻黑历史都翻不出来……"

有陈念在身边这么唠叨,方芝觉得自己不火才是逆天而为。

所以第二天晚上节目播出之后,方芝收到了各方来电,甚至有人通过她以前的老师想联系她拍电影,方芝都没怎么惊讶。一切顺理成章,方芝照常完成了自己的训练,除了家里叔叔阿姨的电话,没有给别人留太多的时间。

回到宿舍的时候,石乐乐眼睛亮晶晶地盯着她,这次居然没躲在床上,而是站在屋中间。

"怎么了?"方芝问她。

"你看节目了吗?"石乐乐这次说话特别顺畅,"节目播出了!"

方芝:"看了。"

石乐乐:"你好棒啊!你在电视里好漂亮啊!当然了,你现实中更好看,我就是……我就是……"

方芝替她说了:"你就是以前没好好看过我的脸。"

方芝去倒水,石乐乐奔过来把凉水壶推到她跟前,一副想靠近又不敢靠近的模样:"这个是凉好的凉白开……"

方芝笑了笑:"不怕我往里面扔蟑螂了?"

"啊……"石乐乐脸红了一片,"我知道那些是假的了……"

方芝想到了昨晚陈念说的话,顿了顿道:"就因为看了节目,变成我的粉丝了?"

石乐乐:"啊……"

方芝:"变成粉丝以后,以前讨厌的、害怕的,都可以不经求证彻底推翻了吗?"

石乐乐:"啊……我……我不是……啊……"

她又不会说话了,她说不明白。方知著到底有没有干那些传说的坏事,谁都没有证据,但她了解了方知著多一些后,便确信她不是会干那种事的人。这思维模式,没法推翻方知著的质问,石乐乐却也不想顺着她说的话承认,那样,就好像变成方知著的粉丝,是多么不好的一件事一样。她脑子乱成了一锅粥,支支吾吾半天,都没能说出一句完整的话来。

方芝倒完水,喝了半杯,失去了等待的耐心:"早点儿休息。"

石乐乐蔫了下去,又把自己窝到了床上去。

第二天有集体活动,方芝再踏入训练室的时候,嘈杂的议论声猛然结束,安静无比。几乎所有人都看着她。

方芝望了人群一眼,径直走到了自己平日里待的稍偏的位置,平静地坐下了。

议论声又渐渐而起,方芝仔细听了两耳朵,没怎么听清。倒是开始不断有人坐到了她身边,松松地围了一圈。也是真的神奇,不过是播出了一期节目,大家的态度好像都有了些微妙的变化。

方知晓进来的时候，方芝身边只剩下了一个空位。方芝看着方知晓，方知晓对上她的目光，点了下头，算是打过了招呼。前排的人让出了通道，通道直通往方芝身边那仅剩的一个位子。任谁都觉得这两人挑选队友时被剩到最后，却携手拿下了合作舞台的最高分，会结下深厚情谊，在以后的比赛中相知相伴。所以任谁都没想到，还处在 D 班的方知晓压根儿就没看方芝身边那位子一眼，垂眸而过，坐到了最角落的角落。

　　四下里一阵隐秘的惊叹。

（未完待续）

番外
*nian nian*

## 星星永远闪耀

方知著三十岁这年,凭借一部优秀的文艺影片《青提》,连拿了两次影后奖杯。

第三次提名是在盛夏,阳光刺眼,天热得仿佛要化开。

这半年是方知著的休假期,没有合适的剧本递过来,她就在家歇着了,只偶尔参加一些与作品相关的宣传活动。

消息传过来的时候,她正坐在自家的花房里,享受温度适宜的阳光浴。

陈念搬了个小板凳,和她并排坐着,手里的托盘上有切好的西瓜,还有洗得干干净净的龙眼。

"吃什么?"放下托盘,陈念问她。

方知著躺在摇椅上,来回晃晃,眼睛都没睁开,只吸了吸鼻子,道:"龙眼吧。"

"这你都能闻着味?"陈念有些惊讶,她捏起一颗龙眼闻了闻,"没剥皮没味儿啊。"

方知著还是晃,声音里噙着一丝笑意,耍赖一般:"那你剥开呗,就能闻到了。"

陈念被她逗笑,叹一口气:"哎,大小姐越来越娇气了啊,没十个八个小仆人伺候不来。"

话这么说着,却已经在上手帮方知著剥皮了。

托盘上有放果肉的小碗,水果叉也是多拿了的,其实本来就打算伺候着方知著,让她吃得舒舒服服的。

方知著终于一晃身子,坐直了身。

她弯腰瞅着陈念的手,眉眼唇角都是愉悦的笑意:"不要别的,你一个小仆人就够了。"

"好的,小姐。"陈念剥出一颗,没剔核,先递到了方知著唇边,"小姐,张嘴。"

方知著从善如流,就着她的手,张嘴咬去了果肉。

清爽香甜的果肉,带着一丝凉意,方知著舒适得眯了眯眼。

"还不错吧?"陈念问她。

"嗯,你和阿姨挑的,当然好吃。"

"你看见我们买水果了啊?"

"是啊,不然怎么知道你拿什么过来。"方知著笑得像只狡猾的小猫,"你就爱买我喜欢吃的。"

"哎……"陈念长长叹出一口气。

她屈起手指,在方知著的鼻尖上轻轻刮了一下,然后埋头继续剥果肉:"自己惯的,还能怎么着呢……"

其实最初那几年,从国外留学回来后的那几年,方芝是什么事都要自己亲力亲为的。她一直乐此不疲地向陈念展现自己的实力,处理生活和工作的能力,处理纷争和情绪的能力,像一台刚刚上岗要努力证明自己的机器,十分积极主动地干了三四年。然后突然就软和了下去。

大概是因为事业顺风顺水取得了巨大的成就,大概是因为家庭宽容和睦永远都有爱的支撑,也大概是因为……某一天的傍晚,陈念对着刚放学的胖乎乎奶嘟嘟的小学生,说了句:"好可爱哦,软绵绵的。"方芝一下子就把自己变得软绵绵的了。

工作的计划她要和陈念讨论,拿不定的主意要让陈念决断,哪怕陈念已经半退出了这个圈子,她还是会撒娇耍赖,说自己搞不明白搞不懂,只有陈念才能解决这个问题。

陈念当然会帮她,工作上尽心尽力,生活上无微不至。

方芝腮帮子鼓囊囊,人跟没骨头一样,拖着尾音同她说话的时候,陈念真觉得她跟个小学生一样,可爱极了。

陈念照顾着"小学生",让"小学生"手都不用碰一下,便吃完了水果。

透明的玻璃花房里花香四溢,沿着半边房子已经爬到了顶上去的,是那枝老月季。真的很老了,也真的很新。从福利院里扦插发的芽,然后在家属院的小房子里长成小小的盆栽,最后移栽到爸妈老别墅的花园里,长得热烈旺盛,任谁路过都要看两眼。

现在山庄花房里的这株,就是从别墅花园里移栽过来的一棵新苗。方芝很喜欢这花,总是嘱咐人精心养护。在漫长的自然的选种中,它的品质越来越好,如今花枝繁茂,花朵鲜亮,红得就像是丝绒缎子。

陈念去水台冲了下沾着龙眼汁水的手,顺便拿过了放在一旁的花枝剪,去到月季跟前,剪那些开得正盛却被压到了枝条下的花朵。不一会儿,就剪了一大捧,小心翼翼地避着刺捧着,回到了方知著跟前。

方知著的视线一直落在她身上,这会儿眼里又漾起盈盈的笑意,拿过一旁的手机,对着她拍了好几张。查看照片的时候,终于看到了新消息,眉梢轻轻挑起。

陈念低头插花,一个广口的陶瓷花瓶,塞得满满当当。估摸着方知著把群里的消息浏览得差不多了,才道:"虽然主办方那边没透,但这次《青提》估摸着至少能拿两项奖。"

方知著放下了手机,看着她,明知故问:"哪两项?"

"方老师的最佳女主角,和……"陈念顿了顿,笑起来,"最佳摄影。"

"你真厉害!"方知著立马把两只胳膊搭到了陈念的肩膀上去,摇晃她,"陈老师你真厉害!"

"我只是摄制组的一员。"陈念道,"小小的一员。"

方知著："我不管我不管，你最厉害！"

陈念："还是某些人赖皮，走后门，硬把我塞进去的，就为了自己方便。"

方知著："某些人可真聪明。而且某些人不准否认自己的功绩，画了那么多分镜呢。"

"嗯。"陈念终于把花整好了，抬眼看她。

方知著的长发松散地束着，身上只是一件素色的没什么廓形的睡袍，脸上不施粉黛，却仍然明眸善睐，唇红齿白，娇艳得胜过了满瓶的鲜花。

陈念也笑起来，摘了手套，轻轻帮她理了理鬓边的发丝："没白费功夫，让世界都看到了你的美。"

方知著张嘴就瞎说："只有你能把我拍得那么美。"

两人在花房里待了很久，直到夕阳落下来，到了晚餐时间。家里的阿姨已经煮好了饭，刘春花女士拨了个视频过来，指挥她们去吃她寄的地方特产。

本来在方知著休假的期间，他们一家四口都会尽量住在一起。但今年刘春花女士爱上了去世界各地旅游，拉着陈军杰先生非要去走什么"陈念大摄影师走过的路"，于是出门了大半年了还没回来。

电话那头是中午饭时间，两边也就再没挂视频，边聊边吃，就当是在一张饭桌上了。

听说《青提》又被大奖提名了，刘春花女士酸溜溜地问陈念："那就你们俩又一起去领奖咯？"

陈念笑了笑："不一定能拿呢。"

刘春花："你上次也是这么说的，我已经不信你了。亏我还为你们紧张了半宿，我觉得这些组委会也真是的，不能一部作品大爆了，你就什么奖都给它对不对，也要雨露均沾，看看别的电影嘛！"

陈军杰在那边着急忙慌地捂她的嘴："哎哟，我的老婆子你可别说了，小心真让你给说着了，到时候再哭……"

逗得方知著在这边咯咯咯地笑。

饭吃完了，电话也打完了。阿姨收拾碗筷，陈念躺倒在沙发上，看各个群里的消息，方知著坐到了她身边。

"你不看一下吗？"陈念将手机屏幕朝向她，"大家在商量你这次红毯穿什么，林天意非要加入进来，说和你穿情侣装吓死大家。"

"谁和他穿情侣装。"方知著没什么兴趣，"他可是走在潮流顶端的男人，我跟不上。"

逗得陈念哈哈笑。

林天意这些年发展得不错，毕竟在自家的公司里，见微对他是实打实地真心，实打实地捧。小伙子自己也争气，工作认真，从不懈怠。偶像出道，后来发展到创作型歌手和演员，爆了一部偶像剧，跃升到了一线行列。他和方知著的发展路径完全不同，粉丝年龄小，体量大，所以平日里的造型走的都是年轻化的路线，经常需要穿一些奇奇怪怪的潮牌，摆一些超级酷哥的表情，每每被方知著刷到，都要笑他两句。

"给孩子一点儿面子，这次见面夸两句。"陈念道，"毕竟现在是咱家摇钱树呢。"

方知著噘噘嘴："我也是摇钱树。"

陈念："哪有人上赶着自己当摇钱树的。"

方知著："你要喜欢我就当咯。"

陈念放下手机，看着她乐了好一阵儿。

方知著紧盯着她。

陈念："有什么话就说呗，从吃饭的时候就欲言又止的。"

方知著立马道："你跟我一起去呗。"

陈念："肯定一起啊，只要我有空，哪次不是一起。"

方知著："我说的是一起走红毯。"

陈念沉默了。

方知著眼睛微微弯起来，像两泓温柔的月光，她的语调变得有些兴奋："我们俩穿一系列的，我黑色你就白色，我粉色你就蓝色，GI春夏秀场有两套季节限定，我觉得很适合我们俩。"

"芝芝，"陈念说，"不是谁都可以去走红毯的。"

方知著盯着她的眼睛："你是《青提》主创啊，摄影兼投资人，导演能去，你自然也能去，光明正大地去。林天意都能去呢！"

陈念无奈："天意是人家的特邀嘉宾。"

方知著一副理所当然的样子："你是我的特邀嘉宾啊。"

她的目光闪亮又坦诚，陈念抿了抿唇，一时不知道该说些什么。

方知著看了她好一会儿，半晌，轻声问她："是不是因为……知著。"

她们很少聊这个话题。就像一份被安稳埋葬的秘密，陈念做到了让它上头开满新生的鲜花，便不会再把它翻出来，反复提及。但陈念知道，很多事情，她同方芝心知肚明。于是，只能闭了闭眼，回她："是。"

方知著的指尖捏住了她的手腕，脉搏的位置："提到这个心跳都变快了呢。"

陈念坦然应她："还是会有些害怕。"

方知著轻轻揉了揉她的手腕，又抬手将掌心盖在她脑袋上，宽慰地拍了拍："现在会发生什么呢？同我说说，我们做好准备，就不害怕了。"

陈念闭着的睫毛微微发颤，几次张口，没能发出声音。

方知著也不催她，安静地躺了一会儿，这话题就悄无声息地揭过去了。

两人忙了会儿工作上的事，又看了会儿电视。

待到夜深人静了，她们一块儿去天台上看星星。

当初买这幢房子，就是看中了这块儿的自然环境。远离繁闹的市区，四下无灯光污染，没有阴云的时候，便可以在自家的天台上看星星。装修时，陈念坚持给天台做了自动封闭，电子控制，可以打开通往天空的幕布让风吹进来，也可以就这么关着，吹着空调，仰躺着欣赏透明穹顶下的夜空。

柔软的圆形大床，躺两个人，绰绰有余。陈念看着天空不说话，方知著在她耳边，轻轻地哼唱一首过时的民谣。时间一分一秒地流淌，舒适得像畅游在温暖的海洋。陈念突然开了口，她问方知著："今年生日想要怎么过？"

"没什么特别的想法，咱家人一起过呗。"

陈念："可能……刚好在颁奖那夜。"

方知著："那就领完奖回来一起过。"

陈念呼吸不自觉地变紧。

方知著观察她的神情："不去领奖也行，我们去找爸妈，他们在哪儿，我们就在哪儿过。"

"不，"陈念很快拒绝了她，"还是要去的。"

方知著："没关系，说不定拿不上奖呢。"

陈念："拿得上。"

方知著："以前我拿上了？"

陈念蓦地笑了。

方知著再也忍不住，她已经忍了整整一天了。她翻了个身，用自上而下的姿势挡住了陈念所有的视线，用殷切的目光和一颗坦诚的心，逼视着她。

她撒娇又耍赖："求求你啦，陈念，念念，陈总，宝贝，心肝，最厉害的摄影师，艺术家，大老板，你就告诉我吧，到底发生了什么嘛，说说嘛说说嘛，没关系的，你不说我今晚都睡不着啦，不带你这样的，好奇心会急死猫的……"

她这么不正经，逗得陈念笑，也逗得陈念倏忽就放松下来。好像这真只是一个普通的故事，说了也就说了。

"我……"她不想对一个敞开的方知著封闭自己，她一直在这样警诫自己，"我想想怎么说。"

"好，好！"方知著很开心，她翻身去床边的小冰箱里摸了两瓶饮料出来，是度数很低的酒精饮料，递到陈念手上，和她碰了碰："慢慢说，快快说也行，我们有一晚上的时间。"

"我们有无穷无尽的时间。"陈念笑了笑，和她碰杯，"你确实是拿到了奖，那天，你也像现在这样笃定，你给我准备了衣服，要我同你一起走红毯……"

故事一旦开始，就没有必要再隐藏。陈念拨开那些迷雾，看着眼前人的脸，说得越多，便越觉得，那只是一个故事，一场电影，一些令人心碎的瞬间。

她和方知著在其中，扮演着无法自控的角色，被命运推着走了一遭，是真是假，是梦是幻。梦醒了，或者梦又开始了。她还是会和方知著相遇，会和她站在一起，注视着她的目光，牵着她的手。

"你……这次不会了……"陈念低垂了视线，声音像叹息。

她讲完了故事最后有价值的一章，比自己想象的平静得多，安然得多。

"当然不会。"方知著附和了她。

她带着恨恨的语调，果决到没有丝毫停顿："谁那样谁是傻瓜。"

陈念"噗"地笑了，她抬眼看她："不许你这样说方知著。"

"就骂她，害我们念念吃了那么多苦……"

前几个字语气还好好的，到了最后那几个字，突然就哽咽了。

方知著的眼泪落得又猛又急。

陈念有些无措，明明想着说这些事哭的那个人肯定是自己，这会儿突然便抑制不住潸然泪下的人却是方知著。她一旦开始哭，就吸着鼻子，好半晌没停下来。哭到后头，边哭边嚷，小孩子撒泼一般。惹得陈念那些愁云惨雾全扔在了脑后，只顾着哄人了。

斗转星移，最终也不需要一个结果，任由困意侵袭，双双坠入梦乡。

第二天两人起得有些晚，日光大盛，包裹出一个明晃晃的世界。

两人洗漱完吃了早饭，陈念接到了来自林天意的电话。

"我不是开玩笑，我是真想和芝芝一块儿走。"林天意在电话那头用"凄凄惨惨戚戚"的语气说着，"他们剧组的带我一个也不算多，不然我就只能吊车尾一个人走，是真的有些尴尬啊，陈总……"

"你俩要传绯闻就不尴尬了？"陈念打开了免提，冲方知著挑了挑眉。

"不可能，我俩又不是没一块儿活动过。之前就解释过了，芝芝是我偶像，我姐，我的光，绯闻什么的，粉丝也不是没长眼睛，我俩那气场就不对……求你了，让我捆绑一下芝芝吧，谁不知道，方知著算我们见微半个艺人，同事一块儿出席有什么问题！"

林天意又唠叨了好一会儿，理由多得不得了，都快把陈念给说服了。但这到底是方知著的事，得看方知著和她的团队的意见。

陈念给方知著递眼色，方知著不看手机，直勾勾地盯着她。

半晌，声音清亮地回答道："带只小狗也不是不行……"

林天意那边听到了，"嗷"的一声，立马喊道："就是就是嘛！带只小狗嘛，汪！"

陈念骂他："出息！"

方知著不紧不慢地提出了她的条件："那陈总要和我们一起，这样才像是公司团建嘛，没有老板怎么成。"又垂眸看自己的指甲，"其实这颁奖典礼我也不是非要去，那么远，飞一趟挺麻烦的。"

林天意算是彻底明白了她的意思，一点儿犹豫都没有，就把陈念给卖了，同她统一了战线："就是就是，我们一起，哈哈哈哈，想想就很酷欸！这不得霸占一下热搜，好好地吸一波热度！"

他叨叨起来话就没完，陈念把手机放下，任他在那儿说。

她自己到了方知著跟前，揪了揪她的衣袖："真这么想让我一起？"

方知著："嗯咯。"

说完又加了句："反正我有信心。"

陈念看了她良久，再没犹豫："好。"

方知著笑起来。她笑得那么灿烂，那么甜美，热烈又坦诚，陈念一时之间竟觉得自己无法直视这笑容。她侧过身，拿起电话，告诉了林天意这个好消息。

林天意激动得号了半天，跟个傻瓜一样。

接下来的一切，推进得就顺利多了。陈念根本不用操心，有方知著的团队和林天意的团队，所有一切的行程、服装、入住、宴会，事无巨细，全都安排得妥妥当当。陈念只在试穿礼服的时候起了点儿实质性的作用，方知著拉着她，不管穿哪个品牌哪个设计师，反正两人一定要穿一个系列的，还要那种一眼就能看出是一个系列的。

似乎是转瞬之间，重要的日子便已经来到。他们一行人提前一天到了典礼所在的城市，入住了酒店。

林天意一直吵着嚷着说自己的假期少，好不容易出来了，一定要好好玩。所以落地刚安顿下来，就硬拽着陈念和方知著出了门，几人戴着帽子墨镜，像普通的游客一样，在城市里游荡。

出了国门，能认出他们的人不多，林天意撒了欢儿，什么好吃的都要吃，什么好玩的都要玩。陈念以前也爱闹爱玩，现在静了很多。反倒是方知著冷淡中压着一团热烈的火，所有林天意试过的好的东西，都要给陈念来一遍。

空气潮湿温热，夹杂着独属于海岛的植物香气。明明人和事的境况都大不相同，三人却在某个瞬间，突然都灵感乍现地异口同声道："像去B市艺考那一年。"

像去B市艺考那一年，少年少女怀揣梦想，勇敢闯荡。陈念记得很清那个混乱的夜晚，林天意焦急的催促，还有方知著画着夸张的眼影，目光却明亮澄澈的眼睛。

"没有什么比你更重要。"方知著望向她，笑意盈盈地重复着曾经陈念一遍遍告诉她的话。

第二日下午，典礼如期开始。一切都像方知著安排的那样，剧组主创带了林天意，她和陈念落后一步下车，缓缓走过十几米长的海边红毯。海风将裙摆轻轻掀起，天气舒朗，方知著穿白，陈念穿黑，两人的裙边融成一片。方知著一直牵着陈念的手，从下车那一瞬就牵着，再没放开。

红毯两边挤了无数家媒体，无数的摄影师和到达现场的粉丝，众目睽睽，灯火昭昭。

方知著开口说话，就像她们平日里私下的聊天一般："要不要停下来，拍几张照片？"

这本就是拍摄区，停留多一秒，各大媒体的照片就会多很多，世界也就会多看你一秒。

"当然。"陈念回答她。

方知著本该就被世界看见。

"你说的咯,那……"方知著拉起她的手,语调活泼可爱,"一起朝大家比个心吧。"

几乎是下意识的,陈念便陪着她摆好了动作。

快门声像雨点儿,四下里还不断有人喊着:"请看这边。"

陈念被闪光灯闪得有些发蒙,方知著一直没有松开的手也让她发蒙。等她反应过来的时候,她们已经转着圈地朝大家比了一遍心。

林天意已经签完了名,遥遥地望着她们,一副等不及的模样。陈念拉了拉方知著,提醒她,继续走流程。

进入内场,陈念长呼出一口气。两人一块儿去休息间换衣服,方知著不断地在陈念耳边问着:"感觉怎么样?紧张吗?兴奋吗?开心吗?和我在一块儿有没有踏实很多?"

"有有有。"陈念也不知道怎么的,耳朵便红了一片。

她到底是个幕后工作者,还是不太习惯这样的场合。

"你放心吧。"方知著挽着她的胳膊,"你上镜也超好看。今天我们俩这个妆,真的太搭了啊!"

陈念赶紧把人拖进了休息室。内场的衣服简洁得多,方知著的是一袭金色鱼尾裙,陈念的是同系列的银色复古衬衫。

两人换好衣服出来,一路到了安排的座位,发现有人挪了名牌,给她们剩了最中间挨着的位子。

"哎哟。"方知著看向林天意,"是谁这么有眼色呀。"

"那还能是谁?"坐在边上的林天意嘚瑟得不行,顿了顿又贼兮兮地道,"其实是柳导给你俩搁一块儿的,我都没来得及。"

陈念有些惊讶。

林天意倒是毫不意外:"你俩这焦不离孟、孟不离焦的,谁坐你俩中间都会觉得自己位置不对吧。刚才柳导还说念念你穿礼服好看,以后芝芝拍戏给你安排个角色演演。"

"哈,哈。"陈念很是尴尬,"我可不会演戏。"

方知著拉着她坐下,位子换了就换了,她开心得很。

胳膊肘轻轻地撞了撞陈念:"你不会我教你啊,你那么聪明,肯定学得会。"

陈念看着她闪亮的目光,开始发愁。方知著真是越活越回去了,这么大的人了,小学生一般,什么事都想拉着她一起。但的确是,只要她们在一起,所有未见的风景,未知的将来,陈念都不觉得慌张。方知著要开心,陈念自然想让她更加开心。这次她主动握住了方知著的手,百依百顺地答应她:"那好,以后方老师教我。"

方知著的笑容更灿烂了,声音细细小小的,落在她耳边:"真想现在就开始。"

陈念只能连连求饶。

在晚会正式开始之前,她总算是安抚住了方知著,让她安安分分地坐在座位上。制作组的奖项自然是导演上台去领,等到了最佳女主角,陈念提前放开了方知著的手,却又被她狠狠握住。

"不一定呢……"方知著还在同她说悄悄话,灯光一下子便落到了她身上。

同时,主持人喊出的名字也回荡在了大厅里,掌声雷动,全世界的目光,都望向了方知著。

陈念轻柔地推开了她的手,拍拍她手背,用口型对她道:"去吧。"

方知著看着她,足足停顿了两三秒,这才站起身,弯腰同她拥抱,然后上了台。

她的致辞,和在陈念记忆里的那一次,没什么大的不同。她感谢了剧组,感谢了各方支持,最后,任由灯光落在陈念身上,感谢她最亲近的挚友,高山流水的知己,相互扶持的家人。

陈念低头笑起来。起初她以为方知著和以前一样,要牵着她的手向世界证明什么,现在她明白了,这一次的方知著,并不需要那些证明。她更加勇敢,更加坦诚,更加野心勃勃,又更加温柔。

典礼结束,按照计划,她们还要在这里多待几日,明天过一个不一样的生日。但陈念觉得,实在是没什么必要了,她的胆怯早在方知著一次又一次的证明中,消散了。不用在意不同,也不用在意相同,只要按照心意,快乐就好。

"我们回家吧。"陈念对方知著提出了要求,"你的生日,我还是想我们一起过,安静地,一起过。"

方知著当然同意,她兴奋地喊了声"好",便拽住了她的手,越过人群,逃脱了繁杂的社交和采访,一路奔出了会场。

助理的车就在外面停着,两人上了车,她问道:"方老师,我们去酒店还是机场?"

陈念愣了愣。

方知著将一旁车里的背包拿过来打开,卸妆水、口罩、帽子、替换的常服、两人的各种证件以及……机票。

早就买好的机票。她多买了这两张机票,就等着陈念同她心意相通,改变主意。

"机场!"方知著头也不抬,响亮地回了助理一声。

车辆启动,陈念终于忍不住,捂住眼睛,哈哈大笑起来,笑得东倒西歪。

这一夜,她们归家。

故事再没有必要延续那些可怕的事情,等待着她们的,只有稳妥的快乐和幸福。

方知著的三十岁生日,她们从早庆祝到晚。有陈念亲手做的长寿面,也有方知著拉着她的手一块儿抹好奶油的生日蛋糕。有亲人朋友的祝福和礼物,也有两人坦然相待的静谧时光。

舆论喧闹,无数媒体在报道方知著的成功,也有很多很多的人扒出了陈念的信息,了解到她是多么优秀的一个人。

傍晚时分,林天意又拨了个电话过来,埋怨两人偷跑掉,只扔下了他一个人。

又说自己一个人在外面玩的时候，遇到了一个很有趣的女孩儿。

陈念很开心，她冲方知著挑了挑眉毛，道："看来我们跑得很好啊，你要不单独行动，哪有这种机会。"

方知著跟了一句："都是三十岁的人了，以后独立点儿。"

"独立独立。"林天意叹了口气，道，"我就不应该和你俩玩，今天好多媒体都说，见微小陈总才是能够站在方知著身边的人，啧，还有网友把咱仨在一块儿的图截出来，说我是你俩'迷弟'……我发给你们看啊。"

陈念打开微信，看到了几张很有趣的表情包。

林天意跟个小哈巴狗一样一脸兴奋地瞅着她们，而她和方知著站在一起，都是那么优秀。

"我的脸这么优越的吗？"陈念放大了图片，笑着道。

方知著凑过来，认同地点头："很漂亮，我早说了。"

"信心大涨啊。"陈念挺了挺胸膛。

三人又乱七八糟地聊了一会儿。两个圈内的一线艺人，又正发生着热点事件，却一点儿都没有被舆论纷争困扰的模样，哪怕是面对负面的言论，也都是当作笑话来讲。心态好得不得了。

陈念舒舒服服地躺倒在了地毯上，真的觉得自己很厉害，培养出了这么优秀又健康的艺人。

待到夜幕再一次降临，两人没有别的什么事，盘腿坐在大床上拆礼物。很多很多的礼物，大大小小的惊喜，汇集在一起，快要将人淹没。

方知著却挑剔得很，陈念问她有没有特别喜欢的，她总是摇脑袋。

拆到一半，方知著的电话响起来。手机离得有些远，陈念帮她拿了过来，看到来电备注是"周老师"。

陈念心尖轻轻一跳，但什么都没说，将手机递了过去。

方知著接起电话，人没离开，还在离陈念很近的位置，甚至另一只空闲的手伸过来，勾住了陈念的手指。让陈念心安。

电话那头的声音听不见，电话这头，方知著只轻声地应着。电话挂断之前，她绽放出一个灿烂的笑容，道："谢谢您。"

电话挂断，陈念望着方知著，方知著长长地舒出了一口气。

她没有隐瞒，道："周海珍老师祝我生日快乐。"

陈念微微睁大了眼，方知著唇角挂着温柔的笑容："他带来了今天最好的礼物。"

手机被递了过来，屏幕停在一个新闻页面。

曾经在圈内叱咤风云的影视公司万事娱乐宣告破产后，董事长杨绝被人扒出以"Y先生"的名义多次霸凌艺人，身败名裂。今日凌晨，官司缠身的杨绝被人发现从自己家中跳楼身亡。警方调查现场，初步排除他杀可能。

陈念看着这几行字，反反复复，好几遍，最终还是没忍住，捂了捂眼睛，笑起来。

"最好的礼物。"她赞同方知著的想法。

方知著凑了过来，扔掉了她手中的手机，她看着陈念，目光犹如星辰："不要再在意这些了，上天自有报应。"

上天自有报应，而星星将永远闪耀。

### 图书在版编目（CIP）数据

念念 / 今轲著. — 成都：天地出版社, 2023.10
ISBN 978-7-5455-7907-9

Ⅰ.①念… Ⅱ.①今… Ⅲ.①长篇小说－中国－当代
Ⅳ.① I247.5

中国国家版本馆 CIP 数据核字 (2023) 第 149241 号

NIANNIAN
# 念 念

| 出 品 人 | 杨 政 |
|---|---|
| 作　者 | 今 轲 |
| 责任编辑 | 王筠竹 |
| 责任校对 | 张思秋 |
| 封面设计 | 唐小迪 |
| 责任印制 | 白 雪 |

| 出版发行 | 天地出版社<br>（成都市锦江区三色路 238 号　邮政编码：610023）<br>（北京市方庄芳群园 3 区 3 号　邮政编码：100078） |
|---|---|
| 网　　址 | http://www.tiandiph.com |
| 电子邮箱 | tianditg@163.com |
| 经　　销 | 新华文轩出版传媒股份有限公司 |

| 印　　刷 | 北京君达艺彩科技发展有限公司 |
|---|---|
| 版　　次 | 2023 年 10 月第 1 版 |
| 印　　次 | 2023 年 10 月第 1 次印刷 |
| 开　　本 | 787mm×1092mm 1/16 |
| 印　　张 | 22 |
| 字　　数 | 509 千字 |
| 定　　价 | 55.00 元 |
| 书　　号 | ISBN 978-7-5455-7907-9 |

版权所有◆侵权必究

咨询电话：（028）86361282（总编室）
购书热线：（010）67693207（营销中心）

如有印装错误，请与本社联系调换。